KB112822

BEN-HUR

A TALE OF THE CHRIST

BY

LEW. WALLACE

AUTHOR OF "THE FAIR GOD"

"Learn of the philosophers always to look for natural causes in all
extraordinary events ; and when such natural causes are wanting,
recur to God." _COUNT DE GABALIS.

◆

London

R. E. King, Limited

Tabernacle Street, E.C.

1900

BEN HUR.

Frontispiece.

벤허
: 그리스도 이야기

B   e   n   H   u   r

루 월리스 지음 | 공경희 옮김

더스토리

차례

등장 인물

유다(벤허)

예루살렘 명문 '허' 가문의 외아들(벤허가 '허 가문의 아들'이라는 뜻). 집 옥상에서 침략자 로마군의 행렬을 구경하다가 실수로 기왓장을 떨어뜨리는데, 하필이면 그라투스 총독의 머리에 맞는 바람에 '총독 암살 미수 현행범'으로 몰린다. 결백을 호소하지만 옛 친구 메살라가 오히려 "유다가 범인이다. 체포하라!"고 모함, 갤리선의 노예로 끌려간다. 죽음보다 깊은 절망에 빠진 열일곱 살 청년 유다. 그래도 신앙 때문에, 무엇보다도 어머니와 여동생 티르자의 생사를 알기 전에는 죽을 수 없다는 각오로 짐승 같은 시간을 버틴다. 하지만 급기야 배가 침몰하고 유다는 순식간에 밤바다로 빨려 들어가는데…….

메살라

예루살렘에서 나고 자란 로마인. 할아버지 때부터 '유대의 황제재무관(세금 징수)'을 맡았던 가문으로, 유다와 어릴 적 친구다. 하지만 로마로 유학을 갔다 오더니 '로마인은 위대한 지배자, 유대인은 한심한 피지배자'라고 돌변, 유다를 감옥에 가두고 재산을 빼앗는 데 주저하지 않는다. 이후 최고의 전차 경주 기수로 승승장구하며 권력과 명예까지 거머쥔다. 그런데 8년 후 시리아 땅 안디옥에 묘한 소문이 떠돈다. 이번 경기 참가자인 로마 귀족 아리우스가 사실은 '유대인 노예'라는 것! 긴장한 메살라, 아리우스를 감시하며 그라투스에게 밀서를 보낸다.

발타사르

이집트인 현자. 성령(빛과 소리)이 이끄는 대로 아기 예수를 찾아가 경배했던 동방박사 3인 중 한 명(나머지는 그리스인 가스파르와 인도인 멜키오르). 새하얀 낙타를 탄 귀인의 모습으로 예루살렘에 나타나 헤롯 왕에게 '그리스도, 유대인의 왕'의 탄생을 알리고 잠적하는 바람에, 헤롯이 "베들레헴에서 새로 태어난 남자 아기를 모두 죽이라"고 명령하게 된다. '그리스도는 영혼의 구원자'라고 설파해서 '로마 제국을 멸망시킬 정복자 왕'을 열렬히 기다리는 벤허와 설전을 벌인다. 예수가 십자가에 달려 숨을 거두던 바로 그 순간 그 자리에서 함께 숨을 거둔다.

시모니데스

안디옥의 거상. 최고의 행운과 최악의 불운을 다 가진 사내. 손대는 사업마다 대성공을 거두지만, 그 재산을 빼앗으려는 자들의 고문에 불구의 몸이 되었기 때문이다. 그의 사업 밑천이 벤허 가문 돈이라는 게 공공연한 비밀이어서 그라투스 총독이 빼앗으려 했던 것. 그런데 막상 청년 유다가 도움을 청하러 오자 차갑게 외면하고 오히려 하인 말루크를 시켜서 뒤를 밟는다. 게다가 예루살렘에 있는 암라(유다의 유모)의 행방까지 몰래 추적하기 시작한다.

일데림

아랍인 족장. 일데림의 인장이 있으면 사막 도적 떼도 피해 다닐 정도로 카라반들의 수호자이자 사막 세계의 절대강자. 헤롯 왕을 피해 도망가는 발타사르 일행을 도왔던 인연으로 구세주, 유대인의 왕 이야기를 듣고 믿게 된다. 희대의 명마들을 소유하고 있는데 도무지 그 명마들을 다룰 수 있는 유능한 기수가 나타나지 않아서 답답해 한다. 그날도 원형 경기장에서 한바탕 분통을 터트리고 오는 길에 나타난 한 남자, 자신이 상금과 우승을 안겨 줄 수 있다고 호언장담하는데……

퀸투스 아리우스

로마 해군 총사령관. 에게 해를 누비는 그리스 해적단을 소탕한 공로로 최고 공직인 집정관까지 오른다. 독신으로 가족이 없었는데, 어느 날 의문의 청년을 데려와서 양자로 삼고 전 재산을 물려주자 로마 사교계가 수군거린다.

이라스

발타사르의 딸. 화려한 외모와 당돌한 매력으로 벤허를 사로잡은 이집트 여인. 어느 날 그녀의 초대에 응했던 벤허가 살인을 저지르고 도피하는 사건이 일어난다.

에스더

시모니데스의 딸. 부유한 상인의 외동딸이지만 율법 때문에 벤허의 종이 된다. 벤허를 사모하는 마음이 커서, 벤허의 눈길이 이라스에게 향하자 괴로워한다.

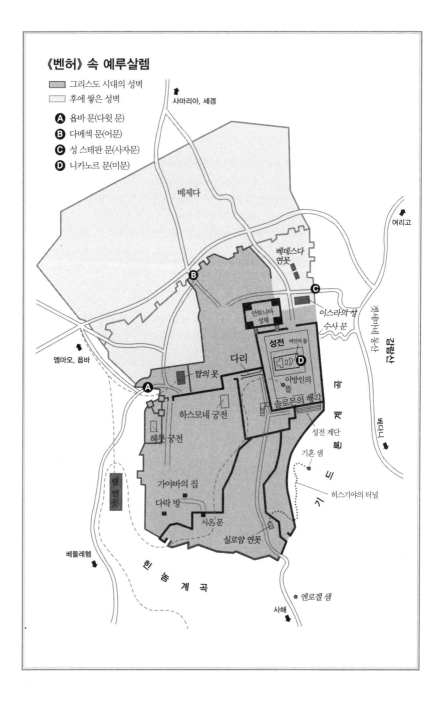

《벤허》 속 예루살렘

- 그리스도 시대의 성벽
- 후에 쌓은 성벽

Ⓐ 욥바 문(다윗 문)
Ⓑ 다메섹 문(어문)
Ⓒ 성 스테판 문(사자문)
Ⓓ 니카노르 문(미문)

사마리아, 세겜

베제다

여리고

베데스다 연못

이스라의 성
수사 문

겟세마네 동산

감람산

안토니아 성채

성전 여인의 뜰

다리

엠마오, 욥바

탑의 못

이방인의 뜰

솔로모의 행각

하스모네 궁전

성전 계단

헤롯 궁전

기혼 샘

기드론 계곡

히스기야의 터널

뻬다니

가야바의 집

다락 방

시온 문

실로암 연못

렙 연못

베들레헴

헌 놈 계 곡

엔로겔 샘

사해

국제도시 예루살렘

기원 전후의 예루살렘은 전 세계의 모든 민족, 종교, 상품이 교류되는 무역
도시였다. 바다로 나가든 내륙으로 들어가든 대륙을 관통하든 지나가게 되
는 교통의 요지라서, 통행료 수입만으로도 어마어마한 수익을 올렸다.

욥바 문 앞 시장터, 헤롯 궁전

특히 다윗 왕 시절(약 기원전 1000년)부터 동서남북으로 도로가 교차했던 욥
바 문 앞이 국제시장으로 명성이 높았다. 키프로스 상인, 로마의 군인, 갈리
아의 검투사, 아랍인 카라반, 이집트인 학자, 그리스인 가수, 페르시아인, 인
도인 등등 온갖 사람이 모였다가 흩어졌다. '건축 왕' 헤롯이 자신의 궁을 그
곳에 지었기 때문에 본문에서 '시장터의 궁전'으로 지칭된다.

모리아 산의 예루살렘 성전

예루살렘 성전은 매우 상징적인, 유대의 민족혼과도 같은 장소다. 하지만 끊
임없는 외침으로 폐허의 시기가 길었기 때문에, 왕이 되려는 자들은 항상 성
전을 재건하겠다고 부르짖으며 지지를 호소했다. '로마가 임명한 자격 없는
왕'으로 찍힌 헤롯 왕도 그랬다.

안토니아 요새와 지하 감옥

헤롯 왕은 왕의 혈통(유다족 다윗의 후손)이 아니라 '이교도 에돔인'이었다.
나라가 내분으로 어지러울 때 로마 황제를 등에 업고 왕좌에 앉은 것이다.
그래서 그는 예루살렘 성전 재건으로 유대인의 지지를 얻는 것만큼이나 로
마에도 잘 보여야 했다. 안토니아 성채를 통째로 로마군 주둔지로 내준 이유
다. 본문에서 로마군이 벤허와 어머니와 여동생을 이리로 끌고 간다.

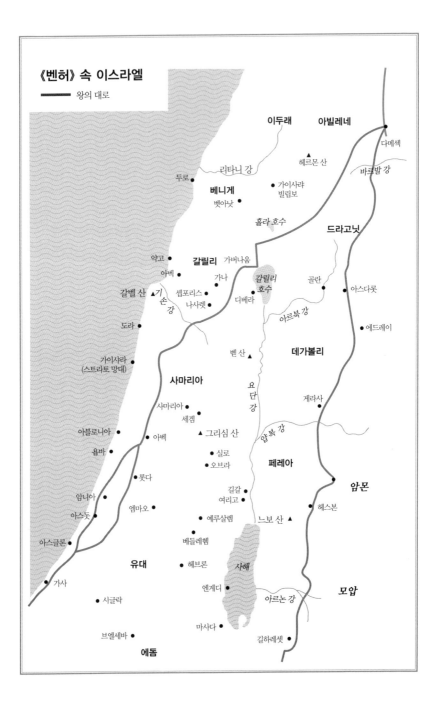

이스라엘은 어디고, 팔레스타인은 어딘가

본문에서 이스라엘, 팔레스타인, 유대로 지칭되는 지역은 다 비슷하다. 이스라엘은 야곱이 얻은 새 이름(하느님과 겨루어 이긴 자)인데, 그의 열두 아들이 이끈 12지파(르우벤, 시므온, 레위, 유다, 단 등등)로 본격적인 족보가 형성되었기 때문에 자연스럽게 유대 민족, 그들이 사는 곳, 그들의 나라 등을 폭넓게 지칭하는 용어가 되었다.

팔레스타인은 '필리스틴인이 거주하던 곳'이라는 의미다. 유대 민족이 애굽에서 돌아왔을 때 필리스틴인(바알 신 숭배)이 살고 있었다.

유대는 왜 사마리아와 에돔을 미워했나

역사적으로 유대 땅은 비교적 민족 신앙(유일신, 유대교)을 잘 지켜온 반면, 다른 지역은 타민족의 지배가 길어서 이교도의 신앙과 관습에 익숙했다. 이것을 유연한 태도로 해석할 수도 있겠으나, 신앙이 삶을 지배하는 유대인들은 민족의 정체성을 내던진 불경한 행동으로 보았다.

그래서 사마리아는 이스라엘이 남북으로 분열된 때부터 사이가 나빴지만(북이스라엘의 수도가 사마리아, 남유다의 수도가 예루살렘) 특히 이즈음 '그리스-로마 신전을 지으라'는 로마의 명령을 수용했기 때문에 "이교도와 뒤섞여 살며 하느님의 가르침을 지키지 않은 혼혈"이라고 맹비난했다. 에돔도 줄곧 이교도 신앙을 믿다가 바로 얼마 전에 강제로 개종된 지역이었다.

그리심 산의 벧엘 성전

진실한 믿음으로 하는 기도(마음)가 제사(형식)보다 중요하다고 말할 수도 있겠지만, 유대교 정통파들은 '성전'에서 제사장이 드리는 제의만을 중시했었다. 꼭 모리아 산의 예루살렘 성전에 가야 했다. 그래서 북이스라엘이 예루살렘에 가지 말라고 대신 만들었던 곳이, 세겜 근처 그리심 산의 벧엘 성전이었다.

《벤허》 속 로마 제국 영토

《벤허》 속 '아스트로이아' 호의 항해

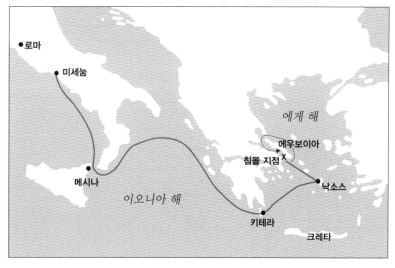

"새로운 유대의 왕이 나셨다!"

헤롯은 로마 1대 황제 아우구스투스에게 '유대의 왕'으로 승인 받았지만, '유다족 다윗의 혈통'이 아니기 때문에 재임 내내 전전긍긍했다. "베들레헴에서 새로운 유대의 왕이 나셨다!"는 소문이 돌자 베들레헴의 남자 영아들을 모조리 살해하기까지 한다. 그 직후 아들 아켈라오(어머니가 사마리아인)에게 왕위를 물려주는 유언을 남기고 죽는데, 그만 상황이 엉뚱하게 돌아간다. 로마 황제는 아켈라오의 승인을 거부하고 유대를 '사마리아와 동격이자 시리아 총독의 관할'로 격하시켜 버렸고, 유대인들은 아켈라오의 찬반파로 나뉘어서 격렬한 내분에 휩싸인 것.

시리아 총독이 되겠다는 메살라

그래서 본문에서 5년만에 옛 친구 유다와 조우한 메살라가 "나(로마인)는 장차 시리아 총독이 될 것이니, 너(유대인)를 잘 챙겨주겠다"고 으스대고, 유다는 자존심이 상해서 절교까지 선언한다.

유대 최고의 명문가(예루살렘의 왕자)로서, 민족의 미래와 신앙에 대해 책임감을 느끼는 유다가 분개하는 건 당연했다. 하지만 유다는 갈등하기 시작한다. 세계를 장악한 로마군을 보라. 율법에만 매여 사는 유대인으로서의 삶은 과연 옳은가.

사두개파, 바리새파, 에세네파, 그리고 기독교

역설적이게도 유대가 로마에게 휘둘린 데는 종교의 탓이 컸다. 사두개파, 바리새파, 에세네파로 갈려서 대립하고, 거기에 다시 친로마와 반로마의 입장차가 더해지며 정세는 더없이 어지러웠다. 예수 그리스도(기독교)가 등장해서 화합을 설파해야 할 정도였던 것이다.

사두개파(Sadducees)는 다윗이 뽑은 대제사장 '사독'의 후예라는 뜻이다. 다윗의 후손이 대대로 왕통으로 존경받았듯, 사독의 후손들도 고위 성직을 역임한 귀족이었다. 그래서 종교적으로 매우 보수적(성전에서의 제사를 고수)이었다. 본문에서 벤허의 아버지는 포용적인 자세를 보여서 비난받았다.

반면 바리새파(Pharisee)는 애초에는 종교적으로 유연했는데(회당에서의 기도와 예배도 용인), 갈수록 자신들의 율법과 형식에 집착해서 점차 폐쇄적으로 변했다. 그 결과 이들이 예수의 사형을 로마 총독 본디오 빌라도에게 건의했다.

에세네파(Essene)는 정치성을 버리고 민족주의, 세속을 떠난 경건한 삶을 추구했다. 성경에서 광야에서 설교하는 세례자 요한이나 예수의 모습을 떠올리면 된다.

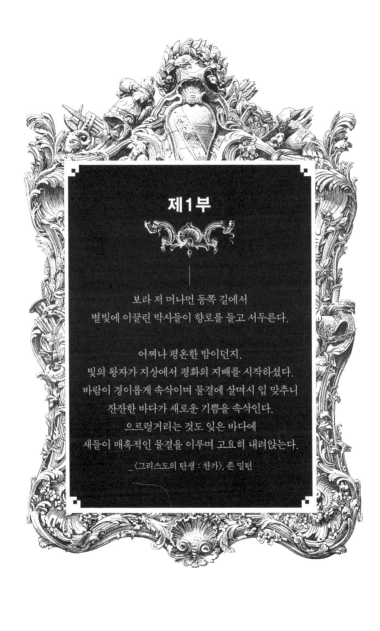

제1부

보라 저 머나먼 동쪽 길에서
별빛에 이끌린 박사들이 향로를 들고 서두른다.

어쩌나 평온한 밤이던지.
빛의 왕자가 지상에서 평화의 지배를 시작하셨다.
바람이 경이롭게 속삭이며 물결에 살며시 입 맞추니
잔잔한 바다가 새로운 기쁨을 속삭인다.
으르렁거리는 것도 잊은 바다에
새들이 매혹적인 물결을 이루며 고요히 내려앉는다.

_〈그리스도의 탄생 : 찬가〉, 존 밀턴

1

주블레Jubleh 산맥은 길이가 80킬로미터도 넘는데, 폭이 너무 좁아서 지도에 얼기설기 그려진 모양새는 애벌레가 남쪽에서 북쪽으로 기어가는 것 같다. 흰색과 붉은색이 뒤섞인 단층절벽 끝에 서서 태양이 뜨는 길을 내려다 보면, 온통 아라비아 사막이다. 여리고의 포도 농사꾼들이 그리 질색하는 동풍이 태초부터 지금까지 놀이터 삼아 사납게 부는 곳. 산기슭에는 유프라테스 강가에서 날아와 거기 주저앉은 모래가 잔뜩 쌓여 있다. 산맥이 벽 구실을 한 덕분에 서쪽으로 모압과 암몬에 초원이 펼쳐졌지, 안 그랬으면 거기도 사막이 되었을 것이다.

아랍인들이 유대 땅 남쪽과 동쪽의 모든 것에 그들의 언어를 입혔으니*, 주블레 산맥은 '무수한 와디**들의 부모'다. 로마인들이 와디들을 가로질러서 도로를 내는 바람에 지금은 한때 길이었다는 흔적만 희미하고, 간혹 메카를 오가는 시리아 순례자들만 이 흙길을 걸

---

* 유대인과 아랍인이 서로 뺏고 빼앗기는 역사가 내려앉은 땅이기에, 땅의 주인이 바뀔 때마다 지명도 각자의 언어로 바꾸어 불렀다.
** wadi. 건조 기후 지역의 마른 골짜기. 우기에는 물길이다가 건기에 마른 땅이 드러나는데, 식수를 구할 수 있어서 사막을 오가는 통행로로 이용되었다.

었다. 우기 때마다 쏟아지는 물줄기를 요단강과 종착지인 사해로 흘려보내면서 골짜기들은 점점 깊어졌다. 그 가운데, 산맥 끄트머리에서 북동쪽으로 뻗어 얍복 강줄기가 된 와디에 한 나그네가 보인다. 그가 지금 막 와디를 벗어나 사막의 탁상지*로 향하고 있다. 이 사람을 눈여겨 보자.

족히 마흔다섯은 되어 보인다. 한때 흑단처럼 검었을 수염이 희끗희끗해져서 가슴팍까지 늘어져 있다. 바싹 마른 커피열매 같은 갈색 얼굴은, 요즘 사막의 아이들이 쿠피에kufiyeh라고 부르는 붉은 두건에 가려져 일부만 드러났다. 이따금 고개를 들 때 크고 검은 눈이 보였다. 옷은 동방에서 아주 흔한 하늘하늘한 감인데, 모양새는 더 상세히 설명하지 못하겠다. 늠름한 흰 단봉낙타의 등에 타고 소형 천막 아래에 앉아 있었으니까.

서방 사람들은 사막 여행 장비를 갖춘 낙타를 본 첫인상을 좀처럼 잊지 못한다. 아무리 새로운 것도 심드렁해지기 마련인데, 이 모습은 늘 강렬하다. 카라반과의 긴 여정을 마쳐도, 베드윈족과 긴 세월을 같이 살아도 그렇다. 그래서 서방 태생들은 이 당당한 짐승이 지나갈 때 멈춰 서서 내내 지켜보게 된다. 생김새가 매력적인 건 아니다. 사랑의 눈으로 본대도 아름답게 봐줄 만한 외모는 아니다. 그렇다고 움직임에 있지도 않다. 소리 없이 걷긴 하지만 위태롭게 잔뜩 흔들거리니까. 마치 바다로 미끄러져 들어가는 배처럼 사막으로 스며드는 생명체가 신비로운 것이다! 온갖 미스터리가 떠오르고, 경

* 주위보다 높고 평편한 지형

이로운 것이다. 지금 막 와디를 빠져나온 이 낙타도 예의 경탄을 불러일으켰을 법하다. 새하얀 털에 큰 키, 넓적한 발, 기름지지 않고 근육질인 울룩불룩한 몸통, 백조의 목처럼 희고 길고 가는 목, 양미간이 넓지만 주둥이로 가면서 여인의 팔찌도 들어갈 듯이 좁아지는 두상. 움직임은 또 어떤가. 큰 보폭을 탄력 있게 내딛으면서도 고요하게 사뿐사뿐한 걸음걸이. 모든 것이 키루스* 시대만큼이나 오래되고 고귀한 시리아 혈통을 증명했다. 굴레는 이마 부분에 진홍색 수술이 달린 평범한 것인데, 목줄은 놋쇠 사슬의 양끝에 은방울이 달려서 독특했다. 고삐나 끈도 없었다. 가마 역시 동방에서는 흔했지만 누구라도 보면 감탄할 만한 솜씨로, 안장의 양쪽에 1미터 남짓한 길이의 나무함 두 개를 매달아서 균형을 잡는 모양이었다. 가운데에 부드럽고 푹신한 안감을 대서 앉거나 반쯤 누울 수 있고, 위에는 초록색 차양을 세웠다. 넓은 등과 가슴에 묶은 수많은 끈과 매듭이 가마를 단단히 고정시켰다. 재주 있는 쿠시족**들이 뙤약볕의 사막을 안락하게 지나려고 만든 기구들로, 그들은 그 일이 의무이자 낙樂이었다.

단봉낙타가 막 와디를 빠져나올 때 나그네는 엘 벨카(고대 암몬)의 국경을 지나고 있었다. 아침나절이었다. 나그네 앞에 양털 같은 안개에 반쯤 가려진 해가 떠오르며 사막이 펼쳐졌다. 모래는 흩날리지 않았다. 모래사막은 훨씬 먼 곳이었고, 여기는 식물이 작아지기 시작하는 곳이었다. 온통 큼직한 화강암 바위와 잿빛과 갈색 돌이고,

* Cyrus. 고대 페르시아 제국 건설자인 키루스 2세. 성경에 '고레스'로 나오는 인물로, 바빌로니아 제국에 포로로 잡혀왔던 남유다 왕국의 유대인과 후손들을 풀어 주었다.
** Cush. 아프리카 동북부에 사는 함족의 후예(함은 노아의 둘째 아들).

드문드문 시든 아카시아와 레몬그라스 덤불이 보였다. 뒤편에 참나무, 들장미, 아르부투스 등이 경계 지대에 왔다가 메마른 황무지를 보고 겁나서 잔뜩 웅크린 모양새로 늘어섰다.

이제 오솔길이랄까, 도로가 끝났다. 낙타가 갑자기 부쩍 속도를 냈다. 지평선을 향해 머리를 똑바로 들고 큰 콧구멍으로 바람을 한껏 마시며 성큼성큼 걸었다. 가마가 바다의 배처럼 출렁댔다. 이따금 마른 잎들이 발에 밟혀 바스락댔다. 가끔 쑥 향이 달큰하게 공기 중에 퍼졌다. 종달새, 지빠귀, 바위갈색제비 등이 폴짝 뛰면서 날개를 펼쳤고, 흰 자고새들은 휘파람 소리를 내고 꼬꼬대면서 저만치 달아났다. 드문드문 여우나 하이에나가 재빨리 안전한 거리만큼 멀찍이 가서 침입자들을 지켜보았다. 오른편의 주블레 산맥 봉우리들을 휘감은 안개가 진줏빛 베일 같다가 일순간 태양빛에 자줏빛으로 물들었다. 최고봉 위를 독수리 한 마리가 넓은 날개를 펴고 크게 선회했다. 하지만 초록색 차양 아래 앉은 이는 어떤 것도 보지 못했거나, 봤어도 내색하지 않았다. 한곳만 응시하는 그의 시선은 꿈을 꾸고 있는 듯했다. 사내도 낙타처럼 누군가에게 이끌리는 발길이었다.

두 시간 동안 낙타는 꾸준한 발놀림으로 동쪽을 향해 흔들흔들 걸었다. 그 사이 나그네는 자세를 바꾸지도, 좌우를 살피지도 않았다. 사막의 거리는 마일mile이나 리그league가 아니라, 사아트saat와 만질manzil로 측정한다.* 1사아트는 3.5리그, 1만질은 15~25리그쯤이다. 하지만 그야 평범한 낙타의 얘기고, 순종 시리아 혈통의 낙타는 3리

---

* 1사아트는 '낙타로 1시간 동안 가는 거리', 1만질은 '코란의 1/7 분량을 읽는 시간'.

그쯤은 단숨에 달리고 전속력을 내면 바람보다 빨랐다. 그러니 풍경도 빠르게 변했다. 이제 주블레 산맥은 서쪽 지평선에 놓인 하늘색 매듭끈처럼 멀어졌다. 주위는 여기저기 진흙과 모래로 다져진 둔덕이고 이따금 둥근 왕관처럼 솟은 현무암이 산봉우리처럼 보일 뿐, 온통 모래였다. 고운 모래사장이 평평하다가 완만한 구릉들이 아무렇게나 넘실댔다. 부서진 파도도 있고 쭉 뻗어 오는 긴 너울도 있었다. 대기의 기운 역시 바뀌었다. 높이 뜬 태양에 이슬과 안개는 증발했고 차양 밑 나그네의 뺨을 스치는 바람이 뜨거웠다. 아지랑이로 대지 곳곳이 희끄무레하고 대기가 일렁거렸다.

휴식하거나 방향을 바꾸는 일 없이 두 시간이 더 지났다. 식물은 완전히 자취를 감췄다. 여전히 사방이 온통 모래인데, 다만 모래가 바삭바삭해져서 걸음마다 픽픽 깨졌다. 주블레 산맥이 시야에서 완전히 사라져서, 이렇다 할 표식이 전혀 안 보였다. 뒤에서 쫓아오던 그림자가 북녘으로 옮겨가서 그림자 주인들과 경주를 벌였다. 걸음을 멈출 기미가 통 없으니, 나그네의 처신이 갈수록 이상해 보였다.

사막을 놀이터로 여기는 사람은 없다. 먹고 살기 위해서, 죽은 것들의 뼈가 산산이 흩어진 길을 걸어서 사막을 횡단하는 것이다. 샘에서 샘까지, 초지에서 초지까지. 아무리 노련한 족장이라도 홀로 길을 벗어나면 심장이 두근거린다. 그러니 지금 이 여행자도 재미를 찾고 있을 리 만무하다. 그렇다고 도망자의 태도도 아니다. 단 한 번도 뒤돌아보지 않았으니까. 그럴 때 휘둘리는 두려움과 호기심의 감정도 나그네에게 없었다. 사람은 쓸쓸하면 동행에게 마음이 약해져서 개를 동지 삼고 말도 친구 삼는다. 개나 말을 쓰다듬고 다정하게 말을 거는 게 창피한 일이 아니다. 그런데 이 낙타는 그런 대접을 받지 못했다. 손길 한 번, 말 한 마디 없었다.

정오 정각에 단봉낙타가 걸음을 멈추고 울음이랄까, 비명 소리를 냈다. 낙타가 과한 짐에 반발할 때, 또는 관심과 휴식이 필요할 때 내는 유달리 애처로운 소리였다. 그러자 주인이 자다가 깼는지 뒤척였다. 그가 가마의 휘장을 젖히고 해를 올려다보더니, 약속장소라도 찾듯 사방을 오래도록 찬찬히 두리번댔다. 그러더니 탐색이 만족스러웠던지 크게 심호흡하며 고개를 끄덕였다. '드디어 당도했구나!' 하고 말하듯이. 나그네는 양손을 가슴에 얹고 고개를 숙여 조용히 기도했다. 경건한 의식을 마친 후, 목구멍으로 "이크! 이크!" 소리를 냈다. 욥이 총애하던 낙타들도 분명히 들었을 그 소리는 몸을 낮추라는 신호였다. 낙타가 툴툴대면서 천천히 무릎을 꿇었다. 주인이 가느다란 낙타 목을 딛고 모래밭에 내려섰다.

2

모습을 드러낸 사내는 다부지고 늠름한 체구다. 키는 그리 크지 않았다. 쿠피에의 비단 끈을 느슨하게 해서 앞부분 주름을 뒤로 펴 넘기자 얼굴이 완전히 드러났다. 강인해 보이고, 피부색이 거의 흑인처럼 검었다. 하지만 낮고 넓은 이마, 매부리코, 살짝 올라간 눈꼬리, 숱 많고 쇠붙이처럼 반질대는 뻣뻣한 직모를 여러 가닥으로 땋아 어깨까지 늘어뜨인 모습에서 영락없이 태생이 보였다. 파라오들과 프톨레마이오스* 왕들을 빼닮았다. 이집트인의 조상인 미스라임**을 빼닮은 자태. 앞이 트인 카미스***의 칼라와 가슴팍에 자수가 있다. 그 위에 갈색 모직 망토 같은 아바****를 걸쳤는데 안감을 면과 비단으로 댔고 테두리에 누르스름한 천을 빙 둘렀다. 신은 부드러운 가죽 끈 샌들이다. 허리띠로 카미스를 여몄는데 무기가 달려 있지 않은 게 눈에 띈다. 표범과 사자가 출몰하고 사람도 동물 못지않게 거친 사막을 홀로 걸으면서, 낙타몰이용 흰 막대기조차 몸에 지니지 않다니. 그가 할 일이 평화로운 일이고, 그가 비범하게 담대하거나 특별한 보호를 받고 있다고 짐작된다.

　나그네는 팔다리에 감각이 없었다. 낙타 등에 앉아서 길고 지루한 길을 왔으니까. 그는 손을 비비고 발을 굴렀다. 그리고 성실한 종이 되어 준 낙타 주위를 빙 돌았다. 낙타는 윤기 있게 반짝이는 눈을 감고 흐뭇하게 새김질을 하고 있었다. 사내는 빙빙 도는 중간에 자주 멈춰 서서 손차양을 만들고 눈 닿는 곳까지 사막을 살폈다. 그때마다 얼굴에 살짝 실망한 기색이 비쳤으니, 누군가를 기다리는 게 분명하다. 약속은 없었어도 말이다. 대체 무슨 일이기에 마을에서 이렇게나 떨어진 외딴 곳에서 만나는지 궁금해서 죽을 지경이다.

* 마케도니아 알렉산드리아 대왕 사후에, 휘하 장군 프톨레마이오스가 이집트에 세운 헬레니즘 왕조다. 이집트 여왕 클레오파트라가 바로 프톨레마이오스 왕족이다.
** Mizraim. 성경에 따르면 노아의 차남 '함'의 아들이다. 이집트의 창시자로 여긴다.
*** kamis. 발목까지 내려오는 길이의 흰 셔츠
**** aba. 소매 없이 길고 헐렁한 외투

여러 차례 실망하면서도 '안 오면 어쩌나' 하는 의심은 없는 모양이었다. 왜냐하면 가마의 나무함에서 해면과 작은 물병을 꺼내서 낙타의 눈과 얼굴과 콧구멍을 닦아 주더니, 빨간색과 흰색의 줄무늬가 그려진 둥근 천과 막대 뭉치를 꺼낸 것이다. 유독 굵직한 막대 안에서 막대들이 계속 뽑혀 나왔고, 다 연결하니 사내의 키보다 높은 장대가 되었다. 장대를 땅에 박고 주변에 다른 막대들을 세운 후, 그 위에 천을 펼치니 그럴듯한 집이 생겼다. 크기야 훨씬 작지만 토후나 족장의 천막과 견줄 만했다. 사내는 다시 가마에서 사각형 깔개를 꺼내서 해가 들지 않는 쪽의 천막 입구에 깔았다. 그 일을 마치자 그는 밖으로 나가서 더 신중하게, 더 열심히 주위를 둘러보았다. 멀리 평원을 홀로 가로지르는 자칼과 아카바만*으로 날아가는 독수리 말고는, 땅 위에도 파란 하늘에도 아무것도 없었다.

그는 낙타에게 몸을 돌려서 나직한 목소리로, 이 사막에서는 낯선 언어로 말을 걸었다.

"우리는 집에서 멀리 왔구나, 가장 빠른 바람의 경쟁자여. 우리는 집에서 멀리 왔지만 신이 우리와 함께하나니. 잘 견뎌 보자."

그는 안장의 주머니에서 콩을 한 줌 꺼내서, 낙타의 코 밑에 걸린 주머니에 넣어 주었다. 착한 종이 먹이를 맛있게 먹는 것을 보자, 사내는 몸을 돌려 다시 모래 세상을 훑었다. 수직으로 내리꽂히는 태양열에 사막이 아지랑이로 어지러웠다.

"그들은 올 거야. 나를 이끈 분께서 그들도 이끌고 계시니. 난 준비

* Gulf of Aqaba. 시나이 반도의 오른쪽 만.

나 해 둬야겠어.”

사내가 차분하게 중얼거리더니, 나무함에서 식사거리가 담긴 주머니들과 대바구니를 꺼냈다. 종려나무로 촘촘히 짠 접시들, 작은 포도주 부대, 훈제한 양고기 육포, 씨 없는 시리아 석류, 중앙아라비아의 종려나무 농장에서 자라 대단히 깊은 맛이 나는 엘 셀레비 대추야자, 치즈, 시내 빵가게에서 산 발효빵까지. 그는 음식을 전부 천막 중앙의 양탄자로 가져다 놓고는, 둘레에 비단천 3장을 놓았다. 동방의 교양인들이 식탁에서 사용하는 무릎 덮개였다. 그가 대접할(기다리는!) 사람의 수를 알 수 있다.

준비가 다 끝났다. 사내는 밖으로 나왔다. 아! 동쪽 모래밭에 검은 점이 보였다. 그는 땅에 뿌리박힌 듯이 서 있었다. 눈이 커졌고, 귀신이라도 본듯 소름이 돋았다. 점이 점점 커져서 손바닥만 해지더니, 마침내 형체가 드러났다. 그의 단봉낙타와 똑같이 키가 크고 하얀 낙타가 등에 인도식 가마를 얹고 있었다. 이집트인은 양손을 가슴에 얹고 하늘을 우러르며 외쳤다.

“신만이 위대하시다!”

사내의 눈에 눈물이 고였고, 영혼에 경외심이 출렁댔다.

손님이 가까워지더니 걸음을 멈추었다. 그도 방금 막 정신을 차린 듯했다. 그는 앉아 있는 낙타와, 천막과, 문간에 기도하듯 서 있는 사내를 보았다. 그가 양손을 맞잡고 머리를 숙여 조용히 기도하고는, 낙타의 목을 밟고 모래밭으로 내려섰다. 이집트인은 손님에게, 손님은 이집트인에게 다가갔다. 서로 바라보았고, 그러다가 끌어안았다. 각자 오른팔을 상대의 어깨에 올리고 왼팔로 허리를 안고서 턱을 먼저 왼쪽 가슴에, 그 다음에 오른쪽 가슴에 댔다.

"평안하시기를, 진실한 신의 종이여!"

손님이 말했다.

"평안하시기를, 진정한 믿음의 형제여! 그대의 평안을 빌며 환영합니다."

이집트인이 열렬하게 말했다.

손님은 키가 크고 수척했다. 마른 얼굴, 쑥 들어간 눈, 허연 머리와 수염, 계피와 청동의 중간쯤인 피부색. 그도 무기를 지니지 않았다. 차림새는 인도풍이다. 두건 위로 숄을 겹겹이 두른 터번을 썼고, 더 짧은 점만 빼면 이집트인과 비슷한 아바를 걸쳐서, 발목에서 주름이 잡히는 통 넓은 바지가 드러났다. 샌들 대신 앞코가 뾰족한 붉은 가죽 슬리퍼를 신었는데, 발만 빼고 머리부터 발까지 흰색 리넨이었다. 사내는 고귀하고 당당하고 경건한 분위기를 풍겼다. 동방의 영웅서사시*에 나오는 위대한 고행자 비스바미트라Visvamitra가 꼭 그런 모습이리라. 브라마**의 지혜를 고스란히 간직한, 신앙의 화신으로 불렸을 법한 모습이었다. 다만 눈이 그가 인간이라고 말해 주었다. 포옹을 풀고 고개를 들자 그의 두 눈에 눈물이 반짝거렸다.

"신만이 위대하십니다!"

인도인이 외쳤다.

이집트인은 그가 자신과 똑같이 말한 것에 놀라며 화답했다.

---

* 인도의 영웅서사시 《마하바라타》를 가리키는 듯하다.

** 힌두교의 3주신이 브라마(창조의 신), 비슈누(유지의 신), 시바(파괴의 신)다.

"그리고 신을 섬기는 이들이 복 받기를! 하지만 기다립시다. 보십시오, 저기 다른 손님이 오시니!"

북쪽에서 역시나 하얀 낙타가 배처럼 다가오고 있었다. 두 사람은 나란히 서서 기다렸다. 새 길손이 당도해서 낙타에서 내려 그들에게 다가올 때까지.

"평안하시기를, 나의 형제여!"

손님이 인도인을 포옹했다.

"신의 뜻이 이루어졌군요!"

인도인이 답했다.

마지막 손님은 두 사람과 아주 달랐다. 체구가 더 호리호리하고 얼굴이 희었다. 작지만 잘생긴 두상에서 곱슬거리는 금발이 보기 좋았고, 진청색 눈에서 섬세한 정신과 따뜻하고 용감한 품성이 비쳤다. 두건은 쓰지 않았고 무기도 없었다. 아무렇게나 둘렀는데도 우아해 보이는 자주색 모포 아래로 반팔 튜닉이 보였다. 허리춤을 묶었는데, 무릎 길이에 목이 깊게 패여서 목과 팔다리의 맨살이 드러났다. 발에는 샌들을 신었다. 50년쯤 혹은 그 이상 살았지만, 몸가짐에 무게감이 생기고 말투가 진중해진 것 말고는 세월의 흔적이 보이지 않았다. 육신과 영민한 정신은 고스란히 유지되었다. 그의 출신을 추측해볼 필요는 없었다. 한눈에 그리스인 혹은 그 후손이 분명했다.

손님이 포옹을 풀자, 이집트인이 떨리는 목소리로 말했다.

"성령이 저를 먼저 인도하셨으니, 제가 형제들의 종으로 선택받았음을 압니다. 천막을 세우고 식사도 준비해 두었습니다. 제 소임을 다하게 해 주시지요."

이집트인은 두 사람의 손을 잡고 천막 안으로 이끌어서, 샌들을 벗기고 발을 씻겼다. 손에도 물을 부어 주고 수건으로 닦아 주었다. 그런 다음 제 손까지 씻고 나서 말했다.

"우리 자신을 보살핍시다, 형제들이여. 하루의 남은 소임을 다할 기운을 내기 위해 식사합시다. 식사하면서 서로 어떤 사람인지, 어디서 왔는지, 어떻게 부름 받았는지 알아봅시다."

그가 두 사람을 식사 자리에 마주 보게 앉혔다. 셋이 동시에 머리를 숙이고 손을 가슴에 얹고 함께 입을 열어 간단한 기도를 올렸다.

"만물의 아버지, 하느님! 저희가 여기 가진 것은 당신이 베푸신 것입니다. 저희의 감사를 받으시고, 저희가 계속 당신의 뜻을 행하도록 저희를 축복하소서."

기도를 마치고 그들은 놀란 눈으로 서로를 바라보았다. 각자 상대가 모르는 언어로 말했지만, 무슨 말인지 정확히 알아들었다. 그들의 영혼은 성스러운 감동으로 물결쳤다. 그 기적으로 신이 임재하심을 느꼈기 때문이다.

3

이 만남은 로마력 747년* 12월에 이루어졌다. 지중해 동쪽은 한겨

---

* 기원전 5년경

울이었다. 이 계절에 사막을 달리자면 금방 허기가 졌다. 천막 아래의 일행들도 예외가 아니어서, 정신없이 주린 배를 채우고 포도주까지 마신 후에야 대화를 시작했다.

식탁을 주재한 이집트인이 말문을 열었다.

"낯선 땅에 온 나그네는 친구가 자기 이름을 불러 주는 것만큼 기분좋은 일이 없지요. 우리 앞에 함께할 날이 많습니다. 그러니 지금은 서로를 알 시간입니다. 마지막에 오신 분부터 이야기해 주시면 어떨까요."

그리스인이 신중한 성격대로 느릿느릿 운을 뗐다.

"형제들이여, 워낙 밑도 끝도 없는 이야기라서 어디서 시작해야 될지, 무슨 말을 해야 적절할지 난감합니다. 아직 나 스스로도 이해가 되지 않으니까요. 다만 의심의 여지없이 확신하는 것은, 내가 주님의 뜻을 행하고 있고 섬김이 지속적인 황홀감을 준다는 것입니다. 내게 주어진 소명을 생각하노라면 내 안에 형언 못할 기쁨이 차올라서 그것이 신의 의지임을 알게 됩니다."

선량한 사내가 벅차서 잠시 말을 잇지 못하자, 다른 두 사람도 공감하며 시선을 떨궜다. 그리스인이 말을 이었다.

"여기서 서쪽으로 먼 곳에 영영 기억될 땅이 있습니다. 세상이 큰 빚을 졌기 때문입니다. 인간에게 가장 순수한 기쁨인 것들을요. 예술 이야기가 아닙니다. 철학이나 웅변, 시, 전쟁 얘기도 아닙니다. 아, 형제들이여, 완전한 문자로 기록해서 영원히 빛내 주는 영광입니다. 우리가 찾아가 찬양할 그분도 그렇게 문자로 만방에 알려질 겁니다. 그곳은 그리스입니다. 나는 아테네 사람 클레안테스의 아들인 가스파르입니다.

그리스인은 학문에 온 마음을 다합니다. 저 역시 똑같은 열정을 물려받았지요. 그래서 그리스에는 철학자가 수없이 많습니다. 그 가운데 가장 위대한 두 분이 있는데, 한 분은 '모든 인간에게 깃든 영혼의 불멸성'을 가르치고, 다른 한 분은 '무한히 정당한 유일신'을 가르칩니다. 나는 다양한 주장들 중에서 그 둘에 주목했습니다. 각각만으로도 해답을 모색할 가치가 충분하지만, 특히 신과 인간의 영혼 사이에 규명되지 않은 관계가 있다고 생각했기 때문입니다. 하지만 머리로 추론하다 보면 어느 지점에서 꽉 막힌 벽에 부딪치곤 했습니다. 도저히 뚫을 수가 없더군요. 그저 모든 것을 멈추고 도와달라고 울부짖는 수밖에 없었어요. 그래서 그렇게 했습니다. 하지만 벽 너머에서 어떤 응답도 들려오지 않았습니다. 저는 완전히 절망해서 도시와 학당들을 떠나버렸지요."

인도인의 수척한 얼굴에 침울한 동조의 미소가 번졌다.

그리스인이 계속 말했다.

"그리스 중부 테살리아 지방에 신들의 집으로 유명한 올림포스 Olympos산이 있습니다. 우리 민족이 최고신으로 믿는 제우스가 거기 살지요. 나는 그곳으로 갔습니다. 산이 서쪽에서 와서 남동쪽으로 굽는 지점의 언덕에서 동굴을 발견했죠. 그 동굴에서 명상에 전념했지요. 아니, 모든 숨결이 기도가 되는 순간을, 계시를 기다렸습니다. 보이지 않지만 궁극의 신이 계시다고 믿었고, 온 영혼을 다해서 간구하면 긍휼히 여겨 응답을 주시리라 믿었습니다."

"과연 그러셨군요, 그러셨어요!"

인도인이 무릎을 덮은 비단 천에서 양손을 들면서 외쳤다.

"더 들어 주십시오, 형제여."

그리스인이 애써 진정하면서 설명을 이어 갔다.

"그 은둔처 입구에서 바다의 어귀인 테르마이코스만灣이 보였습니다. 그런데 어느 날 지나가는 배에서 사람이 내던져지는 것을 보았습니다. 그가 헤엄쳐서 해안으로 오더군요. 나는 그를 보살폈습니다. 그는 유대인으로 자기 민족의 역사와 율법을 잘 아는 사람이었는데, 그가 내가 기도하는 신이 실제로 존재하며 오랜 세월 그들의 율법을 만들고 통치하는 왕이셨다고 말했습니다. 그게 계시가 아니고 무엇이겠습니까? 나의 믿음은 헛되지 않았던 겁니다. 신이 나에게 응답해 주셨습니다!"

"그분은 믿음으로 간구하면 누구에게나 응답하십니다."

인도인이 말했다.

"하지만 안타깝지요! 그분의 응답을 알아차릴 만큼 현명한 자가 거의 없으니까요!"

이집트인이 말했다.

그리스인이 말을 이었다.

"그게 다가 아닙니다. 내게 보내진 사람은 더 많은 이야기를 들려주었습니다. 첫 계시 이후의 시대에 신과 함께 걷고 대화한 선지자들은 그분께서 다시 오실 거라고 선포했다더군요. 그가 선지자들의 이름과, 신성한 책에 나온 그들의 말을 알려 주었습니다. 게다가 재림은 임박했다고, 당장 예루살렘에서 일어날 거라고 했습니다."

그리스인이 잠시 말을 멈추었다. 환했던 얼굴빛이 잦아들었다.

"사실은…… 그는 이렇게 말했습니다. 신과 신의 첫 계시는 오로지 유대인을 향한 것이었고, 이번에도 그렇다고요. 이제 오실 분은 유대인의 왕이라고. 나는 물었습니다.

'그 신은 나머지 세상에는 아무것도 아닙니까?'

그는 의기양양하게 대답했습니다.

'네, 우리가 그의 택함을 입은 민족입니다.'

하지만 나는 소망을 꺾지 않았습니다. 왜 그런 신이 사랑과 은혜를 한곳에만, 한 집안에만 주었을까요? 나는 간절히 알고 싶었습니다. 그래서 결국 그 유대인의 자만심을 뚫고 들어가서 알아냈습니다. 그의 조상들은 진실을 후세에 전하기 위해 선택된 종에 불과하고, 마침내 온 세상이 그 소식을 알고 구원받으리라는 것을 말입니다.

유대인이 떠나고 다시 혼자가 되었을 때 나는 새로운 기도로 영혼을 정화했습니다. 왕이 오실 때 내가 알고 경배할 수 있게 해 달라고. 어느 밤 동굴 입구에 앉아서 내 존재의 신비에 더 다가가려고, 어느 쪽이 신을 아는 길인지 알아내려고 애쓰고 있는데 갑자기 저 아래 바다에서, 아니, 바다를 뒤덮은 어둠 속에서 별이 빛났습니다. 그 별이 천천히 떠올라 가까워지더니 동굴 바로 위에 우뚝 섰습니다. 나는 별빛에 휩싸여 쓰러졌습니다. 잠들었고 꿈에서 목소리를 들었습니다.

'가스파르여! 그대의 믿음이 이겼다! 그대는 축복받았다! 세상 맨 끝에서 오는 두 사람과 함께 그대는 언약 받은 그분을 만나 그의 증거자가, 그를 위해 증거하는 자가 되리라. 아침이 밝으면 일어나서 그들을 만나러 가라. 성령의 인도하심을 계속 믿으라.'

나는 아침에 태양의 빛보다 밝은 성령의 빛을 안고 일어났습니다. 곧장 은자의 의복을 벗고 예전처럼 차려 입었죠. 도시에서 가져왔던 보물도 챙겼습니다. 배가 지나가고 있길래 소리쳐 불러 탔습니다. 안디옥*에서 내려 낙타와 가마를 샀고요. 오론테스Orontes 강독의 아름다운 정원들과 과수원들을 지나 에메사, 다메섹, 보스트라, 빌라델비아**를 거쳐 이곳에 왔습니다. 형제들이여, 제 이야기를 다 했습니다. 이제 여러분의 이야기를 들려주십시오."

4

이집트인과 인도인이 서로 바라보았다. 이집트인이 손을 내젓자 인도인이 절을 하고 말을 시작했다.

"우리 형제께서 잘 이야기해 주셨습니다. 나도 그렇게 지혜롭게 말씀드려야 될 텐데……."

그는 말을 끊고 잠시 생각에 잠겼다가 말을 이었다.

"형제들이여, 나는 멜키오르라고 합니다. 나는 지금 여러분께, 세상에서 가장 빨리 만들어지지는 않았지만 적어도 가장 빨리 소멸해

---

* 로마 제국에서 3번째로 큰 도시. 인구가 50만에 달했다. 배들과 대상들이 드나드는 부유한 상업도시이자, 정치적으로도 시리아 지역의 수도로서 유대까지 통치했다. 시리아와 안디옥을 가로질러서 오론테스 강이 흘렀다.

** 현재의 암만

서 활자로만 남을 언어, 산스크리트어로 말하고 있습니다. 나는 인도인입니다. 우리 민족은 지식이라는 분야를 처음으로 개척해서, 최초로 체계를 나누고 훌륭하게 다듬었습니다. 앞으로 어떤 일이 일어나도 네 권의 베다*는 존속할 겁니다. 모든 종교와 실용지식의 원천이니까요. 거기서 파생된 《우파베다Upa-Veda》는 브라마의 말씀으로 의학, 궁도, 건축, 음악 등 460가지의 기술을 다룹니다. 《베당가Ved-Anga》는 감화된 성자들에게 주는 계시로 천문학, 문법, 운율, 발음, 주문, 종교제례 및 의식을 다룹니다. 《우팡가Up-Anga》는 현자 비야사Vyasa가 쓴 경전으로 우주학, 연대학, 지리학을 파고 듭니다. 거기에 힌두교 신들과 반신半神(영웅)들을 기리는 위대한 시 《라마야나Ramayana》와 《마하바라타Mahabharata》도 있습니다. 아, 형제들이여, 얼마나 위대한 샤스트라Shastra(신성한 율법의 책)들인지! 비록 내게는 이제 죽은 것들이지만, 인도인의 비범함이 영원히 피어나게 해 줄 것입니다. 그것들은 빨리 완벽에 도달하는 지름길을 약속했습니다.

왜 그 약속들이 깨졌냐고요? 안타까워라! 책들이 스스로 발전의 모든 문들을 닫고 있기 때문입니다. 창조물을 보살핀다는 미명 하에, 저자들은 치명적인 원칙을 세워 버렸습니다. '인간은 직접 발견하거나 발명하면 안 된다. 신들은 인간에게 필요한 것을 이미 다 주었다.' 그것이 신성한 율법이 되자 인도인의 비범함의 등불은 우물에 갇혔고, 좁은 우물 벽과 씁쓸한 물만 비추게 된 것입니다.

형제들이여, 자랑하려고 한 말이 아닙니다. 위대한 경전들이 최고

---

* Veda. 브라만교(힌두교의 전신)의 경전

신 브라마를 말하고, 푸라나Purana(우팡가의 거룩한 시들)에 '미덕과 선행과 영혼'이 적혀 있다고 말하려는 겁니다. 설명을 허락해 주신다면⋯⋯."

인도인은 그리스인에게 정중하게 절하고서 말을 이었다.

"그리스인보다 먼저 인도인이 '신과 영혼'이라는 두 위대한 개념에 대해 사색했습니다. 경전 내용을 더 자세히 소개하자면, 브라만*은 삼위일체(브라마, 비쉬누, 시바)입니다. 브라마가 인간을 창조하고 4개 카스트**로 나눴습니다. 천계와 땅을 가르고, 땅을 인간들을 위해 준비한 다음, 입에서 브라만 계급을 쏟아냈습니다. 자신과 가장 닮아 가장 높고 고귀하기에, 유일하게 베다를 가르칠 수 있는 이들이지요. 브라만 계급을 쏟아낼 때, 모든 실용지식의 완성형인 완벽한 베다도 같이 흘러나왔습니다. 그 후에 팔에서 크샤트리아(무사)가, 생명이 자리한 가슴에서 바이샤(생산자, 그러니까 목동과 농부와 상인)가 나왔습니다. 천함의 상징인 발에서는 수드라(노예)가 나왔으니, 다른 계급들을 위해 노동을 해야 하는 자들(농노, 가정부, 산파, 기능공)입니다.

이렇게 카스트는 타고 나기 때문에 바꿀 수 없습니다. 브라만이 하위 계급에 들어가는 것도 안 됩니다. 이것이 율법입니다. 이를 어기면 '추방자'가 되어 모든 이들에게 외면 받습니다."

그리스인은 그런 수모의 결과들을 성급하게 상상하다가 산만해져

---

* brahman. 우주를 창조하고 지배하는 '근원의 힘'이다.
** 브라만(제1 계급)-크샤트리아(제2 계급)-바이샤(제3 계급)-수드라(제4 계급)

서 외쳤다.

"아, 형제여, 그런 처지라면 사랑 많은 신이 무척 필요하지요!"

"그렇지요, 우리 주님 같은 사랑 많은 신이 필요합니다."

이집트인이 거들었다.

인도인은 양미간을 잔뜩 찌푸렸지만, 감정을 가라앉히고 한결 차분한 어조로 말을 이어 갔다.

"나는 브라만 계급으로 태어났습니다. 그렇게 내 인생은 아주 작은 행동까지, 마지막 시간까지도 정해졌습니다. 첫 수유, 복잡한 작명, 처음 햇빛을 쬐러 나가는 산책, 세겹 실을 받고 재생족*이 될 의식, 이 모든 것을 거룩한 말씀과 엄격한 의례로 축하했습니다. 걷거나 먹거나 마시거나 자는 일에도 늘 계율을 위반할 위험이 도사렸습니다. 그리고 아, 형제들이여, 벌이 있었습니다. 영혼에 가해지는 벌! 태만의 정도에 따라 영혼은 각자의 천계에 들어가거나(브라마가 가장 높고 인드라**가 가장 낮습니다) 곤충, 파리, 물고기, 짐승으로 환생합니다. 계율을 완벽하게 지키면 지복Beatitude(브라마의 본성으로 통합)을 얻는데, 그것은 해탈만큼이나 쉽지 않은 일입니다."

인도인은 잠시 생각에 잠겼다가 계속 말을 이었다.

"브라만의 인생 1단계는 학생의 삶입니다. 나는 2단계(결혼해서 가장이 되는 시기)로 접어들려 할 때 모든 것에 대해, 심지어 브라만에 대해서까지 회의를 느꼈습니다. 나는 이단자였지요. 깊은 우물 속

* 카스트의 1~3계급을 가리키는 말로, 주로 브라만을 지칭한다.
** Indra. 힌두교의 '전쟁의 신'.

에서 저 위의 빛을 보았고, 위로 올라가 빛이 비추는 모든 것들을 보고 싶어졌습니다. 아, 그 고통의 시간! 하지만 대명천지에 서서 생명의 원리, 종교의 본질, 신과 영혼의 관계를 보게 되었습니다. 사랑 말입니다!"

선한 자의 어둡던 얼굴이 환해졌다. 그가 두 손을 꼭 맞잡고 침묵했다. 인도인을 바라보는 그리스인의 눈가가 촉촉했다.

인도인이 다시 이야기를 시작했다.

"사랑이 주는 행복은 실천에 있습니다. 타인을 위해 무엇을 기꺼이 하느냐가 그 시험대입니다. 저는 안식할 수 없었습니다. 브라만이 세상에 너무 많은 고통을 채웠습니다. 수드라 계급이, 셀 수 없이 많은 순종자들과 희생자들이 마음에 걸렸습니다. 신성한 갠지스 강이 인도양으로 흘러드는 곳에 강가라고르Ganga Lagor 섬이 있습니다. 나는 그리로 가서 현자 카필라에게 봉헌된 사원에서, 성자를 흠모해 그의 집을 지키는 제자들과 합심해서 기도하며 안식을 구했습니다.

매년 두 차례 정화 의식을 위해 강가로 오는 인도인 순례자들의 번뇌를 보며 내 사랑은 단단해져 갔습니다. 말로 내뱉고 싶은 충동을 억누르느라 이를 악물었습니다. 브라만이나 삼위일체나 샤스트라에 대해 한 마디라도 나쁘게 말하면 내 운명은 끝이니까요. 가끔 추방당하고 헤매다가 뜨거운 모래밭에서 죽어가는 브라만들을 만나지만, 그들에게 친절을 (축복의 말이나 물 한 잔이라도) 베풀면 나 역시 추방자가 되어 가족, 고향, 특권과 카스트를 다 잃으니까요. 하지만 사랑이 이겼습니다!

내 결심을 말했더니 제자들이 사원에서 쫓아냈습니다. 순례자들이 돌팔매질을 했습니다. 섬에서 나와야 했지요. 큰길가에서 설교하려고 했더니, 내게서 달아나거나 죽이려고 달려들었습니다. 인도 땅 어디에서도 안식이나 안전은 없었습니다. 추방자들 사이에서도 마찬가지였지요. 그들도 내심 여전히 브라마를 신봉했으니까요.

궁지에 빠진 나는 고독을 찾아다녔습니다. 세상 모든 것을 등지고 신을 찾아갔지요. 갠지스 강의 발원지를 쫓아 히말라야로 올라갔습니다. 청정한 강이 진흙탕 저지대로 뛰어드는 하르드와르*에서, 나는 우리 민족을 위해 기도하며 영영 고국을 떠나자고 생각했습니다. 골짜기를 지나고 절벽을 넘고 빙하 지대를 가로지르고, 별에 닿을 듯한 봉우리를 타고 넘어서 랑초Lang Tso 호수에 이르렀습니다. 입이 떡 벌어지게 아름다웠어요. 태양 아래 빛나는 만년설을 왕관처럼 쓴 티제강그리 산, 구를라 산, 카일라스파르봇 산의 기슭, 바로 지구의 중심이었습니다. 거기서 인더스 강, 갠지스 강, 브라마푸트라 강이 발원해 각기 다른 방향으로 흐릅니다. 인류는 그곳을 첫 주거지로 삼았다가, 위대한 사실을 증거하기 위해 '도시의 어머니' 발흐(박트라)를 떠나 뿔뿔이 나뉘어 세상을 채웠습니다. 자연은 광활한 원시 상태로 돌아가 현자들과 추방자들을 맞아들이고 고독과 안전을 줍니다. 바로 거기서 나는 오직 신과 더불어 살며, 기도하고 금식하며 죽음을 기다렸습니다."

다시금 목소리가 잦아들었고, 그는 앙상한 손을 뜨겁게 마주쳤다.

"어느 밤 호숫가를 거닐며 내게 귀 기울이는 적막에게 말을 걸었

---

* 힌두교 7대 성도의 하나로 '신의 문'이라는 뜻이다.

지요. '언제 신이 오셔서 데려가실까? 구원은 없는 걸까?' 갑자기 물 위에서 빛 하나가 떨리며 빛나는가 싶더니, 곧 별이 떠올라 나를 향해 왔고 머리 위에 멈춰 섰습니다. 나는 너무 눈이 부셔서 정신을 잃고 쓰러졌습니다. 그때 한없이 감미로운 목소리가 들렸습니다.

'그대의 사랑이 이겼다. 그대를 축복하노라, 인도의 아들이여! 구원이 임박했다. 그대는 머나먼 땅에서 오는 다른 두 사람과 함께 구주를 보고 증인이 될 것이다. 아침이 오면 일어나서 그들을 만나러 가라. 그대를 인도할 성령을 전심으로 믿으라.'

그 순간부터 줄곧 빛이 저와 동행했습니다. 그래서 그것이 성령의 발현임을 알았지요. 다음 날 아침 나는 왔던 길을 되짚어서 다시 세상으로 내려왔습니다. 산에서 발견한 값진 원석을 하르드와르에서 팔았습니다. 라호르, 카불, 야즈드를 지나서 이스파한으로 갔지요. 거기서 낙타를 사서 카라반을 기다리지 않고 빛을 따라 바그다드로 갔습니다. 홀로 여행했지만 두렵지 않았던 것은 성령이 나와 함께하셨기 때문입니다. 그리고 지금도 함께하십니다. 형제들이여, 우리는 얼마나 영광스러운지요! 우리는 구주를 알현하고, 그분과 대화하고, 그분을 경배할 것이니! 내 이야기는 이만 마치겠습니다."

5

활달한 그리스인이 기쁨과 축하의 말을 했다. 이집트인은 성품대로 진중하게 말했다.

"당신께 경의를 표합니다, 형제여. 큰 고초를 겪으신 분이 승리를 얻으시니 정말 기쁩니다. 두 분이 내 이야기를 즐거이 들어 주신다면, 이제 내가 누구인지 어떻게 부름 받았는지 말씀드리지요. 잠시만 기다려 주십시오."

이집트인이 나가서 낙타들을 보살피고 돌아와서, 자리에 앉았다.

"형제들이여, 두 분이 성령의 언어로 말씀하시니, 성령의 도움으로 내가 그 언어들을 이해했습니다. 또 두 분이 각자 고국의 사정을 이야기했는데, 거기에서도 주님의 큰 뜻을 느꼈습니다. 내 이야기를 들으면 이해가 되실 겁니다. 나는 이집트인 발타사르입니다."

나직히 읊조리는 말투였지만, 워낙 기품이 넘쳐서 듣던 두 사람이 그에게 절을 했다. 이집트인이 말을 이었다.

"이집트인은 장점이 많은데, 한 가지만 꼽자면 바로 역사입니다. 이집트인이 역사를 시작했습니다. 최초로 사건들을 기록으로 남겨서 영원히 보존했습니다. 그래서 우리에게는 전통이나 시보다 '확실성'이 있습니다. 궁전과 사원의 파사드에, 오벨리스크에, 묘실 내벽에 왕들의 이름과 업적을 새겼습니다. 파피루스에는 철학자들의 지혜와 종교의 비밀들을 모두 적었습니다. 딱 한 가지만 빼고요. 우리의 기록은, 멜키오르 님, 파라브라만Para-Brahm의 베다나 비야사의 우팡가보다 오래되었습니다! 가르파르 님, 호메로스의 노래나 플라톤의 형이상학보다도 오래된 것입니다! 중국 왕의 경전, 아름다운 마야의 아드님인 싯다르타의 경전, 히브리인 모세의 창세기보다도 오래된 것, 그것은 인류 최고最古의 기록인 이집트 초대 왕 메네스*의

글들입니다."

그는 말을 끊더니 큰 눈으로 그리스인을 다정하게 바라보았다.

"가르파르 님, 헬라스** 초기에 스승들의 스승들은 누구였습니까?"

그리스인이 빙그레 웃으면서 절했다. 발타사르가 말을 이었다.

"기록들로 우리는 압니다. 이집트인이 극동에서, 성스러운 세 강의 발원지인 지구의 중심(멜키오르 님이 언급하신 그곳!)에서 나오며 대홍수 이전의 세상과 대홍수에 대한 역사서를 가져왔습니다. 노아의 아들***이 아리아인에게 전한 것과 같은 것입니다. '창조자이자 기원'이신 신과 '신처럼 불멸인' 영혼에 대해 쓰여 있습니다. 우리가 부름 받은 사명을 끝낸 후에 나와 함께 가시면, 사제들의 성스러운 도서관을 보여 드리겠습니다. 특히 《사자의 서》는 영혼이 죽음 후에 심판의 길에서 가면서 지켜야 되는 의례를 담고 있습니다. '신과 불멸의 영혼'이라는 개념이 미스라임에게 전해졌고, 그가 나일강 유역으로 퍼뜨렸습니다. 당시 그 개념들은 순수해서 이해하기 쉬웠지요. 신은 항상 우리의 행복을 원하신다는 것이었습니다. 첫 경배 역시, 기쁨과 희망과 창조주에 대한 사랑으로 가득한 영혼에서 자연스럽게 노래와 기도가 흘러나왔습니다."

그리스인이 양손을 올리고 외쳤다.

---

* Menes. 기원전 3100년경 상이집트의 왕으로서 하이집트를 정복해서 '고대 이집트 제1 왕조'를 열었다.

** Hellas. 고대 그리스로 '희랍'이라고도 한다. 현재의 그리스와 구분된다.

*** 노아의 장남 셈(Sem)을 중동 민족의 기원(황인), 차남 함(Ham)을 애굽 및 아프리카인의 기원(흑인), 삼남 야벳(Japheth)을 아리아인의 기원(백인)으로 말한다.

"아! 나의 내면에서 빛이 깊어집니다!"

"나도 그렇습니다!"

인도인도 똑같이 열정적으로 말했다.

이집트인은 자애롭게 두 사람을 응시하다가 말을 이었다.

"종교는 인간과 창조주를 잇는 율법에 불과합니다. 신과 영혼, 그리고 그 둘의 상호인식만 있죠. 실천 단계에서 경배, 사랑, 보상이 파생됩니다. 이것들도 맨 처음에는 다른 신성한 법칙들처럼 (그러니까, 땅과 태양을 묶는 법칙처럼) 완전했습니다. 형제들이여, 이집트인의 조상인 미스라임의 종교가 그랬습니다. 그가 창조의 이치를 몰랐을 리 만무하니까요. 그래서 최초의 신앙, 초창기 경배에는 창조의 이치가 확연히 드러납니다. 신은 완전하시고, 단순함이야말로 완전합니다. 인간들이 이런 진실들을 가만두지 않는 것이야말로 저주 중의 저주입니다."

이집트인이 잠시 말을 끊었다. 이야기의 방식을 고심하는 듯했다.

"많은 나라들이 아름다운 나일 강을 사랑했습니다. 에티오피아인, 팔리푸트라인, 히브리인, 아시리아인, 페르시아인, 마케도니아인, 로마인…… 히브리인만 빼고 모두가 한때 나일 강을 차지했지요. 워낙 여러 민족이 오가며 미스라임의 신앙이 훼손되었습니다. 결국 종려나무 계곡은 '신들'의 계곡이 되었지요. 신이 여덟*로 나뉘고 각각 자연의 창조 원리를 맡습니다. 우두머리가 아몬 레Amon-Re고, 이시스Isis와 오시리스Osiris 등이 물, 불, 공기 및 다른 힘들을 주관합니다. 이후

---

* 아몬 레는 이집트의 민족신이다. 이시스는 풍요의 여신, 오시리스는 지하세계의 신으로 부부이다.

에도 새로운 신들이 계속 생겨서, 결국 인간의 덕목인 힘, 지식 따위를 대표하는 신까지 생깁니다."

그리스인이 충동적으로 내뱉었다.

"우매하기 짝이 없는 인간! 손이 닿지 않게 멀리 있는 것들만 그대로 남았어요."

이집트인이 절을 하고 계속 말했다.

"아, 형제들이여! 내 소개로 들어가기 전에 하던 이야기를 조금만 더 하겠습니다. 우리가 지금부터 하려는 일은 현재나 과거의 어떤 일들과 비교가 안 되게 성스러운 일일 겁니다. 기록에 의하면 미스라임은 에티오피아인이 지배하는 나일 강을 발견했는데, 풍요롭고 재능이 뛰어나고 전심으로 자연을 경배하는 민족으로 아프리카 사막 전역에 퍼져 있었지요. 서정적인 페르시아인은 태양을 자신들의 신인 오르무즈드*의 현신으로 여겨서 제물을 바쳐 경배했습니다. 독실한 신자들은 나무와 상아에 자신들의 신을 조각하기도 했고요. 하지만 에티오피아인은 문자도 없고 책도 없고 아무 기술도 없었기에 짐승, 새, 곤충을 경배하는 것으로 영혼의 위안을 삼았습니다. 고양이를 레, 소를 이시스, 메뚜기를 프타**로 모시는 식으로요. 그들의 저속한 신앙은 기나긴 갈등 끝에 새 왕국의 종교를 수용하는 것으로 막을 내렸습니다. 그러자 강변과 사막 곳곳에 거대한 기념물들이 치솟았지요. 오벨리스크, 미로, 피라미드, 악어묘와 뒤섞인 왕의 무덤

* Ormuzd. 조로아스터교의 최고신. '아후라마즈다'라고도 한다. 지혜와 선의 신이어서 아리만(어둠과 악의 신)과 대립한다.
** Ptah. 고대 이집트의 창조의 신. 파괴의 여신 세크메트의 남편이다.

들까지. 그런 깊은 나락까지 떨어지다니!"

여기서 처음으로 이집트인이 침착함을 잃었다. 얼굴 표정은 그대로였지만 목소리에서 티가 났다.

"부디 우리 이집트인을 너무 멸시하지는 말아 주십시오. 신을 완전히 잊은 것은 아니었으니까요. 아까 이집트인이 파피루스에 종교의 비밀들을 모두 남겼는데 한 가지만 예외라고 했던 말, 기억하십니까? 그 한 가지를 이야기하겠습니다. 한때 왕이었던 파라오가 있었습니다. 그는 변화와 성장에 몰두했습니다. 구습을 축출하고 새 제도를 갖추려고 애썼지요. 당시 히브리인들이 이집트인의 노예로 같이 살고 있었습니다. 그들은 자기네 신에게 매달렸는데, 박해를 견딜수 없게 되었을 때 절대로 잊지 못할 방식으로 해방되었지요. 다 기록에 있는 이야기입니다. 히브리인 모세*가 궁전에 가서, 백만 명의 노예들이 이집트를 떠나게 허락해 달라고 요구합니다. 이스라엘의 주 하느님 이름으로 한 요구였는데, 파라오가 거절합니다. 그랬더니 호수, 강, 우물, 심지어 그릇에 담긴 물까지 전부 피로 변합니다. 그래도 왕은 거부합니다. 개구리 떼가 나타나 천지를 덮었지요. 그런데도 파라오는 단호했습니다. 그러자 모세가 공중에 재를 뿌립니다. 역병이 돌고, 히브리인의 소유가 아닌 소가 전부 죽고, 메뚜기 떼가 계곡의 푸른 것들을 모조리 먹어 치우죠. 한낮인데 날이 캄캄하고, 등잔에 불도 켜지지 않더니, 결국 한밤중에 모든 이집트인 장자들이 죽

---

* 유대인들은 기원전 1600년경 팔레스타인 지역의 기근을 피해 애굽으로 이주했다. 400년쯤 지난 기원전 1200년경 유대인에 대한 박해가 심해지자 모세가 무리를 이끌고 애굽을 탈출해서 광야를 떠돈다.

습니다. 파라오의 장남까지도요. 그제야 파라오는 항복하지만, 마지 못한 것이었기에 마지막 순간에 군대를 이끌고 떠나는 유대인 무리 를 추격합니다. 그런데 바다가 갈라져서 도망자들은 젖지 않고 바다 를 건너고, 추격자들이 들어가자마자 파도가 다시 밀려들어서 말이 며 보병, 기마병, 왕까지 익사합니다. 가스파르여, 그대가 계시에 대 해 말씀하셨는데……."

그리스인이 파란 눈을 반짝거리며 외쳤다.

"저도 그 이야기를 그 유대인에게 들었습니다, 발타사르여!"

"그렇군요. 하지만 이건 모세의 이야기가 아니라 이집트의 이야기 입니다. 대리석에 적힌 내용입니다. 그 시대의 사제들이 직접 눈으로 본 일의 기록이지요. 이제 기록되지 않은 한 가지 비밀이 나올 때군 요. 이집트에는 그 불운한 파라오 시절부터 늘 두 가지 종교, 사적인 종교와 공적인 종교가 있었습니다. 후자는 민족들이 숭배하는 다신 교였고, 전자는 사제들만 가슴에 품은 유일신교입니다. 나와 함께 기 뻐해 주십시오, 형제들이여! 여러 나라들의 짓밟음, 그 왕들의 괴롭 힘, 적들의 모든 책략과 시대의 모든 변화는 다 헛되었습니다. 땅에 뿌려진 씨앗이 때를 기다리듯 영광스런 진실은 살아남았으니, 오늘 이 그 날입니다!"

쇠약한 인도인이 기쁨을 몸을 떨었고, 그리스인은 크게 소리쳤다.

"사막이 노래하고 있는 것 같습니다."

이집트인은 근처의 물병을 집어들어 쭉 마시고 말을 이었다.

"나는 알렉산드리아의 왕자이자 사제로 태어나, 그에 걸맞는 교육 을 받았습니다. 하지만 아주 어려서부터 회의가 들었습니다. 사후에 육신이 썩지만 영혼은 최하 단계에서부터 최고이자 최후 단계의 존재인 인간까지의 변화를 다시 반복한다는 부분입니다. 생전의 행실과는 전혀 무관하게 말입니다. 페르시아의 '빛의 왕국'*에 대해 들었을 때, 선인들만 친바트 다리 너머로 간다는 이야기가 머릿속을 떠나지 않았습니다. '영원한 윤회'와 '천국에서의 영생'의 충돌을 밤낮으로 고심했습니다. 신이 공평하다면 왜 선인과 악인의 구분이 없는가?

결국 저는 순수한 종교의 율법이 갖는 필연적인 법칙을 깨달았습니다. 죽음, 사악한 자들은 남겨지거나 없어지고 신의 있는 이들은 더 고양된 삶으로 올라가는 '분리 지점'에 불과하다고요. 한데 고양된 삶이란 부처의 해탈도, 브라만의 무기력한 안식도 아닙니다, 멜키오르 님. 올리포스의 신앙이 허락한 천상, 즉, 좀 나은 지옥도 아닙니다, 가르파르 님. 그것은 삶, 영원히 활발하고 기쁜 '신과 함께 하는 삶'이지요!

그러자 다른 의문이 생기더군요. 왜 이 진실이 사제들을 위해서만 이기적으로 간직되는가? 그때 나는 철학이 우리에게 관용의 정신을 주었다고 믿었습니다. 이집트에 람세스가 아니라 로마의 정신이 흐른다고요. 그래서 어느 날 알렉산드리아에서 가장 화려하고 번잡한 브루케이옴**에 나가서 설교했습니다. 동방과 서방 사람들이 모두 경청했지요. 도서관에 가는 학생들, 세라페움***에서 온 사제들, 박

---

* 빛을 중시하는 조로아스터교를 의미한다. 천당과 지옥 사이에 친바트 다리가 걸쳐져 있다고 말한다.

** Brucheium. 알렉산드리아 도서관과 박물관이 있는 지역의 명칭.

*** Serapeum. 프톨레마이오스 왕조의 국가신 '세라피스'의 신전.

물관에서 나온 관람객들, 경마장 관계자들, 라코티스 출신의 촌사람들 등등 여럿이 걸음을 멈추고 들었습니다. 나는 신과 영혼, 옳고 그름, 천국, 고결한 삶의 보상을 설파했습니다. 멜키오르 님은 돌팔매질을 당했다고 하셨죠. 나의 청중들은 처음에 놀랐다가 이내 웃음을 터뜨리더군요. 재차 시도했더니, 독설을 퍼붓고 내 주님을 마구 놀리고 내 천국을 조롱했습니다. 나는 그들 앞에 쓰러져 버렸습니다."

인도인이 긴 한숨을 내쉬며 말했다.

"형제여, 인간의 적은 인간입니다."

발타사르는 침묵에 젖어 들었다. 이윽고 그가 다시 말을 시작했다.

"나는 실패의 원인을 골똘히 찾았습니다. 도시에서 하루거리인 강 상류에 목동들과 농부들의 마을이 있었습니다. 배를 타고 그리 갔지요. 저녁에 남녀 불문하고 찢어지게 가난한 이들까지 다 불러서 브루케이움의 설교를 똑같이 했어요. 아무도 웃지 않았습니다. 이튿날 저녁에 다시 설교하자, 사람들이 믿고 기뻐하며 소식을 널리 알렸어요. 셋째 날에는 기도 모임이 만들어졌습니다. 나는 도시로 돌아왔습니다. 배를 타고 강을 내려가면서 더없이 밝고 가깝게 반짝이는 별빛 아래서 이 일의 교훈을 되새겼습니다. 개혁을 시작하려면 훌륭하고 부유한 자들에게 가지 말 것. 오히려 행복이라는 그릇이 텅 빈 이들, 가난하고 비루한 이들을 찾아갈 것.

그래서 나는 계획을 세웠고 인생을 바쳤습니다. 첫 단계로 큰 재산을 수익이 안정적인 곳에 투자했습니다. 언제든 고난 받는 이들을 도울 수 있도록요. 그리고 그날부터 나일 강을 오르내리며 이 마을 저 마을 찾아가서 유일신, 공의로운 삶, 천국에서 받는 상을 설파했습니다. 제법 잘해 왔는데, 자화자찬 같아 민망하니 규모는 밝히지 않겠습니다. 다만 세상의 일부가 우리가 찾으러 가는 그분을 받아들일 만반의 준비가 되어 있다는 것은 확실합니다."

열변을 토하느라 가무잡잡한 얼굴이 불그레해졌다. 그가 흥분을 가라앉히고 이야기를 이어 갔다.

"형제들이여, 그렇게 세월을 보내면서 한 가지 생각이 내내 나를 괴롭혔습니다. 내가 죽으면, 내가 시작한 이 과업은 어떻게 될까? 나와 함께 끝나 버릴까? 그 일을 적절히 조직화하려는 시도를 여러 차례 했는데, 번번이 실패했습니다.

형제님들, 이제는 세상에 옛 미스라임의 신앙을 되살리려면 인간의 지지만으로는 부족합니다. 신의 이름으로 와야 할 뿐만 아니라, 반드시 증거를 보여야 합니다. 자신의 말 전부를, 심지어 신까지도 말로 설명해 보여야 됩니다. 사람들의 마음이 온갖 신화와 제도 들에 현혹되어 있고 대지, 공중, 하늘, 어디든 가짜 신들이 꽉 들어차 있으니까요. 전부였던 신이 너무나 작은 부분으로 줄어들어서, 최초의 종교로 돌아가려면 박해 받는 핏빛 길들을 지나야만 가능합니다. 다시 말해 개종자는 철회하느니 차라리 죽음도 불사한다는 각오가 있어야 하는 것입니다.

그렇다면 이 시대에 신 자신이 아닌 그 누가 인간들의 믿음을 그런 지점까지 이끌 수 있겠습니까? 인류를 구원하려고, 인류의 파멸이 아니라 구원을 위하여 주님은 다시 한 번 모습을 드러내셔야 합니다. 그것도 인간의 몸으로 오셔야 합니다."

세 사람은 강렬한 감정에 휩싸였다. 그리스인이 외쳤다.

"우리가 그분을 찾으러 가는 게 아닙니까?"

흥분이 가시자 이집트인이 말했다.

"내가 조직화에 실패한 이유를 이해하셨을 겁니다. 그러나 그때의 나는 확신하지 못했습니다. 그래서 모든 노력이 수포로 돌아가자 완전히 좌절해 버렸죠. 하지만 기도의 힘을 믿고, 형제여, 당신들처럼 간구를 순수하고 강력하게 만들기 위해 잘 닦인 길을 벗어나 인간이 가지 않은 곳, 오직 신만 계신 곳으로 갔습니다. 제5폭포*의 상류, 두 강줄기가 만나는 센나르**의 위쪽으로, 바렐아비아드Bahr el Abiad도 지나쳐서 아프리카의 먼 미지의 땅까지 거슬러 올라갔습니다. 아침이면 창공처럼 파란 산이 서쪽 사막 위로 서늘한 그림자를 넓게 드리웠고, 눈 녹은 물이 폭포가 되어 동쪽 기슭 호수로 떨어졌습니다. 그 호수가 위대한 나일 강의 발원지입니다. 1년 넘게 그 산이 내 집이었습니다. 야자로 육신을, 기도로 영혼을 달랬습니다.

어느 밤 물가의 과수원을 거닐며 기도했습니다. '세상이 죽어갑니다. 당신은 언제 오시렵니까? 왜 제가 구원을 보면 안 됩니까, 주님?' 유리 같은 수면에 별빛이 반짝거렸는데, 별이 하나 떠올랐습니다. 휘황찬란해서 눈이 부셨습니다. 별이 점점 내게 다가와서 머리 위, 손 닿을 듯한 곳에 멈추더군요. 주저앉아서 얼굴을 가렸는데, 다른 세상의 목소리가 들렸습니다. '그대의 선한 일들이 이겼다. 그대를 축복하노라, 미스라임의 아들이여! 구원이 오고 있으니. 세상 끝에서 오

* 나일 강의 6개 폭포 중 다섯 번째.
** Sennar. 수단 동부. 백나일과 청나일 두 강의 사이.

는 두 사람과 함께 구세주를 보고 그를 증거하라. 아침에 일어나서 그들을 만나러 가라. 그대들은 함께 성스러운 도시 예루살렘으로 가서, 유대인의 왕으로 태어나신 이가 어디 계십니까, 하고 물으라. 그대들을 인도할 성령을 온전히 믿으라.'

그 빛이 의심의 여지없이 내면의 빛이 되어, 나를 주재하고 안내하며 함께하고 있습니다. 빛을 따라 강을 내려와 멤피스로 갔고, 거기서 낙타를 사서 수에즈, 쿠필레, 모압, 암몬을 쉬지 않고 지나 여기로 왔지요. 신이 우리와 함께하십니다, 형제여!"

그들은 무언가에 이끌려 자리에서 일어나 서로 바라보았다. 이집트인이 다시 말을 이었다.

"우리가 민족과 역사를 특별하게 설명한 데는 목적이 있다고 말씀드렸습니다. 우리가 찾으러 갈 분은 '유대인의 왕'으로 불렸습니다. 그런데 지금 우리가 만나서 서로의 이야기를 들었으니, 그분이 유대인만의 구세주가 아니라 만방의 구세주라는 것을 알겠습니다. 대홍수에서 살아난 족장은 세 아들과 가족들을 거느렸고, 그들이 세상을 채웠습니다. '기쁨의 땅'으로 알려진 아시아 중심부, 옛 아리아나바에조Aryana-Vaejo 땅에서 그들은 갈라졌습니다. 인도와 극동 지방은 장자의 자녀들을 받아들였고, 막내의 후손은 북부를 지나 유럽으로 흘러들었습니다. 차남의 자손은 홍해 인근의 사막들을 채우고 아프리카로 들어갔고, 대부분 유목민으로 살지만 일부는 나일 강변의 건설자가 되었습니다."

세 사람은 동시에 충동적으로 손을 잡았다.

발타사르가 계속 말했다.

"이보다 더 성스러운 질서가 있을 수 있을까요? 우리가 주님을 찾으면, 노아의 3형제의 자손 모두가 우리와 함께 그분에게 무릎 꿇어 경의를 표하는 것입니다. 그리고 우리가 각자의 길로 가면 온 세상은 새로운 가르침을 얻게 될 겁니다. 천국은 무력이 아니라, 인간의 지혜가 아니라, 믿음과 사랑과 선행으로 얻는다는 가르침을."

침묵이 흐르다가 한숨과 신성한 눈물이 터져 나왔다. 그들을 휘감은 환희 때문이었다. 그것은 생명의 강가에서, 신 앞에서 구원받은 자들에게 거하는 이루 표현 못할 영혼의 기쁨이었다.

세 사람은 함께 천막 밖으로 나갔다. 사막도 하늘도 잠잠했다. 해가 급히 지고 있었다. 낙타들은 잠들었다.

잠시 후 세 친구는 천막을 걷고 남은 음식을 챙긴 후, 낙타에 올라타서 이집트인을 필두로 한 줄로 출발했다. 그들은 정확히 서쪽을 향해 서늘한 밤공기 속으로 들어갔다. 낙타들은 꾸준히 빠른 걸음으로 걸으며 줄을 유지했고 간격도 똑같아서 선두의 발자국을 그대로 밟는 것 같았다. 낙타에 올라탄 이들은 한 마디도 하지 않았다.

점점 달이 떠올랐다. 큰 키의 하얀 형체 셋이 소리 없이 속도를 내며 뿌연 달빛 속을 지나는 모습이, 혐오스런 그림자들에게서 달아나는 망령들처럼 보였다. 갑자기 일행 앞의 허공에, 낮은 언덕 꼭대기보다 높지 않은 곳에 불꽃이 나타났다. 불꽃은 점점 밝아져서 눈부신 불덩어리가 되었다. 그들의 가슴이 쿵쾅거리고 영혼이 전율했다. 세 사람이 한목소리로 외쳤다.

"그 별입니다! 그 별! 신이 우리와 함께 계십니다!"

6

예루살렘 서쪽 성벽에 뚫린 구멍에는 베들레헴 문 혹은 욥바 문*
이라고 불리는 '참나무 문짝'이 매달려 있다. 문짝의 바깥쪽은 예루
살렘에서 중요한 곳이다. 다윗이 시온을 탐내기 훨씬 전, 거기에 성
채가 있었다. 이새의 아들(다윗)은 마침내 여부스인**을 몰아내고 새
로 성벽을 쌓을 때, 옛 성채를 새로운 성벽의 북서쪽 모퉁이로 삼으
면서 훨씬 더 위풍당당한 탑을 세웠다. 하지만 욥바 문은 그대로 두
었다. 그곳을 통과하고 교차하는 도로들이 중요해서 도저히 다른 장
소로 옮길 수 없었던 것이다. 문 주변부는 유명한 장터였다. 솔로몬
왕 시대에는 이집트, 티레Tyre, 시돈Sidon 등지에서 몰려온 장사꾼들
로 하루종일 엄청나게 북적댔다. 3천 년쯤 시간이 흐르면서도 여전
했다. 욥바 문에서는 핀과 피스톨, 나귀나 낙타, 대추야자든 수박이
든, 집부터 대출금까지, 말에 비둘기에 사람에, 없는 게 없었다. 그러
니 '건축왕 헤롯' 시대에는 어떤 장터였을지 짐작이 되고도 남는다!
지금부터 그 시대, 그 장터로 가 보자.

히브리력***으로는 앞서 언급한 현자들의 만남이 셋째 달의 25일,
즉 12월 25일이었다. 올림픽력으로 193년, 로마력으로 747년이었

---

* Joppa Gate. 욥바는 이스라엘 서부 항구 '야파'의 옛 지명.

** Jebusite. 여부스(Jebus)는 '예루살렘'의 옛 지명.

*** 히브리력은 BC 3761년(천지창조)부터, 올림픽력은 BC 776년부터 4년을 단위로,
로마력은 BC 700년경부터 1년을 365일로 정해서 헤아리는 역법이다. 서력은 그리스
도 탄생을 원년으로 삼지만, 실제로는 예수 탄생보다 4년 이상 늦다. 그래서 예수 탄
생 이야기를 하고 있는 이야기 속 시간이 기원전 4년이다.

다. 헤롯 왕이 67세로 재위 35년을 맞았고, 서력으로는 기원전 4년이다. 그날 제1시*에 욥바 문 장터는 이미 활기로 꽉 찼다. 거대한 참나무 문짝이 새벽부터 활짝 열렸다. 인파가 아치형 통로를 지나 큰 탑의 성벽 옆으로 난 좁은 골목과 뜰을 채우고 시내까지 밀려들었다. 예루살렘은 언덕 지대라서 새벽 공기가 꽤 서늘했다. 곧 따뜻해질 기미를 보이는 햇살이 멀리 흙벽과 주변 작은 탑들 위를 지나, 구구대는 비둘기 떼와 왔다 갔다 하며 윙윙대는 새 떼 위로 쏟아졌다.

앞으로 나올 장면들을 이해하려면 주민이든 나그네든 이곳을 오가는 사람들에 대해 알아둘 필요가 있으니, 문에 멈춰 서서 광경을 훑어보는 게 좋겠다. 사람 구경에 지금이 딱 적기다. 조금만 지나면 전혀 다른 분위기로 바뀌니까.

첫 인상은 그야말로 난장판이리라. 움직임, 소리, 색감, 사물이 전부 뒤죽박죽이니까. 골목과 뜰이 특히 그렇다. 넓적한 막돌이 깔린 바닥에 뭔가 긁히는 소리, 발굽 소리, 고함 소리가 온통 뒤섞여서 튀어나온 성벽 돌들 사이에서 요란하게 울린다. 하지만 인파 속에 잠시 섞이면, 흥정 분위기에 조금만 익숙해지면 상황이 가늠될 것이다.

당나귀 한 마리가 짐바구니들을 지고 서서 졸고 있다. 바구니에 갈릴리의 비탈식 밭에서 따온 렌즈콩, 대두콩, 양파, 오이가 잔뜩 담겼다. 주인은 손님을 응대하지 않을 때는 물건을 사라고 소리치는데, 익숙한 사람이 아니면 무슨 말인지 도무지 알아들을 수가 없다. 차림새는 더없이 간소하다. 표백도 염색도 하지 않은 모포를 한쪽 어

* 유대인에게 하루의 시작은 일출이라서, 일출 직후부터 1시간을 '제1시'라고 한다. 즉, 일출을 6시로 본다면 7시가 '제1시', 9시는 '제3시', 오후 3시는 '제9시'다.

깨에 걸치고 허리를 묶었다. 발에는 샌들을 신었다. 근처에 나귀보다 참을성은 없지만 훨씬 당당하고 괴상하게 생긴 낙타가 무릎을 꿇고 있다. 여우털 색의 거칠고 우중충한 털들이 비쩍 마른 몸뚱이에 덥수룩하다. 거대한 안장에 상자들과 바구니들이 요령 있게 올려져 있다. 이집트인 주인은 작고 민첩해 보이는데, 길바닥의 흙먼지와 사막의 모래를 뒤집어쓰면서 사느라 피부가 까맣다. 바랜 타부쉬*를 썼고, 무릎까지 내려오는 민소매의 가운을 허리를 매지 않고 헐렁하게 걸쳤다. 낙타는 등짐이 무거운지 안절부절못하며 끙끙댔고 이따금 이빨을 드러냈다. 하지만 주인은 개의치 않고 그저 줄을 잡고 왔다 갔다 하면서 호객에만 열을 냈다. 그가 파는 것은 기드론 계곡** 과수원에서 갓 따온 포도, 대추야자, 무화과, 사과, 석류다.

골목이 뜰로 이어지는 모퉁이의 회색 돌담에 아낙네 몇이 등을 대고 앉아 있다. 보통의 가난한 여인들의 차림새다. 허리 부분에서 헐렁하게 주름이 잡혀서 발까지 내려오는 베옷에, 폭 넓은 천을 두건처럼 머리를 감싸고 어깨로 늘어뜨렸다. 앞의 돌바닥에 동방에서 물을 길어올 때 쓰는 질그릇 단지들과 가죽병들이 놓여 있고, 그 사이에서 대여섯 아이가 인파와 추위에 아랑곳하지 않고 놀았다. 자주위험한 상황이 벌어지지만 다치지도 않았다. 구릿빛 몸, 새까만 눈, 숱 많은 검은 머리를 보니 이스라엘 혈통이다. 어머니들은 가끔 고개를 들어서 사투리로 얌전하게 물건을 사라고 외쳤다. 병에는 '꿀

* tarboosh. 뒤에 술이 달린 원통형 터키 모자.
** 그때는 물이 풍부하고 땅이 비옥해서 왕실 정원이 있었다.

포도주'가, 단지에는 '독주'가 담겼다. 그녀들의 소리는 장터의 소란에 묻혔고, 경쟁자들 때문에 장사가 신통치 않다. 맨다리를 드러내고 때 묻은 셔츠를 입고 수염을 길게 기른 건장한 남자들이 술병을 등에 매고 곳곳을 누비며 소리쳤던 것이다. "꿀 포도주요! 엔게디 꿀포도로 만들었어요!" 그들은 손님이 부르면 달려가서, 엄지로 술병 뚜껑을 올리고 잔에 진한 핏빛의 감미로운 과일주를 따라 내밀었다.

새 장수도 술 장수 못지않게 뻔뻔하다. 주로 비둘기와 오리였고, 노래하는 피죽새나 종달새도 보였다. 비둘기가 가장 많이 팔렸다. 손님들은 그물에 담긴 새를 받으며, 새잡이들이 얼마나 위험했을지 생각했다. 험준한 벼랑의 바위 표면에 찰싹 매달려서, 산의 협곡 저 밑으로 대롱거리는 바구니 속에 새를 잡아 넣는 모습을.

보석상들도 보인다. 진홍색과 파란색 옷을 걸치고 머리에 엄청나게 큰 흰색 터번을 둘렀다. 장신구들이 죄다 번쩍거렸다. 팔찌부터 목걸이, 반지, 코걸이 등 금붙이 광채의 매력을 잘 아는 자들이다. 그 외에도 가재도구 행상, 옷감 장사, 성유를 바를 때 쓰는 연고를 파는 사람, 필수품에서 사치품까지 다 파는 만물상까지 다양하다. 온갖 동물의 고삐를 잡고 어르고 달래는 장사꾼도 여기저기 있다. 나귀, 말, 송아지, 양, 매애 우는 새끼 염소, 요상한 낙타…… 율법이 금지한 '돼지'만 빼고 온갖 동물을 거래하고 있었다. 이런 상인들, 이런 장면이 여러 차례 반복되었다. 시장 전체가 이랬다.

이제 좁은 길과 뜰의 상인, 상품들 말고 다른 방문객들로 관심을 돌려 보자. 문 바깥쪽이 좋겠다. 천막과 노점이 더 많고 사람도 훨씬 더 다양하니까. 더 분방한 자유와 동방의 찬란한 햇빛이 있으니까.

7

문 옆, 밀려들고 밀려 나가는 인파에서 살짝 비켜난 자리에 서서 눈과 귀를 열어 보자.

시간을 잘 맞췄다! 저기 가장 특출한 계급의 두 사내가 온다.

"젠장맞을! 왜 이리 추워!"

갑옷 차림의 건장한 사내가 말했다. 청동 투구를 썼고, 번쩍이는 가슴받이와 쇠사슬 치마를 걸쳤다.

"지독한 추위야! 가이우스, 자네 기억나나? 고향의 코미티움* 회랑 말이야. 신관들이 '저세상 입구'라고 말했잖아. 아이고! 오늘 아침 같으면 거기 서서 몸이 녹기를 기다려도 되겠어!"

그의 동행이 군복의 두건을 젖혀서 민머리와 얼굴을 드러냈다. 그가 비아냥대는 웃음을 지었다.

"마르쿠스 안토니우스**를 물리친 부대의 투구에는 갈리아의 눈이 가득했지. 그런데 자네는, 아, 딱한 친구! 방금 이집트에서 돌아왔으니 자네 핏줄에는 여름이 흐를 수밖에."

그들은 문 안으로 사라졌다. 굳이 말하지 않아도, 갑옷과 당당한 보무로 한눈에 로마 군인들임을 알 수 있었다.

인파 속에서 유대인 사내가 다가왔다. 구부정한 어깨에 낡은 갈색 옷을 걸쳤다. 헝클어진 머리카락이 눈과 얼굴을 뒤덮고 등까지 내려

* 로마 공화정 시대에 민회 '코미티아'가 열렸던 집회장소.
** 율리우스 카이사르의 부장. 카이사르가 암살되자 옥타비아누스와 손잡고 암살자들을 제거하지만, 옥타비아누스가 후계자로 지목되자 내전을 일으킨다. 그러나 악티

왔다. 그는 혼자였다. 다들 그를 보고 웃거나 비웃었다. 나사렛* 사람이었으니까. 모세 오경**은 거부하면서, 가증스러운 서약은 충실하게 지키겠다면서 누더기로 돌아다니는 이들이었다.

그의 초췌한 뒷모습을 지켜보고 있는데, 갑자기 군중 속에서 소동이 일었다. 날카로운 비명과 함께 인파가 좌우로 갈라지자, 그 이유가 드러났다. 히브리인의 외모와 옷차림을 한 사내다. 머리에 노란 끈으로 묶은 순백의 베 망토를 어깨까지 드리웠다. 옷에는 자수가 많고, 금사 수술을 단 붉은 끈을 허리에 몇 차례 둘렀다. 사내는 몸가짐이 차분했다. 무례하게 허둥지둥 몸을 피하는 사람들에게 싱긋 웃기까지 했다. 나환자인가? 아니, 사마리아인***일 뿐이다. 꽁무니를 뺀 사람들에게 묻는다면 아시리아 혼혈의 옷자락만 건드려도 더러워진다고, 죽어도 그들에서 목숨을 구하지는 않겠다고 대답할 것이다. 하지만 사실 그 해묵은 반목은 유혈이 낭자한 종류의 것이 아니다. 다윗이 시온 산에 왕좌를 마련할 때 유일하게 유다 부족만 지지했고, 다른 열 부족은 세겜으로 가 버렸다. 세겜이 훨씬 오래되고 신성한 역사가 깊은 고장이었기 때문이다. 분열은 마지막 부족 결합 때까지

움 해전에서 사망, 이후 옥타비아누스가 로마 초대 황제 자리에 오른다.

* 갈릴리의 작은 마을. 갈릴리 지역은 예루살렘 유대인들이 이교도의 땅으로 여기는 데다가, 유대교 안에서도 특히 금욕주의를 표방하는 소수의 에세네파가 많았다.

** 구약성서의 첫 5권(창세기, 출애굽기, 레위기, 민수기, 신명기)을 말한다.

*** 솔로몬 왕 사후에 나라가 남북으로 갈라졌으니, 북이스라엘 왕국의 수도가 사마리아(세겜이었다가 천도)고 남유다 왕국의 수도가 예루살렘이었다. 북이스라엘은 일찌감치 아시리아 왕국에 멸망해서 이교도들과 뒤섞여 살아온 세월이 길었다. 그래서 다윗 왕의 혈통과 신앙을 어렵게 이어 온 남유다계 유대인들과 사이가 좋지 않았다.

도 해결되지 않았다. 사마리아인들은 그리심 산 예배소를 고집했고, 그곳의 거룩함을 주장하며 예루살렘의 노한 학자들을 비웃었다. 세월이 흘러도 증오심은 진정되지 않았다. 헤롯 왕 역시 모두에게 개종을 용인하면서도 사마리아인만은 예외로 해서, 사마리아인을 유대와의 교류에서 영영 완전히 배제했다.

사마리아인이 아치형 통로를 지나가자, 이제껏 오간 자들과 딴판인 세 사람이 나타나서 눈길을 강하게 붙잡는다. 예사롭지 않게 큰 키에 체구도 건장하다. 눈은 파랗고, 피부가 너무 하얘서 핏줄이 파란 연필로 그린 것처럼 선명했다. 나무기둥 같은 튼실한 목 위에 작고 둥근 머리통이 있고, 짧은 금발이다. 민소매 양모 투니카를 허리를 느슨하게 묶어 입어서 가슴팍이 드러났다. 맨팔과 맨다리가 어찌나 튼튼한지 한눈에 경기장을 연상시켰다. 거침없이 자신만만하고 오만한 태도에 사람들은 길을 양보했다가 뒤돌아서 그들의 뒷모습을 다시 쳐다보았다. 검투사들이다. 레슬링, 달리기, 권투, 검술을 하는, 로마인이 들어오기 전에는 유대 땅에 없던 직종이다. 그들은 훈련하지 않을 때는 왕궁 뜨락을 산보하거나 궁전 문에서 경비병들과 노닥거렸다. 세바스테*나 가이사랴**나 여리고에서 놀러왔는지도 모른다. 유대인이라기보다 그리스인에 가까운, 로마인처럼 게임과 유혈극을 좋아하는 헤롯이 대형극장들을 세웠고, 갈리아 지방이나 다뉴브 강변의 슬라브족에서 선발한 자들을 투사로 키우고 있었다.

* 헤롯이 아우구스투스 황제의 그리스어 이름을 따서 지은, 사마리아의 새 이름.
** 헤롯이 방파제를 쌓아 인공 항구도시를 만들고, 카이사르의 이름을 붙였다.

일행 중 한 명이 주먹으로 어깨를 치면서 말한다.

"웃기시네! 놈들의 대가리는 달걀껍질만도 못해."

그 사나운 표정이 몸짓과 더불어 몸서리가 쳐질 정도로 끔찍하다. 그러니 기꺼이 더 유쾌한 광경으로 눈을 돌려 보자.

맞은편에 과일 행상이 있다. 주인은 대머리에 말상 얼굴에 매부리코다. 흙바닥에 양탄자를 깔고 벽에 등을 기대고 앉아 있었다. 머리 위에 작은 차양을 치고, 손 닿는 곳에 작은 걸상을 두고 버들고리들을 올려놓았다. 아몬드, 포도, 무화과, 석류가 그득 담겼다. 누군가 과일 장수에게 다가간다. 검투사들과는 다른 이유로 그에게서 눈을 뗄 수가 없다. 무척 아름다웠기 때문이다. 그리스적인 미를 지녔다. 정수리 근처의 곱슬머리 위에 눌러쓴 도금양 화관에는 아직도 여린 꽃송이와 설익은 열매가 달려 있었다. 비단결 같은 진홍빛 모직으로 만든 튜닉을, 빛나는 금장식 걸쇠가 달린 멋진 가죽끈으로 여몄다. 무릎까지 내려오는 풍성한 주름치마에도 금실로 수를 잔뜩 놓았다. 거기에 흰색과 노란색이 섞인 모직 스카프를 목에 감고 등으로 드리웠다. 드러난 팔다리는 상아처럼 희고, 목욕과 기름과 솔과 족집게로 완벽하게 다듬지 않으면 꿈도 못 꿀 윤기가 돌았다.

과일 장수는 앉은 채로 몸을 굽혔고, 손등을 위로 하고 손가락들을 쭉 뻗은 양손을 포갰다.

"오늘 아침에는 뭐가 있나, 파포스의 아들*이여? 허기지는군. 아침 식사로 요기할 만한 게 없을까?"

* 키프로스 사람이라는 뜻이다. 그리스신화에서, 키프로스 섬의 왕 피그말리온이 조각상에서 사람으로 변한 여인 갈라테이아와 결혼해서 딸 파포스를 낳는다.

질문하는 그리스인 청년의 눈길이 내내 바구니에 머문다.

"페디우스에서 온 과실들이 있습니다. 진짜배기입죠. 안디옥 가수들이 아침마다 상한 목소리를 되살리려고 먹는다니까요."

상인은 코맹맹이 소리로 대답했다.

"무화과로군. 안디옥의 가수들이 먹을 최고급까지는 아닌데? 자네나 나나 아프로디테의 숭배자 아닌가. 내 도금양 화관을 보란 말이야. 그래서 그들의 목소리에 카스피해 바람의 냉기가 담겼다는 정도는 알지. 자네, 이 허리띠 보이나? 살로메*님의 하사품인데……."

"왕의 누이!"

키프로스인이 감탄하면서 다시 절을 했다.

"왕실의 취향과 천부의 판단력을 갖추셨어. 왜 아니겠나? 왕보다 더 그리스인스러운 분인걸. 하지만 지금은 내 아침식사가 더 중요해! 여기 키프로스의 적동 동전을 받고 포도를 주게. 그리고……."

"대추야자도 드릴까요?"

"아냐, 난 아랍인이 아니니."

"무화과는요?"

"날 유대인으로 만들 셈인가? 포도만 사겠네. 그리스인의 피와 피 같은 포도처럼 잘 어울리는 건 없지."

너저분하고 법석대는 장터에서 궁정 가수가 풍기는 분위기는 한번 보면 좀처럼 잊히지 않는다. 하지만 그것을 잊게 하겠다는 듯 뒷

---

* 헤롯의 동생 빌립과 헤로디아의 딸인데, 헤롯이 헤로디아와 결혼하며 의붓딸이 된다. 세례 요한이 이러한 관계를 비난하자, 살로메가 춤을 추고 상으로 '세례 요한의 목'을 요구한 일화가 유명하다.

사람이 우리의 관심을 휘어잡는다. 그는 고개를 푹 숙이고 도로를 천천히 걸어오다가, 간간이 멈추고 기도라도 하듯 양팔을 가슴에 포개고 하늘을 우러러 보았다. 예루살렘에서만 볼 수 있는 부류다. 두건을 고정한 이마끈에 네모난 가죽 상자가 달렸다. 그런 상자가 왼쪽 팔뚝에도 끈으로 묶여 있고, 옷은 테두리 장식이 매우 넓었다. 성구함, 끝단 장식, 과하게 성스러운 분위기…… 바리새파 사람이다. 바리새파는 종교의 한 분파이자 정치적 파벌로, 그들의 편협성과 권력이 곧 세상에 슬픔을 가져오게 된다.

욥바 문 앞 도로가 시끌시끌했다. 바리새인에게서 고개를 돌려 바라보니, 때마침 뒤죽박죽 인파 속에서 한 무리가 빠져나왔다. 무리 속에 대단히 기품 있는 사내가 있다. 맑고 건강한 안색, 빛나는 검은 눈, 성유를 듬뿍 발라서 길게 늘어뜨린 수염, 계절에 맞게 맵시있게 걸친 비싼 옷이 눈에 띈다. 지팡이를 들었고, 큼직한 황금 도장이 매달린 끈을 목에 걸었다. 하인들이 더없이 공손하게 시중을 들었고, 일부는 허리끈에 단검을 찼다. 사막 출신이 틀림없어 보이는 아랍인도 두 명 있었다. 마르고 강단 있는 사내들로 진한 구릿빛 피부에 뺨이 홀쭉하고 눈이 악마처럼 번뜩였다. 머리에 타부시를 썼고, 아바 위로 오른팔은 자유롭게 움직이게 내놓고 왼쪽 어깨와 몸에 갈색 모직 하이크*를 둘렀다. 그들은 끌고 온 말들을 놓고 요란하게 흥정했다. 높고 날카로운 목소리다. 귀태 나는 남자는 흥정을 거의 하인들에게 맡기고, 드문드문 품위 있게 대답만 했다. 그는 키프로스인 앞

---

* haick. 아랍인이 머리와 몸에 두르는 사각형 천.

에서 걸음을 멈추고 무화과를 몇 알 샀다. 그들이 바리새인에 이어서 문 안으로 사라진 후에 과일 장수를 찾아가면, 그가 멋들어지게 절하고 이야기해 줄 것이다. 그가 예루살렘의 왕자들 중 하나라고. 여행을 많이 해서 싼 시리아 포도 맛과 비싼 키프로스 포도 맛을 구분한다고. 키프로스 바다의 물방울을 머금어 비교가 안 되게 깊은 맛을 안다고.

정오 때까지 이렇게 욥바 문으로 각양각색의 사람들이 정신없이 드나들었다. 이스라엘의 모든 족속 사람들을 포함해 고대 종교의 분열로 생겨난 수많은 종파의 신자들, 모든 종교와 사회 계층 사람들, 헤롯의 방탕함에 편승해서 예술과 쾌락을 제공하며 흥청대는 자들, 로마 황제와 전임자들의 명성을 등에 업고 권력을 휘두르는 자들. 특히 지중해 연안 곳곳에서 온 이들.

말하자면 예루살렘이, 성스러운 역사와 신성한 예언들로 넘쳐났던 '솔로몬의 예루살렘'이, 은이 돌멩이처럼 굴러다니고 향나무가 골짜기의 플라타너스처럼 흔하던 예루살렘이, 고작 로마의 아류가 되어 버렸다. 속세의 한복판, 이교도가 판치는 곳이 되었다. 일찍이 유대 왕 웃시야는 제사장 옷차림으로 예루살렘 성전의 지성소*에 들어가서 향을 바치려다가 결국 나병에 걸려서 나왔다. 하지만 이 시대는 폼페이우스**가 헤롯 신전의 지성소에 들어갔다가, 하느님의 증표 없는 빈 방이라면서 멀쩡하게 걸어 나오는 때인 것을.

---

* 제사장만 들어가서 향을 피울 수 있는 지극히 거룩한 장소. 웃시야 왕은 오만했다.
** 로마의 군인이자 정치가. 유대(팔레스타인) 지역을 로마에 최초로 병합했다.

8

욥바 문 안의 뜰로 다시 돌아가 보자. 제3시, 많이들 돌아갔지만 여전히 큰 차이 없이 북적인다. 남쪽 성벽 쪽에 새로 도착한 무리가 서 있다. 남자와 여자와 나귀로 이루어진 이들을 주목하기를.

남자는 나귀 머리 옆에서 고삐를 잡고 막대기에 기대어 서 있다. 막대기는 나귀도 몰고 지팡이로도 쓰는 듯했다. 주변의 유대인과 행색은 비슷했지만, 새 옷이었다. 머리의 두건도, 목부터 발끝까지 감싼 가운인지 셔츠인지도 안식일에 회당에 갈 때 입는 옷 같았다. 검은 수염이 희끗희끗한 것으로 보아 쉰 살쯤으로 짐작된다. 사내는 낯선 곳에 온 촌뜨기같이 호기심과 멍함이 섞인 표정으로 두리번거렸다.

나귀는 한아름의 파릇한 풀을 느긋하게 씹고 있었다. 시장에는 꼴이 많았다. 나귀는 배가 부르자 나른해서 주변의 시끌벅적한 소란에 아랑곳하지 않았다. 등 위의 푹신한 안장에 앉은 여인도 더 이상 신경 쓰지 않았다. 그녀는 칙칙한 모직 옷감으로 몸을 완전히 가렸고, 머리에 목까지 내려오는 하얀 베일을 썼다. 이따금 베일을 들고 지나는 것들을 보았지만, 아주 살짝이어서 얼굴이 드러나지 않았다.

마침내 누군가 사내에게 다가왔다.

"나사렛의 요셉 아니신가?"

요셉이 천천히 돌아보며 대답했다.

"그렇습니다만…… 아, 평안하십니까! 내 친구, 사무엘 랍비!"

"그대도 평안하시길."

랍비가 말을 멈추고 여인을 쳐다보고는, 말을 이었다.

"그대와 그대의 집안과 그대를 돕는 모든 이들에게 평안이 있기를."

랍비가 한 손을 가슴에 대고 여인에게 머리를 조아리자, 그녀가 잠깐이지만 앳된 얼굴이 드러날 만큼 베일을 젖혔다. 두 지인은 오른손을 맞잡고 입술로 가져갈 것처럼 당겼다가 마지막 순간에 손을 놓고, 각자 자신의 손등에 입 맞춘 후 손바닥을 이마에 갖다 댔다.

"옷이 먼지투성이가 아닌 걸 보니, 이 우리 조상들의 도시에서 밤을 지내셨나 봅니다."

랍비가 친근하게 말했다.

"아닙니다. 베다니에 다다랐는데 밤이 내리기에, 그곳 칸*에서 거하고 동이 트자마자 다시 길을 나섰습니다."

요셉이 대답했다.

"여정이 긴 모양이군요. 욥바에 가시는 건 아니겠지요."

"베들레헴으로 갑니다."

푸근하고 다정했던 랍비의 표정이 찌푸리고 불쾌한 표정으로 싹 바뀌었다. 그는 헛기침이 아니라 으르렁대는 소리를 냈다.

"그렇지, 그래, 알겠소. 그대는 베들레헴에서 태어났으니, 로마 황제의 호구조사 명령에 복종하러 따님과 그리 가는 길이로군요. 야곱의 자손들도 예전 이집트의 족속들과 같구만. 아, 지금은 모세나 여호수아가 없다는 게 다른 점이군. 어쩌다 이런 꼴이 되었누!"

"저 여인은 제 딸이 아닙니다."

요셉은 몸가짐이나 표정의 변화 없이 대답했다. 하지만 랍비는 정

---

* khan. 대상의 숙소.

치적인 생각에 사로잡혀서 잘 듣지 않고 제 할 말만 했다.

"갈릴리에서 열심당*은 어떻게 활동하고 있소?"

요셉이 조심스럽게 대답했다.

"저는 일개 목수이고, 나사렛은 작은 마을인 걸요. 제가 일하는 거리는 도시로 이어지는 큰길이 아닙니다. 나무를 자르고 널빤지를 톱질하노라면 정치 논쟁에 끼어들 겨를이 없습니다."

"하지만 그대는 유대인, 다윗의 혈통이 아니오. 예로부터 여호와에게 바치는 세겔** 은화 이외의 어떤 세금도 즐거이 낼 리 없지."

요셉은 잠자코 있었다. 랍비가 화를 냈다.

"세금 액수를 불평하는 게 아니오. 그깟 1데나리온*** 푼돈 따위. 아, 아니고말고! 세금을 강요하는 게 화가 나는 것이지. 게다가 로마의 폭군에게 복종하는 것밖에 더 되느냐 말이야. 말해 보시오, 유다가 메시아라고 주장한다는 게 사실이오? 그대는 어차피 유다의 추종자들 속에서 살고 있으니 그쯤은 들었을 것 아니오?"

"추종자들이 유다를 메시아라고 부르는 걸 들은 적은 있습니다."

요셉이 대답했다.

그 순간, 베일이 옆으로 젖혀지면서 여인의 얼굴이 고스란히 드러났다. 랍비의 시선이 위로 향했다가, 강한 호기심이 타오르는 대단히 아름다운 얼굴을 보았다. 그녀가 뺨과 이마를 붉히며 얼른 베일을

---

* 로마로부터의 독립, 로마와의 전면전을 주장하는 정치적 분파. 여기서는 기원전 6년에 활동하던 가말라 유다를 지칭하고 있다.

** 유대, 시리아 등 중동 지역에서 사용하던 무게 단위. 화폐 단위로도 통용되었다.

*** 로마의 은화. 1데나리온은 노동자나 군인의 하루 품삯 정도의 돈.

내렸다. 랍비는 무슨 말을 하던 참인지 잊었다.

"따님이 곱군요."

그의 목소리가 차분하게 가라앉아 있었다.

"딸이 아닙니다."

요셉이 재차 말했고, 랍비의 호기심이 느껴지자 서둘러 설명을 보냈다.

"베들레헴의 요아킴과 안나의 자녀입니다. 평판이 상당했던 분들이니 이름을 들어 보셨을 듯한데요…….."

"그럼요. 압니다. 그분들은 다윗의 직계 후손이지요. 잘 알던 분들입니다."

랍비의 말투가 정중했다.

"두 분은 이미 나사렛에서 돌아가셨습니다. 부자는 아니었지만 집과 뜰을 두 딸 마리안과 마리아에게 나눠서 상속하셨지요. 이 여인이 그 자매 중 한 명인데, 유산을 받으려면 법률상 가장 가까운 친척과 결혼해야 했습니다. 그래서 이제 그녀는 제 아내입니다."

"그러면 그대는……."

"그녀의 숙부였지요."

"그렇군, 그래! 두 사람 다 베들레헴에서 태어났으니, 로마인의 명령에 복종하러 가는 길이로군."

랍비는 두 손을 맞잡고 성난 눈으로 하늘을 응시하며 외쳤다.

"이스라엘의 하느님은 아직 살아 계신다! 그분이 반드시 복수하신다!"

그 말과 함께 랍비가 획 몸을 돌려 가 버렸다. 옆에 서 있던 이가 요셉의 놀란 표정을 보고 나직이 말했다.

"사무엘 랍비는 열심당원이라우. 요즘 메시아라고 떠들고 다닌다는 유다보다도 더 열렬하지."

요셉은 이 사내와 말을 나누기 싫은지 듣지 않는 눈치였다. 그는 나귀가 흩트린 풀을 한데 모아 주고, 다시 지팡이에 몸을 기대고 기다렸다.

한 시간 후 일행은 성문을 빠져나가, 왼쪽으로 꺾어졌다. 힌놈 계곡으로 접어드는 내리막길이 너무 울퉁불퉁한데다가, 길옆에 야생 올리브나무들이 우후죽순으로 마구 자라 있었다. 나사렛 사람 요셉은 나귀의 고삐를 쥐고 조심스럽고 다정하게 아내 옆에서 걸었다. 왼편에 시온 산의 성벽이 솟아 있고, 오른쪽에 계곡의 서쪽 경계선을 이루는 가파른 절벽들이 있었다.

그들이 느릿느릿 기혼 샘을 지날 때 태양이 높이 떠서 산그림자가 삽시간에 줄었다. 일행은 솔로몬의 샘*에서 나온 물길을 따라 더디게 걸어서, 요즘은 '악한 음모의 언덕'이라고 부르는 시골 저택** 근처로 갔고, 거기서 르바임 평원까지 비탈길을 올랐다. 유명한 암석 지대를 지날 때는 뙤약볕이 쏟아져서 마리아도 베일을 완전히 벗고 얼굴을 드러냈다. 요셉은 다윗 왕의 습격을 받은 블레셋인들의 이야기를 들려주었다. 시종일관 진지한 표정으로 밋밋하게 말해서 이야기가 지루했다. 그녀는 요셉의 말을 자주 흘려 들었다.

* 기혼 샘은 성스러워서 솔로몬의 대관식 장소로 쓰였다.
** 대제사장 가야바의 집. 예수를 처형하자는 회의가 열렸다.

육지, 바다 할 것 없이 어디서든 유대인의 얼굴과 체형은 낮익다. 하지만 개인차는 있었다. "그는 혈색이 좋고, 얼굴까지 준수해서, 보기에 좋았다." 사무엘 앞에 불려온 이새의 아들 다윗에 대한 묘사다. 그때부터 사람들은 환상을 가져왔다. 저 시적인 묘사를 다윗의 유명한 후손들에게 그대로 투영했다. 그래서 우리가 생각하는 솔로몬의 얼굴은 하얗고, 진갈색 머리카락과 수염이 햇빛 아래서는 금빛을 띤다. 다윗이 사랑한 아들 압살롬*도 마찬가지. 고증된 사료가 없으니, 우리는 다윗의 고향까지 따라갈 이 여인도 더할 나위 없이 사랑스럽게 그리게 된다.

그녀는 열다섯 살이 채 되지 않았다. 몸매, 목소리, 몸가짐에서 소녀기를 갓 넘긴 앳됨이 엿보였다. 완벽한 타원형 얼굴에 희다 못해 파르스름한 피부. 코도 흠잡을 데 없다. 살짝 벌어진 입술은 크고 도톰해서, 입매가 따뜻하고 부드럽고 믿음직해 보였다. 도톰한 눈꺼풀과 기다란 속눈썹이 드리운 그림자 속에 파랗고 큰 눈이 잠겨 있다. 그리고 이 모든 것과 조화를 이루며 찰랑대는 금발이 여느 유대 새댁처럼 등을 덮고 안장까지 내려왔다. 솜털로 부드러운 목덜미의 아름다움은, 화가조차 선 때문인지 색 때문인지 의아해 할 터였다. 이런 외모에 가늠되지 않는 매력들이 보태졌다. 순수한 영혼만이 줄 수 있는 분위기와, 미세한 것들을 고심하는 묘한 분위기가 감돌았다. 그녀는 자주 입술을 파르르 떨며 하늘로, 새파란 하늘이 아니라 천상을 향해 눈을 들었다. 경배와 기도를 올리듯 양손을 가슴에 포갰

---

* 다윗의 셋째 아들. 미남이었다고 한다. 장자인 이복형 암논을 죽이고 달아났고, 용서받고 돌아왔지만 또다시 아버지 다윗의 왕권을 노리고 반란을 일으켰다.

고, 부르는 음성을 들어보려고 열심인 사람처럼 고개를 갸웃거렸다. 가끔 요셉은 천천히 말하다가 그녀에게 고개를 돌렸고, 빛이 비추는 듯 환한 얼굴에 하던 이야기를 잊었다. 그는 의아했지만 묵묵히 터벅터벅 걸었다.

그들은 너른 평원을 빙 돌아서 마침내 엘리야 산에 도착했다. 계곡 너머로 베들레헴이 보였다. 잎이 다 떨어져 갈색으로 흐릿해 보이는 과수원 위쪽 능선을 따라서, 오래고 오래된 빵집*의 흰 벽이 빛났다. 잠시 멈춰 쉬면서 요셉이 마리아에게 신성한 장소들을 하나씩 가리켜 알려 주었다. 그러다가 샘을 찾아 계곡으로 내려갔다. 다윗의 군사들이 놀라운 승리를 거둔 곳이다. 좁은 공간에 사람들과 동물들이 북적댔다. 요셉의 마음에 걱정이 일었다. 이렇게 사람이 많다니, 연약한 마리아가 쉴 방조차 없으면 어쩌지! 그는 지체 없이 '라헬의 묘석'을 지나쳐 급히 비탈밭을 올랐다. 많은 사람과 마주쳤지만 아무에게도 인사하지 않았다. 마을의 성문 밖, 교차로 근처의 칸 앞에서야 걸음을 멈췄다.

9

요셉 부부에게 벌어진 일을 제대로 이해하려면, 동방의 여숙이 서

---

* 베들레헴이 '빵집'이라는 뜻. 비옥한 땅에서 무화과와 포도가 잘 자랐다. 다윗이 기름부음을 받은 곳이며 예수가 탄생한 곳이다.

방의 것과 어떻게 다른지 알아야 한다. 페르시아인들이 '칸'이라 불렀던 동방의 여숙은, 가장 단순한 곳은 안채나 헛간 없이, 때로는 대문이나 입구도 없이 울타리만 있었다. '그늘, 안전, 물'만 구할 수 있다. 야곱이 아내를 구하러 밧단아람*에 갔을 때 유숙한 곳이 바로 이런 칸이다. 오늘날 그 비슷한 곳은 사막에서 멈추었다 가는 휴게소 정도려나. 대단히 화려한 곳들도 일부 있었다. 예루살렘과 알렉산드리아 같은 대도시들을 잇는 도로변의 칸들로, 건설자 왕의 신앙심을 보여 주는 증표였기 때문이다. 하지만 대부분은 족장의 집이나 소유지였고, 족장이 그곳을 마을회관 삼아 부족을 이끌었다. 길손의 숙소는 칸의 가장 미미한 역할이었다. 칸은 시장이자 공방이며 요새여서, 상인과 장인이 모이고 거하며 일 년 내내 마을의 일상적인 온갖 거래가 이루어졌다. 거기에 밤길이 늦었거나 길 잃은 여행객에게도 쉼터로 제공한 것이다.

서방인들이 가장 놀라는 점은 칸의 독특한 운영 방식이다. 주인이나 안주인은 물론 직원, 요리사, 주방도 없다! 그저 출입구의 문지기뿐이었다. 그래서 누구나 별다른 설명 없이 뜻대로 머물되, 먹거리와 조리 도구는 직접 가져오거나 칸의 장사꾼들에게 구입했다. 이부자리와 동물의 사료도 마찬가지였다. 물, 휴식, 쉼터, 안전만이 칸의 유일한, 그리고 최고의 선물이었다. 엄숙한 회당에서조차 가끔은 소란스러운 논쟁이 벌어지지만, 칸에서는 그런 일이 없었다. 칸은 마을의 샘보다도 성스러운 분위기가 흘렀다.

---

* '아람의 평야'라는 뜻. 유프라테스 강의 상류에 있다.

요셉 부부가 당도한 베들레헴의 숙소는 아주 초라하지도 호화롭지도 않은, 칸의 표본 같은 곳이었다. 건물은 완전히 동방풍이었다. 거친 돌로 지은 사각형 단층 건물로, 창이 없었다. 출입구가 하나뿐인데, 정면에 대문으로도 쓰이는 문이 동쪽을 향해 나 있었다. 문 바로 옆이 도로여서 상인방에 하얀 먼지가 뽀얗게 내려앉았다. 납작한 돌들을 쌓아 만든 담장이 북동쪽 모퉁이에서 시작해서 내리막길을 따라가다가 서쪽으로 뻗어 석회암 낭떠러지까지 이어졌다. 덕분에 훌륭한 칸의 으뜸 조건인 동물들을 안전하게 풀어놓을 곳이 생겼다.

족장이 한 명인 베들레헴에 칸이 하나 이상일 리 만무했다. 이곳 태생이지만 오랜 세월 나사렛에서 산 요셉은 호의를 청할 사람이 없었다. 더군다나 호적등록에 몇 주가 걸릴지 몇 달이 걸릴지 알 수 없었다. 시골에서 로마 관리들의 일처리는 더딜 게 뻔한데, 부부가 언제까지고 친지나 친척 집에 얹혀 지낼 수는 없는 노릇이다. 그래서 나귀를 채근해서 가파른 비탈길을 힘들게 올라 칸에 도착했을 때, 그의 걱정은 큰 불안으로 변해 있었다. 소, 말, 낙타를 끌고 계곡을 들고나느라 야단법석을 떠는 남자들과 소년들이 거리를 가득 메웠기 때문이다. 이미 물가나 근처 동굴로 발길을 돌리는 이들도 보였다. 대문이 가까워질수록 경계심은 더 높아졌다. 사람들이 대문 앞에 가득했고, 널찍한 뜰도 꽉 차 보였다.

"대문까지 못 가겠는걸. 여기 서서 상황을 알아봅시다."

요셉이 천천히 신중하게 말했다.

아내는 조용히 베일을 올렸다. 피로했던 기색이 호기심으로 변했다. 대상이 지나는 큰길가의 칸에서는 흔한 풍경이지만, 그녀로서는 그런 북새통이 처음이었으니까. 나그네들이 이리저리 뛰면서 날카롭게 말했는데, 하나같이 시리아 말이었다. 말 탄 사람들은 낙타에 탄 사람들에게 악을 썼고, 고집불통 소 떼와 겁먹은 양 떼 때문에 쩔쩔매는 사내들도 있었다. 행상들이 빵과 포도주를 팔았고, 인파 사이로 사내애들이 개들을 쫓아다녔다. 사람, 물건 할 것 없이 일제히 움직이는 것 같았다. 하지만 미모의 구경꾼은 너무 지쳐서 이 광경에 곧 흥미를 잃은 눈치였다. 금세 한숨을 쉬더니 안장에 똑바로 앉았고, 편히 쉬려거나 누군가 기다리는 사람처럼 남쪽으로, 파라다이스 산의 치솟은 절벽들 위로 시선을 돌렸다. 저녁 햇살에 얼굴이 살짝 발그레해졌다.

사람들 속에서 나온 한 남자가 나귀 가까이에 서더니, 양미간을 잔뜩 찌푸렸다. 요셉이 사내에게 말을 걸었다.

"친구여, 나와 같은 유대인이신 것 같은데, 왜 이리 사람이 많은지 여쭤 봐도 되겠습니까?"

사내가 경계하듯 휙 몸을 돌렸다. 하지만 요셉의 표정이 진지하고, 목소리와 말투 역시 진중한 것을 알고 손을 들어 인사하는 시늉을 했다.

"평안하시기를, 랍비님! 저는 유다의 자손이며 당신께 대답하겠습니다. 저는 벧다곤 사람입니다. 단족*이 살던 땅이죠."

"모딘에서 욥바로 가는 길에 있지요."

사내의 표정이 한결 누그러졌다.

---

* 이스라엘 12지파 중의 하나. 삼손이 단족이다.

"아, 삔다곤에 가 보셨군요. 우리 유대 민족은 참 많이 돌아다니지요! 저는 우리 조상 야곱이 에브랏Ephrath이라 불렀던 이 외진 산을 오랫동안 떠나 살았는데, 히브리 사람은 모두 출생지에 가서 신고하라는 포고령이 떨어져서 여기 온 겁니다, 랍비님."

요셉은 표정의 변화 없이 담담하게 말했다.

"나도 그래서 왔습니다. 아내와 함께요."

사내는 마리아를 힐끗 쳐다보더니 침묵했다. 그녀는 게도르 산의 황량한 정상부를 올려다보고 있었다. 햇빛이 위로 치켜든 그녀의 얼굴을 스치고, 눈을 짙은 보랏빛으로 물들이고, 입술에 비쳤다. 살짝 벌어진 입술이 인간의 것이 아닌 열망으로 파르르 떨렸다. 그 순간 그녀의 아름다움은 인간적인 것을 넘어서 보였다. 우리가 신비로운 천국의 빛을 받으며 문가에 앉은 사람들로 상상하는 바로 그 모습이었다. 삔다곤 사람은, 오랜 세월이 지난 후 천재 라파엘로가 신성한 영감을 떠올리고 탄생시킨 불후의 명작*을 본 것이다.

"무슨 말을 하고 있었더라? 아, 그래! 기억나는군요. 포고령을 듣고 화가 나더라고 말하려던 참이었습니다. 그런데 옛 언덕과 성읍이 떠올랐지요. 깊은 기드론 계곡, 포도밭과 과수원, 보아스와 룻**의 시대부터 변함없이 곡식이 무르익는 들녘, 친숙한 산들까지. 여기 게도르 산, 저기 기브아 산, 저쪽 엘리야 언덕 안의 마을이 제게는 온 세상이었지요. 그래서 독재자들을 용서하고 아내 라헬과, 샤론***의 장

* 라파엘로의 〈시스티나 마돈나〉를 뜻한다.
** 다윗의 증조부모.
*** 욥바부터 갈멜 산에 이르는 대평원.

미 같은 두 딸 드보라와 미갈을 데려왔습니다."

사내는 다시 말을 멈추고 불쑥 마리아를 보았다. 마리아도 그를 쳐다보며 경청하고 있었다. 사내가 말했다.

"랍비님, 부인께서 제 아내에게 가시면 어떨까요? 저기 길모퉁이의 기울어진 올리브나무 아래에 아이들과 여인이 보이시죠? 어차피……."

그는 요셉에게로 시선을 돌리고, 열심히 말을 이었다.

"칸은 꽉 찼습니다. 문간에 가서 청해도 소용 없어요."

요셉은 생각도 결정도 느렸다. 그가 머뭇대다가 마침내 대답했다.

"고마운 제안입니다. 칸에 방이 있든 없든 당신의 가족을 만나러 가겠습니다. 하지만 먼저 문지기랑 말은 해 봐야겠습니다. 곧 돌아오지요."

요셉이 나귀 줄을 사내의 손에 맡기고 인파 속으로 들어갔다.

문지기는 정문 밖의 큰 참죽나무 토막에 앉아 있었다. 뒤쪽 벽에 창이 하나 세워져 있고, 옆의 또다른 나무토막 위에 개가 웅크리고 있었다.

마침내 요셉이 문지기 앞까지 갔다.

"여호와의 평화가 함께하시길."

"베푼 대로 복 받으시길. 그대와 집안이 몇 배의 복을 누리시길."

문지기가 앉은 채로 인사했다.

"나는 베들레헴 사람입니다. 혹시 방이 없는지……."

요셉이 찬찬히 말했다.

"없소."

"내 이름을 아실지도 모르겠군요. 나는 나사렛의 요셉입니다. 이곳은 내 조상들의 집이고, 나는 다윗의 후손이지요."

나사렛 요셉의 간절함이 담긴 말이었다. 이 말이 안 통하면 더 이상 부탁해도 소용없었다. 아무리 세겔을 많이 내도 말이다. '유다 부족'이라는 것도 대단한 일이지만 '다윗의 후손'과는 비교도 되지 않았다. 유대인에게 그보다 더 뽐낼 일은 없었다. 목동 소년이 사울의 후계자가 되어 왕조를 세운지 천 년이 넘었다. 전쟁, 재난, 다른 왕족들, 오랜 시간 속에 무수히 일어난 모호한 변화들로 다윗의 후손들은 평범한 유대인이 되었다. 초라하기 이를 데 없는 밥벌이로 생계를 이었다. 그러나 여전히 신성하게 전승되는 역사의 덕을 보았다. 말하자면, 혈통이 전부인 역사! 다윗의 후손은 무명인일 수 없었고, 이스라엘 어느 지역에 가든 '공경'이라고 할 만한 존중을 받았다.

예루살렘에서도 대접받는 신성한 핏줄이니, 베들레헴의 여숙에서도 대접받을 거라고 기대할 만했다. 요셉이 '이곳은 내 조상들의 집이요'라고 말한 것은 있는 그대로의 사실이었다. 룻이 보아스의 아내로 살림을 꾸렸던 바로 그 집이니까. 이새와 그의 열 아들(막내가 다윗)이 태어난 집, 사무엘이 왕이 될 인물을 찾으러 왔던 집, 다윗이 은혜를 베푼 길르앗 사람 바르실래*의 아들에게 준 집, 예레미아가 기도로써 바빌로니아인들로부터 동포들을 구한 바로 그 집이었다.

역시나 효과가 있었다. 문지기가 일어나서 수염에 손을 대고 공손하게 말했다.

* 아들 압살롬의 반란으로 피신을 온 다윗 왕을 따뜻하게 보살펴 주었다.

"랍비님, 이 문이 언제 처음으로 나그네를 맞이했는지 모르겠지만 천 년도 더 전이었을 겁니다. 그 동안 방이 없으면 모를까 나그네를 돌려보낸 경우는 없었지요. 그러니 다윗의 후손에게 없다고 하면 그럴 만한 이유가 있지 않겠습니까. 다시 인사드립니다. 같이 가시죠, 제가 안에 자리가 없는 모습을 직접 보여드리겠습니다. 본채도, 객사도, 뜰까지 꽉 찼습니다. 심지어 지붕까지 빼곡하다니까요. 언제 오셨는지 여쭤도 될까요?"

"방금 도착했습니다."

문지기는 빙그레 웃었다.

"'그대와 같이 거하는 객을 가족처럼 대하며 네 자신처럼 사랑하라.' 그게 율법이지 않습니까, 랍비님?"

요셉은 조용히 있었다.

"그러니 제가 오래전에 온 사람에게 '가시오, 다른 분이 당신 자리를 차지하러 왔으니까'라고 말할 수 있겠습니까?"

그래도 요셉은 가만히 있었다.

"게다가 제가 그렇게 말한대도 그 자리는 누구 차지가 되겠습니까? 저들을 보세요. 정오부터 기다린 자들도 있습니다."

요셉이 사람들을 돌아보면서 물었다.

"이들은 다 누구요? 왜 지금 여기 왔소?"

"당연히 랍비님이 오신 이유와 같요. 로마 황제의 칙령."

문지기가 되묻는 눈길로 요셉을 쳐다보고는, 말을 이었다.

"여기 대부분이 그렇습니다. 거기다가 어제 아라비아와 이집트로 가는 다메섹 대상도 도착했지요. 이 사람들과 낙타들을 보십시오."

"뜰이 넓은데요."

그래도 요셉은 버텼다.

"짐들이 잔뜩 쌓였어요. 비단 뭉치며 향신료 부대며 온갖 것들이."

한순간 청하는 이의 표정에서 덤덤함이 사라졌다. 잔뜩 풀이 죽어서 시선을 바닥으로 떨구더니, 간절하게 말했다.

"내 한 몸이면 괜찮은데, 아내가 같이 와 있소이다. 밤이 추울 텐데, 높은 곳이니 나사렛보다 더 추울 텐데, 안사람이 어떻게 노숙을 하겠소. 동네에 어디 방이 없겠소?"

문지기는 문 앞에 모인 무리들을 손으로 가리켰다.

"저들 말이, 찾아봤지만 빈 곳이 하나도 없더랍니다."

"그 사람은 너무 어린데! 언덕에서 자게 했다가는 서리를 맞아 죽을 텐데."

요셉이 바닥을 내려다보며 혼잣말을 중얼대다가, 다시 청했다.

"아내의 부모인 요아킴과 안나를 아실런지 모르겠소. 전에 베들레헴에 살았고 나처럼 다윗의 후손인데."

"아, 압니다. 좋은 사람들이었어요. 어릴 때 알던 분들인데."

이번에는 문지기가 생각에 잠겨 바닥을 내려다보았다. 그가 갑자기 고개를 들었다.

"방을 마련해 드리지 못해도 돌려보낼 수는 없군요. 랍비님, 제가 최선을 다해 보겠습니다. 일행이 몇 분이신가요?"

요셉은 잠시 생각했다.

"안사람과 친구 가족이오. 삗다곤이라고 욥바 가까운 동네에서 왔지요. 모두 합해서 여섯이네요."

"알겠습니다. 산에서 노숙하지 않으셔도 됩니다. 일행들을 데려오되 서두르십시오. 해가 산 뒤로 넘어가면 금방 밤이 내리는데, 거의 그럴 시간이 다 됐거든요."

"그대에게 집 없는 나그네의 축복이 있기를! 머물 곳을 구한 이의 축복까지 더해지기를!"

나사렛 사람은 축복의 말을 한 다음, 신이 나서 마리아와 뻰다곤 사람에게 돌아갔다. 잠시 후 뻰다곤 사람이 가족들을 나귀에 태우고 왔다. 그의 아내는 점잖았고 딸들은 어머니를 쏙 빼닮았다. 문지기는 서서히 다가오는 뻰다곤 사람들이 하층민임을 알아보았다.

"내 안사람이고, 이분들은 내가 말했던 친구들이오."

요셉의 말에 마리아가 베일을 들어올렸다.

"파란 눈과 황금색 머리칼. 사울 앞에 노래하러 온 어린 왕(다윗)의 모습과 똑같네."

문지기가 그녀를 보며 혼잣말을 중얼대더니, 요셉에게 나귀 고삐를 받아들고 마리아에게 인사를 건넸다.

"평안하십시오, 다윗의 따님!"

그는 다른 이들에게도 '모두 평안하십시오'라고 인사한 후 요셉에게 말했다.

"랍비님, 저를 따라오세요."

일행은 넓은 돌바닥 길을 지나서 칸의 뜰로 들어갔다. 이방인에게는 신기한 광경이었다. 어두운 입구가 뚫린 건물들로 둘러싸인 뜰은 무척 북적였다. 짐들이 쌓인 통로를 빠져나가니, 객사 바로 옆 공터가 나왔다. 밧줄에 매인 채 다닥다닥 붙어서 잠든 낙타, 말, 나귀가 많았고, 여러 고장 출신의 주인들이 자거나 조용히 앉아서 망을 보고 있었다. 일행은 비탈을 천천히 내려갔다. 여인들을 태운 나귀들이 빨리 움직이지 않으려 해서였다. 마침내 잿빛 석회암 절벽으로 이어지는 좁은 길로 들어섰다. 절벽에서 서쪽으로 칸이 내려다보였다.

"그 동굴로 가는군요."

요셉이 딱잘라 말했다.

문지기는 마리아가 곁에 올 때까지 기다렸다가 그녀에게 말했다.

"우리가 가는 동굴은 부인의 조상이신 다윗이 쉬던 곳임이 틀림없습니다. 저 아래 들판에, 계곡 아래 샘가에 가축 떼를 풀어놨다가 안전한 곳이 필요하면 여기로 왔습니다. 나중에 왕이 된 후에도, 휴식을 취하고 싶으면 동물들을 잔뜩 몰고 이 옛집으로 돌아왔다죠. 구유들이 아직도 그 시대 그대로 남아 있지요. 뜰이나 길가에서 노숙을 하는 것보다 다윗이 잤던 바닥에서 자는 게 나을 겁니다. 아, 여기가 동굴 앞쪽 집입니다!"

동굴을 내주는 것을 사과하는 말이 전혀 아니었다. 애초에 사과할 일이 아니었으니까. 그곳이 당시로서는 최선이었다. 객들은 소박한 일상을 사는 이들이라서 쉽게 만족했고, 더구나 당시 유대인들에게 동굴 거주는 익숙한 개념이었다. 일상사로, 회당에서 안식일에 늘 듣는 이야기였다. 유대 역사에서 얼마나 많은 흥미로운 사건들이 동굴에서 피어났는가! 특히 베들레헴 출신 유대인에게는 유난히 흔한 일이었다. 이 지방에는 크고 작은 동굴이 많았고, 일부는 에밈족*과 호

* Emim. '두려운 자'라는 뜻. 모압인들이 가나안(예루살렘)의 원주민들을 부른 명칭.

리족 시대부터 주거지였다. 마구간인 것도 괜찮았다. 그들은 유목민의 후손이었다. 아브라함 시대부터 내려오는 관습을 지켜 베드윈족은 장막에 말과 자녀를 함께 키웠다. 그래서 일행은 즐겁게 문지기를 따라갔고, 집에도 자연스러운 호기심만 느꼈다. 다윗과 관련된 것은 뭐든 그들의 관심을 끌었다.

낮고 좁은 건물이었다. 뒷벽이 바위와 맞붙어서 앞으로 약간 튀어나온 모양이었고, 창은 하나도 없었다. 황량한 앞면에 거대한 경첩으로 고정된 문이 달렸는데, 황토가 덕지덕지 묻어 있었다. 문지기가 나무빗장을 미는 사이, 여인들이 부축을 받아 안장에서 내려왔다. 문이 열리자 문지기가 크게 외쳤다.

"들어오세요!"

손님들은 안으로 들어가서 주위를 둘러보자마자, 집은 이 동굴 주거지의 입구를 가리는 역할임을 알아챘다. 길이 12미터, 높이 3미터, 너비 4미터 안팎의 동굴이었다. 문간으로 들어온 빛이 울퉁불퉁한 바닥에, 곡물과 사료 더미 위에 쏟아졌다. 방 가운데 질그릇과 가재도구도 있었다. 가장자리에 조르르 놓인 구유는 돌을 쌓아 만든 것으로 양들이 쓰도록 높이가 낮았다. 칸막이 쳐진 우리는 없었다. 먼지와 여물이 바닥을 누렇게 만들고 갈라진 틈과 움푹한 곳을 메웠다. 때탄 이불보처럼 잔뜩 늘어진 천장의 거미줄만 빼면 깔끔한 편이어서, 칸 못지않게 아늑해 보였다. 사실 애초에 객사가 동굴을 본떠서 만들었다.

"들어오세요! 바닥의 것들은 여러분 같은 객들을 위해 준비해 둔 겁니다. 필요한 것은 다 쓰세요."

안내자는 이렇게 말하고는, 마리아에게 물었다.

"여기서 쉬실 수 있겠습니까?"

"신성한 곳인걸요."

그녀가 대답했다.

"그럼 저는 이만 가 보겠습니다. 모두 평안하시기를!"

그가 떠나자 일행은 부지런히 동굴 안을 정리했다.

10

저녁이 되자 일순간 칸 안팎의 고함 소리와 움직임이 뚝 끊겼다. 동시에 이스라엘인 전원이 이미 서 있거나 일어나서 진지한 표정으로 예루살렘 쪽을 바라보며 가슴에 양손을 얹고 기도했다. '성스러운 9시', 모리아* 사원에서 제물을 바치니 신이 거기 계실 시간이었다. 기도가 끝나자 다시 소란해졌다. 식사를 준비하거나 이부자리를 폈다. 잠시 후 불이 꺼졌고, 다들 적막 속에 잠으로 빠져들었다.

자정 무렵 지붕에서 누군가 외쳤다.

"저 빛이 뭐지? 일어나시오, 형제들. 얼른 정신을 차리고 봐요!"

사람들이 비몽사몽간에 일어나 앉았다. 그러다가 곧 어안이 벙벙해지고 잠이 확 깼다. 소동은 아래 뜰과 객사 안까지 번졌고, 곧 집

---

* 모리아 산의 다른 이름은 '성전산'. 예루살렘 성전이 있는 위치로 추정한다.

안에 있던 사람까지 모두 뛰쳐나와서 하늘을 올려다보았다.

가장 가까운 별 뒤, 끝없이 높은 데서 빛줄기 하나가 시작되더니 비스듬히 땅으로 떨어졌다. 빛줄기는 위쪽이 희미해지며 아래쪽이 수백 미터로 넓게 퍼졌다. 윤곽은 어두운 밤하늘과 부드럽게 섞였고, 중심부는 장밋빛 불꽃으로 타올랐다. 빛이 마을에서 가장 가까운 남동쪽 산에 유령처럼 내려앉자, 주위 능선을 따라 희뿌연 빛의 고리가 떠올랐다. 칸 주변도 환해졌다. 지붕에 있던 사람들이 서로 마주 보며 경이감에 휩싸였다.

빛은 몇 분이나 계속 머물렀다. 경이가 경외와 공포로 바뀌어 갔다. 소심한 이들은 벌벌 떨었고, 대담한 자들은 수군댔다.

"저런 걸 본 적이 있소?"

"저기 산 위에 있나 본데. 뭔지 모르겠고, 본 적도 없소."

"혹시, 별이 터져서 떨어진 걸까요?"

누군가 떨리는 소리로 물었다.

"별이 떨어진 거면 빛도 사라졌어야지."

"알았다! 목자들이 사자를 보고 가축을 지키려고 불을 피운 거야."

"맞아, 그거군. 오늘 저쪽 계곡에서 가축 떼가 풀을 뜯고 있더니."

여기저기서 안도의 한숨을 내쉬는데, 누군가 산통을 깼다.

"아니야! 유다 모든 계곡의 나무들을 전부 쌓아 불을 피운들 불꽃이 저렇게 강하고 높이 솟지 못해."

지붕이 고요해졌다. 그러나 수수께끼가 풀리지 않자 다시 소란스러워졌다. 한 유대인이 근엄한 태도로 소리쳤다.

"형제들이여! 우리가 보는 것은 우리 조상 야곱이 꿈에서 본 사다리요. 우리 아버지들의 주 하느님, 찬미 받으소서!"

11

베들레헴의 남동쪽으로 2킬로미터 남짓 떨어져서 평원이 있었다. 마을과 평원 사이의 산이 북풍을 막아주는데다 계곡이 버즘나무와 개곽향과 소나무로 뒤덮였고, 인근 협곡들에 올리브나무와 뽕나무까지 울창해서, 이 겨울에 가축 떼를 풀어 먹이기에 더없이 좋았다.

마을과 가장 멀리 떨어진 절벽 아래에 아주 오래된 양 우리가 있었다. 규모가 컸지만 언젠가 습격을 받아서 지붕이 주저앉고 허물어지다시피 했다. 하지만 울타리는 고스란히 보존되었고, 목자들에게는 건물보다 울타리가 더 중요했다. 돌담은 기껏해야 어른 키 정도라서 산에서 굶주린 표범이나 사자가 뛰어들곤 했다. 그래서 돌담 안쪽에 갈매나무를 빙 둘러 심었던 것이 자라서, 이제 대못처럼 단단한 가시가 잔뜩 돋은 가지들 사이로 참새 한 마리 지나지 못했다.

앞의 사건이 벌어진 날, 여러 목자가 이 평원으로 가축들을 끌고 왔다. 이른 아침부터 목자들의 외침, 도끼질 소리, 양과 염소의 울음, 딸랑딸랑 방울 소리, 소 떼 울음소리, 개 짖는 소리가 울려 퍼졌다. 해가 지자 목자들은 양 우리로 향했고, 짙은 어둠이 내리기 전에 가축들을 안전하게 들였다. 문 가까이 모닥불을 피워 간소한 식사를 했고, 불침번을 정하고 나머지 여섯 명이 불가에 모여서 이야기꽃을 피웠다. 몇몇은 앉고 몇몇은 누웠다. 평소에 두건을 쓰지 않아서 머리카락들이 햇빛에 타고 바람에 헝클어져 있고, 수염도 목을 덮고 가슴팍까지 덥수룩했다. 새끼염소나 양의 털가죽으로 만든 망토를 목에서 무릎까지 둘렀다. 뻣뻣한 옷 위에 두꺼운 허리띠를 두르고, 허접하기 짝이 없는 샌들을 신었다. 오른쪽 어깨에 식량과 무기 삼아 팔매질할 돌이 담긴 부대를 맸다. 바닥에는 목자의 상징이자 공격무기인 굽은 손잡이 지팡이가 각각 놓여 있다.

전형적인 유대 땅의 목자들이다! 모닥불에 둘러앉은 꾀죄죄한 개들처럼 생김새는 투박하고 거친데, 하나같이 순수하고 여렸다. 생활이 단순한 영향도 있겠지만, 실은 귀엽고 무력한 동물들을 보살펴 왔기 때문이었다.

목자들은 쉬엄쉬엄 잡담할 때도 온통 동물 이야기였다. 세상 사람들에게는 재미없는 화제이지만, 목자들에게는 그게 세상 전부다. 그들이 별것 아닌 이야기를 길게 떠들고 양 한 마리 잃었던 일을 시시콜콜 늘어놓는 건, 목자와 양의 관계 때문이다. 목자는 양을 태어나는 순간부터 책임진다. 하루도 빠짐없이 살피고, 개울을 건네 주고 구덩이를 안아서 옮겨 주고, 이름을 불러 주고 키운다. 양은 목자의 동행이고, 생각과 관심을 쏟는 대상이고, 힘을 주는 상대다. 함께 즐거워하고 함께 고생하며, 사자나 강도를 만나면 양을 지키다가 죽는 게 목자의 소명이다.

나라가 망하거나 세상의 주인이 바뀌는 큰 사건은, 우연히 알게 되어도 목자들은 귓등으로 들었다. 헤롯이 예루살렘에서 무슨 짓을 저지르는지, 어떤 왕궁과 경기장을 짓고 어떤 금단의 행위를 저지르느지 목자들의 귀까지 들려왔다. 그 시절 로마군은 사람들이 의아해할 짬을 주지 않고 신속하게 밀고 들어왔다. 목자는 언덕 너머로 양떼를 몰거나 산속에 있다가, 느닷없는 나팔 소리에 깜짝 놀라기 일쑤였다. 로마 보병대, 때로는 군단의 행진이었다. 번쩍이는 투구 행렬이 사라지고 돌발 사건의 흥분이 가라앉으면, 목자는 독수리 깃발과 갑옷의 의미, 그리고 자기 삶과는 전혀 다른 그들 삶의 매력을 곱씹어 보았다.

목자들에게도, 투박하고 단순하긴 해도 나름의 지식과 지혜가 있었다. 안식일이면 몸을 정결히 하고 회당에 가서 언약궤에서 가장 먼 의자에 앉았다. 선창자가 토라를 돌리면 누구보다 열정적으로 토라에 입 맞췄고, 낭독자가 문구를 읽으면 누구보다 큰 믿음으로 해석에 귀 기울였다. 또 누구보다도 진지하게 장로의 설교를 마음에 담고 나중에 깊이 묵상했다. 목동들은 셰마*에서 그들의 소박한 삶의 원칙(하느님은 유일신이니, 온 영혼을 다 바쳐 사랑해야 한다!)을 발견했다. 그들은 신을 사랑했고 왕들을 능가하는 지혜를 가졌다.

첫 번째 불침번이 채 끝나기도 전에, 목자들은 대화하던 자리에서 그대로 한 명씩 잠들었다.

언덕 지대의 겨울밤이 그렇듯 맑고 서늘하고 별이 반짝거렸다. 바람은 없었다. 대기가 청량했고, 조용한 것과는 다른 적막감이 감돌았다. 성스러운 고요가, 천상이 몸을 깊이 숙이고 귀 기울이는 땅에 좋은 소식을 속삭이리라 예고하는 느낌이 있었다.

* Shema. 유대인이 아침저녁 기도에서 읽는 성서 부분.

불침번이 망토를 여미고 문 주변을 서성였다. 이따금 잠든 가축들이 뒤척이거나 산중턱에서 자칼이 울면 멈춰 섰다. 더디게 흐르던 시간도 마침내 자정이 되었다. 이제 지친 그가 노동이 주는 축복인 단잠을 청할 시간이었다. 목자는 모닥불로 향하다가 멈춰 섰다. 주위에 달빛처럼 부드럽고 하얀 빛이 쏟아졌다! 그는 숨을 멈추고 기다렸다. 빛이 점점 짙어졌고, 보이지 않던 것들이 눈에 들어왔다. 목자는 평원 전체와 거기 잠든 것들을 바라보았다. 찬 공기와는 다른 얼얼한 한기(두려움으로 인한 한기)가 파고들었다. 하늘을 올려다보니 별들이 사라졌다. 하늘에 난 창에서 빛이 후두둑 떨어졌고, 점차 찬란한 광휘로 변했다. 목자는 더럭 겁이 나서 소리쳤다.

"일어나, 일어나라구!"

개들이 벌떡 일어나 으르렁대면서 달려갔다.

가축들이 어리둥절해서 한데 뭉쳐서 뛰었다.

목자들이 손에 무기를 들고 일어나 한목소리로 외쳤다.

"무슨 일이야?"

"봐! 하늘이 불타고 있어!"

눈이 멀듯이 빛이 환해졌다. 그들이 눈을 가리고 털썩 무릎을 꿇었다. 두려움에 영혼이 움츠러들어서, 땅에 얼굴을 대고 기절하듯 쓰러졌다. 목소리가 말을 걸지 않았다면 다들 죽었을 터였다.

"두려워 말라!"

그들은 귀를 기울였다.

"두려워 말라! 보라, 내가 온 백성에게 미칠 큰 기쁨의 복음을 너희에게 전하노라."

인간보다 아름답고 다정한, 낮고 분명한 음성이 그들의 존재를 파고들어 확신을 주었다. 그들은 일어나 무릎을 꿇고 경배하듯 고개를 들어 큰 영광의 빛을 바라보았다. 새하얀 옷을 입은 사람의 형상이 있었다. 어깨 위로 접힌 날개의 끝이 빛났고, 이마에서 금성보다 밝은 별이 연신 반짝였다. 그가 목자들을 향해 양손을 뻗어 축복했다. 경건하고 고귀하게 아름다운 얼굴이었다.

그들은 천사 얘기를 자주 들어 왔고, 자기들끼리도 간단히 얘기하곤 했다. 그래서 지금 전혀 의심 없이 마음으로 말했다.

'하느님의 영광이 지금 우리에게 임했으니, 이분은 오래전 올래 Ulai 강변에서 선지자(다니엘)에게 오신 천사(가브리엘)라.'

곧바로 천사가 말을 이었다.

"오늘 다윗의 동네에 너희를 위하여 구세주가 나셨으니, 곧 그리스도* 주님이시라!"

천사의 말이 목자들의 마음에 내려앉았다.

"너희가 가서 강보에 싸여 구유에 누운 아기를 보리니, 이것이 너희에게 증표라."

사자는 침묵했다. 기쁜 소식은 다 전해졌다. 하지만 그는 한동안 머물렀다. 갑자기 그를 둘러쌌던 빛이 장밋빛으로 물들며 떨렸다. 높이, 사람의 눈으로 보이는 저 끝에서, 하얀 날개를 펄럭거리는 빛나는 형체들이 이리저리 날았고, 찬송이 울려퍼졌다.

"지극히 높은 곳에서는 주님께 영광이요, 땅에서는 주님이 사랑하

---

* 머리에 기름 부음을 받은 자, 곧 '왕'이나 '구세주'라는 뜻이다.

시는 사람들에게 평화로다!"

찬송이 한 번이 아니라 여러 번 되풀이되었다.

사자가 멀리 계신 이의 승낙을 구하듯 눈을 들었고, 날개를 파르르 떨더니 천천히 장엄하게 펼쳤다. 위쪽이 눈처럼 희고, 아래는 자개처럼 영롱한 여러 빛깔이었다. 마침내 천사는 키를 훌쩍 넘게 큰 몇 큐빗*의 날개를 활짝 펴고, 사뿐히 떠서 시야에서 사라졌다. 빛도 함께 잦아들었다. 천사가 떠난 후 오래도록 하늘에서 선율이 내려왔다. 거리감 때문에 소리가 천지간에 부드럽게 퍼졌다.

"지극히 높은 곳에서는 주님께 영광이요, 땅에서는 주님이 사랑하시는 사람들에게 평화로다!"

목자들은 정신을 차리고도 한참을 서로 멍하게 바라보기만 했다. 이윽고 한 사람이 입을 열었다.

"가브리엘이었어. 하느님이 인간에게 보내시는 사자."

아무도 대답하지 않았다.

"그리스도 주님이 태어나신다고, 그렇게 말했지?"

누군가 간신히 대답했다.

"그랬지."

"다윗의 동네라고도 했지? 그렇다면 우리 베들레헴인데. 우리가 강보에 싸인 아기를 볼 거라고?"

"구유에 누워 있다고."

처음 말한 목동은 골똘히 모닥불을 응시하다가, 마침내 결심한 듯

---

* cubit. 고대의 길이 단위. 손끝에서 팔꿈치까지의 약 45센티미터.

단호하게 말했다.

"베들레헴에 구유가 있는 곳은 딱 한 군데뿐이야. 칸 근처의 동굴. 이봐, 형제들, 가서 확인해 보세. 사제들과 박사들은 오래전부터 구세주를 찾고 있어. 이제 그분이 태어나셨고 하느님이 우리에게 그를 알아볼 증표를 알려 주셨으니, 함께 가서 그분께 경배를 드리세."

"하지만 가축들은 어쩌고!"

"주님이 보살펴 주실 거야. 서두르세."

목자들은 서둘러 길을 나섰다. 산을 돌고 마을을 지나 칸에 도착했다. 문지기가 그들을 맞았다.

"무슨 일이오?"

"우리가 오늘 밤 대단한 일들을 보고 들었다오."

"흠, 우리도 대단한 걸 보았지만, 들은 건 없는데. 뭘 들었소?"

"방목지 안의 동굴에 가 봐야겠소. 그래야 확실해지니, 그때 다 말해 주리다. 우리랑 같이 가서 직접 보시오."

"괜히 헛걸음하기 싫소."

"아니오, 그리스도가 태어나셨소."

"그리스도라니! 그걸 어떻게 아오?"

"일단 가서 봅시다."

"아이고, 자네들이 어떻게 그리스도를 안단 말이요?"

문지기는 조롱하며 웃었다.

"그분이 오늘 밤 태어나서 구유에 누워 계시다고 들었소. 베들레헴에 구유가 있는 곳은 한 군데뿐이잖소."

"그 동굴!"

"그렇소. 우리랑 같이 갑시다."

그들은 뜰을 가로질렀다. 몇 사람이 있었지만 여전히 놀라운 빛에 대해 떠들어 대느라 그들에게 관심이 없었다.

동굴 문이 열려 있었다. 안에 등불이 켜져 있어서 그들은 예의 차리지 않고 들어갔다. 문지기가 요셉과 뻰다곤 사람에게 말했다.

"평안하십시오. 이자들이 오늘 밤 태어난 아기를 찾는다고 해서요. 아기가 강보에 싸여 구유에 누워 있을 거라는군요."

일순간 나사렛 요셉의 진중한 표정이 바뀌었다. 그가 고개를 돌리며 말했다.

"아기는 여기 있소."

그들은 한 구유로 따라갔다. 거기 아기가 있었다. 목자들은 등불로 아기를 비추며 말없이 서 있었다. 아기는 여느 갓난아이와 똑같았다.

"산모는 어디 계십니까?"

문지기가 물었다.

한 여인이 아기를 안아서, 가까이에 누워 있던 마리아의 품에 안겨 주었다. 구경꾼들이 아기와 어머니 주변으로 모였다.

마침내 목자 한 명이 외쳤다.

"그리스도시다!"

"그리스도!"

다 같이 외치며 무릎을 꿇었다. 누군가 그 말을 수차례 되뇌었다.

"이분은 주님이시니, 그의 영광이 하늘과 땅에 가득하다."

의심 없이 순수한 사내들이 산모의 옷자락에 입을 맞추고, 기쁜 낯빛으로 돌아갔다. 칸에서는 잠에서 깨어 이야기를 채근하는 이들에게 자신들이 겪은 일을 들려주었다. 그러고는 마을을 지나 양 우리로 돌아가는 길 내내 천사들의 외침을 흥얼댔다.

"지극히 높은 곳에서는 주님께 영광이요, 땅에서는 주님이 사랑하시는 사람들에게 평화로다!"

소문이 퍼져 나갔다. 다들 이상한 빛을 봤기 때문에 그럴듯하게 들렸다. 다음 날, 그리고 계속해서 며칠간 호기심 많은 무리들이 동굴을 찾아갔다. 믿는 이도 있었지만, 대부분은 웃고 조롱했다.

12

아기가 동굴에서 태어난 지 열하루째 되는 날 정오 무렵, 사내 셋이 세겜* 쪽 길을 통해 예루살렘에 당도했다. 기드론 시내를 건너온 그들과 마주친 많은 이들은, 하나같이 호기심에 제자리에 멈춰 서서 세 사람의 뒷모습을 쳐다보았다.

유대 땅은 국제적인 교통의 요지였다. 동쪽에서 사막이, 서쪽에서 바다가 압박해서 생긴 좁다란 산지였지만, 능선 너머로 동쪽과 남쪽을 잇는 교역로가 뻗어 있어서 풍족했다. 상인들에게 걷는 통행세로 예루살렘은 부를 축적한 것이다. 로마 말고는, 세상 어디에도 이토록 다양한 나라의 다양한 민족들이 끊임없이 모여드는 곳도 없었다.

---

* '어깨'라는 뜻. 북이스라엘 왕국의 첫 수도였을 정도로 교통의 요지다.

예루살렘 근방의 주민들은 낯선 자들을 예사롭게 보았다. 그런데 이 세 사내는 거리에서 마주친 모두의 눈길을 끈 것이다.

왕들의 무덤 건너편 길가에 앉은 아낙들 속에서 놀던 아이 하나가 나그네 일행을 보고 손뼉을 치며 좋아했다.

"봐요, 저기 봐요! 종이 진짜 예쁘다! 낙타도 진짜 커!"

은종들이었다. 게다가 이미 앞에서 본 것처럼, 비범하게 크고 하얀 낙타들이 한 줄로 서서 위엄 있게 걷고 있었다. 먼 사막길을 지나온 고단함과 주인들의 부유함이 동시에 느껴졌다. 셋 다 주블레 산맥 너머의 만남에 나타날 때처럼 차양 아래 앉아 있었다. 하지만 사람들이 가장 놀란 건 은종이나 하얀 낙타, 나그네들의 화려한 행색과 분위기가 아니었다. 선두에 선 사내가 던진 질문이었다.

북쪽에서 예루살렘으로 가려면, 남쪽으로 점점 낮아지는 평원을 가로질러 계곡의 움푹한 곳에 있는 다메섹 문을 지난다. 지금은 좁은 도로가 오랜 통행으로 깊이 패고 비에 씻겨서 군데군데 자갈 더미가 말라붙어 있지만, 그때는 길 한쪽이 비옥한 들판과 무성한 올리브 수풀이라서 한창 울창한 시기에는 아름다웠다. 특히나 메마른 사막을 막 빠져나온 나그네에게는 더 보기 좋았을 것이다. 이 길에서 왕들의 무덤 앞 아낙들 앞에서 세 나그네가 걸음을 멈췄다.

"선한 분들이여, 예루살렘이 가까이 있습니까?"

발타사르가 수염을 쓰다듬으며 허리를 굽혀 말했다.

잔뜩 움츠린 아이를 안은 여인이 대답했다.

"네. 저기 언덕 나무들이 좀 더 낮았다면 장터의 탑들이 보였을 겁니다."

발타사르는 그리스인과 인도인을 쳐다보고는, 이렇게 물었다.

"유대인의 왕으로 태어나신 이가 어디 계십니까?"

여인들은 자기들끼리 쳐다보기만 했다.

"그분 소식을 듣지 못했습니까?"

"네."

"그럼 가서 사람들에게 전하십시오. 우리가 동쪽에서 그의 별을 보고 경배하러 찾아왔다고."

그러고서 나그네들은 곧장 길을 나섰다. 다른 이들을 만날 때마다 계속 똑같이 묻고 똑같은 대답을 들었다. 예레미아의 동굴에 찾아가던 큰 무리가 이 질문과 나그네들의 행장에 깜짝 놀란 나머지, 방향을 바꾸어 그들을 쫓아 예루살렘으로 들어갔다.

세 사람은 소임에 몰두해 있어서 눈앞에 펼쳐지는 웅장한 광경을 감상하지 못했다. 그들은 베제다 마을로 들어갔는데, 왼편으로 망루와 감람산이 있고, 마을을 둘러싼 성벽에 견고한 방어용 탑 40개가 건설자의 품격을 드러내며 높게 솟아 있었다. 오른쪽에서 굽이 도는 성벽도 탑까지 연결되었다. 다양한 각도로 휘어지며 여기저기 포안이 뚫린 성벽은 파사엘, 미리암, 히피쿠스* 라는 3개의 거대한 흰 탑으로 이어졌다. 가장 높은 언덕인 시온 산 위로 대리석 궁전이 왕관처럼 솟은 광경은 더 없이 아름다웠다. 모리아 산 사원의 반짝이는 테라스들은 아직까지도 감탄스러운 광경으로 손꼽히고. 위풍당당한 산들이 마치 성배의 깊숙한 바닥에 있는 듯이 도시를 감쌌다.

---

* 헤롯이 욥바 문 옆에 지은 감시탑. 각각 형(Phasael), 아내(Miriam), 친구(Hippicus)의 이름을 붙였다.

그들은 마침내 상당히 높고 튼튼한 성채에 이르렀다. 다메섹 문이 있고, 세겜과 여리고와 기브온을 오가는 도로들이 교차하는 곳이다. 로마 경비병이 통로를 지키고 있었다. 이즈음 낙타 행렬을 따라온 사람들이 꼬리를 물고 이어져서 주변에서 어슬렁대던 사람들의 주의를 끌기에 충분했다. 발타사르가 걸음을 멈추고 경비병에게 말을 걸자, 곧 구경꾼들이 세 나그네를 에워쌌다.

"평안하십시오."

이집트인이 맑은 목소리로 말했다.

경비병은 대꾸하지 않았다.

"우리는 유대의 왕으로 태어나신 이를 찾아서 멀리서 왔습니다. 그가 어디 계신지 말해 주겠습니까?"

병사가 투구의 챙을 올리더니 큰소리로 외쳤다. 오른쪽 건물에서 장교가 나왔다.

"물러서라."

로마 장교가 구경꾼들에게 외쳤다. 사람들이 느릿느릿 물러나자 그가 창을 오른쪽 왼쪽으로 휘저어 공간을 만들며 걸어갔다.

"뭐요?"

그가 발타사르에게 물었다. 예루살렘 말이었다.

그래서 발타사르도 예루살렘 말로 답했다.

"유대인의 왕으로 태어나신 이가 어디 계십니까?"

"헤롯 왕 말이요?"

"그는 로마 황제가 정한 왕이잖소. 헤롯이 아니오."

"다른 유대의 왕은 없는데."

"하지만 우리는 그분의 별을 보고 경배하러 왔소."

로마인은 당황했다. 마침내 그가 입을 열었다.

"더 가서 물어 보시오. 난 유대인이 아니니. 그런 건 사원의 박사들이나 대제사장 안나스에게 물으시오. 아니, 헤롯 왕에게 직접 물으면 더 좋겠군. 다른 유대의 왕이 있다면 헤롯 왕이 찾아낼 테니."

그가 이방인들에게 길을 터 주었다. 그들은 성문을 지나갔다. 발타사르가 좁은 길로 접어드는 곳에서 뒤따라 오는 두 동료를 기다렸다가 말했다.

"우리는 충분히 알렸소. 자정 즈음이면 예루살렘 전체가 우리와 우리의 소임을 듣겠지. 이제 여숙으로 갑시다."

13

해 질 무렵, 여인들이 실로암 연못*가에서 빨래를 하고 있었다. 각자 큼직한 질그릇 대야 앞에 무릎을 꿇고 앉았고, 계단 아래의 소녀가 대야에 물을 떠 주며 노래를 불렀다. 명랑한 노랫가락이 노동의 고단함을 한결 덜었다. 아낙들은 이따금 발꿈치에 엉덩이를 대서 허리를 펴고는, 오벨 언덕과 멸망산** 꼭대기를 올려다보았다. 해가 뉘

* 기혼 샘의 물을 수로로 성 안으로 끌어들여 만들었다. '왕의 연못'이라고도 한다.
** 솔로몬 왕이 감람산에 후궁들이 믿는 우상들의 신전을 지어서 붙인 이름.

엇뉘엇 지는 산봉우리가 아름다웠다.

아낙들이 빨랫감을 비비고 쥐어짜고 있을 때, 두 여인이 각자 빈 물동이를 어깨에 매고 다가왔다.

"평안하십시오."

한 여인이 인사했다. 빨래를 하던 아낙들이 허리를 펴고 손의 물기를 털어내면서 인사에 답했다.

"밤이 다 되었으니 일을 마칠 때에요."

"일에 끝이 있나요."

"그래도 쉴 때는 쉬어야죠. 그리고……."

다른 여인이 끼어들었다.

"떠다니는 소문을 들으셨는지."

"무슨 소식이라도 있어요?"

"그럼 못 들으셨군요?"

"네."

"글쎄, 그리스도가 태어나셨대요."

소문내기 좋아하는 여자가 덥석 말문을 열었다.

희한하게도 빨래하던 이들의 얼굴이 호기심으로 환하게 빛났다. 그녀들은 곧장 물동이를 뒤집어 걸터앉으며 외쳤다.

"그리스도라니!"

"그렇대요."

"누가요?"

"모두가요. 다들 그 얘기만 하고 있어요."

"그 말을 믿는 사람이 있어요?"

"오늘 오후에 세겜 쪽에서 세 사람이 기드론 시내를 건너왔대요. 셋 다 예루살렘에서 생전 처음 보는 크고 새하얀 낙타를 타고서요."

수다쟁이 여자가 사람들이 의심하지 않도록 일부러 상세하게 말했다. 듣는 이들의 눈이 휘둥그레졌다. 여자는 더 신나서 떠들었다.

"얼마나 대단했냐면, 비단 차양에 안장의 고리가 황금이에요. 굴레의 수술도 황금이고. 좋은 은종이니 진짜 음악 소리가 났답니다. 전혀 모르는 자들이었어요. 마치 세상의 끝에서 온 사람들 같았다죠. 한 사람만 말을 했는데, 그게 만나는 모든 사람에게, 아이나 여자들에게까지 이렇게 물었다죠. '유대인의 왕으로 태어나신 이가 어디 계십니까?' 아무도 대답을 못했죠. 그게 대체 무슨 뜻인지도 몰랐으니까요. 그러면 그들은 이런 말을 남기고 지나갔대요. '우리는 동쪽에서 그의 별을 보고 경배하러 찾아왔습니다.' 성문의 로마 경비병에게도 똑같이 물었는데, 그라고 별다를 게 있겠어요. 그저 헤롯 왕에게 가 보라고 했다네요."

"그들은 지금 어디 있어요?"

"칸에요. 이미 수백 명이 그들을 보러 몰려갔고, 수백이 더 가고 있지요."

"대체 누굴까요?"

"아무도 몰라요. 페르시아인이라는 말이 있어요. 별과 이야기하는 현자들이니까요. 엘리야와 예레미아 같은 선지자일지도 모르죠."

"유대인의 왕이라니, 무슨 뜻일까요?"

"그리스도요! 그분이 방금 태어나셨대요."

한 아낙이 웃음을 터트리더니, 다시 빨래를 시작하며 말했다.

"아이구야, 내 그분을 봐야 믿겠네."

다른 아낙도 똑같은 반응을 보였다.

"나는…… 그분이 시신을 일으키는 걸 보면 믿겠수."

세 번째 여인이 조용히 말했다.

"오래전부터 그리스도에 대한 언약이 있었는걸요. 저는 그분이 나환자 한 명을 고치는 걸 보는 걸로 충분해요."

밤이 되도록 여인들은 앉아서 수다를 떨었고, 밤공기가 차가워지자 집으로 돌아갔다.

그날 밤 첫 야경이 시작될 무렵, 시온 산의 궁전에서 회합이 열렸다. 헤롯 왕이 '유대 법과 역사의 더 깊은 신비들을 밝히라'고 명령했을 때만 모이는 학자들이 다 모였다. 대제사장, 대학의 선생, 예루살렘에서 학식 높기로 유명한 박사 쉰 명쯤이었다. 사두개파 거두들, 바리새파 논객들, 침착하고 온화하게 말하는 에세네파 금욕주의자들 등 각기 다른 교리를 신봉하는 지도자들도 보였다.

회합 장소는 궁전 안뜰에 로마네스크 양식으로 지은 제법 큰 방이었다. 바닥에 대리석이 모자이크식으로 깔렸고, 창 없는 벽에는 진노랑색 패널에 프레스코화가 그려져 있다. 중앙에 U자형 장의자가 문을 바라보는 방향으로 놓여 있었다. 방석들은 화사한 노란색 천을 씌웠다. 의자가 구부러지는 부분에 금과 은으로 독특하게 상감한 커다란 청동 삼각대가 있고, 그 위쪽 천장에서 샹들리에가 드리워졌다. 샹들리에의 일곱 가지에 불을 켠 등잔이 놓여 있었다. 의자와 등잔은 전형적인 유대 양식이었다.

의자에 동방의 관습대로 앉은 학자들은 색만 다르지 같은 모양의 옷을 입었다. 대부분 노인들로 수염이 덥수룩했고, 큰 코와 크고 검은 눈, 그늘진 짙은 눈썹이 두드러졌다. 진중하고 위엄 있고 심지어 독불장군으로 보이기까지 했다. 회합은 바로 산헤드린*이었다.

장의자의 상석(삼각대 앞)에 앉아 좌우 전방에 동료들을 거느린 인물이 한눈에도 의장이었고, 즉각 좌중의 관심을 사로잡았다. 원래 컸을 체구가 지금은 왜소하고 무척 구부정했다. 어깨에서 잔뜩 주름 지게 흘러내린 흰 옷 아래로 뼈대가 앙상했다. 흰색과 진홍색 줄무늬 비단 옷소매에 반쯤 가려진 양손은 무릎 위에 포갰다. 말할 때 가끔 오른손 검지를 흔들 뿐 다른 몸짓은 하지 못하는 듯했다. 하지만 두상은 굉장했다. 은실보다 더 하얀 머리카락이 몇 올 남은 아랫머리만 빼면, 구처럼 동근 머리통이 팽팽한 살갗에 빛을 받아 반들거렸다. 관자놀이는 움푹했고, 거기서 이마가 바위처럼 우뚝 솟았다. 눈빛은 흐렸고, 코가 뾰족했다. 하관은 아론처럼 덕망 있게 흘러내린 수염이 덮었다. 바빌론 태생의 율법학자, 힐렐**이다! 유대에서 오랫동안 끊긴 선지자의 명맥을 학자들이 이었고, 그중 최고의 지성이 힐렐이었다. 종교적 영감을 제외한 모든 면에서 예언자였다! 그는 106세의 나이에도 여전히 대학사***의 수장이었다.

힐렐 앞의 탁자에 히브리 글자가 적힌 양피지 두루마리가 펼쳐져 있고, 뒤에서 의관을 갖춘 시종이 대기했다. 토론이 있었고, 지금은

* 유대의 최고 입법 및 사법 기관. 헬레니즘의 영향을 받은 명칭이다.
** 바리새파는 율법 해석에서, 개혁적 힐렐학파와 보수적 샴마이학파로 나뉘었다.
*** 유대 최고 교육기관.

HILLEL MET HIS GLANCE WITH AN INCLINATION OF THE HEAD.

결론이 나와서 각자 쉬고 있었다. 힐렐이 앉은 채로 시종을 불렀다.

"에헴!"

젊은 시종이 공손하게 앞으로 나왔다.

"가서 왕께 우리가 대답을 드릴 준비가 되었다고 전하거라."

시종이 급히 나갔다.

잠시 후 관료 두 명이 들어와 문의 양옆에 한 명씩 섰고, 이어서 아주 놀라운 인물이 들어왔다. 테두리가 진홍색인 보라색 옷을 걸치고, 너무 얇아서 가죽처럼 나긋나긋할 것 같은 황금 허리띠를 두른 노인이었다. 신발 끈도 보석으로 번쩍거렸고, 세공이 섬세한 좁은 왕관을 썼다. 왕관 안에 쓴 진홍색의 보드라운 타부시는 목덜미와 어깨까지 내려왔다. 허리춤에는 인장 아닌 단검이 매달려 있었다. 노인은 지팡이에 잔뜩 기대고 발을 질질 끌며 걷다가, 장의자 앞에 도착해서야 바닥에서 눈을 들어 거기 있는 사람들을 의식했다. 그는 정신을 차리고 허리를 펴고 서서 거만하게 둘러보았다. 적을 탐색하듯 음흉하고 의심 많고 위협적인 눈초리였다. 이자가 헤롯 대왕이었다. 몸은 병들어 쇠하고 양심은 죄악으로 숯덩이가 되었지만, 여전히 머리가 기가 막히게 돌아가고 영혼은 로마 황제들과 통했다. 76세였지만 왕관을 지키려는 질투심과 압제와 잔혹함이 이루 말할 수 없었다.

좌중이 술렁거렸다. 연로한 이들은 이마에 손을 대고 절했고, 더 예의를 차리는 이들은 일어났고, 어떤 이들은 한쪽 무릎을 꿇고 손으로 수염이나 가슴을 만졌다.

헤롯은 주변을 살핀 후 삼각대 쪽으로 걸어갔다. 힐렐이 쌀쌀맞은 눈길로 고개를 까딱하고 양손을 살짝 들었다.

"답!"

왕이 고압적으로 내뱉더니, 지팡이를 양손으로 잡고 쾅 내리쳤다.

"답!"

의장이 온유하게 빛나는 눈빛으로 고개를 들고, 왕의 얼굴을 정면으로 마주보았다. 좌중은 숨죽여 예의 주시했다.

"신과 아브라함, 이삭, 야곱의 평화가 왕과 함께하시길!"

그는 기도하듯 말하다가, 태도를 바꿔서 설명했다.

"왕께서 저희에게 그리스도가 어디서 태어날지 물으셨습니다."

왕이 고개를 끄덕였다. 여전히 사악한 눈길로 현자의 얼굴을 주시하면서.

"그게 질문이었지."

"그러면 왕이시여, 저와 여기 모든 형제들을 대표해서 말씀드리니, 단 한 명의 이견도 없이 유대 땅 베들레헴입니다. 왜냐하면……."

힐렐이 탁자 위 양피지를 힐끗 보고, 떨리는 손가락으로 가리켰다.

"선지자가 기록하기를 '유대 땅 베들레헴아, 너는 유대 고을 중에서 가장 작지 아니하도다. 네게서 내 백성 이스라엘 민족을 다스리는 통치자가 나오리라.'"

헤롯의 얼굴에 낭패감이 떠올랐다. 그가 양피지를 뚫어지게 보았다. 지켜보는 이들은 숨도 쉴 수 없었다. 아무도 입을 열지 않았다. 헤롯도 침묵했다.

한참 만에 그가 몸을 돌려 방에서 나갔다.

힐렐이 말했다.

"형제들이여, 해산합시다."

참석자들이 일어나서 삼삼오오 떠났다.

"시므온."

쉰 살쯤 되어 보이지만 여전히 건장한 사내가 힐렐에게 다가왔다.

"아들아, 저 성스러운 양피지를 챙겨서 곱게 말거라."

그의 지시대로 행해졌다.

"이제 내게 한 팔을 빌려다오. 가마로 가야겠다."

아들이 몸을 굽혔다. 노인은 주름진 손으로 부축하는 손을 잡고 일어나 힘없이 문간으로 향했다.

그렇게 대학자는, 지혜와 지식과 직위를 물려줄 아들 시므온*과 함께 떠났다.

그날 저녁 늦게, 현자 셋은 숙사에 누워서 깨어 있었다. 베개 삼아 벤 돌이 높아서 아치형의 트인 공간으로 밤하늘이 멀리까지 보였다. 그들은 반짝이는 별무리를 보면서, 다음에 일어날 현시에 대해 생각했다. 현시가 어떻게 나타나려나? 어떤 내용일까? 그들은 마침내 예루살렘에 당도했고, 성문에서 그분을 찾으며 그분의 탄생을 여실히 밝혔다. 이제 그분을 진짜로 찾는 일만 남았다. 현자들은 온전히 성령에 의지했다. 신의 음성에 귀 기울이거나 천국의 신호를 기다리는 사람은 잠들지 못하는 법이다.

이때 한 남자가 들어왔다.

"일어나십시오! 제가 지체하면 안 되는 전갈을 가져왔습니다."

* 훗날 시므온의 아들 가말리엘이 사도 바울의 율법 선생이 된다.

현자들이 모두 일어나 앉았다. 이집트인이 물었다.

"누구의 전갈이오?"

"헤롯 왕입니다."

현자들 각자 영혼의 전율을 느꼈다. 다시 발타사르가 물었다.

"당신은 칸의 문지기가 아니오?"

"맞습니다."

"왕이 우리한테 무슨 일로?"

"왕의 사신이 밖에 있으니 그에게 들으십시오."

"그럼, 명을 받들겠다고 그에게 전해 주시오."

문지기가 나가자 그리스인이 말했다.

"그대가 옳았군요, 형제여! 길에서 만난 사람들과 성문의 병사에게 질문을 해서 우리가 금방 유명세를 얻었어요. 마음이 급해지네요. 얼른 채비합시다."

그들은 일어나서 신발을 신고 외투를 여미고 밖으로 나갔다.

사신이 소식을 전했다.

"인사드립니다, 평안하시기를. 그리고 용서를 구합니다. 제 주인이신 왕께서 여러분을 궁으로 모셔 오라고 저를 보내셨습니다. 여러분과 개인적으로 대화를 나누시겠답니다."

입구에 등잔이 걸려 있었다. 그 빛 속에서 그들은 서로 바라보고 성령이 함께하심을 알았다. 이집트인이 문지기에게 다가가서 다른 이들이 듣지 못하게 소곤댔다.

"당신은 우리 짐이 뜰 어디쯤에 있는지, 우리 낙타들이 어디서 쉬는지 알지요. 우리가 없는 동안, 나중에 필요하다면 즉각 떠날 수 있게 채비해 주시오."

"분부대로 하지요. 절 믿으세요."

문지기가 대답했다. 발타사르가 왕의 사신에게 말했다.

"우리는 왕의 뜻에 따르겠소. 그대를 따라가리다."

그 시절에도 예루살렘의 거리는 좁았지만, 지금처럼 울퉁불퉁하고 지저분하지는 않았다. 도시 건설자가 미관뿐만 아니라 청결과 편리성도 강조했기 때문이었다. 그들은 말없이 사신의 뒤를 따라갔다. 어스름한 별빛에 양쪽 성벽 때문에 더 컴컴했다. 일행은 지붕들로 연결된 다리들 밑에서 거의 길을 잃고 헤매다가, 저지대를 벗어나 언덕을 올라갔다. 마침내 큰 문이 버티고 선 곳에 이르렀다. 대형 놋쇠화로에서 불꽃이 타올라서, 무기를 들고 꼼짝 않고 서 있는 보초병들이 보였다. 그들은 아무런 제지 없이 안으로 들어갔다. 좁은 통로들과 아치 지붕의 홀들을 통과하고, 뜰들을 지나고 주랑들 아래를 걸었다. 일부 주랑은 불을 밝히지 않았다. 긴 계단을 올라 무수히 많은 회랑과 방들을 지나자, 높은 탑으로 접어들었다. 사신이 갑자기 걸음을 멈추더니 열린 문을 손짓했다.

"들어가십시오. 왕께서 저기 계십니다."

방 안에 짙은 백단 향내가 났다. 가운데 술 달린 작은 양탄자 위에 왕좌가 있었다. 물건들은 정교하고 화려했다. 정교하게 조각된 금빛 오토만*과 소파, 부채와 단지와 악기, 제 몸에 꽂힌 촛불의 빛을 받아 반짝이는 황금 촛대, 바리새인이라면 끔찍해서 머리를 감쌌을 정도

* 수납을 겸하는 의자

로 관능적인 그리스풍의 그림. 하지만 손님들은 신기한 인상을 받을 겨를밖에 없었다. 헤롯이 왕좌에 앉아 있었기 때문이다. 산헤드린 회합 때의 옷차림 그대로였다.

손님들은 당장 양탄자의 가장자리로 가서 엎드렸다. 왕이 종을 쳤다. 시종이 들어와서 왕좌 앞에 의자들을 놓았다.

"앉으라."

군주가 호방하게 명했다. 현자들이 자리를 잡고 앉았다.

"오늘 오후 특이한 동물을 타고 먼 나라에서 온 행색의 이방인 셋이 북문에 도착했다는 보고를 받았지. 그대들인가?"

이집트인은 그리스인과 인도인에게 신호를 받고, 허리를 깊이 숙여 대답했다.

"저희가 그들이 아니라면 만방에 명성이 향처럼 피어나는 헤롯 왕께서 저희를 부르지 않으셨겠지요. 저희가 틀림없이 그 이방인들입니다."

헤롯이 그 말을 수긍하는 손짓을 했다.

"그대들은 누구인가? 어디서 왔는가?"

왕이 묻고 강조하듯 덧붙여 말했다.

"각자 말해 보라."

세 현자는 차례로 출생지와 예루살렘까지의 여정을 간략하게 말했다. 헤롯은 약간 실망해서 노골적으로 물었다.

"그대들이 성문에서 병사에게 뭔가를 물었다면서?"

"유대인의 왕으로 태어나신 이가 어디 계시냐고 물었습니다."

"왜 다들 궁금해 했는지 알겠군. 나 역시 놀랐는걸. 다른 유대의 왕이 있는가?"

하지만 이집트인은 움찔하지 않았다.

"새로 태어나신 분이 있습니다."

곤혹스러운 기억이라도 떠오른 듯 군주의 얼굴이 고통으로 일그러졌다.

"내 자식은 아닌데! 내 자식은 아니야!"

죽인 자녀들의 원망하는 모습이 떠오른 모양이었다.* 그는 복받치는 감정을 억누르고 차분히 물었다.

"새 왕은 어디 있는가?"

"폐하, 그게 저희가 여쭙고 싶은 질문입니다."

"그대들은 내게 궁금증을 안겼어. 솔로몬의 수수께끼를 능가하는 수수께끼로군. 보다시피 나는 지금 어린애처럼 호기심을 누르지 못하겠는데, 이렇게 애타는 건 잔인해. 더 말해 보라, 내가 그대들을 왕처럼 예우하리니. 그대들이 갓난아이에 대해 아는 것을 다 말하면, 내가 그대들과 같이 아이를 찾아 주겠다. 그리고 그 아이를 찾으면, 그대들이 원하는 대로 할 것이다. 아이를 예루살렘으로 데려와서 왕도를 가르치고, 로마 황제에게 청을 넣어 아이가 높은 자리와 영예를 누리게 하겠다. 질투 따위는 없으리라고 맹세하지. 그러니 내게 말하라. 바다와 사막으로 그리 멀리 떨어져 있던 그대들이 어떻게 그 아이에 대해 들었는지."

"진실하게 말씀드리겠나이다, 폐하."

* 헤롯은 유대족 여인 미리암과 결혼하고 두 아들을 얻지만, 자기 손으로 잔혹하게 살해했다.

"말하라."

발타사르는 허리를 곧추 세우고 엄숙하게 말했다.

"전능하신 주님이 계십니다."

헤롯은 눈에 보이게 놀랐다.

"주님이 저희를 이곳에 보내시며, 세상의 구원자를 찾을 거라고 약속하셨습니다. 저희가 그분을 찾아서 경배하고, 그분이 오셨음을 증거해야 된다고 하셨습니다. 그 증표로서 저희가 각자 별을 보았습니다. 하느님의 성령이 저희와 함께 계십니다. 폐하, 성령이 지금 저희와 함께 계십니다!"

세 현자는 강렬한 감정에 휩싸였다. 그리스인은 외치고 싶은 마음을 어렵사리 억눌렀다. 헤롯이 현자들을 차례로 훑었다. 그는 전보다 더 의심스럽고 못마땅했다.

"나를 조롱하는가. 그게 아니라면 상세히 말하라. 새 왕이 오면 무슨 일이 이어지는가?"

"인간이 구원을 받습니다."

"무엇으로부터?"

"그들의 사악함에서."

"어떻게?"

"성스러운 힘으로 그리합니다. 믿음, 사랑, 선행으로."

"그렇다면……."

헤롯은 잠시 말을 멈췄다. 표정을 읽을 수가 없다.

"그대들은 그리스도의 사자들이로군. 그뿐인가?"

발타사르가 머리를 깊이 숙였다.

"왕이시여, 저희는 폐하의 신하들입니다."

왕이 종을 쳤다. 곧 시종이 들어왔다.

"선물을 가져오라."

시종이 금방 나갔다 와서 무릎을 꿇고 손님들 앞에 각각 외투, 진홍색과 파란색 망토, 금 허리띠를 주었다. 현자들은 동방식으로 땅에 엎드려 절하여 영광을 표현했다. 인사치레가 끝나자 헤롯이 말했다.

"하나만 더. 성문 병사에게, 그리고 나에게 그대들은 동쪽에서 별을 봤다고 말했다."

발타사르가 대답했다.

"그렇습니다. 그분의 별, 새로 태어난 아기의 별이지요."

"그 별이 언제 나타났는가?"

"이곳으로 가라는 계시를 받았을 때입니다."

헤롯이 일어났다. 알현이 끝났다는 뜻이다. 그는 왕좌에서 내려와 현자들 쪽으로 가며 최대한 자애롭게 말했다.

"물론 나는 믿지만, 출중한 그대들이 진짜로 갓 태어나신 그리스도의 사자들이라면 알아 두라. 내가 오늘 밤 유대의 모든 것을 가장 잘 아는 자들과 논의했더니, 그들이 한목소리로 말하기를 유대 땅 베들레헴에서 그리스도가 태어날 거라고 했다. 내 그대들에게 말하노니 그곳으로 가라. 가서 부지런히 아기를 찾고, 찾으면 내게 다시 와서 소식을 전하라. 나도 그를 찾아가 경배하리라. 그대들이 그곳에 가는 데는 어떤 방해나 걸림돌도 없으리라. 평화가 있기를!"

헤롯이 옷을 여미고 방에서 나갔다.

곧장 안내자가 들어와 현자들을 다시 거리로 데려갔고, 칸까지 안내했다. 대문에서 그리스인이 흥분해서 말했다.

"베들레헴으로 갑시다, 형제들. 왕의 조언대로."

"그래요. 내 안에서 성령이 타오릅니다."

인도인이 외쳤다.

"그럽시다. 낙타들이 준비되어 있소."

발타사르 역시 열정적으로 말했다.

현자들은 문지기에게 선물을 주고 안장에 올라타서, 욥바 문으로 향했다. 그들이 다가가자 성문이 열렸다. 세 사람은 트인 시골로 나가 최근에 요셉과 마리아가 지나간 길을 걸었다. 힌놈 계곡을 벗어나 르바임 평원에 들어섰을 때, 빛이 나타났다. 희미하게 넓게 퍼진 빛에 현자들의 맥박이 빨라졌다. 빛이 급격히 강렬해졌다. 그들은 타는 듯한 빛 때문에 눈을 감았다. 다시 눈을 뜨니 별이 있었다. 아, 하늘의 여느 별과 같지만 낮게 떠서 그들 앞쪽에서 천천히 움직이는 별. 현자들은 손을 맞잡고, 차오르는 기쁨으로 환호했다.

"주님께서 우리와 함께 계신다! 주님께서 우리와 함께 계신다!"

그들이 신나게 반복해서 말했다. 마침내 별이 마르 엘리아스 뒤쪽 계곡 밖으로 나가, 마을 근처 언덕 비탈의 어느 집 위에서 멈췄다.

14

세 번째 야간 보초가 시작되는 때, 베들레헴의 동녘 산 위로 새벽동이 트고 있었다. 빛이 흐려서 계곡은 아직 밤이었다. 야경꾼이 칸의 지붕에서 찬 공기에 몸을 떨면서, 새벽을 깨우는 생명의 소리들에 귀를 기울이고 있었다. 그때 빛 하나가 언덕을 올라와 칸으로 다가왔다. 처음에는 누군가가 횃불을 든 줄 알았고, 그러다가 별똥별이라고 짐작했는데, 빛이 점점 환해지더니 별이 되었다. 야경꾼은 더럭 겁이 나서 크게 소리쳐서 사람들을 지붕으로 불러 모았다. 빛은 이상하게 움직이며 계속 다가왔다. 그 아래 있는 바위, 나무, 길 등이 스스로 빛을 내듯 밝았다. 빛이 너무 강렬해져서 아무것도 보이지 않았다. 소심한 자들은 얼굴을 가리며 무릎을 꿇고 기도했고, 배포가 큰 자들은 눈을 가리고 웅크려 앉았으면서도 가끔 흘끔댔다. 칸과 주변이 무섭도록 환해졌다. 흘끔대던 이들은 별이 아기가 태어난 동굴 앞집에 멈춘 것을 보았다.

이때 세 현자가 대문에 도착했다. 그들이 낙타에서 내려 문을 열고 소리치자, 조금 진정한 문지기가 빗장을 풀고 문을 열었다. 신비로운 빛 속에서 낙타들은 매우 특별해 보였고, 세 방문자도 희한한 행장에 표정과 몸가짐이 진중하고 기품이 있었다. 문지기는 두려움과 호기심이 더 커져서, 한동안 뒤로 물러나 손님들의 질문에 아무 답도 하지 못했다.

"여기가 유대 땅 베들레헴이오?"

다른 사람들이 오자 문지기가 조금 자신감을 회복했다.

"여기는 칸이니, 마을은 조금 더 가야 됩니다."

"여기 갓 태어난 아기가 있지 않소?"

구경꾼들은 아연실색해서 서로 쳐다보았다. 몇 사람이 대답했다.

"맞습니다, 맞아요."

"우리를 아기에게 데려다주시오!"

그리스인이 급하게 말했다.

"우리를 아기에게 데려다주시오! 우리는 그의 별을 보았고, 저 별도 그런 별이오. 그래서 우리는 아기에게 경배하러 왔소."

발타사르도 진중함을 버리고 외쳤다.

"진정 신은 살아 계십니다! 서두르시오, 서두르시오! 구세주를 발견했소. 우리는 다른 사람들보다 축복받았소, 축복!"

인도인은 손을 모으면서 경탄했다.

사람들이 지붕에서 내려와 이방인들을 따라갔다. 뜰을 빠져나가 울타리 안으로 들어갔다. 빛은 조금 약해졌지만 여전히 동굴 위에 있는 별을 보고, 두려워서 돌아가는 이들이 있었다. 이방인들이 집에 가까워지자 동그란 구가 떠올랐고, 그들이 문간에 서자 서서히 위로 높이 떠서 멀어졌다. 그들이 동굴에 들어가자 완전히 사라졌다. 사람들은 별과 이방인들의 거룩한 연결을 확신했고, 동굴 안의 사람들과도 관계가 있다고 믿었다. 문이 열렸고, 일행이 안으로 들어갔다.

동굴은 등불 빛으로 이방인들이 산모를 찾을 수 있을 만큼 밝았다. 아기는 어머니의 무릎에서 깨어 있었다.

"그대의 아기입니까?"

발타사르가 물었다. 어머니는 아기에게 나쁜 영향을 미칠 상황들을 철저히 단속하는 법이다. 그런 그녀가 방문객들의 의도를 이해하고, 불빛 속에서 아기를 위로 들어 보였다.

"내 아들입니다."

그러자 이방인들이 엎드려 아기에게 경배했다.

여느 아기와 다를 바 없는 아기였다. 머리 위에 후광도 없고 왕관도 없었다. 말을 하는 것도 아니고, 그들의 기쁨의 말과 기원과 기도를 들어도 아무 내색이 없었다. 그저 아기답게 그들보다는 등잔 불꽃을 더 오래 바라볼 뿐이었다.

잠시 후 현자들은 낙타에게 돌아가서 선물을 가져왔다. 그들은 황금과 유향과 몰약을 아기 앞에 내려놓으며 숭배의 말을 멈추지 않았다. 그 말들은 쓰지 않겠다. 사려 깊은 사람이라면, 순수한 마음에서 우러나오는 순수한 경배는 그때도 지금도 언제까지나 영감을 주는 노래라는 것을 알 터이니.

이 아기가 그들이 그토록 멀리서 찾아온 구세주다!

그들은 추호의 의심도 없이 경배했다.

왜 그랬을까?

그들은 우리가 아버지로 알게 된 분이 보낸 계시들을 전적으로 믿었다. 그분 언약만으로 충분하기에 인도하심을 그대로 따랐다. 극소수의 사람들만 증표를 보고 언약을 들었는데, 마리아와 요셉, 목자들, 현자 세 사람, 그들 모두가 믿었다. 구원의 계획에서 이 시기에는 하느님이 전부고 아기는 아무것도 아니었는데!

하지만 기대하시라! 아들에게서 증표가 오리니, 그때 그를 믿는 자는 행복하리라!

그때를 기다려 보자.

제2부

불꽃처럼
악동하는 영혼은
자신의 좁은 존재 안에 머무르지 않고 동경한다.
적당하게 들어맞는 욕망 너머를.
일단 불붙으면 도저히 억누를 수 없어
더 고결한 모험을 먹이로 삼으며
잠시라도 쉬는 것에 싫증내는 불꽃처럼.

_〈차일드 해럴드의 순례〉, 바이런

1

이제 21년 후, 유대 땅에 제4대 총독 발레리우스 그라투스*가 막 부임하던 때로 가 보자. 예루살렘이 정치적 격동으로 인한 불화의 시대로 기억될 시기다. 유대인과 로마인 사이에 최후의 결전이 시작되는 바로 그때이기도 하다.

그 사이 유대 땅은 여러 가지가 변했는데, 가장 큰 변화는 정치적 위상이었다. 아기가 태어난 지 1년이 채 되지 않아 헤롯 왕이 죽었다. 너무나 비참한 죽음이었기에 기독교인들은 신의 노여움을 받았다고 여겼다. 권력을 다지는 데 평생을 바치는 통치자들이 다 그렇듯, 헤롯도 왕위를 물려줄 꿈을 꿨다. 자신이 왕조의 설립자가 되어 영토를 세 아들 안디바, 빌립, 아켈라오에게 나눠 주고, 왕위는 아켈라오에게 넘기는 유언장을 남겼다. 유언장을 검토한 황제 아우구스투스는 한 가지만 빼고 전부 승인했다. 아켈라오가 능력과 충성심을 증명할 때까지 왕위 계승을 유예시키고, 그 대신 행정장관으로 삼은 것이다. 하지만 9년만에 직권 남용 및 점점 커지는 폭동 요소들을 통제하지 못한 책임을 물어 갈리아로 유배를 보냈다.

* 로마 2대 황제 티베리우스가 발령한 유대 총독으로, 15년부터 26년까지 재임했다.

황제는 아켈라오의 해임으로 만족하지 않았다. 그는 예루살렘 사람들의 자존심을 건드리고, 사원의 고위 성직자들의 감정을 해쳤다. 유대를 시리아의 관할로 강등해 버린 것이다. 시온 산의 헤롯 왕궁은 왕이 없이 2급 관료인 총독이 다스렸고, 그나마도 로마와의 연락은 안디옥의 시리아 특사를 통해야 했다. 게다가 총독은 예루살렘에는 머물지도 않고 가이사랴에 거했다. 하지만 가장 큰 치욕은, 하필 가장 멸시받는 사마리아를 유대와 같은 속주로 묶은 것이었다. 편협한 분리주의자들인 바리새파는 가이사랴의 총독궁 앞에서 그리심 산* 신자들에게 밀리고 조롱당하는 게 어찌나 견디기 힘들던지!

속상한 와중에 단 하나, 쇠망한 민족을 유일하게 위로한 것은 시장통에 있는 헤롯 궁전을 대제사장이 차지하고 조정 비슷하게 유지한다는 점이었다. 실권은 없었다. 생사여탈권은 총독이 가졌다. 재판은 로마법과 로마 황제의 이름으로 이뤄졌다. 왕궁도 사실상 세금 징수관과 보좌관, 등기 담당관, 징수원, 세리, 심지어 밀정까지 뒤섞인 무리들이 장악했다. 그저 왕궁의 최고 책임자가 유대인이라는 생각이 자유를 되찾으리라 꿈꾸는 유대인들에게 위안이 되었을 뿐이다. 대제사장의 존재는 선지자와 여호와가 아론의 아들들을 통해 부족들을 다스리던 시대의 서약과 약속을 상기시켰다. 여호와가 유대 민족을 아직 버리지 않았다는 증표였다. 그 희망으로 그들은 인내했고, '이스라엘을 다스릴 유다의 자손'이 나타나기를 차분히 기다렸다.

유대는 80년 이상 로마의 속주였다. 로마인이 유대인의 민족성을

---

* 사마리아인들의 예배소가 있는 곳.

파악하기에 충분한 시간이었다. 유대인은 자존심이 무척 세지만 종교만 존중해 주면 별 탈 없이 통치할 수 있음을 말이다. 그래서 그라투스의 전임자들은 유대인의 종교적 관습들에 간섭을 삼갔다. 그런데 그라투스의 노선은 달랐다. 부임하자마자 내린 거의 첫 조치가 대제사장 직에서 안나스를 내쫓고 파부스 집안의 이스마엘을 앉힌 일이었다.

아우구스투스 황제의 지시였든 그라투스 자신의 무분별한 처사였든, 그 대가는 곧 자명해졌다. 여기서 유대의 정치 상황을 장황하게 설명하지는 않겠지만, 앞으로의 이야기를 잘 이해할 수 있을 정도로만 몇 마디 하겠다. 당시 유대에는 귀족당과 분리파(민중당)가 있었다. 헤롯이 죽자 두 당파는 손을 잡고 아켈라오에 반기를 들었다. 신전에서 궁전으로, 예루살렘에서 로마까지 함께 다니며, 때로는 음모로 때로는 무기로 아켈라오와 싸웠다. 이따금 모리아의 회랑에서도 싸우는 소리가 울려 퍼졌다. 결국 그들은 아켈라오를 유배지로 내몰았다. 하지만 궁극적으로 그들은 목적이 달랐다. 귀족당은 대제사장 요아사르*를 미워한 반면, 분리파는 그를 열렬히 지지했다. 아켈라오가 곤두박질치며 요아사르가 동반몰락하자, 귀족당이 얼른 세스 사람 안나스를 대제사장에 앉혔고 동맹은 깨졌다. 대립은 첨예해졌다.

아켈라오와 싸우던 시절, 귀족당은 로마와 친해야 편하다는 것을 간파했다. 왕위 계승이 결렬되어도 다른 형태의 통치가 이어질 것이기에, 그들은 로마에 먼저 유대를 속주로 격하시킬 것을 제안했다.

* 헤롯의 처남. 헤롯이 임명하고 아켈라르가 재임명했다.

이 사실이 알려지자 분리파가 맹공을 퍼부었고, 사마리아와의 병합으로 이어지게 되자 귀족당은 벼랑 끝으로 내몰렸다. 자신들이 본래 누리고 있던 고위직, 재산, 로마 조정의 지원으로 버텨야 했다. 발레리우스 그라투스가 부임하기까지 15년간 왕궁과 사원에서 그럭저럭 자리를 보전했다.

귀족당의 우상인 안나스는 권력을 총동원해서 후원자인 로마 황제를 위한 정책들을 아낌없이 지원했다. 로마군이 안토니아 요새에 주둔했고, 왕궁 문을 경비했다. 로마인 판관이 민형사 재판을 모두 맡았고, 로마의 세금제가 도시와 시골 전역에 인정사정없이 시행되었다. 유대인은 시시각각 무수한 방법으로 수탈당하며 '독립된 삶'과 '정복당한 삶'의 차이를 체감했다. 하지만 안나스는 유대인을 비교적 잠잠하게 잘 단속했다. 그런 협력자를 그라투스가 제거했으니, 로마는 곧 안나스의 빈자리를 여실히 느낀다. 안나스는 이스마엘에게 자리를 넘기고 사원에서 걸어나가자마자 분리파 회합장으로 가서 베두스족과 세스족의 수장이 되었다.

그라투스 총독은 순식간에 당파의 지지를 잃었다. 15년간 연기 정도로로 잦아들었던 저항의 불꽃이 다시 활활 타오를 조짐을 보였다. 이스마엘의 부임 한 달만에, 그라투스는 사태를 진압하기 위해 직접 예루살렘으로 가야 했다. 유대인들은 성벽에서 고함치고 야유하면서, 총독의 경비대가 예루살렘의 북문으로 들어와 안토니아 요새로 행진하는 광경을 보았다. 사람들은 이들의 진짜 방문 이유를 알아차렸다. 이전의 주둔군에 1개 군단이 증원되었으니, 이제 로마는 얼마든지 고삐를 틀어쥘 수 있었다. 총독은 일벌백계가 중요하다고 생각했다. 맨 처음에 걸리는 사람은 본보기로 단단히 혼날 터였다!

2

이런 점을 기억하며 시온 산 헤롯 왕궁의 정원으로 가 보자. 7월 중순의 정오, 한여름 더위가 가장 심한 시각이다.

정원을 중심으로 사방에 2층 건물들이 있다. 아래층은 베란다가 있어서 문과 창문에 그늘을 드리웠다. 위층은 쑥 들어가서 회랑들이 있고, 튼튼한 난간을 빙 둘러쳐서 장식과 보호의 역할을 했다. 곳곳에 낮은 주랑들이 있어서 바람이 잘 통했고, 집의 다른 부분들이 더 웅장하고 아름다워 보였다. 단지의 짜임새도 보기 좋았다. 산책로, 풀밭과 관목이 여기저기 있고 큰 나무도 몇 그루 보였다. 종려나무부터 구주콩나무, 살구나무, 호두나무 등 희귀한 수종들이 모여 있었다. 땅은 중심에서 사방으로 완만한 경사를 이루었고, 가운데에 저수지랄까 깊은 대리석 수조가 있었다. 수조는 안에 일정한 간격으로 수문이 있어서, 위로 올리면 산책로와 맞닿은 곳으로 물이 흘러갔다. 워낙 건조한 지역이라서 개발된 기발한 장치였다.

수조 근처에 맑은 물이 찰랑대는 작은 연못이 있고, 물가에 요단강과 사해의 인근처럼 등나무와 협죽도 수풀이 있었다. 수풀과 연못 사이에서 뜨거운 햇살에 아랑곳하지 않고 열띤 대화를 나누는 두 소년이 보였다. 각각 열아홉 살, 열일곱 살쯤 되어 보였다.

둘 다 잘생겼고 얼핏 보면 형제 같았다. 머리와 눈이 검고, 얼굴은 짙은 갈색이었다. 앉은 모습에서 나이 차 정도의 체격 차이가 느껴졌다.

큰 소년은 맨머리였다. 무릎까지 내려오는 헐렁한 튜닉 말고는, 깔고 앉은 하늘색 망토와 샌들이 다였다. 고스란히 드러난 팔다리도 얼굴처럼 갈색이었다. 하지만 우아한 몸가짐과 반듯한 생김새, 단정한 목소리로 높은 신분임을 알 수 있었다. 잿빛 셔츠 가장자리의 빨간색 테두리와 수술 달린 비단 허리끈을 보니 로마인임이 분명했다. 가끔 친구를 거만하게 쳐다보며 윗사람처럼 대하는 태도도 그럴 만했다. 그 시대에는 로마의 뛰어난 집안 출신이면 뭐든 양해가 되었으니까. 카이사르와 적수들의 살벌한 싸움에서 메살라는 브루투스(공화파)*의 친구였지만, 필리피 전투 이후 수모를 당하지 않고 승자(안토니우스와 옥타비아누스)와 화해했고, 나중에는 옥타비아누스를 적극적으로 지지했다. 아우구스투스 황제가 된 옥타비아누스는 그 일을 기억해서 메살라에게 특권들을 안겼으니, 무엇보다도 속주로 격하된 유대 땅에서 세금을 걷고 관리하는 책임을 맡겼다. 그 후 아들이 대를 이어 황제 재무관으로서 유대 땅에 남아서 대제사장과 왕궁을 같이 썼다. 방금 등장한 청년은 그의 아들로, 할아버지가 초대 황제의 측근이었다는 자부심을 고스란히 드러냈다.

메살라보다 작은 체구의 소년은 예루살렘에서 흔히 입는 흰 아마 옷을 입었다. 두건은 이마를 가리지 않게 노란 끈으로 묶어서 목 뒤

* 카이사르를 암살한 공화파 중 한 명이다("브루투스, 너마저!"의 주인공). 이후 카이사르의 양자인 옥타비아누스가 적수인 안토니우스를 물리치고 초대 황제에 즉위한다.

로 늘어뜨렸다. 인종의 특징을 잘 알고 차림새보다 얼굴을 살핀 사람이라면, 소년이 유대인 혈통임을 금방 알아차렸을 것이다. 로마인은 좁고 튀어나온 이마와 뾰족한 매부리코, 일자로 굳게 다문 얇은 입술을 가졌다. 눈썹 바로 아래 붙어서 쏘아보는 눈빛이 차다. 한편 유대인은 납작하고 넓은 이마에, 코가 길고 콧방울이 도드라진다. 윗입술이 살짝 아랫입술을 덮는데, 보조개 쪽으로 큐피드 활처럼 살짝 굽은 입매다. 둥근 턱, 큰 눈, 포도주처럼 발그레 빛나는 갸름한 뺨이 유대인 특유의 부드러움과 힘, 아름다움을 준다. 로마인은 엄격하고 고상하게 보기 좋았고, 유대인은 풍성하고 육감적으로 보기 좋았다.

"신임 총독이 내일 도착한다고 했지?"

어린 유대인 청년이 희랍어로 물었다. 당시 유대 상류층은 희랍어만 썼다. 희랍어는 왕궁에서 훈련소와 학교로 전해졌고, 언제부터인가 사원에도 들어왔다. 사원 정문과 회랑의 안쪽은 물론, 이교도가 출입하지 못하는 신성한 구역에서조차 희랍어가 통용되었다.

"맞아, 내일이지."

메살라가 대답했다.

"누구한테 들었어?"

"신임 궁성장관, 그러니까 너희는 대제사장이라고 부르는 이스마엘이 어젯밤에 아버지에게 그렇게 말하더라. 흥, 평소라면 진실을 까맣게 잊은 이집트인이나 진실이라곤 아예 모르는 에돔인 말을 더 믿고 말았겠지만, 오늘 아침에 요새에서 만난 백인대장*이 환영식을

---

* 로마군 백인대의 지휘관

준비 중이라고 하는 거야. 갑옷과 무기 수선공들이 투구랑 방패에 윤을 내고, 독수리랑 금구金球에 다시 도금을 한다더군. 오랫동안 쓰지 않은 숙소들을 치우고 환기를 시키는 걸로 봐서 수비대 외에 아마도 대단한 양반의 경호대가 오겠지."

이 청년의 말투를 글로 정확하게 옮길 수가 없다. 독자의 상상을 믿는 수밖에. 다만 로마인의 특성에서 경건함이 급속도로 사라졌음을, 아니, 경건함을 도리어 고루한 특성으로 여겼음을 지적해야겠다. 옛 종교는 신앙이 아니다시피 되었고, 기껏해야 사고방식과 표현방식의 표현에 그치게 되었다. 사원 근무가 이득이라는 것을 아는 사제들, 시 구절에 써먹어야 하니까 신을 없애버릴 수 없는 시인들, 혹은 그런 경향이 있는 가수들 정도만 소중히 여겼다. 종교 대신 철학이, 경건함 대신 풍자가 들어섰다. 그 정도가 아주 심해서 모든 연설에, 아주 사소한 대화에도 음식의 소금처럼, 포도주의 향기처럼 풍자가 들어갔다. 로마에서 교육 받고 최근에 돌아온 청년 메살라는 그런 습관과 태도가 몸에 배어 있었다. 무심해 보이고 싶어서 눈꺼풀 아래를 보일 듯 말 듯 실룩댔고, 단호하게 콧구멍을 벌렁대고, 느릿느릿 말했다. 과장하듯 잠시 말을 끊기도 했다. 중요성을 강조해서 듣는 이에게 흐뭇한 자만심을 주거나 쏘아붙이는 짧은 말의 신랄함을 느끼게 하기 위해서였다. 방금 전에도 이집트인과 에돔인을 운운한 후에 잠시 입을 다물었다. 유대인 청년은 뺨이 더 빨개졌고, 나머지 말은 듣지 않는 듯 연못 깊은 곳을 물끄러미 응시했다.

"이 정원에서 우리가 작별했지. 네 마지막 말을 기억해? '주님의 평안이 함께하기를!' 나는 '신들이 널 지켜 주시길!' 하고 말했고, 벌써 그게 몇 년 전이지?"

"5년."

유대인 청년이 계속 물속을 응시하며 대답했다.

"흠, 넌 감사해야겠어. 누구한테냐면…… 신들? 어쨌든, 넌 멋지게 자랐어. 그리스인들 표현으로, 아름답게 말이야. 세월의 덕을 봤네! 유피테르의 가니메데스*처럼, 너는 황제의 시동으로 딱이겠는걸! 말해 봐, 유다. 총독 부임에 왜 그렇게 관심이 많지?"

유다가 큰 눈으로 메살라를 응시했다. 침울하고 사색적인 눈으로 로마인의 눈을 쳐다보면서 대답했다.

"그래, 5년 전 헤어지던 날이 기억나. 넌 로마로 갔지. 난 네 뒷모습을 보면서 울었어. 너를 사랑하니까. 세월이 흘러서 너는 훌륭하고 의젓한 모습으로 돌아왔어. 놀리는 게 아니야. 그렇지만…… 그렇지만 난 예전의 메살라가 좋아."

비꼬는 말투가 입에 밴 메살라가 콧구멍을 벌렁대더니 더 느릿느릿 말했다.

"아니, 가니메데스가 아니라 신탁을 전하는 자가 어울려, 유다. 포로 로마노Foro Romano 근처의 내 수사학 스승에게 몇 번만 수업을 들으면 되겠어. 신비로운 일을 하라는 내 조언을 받아들일 만큼 네가 똑똑하다면 스승님께 추천장을 써 주지. 델포이**도 아폴로처럼 널 받아줄 거야. 네 진지한 목소리를 들으면 피티아가 왕관을 들고 너

---

* 올림포스 궁에서 유피테르(제우스)의 술시중을 드는 미소년.
** 아폴로 신전이 있는 고대 도시. 피티아라는 무녀가 신탁을 들려주었다.

한테 오겠는걸. 솔직히 말해 봐, 친구. 지금의 내가 어째서 떠날 때의 메살라가 아니라는 거지? 세상에서 가장 뛰어난 논리학자의 강의를 들은 적이 있어. 주제가 '논쟁'이었는데 '적을 이해한 후 그에게 대답하라'고 하더군. 널 이해하게 해줘 봐."

유다는 노골적인 비아냥 앞에 얼굴이 더 붉어졌지만, 단호하게 대답했다.

"네가 기회들을 잘 이용했다는 걸 알겠어. 스승들에게 대단히 많은 지식과 장점들을 전수받았네. 말이 선생처럼 술술 나오고. 하지만 메살라, 네 말에 신랄함이 깔려 있어. 떠날 때는 그렇지 않았는데. 친구의 감정을 상하게 하는 사람이 아니었다구."

로마 귀족 청년은 칭찬이라도 들은 듯이 싱긋 웃더니, 고개를 더 빳빳이 들었다.

"아, 진지하기 짝이 없는 유다. 여기가 델포이나 도도나*야? 모호한 얘기는 집어치우고 간단히 말해. 내가 어떻게 네게 상처를 줬다는 거지?"

유다는 숨을 길게 들이쉬고 허리끈을 당기면서 말했다.

"5년 동안 나 역시 배움이 있었어. 랍비 힐렐 선생님이 네가 강의를 들은 논리학자보다 못하고, 시므온 선생님과 샴마이 선생님도 로마의 교수들보다 부족할지 모르지. 하지만 그들의 지식은 금지된 길로 들어가지 않아. 그들의 발치에 앉은 이들은 주님과 율법과 이스라엘에 대한 지식으로 풍성해져서 일어나. 그리고 그것들과 관련된

* 가장 오래된 제우스의 신탁소가 있는 도시. 유다의 말이 신탁처럼 모호하다는 뜻.

모든 것을 사랑하고 존경하게 되지. 대학에 가서 공부하면서 유대가 예전과는 다르다는 걸 알았어. 독립 왕국이던 때와 속주인 지금은 엄청난 차이가 있더라. 이러한 조국의 추락에 분개하지 않는다면 난 사마리아인보다도 저열하고 악랄한 인간이지. 이스마엘은 합법적인 대제사장이 아니야. 고귀한 안나스가 살아 있는 한 이스마엘은 대제사장이 될 수 없어. 안나스는 레위족*이야. 수천 년 간 믿음과 경배의 대상인 주님을 섬겨온 부족이지. 그의……."

메살라가 신랄한 웃음으로 유다의 말을 막았다.

"알겠어, 이스마엘이 강탈자라는 거잖아? 하지만 이스마엘보다 에돔인**을 믿는 건 살무사한테 물리는 꼴 아니야? 맙소사, 대체 유대인으로 사는 건 어떤 걸까? 모든 인간과 사물이, 심지어 하늘과 땅도 변하는데 유대인은 안 변해. 뒤로 물러나지도 않고 앞으로 나가지도 않고, 그저 태초의 조상 모습 그대로라니. 내가 지금 이 모래에 원을 그려 볼게. 됐다! 자, 이제 유대인의 삶이 뭐가 더 있는지 말해 볼래? 빙글빙글, 여기 아브라함이 있고, 저기 이삭이랑 야곱이 있고, 신은 가운데 있고…… 다시 또 빙글, 원이…… 아이고, 뭐 이래! 원이 너무 큰걸. 내가 다시 그릴게……."

메살라가 엄지를 땅에 대고 나머지 손가락을 빙 돌렸다.

"봐, 엄지 자리가 사원이고 손가락 자국은 유대 땅이야. 이 작은 공간 외에는 가치있는 게 아무것도 없다는 거지? 예술! 헤롯은 건축가

---

* 레위(야곱의 셋째 아들)의 후손. 주님의 말씀에 충실해서 복을 받고 제사장을 맡았다.
** 에돔은 유대교로 강제개종된 지 얼마 안 된 지역이어서, 이교도가 여전히 많이 살았다. 헤롯이 에돔 사람이다.

라고 저주했잖아. 그림이나 조각! 그런 건 보기만 해도 죄라면서. 시는 딱 제단에 바치는 용도로만 쓰여야 하고. 회당 아닌 곳에서는 당최 웅변을 할 엄두가 안 나지? 전쟁에서 엿새 승리하다가도 이레째에는 패해. 그게 너희 유대인의 삶이고 한계야. 내가 너희를 비웃어도 누가 반박하겠어? 그런 사람들, 유대 민족의 경배에 만족하다니, 너희 신은 우리 로마의 유피테르에 비하면 대체 뭐야? 유피테르는 우리가 우주를 얻을 수 있게 독수리들을 빌려준다구. 로마의 스승들은 알 수 있는 건 다 알 가치가 있다고 가르치는데, 너희의 힐렐, 시므온, 샴마이, 압탈리온은 대체 뭐야?"

유다가 더 얼굴이 붉어져서 일어났다. 메살라가 손을 뻗으면서 외쳤다.

"아니, 아냐. 그대로 있어, 유다. 거기 있으라구."

"네가 나를 조롱하잖아."

"좀 더 들어 봐. 말이지……."

로마인 청년은 조소하듯 미소 지으면서 말을 이었다.

"내가 유피테르의 후손, 그러니까 그리스인과 라틴인의 습성대로 단도직입적으로 이 심각한 대화의 끝을 맺지. 유다, 네가 너희 집에서 여기까지 찾아와서 내 귀환을 환영하고 옛 우정을 되살리려고 한 선의는 고마워. 내 스승이 마지막 강의에서 이렇게 말하더라. '가서 너희 인생을 위대하게 만들어라. 마르스는 통치하고 에로스는 안목을 얻는다*는 걸 기억하라.' 사랑은 아무것도 아니고 전쟁이 전부라

---

* 마르스(Mars)는 전쟁의 신, 에로스(Eros)는 사랑의 신이다. 전쟁에 능했던 로마인들은 마르스를 좋아했다.

는 거야. 로마에서는 그래. 결혼은 이혼으로 가는 첫걸음일 뿐이야. 미덕은 상인이 파는 보석 장신구이고. 클레오파트라, 그녀도 죽었지만 충분히 설욕한 셈이지. 오늘날까지 로마의 집집마다 자신의 후계자들을 남겼으니까 말이야. 그게 세상의 이치야. 앞으로도 당연히, 에로스는 추락하고 마르스는 상승한다! 나는 군인이 되지만 넌……아, 유다, 난 네가 딱해. 넌 뭐가 될 수 있을까?"

유다가 연못 쪽으로 걸음을 옮겼다. 메살라가 더 느릿느릿 말했다.

"그래. 네가 안됐어, 내 좋은 유다. 대학에서 회당으로, 그 다음에는 사원으로. 그 후에는, 아, 참 대단한 영예가 남았지! 산헤드린! 기회가 없는 인생이라. 아, 신들이 널 도우시기를! 하지만 나는……."

유다가 쳐다보니, 메살라는 거만한 얼굴에 우쭐대는 기색이 역력했다.

"나는, 아! 세상이 아직 다 정복되지 않았단 말이지. 바다엔 미지의 섬들이 있고, 북쪽에 아직 아무도 발을 들이지 않은 나라들이 있어. 알렉산드로스의 동방원정을 마무리짓는 영광이 누군가에게 남아 있지. 로마인 앞에 펼쳐진 가능성들을 보라구."

다음 순간, 그의 말투가 다시 질질 늘어졌다.

"아프리카 원정, 스키타이 원정, 그런 다음에 군단장! 대개는 거기서 경력을 끝내지만 난 아니야. 유피테르의 이름으로 맹세컨대! 멋진 계획이지? 군단장을 끝내면 행정관이 될 거야. 로마에서의 삶을 생각해 봐. 돈, 술, 여자, 유흥, 뭐든 풍족하게 넘치는 삶! 연회에 가객을 부르고, 궁정에서 국사를 논하고, 1년 내내 노름을 하고…… 그게 행정관의 삶이고, 바로 내 거야. 아, 유다. 여기는 시리아야! 유대 땅은 풍요롭고, 안디옥은 신들의 수도야. 나는 퀴레니우스의 뒤를 잇는 시리아 총독이 될 거니까, 네게 내 행운을 나눠 줄게."

로마의 번화가에서 귀족 자제들을 지도하는 일을 독점했던 궤변가들(소피스트)이라면 메살라의 말을 칭찬했을 것이다. 당시에 유행하는 화법이었으니까. 하지만 진지한 토론의 화술만 배워 왔던 유다로서는 너무 불편했다. 게다가 유대의 율법과 관습은 풍자와 유머를 금했다. 유다는 분개했고, 차츰 메살라를 어떻게 이해해야 할지 난감해졌다. 윗사람처럼 구니까 거슬렸다가, 짜증스러웠고, 결국 너무 불쾌했다. 누구라도 이쯤 되면 화가 날 텐데, 이 독설가의 방식에는 더 자극적인 면이 있었다. 헤롯 시대의 유대인들에게 애국심은 평상시에도 거의 감춤 없이 드러내는 적나라한 열정이었다. 특히 민족의 역사와 종교, 신과 관련된 조롱에 매우 예민했다. 유다에게는 메살라의 느릿느릿한 말을 끝까지 참고 듣는 것이 교묘한 고문이나 다름없었던 것이다. 유다는 억지 웃음을 지으면서 말했다.

"자신의 장래를 농담 삼아 입에 올리는 자들이 있다고는 하더라. 메살라, 난 그런 사람이 아니야."

로마 청년은 유다를 찬찬히 살피다가 대답했다.

"우화에도 있는데 농담이라고 왜 진실이 담겨 있지 않겠어? 여장부 풀비아*가 낚시를 가서 일행들 전부보다 고기를 많이 잡았더니, 다들 그녀의 낚시 바늘에 금을 입혔기 때문이라고 했다더군."

"그럼 농담이 아니었단 말이야?"

* Fulvia. 마르쿠스 안토니우스의 아내.

130

로마 청년은 눈을 반짝이며 얼른 대꾸했다.

"유다, 내가 너무 약소한 걸 약속했구나. 내가 시리아 총독이 되어 유대를 맡게 되면 널 대제사장에 임명할게."

유대 청년은 발끈하며 돌아섰다.

"그렇게 가 버리지 마."

메살라가 말렸다. 유다는 망설이며 걸음을 멈추었다. 귀족 청년은 친구의 당혹감을 눈치채고 크게 외쳤다.

"아이고, 유다. 볕이 너무 뜨겁다! 그늘을 찾아보자."

유다가 쌀쌀맞게 대답했다.

"그만 헤어지는 게 낫겠어. 오지 말걸. 친구를 찾아왔는데……."

"로마인만 있더라?"

메살라가 냉큼 맞받아쳤다.

유대 청년은 주먹을 불끈 쥐었다가, 애써 마음을 가라앉히고 걷기 시작했다. 메살라가 따라 일어나서 벤치에서 망토를 집어서 어깨에 두르고 쫓아갔다. 그는 유다를 따라잡자 어깨에 팔을 둘렀다.

"어릴 때 이렇게 어깨동무를 하곤 했잖아. 대문까지 이렇게 하고 나란히 걷자."

조롱하는 말투는 여전했지만, 그래도 진지하고 친절하게 대하려고 애쓰는 기색이 보였다. 유다는 친구의 친절을 받아들였다.

"너는 애고 난 어른이니까, 내가 어른답게 말해 볼게."

자기도취가 대단했다. 어린 텔레마코스를 가르치는 멘토르*라도

---

* 오디세우스는 전쟁에 나가면서 친구 멘토르에게 아들 텔레마코스를 부탁했다.

그렇게 편하게 아무 말이나 할 수는 없을 것이다.

"넌 파르카이*를 믿어? 아이쿠, 네가 사두개파라는 걸 깜빡했네. 그나마 지각 있는 에세네파라면 믿었을 거야. 나처럼. 우리가 좋아하는 일을 할 때마다 그 셋이 얼마나 끈질기게 방해하는지! 앉아서 계획을 세운 다음, 이리 뛰고 저리 뛰는데, 아이고! 세상이 손에 잡혔다 싶은 순간, 뒤에서 가위 가는 소리가 들리지. 돌아보면 거기 그녀가, 망할 놈의 아트로포스가 있다구! 그런데 유다, 내가 퀴레니우스의 후임이 되겠다는데 왜 그렇게 화를 내? 내가 너희 유대 땅을 약탈해서 부자가 되려는 것 같아? 뭐, 그렇다고 치자. 어차피 로마인이 그렇게 할 텐데, 그게 나면 어때서?"

유다는 보폭을 줄였다. 그가 손을 위로 들었다.

"로마인 이전에도 이방인들이 유대 땅을 다스렸어. 그들이 어떻게 됐지, 메살라? 유대는 그들보다 오래 살아남았어. 앞으로도 그럴 거고."

메살라는 느릿느릿 말했다.

"에세네파가 아니어도 파르카이를 믿는 자들이 있었네. 환영해, 유다. 믿음에 들어온 걸 환영한다구!"**

"아니, 메살라, 나를 그들과 똑같이 취급하지 마. 내 믿음은 아브라

---

* Parcae. 운명의 여신인 세 자매. 그리스 신화에서는 '모이라이(Moerae)'로 부른다. 클로토가 운명의 실을 뽑으면, 라케시스가 잡아당기고, 아트로포스가 가위로 끊는다. 좀처럼 바꿀 수 없는, 정해진 운명이 있다는 의미가 담겨 있다.

** 유다가 유대를 다스렸던 이방 민족들의 운명이 파멸로 정해졌다는 식으로 말하자, 메살라는 운명의 여신들을 믿는다는 의미로 받아들인다. 하지만 유다는 '유일신인 여호와 하느님'에 대한 믿음을 말한 것이었다.

함보다 더 오래전 내 조상들이 놓은 믿음의 반석 위에 있으니까. 이 스라엘의 주 하느님의 언약 위에."

"아, 유다, 네 열정은 지나쳐. 내가 스승 앞에서 이렇게 열내며 말 했다면, 그분은 충격 받으셨을 거야! 네게 할 말이 더 있는데, 지금은 말하기 겁난다."

로마 청년은 몇 미터쯤 말없이 걷다가, 다시 입을 열었다.

"지금 듣는 게 낫겠어. 특히나 너랑 관계된 일이니까 말이야. 난 널 도울 거야, 가니메데스처럼 잘생긴 친구야. 진짜 선의로 너를 돕겠 어. 널 사랑해. 그게 내가 할 수 있는 전부야. 내가 군인이 될 작정이 라고 했지? 너도 그럴래? 그 좁은 원에서 빠져나와. 너희 유대의 율 법과 관습이 정한 고상한 삶에서 벗어나라구."

유다는 대꾸하지 않았다. 메살라가 계속 말했다.

"오늘날 현자는 누구지? 죽은 것들로 입씨름하느라 허송세월하 지 않는 자들이야. 바알*이니 유피테르니 여호와니, 철학이니 종교니 하는 것들 말이야. 오, 유다, 위대한 이름을 하나만 말해 봐. 어느 민 족이든 상관 없어. 로마인, 이집트인, 동방인, 아니면 여기 예루살렘 인……. 현재 가장 부와 명성을 거머쥔 사람이라는 데 내 목숨을 걸 지. 아무리 신성한 것도 목적에 도움이 안 되면 버리고, 반면 유용한 것은 절대로 조소하지 않는 사람! 헤롯을 봐! 마카베오** 일가는? 로

---

* Baal. 팔레스타인 지역의 토착신.

** Maccabees. '망치를 든 자'라는 뜻. 기원전 2세기 정복자 시리아가 유대교를 탄압 하자 저항운동을 이끌어서 독립을 쟁취하고 '제2 유다 왕국'을 열었다.(이 기념일이 하 누카). 이후 마카베오 일가는 로마에 정복되기까지 1백여 년간 유내를 통치했다.

마의 1, 2대 황제는? 그들을 흉내내. 당장 시작하라구. 그러면 금방 알게 될 거야. 로마가 에돔인 안티파테르(헤롯의 아버지)를 도운 것처럼 널 도울 준비가 되어 있다는 것을."

유다는 분노로 몸이 떨렸다. 그래서 정원 문이 가까워지자 얼른 나가려고 걸음을 재촉하며 중얼거렸다.

"그놈의 로마, 로마!"

"현명해져. 모세니 전통이니 하는 어리석은 것들은 버리라구. 상황을 있는 그대로 보란 말이야. 파르카이를 정면으로 마주하면 그들이 네게 말해 줄 거야. 로마가 바로 세계라고. 유대에 대해서도 물어봐. 아마 이렇게 답하겠지. 유대는 로마가 주무를 거라고."

대문 앞까지 왔다. 유다가 걸음을 멈추고 어깨에서 메살라의 손을 밀어낸 후, 눈물이 그렁그렁한 눈으로 메살라를 마주 보았다.

"그래, 널 이해해, 넌 로마인이니까. 하지만 넌 날 이해하지 못해. 난 유대인이거든. 아, 너무 괴롭다. 오늘 우리가 예전의 친구 사이로 돌아갈 수 없다는 걸 확실히 알았어. 절대로! 여기서 헤어지자. 우리 주님의 평화가 너에게 거하기를!"

메살라가 손을 내밀어 악수를 청했지만, 유다는 그냥 문을 빠져나갔다. 로마 청년은 한참을 가만히 서 있다가, 고개를 들었다. 그리고 이렇게 중얼댔다.

"그러라지 뭐. 에로스는 죽었어. 마르스가 지배한다!"

3

지금은 성 스테판 문이라고 불리는 예루살렘의 입구에서 서쪽으로 길이 뻗어 있었다. 이 길은 안토니아 성채의 북벽과 광장 사이를 평행으로 달려서, 티로포에온 계곡*에서 살짝 남쪽으로 가다가 다시 서쪽으로 향해 심판의 문 바로 뒤로 이어졌다. 여기서부터 길은 급격히 남쪽으로 굽는다. 예루살렘에 익숙한 사람이라면 '슬픔의 길'** 얘기인 줄 금세 알았을 것이다. 기독교인들에게는 세상 어떤 길보다도 감상적으로 끌리는 곳. 하지만 당장은 길 전체를 조망할 필요가 없고, 마지막으로 말한 남쪽으로 방향을 바꾼 모퉁이의 주택에 집중하는 것으로 충분하다. 이 집에 대해서는 상세한 설명이 필요하다.

북쪽과 서쪽에 도로를 면한 이 집은, 외벽의 길이가 각각 120미터 정도인 정사각형 모양으로 건물은 대개의 동방 건축물처럼 2층짜리였다. 서쪽 도로의 폭은 3~4미터 남짓, 북쪽 도로도 3미터 정도였다. 벽에 붙어서 걷다가 올려다보면 울퉁불퉁 매끈하지 않은 돌벽 때문에 미완성처럼 보이는데, 사실은 튼튼하고 위풍당당한 대저택이었다. 그저 큼직한 돌덩이를 다듬지 않고 쌓았고, 벽은 채석장에서 가져온 그대로였다. 이 시대 비평가라면 집이 방어용 요새 스타일이라고 말했을 텐데, 예사롭지 않게 꾸민 창문과 대문에서 주거용임이 드러났다. 창은 서쪽에 4개, 북쪽에 2개인데, 모두 2층에 있어서 아래 거

---

* 예루살렘을 북동에서 남서 방향으로 가로지르는 중앙 계곡.
** Via Dolorosa. 빌라도의 법정에서 골고다 언덕까지 예수가 십자가를 지고 간 길.

리를 내려다보게 되어 있었다. 1층에는 출입문들밖에 없는데, 성벽을 공격하는 무기로 내리친대도 끄떡없을 철제 빗장이 단단했고, 멋진 대리석 코니스*가 문들을 보호하면서 많이 돌출되어 방문객들에게 거기 사는 부자가 사두개파임을 확인시켜 주었다.

시장터의 왕궁에서 메살라와 헤어지고 얼마 후 유다는 이 집의 서쪽 대문을 두드렸다. 쪽문(접문의 한쪽 문)이 열렸다. 그는 서둘러 안으로 들어갔고 크게 절하는 문지기의 인사에 답하지 않았다.

청년에게 벌어질 일뿐만 아니라 집의 내부 구조를 구경하기 위해 그를 따라가 보자.

벽에 널빤지가 붙어 있고 천장이 울퉁불퉁한 좁은 터널 같은 복도를 지난다. 양옆에 오랫동안 사용해서 얼룩덜룩하고 반질반질한 돌 벤치가 놓여 있다. 열네댓 걸음쯤 들어가니 남북으로 길쭉한 안뜰이 나오고, 동쪽을 제외한 삼면에 각각 2층 건물이 있다. 건물 아래층은 방들로 나뉜 반면 위층은 튼튼한 난간을 두른 테라스다. 이쪽에서 저쪽까지 친 줄마다 빨래가 휘날리고, 닭과 비둘기 떼가 신나게 누비고 다닌다. 염소, 젖소, 나귀, 말 들이 방방마다 들어가 있다. 대형 구유는 공동 물통인 듯하다. 주인집의 살림을 사는 별채가 틀림없다. 동쪽의 칸막이벽으로 가니, 처음 통로와 비슷한 다른 통로가 있다.

두 번째 통로를 지나자 두 번째 마당이 나온다. 넓은 사각형 뜰에 관목들과 덩굴식물들이 싱싱하고 아름답게 잘 자랐다. 북쪽 현관 옆 작은 연못 덕분이리라. 이곳의 방들은 높고 바람이 잘 통하고, 흰색

---

* 대문간 꼭대기의 튀어나온 부분이나 처마 장식.

과 빨간색 줄무늬 커튼으로 햇빛을 막았다. 방들의 아치는 다발기둥들이 떠받쳤다. 남쪽 계단을 오르니 테라스가 나왔고, 대형 차양이 햇빛을 막았다.

테라스에서 다시 계단을 올라가니 옥상이다. 네모난 옥상의 가장자리에는 조각한 돌림띠와 6각형의 선홍색 옹기로 만든 난간이 있다. 보이는 곳마다 잘 단장되어서, 구석의 티끌이나 관목의 시든 잎사귀까지도 쾌적한 분위기를 자아냈다. 상쾌한 공기를 호흡해 본다. 집 주인 일가의 세련된 면모가 느껴진다.

청년은 두 번째 뜰로 몇 발자국 들어가 오른쪽으로 돌았다. 여기저기 꽃이 핀 관목들 사이를 지나 계단으로 가서 테라스로 올라갔다. 테라스에 촘촘히 깔린 흰색과 갈색 판석은 많이 닳아 보였다. 차양 밑을 걸어 북쪽으로 가서 방으로 들어갔다. 입구의 가림막 때문에 실내가 어두웠다. 그러나 그는 곧장 타일 바닥을 빠르게 걸어가서 침대의자에 몸을 던졌다. 엇갈린 팔에 얼굴을 묻고 엎드려서 쉬었다.

밤이 내릴 무렵 한 여인이 문가에서 불렀다. 유다가 대답하니 여인이 방으로 들어왔다.

"저녁식사가 끝났고 밤이에요. 시장하지 않아요?"

"응."

"어디 아프세요?"

"졸려."

"어머님이 도련님이 어떤지 궁금해 하세요."

"어머니는 어디 계셔?"

"옥상의 정자에요."

유다는 몸을 뒤척여서 일어나 앉았다.

"알았어. 요깃거리를 가져다 줘."

"뭘 드시고 싶어요?"

"암라가 알아서 해. 아픈 건 아닌데 멍해. 오늘 아침에는 인생이 즐거웠는데. 새로운 병인가 봐, 암라. 유모는 날 잘 알고 항상 내 마음을 알고 있었잖아. 유모가 음식이랑 약이 될 만한 걸 골라서 가져다 줘."

암라의 질문과 나직이 어루고 달래는 말투에서 두 사람의 친밀한 관계가 드러났다. 그녀는 유다의 이마를 짚어 보고, 안심하며 방을 나섰다.

"살펴볼게요."

잠시 후 암라가 나무 쟁반을 들고 돌아왔다. 우유, 얇게 자른 흰 빵, 빻은 밀로 만든 부드러운 잼, 삶은 콩, 꿀과 소금. 쟁반의 양쪽 끝에 포도주가 가득 담긴 은잔과 불을 켠 작은 황동 등잔도 놓여 있었다.

불빛에 방 안 모습이 드러났다. 매끈하게 회반죽을 바른 벽. 천장의 큰 참나무 서까래는 빗물과 세월이 얼룩져 있다. 바닥에는 작은 다이아몬드 모양의 단단하고 견고한 흰색과 파란색 타일을 깔았다. 스툴들의 다리에 사자 다리가 조각되어 있다. 바닥에서 조금 높게 놓인 소파는 가장자리를 파란 천으로 장식했고, 큰 줄무늬 모직 모포랄까 숄이 일부 덮여 있다. 딱 히브리 스타일의 방이었다.

등잔 불빛에 여인의 모습도 드러났다. 그녀가 스툴을 소파 옆으로 당겨 쟁반을 올려놓고, 유다의 시중을 들려고 옆에 무릎을 꿇고 앉았다. 쉰 살쯤 되어 보이는 검은 피부와 검은 눈의 여인이다. 그녀의 눈빛이 어머니처럼 부드러웠다. 머리에 두른 흰 터번 아래로 드러난 귓불에 두꺼운 송곳으로 낸 구멍이 있다. 노예였다. 이 이집트인 여인은 50년의 노예살이로도 자유를 얻지 못했다. 아니, 사실은 자유의 몸이 될 수 있었다 해도 거부했을 것이다. 젖먹이 때부터 내내 보살핀 유다가 그녀의 인생이었다. 그녀는 유다를 언제까지나 아이처럼 사랑했다.

유다는 식사하는 동안 딱 한 번 입을 열었다.

"암라도 기억하지. 가끔 여기 며칠씩 머물던 메살라."

"기억나요."

"몇 해 전에 로마로 갔다가 이제 돌아왔거든. 오늘 그를 만났어."

유다는 갑자기 불쾌한 기분에 사로잡혀서 몸을 부르르 떨었다.

암라가 깊은 흥미를 느꼈다.

"무슨 일이 있었구나 짐작했어요. 저는 메살라가 못마땅했어요. 다 털어놔 봐요."

하지만 유다는 생각에 잠겼고, 유모가 거듭 물어도 이렇게만 대꾸했다.

"많이 변했더라구. 그래서 앞으로는 메살라와 남처럼 지낼 거야."

암라가 쟁반을 치우자, 유다도 따라 나가서 옥상으로 올라갔다.

동방에서 옥상이 어떻게 쓰이는지 알 것이다. 기후는 관습을 크게 좌우한다. 한여름 시리아 땅에서 편안함을 찾는 사람은 어두운 방에서 지낸다. 하지만 밤이 찾아오면, 사람을 호리는 가수의 흐릿한 너울 같은 그림자가 산허리 위로 점점 짙어지며 유혹한다. 그러나 산은 멀고 옥상은 가깝다. 옥상은 끓어오르는 평원 위로 서늘한 바람이 지날 만한 높이에 있다. 나무 위 높이 있어서 별을 더 가까이서,

적어도 더 밝게 반짝이는 별을 볼 수 있다. 그래서 옥상은 쉼터였다. 놀이터, 침실, 여인들의 사랑방, 가족실이 되었다. 노래, 춤, 대화, 몽상과 기도를 하는 장소였다.

추운 지역에서 아무리 돈이 들어도 실내를 꾸미듯, 동방 사람들은 옥상을 꾸몄다. 모세가 주문한 난간은 옹기장이의 걸작이 되었다. 그 후에 단순하고 환상적인 탑을 세웠고, 훨씬 후에는 왕족들이 대리석과 황금으로 정자를 지었다. 급기야 호사스럽기 그지없는 바빌로니아인들의 공중정원까지.

유다는 천천히 옥상을 가로질러서, 북서쪽 모서리의 정자로 갔다. 그가 손님이었다면 어둑어둑한 와중에도 다가가며 검은 윤곽을 살폈을 것이다. 격자무늬가 있고, 낮은 천장에 기둥과 돔 지붕이 있었다. 유다는 안으로 들어가 반쯤 걷은 커튼 너머로 들어갔다. 실내는 어두웠지만, 사방으로 아치형 통로가 문처럼 나 있었다. 그리로 별이 반짝이는 하늘이 내다보였다. 한 통로에 소파의 쿠션에 기대 누운 여인이 있었다. 하늘거리는 흰 옷을 입었는데도 잘 눈에 띄지 않았다. 타일 바닥을 밟는 발소리에 그녀가 부채질을 멈추자, 별빛이 부채에 박힌 보석에 반사되었다. 그녀가 일어나 앉아서 그를 불렀다.

"유다, 내 아들!"

"저예요, 어머니."

그는 대답하고 잰걸음으로 다가가 무릎을 꿇었다.

그녀가 아들을 품에 안고 입을 맞추었다.

4

어머니는 다시 쿠션에 편안히 기댔고, 아들은 소파에 앉아 그녀의 무릎에 머리를 기댔다. 두 사람 다 밖을 내다보았다. 인근의 더 낮은 옥상들이 보였다. 서쪽 산지는 검푸른 강둑 같았다. 하늘은 밝게 빛나는 별들 때문에 더 어둠이 깊었다. 고요한 도시. 바람만 뒤척였다.

그녀가 아들의 뺨을 쓰다듬었다.

"암라가 그러는데 네게 무슨 일이 생겼다더구나. 내 유다가 어렸을 때 나는 아들이 작은 걱정은 스스로 해결하게 내버려 두었지. 하지만 이제 내 아들은 어른이야. 잊지 말거라, 언젠가……."

그녀의 말투가 아주 부드러워졌다.

"네가 엄마의 영웅이 되리라는 걸."

그녀는 이 땅에서 거의 잊혀진 언어로 말했다. 대단한 혈통과 재산을 이어받은 극소수의 이들은 히브리어의 순수함을 소중히 지켜서, 이방 민족들과 더 확연히 구분되었다. 레베카와 라헬과 벤냐민*에게 노래한 언어였다.

그 말을 듣자 유다는 생각이 새로워졌다. 하지만 잠시 후 그는 부채질을 해 주는 어머니의 손을 잡고 말했다.

"어머니, 오늘은 예전에 마음에 떠올린 적 없는 많은 것들을 생각하게 되었어요. 먼저 말해 주세요, 저는 뭐가 되어야 하죠?"

"내가 말했잖니? 너는 내 영웅이 될 거라고."

---

* 각자 야곱의 어머니(레베카), 야곱의 아내(라헬), 야곱의 아들(벤냐민)이다.

어둠에 표정이 가려졌지만 그녀가 장난한다는 건 알 수 있었다.

"어머니는 참 좋으시고 정말 친절하세요. 아무도 어머니처럼 저를 사랑하지 못할 거예요."

유다는 어머니의 손에 거듭 입맞추며 진지하게 말을 이었다.

"어머니가 왜 제게 그 질문을 미루셨는지 알 것 같아요. 지금까지 제 삶은 어머니의 것이었지요. 어머니 품안에 있으면 얼마나 상냥하고 다정한지요! 영원히 그러길 바라지만, 그럴 수 없죠. 주님이 제가 언젠가 제 삶의 주인공이 되기를 원하시니까요. 그것은 이별의 날, 어머니에게는 끔찍한 날이겠지요. 우리 용감하고 진지해져요. 저는 어머니의 영웅이 되겠지만, 그러려면 어머니는 저를 보내셔야 해요. 율법을 아시잖아요. 이스라엘의 모든 아들은 소명을 찾아야 해요. 저도 예외가 아니죠. 가축을 칠까요? 땅을 일굴까요? 아니면 톱질을 할까요? 성직자나 율법학자가 될까요? 저는 뭐가 될까요? 아, 어머니. 제가 답을 찾게 도와 주세요."

그녀가 생각에 잠겨 말했다.

"오늘 가말리엘* 선생이 강의를 했다던데."

"저는 참석하지 못했어요."

"그럼 시므온 선생과 거닐었니? 그가 머리 좋은 집안 내력을 물려받았다면서?"

"아뇨. 저는 성전에 가지 않았어요. 장터 궁전에 갔죠. 메살라를 만나러."

---

* 대학자 힐렐의 손자. 그러니까 시므온의 아들이다.

유다의 어조가 심하게 변했다. 어머니는 가슴이 철렁해서 부채질을 멈췄다.

"메살라! 그 아이가 무슨 말을 했기에 네가 이리 힘들까?"

"아주 많이 변했더군요."

"로마인이 되어 돌아왔다는 뜻이구나."

"네."

그녀는 혼잣말처럼 중얼거렸다.

"로마인! 온 세상이 주인으로 여기는 자. 메살라가 얼마나 떠나 있었지?"

"5년이요."

그녀가 고개를 들고 밤을 내다보았다.

"이집트와 바빌론의 거리가 비아 사크라*의 분위기를 풍기지만, 예루살렘, 우리 예루살렘은 하느님의 언약이 있으니 다르지."

그녀는 생각에 깊이 잠기며 등을 소파에 깊이 파묻었다. 다시 입을 연 건 유다였다.

"어머니, 메살라는 말하는 내용도 신랄했지만, 특히 말하는 태도 때문에 견디기 어려웠어요."

"알 것 같구나. 로마는 시인부터 웅변가, 원로원 의원, 궁정 조신까지 소위 풍자라는 것으로 허세를 부리느라 제정신이 아니지."

유다는 저도 모르게 어머니의 말을 도중에 끊었다.

"위대한 민족은 다들 오만하겠지만, 로마인의 오만함은 따라갈 수

* Via Sacra. 고대 로마의 중앙로. 이집트와 바빌로니아도 로마의 지배 아래 들어가 있다는 의미다.

가 없어요. 최근에는 얼마나 커졌던지 주님까지 대상으로 삼아요."

"주님은 아니야! 예배를 성스러운 권리로 받아들인 로마인들도 있단다."

어머니가 얼른 달랬다.

"그게, 메살라는 어릴 때도 못된 성격이 있었어요. 헤롯 왕조차 정중하게 대접하는 이방인들을 조롱하곤 했거든요. 그래도 우리 유대에 대해서는 그러지 않았는데. 오늘은 유대의 관습과 신을 조롱하더군요. 처음이었어요. 그와 의절했어요. 아마 어머니도 그러라고 하셨을 거예요.

아, 어머니, 로마인이 유대인을 경멸하는 근거가 합당한지 알고 싶어요. 제가 어떤 면에서 메살라보다 열등한가요? 유대 민족은 그들보다 하등 신분인가요? 제가 왜 노예처럼 주눅 들어야 되지요? 설령 황제 앞이라고 해도 그럴 이유를 찾을 수가 없어요. 더 나아가서, 제가 원하는 분야에서조차 세상의 명예들을 찾아 나서면 안 되는 건가요? 왜 칼을 들고 전쟁에 열정적으로 뛰어들 수 없죠? 왜 온갖 주제를 노래하는 시인이 될 수 없나요? 왜 대장장이나 목자나 상인은 되면서, 그리스인 같은 예술가는 안 되죠? 말해 주세요, 어머니. 왜 이스라엘의 아들은 로마인이 하는 일을 하면 안 되나요?"

왕궁에서 오간 대화가 떠오르는 말이다. 어머니도 극히 집중해서, 유다에게 관심이 덜한 사람이라면 놓쳤을 부분들(말의 상관관계나 질문의 요점이나 억양과 말투)까지 귀를 기울였기 때문에 금방 같은 것을 연상했다. 그녀가 꼿꼿이 앉으며, 유다처럼 빠르고 날카로운 말투로 대답했다.

"알겠다, 알겠어! 메살라가 어렸을 때는 유대인 친구들과 다른 게 없었지. 계속 여기서 지냈더라면 유대인으로 개종했을지도 모를 일이야. 사람은 삶을 무르익게 하는 것들의 영향을 받으니까. 그런데 로마에서의 시간이 메살라에게 너무 과했던 게지. 그 변화가 놀랍지는 않다만……."

그녀가 목소리를 낮췄다.

"적어도 네게는 부드럽게 대했다면 좋았을 것을. 어릴 때 동무를 잊을 수 있다니 모질고 못된 성품이구나."

그녀는 아들의 이마에 가볍게 손을 대고 손가락으로 머리칼을 흩트리며 사랑스럽게 만졌다. 그러면서 눈으로는 가장 높이 뜬 별을 쫓았다. 아들의 자존심이 다치자 그녀도 자존심이 상했다. 순간적인 감정이 아니라 동병상련이었다. 아들에게 대답하고 싶었다. 하지만 불완전한 대답은 하고 싶지 않았다. 유대 민족이 열등하다고 인정해버리면 아들은 평생 기죽을 테니까. 그녀는 자신의 부족한 능력이 안타까워서 말을 더듬었다.

"유다, 네가 묻는 것은 여인네가 감당할 만한 얘기가 아니구나. 그 문제는 내가 내일 시므온 선생에게……."

"저를 선생님께 보내지 마세요."

유다가 불쑥 말했다.

"그분을 우리집에 모셔도 돼."

"아니요, 저는 지식 이상의 것이 궁금한 거예요. 선생님이 어머니보다 지식은 더 많이 주시겠지만, 어머니는 선생님이 주시지 못하는 것을 주세요. 영혼의 결단, 영혼의 기백 말이에요."

그녀는 재빨리 하늘을 힐끗 보며 아들의 진심을 파악하려 애썼다.

"우리에게 공평하기를 바라면서 타인에게는 불공평한 것은 현명한 처사가 아니지. 우리가 정복한 적의 용맹을 부인하는 것은 우리의 승리를 폄하하는 짓이야. 반대로 적이 강해서 우리를 밀어낸다면, 심지어 우리를 정복한다면 상대의 열등한 면을 비난하기보다 우리안에서 불운의 원인을 찾는 게 자존심이야."

그녀는 유다에게보다 자기 자신에게 말하고 있었다.

"용기를 가지렴, 아들아. 메살라의 가문은 훌륭해. 집안이 대대로 걸출했지. 얼마나 예전까지 거슬러 올라가는지는 모르겠다만, 공화정 시대에도 유명한 군인과 시민을 배출했단다. 집정관도 한 명 나왔고. 원로원 의원 신분이니 늘 부유한 후원자로서 많은 지지층을 거느렸어. 하지만 오늘 네 친구가 조상들을 자랑했다면, 너도 네 조상들 이야기를 해서 수모를 줄 수도 있었을 거야. 시도 때도 없이 그런 말을 해대는 건 편협한 성품의 증표이지만, 메살라가 가문의 역사나 공적, 신분, 부를 자기의 우월함의 증거로 들먹였다면 너는 주저 없이 조목조목 기록을 비교해 가며 반박할 수 있어."

어머니는 잠시 생각에 잠겼다가 말을 이어 갔다.

"일단, 고귀한 민족과 가문일수록 역사가 오래지. 로마인이 이스라엘의 아들에게 당연히 지는 부분이다. 제아무리 뛰어난 로마인도 로마가 창건되기 전으로 유래를 추적하지 못하니까. 그런 시늉도 않고 있을걸. 만약 그렇게 날조하는 사람이 나온대도, 전통까지 날조할 수는 없어. 그렇다면 우리는 어떨까? 우리는 더 나을까?"

불빛이 더 밝았다면 유다는 그녀의 얼굴에 번지는 자긍심을 보았을 터였다.

"로마인들이 그런 도전을 한다면, 나는 주눅 들지 않고 으스대지도 않고 대답할 거야."

그녀의 목소리가 떨렸다. 흐뭇한 생각에 말투가 바뀌었다.

"유다, 네 아버지는 조상들과 영면에 드셨지만 마치 엊저녁 일처럼 기억나는구나. 그이와 내가 기뻐하는 친구 여럿과 성전에 들어가서 너를 하느님께 보여드리던 날을. 우리는 비둘기를 제물로 드렸고 내가 사제에게 네 이름을 말하자, 그가 내 앞에서 '유다, 허 가문 이타마르의 아들'이라고 기록했다. 그 이름은 계보를 이었고 성가족 대장(독실한 가문의 족보)에 올랐단다.

이름을 등록하는 관습이 언제 시작됐는지 모르겠지만, 유대 민족이 이집트에서 탈출하기 전에도 있던 방식이야. 힐렐 선생에게 들었는데, 아브라함이 자신의 이름과 아들들의 이름으로 시작되는 족보를 만들었대. 그와 자손들을 다른 족속들과 구분해서 가장 높고 고귀하게, 선택받은 사람들로 삼으신다는 하느님의 약속에 감화되어서 말이야. 야곱에게 하신 언약도 비슷하단다. 여호와이레라는 곳에서 천사가 아브라함에게 말했지. '네 씨로 말미암아 천하 만민이 복을 얻으리니.'* 하란으로 가는 길에 벧엘에서 잠든 야곱에게 하느님이 직접 '네가 누워 있는 이 땅을 너와 네 후손에게 주겠다'** 하고 말씀하셨어. 나중에 현자들은 언약의 땅을 공평하게 나눌 거라 기대했

* 창세기 22장 18절
** 창세기 28장 13절

고, 분할하는 날 누가 땅을 받을 자격이 있는지 확실히 해두고 싶었지. 그래서 아담의 계보가 시작됐단다. 하지만 그것 때문만은 아니었어. 모든 땅을 축복하신다는 약속은 족장을 통해 먼 장래까지 이어졌지. 축복을 받은 이름이 가장 비천한 집안이기도 했어. 우리 주 하느님은 지위나 부로 사람을 차별하지 않으시니까. 그래서 언약을 목격할 세대의 사람들이 이 일을 분명히 알도록, 그들이 계보에 오른 사람들을 찬미할 수 있도록 기록은 아주 확실하게 보전되어야 했단다. 그렇게 보전된 기록이니까……."

어머니는 천천히 부채질을 했다.

답답해진 유다가 반문했다.

"계보는 완벽한 사실인가요?"

"힐렐 선생이 그렇다고 하셨으니까. 율법의 어떤 부분들은 때로 불명확하기도 했지만 이 부분은 그렇지 않아. 선생은 직접 아담의 계보를 세 기간으로 추적했단다. 언약부터 성전 건립까지, 거기서 바빌론의 유수까지. 거기서 다시 현재까지. 2기가 끝날 무렵에 딱 한 번 기록이 끊어졌지만, 바빌론에서의 포로 생활을 마치고 돌아온 스룹바벨이 하느님에 대한 첫 번째 의무로 되살렸어. 그래서 유대인 후손의 계보가 2천년 동안 끊기지 않을 수 있었지."

그녀는 아들에게 이해할 시간이라도 주려는 듯 잠시 말을 끊었다가 다시 이었다.

"유수한 세월의 혈통이라고 자랑하는 로마인은? 세월로 보자면 저 르바임 골짜기에서 가축을 치는 이스라엘 후손들이 가장 고귀하다는 마르쿠스 집안보다 고귀하단다."

"그러면 어머니, 저는 계보에서 어떤 사람인가요?"

"그 질문에 대답해 주려고 지금까지 설명한 거란다, 아들아. 메살라라면 남들과 똑같이 이렇게 말할 거야. 아시리아인이 예루살렘을 점령해서 성전과 보물들을 망가뜨렸을 때 네 계보를 정확히 추적하지 못하게 되었다고. 그러면 너는 스룹바벨의 독실한 행위에 대해 말하고, 야만족*이 로마를 6개월간 차지하고 황폐화시킬 때 로마의 계보가 끊겼다는 사실로 반박하면 되겠지. 그 야만의 시대에 족보가 보존되었을까? 천만에. 하지만 우리 아담의 계보는 진실이란다. 바빌론 유수로, 처음 성전이 설립되었을 때로, 이집트에서의 탈출로 거슬러 올라가면 너는 여호수아**의 동지인 허의 후손으로 명확히 드러나. 유서 깊은 가문이라는 점에서 명예로움이 완벽해지지 않니? 더 멀리 추적하고 싶으냐? 그렇다면 토라를 꺼내서 민수기***를 찾아 보거라. 아담의 72대손****으로 쓰여 있단다."

한동안 정자에 적막감이 감돌았다.

유다가 어머니의 양손을 맞잡았다.

"감사해요, 어머니. 진심으로 감사드려요. 선생님을 모시지 않기를 잘했어요. 어머니만큼 만족스러운 답을 주시지 못했을 테니까요. 하지만 오랜 세월 내려왔다는 것만으로 정말 좋은 집안인가요?"

"아, 네가 잊었구나. 잊었어. 우리가 단지 세월이 길다는 것만 주장

---

* 기원전 390년 로마를 완전히 초토화시켰던 켈트족의 침략을 의미하는 듯하다.

** 모세의 뒤를 이어 유대민족을 이끈 지도자. 가나안(예루살렘) 재입성에 성공했다.

*** 민수기 31장 8절

**** 출애굽기 17장 10~12절

하는 게 아니란다. 주님의 사랑이 우리가 누리는 특별한 영광이지."

"어머니는 유대 민족에 대해 말씀하셨는데, 제가 궁금한 건 우리 가문이에요. 아브라함 시대 이후 그들은 어떤 성취를 이루었나요? 무슨 일을 했나요? 그들을 남들보다 우수하게 하는 어떤 훌륭한 일들을 했나요?"

어머니는 머뭇거렸다. 내내도록 아들의 의중을 오해했다는 생각이 들었다. 유다는 고작 상처받은 허영심을 달래고 싶은 게 아니라 그 이상을 진지하게 고민하고 있는 것이다. 젊음은 색칠한 껍데기여서, 그 안에서 계속 성장해서 기백이라는 경이로운 것이 모습을 드러낼 순간을 기다린다. 더 이른 사람도 있고 더 늦은 사람도 있지만. 그녀는 지금이 유다에게 결정적인 순간이 될 것임을 깨닫자 마음이 떨렸다. 아기들이 태어나서 생각없이 그림자를 잡으려고 손을 뻗고 그러면서 울듯이, 그의 기백이 잡히지 않는 미래를 잡으려고 맹목적으로 버둥대고 있었다. 소년이 다가와서 "내가 누구인가요? 나는 무엇을 해야 되나요?" 하고 묻는다면, 아주 신중하게 대답해야 한다. 대답 한 마디 한 마디는 나중에 도공이 그릇을 만들며 낸 손자국임이 증명될지 모르니.

어머니는 유다가 쓰다듬었던 손으로 그의 뺨을 어루만졌다.

"이제 보니…… 네 질문은 전체 로마인이 아니라 구체적인 로마인을 향한 것 같구나. 그게 메살라라면 내가 아무것도 모르고 싸우게 하지 말거라. 그가 한 말을 전부 내게 말해 주렴."

5

그래서 유다는 메살라와의 대화를 자세히 전했다. 특히 유대인의 관습과 답답하게 갇힌 삶을 비아냥댄 부분을 강조했다.

어머니는 대답을 고심하며 귀 담아 들었다. 그리운 옛 친구를 만나러 시장터의 왕궁을 찾아간 유다. 그런데 아들 앞에 나타난 사람은 옛 친구가 아니라 어른이었다. 머리가 온통 미래에 대한 생각으로 꽉 차서, 장차 영광과 부와 권력을 누리겠다는 야망만 떠들어 대는 어른. 유다는 자존심이 상해서 씩씩대며 집으로 돌아왔다. 그런데 욱한 마음이 가라앉자 메살라의 이야기가 차츰 유다를 자극했다. 유다 내면의 야망이 꿈틀거렸다.

어머니는 그것을 알아채고 경계심을 느꼈다. 아들의 야심은 어느 쪽으로 향할까? 아들이 이스라엘의 신앙에서 멀어지면 어쩌지? 유대인에게 그보다 끔찍한 결과는 없었다. 그런 일을 막을 방법은 오직 한 가지뿐이었다. 그래서 그녀는 그 일을 해 보기로 했다. 강력한 모성애에서 뿜어져 나오는 힘이 그녀의 말에 남성적인 강인함과 시인 같은 열정을 불어넣었다.

"자신들이 타민족보다 열등하다고 생각하는 민족은 없어. 아들아, 모든 강대국의 민족들은 자기들이 대단히 우월하다고 확신했단다. 그러니 지금 로마가 이스라엘을 깔보고 비웃는 건, 이전에 이집트나 아시리아나 마케도니아가 지지른 우를 답습하는 것과 다를 바 없어. 주님을 비웃었던 그들에게 닥쳤던 것과 똑같은 결과를 맞겠지."

그녀의 어조가 더 단호해졌다.

"민족의 우열을 결정하는 기준은 없다. 그러니 우월성을 주장하는 것 자체가 허영이고 하릴없는 짓이지. 어떤 민족이 생겨나서 성장하다가 (자기 손에 죽든 남의 손에 죽든) 소멸하면, 다른 민족이 그 자리를 메꾸고 기념비에 새로운 이름을 적어 넣는 것, 그게 역사란다. 만약 우리 주님과 인간의 관계를 가장 단순한 형태로 표현해 보라고 한다면, 나는 직선과 원을 그릴 거야. 그리고 이렇게 설명하겠어.

'주님은 직선입니다. 주님만이 유일하게 영원토록 앞으로 나아가시기 때문입니다.'

'원은 인간입니다. 인간의 발전이 원이기 때문입니다.'

모든 민족의 발자취가 똑같다는 뜻이 아니다. 모든 민족의 역사는 다 달라. 다만 그 차이가, 흔히들 말하듯이 원의 면적에, 그러니까 차지한 땅의 넓이에 있는 게 아니야. 그들이 움직여 가는 영역에 있다. 신에게 가장 가까이 다가간 민족이 가장 우월한 거야.

아들아, 여기서 대화를 멈춘다면 우리는 이 주제에 대해 한 마디도 나누지 않은 것이나 다름없단다. 그러니 계속 이야기해 보자. 각 민족이 그리는 원의 궤도를 측정하는 기준들이 있다. 유대인과 로마인을 그 기준들로 비교해 볼 수 있어.

가장 간단한 건 사람들의 일상생활이지. 이건 이렇게만 말하마. 이스라엘은 때때로 주님을 잊은 적이 있지만, 로마인들은 주님을 알았던 적이 없다. 그러니 비교가 아예 불가능해.

네 친구, 아니 네 옛 친구가 유대인은 시인, 예술가, 전사가 없다고 주장했다고? 아마 유대에 위대한 인물들이 없었다고 말하고 싶었던 모양이야. 위대한 인물, 그게 두 번째 기준이지. 그런데 대체 누가 위대한 인물이지? 그건 애야, 비록 부름 받지 않았더라도 신에게 인정받는 삶을 산 사람이야. 우리의 변절한 선조들을 쳐서 포로로 데려간 페르시아인이 있었다. 그 포로들의 후손을 성지를 되찾게 돌려보낸 또다른 페르시아인도 있었고. 더 대단한 건 마케도니아인이었다. 그는 유대 땅과 성전을 초토화시킨 자들을 정복함으로써 우리의 원한을 풀어 주었어. 그들이 특별한 이유는, 하나같이 우리 주님이 거룩한 목적을 위해서 특별히 택하신 자들이기 때문이다. 이방인이라고 해서 그 특별한 영광이 퇴색되는 게 절대 아니야. 이 점을 내내 명심하거라.

인간의 가장 숭고한 책무는 전쟁이라고, 전쟁터를 늘리는 것이 최고로 고양된 위대함이라고 믿는 풍조가 만연해 있단다. 거기에 속으면 안 돼. 이해할 수 없는 것이 있을수록 우리는 영원히 지속될 율법을 굳건히 믿어야 한다. 야만인들이 하는 기도는 엄청난 힘에 제압당했을 때 내는 울부짖음이야. 그래서 힘만을, 영웅만을 숭배해. 유피테르가 로마인의 영웅이 아니고 뭐겠니?

그리스인이 대단한 영광을 누리는 건 처음으로 힘보다 정신을 숭배했기 때문이란다. 아테네에서는 전사보다 웅변가와 철학자가 존경을 받았어. 물론 경기장에서야 여전히 전차 경주자와 가장 빠른 달리기 선수가 우상이지만, 불멸의 찬사는 가장 감미로운 가수에게 바쳤어. 무려 일곱 도시가 저마다 '우리가 아무개 시인의 고향'이라고 주장하고 나설 정도로 말이야.

하지만 헬라인이 이교도의 믿음도 처음으로 부인했던가? 아니지. 아들아, 그 영광은 우리 유대 민족의 것이었단다. 우리 선조들이 야만적인 잔혹성에 맞서서 주님을 세웠다. 예배를 통해 두려워 내지르는 비명의 자리를 호산나와 찬송으로 채웠지. 히브리인과 그리스인은 인류를 앞으로 진보시키고, 위로 끌어올렸어. 하지만 아, 안타까워라! 지금 세계를 지배하는 로마 제국은 전쟁을 본질적인 요소로여겨. 정신보다도, 주님보다도 위에 '로마 황제'를 놓았다. 모든 권력을 빼앗아 그에게 안기고, 모든 다른 위대한 것들은 다 금지시키면서.

그리스인이 융성했던 때는 천재들이 꽃핀 시기였다. 당대 자유로운 분위기 속에서 일단의 사상가들이 얼마나 사상을 발전시켰던지! 대단히 탁월하고 완벽해서 로마인이 전쟁만 빼고 전부 흉내 냈어. 지금 포로 로마노의 웅변가들은 그리스의 웅변가를 따라하는 거란다. 잘 들어 봐. 로마 노래들에서 그리스의 리듬이 들릴 거야. 로마인이 도덕성이니 추상성이니 자연의 신비니 하는 지혜의 말을 쏟아낸다면, 필시 표절이거나 기껏해야 그리스에서 파생된 학파의 문하생이겠지.

다시 한번 말하지만, 로마인이 독창적인 분야는 전쟁 말고는 없어. 로마인이 즐기는 경기나 구경거리? 그것도 그리스인이 만든 것들이야. 거기에 로마인의 잔학성을 만족시키도록 피를 가미했을 뿐이다. 로마는 종교도, 글쎄, 그런 걸 종교라고 불러도 될지 모르겠지만 어쨌든 종교까지도 타민족들의 것을 따왔지 뭐니. 로마의 신들 대부분이 다 그리스 올림포스 출신이야. 그들이 가장 숭배하는 군신 마르스? 그리스의 아레스 신이지. 심지어 최고신 유피테르도 제우스를 모방했다니까. 그러니 그리스인의 창의적 천재성, 우월한 민족성과 겨룰 민족은 만방에 우리 이스라엘밖에 없단다, 아들아.

로마인은 지독하게 자기중심적이라서 타민족의 우수성에는 아예 눈을 질끈 감아. 그들의 흉갑만큼이나 철옹성이야. 피도 눈물도 없는 날강도들! 그들의 말발굽 아래 땅은 도리깨질 당하는 바닥처럼 흔들리지. 아, 슬프지만 이 말을 안 할 수가 없구나, 아들아! 다른 민족들처럼 우리도 쓰러졌단다. 로마인들이 우리의 최고 요직을, 최고 성직을 차지해 버렸지. 대체 끝이 어디일지, 수탈이 언제까지 계속될지 전혀 모르겠어. 하지만 이것만은 확실히 안다. 저들이 지금 망치로 땅콩을 부수듯 유대 땅을 망가뜨리고 예루살렘을 먹어 치우고 거기서 기쁨과 즐거움을 맛보고 있지만, 유대인의 영광은 손이 닿지 않는 천국에서 영원히 빛날 거라는 걸. 왜냐하면 이스라엘의 역사는 주님의 역사이기 때문이야.

주님은 자신의 역사를 유대인의 손으로 쓰게 하시고, 유대인의 혀로 말하게 하시며, 유대인이 행하는 선행 속에서 거하고 계신다. 그게 아무리 작은 선행일지라도. 주님은 우리와 함께 사시며 시나이 산에서 율법을 세우셨고, 광야에서 안내자가 되셨으며, 전쟁에 사령관으로 임하셨고, 왕으로서 통치하셨다. 주님이 자신이 안식하시는 성소의 장막을 다시 걷으셔서 눈부신 빛으로서 유대 민족에게 정의를, 행복에 이르는 길을, 사는 방법을 보여주셨다. 그리고 주님의 전지전능하신 힘에 영원히 구속될 것임을 맹세하게 하셨다. 아들아, 여호와가 함께 거하셨던 이들이, 그런 줄 너무나 잘 아는 자들이 그분께 아무것도 얻지 못했을까? 천상의 신성함이 그들의 인생에, 행동에 당연히 섞여들지 않았겠니? 아무리 오랜 세월이 흘렀대도 이스라엘인들의 우수성에 천국의 조각이 틀림없이 남아 있지 않겠니?"

잠시 방안에 부채질 소리만 크게 들렸다. 어머니가 침묵을 깼다.

"뭐, 조각과 그림만 두고 본다면 메살라의 말도 맞겠지. 이스라엘에는 예술가가 없다는 말."

이것은 뼈아픈 인정이었다. 그녀가 사두개파임을 염두에 두면 틀림없다. 바리새파와는 달리 사두개파는 예술을 (이교도의 예술까지도) 폭넓게 사랑하는 자들이었다.

"공정하게 말하려면 우리 민족의 손재주가 금기에 묶여 있음을 언급해야겠지. '우상의 모습을, 우상과 닮은 것조차 만들지 말라.' 율법학자들이 이 계명을 원래의 목적 이상으로 불순하게 확장해 왔다.

다이달로스*가 자신의 목각 조각들을 아티카로 가져가서 이룬 코린트 학파, 에기나 학파가 결국 희랍의 아름다운 회랑들과 로마의 카피톨리움 신전으로 꽃피우기 한참 전의 일이다. 아직 다이달로스의 시대도 오지 않았던 그때, 브살렐과 오홀리압이라는 두 이스라엘인이 있었단다. 그들은 최초로 회당을 지었어. 건축뿐만 아니라 모든 예술에 '팔방미인'의 재능을 지닌 자들이었기에 성궤의 순금 뚜껑 위에 있는 한 쌍의 천사상도 만들었다고 해. 금을 갈지 않고 두드리기만 해서 말이다. 그런데도 천사가 인간과 신 모두의 형태를 정교하게 품었어. '한 쌍의 천사들이 날개를 높이 뻗고…… 서로 얼굴을 마주 본다'고 표현하지. 그 누가 그것이 아름답지 않았다고 말할까? 그게 최초의 조각상이 아니라고 말할 수 있을까?"

---

* 미노스 왕의 요청으로 아들 이카로스와 함께 미노타우로스를 가둘 미궁을 만든다. 하지만 오히려 자신들이 미궁에 갇히자, 밀랍으로 날개를 만들어서 탈출한다.

유다가 격앙되어서 대답했다.

"아, 그리스인이 왜 우리를 능가했다고 말하는지 이제야 알겠네요. 바빌로니아인이 우리의 황금 성궤를 부숴 버렸으니까요. 저주받을 자들 같으니!"

"아니야, 유다야. 믿음을 가지렴. 성궤는 파괴된 게 아니라 산속 동굴에 안전하게 숨겨져 있어. 학식 높은 힐렐 선생과 샴마이 선생이 한목소리로, 언젠가 주님이 원하시는 때가 되면 성궤는 발견되어 세상에 나오고 이스라엘은 예전처럼 그 앞에서 춤추고 노래할 거라고 하시거든. 황금 천사상의 얼굴을 보면 미네르바 상아 조각상을 본 자들도 유대인의 손에 입을 맞추며 천 년간 잠들어 있던 유대인의 천재성을 기릴 거야."

그녀가 연설가처럼 빠르고 강렬하게 열정적으로 내뱉은 후, 입을 닫았다. 침묵 속에 마음을 가다듬고 생각을 정리하는 듯했다.

"정말 훌륭한 말씀이세요, 어머니. 샴마이 선생님이나 힐렐 선생님도 어머니보다 더 잘 말씀하지 못하셨을 거예요. 저는 이스라엘의 진정한 아들이 되었어요."

"과한 칭찬이구나! 힐렐 선생이 로마에서 온 궤변가와 토론하는 자리에서 들은 말을 그대로 옮긴 것 뿐이야."

"가슴에 와닿는 표현들은 어머니의 것이에요."

곧 그녀는 열정을 되찾았다.

"어디까지 말했더라? 아, 그렇지. 우리 히브리 선조들이 최초의 조각가였다고 주장하던 참이었지. 유다야, 조각이 예술의 전부가 아니듯, 예술도 위대함을 결정짓는 요소의 전부가 아니란다. 나는 늘 위대한 인물들이 세월을 이어 오며 무리지어 행진하는 모습을 떠올린다. 나라별로 따로 서서 말이야. 여기에 인도인들, 저기는 이집트인들, 저쪽은 아시리아인들……. 그들 위로는 나팔 가락이 울려 퍼지며 아름다운 깃발이 나부끼고, 좌우로는 공경하는 구경꾼들이 있지. 창세부터 대대로 사람이 무수히 많아. 상상이 되지? 위인들이 지나갈 때 그리스인들이 소리치지. '보시오! 그리스인들이 맨 앞에 있잖소.' 그러면 로마인들이 반박하는 거야. '닥쳐라! 이제 당신네 자리는 우리 차지다. 우리는 당신들을 저 뒤에 밟아두고 왔다.'

그런데 그 행렬의 아득히 먼 뒤쪽에서, 그리고 가장 먼 미래로 나아가는 앞쪽에서도 내내 빛이 쏟아져 나오고 있어. 이 빛이 무리를 영원히 인도하는데, 언쟁에 몰두한 이들은 그 사실을 몰라. 계시의 빛인 것! 그 빛을 들고 가는 이들이 누굴까? 그래, 오랜 유대인 핏줄! 어떻게 알았냐고? 빛나고 있으니까. 아, 우리 조상들은 세 배로 축복을 받았으니, 하느님의 종들이자 언약을 받은 이들, 산 자들과 죽은 자들의 인도자들이라! 너희가 선두에 서리니, 모든 로마인이 황제의 권위를 가진다 할지라도 너희는 그 자리를 잃지 않으리라!"

유다는 크게 감동받아서 외쳤다.

"멈추지 마세요. 어머니의 말씀이 탬버린 소리 같아요. 저는 미리암과 그녀를 따라 춤추고 노래하는 여인들을 기다리고 있어요."*

어머니는 아들의 감정을 알았고, 평소의 재치를 동원해서 말을 이어 갔다.

---

* 미리암(모세의 누나)은 유대인이 홍해를 건널 때 승리의 노래를 부르며 춤추었다.

"좋다, 아들아. 네가 여선지자의 탬버린 소리를 들을 수 있다면 내가 부탁하려는 일도 할 수 있어. 그 길가에 나와 함께 서 있다고 상상해 보렴. 선택받은 이스라엘인들이 행렬의 선두에서 우리 앞을 지나는구나. 가장 오랜 조상들이 지나가고 그 뒤를 족장들이 따르고 있어. 낙타들이 종을 울리며 걷고 가축 떼가 우는 소리도 들려. 그런데 무리들 사이에서 홀로 걷는 저 사람은 누구지? 아주 늙었지만 눈빛이 뿌옇지 않고 육신의 힘도 쇠하지 않았어. 주의 얼굴을 마주 본 사람!* 전사이자 시인, 웅변가, 율법가, 선지자. 그의 위대함이 아침의 태양 같구나. 그 광휘에 다른 모든 것이 빛을 잃었네. 가장 고귀하고 막강하다는 초대 로마 황제의 빛까지도.

아, 이제 판관**들이 온다. 그 뒤로 왕들! 이새의 아들(다윗)은 전쟁 영웅이요, 바다처럼 영원히 노래하는 가수시라. 그의 아들(솔로몬)은 다른 어떤 왕보다 부와 지혜가 뛰어나니, 사막을 주거지로 바꾸고 황무지에 도시를 건설하면서도 주께서 그가 있을 곳으로 선택하신 예루살렘을 잊지 않으셨다.

그리고, 아, 절하거라, 내 아들아! 그 뒤에 오는 이들은 처음이자 마지막인 선지자들이시다. 마치 하늘의 목소리를 듣고 경청하고 있는 듯이 고개를 들고 있구나. 그들의 삶은 비탄으로 넘쳤다. 옷에서는 무덤과 동굴 냄새를 풍겼지. 여선지자의 소리를 들어 보렴. '주님

---

* 모세
** 모세 사후, 드디어 가나안(예루살렘)에 입성해서 최초의 왕 사울이 탄생하기까지 유대민족을 이끌었던 지도자들이다. 기드온, 삼손, 입다 등이 있고, 여성으로는 드보라가 유일하다.

께 노래하라, 그가 영광스럽게 승리하셨도다!' 아니, 바다의 먼지에 닿을 정도록 더 깊숙이 고개를 숙이거라! 그들은 하느님의 혀요, 종이라. 천국을 통해 미래를 전부 보았고, 본 것을 기록으로 남겼으니, 기록은 시간이 흐르면서 역사 속에서 사실로 증명되었다. 그들이 다가가면 왕들은 안색이 창백해졌고, 그들이 말하면 모든 민족들이 벌벌 떨었다. 악천후조차 사그라들었지. 그들이 한 손에 모든 축복을, 다른 한 손에 저주를 들었으니.* 디셉 사람(엘리야)와 그의 종 엘리사가 걸어가네! 힐기야의 슬퍼하는 아들(예레미야)과 채바 강가**에서 앞날을 내다본 예언(에스겔)도! 바빌로니아인의 우상을 거부한 유대의 세 청년***이, 수많은 우상신들의 잔치에서 점성술사들을 당황시킨 친구(다니엘)와 함께 오는구나. 또 저기, 아, 아들아. 다시 흙먼지에 입을 맞추거라! 저기 세상에 메시아가 오신다고 약속하는 아모스의 온화한 아들(이사야)이 오신다!"

저도 모르게 점점 빨라지던 부채질이 뚝 멈췄다. 그녀의 음성이 낮게 가라앉았다.

"고단하겠구나."

"아니요. 새로운 이스라엘의 노래를 듣고 있었는걸요."

어머니는 의도적으로 길게 침묵했다가, 쾌활하게 말을 이었다.

"내 아들 유다야, 내가 네 앞에 우리의 위인들을 펼쳐놓은 이유가 바로 그것이란다. 최초의 조상들, 지도자들, 율법가들, 전사들, 가수

* 선지자 사무엘. 그는 최후의 판관이었다.
** 유프라테스 강의 한 지류
*** 선지자 다니엘의 친구인 사드락, 메삭, 아벳느고

들, 선지자들. 그럼 로마의 위인들과 비교해 볼까? 모세에 필적하는 이는 황제고, 다윗에 필적하는 이는 타르퀴니우스겠지. 마카베오 일가에 술라를, 판관들에 집정관들을, 솔로몬 자리에 아우구스투스를 놓을 수 있을 거야. 굳이 비교해 보자면 말이다. 그런데 선지자들에 필적하는 로마의 인물이 있을까? 가장 위대한 선지자들과 겨룰 자가 말이다."

그녀가 조롱하듯 웃었다.

"미안하구나. 카이사르에게 3월 15일*을 조심하라고 경고한 점술사가 떠올랐거든. 그가 닭의 내장에서 악의 징조를 찾았다던가. 카이사르가 무시했지. 그렇다면 사마리아로 가는 길의 언덕 꼭대기에 앉은 엘리야는 어땠을까? 그를 잡으러 왔다가 전멸한 대장과 병사들의 시신에서 연기가 났지. 엘리야는 아합의 아들**에게 우리 주님의 분노를 경고했지. 여호와의 종도 유피테르의 종도 예언이 맞았다는 말이 아니야. 종이 신의 이름을 걸고 어떻게 행동하는지가 두 신을 판가름한다는 뜻이란다. 그러니 네가 앞으로 할 일은……."

그녀는 마지막 말을 느릿느릿, 떨리는 목소리로 이어갔다.

"나의 아들 유다야, 주님을 섬기거라. 로마의 신이 아니라 이스라엘의 하느님을 섬기거라. 아브라함의 자손에게는 주님의 길을 따르

---

* 기원전 44년 3월 15일. "루비콘 강을 건넜다", "왔노라, 보았노라, 이겼노라", "브루투스, 너마저" 등 역사상 일화가 많은 로마의 정치인 '가이우스 율리우스 카이사르'가 암살된 날이다.
** 아합 왕의 아들 아하시야. 그가 엘리야를 잡으러 군대를 보내자, 엘리야가 주님의 불로 그들을 다 태워 죽이고 아합 왕의 죽음을 경고한다.

는 것 외에 어떤 영광도 없고, 오직 그 길 안에 큰 영광이 있단다."

유다가 물었다.

"제가 군인이 되는 건 괜찮나요?"

"왜 안 되겠니? 모세도 하느님을 용사라고 불렀으니."

방에 긴 침묵이 흘렀다.

마침내 어머니가 입을 열었다.

"네가 로마 황제가 아니라 주님을 섬기기만 한다면 난 허락하마."

유다는 흡족했고 점점 잠에 빠져들었다. 어머니가 일어나서 아들의 머리에 베개를 받쳐주고 숄을 덮어준 뒤, 가만히 입을 맞추고 나갔다.

6

선한 이들도 죽는다. 악인이나 마찬가지로. 다만 우리 신앙에서는 선인의 죽음에 대해 이렇게 말하고 있다. '무조건, 그는 천국에서 눈을 뜰 것이다.' 지상에서 이와 가장 비슷한 경험이라면, 단잠에서 깨어났을 때 행복한 광경과 소리가 들리는 것이리라.

유다가 잠에서 깨니 산 위 높이 해가 떠 있었다. 비둘기들이 무리 지어 흰 날개를 반짝이며 창공을 날았다. 동남쪽 파란 하늘에 금빛으로 반짝이는 성전이 보였다. 하지만 다 익숙한 정경이어서 힐끗 보고 그만이었다. 그 대신 가까이 있는 소파를 바라보았다. 열다섯 살도 안 된 소녀가 무릎에 네벨*을 놓고 현을 뜯으며 노래하고 있었다. 유다는 그녀에게 고개를 돌리고 소리에 귀 기울였다.

깨지 말고 내 이야기를 들어요, 내 사랑!
잠의 바다에서 둥둥 떠다닐 때
그대의 영혼이 내게 귀 기울이라 하네요.
깨지 말고 내 이야기를 들어요, 내 사랑!
휴식의 왕인 잠이 주는 선물,
행복하고 달콤한 꿈을 안겨 줄게요.

깨지 말고 내 이야기를 들어요, 내 사랑!
세상의 모든 꿈 중에서 그대는
가장 거룩한 꿈을 꾸고 있네요.
그러니 계속 꿈꾸세요, 깨지 마세요, 내 사랑!
다시는 마음대로 꿈꿀 수 없을걸요.
내가 없는 꿈은.

소녀가 악기를 내려놓고 손을 무릎 위에 살포시 포개고는 유다가 말하기를 기다렸다. 그녀를 소개할 겸, 독자들도 궁금할 만한 유다의 가족사를 들여다 보자.

헤롯의 총애를 받은 이들은 왕의 사후까지 넓은 영토를 보유했다.

* 유대의 전통악기

특히 유다 지파*의 후손들이 이런 복을 누리며 예루살렘의 왕자로 불렸다. 그들은 다른 지파의 유대인들에게 존경받았고, 사업상 교류 하는 이방인들에게도 공경을 받았다. 그 중에서도 가장 출중했던 이 가 바로 이 청년, 유다의 부친이었다. 그는 자신의 뿌리를 명심하면 서도 에돔 출신의 왕에게 충성했다. 고향에서나 외지에서나 다름이 없었다. 몇몇 관료들과 함께 로마로 출장을 갔을 때, 아우구스투스의 눈에 들어서 무려 로마 황제와 격의 없이 정을 쌓기도 했다. 그래서 그의 고향집에는 허영심 많은 왕조차 탐낼 만한 하사품이 많았다. 보라색 토가, 상아 의자들, 황금 장식품…… 영광스럽게도 황제가 손 수 하사한 귀한 물건들이었다.

그런 자가 부유하지 않을 수 없지만, 의외로 왕들의 후원에 힘입 은 바는 적었다. 그는 '생업에 종사하라'는 율법을 기꺼이 따랐고, 한 가지가 아니라 여러 분야에 뛰어들었다. 옛 레바논까지 이르는 넓은 평원과 언덕 비탈에서 가축을 돌보는 목자들을 수하에 두었고, 바 닷가부터 내륙까지 여러 도시에 거래소를 세웠다. 그의 배들이 당시 은 매장량이 최대였던 스페인 은광을 부지런히 오갔다. 그의 대상들 은 해마다 두 차례씩 동방에서 비단과 향신료를 가져왔다.

신앙적으로도 신실해서 히브리인으로 모든 율법을 준수하고 모든 의례에 참여했다. 성전과 회당에서 주요 직책을 맡았고, 성경에 능 통했다. 동료 선생들과의 교제를 기뻐했고, 힐렐에게 숭배에 가까운 존경심을 품었다. 하지만 그는 어떤 면으로도 분리주의자는 아니었

---

* 다윗이 유다 족이다.

다. 출신지와 관계 없이 모든 나그네에게 호의를 베풀어서, 트집 잡기 좋아하는 바리새파는 사마리아인에게 식사 대접을 했다며 그를 비난했다. 만약 그가 유대인이 아니고 오래 생존해 있었더라면 헤로데스 아티쿠스*에 필적하는 인물로 유명세를 누렸으리라. 하지만 그는 유다가 7살이던 10년 전, 한창 나이에 세상을 떠났다. 유대 전역이 애도했다. 그의 아내와 아들은 이미 만났고, 그의 나머지 가족인 딸을 만나 보자. 바로 오빠에게 노래를 불러준 이 소녀, 티르자다.

  남매가 서로 바라볼 때 보니 확실히 많이 닮았다. 유다처럼 반듯하고 전형적인 유대인다운 얼굴인데, 아이다운 순수한 표정이 매력적이었다. 꾸밈없는 차림새에 자유분방한 성격이 고스란히 배어났다. 오른쪽 어깨에서 단추로 잠그는 드레스를 입었는데, 많이 헐렁해서 양팔이 완전히 드러났다. 허리춤에서 주름을 촘촘히 잡아서 끈으로 묶으니, 아랫단이 짧은 치마처럼 되었다. 머리 꾸밈도 단정하게 잘 어울렸다. 자줏빛으로 염색한 비단 모자를 쓰고, 그 위에 같은 천에 아름답게 자수를 한 줄무늬 스카프를 두상이 커 보이지 않고 모양대로 드러나게 잔주름을 잡아 묶었다. 모자의 정수리에서 늘어진 술이 머리 장식을 마무리했다. 귀고리와 반지, 발찌와 팔찌는 모두 순금이다. 목에는 금사슬 목걸이를 걸었는데, 진주 펜던트가 달려 있다. 눈꺼풀의 끝에 화장을 하고 손톱을 물들였다. 머리는 두 갈래로 길게 땋아 등에 드리웠고, 귀 앞쪽 뺨에 곱슬곱슬한 잔머리가 나와 있다. 전체적으로 우아하고 세련되고 아름다운 미모였다.

* Herodes Atticus. 고대 그리스 대부호의 아들. 아테네의 고건축을 재건하고 델포이에 경기장을 짓는 등 학술과 문화를 보호했다.

"아주 예쁘구나, 티르자. 아주 예뻐!"

유다가 활기차게 말했다.

"노래가?"

"응. 그리고 가수도. 그리스 분위기가 물씬 나는데. 무슨 노래니?"

"저번 달에 극장에서 노래한 그리스인 기억해? 헤롯과 살로메 앞에서도 노래한 궁정 가수였대. 그가 레슬링 경기 직후, 극장이 아주 떠들썩할 때 나왔거든. 그런데 첫 소절을 부르자마자 사방이 조용해졌어. 그 덕분에 난 가사를 다 들었지. 그 노래야."

"그리스어로 노래했을 텐데?"

"내가 히브리어로 바꿨지."

"아, 내 동생, 대견하다. 잘하는 노래가 또 있니?"

"아주 많지. 하지만 지금은 그냥 있자. 암라가 오빠 아침밥을 가져온다고 전해 달래. 지금쯤 올 때가 됐는데. 암라는 오빠가 아픈 줄 알아. 어제 나쁜 일을 당했다면서. 무슨 일인데? 내가 암라가 오빠를 치료할 때 도와줄게. 암라가 하는 이집트인의 치료법들은 좀 엉터리잖아. 내가 아랍의 치료법을 많이 아는데 그건……."

"이집트식보다 훨씬 더 형편없지."

유다가 고개를 저었다.

"그렇게 생각해? 그렇다면……."

그녀는 말을 멈추지도 않고 양손을 바로 왼쪽 귀로 올렸다.

"그런 건 아무래도 좋아. 내가 여기 훨씬 확실한 걸 갖고 있거든. 언제였는지 정확하진 않지만 먼 옛날, 우리 집안 사람이 페르시아 마법사한테 받은 부적이야. 봐, 글씨가 거의 닳아서 없어졌잖아."

티르자가 귀고리를 내밀었다. 유다는 받아서 쳐다보다가 웃으면서 돌려주었다.

"티르자, 내가 죽어간대도 부적 따위는 쓸 수 없어. 아브라함의 자녀들에게는 금지된 우상숭배의 유물이라구. 자, 귀고리를 받고, 이제 달지 마."

"금지라니! 아냐. 할머니가 안식일에 이걸 얼마나 자주 하셨는데. 진짜 많은 사람을 고쳤다니까! 최소한 세 명은 넘어. 진짜야. 이 귀고리는 승인받은 거라구. 봐, 여기 랍비의 표식이 있잖아."

"난 부적 따윈 믿지 않아."

티르자는 놀란 눈으로 오빠를 쳐다보았다.

"암라가 뭐라고 말할까?"

"암라는 관심 없을걸. 그녀의 부모님은 나일 강에서 정원의 물레방아를 관리했으니까."

"하지만 가말리엘 랍비가……."

"그런 건 불신자와 세겜 사람들이 신 없이 만든 거라고 말했지."

티르자는 의심스럽게 귀고리를 쳐다보았다.

"이걸 어쩌지?"

"그냥 해, 동생아. 네게 예쁘게 잘 어울려. 물론 너는 그런 장신구의 도움 없이도 충분히 예쁘지만."

티르자는 안심하며 다시 부적을 귀에 걸었다.

그때 암라가 대야와 물, 수건이 담긴 쟁반을 들고 들어왔다.

유다는 바리새파가 아니라서 금방 간단히 씻었다. 암라가 나가자, 티르자가 오빠의 머리를 손질해 주었다. 만족스럽게 머리가 정리되자, 그녀가 허리띠에 차고 있던 철제 손거울을 풀었다. 당시 유대 여인들 사이에서 그러는 게 유행이었다. 그녀는 자기 실력이 얼마나 좋은지 보라는 듯이 거울을 오빠에게 내밀었다. 그러면서도 남매의 대화는 계속되었다.

"어떻게 생각해, 티르자? 내가 떠나면."

누이는 놀라서 양손을 내렸다.

"떠나다니! 언제? 어디로? 왜?"

유다가 웃음을 터뜨렸다.

"단숨에 세 가지를 묻다니! 대단한 능력이다!"

그러더니 그는 진지해져서 말을 이었다.

"내가 직업을 가져야 되는 게 율법인 줄은 너도 알지. 아버지가 내게 좋은 모범이 되셨지. 아버지가 근면과 지식으로 쌓은 부를 내가 놀면서 써 버리면 너라도 날 경멸할걸. 난 로마로 갈 거야."

"아, 나도 같이 갈래."

"넌 어머니와 있어야 해. 우리 둘 다 떠나면 어머니가 어떻게 사시겠니."

티르자의 얼굴에서 환한 빛이 사라졌다.

"그래도…… 꼭 가야 해? 상인이 되려면 여기 예루살렘에서도 다 배울 수 있는데."

"상인이 될 생각이 아니야. 율법은 아들이 아버지의 일을 계승해야 된다고 요구하지는 않거든."

"그럼 뭐가 되려고?"

"군인."

유다가 으스대며 대답했다. 티르자의 눈에 눈물이 차올랐다.

"목숨을 잃을 텐데."

"그게 주님의 뜻이라면 그렇게 되겠지. 하지만, 티르자. 군인이라고 다 죽지는 않아."

그녀는 오빠를 꼭 붙들려는 것처럼 목을 끌어안았다.

"우린 정말 잘 지내잖아! 집에 계속 있어, 오빠."

"집이 언제까지나 지금 같을 수는 없어. 너만 해도 곧 떠날 텐데."

"아냐!"

동생이 발끈하자 유다는 빙그레 웃었다.

"유대족이나 다른 지파의 왕자가 찾아와서 우리 티르자를 데려갈 걸. 넌 다른 가문의 보석이 되겠지. 그러면 난 어쩌지?"

소녀는 금세 훌쩍거렸다. 유다가 더 진지하게 계속 말했다.

"전쟁도 교역과 다를 게 없어. 완전하게 배우려면 학교에 가야지. 그 분야에서는 로마가 최고의 학교야."

"로마를 위해 싸울 건 아니지?"

누이가 숨을 멈추고 물었다.

"너도, 너조차도 로마를 증오하는구나. 온 세상이 로마를 증오해. 티르자, 바로 거기에서 내 대답을 찾아 봐. 그래, 나는 로마를 위해 싸울 거야. 그 보답으로 로마가 언젠가 내가 로마에 맞서 싸울 방법을 가르쳐 준다면."

"언제 갈 건데?"

이때 암라의 발소리가 들렸다.

"쉿! 이건 암라에겐 비밀이야."

충직한 노예가 아침 식사 쟁반을 들고 와서, 남매 앞의 스툴에 놓았다. 그녀는 흰 냅킨을 팔에 걸치고 남아서 두 사람의 시중을 들었다. 티르자와 유다가 물그릇에 손가락을 담그고 헹굴 때, 시끄러운 소리가 그들의 주의를 끌었다. 잘 들어 보니 북쪽 골목에서 울리는 군악대 소리였다.

"로마 총독궁Praetorium의 병사들이야! 가 보자."

유다가 외치고 소파에서 일어나 달려 나갔다.

그는 옥상의 북동쪽 모서리까지 둘러진 타일 난간 위로 몸을 내밀었다. 구경에 정신이 팔려서 누이가 옆에 온 줄도 몰랐다. 티르자가 오빠의 어깨에 한 손을 올렸다.

그들이 있는 옥상은 인근에서 가장 높아서, 삐죽삐죽한 거대한 안토니아 탑까지 동쪽으로 모든 집의 꼭대기가 보였다. 안토니아 탑은 이미 언급했듯이 수비대의 요새이자 로마군의 본부였다. 3미터 폭의 거리 여기저기에 덮개가 있거나 없는 다리들이 걸쳐져 있다. 길가의 옥상들과 마찬가지로 다리 위에도 남자, 여자, 아이 할 것 없이 음악 소리를 듣고 나온 이들이 들어차기 시작했다. 음악이란 표현이 어울리지 않긴 하다. 병사들에게나 즐거운 나팔 찢어지는 소리와 퉁소 같은 악기의 쇳소리였으니까.

잠시 후 유다의 눈에 두 무리가 보였다. 선봉에서 경장비 부대(대부분 투석전사와 궁수)가 열 사이에 간격을 넓게 두고 행진했고, 그 뒤로 중장비 보병대가 큰 방패와 칼, 창을 들고 따라왔다. 트로이 전쟁에서 썼던 것과 똑같다. 뒤이어 군악대가 행진했고, 그 뒤에 장교가 혼자 말을 타고 갔지만 이어서 빼곡이 기병대가 호위했다. 그들

뒤로 다시 중장비 보병대가 다닥다닥 붙어서 거리를 꽉 메웠다. 행렬은 끝이 보이지 않았다.

건장한 팔다리의 병사들이 길게 늘어서서 방패들을 착착 맞춰서 흔들었다. 갑옷의 비늘과 버클, 견갑, 투구까지 전부 완벽하게 반짝반짝 윤이 났다. 흔들리는 투구의 볏 장식, 휘날리는 군기와 쇠봉을 박은 창. 대담하고 절도 있는 걸음은 박자와 간격이 딱딱 맞았다. 몸가짐은 무척 진중하면서도 너무 조심스러웠다. 전 부대의 기계 같은 움직임이 인상적이었지만, 유다는 실제 보여지는 것보다 더 크게 느꼈다. 특히 두 가지에서 눈길을 떼질 못했다. 높은 봉 위에 달린 금박을 입힌 독수리 상. 날개를 위로 펴서 머리 위에서 붙인 독수리는 탑의 보관장소에서 꺼내져 밖으로 나오는 순간 신성한 의미가 붙는다. 유다도 그 사실을 알고 있었다.

두 번째는 바로 대오 가운데 혼자 말을 타고 가는 장군이었다. 투구는 쓰지 않았지만, 그 외에는 완전한 갑옷을 갖추고 있었다. 왼쪽엉덩이에 단검을 차고, 손에는 흰 종이 두루마리처럼 생긴 곤봉을 들었다. 안장 대신 보라색 천을 깔고 앉았다. 굴레에 금장식을 달았고, 노란 비단 재질 고삐는 하단 테두리에 넓게 금색 술까지 붙였다.

그는 아직 멀리 있었지만 구경꾼들은 이미 심하게 동요하고 있었다. 집 안 난간 위로 몸을 숙여 주먹질 시늉을 하거나, 아예 대담하게 길거리로 나가서 주먹을 흔들어 대는 이들이 있었다. 유대인들은 함성을 지르며 쫓아갔고 그가 다리 밑을 지날 때마다 침을 뱉었다. 여인네들도 신발짝을 던졌는데, 가끔 신발이 사내를 딱 맞췄다. 그가 가까워질수록 고함 소리가 선명해졌다.

"날강도, 폭군, 로마의 개! 이스마엘이랑 꺼져! 안나스를 돌려줘!"

아주 가까이서 보니, 그는 대단히 무덤덤한 일반 병사들과 사뭇 달랐다. 어둡고 침울한 표정이었고, 이따금 구경꾼들에게 위협적인 시선을 던졌다. 그 눈길에 주눅 드는 이들도 많았다.

초대 황제 때부터 최고사령관이 대중 앞에 나올 때는 월계수관을 쓰는 관습이 생겼다. 유다도 들은 적이 있었다. 그 표식으로 유다는 그가 유대의 신임 총독 발레리우스 그라투스라는 것을 알았다!

솔직히 말하자면 유다는 괜한 소동에 휘말린 이 로마인이 안쓰러웠다. 그래서 더 자세히 보려고 모서리로 가서 난간 밖으로 몸을 쑥 내밀며 한 손으로 타일을 짚었다. 그 타일은 금이 간지 오래 되어서 언제라도 빠질 수 있었다. 아니나 다를까, 강하게 누르는 힘에 바깥쪽 타일이 떨어지기 시작했다. 유다는 머리끝이 쭈뼛 서는 공포를 느꼈다. 뒤늦게 떨어지는 타일을 잡으려고 손을 내밀었는데, 그것이 오히려 뭔가를 던지는 동작처럼 보였고, 떨어지던 타일이 담장 밖으로 더 멀리 날아갔다. 유다가 있는 힘껏 소리를 질렀다. 근위대 병사들이 고개를 들었고, 대장도 마찬가지였다. 그 순간 타일이 그의 머리로 떨어졌다. 총독이 말에서 굴러떨어졌다.

행렬이 딱 멈췄다. 근위병들이 말에서 뛰어내려 냉큼 달려가 방패로 대장을 엄호했다. 한편 유대인들은 청년이 일부러 타일을 던졌다고 믿고 환호했다. 유다는 난간 위로 굽히고 선 채로 얼어붙었다.

행렬이 지나는 길목의 옥상들로 선동의 기운이 급속히 퍼졌다. 사람들은 마치 누가 똑같이 해보라고 부추기기라도 한 양, 일제히 지붕의 타일이나 벽돌을 떼서 아래로 힘껏 던지기 시작했다. 곧 전쟁터가 되었다. 물론 훈련받은 로마 병사들이 곧 제압했다.

유다는 하얗게 질린 얼굴로 난간에서 떨어져 똑바로 섰다.

"아, 티르자, 티르자! 우리 이제 어쩌지?"

누이는 아래 상황은 못 봤지만, 비명을 들었고 다른 집 옥상의 사람들이 광분한 것을 보았다. 무서운 일이 벌어지고 있는 줄은 느꼈지만 그게 뭔지, 왜 벌어졌는지는 몰랐다. 그녀나 사랑하는 사람들이 위험에 빠진 줄 몰랐다. 티르자는 불안이 엄습해서 외쳤다.

"무슨 일이 벌어진 거야? 이게 다 뭐야?"

"내가 로마 총독을 죽였어. 타일이 그에게 떨어졌어."

보이지 않는 손이 재라도 뿌린 것처럼 일순간 그녀의 얼굴이 하얗게 질렸다. 티르자는 한 팔로 오빠를 안고 한 마디도 못한 채 눈만 간절히 들여다보았다. 그의 공포감이 누이에게 전해졌고, 그런 기색을 보자 유다는 억지로 힘을 냈다.

"고의가 아니었어, 티르자. 사고였다구."

"저들이 어떻게 할까?"

유다는 소동이 격해진 도로와 지붕들 너머로 눈을 돌리면서, 총독의 침울한 표정을 떠올렸다. 그가 죽지 않았으면, 보복이 어느 정도일까? 그가 죽었다면 유대인들의 난동이 군단병들을 격분시키지 않을까? 대답을 생각하지 않으려고 다시 난간 너머를 쳐다보았다. 근위대가 대장을 부축해서 말에 태우고 있었다.

"살았어! 그가 살아 있어, 티르자! 우리 조상들의 주 하느님을 찬양합니다!"

유다는 표정이 밝아져서, 난간에서 몸을 떼며 답했다.

"겁내지 마, 티르자. 내가 어떻게 된 일인지 설명하면, 그들도 우리 아버지와 공적을 기억하고 우리를 해치지 않을 거야."

하지만 그가 티르자를 정자로 데려가는 순간, 발아래 지붕이 삐걱 거리고 목재들이 와르르 무너지는 소리가 나더니, 안뜰에서 비명소 리가 들렸다. 유다가 걸음을 뚝 멈추고 귀를 기울였다. 비명이 반복 되더니, 여럿이 뛰고 고함치고 간청하는 소리들이 뒤섞였다. 끔찍한 공포에 찬 여인들이 울부짖었다. 병사들이 북문으로 들어와서 집을 장악한 것이다. 유다는 불길한 느낌에 휩싸였다. 도망갈까? 하지만 어디로? 날개가 있으면 모를까 달아난들 소용 없어.

눈이 휘둥그레진 티르자가 그의 팔을 잡았다.

"아, 오빠. 이게 무슨 일이야?"

하인들이 학살당하고 있었고, 그리고 어머니! 저 중에 어머니의 목소리도 있을까? 그는 용기를 쥐어짰다.

"여기 가만히 있어. 날 기다려, 티르자. 내려가서 무슨 일인지 살펴 보고 올게."

마음과 달리 그의 목소리가 떨렸다. 누이는 오빠에게 더 매달렸다.

그때 더 확실히, 더 날카롭게, 진짜 어머니의 비명 소리가 울려 퍼 졌다. 유다는 더 이상 머뭇대지 않았다.

"그러면 이리 와, 같이 가자."

계단 밑의 테라스나 회랑에 병사들이 득실댔다. 다른 병사들이 칼 을 빼들고 방방마다 수색하고 다녔다. 한쪽에서 여인들 여럿이 무릎 을 꿇고 서로 끌어안거나 자비를 구했다. 그들과 떨어져서 한 여인 이 옷이 찢기고 긴 머리를 풀어헤친 채로 사내에게서 벗어나려고 버둥댔다. 병사는 온 힘을 다해 여인을 붙잡고 있었다. 그녀의 비명이 가장 날카로워서, 그 소란통을 뚫고 지붕까지 똑똑히 들렸다. 유다는 날개라도 단 것처럼 한걸음에 달려가며 외쳤다.

"어머니, 어머니!"

어머니가 아들을 향해 양손을 내밀었지만, 손이 거의 닿았을 때 병사들이 그를 낚아채서 옆으로 밀었다. 그 순간 누군가 크게 외쳤다.

"저놈이에요!"

유다가 시선을 돌렸다.

메살라였다.

멋지게 갑옷을 차려입은 키 큰 사내가 반문했다.

"뭐야, 암살자가 저놈이라고? 이거, 완전히 애잖아."

메살라가 역시 느릿느릿하게 대꾸했다.

"흥! 새로운 철학이 생겼나 보네! 인간이 늙어야만 누군가 죽일 만큼 증오할 수 있다는 명제에 대해 세네카*는 뭐라고 하려나? 당신은 그자를 잡았고, 저기 그의 모친이 있고 저쪽이 그의 누이예요. 온 가족을 다 잡았네."

가족의 위기 앞에서 유다는 어제의 불화를 잊었다.

"메살라, 어머니와 누이를 도와줘! 옛 우정을 생각해서 그들을 도와줘. 나, 유다가 간청할게."

메살라는 못 들은 척 장교에게 말했다.

"난 더 이상 도움을 주지 못하겠군. 거리에 더 좋은 구경거리가 있

---

* 부호의 아들로 태어나 변론술에 뛰어났던 희랍의 변론가

어서 말이야. 에로스는 추락하고, 마르스는 솟구친다!"

메살라는 나가 버렸다.

유다는 그의 말을 알아듣고, 괴로운 영혼으로 하늘에 기도했다.

"주여, 당신의 복수의 때에 제 손으로 그를 치게 하소서!"

그는 온힘을 다 내서 장교에게 더 가까이 갔다.

"장교님, 저 여인은 제 어머니입니다. 그분을 살려 주십시오. 저기,
제 누이를 살려 주십시오. 하느님은 공정하시니, 당신의 자비에 자비
로 답하실 겁니다."

장교는 마음이 움직이는 눈치였다. 그가 소리쳤다.

"여자들을 탑으로 데려가! 하지만 아무 해도 가하지 말도록. 내가
그들을 부를 때까지."

그러더니 유다를 붙잡고 있는 병사들에게 말했다.

"밧줄로 손을 포박해서 거리로 데려가. 그의 벌은 따로 있다."

어머니가 끌려갔다. 집에서 입는 옷차림 그대로인 티르자는 잔뜩
겁에 질려서 반항도 못 하고 끌려갔다. 유다는 그런 어머니와 누이
를 바라보고, 마치 이 광경을 고스란히 간직하려는 것처럼 양손에
얼굴을 묻었다. 아무도 못 봤지만 그는 눈물을 흘렸을 것이다.

그 순간 유다 안에서 인생의 경이라고 할 만한 일이 일어났다. 이
미 눈치챘겠지만, 유다는 기질적으로 부드럽고 심지어 여성스럽기
까지 했다. 사랑하고 사랑받으면서 자란 소년들이 대개 그렇다. 그들
은 혹시 모진 품성이 있다 한들 드러낼 기회가 없었다. 때로 야심도
품었지만, 바닷가를 걷다가 거대한 배들이 오가는 것을 보며 품는
아이의 동경 같은 것에 지나지 않았다. 하지만 이제 경배 받는 데 익

숙한 우상이 갑자기 제단에서 밀려나, 사랑 넘치던 세상의 잔해 속에서 뒹군다고 상상해 보자. 그게 젊은 벤허가 당한 일이고 그의 존재에 미친 영향이었다. 하지만 그가 변했음을 나타내는 징후는 전혀 없었다. 다만 그가 양팔을 들어 결박당할 때, 입매에서 큐피드의 활 같은 굴곡이 없어졌을 뿐. 그 순간 소년은 어른이 되었다.

안뜰에서 나팔이 울렸다. 철수 신호였다. 병사들이 회랑을 빠져나갔다. 약탈한 물건을 다 가져갈 수가 없어서, 들고 있던 것을 바닥에 내던지는 자가 많았다. 호사스러운 골동품들이 여기저기 나뒹굴었다. 유다가 길로 나가자 병사들은 이미 대오를 이루었고, 장교는 마지막 명령이 시행되기를 기다리고 있었다.

어머니와 누이, 식솔들이 전부 북쪽 대문으로 끌려 나갔다. 병사들이 망가뜨린 문이다. 일부는 이 집에서 태어나기도 한 종들의 울부짖는 소리가 너무 애처로웠다. 결국 말이며 가축들까지 끌려나가자, 유다는 총독의 보복 규모를 실감했다. 뼈대만 남기고 완전히 휩쓸어 버렸다. 총독은 사형을 선고할 권한까지 있었고, 이 집에 산 것은 아무것도 남겨둘 수 없었다. 혹시 유대 땅에 로마의 총독을 암살할 생각을 하는 자들이 있다면, 명문가인 허 집안의 사연은 경고가 되고 폐허가 된 집터가 계속 상기시킬 터였다.

장교가 밖에서 기다리는 사이, 한 부대가 문을 수리했다.

거리는 소란이 거의 가라앉았다. 여기저기 집들에 피어오르는 먼지 구름이 거기서도 소동이 있었음을 말해 주었다. 병사들은 대부분 쉬어 자세를 취하고 있었지만, 대오의 위용은 변함이 없었다. 유다는 제 처지는 개의치 않고 포로들을 눈으로 쫓기에 여념이 없었다. 어머니와 티르자를 애타게 찾았지만 헛수고였다.

갑자기 땅바닥에 쓰러져 있던 여인이 일어나서, 재빨리 북문으로 달려갔다. 근위병 몇 명이 그녀를 붙들려고 손을 뻗었다가 놓치자, 무시무시한 고함을 질렀다. 그녀는 유다 앞에 달려가 주저앉으며 그의 무릎을 붙들었다. 먼지 앉은 거친 검은 머리카락이 그녀의 눈을 덮고 있었다.

"아, 암라. 우리 암라. 주님이 도와주시기를. 난 도울 수가 없으니."

암라는 아무 말도 하지 못했다. 그가 몸을 굽혀 속삭였다.

"살아, 암라. 티르자와 어머니를 위해서. 그들은 돌아올 거고 그러면……."

병사가 그녀를 끌어냈다. 암라는 확 일어나서 대문 사이로 들어가 통로를 지나 텅 빈 뜰로 사라졌다.

"내버려 둬. 집을 폐쇄하면 굶어 죽겠지."

장교가 소리쳤다.

병사들이 북문을 폐쇄했다. 그 일이 끝나자 서문으로 가서 그 문도 폐쇄했다. 허 가문의 저택은 봉쇄되었다.

병사들이 열을 맞춰 탑으로 행진했다. 총독은 거기 머물면서 상처를 치료하고 포로들을 처리했다. 열흘 후에야 그는 시장터의 궁전을 찾아갔다.

이튿날 로마군 한 부대가 황량한 저택에 되돌아 가서, 대문들에 밀랍을 발라 폐쇄하고 라틴어 안내판을 세웠다.

「이곳은 로마 황제의 소유지다.」

훈계조의 통고 정도면 충분하다는, 오만한 로마인의 방식이었다. 과연 그랬다.

이틀 후 정오 무렵, 십인대장과 기마병들이 남쪽, 그러니까 예루살렘 쪽 길로 나사렛에 당도했다. 나사렛은 언덕비탈의 워낙 작고 외진 마을이어서 길이라고는 가축들이 오가며 다져진 오솔길 하나였다. 남쪽으로 에스드라엘론 평야가 드넓다. 서쪽으로 지중해 연안이, 동쪽으로 요단강과 헤르몬산 너머까지 보였다. 사방의 계곡 비탈은 밭, 포도밭, 과수원이고 저 아래는 목초지다. 종려나무 숲이 동방의 분위기를 물씬 자아냈다. 사각형의 소박한 단층집들이 삼삼오오 모여 있다. 지붕이 연두색 덩굴로 뒤덮였다. 남부 유대 땅의 산들을 바싹 마르게 한 가뭄의 위세가 갈릴리의 경계 지역에서는 멈췄다.

마을이 가까워지자 부대의 나팔 소리가 마법 같은 효과를 냈다. 예사롭지 않은 길손들의 등장에 마을 사람들이 대문을 열어젖혔다.

나사렛이 큰 도로에서 떨어진데다 가말라 유다*의 영향을 받은 지

* 가말라는 갈릴리와 같은 뜻이다. 기원전 6년, 가말라 사람 유다는 로마 황제의 호적 등록에 저항해서 '열심당'을 만들었다.

역임을 기억하자. 주민들이 로마군 부대를 어떤 심정으로 봤을지 상상하기 어렵지 않다. 하지만 병사들이 언덕길을 올라와 마을로 들어오자 그들이 호송 중인 죄수가 보였다. 그들의 임무를 확실히 알게 되자, 사람들의 두려움과 미움은 호기심으로 바뀌었다. 하나둘씩 집에서 나와 우물가로 향했다. 그들은 틀림없이 마을 북동쪽 우물가에서 쉴 터였다.

기마대에 끌려가는 죄수가 호기심의 대상이었다. 그는 머리에 아무것도 쓰지 않았다. 앳된 얼굴이었다. 손이 뒤로 묶였고, 손목을 묶은 밧줄은 말의 목에 걸려 있었다. 부대가 움직이며 일으키는 누런 먼지를 뒤집어썼다. 가끔은 먼지 구름이 아예 그를 가려 버릴 정도였다. 그는 발이 아픈지 걸음을 질질 끌며 걸어갔다.

부대는 우물가에서 멈췄다. 병사들 대부분이 말에서 내려서 쉬었다. 죄수는 먼지 구덩이인 길에 멍하니 주저앉아 있었다. 아무 요청도 없었다. 기진맥진해서 죽을 지경인 듯했다. 마을 사람들은 죄수가 소년임을 알고 안타까워했다. 할 수만 있다면 도왔을 터였다.

병사들이 자기들끼리 물병을 돌려 목을 축이는 사이, 셉포리스 쪽 길에서 한 사람이 내려오고 있었다. 한 여인이 외쳤다.

"봐요! 저기 목수님이 오시네. 이제 우리가 뭘 좀 알 수 있겠네요."

여인이 말한 사람은 덕망 깊은 모습이었다. 두꺼운 터번의 가장자리 아래로 가는 흰 곱슬머리가 늘어지고, 더 하얀 수염이 거친 회색옷의 가슴팍에 늘어졌다. 그가 느릿느릿 걸어왔다. 나이도 있고 무거운 연장들(도끼, 톱, 대패 등 하나같이 투박하고 묵직한 것들)을 든데다가 먼 길을 쉬지 않고 걸어왔음이 분명했다.

그가 사람들 가까이 다가와서 무리를 훑어보았다.

여인이 그에게 달려가며 말했다.

"아, 랍비님, 요셉 랍비님! 여기 죄수가 있는데요. 가서 병사들에게 좀 물어봐 주세요. 대체 누구고, 무슨 죄를 지었는지, 그를 어떻게 하려는지 궁금하네요."

랍비는 시종 무덤덤한 표정이었다. 하지만 그는 죄수를 한번 힐끗 보더니 곧장 십인대장에게 다가가 진중하게 인사를 건넸다.

"주님의 평안이 함께하시기를!"

"신의 평안이 함께하기를!"

십인대장도 대답했다.

"예루살렘에서 오시는 길입니까?"

"그렇소."

"죄수가 젊군요."

"나이야 그렇지."

"그가 무슨 짓을 저질렀는지 물어도 되겠습니까?"

"암살범."

주민들은 놀라서 그 말을 되뇌었지만 랍비 요셉은 질문을 멈추지 않았다.

"그가 이스라엘의 아들입니까?"

"유대인이지."

로마 장교가 뻣뻣하게 대꾸했다. 구경꾼들 사이에 다시 동정심이 넘실댔다. 십인대장이 계속 말했다.

"난 당신네 족속을 잘 모르지만, 예루살렘의 왕자 '벤허'라고 들어

봤을지 모르겠군. 헤롯 시절의 사람인데."

"그를 뵌 적이 있습니다."

요셉이 말했다.

"흠, 죄수는 그의 아들이지."

여기저기서 탄식이 터졌다. 대장은 소동을 가라앉히려고 서둘러 말을 이었다.

"그저께 예루살렘 거리에서 저 자가 제 아버지의 집 옥상에서 그라투스 각하의 머리에 타일을 던졌어. 각하께서 돌아가실 뻔했어."

대화가 잠시 끊겼다. 그 사이 나사렛 사람들은 젊은 벤허를 맹수보듯 바라보았다. 랍비가 물었다.

"그가 각하를 죽게 했습니까?"

"아니."

"처벌이 내려졌군요."

"그래, 갤리선 종신형."*

"주님께서 도우시기를!"

요셉이 처음으로 무덤덤한 표정에서 벗어나 중얼댔다.

그때 요셉과 함께 왔지만 뒤에 눈에 띄지 않게 서 있던 청년이 들고 있던 도끼를 바닥에 내려놓았다. 그는 우물가의 큰 돌로 가서 거기 놓인 물병을 들었다. 동작이 워낙 조용해서 병사들이 알아챌 새도 없었다. 청년이 죄수에게 몸을 굽히고 물을 건넸다.

유다는 어깨에 느껴지는 누군가의 다정한 손길에 정신을 차리고

---

* 로마의 군함에서 평생 노 젓는 노예가 되는 형을 받았다는 의미다.

올려다보았다. 그 순간 불운한 유다는 평생 잊지 못할 얼굴을 보았다. 또래 청년의 얼굴. 밝은 갈색 머리칼이 덥수룩하고, 얼굴에 사랑과 거룩한 결의가 흘러서 상대를 지배하는 힘과 의지가 넘쳤다. 밤낮없는 고통에 독해지고, 터무니없는 불의에 반드시 복수하겠다는 적의가 활활 불타오르던 유다의 정신이 낯선 자의 눈길에 녹아내렸다. 어린아이처럼 순수한 심성이 되었다. 그는 물병에 입을 대고 오래 쭉 들이켰다. 두 사람은 단 한 마디도 주고 받지 않았다.

유다가 갈증을 풀자, 청년이 어깨에 있던 손을 유다의 머리로 가져갔다. 손은 먼지투성이 머리카락 위에서 축복의 말을 할 시간만큼 머물렀다. 낯선 청년은 물병을 제자리에 갖다놓고, 다시 도끼를 들고 랍비 요셉에게 돌아갔다. 모두의 눈이, 마을 사람들뿐만 아니라 병사들의 눈도 그에게 쏠렸다.

이것이 우물가 장면의 끝이다. 병사들은 물을 다 마시자, 말에 올라타고 행군을 시작했다. 하지만 십인대장의 성미는 이전과 달라졌다. 그는 손수 죄수를 먼지구덩이에서 부축해 일으켜서, 말 탄 병사의 뒷자리에 앉혔다. 나사렛 사람들은 집으로 돌아갔다. 그 중에는 랍비 요셉과 청년도 있었다.

유다와 마리아의 아들은 이렇게 처음으로 만나고 헤어졌다.

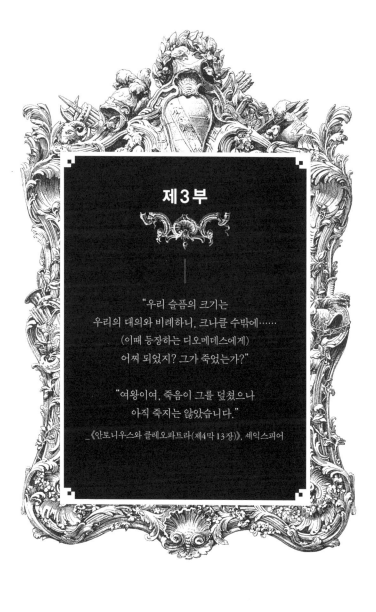

제3부

"우리 슬픔의 크기는
우리의 대의와 비례하니, 크나클 수밖에……
(이때 등장하는 디오메데스에게)
어쩌 되었지? 그가 죽었는가?"

"여왕이여, 죽음이 그를 덮쳤으나
아직 죽지는 않았습니다."

_《안토니우스와 클레오파트라(제4막 13장)》, 셰익스피어

1

미세눔은 나폴리에서 남서쪽으로 수 킬로미터 떨어진 미세눔 곶의 끝에 있다. 지금은 온통 폐허일 뿐이지만, 서기 24년에는 이탈리아 서부 해안의 주요 요충지였다.*

이곳의 풍광을 즐기러 온 여행자들은 성벽에 올라 도시를 등지고 서서 그제나 지금이나 매력적인 나폴리만灣을 바라봤을 것이다. 그런 다음 아름답기 그지없는 해안과 연기 나는 화산, 잔잔한 진청색 하늘과 파도에 눈을 돌렸으리라. 여기 이스키아 섬과 저쪽의 카프리 섬을 이쪽저쪽 번갈아 보며 보랏빛 허공을 가르며 눈이 호사를 누렸으리라. 그러다가 마침내, 단것을 먹다가 물리듯 아름다운 풍광에 눈이 지처서, 요즘 관광객은 볼 수 없는 장관을 내려다봤겠지. 발아래 로마 해군의 절반이 움직이거나 정박해 있는 해군기지 말이다. 그런 점에서 미세눔은 귀족들끼리 만나 느긋하게 세상을 나눠 갖기에 적당한 곳이었다.

더구나 예전에는 바다와 면한 성벽에 관문이 있었다. 문 없이 거리와 이어지는 통로다. 그리로 나가면 넓은 방파제가 바다로 펼쳐졌다.

---

* 당시 로마의 대형함대는 라벤나와 미세눔(현 미세노)에 정박했다. [원주]

서늘한 9월 아침 관문 위쪽 성벽에서 졸던 문지기는 시끌벅적 떠드는 소리에 깼다. 한 무리가 다가오고 있었다. 그는 그들을 흘깃 보고 다시 잠들었다.

이삼십 명 정도인데 대부분 횃불을 든 노예였다. 불꽃은 작은데 연기가 많이 나서 감송향이 났다. 주인들 셋이 앞에서 서로 팔짱을 끼고 걸었다. 살짝 벗겨진 머리에 월계관을 쓴 쉰 줄의 사내에게 관심이 모이는 걸로 봐서, 그가 이 화기애애한 축하연의 주인공인 듯하다. 세 명 다 보라색 끝단이 넓게 둘러진 흰 모직 토가 차림이다. 문지기는 한눈에 지체 높은 귀족 친구들이 밤새 잔치를 하고 친구를 배까지 배웅하는 길인 줄을 알았다.

"이럴 수가, 퀸투스. 자네를 이렇게 금방 우리에게서 데려가다니 포르투나*가 못됐군. 겨우 어제 멀리 필라스** 너머의 바다에서 돌아온 자네를 말이야. 아직 땅에서 제대로 걸어 보지도 못한 마당인데."

한 친구가 말했다.

다른 친구는 더 취한 말투였다.

"저런! 여인네들처럼 징징거리는 짓은 관둬! 사내답게 애통해 하지 말자구. 우리 퀸투스는 어젯밤에 잃은 것을 찾으러 가는 거니까. 흔들리는 배에서 주사위를 굴리는 것은 육지에서 굴리는 거랑은 다르지, 그렇지, 퀸투스?"

세 번째 사람이 말했다.

* Fortuna. 운명, 행운의 여신
** Pillars. 로마의 항구. 스페인 안달루시아 지방 세비야 주의 도시다.

"포르투나 여신을 욕하지 마! 그녀는 장님도 아니고 변덕장이도 아닐세. 안티움 해전에서 우리 아리우스가 묻자 고개를 끄덕여 대답하고는, 내내 옆에 서서 방향타를 잡아주었지 않나. 여신은 아리우스를 우리에게서 데려가지만, 언제나 새로운 승전보와 함께 그를 돌려보내 주었지."

두번째 사람이 끼어들었다.

"그를 데려가는 건 그리스인들이지. 그들을 욕하자구, 신들 말고. 장사에만 혈안이 되어서 싸우는 법도 까맣게 잊은 자들 같으니."

일행은 관문을 지나서 방파제로 들어섰다. 눈앞에 펼쳐진 미세눔 곶이 아침 햇살을 받아 아름다웠다. 노련한 해군에게 출렁이는 파도는 인사와 같다. 아리우스는 감송향보다 바다 내음이 더 향긋하다는 듯 크게 심호흡하며 손을 들었다.

"내 행운은 안티움이 아니라 프라이네스테*에 있었지. 봐, 서풍이 부는군. 감사합니다, 포르투나여, 내 어머니여!"

퀸투스가 진지하게 말했다. 친구들이 모두 경배의 말을 따라했고, 노예들은 횃불을 흔들었다.

그가 방파제 바깥의 갤리선 한 척을 가리켰다.

"저기 오는군! 해군에게 다른 애인이 무슨 필요가 있겠나? 자네의 여인이 더 우아한가, 카이우스?"

그는 다가오는 배를 지긋이 바라보았다. 과연 그가 으스댈 만했다. 돛대 하단에 하얀 돛이 말려 있고, 노들이 입수했다가 올라와 잠시

* 안티움(현 안치오)과 프라이네스테(현 팔레스트리나) 모두, 포르투나 여신의 신전이 있다.

머물고는 재입수했다. 날갯짓 같은 움직임이 박자가 착착 맞았다.

아리우스 퀸투스는 배에서 눈을 떼지 않고 진지하게 말했다.

"그래, 신들을 끌어들이지는 말자구. 신들은 분명히 기회를 줘. 실패한다면 우리 잘못인 거야. 그리고 그리스인들 말인데, 렌툴루스, 내가 물리치러 가는 해적이 그리스인인 걸 잊었군. 그들에게 한 번 이기는 게 아프리카인에게 백 번 이기는 것과 진배없지."

"그러면 에게 해로 가나?"

하지만 해군의 눈은 여전히 온통 배에 쏠려 있었다.

"어쩌면 저토록 우아하고 자유로운지! 새보다도 파도의 찰랑임을 겁내지 않아. 보게!"

그는 중얼대다가 재빨리 덧붙여 말했다.

"이런, 미안해, 렌툴루스. 맞아, 에게 해로 가네. 출항이 임박하니 무슨 일인지 말해 주겠네만, 비밀이네. 아 참, 다음에 카에실리우스 집정관*을 만나거든 함부로 하지 말게나. 그는 내 친구야. 그건 그렇고, 다들 알다시피 그리스와 알렉산드리아 사이의 무역 규모가 알렉산드리아와 로마의 것에 못지않아. 그런데 그리스인들은 케레알리아**를 빠뜨렸고 트립톨레무스***가 수확이라고 할 수도 없는 흉작으로 되갚아 줬지. 어쨌든 교역 규모가 워낙 커서 하루도 중단할 수는 없는데, 해적이 기승을 부리게 된 거야. 흑해에 둥지를 튼 케르소

---

* 로마의 최고위직인 집정관은 전시에 총사령관직을 맡았다.

** Cerealia. 곡물의 신 케레스를 기리는 제사. 풍년에도 고마운 줄 몰랐다는 뜻이다.

*** Triptolemus. 케레스의 아들로, 농경의 수호자다.

네소스* 해적이라고 들어봤겠지. 아주 대담한 놈들이야! 어제 로마에서 급보가 왔는데, 놈들의 함대가 보스포루스 해협을 내려와서 비잔티움과 칼케돈의 갤리선들을 침몰시켜 미르마라 해를 휩쓸었고, 그러고도 성에 안 차서 에게 해로 돌진했다는군. 동지중해에 배를 띄운 곡물상들이 잔뜩 겁을 먹었어. 황제 폐하의 칙령이 떨어졌네. 오늘 라벤나에서 백 척의 갤리선이 출항하고, 미세눔에서……."

그는 친구들의 궁금증을 끌어올리려는 듯 말을 끊었다가 강조하며 끝냈다.

"단 한 척이 떠나지."

"잘됐네, 퀸투스! 축하하네!"

"이번 등용이 승진으로 이어지겠군. 저희가 문안 여쭈옵니다, 집정관 나리. 딱 그렇게 될 거야."

"'집정관 퀸투스 아리우스'라! '호민관 퀸투스 아리우스'보다 근사한걸."

친구들의 축하가 이어졌다.

술고래 친구가 말했다.

"나도 이 친구들처럼 기쁘네, 아주 기뻐. 하지만 현실적이 되어야겠네, 사령관 나리. 승진이 자네에게 득이라는 점괘가 나와야, 이번 일이 신들의 은혜인지 심술인지 판단하겠어."

"고맙네. 고마워! 등잔만 들고 있으면 복점관**인걸! 더 자세히 말

---

* Chersonesan. 크림 반도에 있는 그리스의 식민도시.

** 로마에서 공사의 길흉을 점치던 직책

해 줄 테니 자네의 점괘를 보여 주게! 자, 이걸 읽어 봐."

아리우스가 토가 자락에서 종이 두루마리를 꺼내서 건넸다.

"어젯밤 저녁 식사 자리에서 받은…… 세야누스*의 편지야."

로마 제국에서는 이미 위대한 자. 아직 훗날의 악명이 덧씌워지지 않은 그 이름.

"세야누스!"

한목소리로 탄성이 터졌고, 다들 편지를 읽으려고 모여들었다.

「세야누스가 카에실리우스 루푸스 장관에게

로마에서 19년 9월 초하루

황제께서 군단사령관 퀸투스 아리우스를 칭찬하는 보고를 받으셨소. 특히 서쪽 바다에서 보인 그의 용맹을 들으시고, 퀸투스를 급히 동쪽 바다로 보내려는 게 폐하의 뜻이오.

우리 황제의 뜻에 따라, 일급 3단층 갤리선 100척에 모든 장비를 갖추어 지체 없이 급파해서 에게 해에 출몰한 해적들을 물리치게 하시오. 또 급파된 함대를 퀸투스가 지휘하게 하시오.

세부 사항은 알아서 처리하시오, 카에실리우스.

한시가 급하오. 동봉한 보고서들과 상기 퀸투스에 대한 정보를 숙지하면 도움이 될 거요.」

---

* 티베리우스 황제의 근위 총대장. 훗날 역모죄로 교수형에 처해진다.

아리우스는 낭독 소리에 신경 쓰지 않았다. 가까워지며 점점 또렷해지는 배만 바라보고 있었다. 흡사 광신자의 모습 같았다. 드디어 그가 주름이 펴진 토가 자락을 공중에 던졌다. 이 신호에 선미에 붙은 부채 모양의 장식 위로 진홍색 깃발이 게양되었다. 해병 여럿이 뱃전 현측판*에 나타나 밧줄을 타고 가로돛의 활대로 올라가서 돛을 접었다. 뱃머리가 빙 돌면서 노의 움직임이 1.5배쯤 빨라졌다. 배가 날듯이 아리우스와 친구들이 있는 쪽으로 곧장 향했다. 배의 움직임을 지켜보는 그의 눈이 확연히 빛났다. 배는 방향타의 움직임에 즉시 반응했고, 흔들림 없이 항로를 달리는 점이 작전 중 믿을 만한 장점으로 눈에 띄었다.

한 친구가 두루마리를 돌려주며 말했다.

"아이고! 우리 친구가 이제 대단해질 거라고 말하면 안 되겠군. 이미 대단하니까. 우리가 마음껏 사랑과 존경을 쏟아부을 존재가 되었어. 더 할 말이 있나?"

"없네. 이 일이 로마에서는 지금쯤 새로운 소식도 아닐 거야. 궁전과 포룸에 파다하겠지. 집정관은 신중한 사람이니, 나의 임무나 함대의 위치는 승선해야 알 수 있어. 봉인된 문서가 날 기다리고 있을 거야. 하지만 자네들은 오늘 신전에 가거든, 시실리 쪽 어디에서 항해하는 친구를 위해 기도해 주게. 이 배가 나를 그리 데려가겠지."

그는 다시 배 쪽으로 돌아서며 말을 이었다.

"나는 배의 각 부문 수장들을 중요하게 여기네. 나와 함께 항해하

---

* 파도 등을 막는 난간 역할

고 싸울 이들이니까. 이런 해안에 배를 붙이기는 쉽지 않으니, 그들의 기량과 숙련도를 가늠해 볼 수 있겠어."

"뭐야, 자네는 이 배가 처음이야?"

"처음 봤지. 배에 아는 사람이 하나도 없을지도 몰라."

"그래도 괜찮은가?"

"신경쓸 일들은 있지만 큰 문제는 아니야. 바다에서는 서로 금방 알게 되거든. 사랑도 미움처럼 급박한 위험이 닥쳤을 때 생기니까."

배는 가벼운 종류naves liburnicae였다. 길고 폭이 좁으며 물에 잠기는 부분이 얕아서, 속력이 빠르고 신속한 방향 전환이 가능했다. 뱃머리는 멋드러졌다. 전진할 때 하단에서 물줄기가 솟아, 갑판에 선 사람의 키 두 배 높이에서 우아한 굴곡을 이루며 떨어졌다. 뱃머리 양쪽 굽은 부분에는 소라고둥을 부는 트리톤*이 새겨져 있었다. 뱃머리 아래쪽 수면 바로 아래의 용골에는 나무기둥이 달렸는데, 앞부분을 쇠로 단단하게 만들어서 전투에서 충각**으로 사용되었다. 뱃머리에서 뱃전까지 단단한 가로대가 방호벽처럼 길게 둘러쳐 있고, 뱃전에는 멋지게 총안이 뚫려 있었다. 가로대 아래쪽에 3단으로 가죽 가리개나 방패로 덮인 구멍들이 있어서, 거기로 노가 움직였다. 구멍은 우측에 60개, 좌측에 60개였다. 뱃머리의 가장 높은 곳은 머큐리***의 지팡이로 장식했다. 선수를 가로지르는 굵은 밧줄 두 개는 앞 갑

---

* Triton. 포세이돈과 암피트리테의 아들. 상반신은 사람이고 하반신은 물고기인 해신이다.

** 적선을 들이받아 부수는 역할

*** 제우스의 전령. 그리스식 이름은 헤르메스다.

판에 달린 닻의 개수였다.

갑판 위가 비교적 한산한 것은, 배의 주동력이 노라는 뜻이었다. 돛은 선체의 중앙보다 조금 앞쪽에 달렸는데, 뱃전의 방파벽 안쪽 고리에 고정한 앞뒤 지삭*이 단단히 붙잡았다. 대형 사각 돛과 활대를 움직이는 도르래가 있었다. 이제 방파제에서도 뱃전의 가로대 위로 갑판이 보였다. 돛을 축범**하느라 아직 활대에 매달린 선원들을 빼면, 갑판에 병사는 한 명뿐이다. 투구를 쓰고 방패를 들고 뱃머리에 서 있었다.

속돌로 문지르고 계속 물살을 가르느라 하얗게 반들거리는 120개의 노가 마치 한몸처럼 일제히 오르락내리락 하면서, 갤리선은 요즘의 증기선에 필적할 속도로 달렸다. 사실 너무 빨라서 방파제의 사령관 일행은 불안해졌다.

갑자기 뱃머리의 병사가 독특한 동작으로 손을 들자, 모든 노들이 위로 올라가 잠시 허공에 머물다가 수직으로 낙하했다. 물거품이 일고, 갤리선이 부르르 떨더니 멈췄다. 병사가 다시 손짓을 하자 노들도 다시 위로 솟았다가 수평으로 젖히며 떨어졌다. 하지만 이번에는 오른편 노들은 선미를 향해 내려가서 앞으로 밀고, 왼편 노들은 선수를 향해 떨어져서 뒤로 당겼다. 노들이 이렇게 세 차례 서로 밀고 당기자, 배가 오른쪽으로 빙그르르 돌더니 부드럽게 방파제와 나란히 섰다.

* 돛을 꼿꼿이 서게 하는 밧줄
** 돛을 작게 접는 것

이제 선미까지 훤히 보였다. 뱃머리와 똑같은 트리톤 장식과, 돋을
새김으로 크게 새긴 배 이름이 보였다. 측면 높은 단상에 방향타가
있고, 갑옷을 갖춰 입은 선장이 앉아서 키의 밧줄을 잡고 있다. 그 위
로 길게 금박 입힌 장식품이 드리워져 있는데, 톱니 모양의 큰 민들
레 잎사귀 비슷한 조각품이었다.

뱃머리가 오른쪽으로 돌 때 나팔 소리가 짧고 날카롭게 울렸다. 승
강구에서 해병들이 쏟아져 나왔다. 군장을 제대로 갖추고 황동 투구
를 썼고 반짝이는 방패와 장창을 들었다. 전투병들이 전투 대형을
갖추는 동안 선원들은 지삭에 올라가 활대에 걸터앉았다. 장교들과
군악대는 제자리를 지켰다. 고함이나 불필요한 소리는 없었다. 노들
이 방파제에 닿자 선장쪽 갑판에서 선교가 내려왔다. 그러자 군단사
령관이 일행을 돌아보며 전에 없이 진지한 말투로 말했다.

"임무를 다하러 가야겠네, 친구들."

그가 머리에서 화관을 벗어 주사위 노름을 하는 친구에게 주었다.

"화관을 받게! 돌아와서 내가 돈을 되찾지. 승자가 못 되면 돌아오
지도 못하겠지. 그때 이 화관을 자네 집 안마당에 걸어 두게나."

그가 팔을 벌리자, 한 명씩 다가와서 작별의 포옹을 나누었다.

"오, 퀸투스! 신들이 그대와 함께하기를!"

"잘 있게."

아리우스는 횃불을 흔드는 노예들에게 손을 흔들고, 기다리는 배
쪽으로 몸을 돌렸다. 정렬한 병사들과 볏 달린 투구, 방패, 창이 아름
다워 보였다. 그가 선교를 밟자 나팔이 울렸고, 선미 장식품 위로 군
단장기가 게양되었다.

2

　사령관은 집정관의 명령서를 손에 들고 조타수 갑판에 서서 노잡이장과 이야기를 나누었다.

　"인력이 얼마나 되나?"

　"노잡이가 252명, 예비 인원이 10명입니다."

　"교체 인력은?"

　"84명입니다."

　"그러면 근무는?"

　"두 시간마다 교대합니다."

　사령관은 잠시 생각에 잠겼다.

　"가혹한데. 그건 바꾸겠네. 당장은 힘들고 차차. 노는 한시도 멈춰서는 안 되니까."

　그러고 나서 항해장에게 말했다.

　"바람이 괜찮군. 돛으로 노를 도와주도록."

　두 사람이 물러가자, 이번에는 선장을 돌아보았다.

　"몇 년이나 복무했나?"

　"32년입니다."

　"주로 어느 해역에서?"

　"우리 로마와 동방 사이입니다."

　"귀관은 내게 꼭 필요한 사람이군."

　사령관은 다시 명령서를 눈으로 훑으며 말했다.

　"캄파넬라곶을 지나면 메시나행 항로가 나오지. 거기서 굽이진 칼라브리아 해안을 따라가면…… 이오니아 해의 별자리를 아나?"

"잘 압니다."

"키테라 섬을 향해 가세. 신들이 도우시면 안테모나만까지 닻을 내리지 않겠어. 긴박한 임무니까. 귀관만 믿겠네."

아리우스는 이성적인 사람이었다. 프라이네스테와 안티움의 신전에 제물은 바치지만, 행운의 여신의 총애는 제물과 맹세보다는 노력과 판단력에 좌우된다고 생각했다. 연회의 주빈으로서 술과 노름으로 밤을 지새운 직후였지만, 바다 내음을 맡자 해군의 기상이 깨어났다. 그는 배를 완전히 파악할 때까지 쉬지 않을 작정이었다. 잘 알면 요행수가 끼어들 틈이 없는 법. 노잡이장, 항해장, 선장을 시작으로 다른 장교들도 차례로 만났다. 수병 지휘관, 보급품 관리관, 설비 감독관, 주방 및 화기 관리관의 보고까지 들은 후에는, 각 구역을 돌아보았다. 단 하나도 빠뜨리지 않고 철저히 살폈다. 시찰을 마치자, 아리우스가 승선자 중에서 그 배의 상태와 발생가능한 사고 유형에 대해 가장 잘 아는 사람이 되었다. 출항 준비까지 완벽하게 끝내고 나자, 이제 단 한 가지가 남았다. 자신이 통솔할 부하들을 철저히 파악하는 일이다. 이는 가장 섬세하고 까다로운 업무이기에, 그는 시간을 들여서 나름의 방식으로 착수하기로 했다.

정오 무렵, 갤리선은 파에스툼* 해역을 질주했다. 다행히 서풍이 내내 돛을 부풀려 주어서 항해장은 흡족했다. 보초들의 근무 교대도

---

* Paestum. 크레타 섬의 항구. 희랍식 명칭은 '포세이도니아', 즉 포세이돈의 도시다.

순조로웠다. 앞 갑판에 제단을 차리고 유피테르와 넵튠*과 모든 바다의 신들에게 제사도 지냈다. 사령관이 소금과 보리를 뿌리고 엄숙한 기도와 맹세를 한 후, 포도주를 붓고 향을 태웠다. 그제서야 그는 한숨을 돌리고 부하들을 꼼꼼히 살펴보려고 선실로 내려갔다. 매우 군인다운 모습이었다.

갤리선의 중앙이라고 할 선실은 가로 20미터, 세로 9미터 정도의 면적으로 출입구 세 곳으로 빛이 들었다. 끝에서 끝까지 일렬로 선 기둥들이 천장을 떠받친 공간에 도끼, 창, 투창 등의 무기가 잔뜩이다. 중앙에 서면 돛이 내다보였다. 문마다 좌우로 내려가는 계단이 있는데, 맨 위에 중심축이 달려서 맨 아래 계단까지 천장으로 쭉 밀어 올릴 수 있었다. 지금 그렇게 올려진 상태여서, 선실은 천창이 있는 강당 같아졌다.

이곳이 배의 심장부였다. 승선자 모두의 집과 같은 곳, 그러니까 식당이자 침실이자 운동장이고 휴게소였다. 당연히 생활은 아주 사소한 세부사항까지 일일이 침해받고, 지독하게 똑같이 돌아갔다.

선실 후미에 몇 계단 올라간 단상이 있다. 노잡이장이 거기 앉아서 망치로 공명판을 때려 노잡이들이 박자를 맞추게 했고, 오른편의 물시계로 교대와 근무 시간을 가늠했다. 그 뒤쪽의 더 높은 연단, 금박 난간을 두른 그곳이 사령관실이다. 거기서는 모든 게 내려다보였고 소파, 탁자, 심지어 안락의자까지 갖춰져 있었다. 푹신한 쿠션에 양쪽 팔걸이도 있고 등판이 높은 의자 말이다. 황제의 하사품답게 극

---

* Neptune. 바다의 신. 희랍식 명칭은 포세이돈.

도로 우아한 가구들이었다.

사령관은 큰 안락의자에 비스듬히 기대앉아서 배와 함께 흔들렸다. 셔츠 위에 군인용 망토를 편하게 걸치고 허리띠에 칼을 찬 차림새였다. 아리우스는 부하들을 관찰했고, 부하들도 그를 흘끔거렸다. 그는 한 명 한 명 찬찬히 살폈는데, 특히 노잡이들을 가장 오래 주시했다. 누구라도 그랬을 것이다. 다만 보통은 큰 연민을 품고 쳐다봤을 텐데, 아리우스는 사령관답게 눈앞의 광경을 넘어서 그 결과를 예측해 보고 있었다.

보이는 광경은 간단했다. 얼핏 보면 좌우 선체에 벤치들이 3줄로 박혀 있는 듯했다. 하지만 사실은 점점 높아지는 단 형태로, 통로쪽 단보다 두 번째 단이, 두 번째 단보다 선체쪽 세 번째 단이 더 뒤쪽으로 높게 놓였다. 한쪽에 60명씩 배치하기 위해서 벤치들을 1미터가 채 안 되는 간격으로 19개씩 두었고, 20번째 벤치는 1열의 가장 낮은 좌석의 거의 바로 위에 따로 위치했다. 좁지만 노잡이들 각자의 공간이 최대한 확보되는 배치여서, 병사들이 밀집대형으로 발맞춰 행진하듯 일치된 동작으로 노를 저을 수 있었다. 또한 갤리선이 커져도 얼마든지 노잡이 인원을 늘릴 수 있었다.

1단과 2단은 앉을 수 있지만, 3단은 노가 길어서 서서 젓느라고 더 고생스러웠다. 노는 손잡이에 납을 입혔고 중심축 근방에 잘 휘는 끈을 묶었다. 페더링feathering이라고 부르는 섬세한 노젓기 동작을 가능하게 하는 장치였는데, 그만큼 기술도 필요했다. 변칙적인 파도가 치면 부주의한 노잡이는 언제든 나동그라질 수 있기 때문이다. 노구멍이 환기구 역할을 해서 그 옆의 노잡이는 신선한 바람을 쐤다.

머리 위쪽은 갑판과 상갑판 사이 통로로, 격자무늬 바닥으로 빛이 들었다. 노잡이들의 처지라고 최악인 것만은 아니구나 싶을 수도 있겠다. 하지만 그들의 삶에도 즐거움이 있을 거라고 넘겨짚지는 말라. 그들은 대화가 금지되었다. 매일 말없이 자리를 지켰고, 노젓는 동안은 서로 얼굴을 쳐다볼 수도 없었다. 짧은 휴식 시간에는 자거나 서둘러 요기를 했다. 누구 한 사람 웃지 않았고, 흥얼거리지도 않았다. 설령 그들이 뭔가 느끼거나 생각했대도 한숨이나 신음이면 다 되는데 굳이 말이 왜 필요할까? 비참한 자들의 존재란 땅속에서 천천히 흐르며 고되게 출구를 찾는 물줄기와 비슷했다. 강으로 빠지는 출구가 있을지 없을지도 모르는 채로.

아, 신이시여! 요즘은 칼 든 자도 동정심이 있건만! 이 시절에는 포로들이 성벽에서, 거리에서, 광산에서 고역을 치렀고, 특히 갤리선은 전함이든 교역선이든 인정사정없었다. 두일리우스*가 첫 해전에서 승리했을 때 노잡이는 로마군이었고 승리의 영광도 해병보다 노잡이들에게 돌아갔다. 하지만 이후 정복자 로마는 거침없이 승승장구하면서 지금 눈앞에 보다시피 노잡이를 노예들로 채웠다. 로마의 책략과 역량을 단적으로 보여준다. 거의 모든 나라의 노예가 앉아 있었다. 대부분 체력과 인내심 때문에 뽑은 전쟁포로들이다. 브리튼인이 보이고, 그 앞에 리비아인, 그 뒤에 크리미아인이 앉았다. 어떤 벤

* 육군만 있던 로마군은 해상강국 카르타고와의 전쟁(포에니 전쟁)이 터지자 부랴부랴 해군을 갖췄다. 이때 육군 사령관이던 두일리우스가 해군을 맡았는데, 일명 '까마귀'라고 불리는 신무기를 개발해서 뜻밖의 대승을 거뒀다. 로마가 '지중해를 로마의 호수'로 품는 영광이 시작되는 순간이었다고 볼 수 있다.

치에는 스키티아인*, 갈리아인, 테베인이 나란히 붙어 앉았다. 고트인**, 롬바르디아인, 유대인, 에티오피아인, 마이오티스*** 유역의 야만족, 아테네인은 여기에, 빨간 머리의 히베르니아인****은 저기에, 구석 자리에는 파란 눈의 킴브리족***** 거구들까지.

노젓기는 머리를 쓰는 기술이 아니라 투박하고 단순한 노동이다. 노잡이들도 꼭 그랬다. 노를 뻗고 당기고, 중간에 수평으로 젖혀서 물에 담그는(페더링) 게 전부다. 기계적일수록 완벽한 동작이었다. 바다가 거칠어질 때도, 갈수록 본능적인 두려움만 느낄 뿐 염려나 걱정 따위는 없었다. 그래서 오랜 노잡이 생활은 노예를 짐승처럼 길들였다. 근육만 발달하고 머리는 텅 비어서 패기 없이 꾹 참고 순종하는 짐승 말이다. 그들은 얼마 안 되는 소중한 기억들만 계속 회상하며 살다가, 반쯤 넋이 나간 기묘한 상태가 되었다. 비참함을 그저 예사롭게 여기고, 믿기 힘들 정도로 인내하는 정신 상태.

사령관은 안락의자에서 흔들리며 몇 시간이고 좌우로 살폈는데, 노잡이들의 비참함보다는 전반적인 상태를 점검했다. 동작이 정확하고 양측이 일사불란해서, 한참 보다 보니 무료했다. 그래서 이번에는 노잡이들을 하나하나 뜯어보았다. 그는 눈에 띄는 문제점들을 펜으로 적으면서, 일이 잘 풀리면 해적들 중에서 더 나은 사람을 골라

---

* Scythian. 중앙아시아에서 남부 러시아로 이주한 유목 민족.

** Goths. 스웨덴 지역에 살던 게르만족.

*** Maeotis. 흑해의 북쪽 연안.

**** Hibernia. 현재의 아일랜드.

***** Cimbri. 유틀란트 반도에 살던 게르만족.

대체해야겠다고 생각했다.

　노예들은 이름이 필요 없었다. 갤리선에 끌려온 때부터 무덤에 갈 때까지 번호로 구분되었다. 편의상 각 좌석에도 번호가 적혀 있었다. 아리우스는 명장의 매서운 눈매로 양쪽 벤치들을 60번까지 꼼꼼이 훑었다. 앞서 말했듯이, 60번 벤치는 마지막 단이 아니라 따로 앞쪽 위에 있었다. 아리우스의 시선이 거기 머물렀다.

　왼쪽 60번 벤치는 사령관실에서 1미터쯤 떨어진 거리에 약간 높이 있었다. 머리 위의 격자창으로 빛이 들어 노잡이가 잘 보였다. 허리에 두른 천 외에는 알몸 차림인 것은 다른 노예들이나 똑같았다. 그런데 그에게 사령관의 눈길을 끄는 뭔가가 있었다. 스무 살도 안 되어 보였다. 아리우스는 주사위 게임만큼이나, 육체의 아름다움을 감상하는 일도 즐겼다. 뭍에 있을 때면 체육관에 가서 가장 유명한 선수들의 건강미를 구경하고 감상하곤 했다. 힘을 쓰려면 근육의 양뿐 아니라 질도 중요하고, 우월한 경기를 하려면 힘뿐 아니라 정신력도 필요하다는 이론은 그의 신념이었다. 취미를 가진 자들이 그렇듯, 아리우스는 자신의 신념에 들어맞는 예를 늘 찾고 있었다.

　사령관은 완벽한 인물인가 싶으면 멈추고 관찰하기를 수시로 했지만 결코 흡족한 적이 없었다. 바로 지금, 이 순간까지는.

　노를 저을 때마다 60번의 옆얼굴과 몸이 보였다. 동작은 몸과 반대 방향으로 노를 미는 자세로 끝났다. 처음에는 움직임이 너무 우아하고 편안해서 힘 쓰는 시늉만 하는 건가 싶었는데 곧 의심이 가셨다. 앞으로 미는 동작에서 팽팽했던 노가 살짝 휠 정도로 힘이 들어가고 있었다. 노잡이의 기술이 고스란히 느껴지자, 힘과 지혜의 조합이라는 지론을 증명하려고 날을 세웠던 까다로운 비평가는 만족스럽게 안락의자에 파묻혔다.

아리우스는 특히 그의 젊음을 눈여겨보았다. 그러니 유연함이야 당연할 테고, 거기에 키와 팔다리도 완벽해 보였다. 팔이 너무 긴가 싶기도 했지만 근육으로 만회가 되었다. 움직일 때마다 힘줄들이 단단해지며 굵은 밧줄다발처럼 불끈불끈 솟았다. 몸통에 갈비뼈가 드러났지만, 체육관에서 잘 단련해서 얻어지는 건강한 날씬함이었다. 또 전체적으로 동작에 조화가 있었다. 그 점이 아리우스의 지론에 꼭 들어맞을 뿐 아니라 더욱더 호기심을 자극했다.

사령관은 저도 모르게 노잡이의 얼굴이 정면으로 보일 때를 기다리고 있었다. 잘생긴 두상이, 두툼하지만 유연하고 기품 있어 보이는 목선과 균형을 이뤘다. 옆모습은 동방 사람의 윤곽선이었는데, 섬세한 표정에서 좋은 혈통과 예민한 감수성이 드러났다. 눈여겨볼수록 더 관심이 갔다.

"이런, 정말 인상적인 녀석이야! 내가 찾던 자일 가능성이 꽤 커. 더 알아봐야지."

사령관이 이렇게 중얼거리자마자, 노잡이가 몸을 돌려서 그와 정면으로 눈이 마주쳤다.

"유대인이군! 어리고!"

뚫어져라 쳐다보는 사령관의 시선을 발견하자 노예의 큰 눈망울이 더 커졌다. 피가 몰려서 눈썹 부근이 붉어졌다. 노젓던 손이 잠시 머뭇거렸다. 그 순간 노잡이장의 성난 망치 소리가 났다. 노잡이는 혼나기라도 한 것처럼 얼른 고개를 돌리고 노를 반쯤 젖혔다. 그는 다시 사령관을 흘깃 보다가 더 많이 놀랐다. 그가 친절한 미소를 짓고 있었던 것이다!

그 사이 갤리선이 메시나 해협으로 들어섰다. 배는 해협과 동명의 도시를 미끄러지듯 지나쳐서 한참을 달린 후에, 동쪽으로 방향을 꺾었다. 에트나 산* 위의 구름이 점점 멀어져 갔다.

아리우스는 사령관실에 앉을 때마다 60번 노잡이를 지켜보며 중얼거렸다.

"저 자에게는 혼이 있어. 유대인은 미개인이 아니지. 저 녀석에 대해 더 알아봐야겠군."

3

항해 나흘째, 아스트로이아Astroea 호는 이오니아 해를 달렸다. 하늘은 청명하고 신들의 가호처럼 순풍이 불었다.

집합지인 키테라 섬** 동쪽만灣의 집결지에 닿기 전에 함대를 따라잡으려고, 아리우스는 안달하며 자주 갑판에 나가 있었다. 그는 배의 상태를 항시 살폈고 대체로 만족했다. 그러다가 사령관실에서 쉴 때면, 눈앞의 60번 노잡이에 대한 궁금증이 자꾸 떠올랐다.

---

* Aetna. 시칠리아 동쪽 해안의 화산.
** Cythera. 펠로폰네소스 반도의 동남쪽 끝에 있는 섬.

그래서 하루는 그가 노잡이장에게 물었다.

"방금 저쪽 벤치에서 나간 자를 아나?"

노잡이들의 교대 시간이었다.

"60번 말씀입니까?"

"그렇네."

노잡이장은 60번을 힐끗 보며 말했다.

"아시다시피 이 배는 조선소에서 건조한 지 한 달밖에 안 되어서, 제게는 배나 노잡이들이나 다 새롭습니다."

"유대인이야."

아리우스가 생각에 잠겨 말했다.

"퀸투스 님께서는 과연 예리하십니다."

"아주 젊고."

"하지만 최고지요. 그의 노가 거의 부서질 정도로 휘는 걸 본 적이 있습니다."

"성격은 어떤가?"

"순종적이지만 자세히는 모릅니다. 한 번은 제게 부탁을 한 적이 있습니다."

"어떤 부탁을?"

"자리를 좌우 교대로 바꿔달라고 했습니다."

"이유를 밝히던가?"

"한쪽에만 있으면 몸이 비틀어질 거라고 했습니다. 폭풍우가 치거나 전투가 벌어져서 급작스레 위치를 바꿔야 할 수도 있는데, 그때 제대로 움직이지 못할 거라더군요."

"그래! 새로운 논리군. 달리 그에 대해 관찰한 게 있나?"

"분명히 동료들보다 뛰어납니다."

아리우스가 반기면서 말했다.

"그런 면에서는 로마인이군. 그의 내력이 어떻게 되지?"

"전혀 모릅니다."

사령관은 자기 자리로 돌아가다가, 걸음을 멈추고 말했다.

"내가 갑판에 있을 때 교대하게 되거든 내게 올려 보내게. 혼자."

두 시간 후 아리우스는 선미의 장식 아래 해시계 앞에 서 있었다. 엄청난 중대사를 향해 떠밀려가는 사람처럼 기다리는 것밖에 달리 할 수 있는 게 없었다. 원래도 타고난 성품과 오랜 전투 경험으로 침착한 사람이 극도로 차분해져서 능력을 백분 발휘할 수 있는 상태랄까. 선장은 배의 양쪽에 하나씩 있는 방향타를 움직이는 밧줄을 쥐고 앉아 있었다. 돛 그림자 속에서 해병 몇이 잠들어 있고, 활대 위에서 한 명이 망을 봤다. 아리우스가 해시계로 항로를 확인하고 고개를 드니, 60번 노잡이가 걸어오는 모습이 보였다.

"감독관님께서 고귀하신 아리우스 님께 가라고 하셨습니다. 그래서 왔습니다."

아리우스는 그를 새삼 살펴보았다. 큰 키에 햇빛을 받아 빛나는 건장한 몸은 혈기왕성해 보였다. 감탄이 터져 나오며 저절로 원형경기장이 연상되었다. 하지만 더 인상 깊은 건 몸가짐이었다. 목소리에 고상한 교육을 받은 티가 났고, 맑고 또렷한 눈은 반항심보다는 호기심이 넘쳤다. 자신을 샅샅이 훑는 사령관의 눈길에도 주눅 들지 않고 당당한 젊은이다운 면모가 있었다. 불만이나 절망이나 사나운 기색이 없었다. 다만 깊은 슬픔이 시간 속에서 겉으로 물러진 흔적이 엿보였다. 로마인은 그 심경을 말없이 헤아려서, 주인과 노예가 아니라 연장자가 어린 사람을 대하듯 말을 걸었다.

"노잡이장이 네가 최고의 노잡이라더군."

"감독관님은 너그러운 분이십니다."

"오래 일했나?"

"약 3년 됐습니다."

"노잡이로?"

"하루도 노를 잡지 않은 날이 없을 겁니다."

"다들 1년을 못 견디고 쓰러질 만큼 고되다던데. 게다가 너는 아직 어리고 말이야."

"고귀하신 아리우스 님께서 정신력이 인내심과 관계가 깊다는 걸 잊으셨군요. 강한 이들이 쓰러질 때, 때론 약한 자들이 정신력으로 버티기도 합니다."

"듣자 하니 확실히 유대인이구나."

"최초의 로마인보다 훨씬 오래전에 살았던 히브리인이 제 조상입니다."

"유대 민족의 강한 자긍심이 네 안에서 없어지지 않았군."

노잡이가 얼굴을 붉혔다.

"자긍심은 속박당할 때 더 드러나지요."

"무엇이 그런 자긍심을 갖게 하지?"

"제가 유대인이라는 점입니다."

아리우스는 빙그레 웃었다.

"난 예루살렘에 가 본 적은 없지만 그곳 왕족들은 좀 알지. 그 중에 상인으로 해상무역을 크게 하는 자가 있는데. 왕이라 할 만한 인물이었어. 자네의 신분은 무엇이었나?"

"지금은 갤리선의 벤치에 묶인 노예입니다만, 부친께서 예루살렘의 왕자셨고 상인으로 바다를 누비셨습니다. 아우구스투스 대왕의 영빈관에서 대접받는 분이셨지요."

"그래? 이름이?"

"허 가문의 이타마르입니다."

사령관이 깜짝 놀라 손을 위로 들었다.

"허의 아들이라고? 네가? 네가…… 어째서 여기에 있지?"

유다가 고개를 떨궜다. 가슴팍이 심하게 들썩거렸다. 그는 가까스로 감정을 추스르고서 사령관을 똑바로 바라보았다.

"저는 발레리우스 그라투스 총독의 암살을 시도한 혐의를 받았습니다."

"네가!"

아리우스가 외쳤다. 그는 더 놀라서 한 걸음 물러섰다.

"네가 그 암살범이라니! 로마 전체가 그 소식으로 들끓었지. 론디니움* 근처에 있던 내 배까지 소문이 파다했어."

두 사람은 서로 말없이 바라보았다. 아리우스가 먼저 입을 열었다.

"허 가문 사람이 세상에서 다 없어진 줄 알았는데."

가슴 아픈 기억들이 몰려오자 청년은 자긍심이 무너져 내렸다. 눈

---

* Londinium. 런던의 옛 지명.

물이 뺨을 타고 흘렀다.

"어머니, 어머니! 그리고 내 누이 티르자! 그들은 어디 있습니까? 아, 사령관님, 고귀한 사령관님, 혹시 뭐든 아신다면……."

그는 두 손을 모으고 간청했다.

"다 말해 주십시오. 그들이 살아 있는지, 살아 있다면 어디에 어떻게 있는지…… 제발 부탁드립니다, 말해 주십시오!"

유다는 사령관의 망토를 건드릴 정도로 바싹 다가들었다. 사령관은 팔짱을 낀 채 듣고 있었다.

"그 끔찍한 날로부터 3년이 흘렀습니다. 3년이, 아, 사령관님, 매 순간이 괴로운 삶이었습니다. 바닥없는 구덩이에서 죽음을 안고 산 세월, 쉼 없는 노동만 있었습니다. 그 세월 내내 소식 한 마디 못 들었습니다. 귀엣말조차 없었습니다. 아, 잊을 수만 있다면! 누이가 제 품에서 끌려가는 모습, 어머니의 마지막 표정으로부터 도망칠 수만 있다면! 저는 역병이 도는 배에도 탔고 참혹한 전투와 무시무시한 폭풍우에도 휘말렸습니다. 그런데 다들 기도할 때 저는 웃었습니다. 죽음이 유일한 탈출구니까요. 그토록 진이 빠지도록 노를 저어도, 그 날의 기억으로부터 달아날 수가 없었습니다. 제발 그녀들이 죽었다고 말해 주십시오, 그거면 됩니다. 그녀들도 제가 없으니 행복할 수 없을 테니까요. 한밤중이면 그녀들이 저를 부르는 소리가 들립니다. 물 위를 걷는 그들을 보기도 합니다. 아, 더없이 진실한 내 어머니의 사랑! 그리고 티르자, 숨결이 흰 백합 향기 같은 내 누이! 갓 나온 종려나무 가지처럼 너무도 싱그럽고 보드랍고 얌전한, 너무너무 아름다운 아이! 티르자는 아침마다 노래로 저를 깨워 주었지요. 그런데 제 손이, 바로 이 손이 그들을 끌어내렸습니다! 제가……."

"네 죄를 인정하는 것이냐?"

아리우스의 음성은 사뭇 준엄하게 변해 있었다.

그런데 벤허의 변화는 더 놀라웠다. 목소리가 날카로워졌고 꽉 맞잡은 양손을 위로 치켜들었다. 온몸이 전율했고 눈동자가 타올랐다.

"제 조상들의 하느님, 영원하신 여호와에 대해 아실 겁니다. 그분의 진실하심과 전능하심에 걸고, 그분이 태초부터 이스라엘에 베푸신 사랑에 걸고 맹세하건대, 저는 결백합니다!"

사령관은 깊이 감동했다. 벤허가 말을 이었다.

"고귀한 로마인이시여! 제게 조금의 신뢰를 주소서. 그래서 저의 어둠에, 점점 어두워지는 하루하루에 빛을 보내 주소서!"

아리우스는 몸을 돌려 갑판을 서성였다. 그러다가 불쑥 걸음을 멈추고 물었다.

"재판을 받았을 텐데?"

"받지 않았습니다!"

로마인이 놀라서 고개를 들었다.

"재판이 없었어? 그렇다면 증인이 없었단 말이냐! 누가 네게 판결을 내렸지?"

로마인들이란, 쇠락기에 접어들었을 때조차 법 집행의 절차와 형식에 집착하던 자들이다.

"저는 밧줄로 묶여서 안토니아 성채의 지하감옥으로 끌려갔습니다. 거기서 어떤 사람도, 어떤 이야기도 듣지 못하고 격리되어 있다가, 이튿날 병사들에 의해 해변으로 끌려갔습니다. 그때부터 갤리선의 노예로 지냈습니다."

"만약 재판이 있었다면, 네 결백을 증명할 증거가 있었느냐?"

"저는 소년이었습니다, 역모를 꾸미기에는 너무 미숙했지요. 그라투스가 누군지도 잘 몰랐고, 정말로 그를 죽일 작정이었다면 그런 시간과 장소를 택하지 않았을 겁니다. 한낮에 그 엄청난 호위 병력으로부터 절대로 도망칠 수 없으니까요. 또한 저는 로마와 우호적인 집안에서 태어났고, 부친은 황제에게 충성하셨습니다. 저희 집안의 그 많은 재산을 다 날리고, 게다가 어머니와 누이까지 파멸시킬 게 뻔한데 그런 무모한 짓을 저질렀겠습니까? 저는 악의를 품을 이유가 전혀 없었고, 설령 강렬한 악의가 있었다 한들 이스라엘의 아들로서 재산, 가족, 인생, 양심, 율법, 이 모든 것을 고려해서 일을 저지르지 못했을 겁니다. 저는 미치지 않았습니다. 그런 수모를 당하느니 차라리 죽는 게 낫습니다. 그때도, 지금도요. 제발 저를 믿어 주십시오."

"사건 당시 너와 함께 있던 이가 있는가?"

"저는 아버지 집의 옥상에서 순한 영혼을 가진 티르자와 함께 있었습니다. 군단의 행렬을 구경하려고 난간 밖으로 몸을 숙이다가 그만 제 손 아래서 타일 한 개가 빠져서 그라투스에게 떨어졌던 겁니다. 제가 그를 죽인 줄 알았지요. 아, 얼마나 공포스럽던지!"

"모친은 어디 있었지?"

"아래층 어머니 방에 계셨습니다."

"그녀는 어떻게 되었지?"

벤허는 주먹을 꽉 쥐고 가쁜 숨을 내쉬었다.

"모릅니다. 누이와 함께 끌려가시던 모습이 마지막이었습니다. 병사들이 생명이란 생명은 모조리, 심지어 가축까지 전부 집 밖으로 끌어내고 문을 봉했습니다. 그녀가 돌아오지 못하게 하려고요. 어머니 소식이 너무 궁금합니다. 아, 제발 한 마디만 듣는다면! 적어도 어머니만큼은 결백합니다. 그러면 저는 용서할 수 있는데, 아, 아닙니다. 용서하십시오, 고귀하신 사령관님! 노예 주제에 용서니 복수니 입에 올려서는 안 되지요. 평생 노에 묶인 몸인 주제에."

아리우스는 골똘히 경청했다. 그간 노예들과 겪어본 경험들에 비추어 가늠했다. 지금 이자가 보이는 감정들이 가짜라면 소름끼치게 완벽한 연기였다. 그러나 진짜라면 이 유대인의 결백은 확실했다. 그렇다면 얼마나 맹목적인 분노로 권력을 휘두른 셈인가! 우연한 사고에 대한 벌로 한 가문을 몰살시키다니! 그는 큰 충격을 받았다.

아무리 모질고 피비린내 나는 직업을 가졌대도 도덕성까지 없어지지는 않는 법. 정의감이나 자비심 같은 성품은 계속 남아 있다. 마치 눈 아래 파묻힌 꽃처럼 말이다. 사령관은 가차없고 냉혹한 면모가 있었다. 그래야 자신의 소임을 해낼 수 있으니까. 하지만 한편으로 공정한 사람이어서, 그릇된 처사를 보면 분개하고 바로잡으려고 했다. 아리우스가 지휘하는 배의 선원들은 시간이 지나면 그를 훌륭한 사령관이라고 칭찬했다.

이 경우에는 이 청년에게 유리한 정황들이 많고, 몇 가지 짐작해볼 수도 있다. 아마도 아리우스는 그라투스를 알긴 알지만 싫어한 것 같다. 또 이타마르 벤허와 친분이 있었던 것 같다. 알아챘겠지만, 유다가 물었지만 아리우스는 대답하지 않았다.

잠시 사령관은 어쩌면 좋을지 몰라서 고민했다. 그의 위력은 막강했다. 그는 배에서 왕이었다. 그는 청년에게 호감을 가졌기 때문에 자비심으로 기울었다. 신뢰감도 들었다. 하지만 키테라 도착이 급선무인 마당에 최고의 노잡이를 뺄 수는 없었다. 그는 서두를 것 없다고 스스로를 다독였다. 두고 보면서 더 알아보자. 적어도 이 노예가 벤허 왕족이 맞는지, 올바른 성정을 가졌는지 확인해 보자. 노예들이란 원체 거짓말에 능했으니까.

"그만. 자리로 돌아가라."

아리우스가 큰 소리로 명령했다.

벤허는 허리를 깊숙이 숙여 절했다. 그러면서 사령관의 표정을 흘끔 살폈는데 별다른 호의가 보이지 않았다. 그는 천천히 몸을 돌리다가, 다시 돌아보았다.

"사령관님, 만약 다시 제가 생각나시면, 아, 가족의 안부를, 어머니와 누이의 소식을 묻던 제 간청을 기억해 주십시오."

그가 말을 마치고 뒤돌아서 걸어갔다. 아리우스는 그 뒷모습을 경탄의 눈으로 쫓았다.

"세상에! 잘 가르치면 원형 경기장에 내보내도 되겠어! 대단한 달리기 선수에, 칼싸움과 격투에 딱 좋은 팔……. 멈춰라!"

사령관이 외쳤다.

벤허가 걸음을 멈췄다. 아리우스가 다가갔다.

"자유의 몸이 된다면 뭘 할 테냐?"

"고귀하신 아리우스 님, 저를 놀리시는군요!"

유다의 입술이 파르르 떨렸다.

"아니다. 신들에게 맹세코, 그렇지 않다!"

"그렇다면 기꺼이 대답하겠습니다. 삶의 첫 번째 의무를 다하겠습니다. 다른 일은 모르겠습니다. 어머니와 티르자가 무사히 집에 오기 전까지 쉬지 않을 겁니다. 그들이 돌아오면 매일, 매 시간 그들을 행복하게 해 주겠습니다. 그들의 시중을 드는 가장 충실한 노예가 되겠습니다. 그들은 많은 것을 잃었지만, 조상들의 신에게 맹세코 제가 더 많은 것을 찾아 주겠습니다!"

예상을 빗나간 대답에 잠시 아리우스는 당황했다. 그가 생각의 갈피를 가다듬고 다시 물었다.

"네 야망을 물었다. 네 모친과 누이가 죽었거나 영영 찾지 못하면, 뭘 할 거냐고."

벤허의 안색이 확연히 창백해졌다. 그는 바다를 내다보았다. 솟구치는 강렬한 감정들과 한참을 씨름하다가, 진정이 되자 사령관을 돌아보았다.

"직업을 물으신 겁니까?"

"그래."

"사령관님, 진솔하게 말씀드리겠습니다. 그 끔찍한 날의 전날 밤, 저는 어머니께 군인이 되어도 좋다는 승낙을 받았습니다. 여전히 같은 마음입니다. 전쟁 학교는 한 군데뿐이니 그곳으로 가겠습니다."

"체육관 말이군!"

"아닙니다. 로마군 병영입니다."

"하지만 반드시 무기를 쓰는 법을 미리 익혀야 되는데."

사령관이 노예에게 이런 조언을 하는 것은 온당치 않았다. 아리우스는 무분별했음을 깨닫고, 즉시 냉정한 말투와 태도를 취했다.

"이제 가라. 헛꿈은 꾸지 마라. 아마도 오늘 내가 너와 장난을 하는 게지. 아니면……."

그는 시선을 돌리며 생각에 잠겼다.

"혹시 그런 꿈을 꾸게 된다면, 군인 말고 검투사를 생각해 봐라. 검투사는 황제의 총애를 얻을 수도 있지만, 군인으로 복무한다고 받는 보답은 없을 것이다. 너는 로마인이 아니니까. 가라!"

벤허는 선실로 내려가서 제자리에 앉았다.

마음이 가벼우면 일도 가볍게 느껴지는 법. 유다는 노젓기가 고역으로 느껴지지 않았다. 노래하는 새처럼 희망이 그에게 다가들었다. 물론 새를 보거나 노래를 들은 건 아니지만, 그게 거기 있음을 알았다. 확실히 느껴졌다. '아마도 내가 너와 장난을 하는 게지'라는 사령관의 경고가 자꾸 떠올랐지만 애써 떨쳤다. 사령관이 자신을 따로 불러서 사연을 물었다는 사실이 그의 허기진 영혼에 양식이 되었다. 분명히 좋은 징조였다. 주위가 가능성의 빛으로 투명하고 밝게 빛났다. 유다는 기도했다.

"오, 하느님! 저는 당신이 그다지도 사랑하시는 이스라엘의 진정한 아들입니다! 도와주소서, 당신께 간절히 기도드립니다!"

4

키테라 섬 동쪽의 안테모나만^灣에 갤리선 백 척이 집결해 있었다.

사령관은 하루 동안 함대를 파악한 다음 즉각 낙소스Naxos 섬으로 향했다. 그리스와 아시아 사이 바다의 키클라데스Cyclades 제도에서 가장 큰 섬, 마치 큰길 한복판에 놓인 큰 바위처럼 지나다니는 모든 것을 저지할 수 있는 곳이었다. 또한 해적단이 나오면 에게 해든 지중해든 득달같이 추격할 수 있는 위치였다.

산지로 연결되는 낙소스 섬의 해안을 향해 함대가 정연하게 항해할 때, 멀리 북쪽에 갤리선 한 척이 나타났다. 아리우스의 배가 다가갔다. 막 비잔티움에서 출항한 그 배의 지휘관이 아리우스에게 가장 필요한 정보들을 전달했다.

해적들은 흑해 연안에서 왔다. 마에오티스 부족의 젖줄로 불리는 강의 어귀인 타나이스* 출신까지 있었다. 그들은 매우 은밀하게 집결한 후, 느닷없이 트라키아 지역 보스포루스 해협에 내려와 정박해 있던 함대를 격파했고, 곧장 헬레스폰트까지 가서 그곳 배들까지 집어삼켰다. 해적단은 무려 갤리선 60척짜리 함대였다. 2단층 몇 척 빼고 대부분 3단층 갤리선에, 인력과 장비까지 훌륭했다. 지휘관부터 각 함의 선장까지 전부 동방의 바다들을 꿰고 있는 그리스인이었다. 약탈의 피해는 어마어마했다. 공포감이 바다에서 뭍까지 번졌다. 도시들은 성문을 잠그고 성벽에 파수꾼을 세웠다. 통행이 거의 끊겼다.

지금은 해적들이 어디 있는가?

아리우스의 가장 큰 관심사였다.

렘노스 섬 헤파에스티아Hephaestia를 약탈하고 테살리아 군도를 가

---

* Tanais. 희랍인들이 '돈 강'을 부르던 이름.

로지르다가, 에우보이아Euboea와 그리스 본토 사이의 만에서 사라졌다고 했다.

소문들이 그랬다.

섬사람들은 언덕 꼭대기로 올라가 갤리선 백 척의 연합함대가 출정하는 장관을 구경했다. 선두가 갑자기 선수를 북쪽으로 꺾었다. 다른 배들도 차례로 따라서 꺾었다. 마치 기마대의 일렬종대 행군 같았다. 해적 창궐 소식에 근심하던 주민들은 흰 돛들이 레네Rhene 섬과 시로스Syros 섬 사이로 사라질 때까지 지켜보며 안도했다. 그리고 감사했다. 수중에 꽉 움켜쥔 것은 반드시 안전하게 보호하고, 그 대신 세금을 거둬가는 로마에게.

사령관은 적의 동태에 쾌재를 부르며 포르투나 여신에게 감사했다. 그녀가 신속하고 확실한 정보를 주고, 적들을 확실히 전멸시킬 수 있는 해상으로 모아 준 것이다. 지중해 같은 큰 바다에서 배 한 척이 소동을 부리면 찾아내서 처리하기란 사실상 불가능했다. 그러니 일격에 해적단을 일망타진하는 것은 크나큰 행운이자 영광이었다.

그리스와 반도 쪽에서 보면 에우보이아 섬이 아시아를 막는 성벽처럼 누워 있다. 섬과 대륙 사이 약 200킬로미터는 간격이 13킬로미터도 안 되는 해협이다. 그 북쪽 어귀로 옛날에 크세르크세스* 황제의 함대가 쳐들어왔고, 이제 흑해의 습격자들이 들이닥쳤다. 펠라스기Pelasgic만과 멜리악Meliac만 주변 도시들이 부유해서 약탈자들이 노릴 만했다. 모든 상황을 고려할 때 해적들은 테르모필레 아래쪽에

* Xerxes. 고대 페르시아 황제.

있다는 게 아리우스의 판단이었다. 기회가 좋으니 남북으로 해적단을 포위하기로 결정했고, 그러려면 한시도 지체할 수 없었다. 낙소스섬의 과일과 포도주와 여인들까지도 뒤로 하고 떠났다. 함대는 쉼 없이 항해했다. 밤이 내리기 직전 창공에 오카Ocha 산이 나타났다. 동시에 선장도 에우보이아 해안이 보인다고 보고했다.

신호에 따라 함대가 일제히 노젓기를 멈췄다. 아리우스는 함대를 둘로 나눠서 50척과 함께 해협을 거슬러 올랐다. 나머지 50척은 뱃머리를 섬의 바깥쪽, 그러니까 바다 쪽으로 돌렸다. 전속력으로 북쪽 어귀로 가서 해협을 따라 남하할 계획이었다.

사실 50척만으로는 해적단에 수적으로 밀린다. 하지만 로마군은 '훈련'을 받았다. 제아무리 용맹해도 무법자 집단은 갖지 못한 점이다. 또한 사령관의 치밀한 계산도 깔려 있었다. 혹 1편대가 패한대도 2편대가 승리에 취해 흐트러진 적을 쉽게 물리칠 수 있을 터였다.

그동안 벤허는 여섯 시간마다 교대하며 노를 저었다. 안테모나만에서 쉰 덕에 가뿐해져서 노젓기가 고되지 않았다. 노잡이장도 노예들을 채근할 필요가 없었다.

보통 사람은 지금 어디 있는지, 어디로 가는지 모르면 불안한 법이다. 길을 잃었다는 기분은 예리한 고통을 준다. 그런데 더 나쁜 건 모르는 곳으로 무작정 끌려 다니는 느낌이다. 벤허는 이제 습관이 되어 어지간히 무뎌지긴 했지만, 완전히 없어지지는 않았다. 매 시간, 때로는 밤낮 없이 끌려다니며 갤리선이 큰 바다의 뱃길을 미끄러져 나가는 것을 느끼다 보니, 지금 어디 있고 어디로 가는지 알고 싶은 마음이 늘 있었다. 그게 사령관과의 대화 후에 더 커졌다. 새로운 희망이 생겼기 때문이다. 좁은 곳에 갇혀 있을수록 열망은 강렬해진다. 벤허도 그랬다. 배가 내는 모든 소리를 듣고, 자신에게 하는 말인 양 귀 기울였다. 뭘 살펴야 할지도 모르면서 머리 위 격자 문양 사이로 드는 아주 작은 햇살까지 살폈다. 단상의 노잡이장에게 묻기 직전까지 간 것도 여러 번이었다. 만약 그랬다면 노잡이장은 그 어떤 격렬했던 전투 상황 때보다도 깜짝 놀랐으리라.

오랜 노잡이 생활로 벤허는 선실에 드는 약한 빛의 변화로 배가 향하는 지역을 대략 알 수 있었다. 물론 맑은 날만 가능했는데, 행운의 여신이 사령관에게 미소 지은 그 항해 동안, 그러니까 키테라를 출발한 후로 내내 맑았다. 배가 옛 유대 땅으로 향한다고 느껴지자 벤허는 항로의 모든 변화에 민감해졌다. 그런데 속상하게 갑자기 항로가 북쪽으로 바뀌었다. 앞에서 보았다시피 낙소스 섬 인근에서였다. 그야 이유를 짐작조차 못했다. 여느 노예들과 마찬가지로 벤허도 이게 어떤 항해인지 전혀 몰랐다. 그저 노 옆에 딱 매여서 배가 정박하든 항해하든 거기 붙박혀 있었으니까. 지난 3년 동안 갑판 외출을 허락받은 건 딱 한 번, 얼마 전 그때뿐이었다. 벤허는 자신이 힘을 보태 움직이는 이 배의 뒤로 거대한 함대가 멋진 대형을 이루며 따라오는 것을 몰랐다. 이 배가 쫓는 대상도 전혀 몰랐다.

해가 지면서 선실에서 마지막 빛을 거둘 때에도 갤리선은 여전히 북진 중이었다. 밤이 내렸다. 여전히 변화는 감지되지 않았다. 그 무렵 통로를 통해 갑판의 향 냄새가 내려왔다.

'사령관이 제사를 지내는군. 전투에 투입되는 걸까?'

벤허는 이제껏 직접 보지는 못했지만 여러 번 전투를 겪어서, 제

자리에서 머리 위 소리만 들어도 가수가 노래를 알듯 전투 분위기를 알아챘다. 그리스인이든 로마인이든 신에게 제물을 바치며 전투를 준비했다. 항해 시작 전에 올리는 의례와 똑같았는데, 벤허 같은 노잡이들에게는 경고 신호나 같았다.

노잡이 노예들이 전투에 대해 갖는 관심은 선원이나 해병들과는 달랐다. 생명의 위협과 맞닥뜨리는 게 아니다. 패할 경우 목숨을 부지하면 처지가 변하는 것이었다. 심지어 자유를 얻을 수도 있고, 적어도 주인이 바뀌니까 더 나은 상태를 기대할 수 있었다.

제때 불 밝힌 등잔들이 계단 옆에 걸렸다. 사령관이 갑판에서 내려와 지시하자, 전투병들이 일제히 갑옷을 입었다. 다시 명령이 떨어지자 장비를 점검했고 창, 투창, 화살 다발들을 바닥으로 옮겨 놓았다. 불을 붙이기 쉽게 만든 기름 단지들과, 초의 심지처럼 헐렁하게 만든 솜뭉치 바구니들도 가져왔다. 벤허는 사령관이 사령관실에서 갑옷을 입고 투구를 쓰고 방패를 꺼내는 광경을 보았다. 의심의 여지 없는 전투 준비 신호였다. 그도 치욕을 당할 채비를 했다.

벤치마다 묵직한 족쇄 사슬이 붙어 있었다. 노잡이장이 벤치를 돌면서 족쇄를 채웠다. 노예들은 체념한 듯 가만히 있었다.

선실이 일순 침묵에 잠겼다. 가죽 구멍에서 노들이 돌아가는 소리만 났다. 노잡이들 모두 모멸감을 느꼈고, 벤허는 더 예민했다. 가능하다면 그는 어떤 대가를 치루더라도 족쇄를 밀어내고 싶었다. 족쇄가 땡그랑 대는 소리가 벤허 쪽으로 다가오고 있었다. 혹시 사령관이 만류해 주지 않을까?

허영심이나 이기심일 수도 있다. 확실히 벤허는 그때 그런 마음에 사로잡혔다. 사령관이 족쇄를 만류하리라 믿었다. 아무튼 그의 감정을 알아볼 수 있는 상황이었다. 전투가 임박한 와중에도 유다를 생각해 준다면 자기의 생각이 맞다는 증거일 터였다. 그가 비참한 동료들보다 조용히 격상되었으며, 희망을 품어도 좋다는 증거 말이다.

벤허는 초조하게 기다렸다. 그 시간이 영원 같았다. 노가 돌아갈 때마다 사령관을 쳐다보았는데, 로마인은 간단한 준비를 마치고 소파에 누워서 휴식을 취했다. 60번 노예는 자신을 책망하면서 침울하게 웃고, 다시는 그런 식으로 쳐다보지 않겠노라 다짐했다.

노잡이장이 코앞까지 왔다. 바로 앞 노예의 족쇄가 무시무시한 소리를 내며 잠겼다. 마침내 60번! 벤허는 깊은 절망감에 노를 멈추고 순순히 발을 내밀었다.

그때 사령관이 몸을 뒤척여 일어나 앉더니 노잡이장을 불렀다.

유다는 격렬한 감정에 사로잡혔다. 위대한 자가 노잡이장과 이야기하다가 자신을 힐끗 보았다. 말소리는 들리지 않았지만, 노잡이장이 사슬을 내려놓고 제자리로 돌아가서 공명판을 두드리는 것으로 충분했다. 망치 소리가 음악으로 들리기는 처음이었다. 벤허는 가슴팍을 납 손잡이에 붙이면서 있는 힘껏 노를 밀었다. 손잡이가 부러질 것처럼 휠 정도로 노를 밀어댔다.

노잡이장이 사령관에게 가서 빙그레 웃으면서 60번을 손짓했다.

"힘이 대단합니다!"

사령관이 대답했다.

"패기는 또 어떻고! 그래, 족쇄가 없는 게 더 나아. 그에게는 앞으로 족쇄를 채우지 말게."

사령관은 그렇게 말하고 다시 소파에 누웠다.

  몇 시간 동안 바람 없이 잔잔한 물 위를 배가 조용히 미끄러져 나아갔다. 근무자가 아닌 이들은 모두 잠들었다. 아리우스는 사령관실에서, 해병들은 바닥에서 잤다.

  벤허는 한두 차례 교대했지만 도통 잠을 이룰 수 없었다. 밤 같이 깜깜한 세월 3년만에 마침내 빛줄기가 어둠을 뚫고 들어왔다! 바다에서 흔들리고 헤맸는데 이제 육지가 보인다! 오랫동안 죽어 있었는데, 아! 부활의 전율과 흥분이 일었다. 이런 때 잠이 오겠는가. 희망이 미래를 불러내고 있다. 현재와 과거는 그 옆에서 충동을 억누르며 충실히 수행하는 하인들에 불과하다. 사령관의 호의가 불러온 희망이 그를 무한히 앞으로 끌고 나갔다.

  사람이 순전히 상상만으로 그려낸 희망의 결과들에도 행복할 수 있다는 것만도 놀랍지만, 그 결과들을 극히 사실적으로 받아들이는 건 경이로울 정도다. 화려한 양귀비의 진홍빛과 보랏빛과 황금빛만큼이나 생생하다. 이성은 잠시 가라앉아 사라졌다. 슬픔이 누그러지면서, 고향집의 명예와 부가 되살아났다. '다시 한 번 어머니와 누이를 품에 안고…….' 그런 생각들이 들며 그 어느 때보다 행복했다. 지금 무시무시한 격전지로 날개 단 듯 날아가고 있다는 사실은 전혀 떠오르지 않았다. 그러니까, 희망에 의심은 조금도 섞여들 틈이 없었다. 희망뿐이었다! 기쁨이 꽉 차서 복수의 자리도 없었다. 메살라, 그라투스, 로마, 그들과 관련된 모든 쓰리고 고통스러운 기억들은 역병이 소멸하듯 사그라들었다. 그는 땅에서의 독한 기운으로부터 아득히 멀리 떨어져서 별들의 노랫가락을 들었다.

동트기 직전의 새까만 어둠으로 뒤덮인 바다를 뚫고 아스트로이아 호가 순항하고 있던 그때, 누군가 급히 갑판에서 내려와 사령관실로 갔다. 아리우스가 일어나서 투구와 칼과 방패를 챙기고, 지휘관에게 갔다.

"해적선이 가까이 있다. 일어나 준비하라!"

그러고 나서 계단을 올라갔다. 아리우스의 태도가 워낙 침착하고 자신감 넘쳐서 누가 봤다면 이렇게 생각했을 것이다.

'행복한 친구야! 아피키우스*의 만찬에라도 가는 모양이지.'

5

승선자 모두가, 심지어 배까지도 잠에서 깨어났다. 장교들은 각자의 구역으로 갔다. 무장한 전투병들이 갑판에 모였다. 어디로 보나 지상의 로마군단에 버금가는 위용이었다. 갑판에 화살 다발들과 창들이 한 아름씩 쌓였고, 중앙 계단 옆 기름통들과 솜뭉치들도 즉시 사용 가능하도록 준비되었다. 여분의 횃불들에도 불을 켰고, 양동이마다 물도 가득 채웠다. 노잡이 교대조들은 노잡이장 앞에 모였다. 벤허는 교대조에 속했다. 머리 위에서 마지막 채비를 하는 소리가 웅성웅성 들렸다. 수병들이 돛을 걷고 그물을 펼치고, 매달린 장비들

* Apicius. 로마 2대 황제 티베리우스 시대의 미식가.

224

의 밧줄을 풀고, 뱃전 가로대 위로 소가죽 장갑판을 내걸었다. 이내 함선 주위가 고요해졌다. 묘한 공포와 기대가 뒤섞인 적막감. '전투 준비 완료'라는 의미다.

갑판에서 명령이 내려왔고 계단에 자리 잡은 하급선원이 노잡이 장에게 알렸다. 갑자기 노의 움직임이 일제히 멈췄다.

이게 무슨 뜻이지?

벤치에 쇠사슬로 매인 120명의 노예들은 단 한 명도 이런 의문을 가지지 않았다. 그럴 이유가 없었다. 애국심, 명예심, 의무감 따위가 무슨 상관이랴. 위험에 일방적으로 무력하게 휩쓸려 들어갈 때의 전율만 느꼈다. 가장 멍청한 노예라도 노를 저으며 앞일은 이것저것 떠올려 보지만 기대는 가지지 않는다. 승리해도 족쇄만 더 단단히 채워질 테고, 배가 가라앉거나 화염에 휩싸이기라도 하면 배와 운명을 같이할 터였다. 그러니 노예는 상황에 대해 의문을 가지면 곤란했다. 적이 누구지? 적이 친구나 형제, 동포면 어쩌지? 이제 긴박한 상황에서 노잡이장이 무력한 노예들을 묶는 이유가 이해되리라.

하지만 그들은 이런 생각을 할 짬도 없었다. 후미에서 들리는 함선들의 기척에 벤허의 촉각이 곤두섰다. 아스트로이아 호가 맞부딪치는 물결들 가운데 있는 것처럼 흔들렸다. 가까이의 다른 함선들과 공격 대형을 형성하고 있구나. 피가 끓어올랐다.

다시 갑판에서 신호가 하달되었다. 노들을 물에 담그고 함선을 아주 가만히 출발시켰다. 밖에서도 안에서도 아무 소리가 안 났지만, 선실 사람들은 각자 본능적으로 충격에 대비했다. 배도 감지한 듯 숨을 죽이고 호랑이처럼 웅크렸다.

이러면 시간의 흐름이 감지되지 않는다. 벤허는 배가 움직인 거리를 가늠할 수 없었다. 마침내 갑판에서 크고 맑은 나팔 소리가 길게 울렸다. 노잡이장이 공명판이 깨져라 두드렸고, 노잡이들은 한껏 팔을 뻗어 노를 깊이 잠기게 했다가 불시에 다함께 끌어당겼다. 선체 전체가 파르르 떨면서 단숨에 전진했다. 다른 나팔 소리들이 터져 나왔다. 전부 후방에서 들렸다. 앞쪽에서 격앙된 고함 소리들이 짧게 들리더니, 엄청난 타격이 왔다. 노잡이장의 단상 앞 노잡이들이 휘청했고 일부는 자빠졌다. 배가 뒤로 튀어 올랐다가 중심을 찾으며 이전보다 더 힘없이 앞으로 밀렸다. 공포에 질린 사내들이 날카로운 비명을 내질렀다. 나팔 소리, 충돌하며 갈리고 우지끈 부서지는 소리들 속에서 비명 소리가 요란했다. 벤허는 발 밑에서, 용골 아래서 뭔가 짓밟혀 쿵쿵대고 덜컥대며 산산조각 나서 물에 빠지는 것을 느꼈다. 그와 주변 동료들이 서로를 걱정스럽게 쳐다볼 때, 갑판에서 승리의 외침이 터져나왔다. 로마의 선취* 공격이 승리했다! 그런데 바다에 수장된 저 적들은 대체 누구지? 어떤 민족, 어느 땅에서 온 자들일까?

쉴 새가 없다. 멈출 수 없다! 아스트로이아 호는 전진했다. 선원 몇 명이 뛰어 내려와 솜뭉치를 기름통에 담그더니, 계단 맨 위의 동료들에게 기름이 뚝뚝 떨어지는 채로 건넸다. 무시무시한 전투에 화공이 더해질 터였다.

함선이 한쪽으로 잔뜩 기울어서 3단층의 노잡이들은 벤치에 앉아

---

* beak. 적함에 격돌해서 파괴하기 위한 뱃머리의 돌출부.

있기가 어려웠다. 다시 로마군이 내지른 탄성과, 그에 섞인 절망의 비명들이 터졌다. 적선의 뱃머리가 거대한 기중기의 갈고리에 걸려 공중으로 들어 올려진 모양이다. 적선은 급속히 침몰 중이리라.

전후좌우 가릴 것 없이 함성이 커져서 아수라장이 되었다. 이따금 충돌이 있고 연이어 섬뜩한 비명이 이어졌다. 다른 배들이 짓밟혔고 그 배의 선원들이 소용돌이 속으로 빠져들었다는 뜻이다.

전투는 한쪽에만 손상을 입히지 않는다. 때때로 갑옷을 입은 로마 병사가 승강구로 옮겨져 피를 흘리며 바닥에 누워 있거나 죽었다. 또 가끔은 살타는 악취가 풍기는 수증기와 뒤섞인 연기가 선실로 쏟아져 내려와, 뿌연 빛을 누런 어둠천지로 바꾸어 놓았다. 벤허는 숨을 쉬려고 애쓰면서 불타는 배를 지나고 있음을 알았다. 벤치에 묶인 노잡이들은 타 죽고 있겠구나.

아스트로이아 호는 계속해서 움직였다. 그런데 갑자기 배가 섰다. 앞쪽 노잡이들이 손에서 노를 놓치고 벤치에서 미끄러졌다. 갑판에서 마구 짓밟는 소리가 났고, 배들끼리 서로 끼익 긁히는 소리가 들렸다. 처음으로 공명판을 치는 망치 소리가 멎었다. 선실은 아비규환이 되었다. 사내들이 두려움에 바닥에 엎드리거나 숨을 곳을 찾느라 두리번거리는 와중에, 벤허 옆에 뭔가 툭 떨어졌다. 승강구로 빠졌거나 거꾸로 던져진 모양이다. 반라의 시신이었다. 얼굴은 엉긴 머리칼로 검게 뒤덮였고 소가죽을 세공한 갑옷을 걸쳤지만, 확실히 죽어서 약탈과 복수할 기회를 빼앗긴 북구의 백인 이방인이었다. 그가 어떻게 여기 왔지? 강인한 손이 적의 갑판에서 그를 끌어냈나? 아, 아니야, 아스트로이아 호에 적들이 올라탔구나! 로마군이 자기 배의 갑판에서 싸운다? 유대인 청년은 등골이 오싹했다. 사령관이 심한 공세에 시달리고 있는 것이다. 그가 목숨을 부지하려고 안간힘을 쓰고 있을지 모른다. 사령관이 죽는다면! 하느님 맙소사! 최근에 다가온 소망과 꿈은 그저 망상이었나? 어머니와 누이, 집, 고향, 팔레스타인 땅을 다시 보지 못하고 마는가? 머리 위가 천둥치듯 소란스러웠다. 벤허는 주위를 둘러보았다. 선실도 아수라장이었다. 노잡이들은 벤치에 묶여 옴짝달싹 못했고, 병사들은 맹목적으로 이리 저리 뛰었다. 노잡이장만 동요 없이 자리를 지키면서, 하릴없이 공명판을 치면서 사령관의 명령을 기다렸다. 붉은 연기 속에서 그는 세계를 평정한 최고의 훈련을 보여주었다.

노잡이장의 모습이 벤허에게 귀감이 되었다. 그는 불안을 억누르고 생각에 잠겼다. 연단의 로마인은 명예와 의무에 충실했지만, 벤허에게 그런 동기가 무슨 소용이 있을까? 벤치는 도망쳐야 될 자리다. 노예로 죽을 운명이라면 희생한다고 더 좋을 일이 뭔가? 벤허에게 살아가는 일은 명예가 아닌 의무였다. 그의 목숨은 민족의 것이었다. 벤허 앞에 더할 수 없이 생생하게 민족이 떠올랐다. 그는 양팔을 뻗친 그들을 보았고, 그들이 간청하는 소리를 들었다. 이제 그는 민족에게 갈 것이다.

벤허는 발을 떼다가 멈추었다. 아아! 로마는 그를 감금하도록 판결했다. 그 선고가 유효한 한, 탈출해 봤자 소용없다. 넓고 넓은 세상에서 제국의 명령을 피할 곳은 어디에도 없었다. 육지에도, 바다에도. 그가 필요한 건 법적인 자유였다. 유대 땅에서 살면서 자손의 도리를 다하고 싶었다. 타지에서 살고 싶지 않았다. 하느님! 그런 해방을 얼마나 애타게 기다리고 노리고 기도했던가! 그리고 그것이 얼마나 지체되었던가! 이렇게 늦게야 사령관의 약속에서 그 기운을 봤다. 훌륭한 사령관의 뜻이 그게 아니고 무엇일까? 그런데 은혜를 베풀 사람이 지금 죽는다면! 죽은 이는 산 자와 약속을 지키러 돌아오지 않는다. 안 될 일이었다. 아리우스가 죽으면 안 됐다. 갤리선 노예로 목숨을 부지하느니 사령관과 함께 죽는 게 나았다.

벤허는 다시 주위를 둘러보았다. 선실 천장 위는 여전히 전투로 시끄러웠다. 적의 함선들이 뱃전에 부딪치고 삐걱댔다. 벤치에 묶인 노예들은 안간힘을 써서 쇠사슬을 벗기려다가 헛수고인 걸 알고 미치광이처럼 울부짖었다. 감시병들은 이미 위층으로 올라가고 없었고, 규율은 간 데 없이 공포만 난무했다. 아니, 노잡이장만은 변함없이 평소처럼 침착하게 자리를 지켰다. 북채 외에는 무기도 없이. 그는 소란 중의 소강 상태를 땡그랑 소리로 메웠지만 소용 없었다. 벤허는 노잡이장을 마지막으로 쳐다보고 자리를 박차고 나갔다. 달아나는 게 아니라 사령관을 찾기 위해서.

그가 있는 곳에서 계단이 가까웠다. 한걸음에 계단 중간까지 뛰어오르자 화염에 붉게 타오르는 하늘, 양옆에 붙어 선 적함들, 배들과 잔해가 뒤덮인 바다가 보였다. 조타석 주변에서 싸움이 치열했는데, 공격자는 많고 방어자는 거의 없었다.

그때 갑자기 계단 발판이 치솟았다. 벤허는 뒤로 나가 떨어졌다. 그가 바닥에 넘어질 즈음 갑판 바닥도 솟으면서 산산조각이 났다. 눈 깜빡할 새에 선체 후미가 박살났고, 내내 기다렸다는 듯 바다가 쉬쉬대고 거품을 일으키면서 뛰어올랐다. 주변이 온통 까매지면서 물이 벤허에게 밀려들었다.

젊은 유대인이 이 난관을 스스로 극복했다고 말할 수는 없다. 평상시를 뛰어넘는, 죽을힘을 다해 버틸 때 자기도 모르게 나오는 힘이 발휘되었지만, 어둠과 해일과 굉음에 넋이 나갔다. 숨을 참는 것마저 무의식적으로 할 뿐이었다.

사나운 물살이 그를 나무토막처럼 선실 바닥에 내동댕이쳤다. 배가 침몰할 때 생기는 역류가 아니었다면 익사했을 것이다. 물이 유입되자 선실의 공기가 솟구치며 벤허를 뱉어냈다. 파편들과 함께 솟구치며 뭔가를 움켜잡고 매달렸다. 물 안의 시간이 실제보다 훨씬 길게 느껴졌다. 마침내 수면 위로 올라왔다. 격한 헐떡임에 폐에 공기가 차올랐다. 그는 머리와 눈에서 물을 털어내고 붙잡은 널 위로 올라 앉아 주위를 살폈다.

파도 밑에서 정말 아슬아슬하게 죽음이 비껴갔다. 하지만 물 위에서도 죽음이 그를 기다리고 있었다. 그것도 다양한 형태로.

바다 위에 연기가 뿌연 안개처럼 내려앉았고, 그 사이로 여기저기서 강렬한 빛이 번뜩거렸다. 얼른 정신을 차리고 살펴 보니, 불타는 함선들이었다. 전투는 계속되고 있는데 누가 이기고 있는지 알 수가 없었다. 눈길이 닿는 곳 안에서 이따금 배들이 지나면서 그림자를 드리워 빛을 막았다. 멀리 회갈색 구름 속에서 배들이 충돌하는 광경이 보였다.

하지만 위험은 가까이 있었다. 아스트로이아 호가 가라앉을 때 선원들이 있었고, 동시에 아스트로이아 호를 양옆에서 공격한 갤리선 두 척의 선원들까지 모두 물에 휩쓸려 들어갔다. 그래서 운 좋게 수면에 떠오른 자들끼리 서로 널을 붙잡겠다고 치열하게 싸웠다. 죽어라 엉겨서 몸부림치고 몸을 비틀었고, 가끔 칼이나 창까지 휘둘러서 바다가 출렁였다. 주변 바다는 잉크처럼 검었고, 활활 불타는 배들 주위는 성난 그림자들이 이글거렸다. 벤허는 그들을 동정하지 않았다. 그 순간은 모두가 적이었다. 그들이 자신의 널빤지를 빼앗으려고 달려들기 전에 벗어나려고 서둘렀다.

아주 급히 노 젓는 소리와 함께 갤리선이 한 척 다가왔다. 높은 뱃머리가 두 배는 더 높아 보였고, 금박 입힌 부분에 불빛이 비추어서 뱀처럼 보였다. 그 밑에서 물거품이 용솟음쳐 날아다녔다.

벤허는 다루기 힘든 널빤지를 밀면서 헤엄쳐 나갔다. 위기일발의 순간이었다. 목숨을 구할 수도, 잃을 수도 있는 찰나. 안간힘을 쓰고 있는데 갑자기 옆에서 번쩍거리는 금빛 투구가 불쑥 솟더니 열 손가락이 쭉 뻗어와 팔을 꽉 움켜잡았다. 큰 손에 힘이 어찌나 센지 도저히 떼어낼 수가 없었다. 벤허가 소스라치게 놀라서 사납게 뿌리쳤다. 머리에서 투구가 벗겨지며 머리가 드러났다. 그자의 두 팔이 마구 물을 휘저었다. 머리가 뒤집어지며 얼굴에 빛이 떨어졌다. 입이 헤벌어지고 초점 없는 눈동자에 익사자처럼 창백하게 핏기 없는 얼굴. 너무나 오싹할 모습이었다. 하지만 벤허는 기쁨의 탄성을 질렀다. 얼굴이 다시 물속으로 뒤집어지려 하자 턱 아래로 맨 투구의 끈을 잡아서 사내를 널빤지로 당겼다.

사령관 아리우스였다.

벤허 주위로 한동안 바닷물이 물거품을 일으키며 거세게 소용돌이쳤다. 그는 널빤지를 붙들면서 동시에 사령관의 머리를 수면 위에 떠 있게 하느라 사력을 다했다. 동시에 옆을 스치는 함선의 노들을 가까스로 피했다. 배는 둥둥 떠다니는 생존자들의 머리를, 투구를 썼건 안 썼건 상관 없이 거침없이 내리누르며 달렸다. 엄청난 물보라가 일었다가 가라앉은 자리에는 화염으로 번쩍거리는 바닷물만 있었다. 얼핏 충돌음이 나더니 엄청난 환호성이 터져나왔다. 벤허는 사령관에게서 시선을 돌려 쳐다보았다. 노골적인 쾌감이 그의 심장을 흔들었다. 아스트로이아 호가, 로마가 보복을 당한 것이다.

그 후로도 전투가 한동안 계속되었다. 저항하던 자들은 이제 목숨을 걸고 도주하고 있었다. 그런데 대체 누가 승자일까? 벤허는 그의 자유와 사령관의 목숨이 이 사건과 얼마나 관련되는지 따져 보았다. 벤허는 널빤지를 밀어 넣어서 사령관의 몸을 띄우고 뒤집히지 않게 신경 썼다. 더디게 새벽이 왔다. 벤허는 희망에 젖어 동 트는 모습을 지켜보면서도 불쑥 불쑥 두려움에 젖었다. 새벽과 함께 찾아올 자들은 로마인일까, 해적일까? 후자라면 그가 지키는 사령관은 죽은 목숨이었다.

마침내 완전히 아침이 밝았고 바람 한 점 불지 않았다. 왼편에 육지가 보였지만 너무 멀어서 갈 엄두가 안 났다. 여기저기서 사람들이 둥둥 떠다녔다. 곳곳에 검게 탄 잔해들도 떠다니고 이따금 연기가 나는 조각들도 있었다. 저 멀리 갤리선 한 척이 누워 있었다. 기운 활대에 걸린 돛은 찢어지고 노들은 멈춰 있었다. 벤허는 더 먼 곳에서 움직이는 점들도 알아보았다. 쫓고 쫓기는 배들이거나 날갯짓하는 하얀 새들이리라.

한 시간이 지났다. 그는 점점 초조해졌다. 얼른 구조의 손길이 오지 않으면 아리우스는 죽을 것이다. 아니, 이미 죽었나? 아닌 게 아니라 미동조차 없다. 벤허는 사령관의 투구를 완전히 벗긴 다음 힘겹게 흉갑을 벗겼다. 아리우스의 심장이 뛰고 있었다. 벤허는 그 신호에 희망을 품고 버텼다. 기다리는 것밖에 할 일이 없었고, 유대인답게 기도할 수밖에 없었다.

6

익사보다 물에 빠졌다가 회복하는 고통이 더 괴롭다고들 한다. 아리우스가 그 과정을 지나 마침내 말을 하게 되자 벤허는 기뻤다.

사령관은 여기가 어디고 누가 어떻게 구해 주었는지 두서없이 의문을 갖다가 마침내 전투를 떠올렸다. 승부에 생각이 미치자 걱정에 정신이 또렷해졌다. 널빤지 위에서 오래 휴식을 취한 덕분이기도 했다. 한참 후 그는 말수가 많아졌다.

"우리의 구조는 전투 결과에 달려 있겠군. 네가 날 어떻게 구했는지도 알겠어. 말 그대로, 네 목숨을 걸고 내 목숨을 구한 거야. 내 그것을 확실히 인정하고, 앞으로 어떤 일이 닥치든 네게 감사할 것이다. 그뿐만 아니라, 내게 행운이 따라서 이 위험에서 무사히 벗어난다면 감사를 증명할 만한 능력과 기회를 가진 로마인답게 선처를 베풀 것이다. 그렇지만, 그게, 네가 선의로 내게 친절을 베푼 줄 아네만, 선의라는 얘기가 나왔으니 말인데……."

그는 잠시 머뭇거렸다.

"네가 나에게, 남에게 베풀 수 있는 가장 큰 호의를 베풀겠다는 서약을 받고 싶구나. 그리 서약하겠노라고 분명히 말해 다오."

"금지된 일이 아니라면 그렇게 하겠습니다."

아리우스는 다시 말을 끊었다가, 이렇게 물었다.

"네가 정말로 유대 왕자 허의 아들이냐?"

"말씀드린 대로입니다."

"네 부친을 알았지……."

아리우스의 목소리에 힘이 없어서 벤허는 몸을 더 가까이 당기고 귀를 쫑긋 세웠다. 마침내 고향 소식을 듣는다고 기대했다.

"그를 알았고 그를 좋아했어."

아리우스는 또다시 다른 생각을 더듬는 듯했다.

"네가 그의 아들이라면 틀림없이 카토*와 브루투스**에 대해 들어 봤겠지. 대단한 자들이었고, 무엇보다 죽음을 맞이함에 있어 비할 데 없이 훌륭했다. 그들 덕분에 로마에는 이런 죽음의 법칙이 생겼거든. '로마인은 행운이 따르는 동안만 산다.'*** 듣고 있나?"

"듣고 있습니다."

"로마 귀족들은 반지를 낀다. 내 손에도 있지. 이걸 빼거라."

---

* Cato. 카이사르에 맞서 공화정을 수호하려던 원로원 귀족들의 지도자. 폼페이우스 편에 섰다가 그가 패하자 스스로 목숨을 끊었다.

** Brutus. 카이사르와 대립해서 공화정을 재건하려다가 이상이 무너지자 자살했다.

*** A Roman may not survive his good-fortune. 굴욕적인 상황이 되면 행운을 구걸하지 않고 목숨을 끊겠다는 의미다.

그가 손을 내밀었다. 유대인 청년은 시키는 대로 했다.

"이제 그 반지를 네 손에 끼어라."

벤허는 아리우스의 지시에 따랐다.

"그 장신구는 쓰임새가 있다. 나는 땅과 돈을 많이 소유하고 있다. 로마에서도 손꼽히는 부자야. 헌데 가족이 없어. 그러니 미세눔 인근의 저택에 가서, 내 집을 관리하는 집사에게 그 반지를 보여 주어라. 그리고 그에게 반지를 얻은 경위를 말하고, 그가 가진 것 전부를 요구하여라. 그는 거절할 수 없다. 내가 산다면 네게 더 잘해 주겠지. 너를 자유인으로 만들고 집과 가족을 되찾게 해줄 생각이다. 아니, 자네가 원하는 건 뭐든 지원해 주겠네. 듣고 있나?"

"제가 듣지 않을 수 있겠습니까."

"그러니 약조하라. 신들에게……."

"아니지요, 사령관님. 저는 유대인입니다."

"그럼 너의 신에게, 유대인들이 가장 신성시하는 것에 걸고, 내가 지금 네게 당부한 대로 하겠다고 서약하라. 아, 날 기다리게 하지 말고, 어서 약속해 다오."

"아리우스 각하, 아주 무거운 말씀을 하실 것 같아 걱정스럽습니다. 먼저 각하의 바람을 말씀해 주시지요."

"그러면 약속하겠는가?"

"네. 그런데…… 오, 우리 주 하느님! 저기 배가 한 척 옵니다!"

"어느 방향이냐?"

"북쪽입니다."

"함선의 국적을 알 수 있는가?"

"아닙니다. 저는 노잡이만 했기에."

"깃발이 있는가?"

"하나도 보이지 않습니다."

아리우스는 한동안 입을 다물었다. 깊은 생각에 잠긴 듯했다. 마침내 그가 물었다.

"아직도 배가 이쪽으로 오느냐?"

"네, 계속 옵니다."

"깃발을 찾아 보라."

"하나도 없습니다."

"다른 표식도 없어?"

"돛이 달린 3단층 갤리선이고, 움직임이 민첩합니다. 그게 제가 함선에 대해 말할 수 있는 전부입니다."

"승리를 거둔 로마의 배라면 깃발을 여럿 내걸었을 텐데. 틀림없이 적함이구나. 자, 듣거라."

아리우스가 다시 진지해지면서 말을 이었다.

"내가 말할 수 있을 때 들어라. 저게 해적선이면 너는 목숨을 부지할 게다. 저들이 네게 자유를 주지는 않을 거야. 다시 노잡이로 보내겠지만 죽이지는 않을 게다. 한편 나는……."

사령관이 한참을 머뭇거리다가, 단호하게 말했다.

"그래, 이 나이에 내가 그런 수모를 당할 순 없다! 퀸투스 아리우스가 로마 사령관으로서 적들 속에서 어떻게 배와 함께 가라앉았는지 로마인들에게 알려라. 자, 저 갤리선이 해적선으로 판명되면 나를 널빤지에서 떠밀어 익사시켜 다오. 듣고 있나? 그것이 내가 원하는 바다. 그렇게 하겠다고 맹세하라."

벤허가 결연하게 대답했다.

"맹세하지 않겠습니다. 그렇게 할 수 없습니다. 사령관님, 제게는
유대 율법이 가장 엄중한데, 그 율법이 제게 각하의 목숨을 책임지
게 할 겁니다. 반지를 도로 받으십시오."

그는 손가락에서 반지를 빼면서 말을 이었다.

"이 반지도, 이 위험에서 벗어나면 선처하겠다고 약속하신 모든
것도 거두십시오. 평생 노잡이를 하라는 판결은 저를 노예로 만들었
으나, 저는 노예가 아닙니다. 마찬가지로 저는 사령관님의 집사도 아
닙니다. 저는 이스라엘의 아들이고, 이 순간 적어도 저 자신의 주인
입니다. 반지를 받으십시오."

아리우스는 손을 내밀지 않았다.

"받지 않으시렵니까? 분노나 경멸 때문이 아니라, 제가 가증스런
의무를 면하기 위해 사령관님의 선물을 바다에 던지겠습니다. 보십
시오, 사령관님!"

유다가 반지를 내던졌다. 아리우스는 쳐다보지는 않았지만 반지
가 수면에 빠지는 소리를 들었다. 사령관이 말했다.

"어리석구나. 네 처지에 이런 짓을 하다니 미련해. 꼭 네가 죽여줘
야만 죽을 수 있는 것도 아닌데. 목숨은 실낱같은 것, 네 도움 없이도
얼마든지 스스로 끊을 수 있다. 하지만 내가 죽으면 넌 어찌 될까?
죽음은 각오했고 다만 타인의 손에 죽는 것을 선호할 뿐이다. 플라
톤의 말처럼, 제 손으로 망가뜨린다는 생각을 하면 영혼이 저항하거
든. 저 배가 해적선이라면 난 이 세상에서 도망칠 작정이다. 이미 결

심했어. 난 로마인이야. 성공과 명예가 전부지. 하지만 네게는 내가 도움이 되었을 텐데. 이 상황에서 내 유언을 입증할 것은 그 반지뿐이었는데. 우리 둘 다 낭패로구나. 난 빼앗긴 승리와 영광을 아쉬워하며 죽고, 넌 살다가 조금 더 있다 죽겠지. 순간의 아둔함으로 인해 신성한 의무를 다하지 못했음을 안타까워하다가. 네가 가엾구나."

벤허는 행동의 결과를 어느 때보다 확실히 분별했지만 머뭇대지 않았다.

"노예살이 3년만에 처음으로 저를 따뜻하게 바라봐 준 분이 사령관님이십니다. 아니, 아니군요! 한 사람 더 있었습니다."

그의 목소리가 잠기고 눈가가 촉촉해졌다. 나사렛의 우물가에서 물을 건네던 청년의 얼굴이 눈앞에 훤히 떠올랐다.

"적어도 사령관님이 처음으로 제게 누구냐고 물으셨습니다. 마지막 침몰의 순간에 무작정 손을 뻗어 사령관님을 붙잡았을 때, 저 역시 사령관님을 이용할 방법들을 떠올렸습니다. 하지만 오롯이 이기적인 행동만은 아니었습니다. 믿어 주십시오. 더욱이 신이 가르쳐 주시거니와 제가 꿈꾸는 목표들은 오로지 정당한 수단으로 이뤄야 됩니다. 제 마음은 사령관님의 마음만큼 확고합니다. 로마와 재산 전부를 주겠노라 제의하셔도 저는 사령관님을 죽이지 않을 겁니다. 로마인들의 카토와 브루투스는 유대인이 지켜야 되는 히브리 율법에 비하면 어린애들 장난만도 못합니다."

"하지만 내 요청인데 너는……."

"요청이 아니라 명령을 내리셨대도 저는 할 수 없습니다. 말씀드렸잖습니까."

두 사람 사이에 침묵이 내려앉았다.

벤허는 다가오는 함선을 주시하다가, 무심하게 눈을 감고 쉬고 있는 아리우스에게 물었다.

"적의 배가 확실할까요?"

"그럴 것 같구나."

"함선이 정지하고 뱃전 위로 작은 배 한 척을 내립니다."

"함선의 깃발이 보이느냐?"

"깃발 말고 로마 함선만의 표식은 없습니까?"

"로마 함선이라면 돛의 꼭대기에 투구가 걸려 있지."

"그렇다면 기뻐하십시오. 투구가 보입니다."

아리우스는 의심스러워 했다.

"작은 배에 탄 선원들이 물에 뜬 사람들을 건지고 있습니다. 해적이라면 온정을 베풀지 않겠지요."

"노잡이들이 필요해서 그럴지 모르지."

아리우스는 자신이 그렇게 적들을 구조했던 경우들을 회상했다.

벤허는 낯선 선원들의 행동을 찬찬히 살폈다.

"함선이 출발합니다."

"어디로?"

"우리 오른편에 갤리선이 한 척 있는데, 버려진 배 같습니다. 새로 온 함선이 그쪽으로 향하는데요. 이제 두 척이 나란히 있습니다. 함선의 사람들이 난파선으로 옮겨 가고 있습니다."

그러자 아리우스가 눈을 뜨고 동요했다.

그가 갤리선들을 쳐다본 후 벤허에게 말했다.

"너의 신에게 감사하라. 내가 나의 여러 신들에게 감사드리듯! 해적들은 적함을 구하지 않고 침몰시킨다. 돛의 투구에 저런 처리 방식까지, 로마의 함선이 확실해. 우리가 승리했구나. 행운의 여신이 날 저버리지 않으셨어. 난 집정관이 되겠고, 너는! 난 네 부친을 알았고 그를 좋아했지. 그는 진정 왕자였다. 그를 보며 나는 유대인이 야만족이 아니라는 걸 알았어. 내가 너를 데려가겠다. 너를 아들로 삼으리라. 네 신에게 감사하고 선원들을 부르라. 어서! 추격해야지. 도적놈은 한 놈도 달아나지 못하게 할 것이다. 얼른 불러라!"

유다는 널빤지에서 일어나 손을 흔들면서 힘껏 고함을 질렀다. 마침내 작은 배에 탄 선원들이 눈을 돌렸고, 서둘러 다가왔다.

아리우스는 포르투나 여신의 총애를 받은 영웅이기에 함선에서 극진한 환대를 받았다. 갑판의 소파에 앉아 전투 결과를 세세히 보고받았다. 바다에 뜬 생존자들을 모두 구조하고 적선을 확보하자, 그는 새로 사령관 깃발을 내걸고 서둘러 북진했다. 완전한 승리를 거두기 위해서는 제2편대와 합류해야 했다. 때맞춰 수로를 내려온 함선 50척이 달아나는 해적선들에게 좁혀들어 초토화했고, 해적선은 단 한 척도 도망치지 못했다. 적의 갤리선 20척을 얻어서 사령관의 영예가 드높아졌다.

아리우스는 미세눔 부두에서 따뜻한 환영을 받으며 귀향했다. 친구들이 그를 수행하는 낯선 청년을 눈여겨보고 누구냐고 물었다. 사령관은 애정이 듬뿍 담긴 말투로 그가 자신을 구조한 내력을 말했다. 벤허의 과거는 언급하지 않으려고 신중했다. 그는 청년을 불러서 다정하게 어깨에 손을 올리며 말했다.

"친구들, 이 아이가 내 아들이자 후계자네. 신들의 뜻으로 내가 재산을 남기게 된다면 내 재산을 물려받을 것이고, 내 성씨를 받을 거라네. 그러니 나를 사랑하듯 이 아이를 사랑해 주게."

곧 정식으로 입양 절차가 진행되었다. 그렇게 용감한 로마인은 벤허를 신뢰하고 그를 로마 제국에 행복하게 소개했다. 아리우스가 귀환한 다음 달에 스카우루스 극장에서 승전 축하 잔치가 성대하게 열렸다. 극장 한쪽을 전리품들이 차지했는데, 가장 찬사를 받는 것은 20개의 뱃머리였다. 그 옆에 갤리선들에서 잘라낸 선미 장식품들도 진열했고, 그 위에 8만 관객들이 볼 수 있게 표지판이 걸려 있었다.

「집정관 퀸투스 아리우스가
에우보이아 해협 해전에서 해적들에게서 빼앗은 전리품」

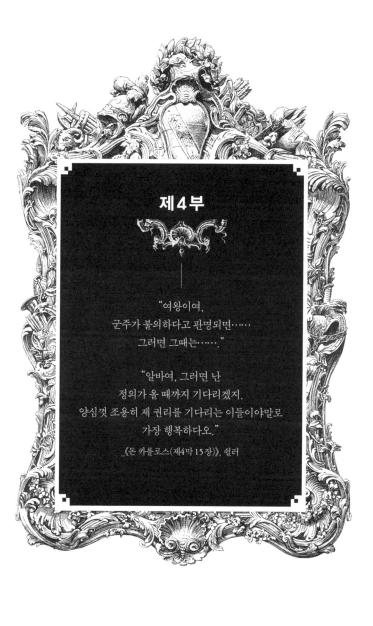

제4부

"여왕이여,
군주가 불의하다고 판명되면……
그러면 그때는……"

"알바여, 그러면 난
정의가 올 때까지 기다리겠지.
양심껏 조용히 제 권리를 기다리는 이들이야말로
가장 행복하다오."

_《돈 카를로스(제4막 15장)》, 쉴러

1

이제 서기 29년 7월의 안디옥. '동방의 여왕'으로 불렸고, 인구가 가장 많지는 않아도 전 세계에서 로마 다음으로 강력한 도시로 꼽혔던 곳.

그 시대의 향락과 방종이 로마에서 시작되어 로마 제국 전역으로 번졌다고들 말한다. 점령된 대도시들이 테베레 강변*의 여주인을 답습했다고 말이다. 하지만 정말 그랬을까 의문이다. 오히려 정복자의 윤리관이 정복의 반작용에 영향을 받지 않았을까. 로마는 향락의 샘을 그리스에서, 그리고 이집트에서 발견했다. 그러니까, 타락의 강물은 동방에서 서쪽으로 흘러왔고, 아시리아 제국** 영화의 정점에 있던 이 도시 안디옥이야말로 그런 시류의 근원이었다는 게 학자들의 정설이다.

수송 갤리선이 푸른 바다에서 오론테스 강어귀로 접어들었다. 오전 나절이었다. 더위가 한창이었지만 승객들은 모두 갑판에 나와 있었다. 그 속에 벤허도 있었다.

---

* 로마를 관통해서 흐르는 강. 오스티아 항구로 흘러가 티레니아 해로 빠져나간다.

** 오리엔트 지방(터키, 시리아, 유대, 메소포타미아 등)을 최초로 통합했던 제국이다.

5년의 세월은 유대인 청년을 사내로 만들었다. 펑퍼짐한 흰 아마 옷을 걸쳤는데도 눈길이 가는 외모였다. 벤허는 한 시간 이상을 돛 그림자 속에 앉아 있었다. 유대인 승객 몇 명이 말을 붙였지만, 그는 대단히 정중한 라틴어로 짧게만 대답했다. 사람들은 사내의 단정한 말투, 세련된 몸가짐, 과묵함에 더 호기심을 느꼈다. 가까이 가 본 사람들은 그에게서 느긋하고 기품 있는 귀족적 자태와 어울리지 않는 특징들을 발견하고 놀랐다. 팔이 어색할 정도로 길었고, 배가 흔들릴 때 주변을 짚는 손 크기와 손아귀 힘에 할 말을 잃었다. 그래서 그가 누구이고 뭘 하는 사람인지에 대한 의구심은 자꾸 그의 인생사를 속속들이 알고 싶다는 궁금증으로 깊어졌다. 달리 말해 그의 분위기는 한 마디로 정리될 수 있겠다. '사연 있는 사내구나.'

갤리선이 키프로스의 한 항구에 들렀을 때 점잖은 히브리인이 탔다. 아버지상像 같은 조용하고 침착한 사람이기에 벤허가 먼저 말을 걸었다가, 대답에 신뢰를 느껴서 결국 긴 대화로 이어졌다.

갤리선이 오론테스 강으로 접어들 때, 바다에서 봤던 다른 배 두 척도 동시에 강으로 들어오며 작은 샛노란 깃발을 펼쳤다. 이게 무슨 신호일지 다양한 추측들이 오갔고 결국 한 승객이 점잖은 히브리인에게 다가가서 물었다. 히브리인은 고개를 끄덕이며 말했다.

"저 깃발은 선주를 표시하는 것입니다. 국적 표시가 아니라."

"선주가 배를 여러 척 갖고 있습니까?"

"그럼요."

"선주를 아십니까?"

"그와 거래한 적이 있지요."

승객들은 더 말해 달라는 듯이 그를 바라보았다. 벤허도 귀를 기울였다. 히브리인이 조용조용히 말을 이었다.

"그는 안디옥에 삽니다. 워낙 거부라서 세간의 이목을 끌고 이런 저런 안 좋은 소리가 나오기도 하지요. 예전에 예루살렘 왕자 중에 아주 유서 깊은 허 가문 사람이 있었는데……."

벤허는 진정하려고 애썼지만 심장이 더 빠르게 뛰었다.

"장사의 귀재였지요. 극동 지역부터 서부까지 여러 사업을 했어요. 대도시들에는 지점까지 두었고요. 안디옥 지점은 시모니데스라는 자가 맡았습니다. 집안 하인이었다는 얘기도 있는데, 어쨌든 그리스식 이름이지만 이스라엘인이죠. 주인인 왕자는 그만 바다에서 죽었는데, 그의 사업은 계속되고 생시 못지않게 번창했습니다. 그런데 한참 후 그 집안에 불운이 닥쳤지요. 갓 청년이 된 왕자의 외아들이 예루살렘 거리에서 그라투스 총독을 죽이려고 시도했다가, 간발의 차이로 실패하고 행방이 묘연해졌거든요. 분개한 총독이 말 그대로 집안을 통째로 쓸어버렸죠. 한 명도 남기지 않고요. 저택을 봉쇄해서 지금은 비둘기 소굴이 되었고, 땅도 몰수했지요. 허 가문 소유로 밝혀진 재산은 모두 몰수했어요. 총독이 상처에 황금 연고를 바른 셈이지."

승객들이 웃었다.

"그가 재산을 차지했다는 뜻이군요."

누군가 이렇게 말하자 히브리인이 대답했다.

"그렇다고들 하더군요. 난 들은 대로 이야기하는 것뿐이니. 한편 이곳 안디옥 지점의 대리인이던 시모니데스는 얼마 후 본인 이름으로 장사를 시작했는데, 놀랍도록 빠른 시간에 손꼽히는 거상이 되었습니다. 옛주인이 하던 대로 카라반을 인도에 파견했지요. 현재 바다를 누비는 그의 갤리선들은 왕실 함대만큼이나 많고요. 그가 하는 일은 무엇이든 엇나가는 법이 없다고들 말합니다. 그의 낙타들도 늙어 죽으면 모를까 죽지 않고, 배들은 침몰하지 않지요. 시모니데스가 강에 작은 돌멩이를 던지면 황금으로 되돌아온다고 하네요."

"그렇게 잘 나간 지 얼마나 됐습니까?"

"10년이 채 안 될 겁니다."

"틀림없이 밑천이 두둑했겠지요."

"아마도요. 총독은 말, 소, 집, 땅, 배, 물품들처럼 드러난 재산만 가져갔다고들 하더라고요. 분명히 엄청난 액수의 돈이 있었을 텐데 못 찾았대요. 그 돈의 행방은 여전히 수수께끼로 남아 있답니다."

"난 알 것 같은데요."

승객 한 명이 비아냥대듯 말하자, 히브리인이 대답했다.

"무슨 말인지 압니다. 많이들 그렇게 생각했지요. 그 돈이 시모니데스의 밑천이었다고요. 총독도 내내 그렇게 의심했던지 5년간 두 차례나 시모니데스를 잡아다가 고문을 했답니다."

벤허는 쥐고 있던 밧줄을 뭉개질 정도로 꽉 잡았다.

히브리인이 계속 말했다.

"이 상인의 몸에 성한 뼈가 하나도 없다는 소문도 있습니다. 요전 날 내가 마지막으로 그를 만났을 때도, 볼품 없는 불구자가 되어 의자에 쿠션을 잔뜩 놓고 앉아 있었어요."

"고문이 심했군!"

몇 사람이 한목소리로 외쳤다.

"중병에 걸렸대도 그렇게 몸이 망가지진 않았을 텐데. 하지만 어쨌든 그런 고초도 시모니데스에게는 소용 없었지요. 그의 재산은 다 합법적이었고, 사업체 운영도 다 적법했어요. 그게 그들이 시모니데스를 닦달해서 알아낸 전부였죠. 하지만 이제 고생도 다 지나갔습니다. 티베리우스 황제가 직접 서명한 거래 허가서를 받았거든요."

"내 장담하는데 그걸 얻으려고 돈푼깨나 썼을 겁니다."

히브리인은 그 말을 무시하고 설명을 이어 나갔다.

"저 배들은 그의 것입니다. 그의 배들끼리는 노란 깃발을 내걸어서 인사를 나눠요. '우리의 항해에 운이 따르고 있다'는 뜻으로요."

이야기는 거기서 끝났다.

배가 강의 수로로 쑥 들어갔을 무렵, 유다 벤허가 히브리인에게 물었다.

"상인의 주인이 누구였다고 하셨죠?"

"예루살렘의 왕자, 벤허."

"그의 가족은 어찌 되었습니까?"

"아들은 갤리선으로 보내졌다는데, 아마 죽었을 겁니다. 그런 형을 받으면 길어야 1년쯤 버티니까. 미망인과 딸은 소식을 모릅니다. 아무도 입을 열지 않으니까요. 유대 땅 길가 어느 성의 지하 감옥에서 죽었겠지요."

유다는 조타석으로 걸어갔다. 생각에 푹 잠겨서 강가 풍경이 눈에 들어오지 않았다. 바닷가에서 내륙까지 아름다운 풍광이 펼쳐졌다. 저택들을 에워싸고 과수원에 시리아의 과실과 포도 넝쿨이 주렁주렁

열린 모습이 네아폴리스* 못지않게 풍요로웠다. 하지만 벤허는 끝없이 이어지는 선박들도 안 보였고, 선원들의 노랫가락과 고함 소리도 안 들렸다. 하늘을 가득 채운 햇살이 대지와 물 위로 나른한 열기를 쏟아냈다. 어디에도 그들은 없었다. 그의 삶에 드리운 그늘만 빼고.

딱 한 번 그는 제정신이 돌아온 적이 있었다. 누군가 '다프네** 숲'을 가리켰을 때였다. 강이 굽이돌 때 그 숲이 보였다.

2

안디옥 시내가 보이자 승객들은 갑판에 서서 풍경을 놓치지 않으려고 안달했다. 점잖은 히브리인이 나서서 설명했다.

"이 강은 서쪽으로 흐릅니다. 강물이 성벽에 바로 찰랑대던 때가 기억나는군요. 하지만 로마의 신민으로 평화로워지자 자연히 무역이 번창했지요. 그래서 이제는 강의 전면에 부두와 선창이 세워졌지요. 저기가……."

그가 남쪽을 가리켰다.

"카시우스 산인데 이곳 사람들은 오론테스 산맥으로 부르고 싶어

---

* 나폴리의 옛 이름

** 그리스 신화에서 아폴론의 구애를 피해 달아나다가 월계수로 변해 버린 님프. 궁술의 신인 아폴론이 에로스의 활을 비웃자, 에로스가 아폴론에게는 사랑에 뜨겁게 빠지는 화살을 쏘고 다프네에게는 사랑이 차갑게 식는 화살을 쏘아서 일어난 일이다.

합니다. 그 북쪽에 형제격인 암누스 산을 마주 보고, 두 산 사이에 안디옥 평원이 있지요. 저 멀리 검은 산맥에서 흘러나오는 수정같은 물이 목마른 거리와 사람들을 축여 주지요. 거기는 야생 상태의 울창하고 새들과 동물들이 꽉 찬 숲입니다."

"호수는 어디죠?"

누군가 물었다.

"저기 북쪽에. 말을 타도 되지만, 지류가 강과 합류하니 배를 타고 가는 게 더 좋습니다."

히브리인은 세 번째 질문에는 이렇게 말했다.

"다프네 숲! 그곳은 도저히 설명할 수 없군요. 그냥 직접 보세요! 아폴로가 시작했고 아폴로가 마무리했지요. 아폴로는 다프네 숲을 올림포스보다 사랑합니다. 사람들은 한 번, 딱 한 번만 보자고 그곳에 가지만 빠져나오지 못해요. 이런 말이 있어요. '왕의 손님보다는 벌레가 되어 다프네의 오디를 먹고 사는 게 낫다.'"

"그러니까 거기 얼씬도 하지 말라는 건가요?"

"아뇨. 얼마든지 가십시오. 모두들 가세요. 냉소적인 철학자, 기운이 팔팔한 소년, 여인들, 사제들 모두. 굳이 말하자면 내 조언은 이겁니다. 시간 낭비가 될 테니 시내에 숙소를 잡지 말고, 곧장 숲 끄트머리 마을로 가십시오. 정원을 지나 분수들의 물줄기가 시원하게 흩뿌리는 정원을 가로지르세요. 아폴로와 페네이오스*의 딸을 사랑하는 이들이 세운 마을인데, 주랑 현관이며 오솔길, 그밖에 온갖 모퉁이에

---

* 다프네의 아버지. 테살리아 지방에 있는 페네이오스 강의 신이다.

서 어디서도 못 봤던 온갖 사람, 옷, 음식 등을 발견할 겁니다. 하지만 그보다 먼저 저 성벽! 건축 설계의 거장 크세라에우스의 걸작을 보십시오!"

모두의 눈이 그의 손가락이 가리키는 곳으로 따라갔다.

"셀레우코스 왕조 초대 왕*의 명령으로 세운 건데, 3백 년이 흐르면서 성벽이 바위의 일부가 되어 버렸어요."

과장이 아니었다. 높고 견고한 성벽이 여기저기 큰 각도로 꺾이다가 남쪽으로 굽이 돌아 시야에서 사라졌다. 히브리인의 설명이 계속되었다.

"꼭대기에 탑이 4백 개나 있는데 전부 저수조입니다. 이제 높은 성벽 너머 저 멀리 두 개의 언덕을 보십시오! 다들 아시다시피 술피우스의 맞수 봉우리입니다. 가장 먼 봉우리 위의 구조물은 성채로, 연중 로마 군대가 주둔합니다. 맞은편은 유피테르 신전이고, 그 아래 군단장 사택이 있습니다. 사무실들이 잔뜩 있지만 난공불락의 요새이기도 해서, 폭도들의 공격도 남풍처럼 유순하게 넘깁니다."

선원들이 돛을 말기 시작했다. 히브리인이 우렁차게 외쳤다.

"자! 바다를 싫어한 분들, 그래서 온갖 맹세의 기도를 올렸던 분들, 이제 그 저주와 기도가 이뤄졌습니다! 저 다리, 셀레우키아**로

---

* 마케도니아 귀족 출신. 알렉산드로스의 동방원정에 참여했다가, 대왕 사후에 시리아 지역에 그리스계 왕조 '셀레우코스'를 세웠다. 기원전 63년 로마인 폼페이우스가 셀레우코스 왕조를 멸망시키면서 시리아가 로마의 지배권에 들어갔다.

** 셀레우코스 1세가 자신의 이름을 따서 건설한 10여 개 도시들. 여기서는 오론테스 강어귀의 항구도시를 말한다.

이어지는 도로가 있는 저 다리가 항해의 끝을 알리는 이정표입니다. 배에서 내린 짐들은 낙타가 실어 나를 겁니다. 다리 위쪽부터 칼리니코스*가 신도시를 건설한 섬이 펼쳐지고 뭍과 다섯 개의 큰 구름다리로 연결되는데, 워낙 견고해서 세월에도, 풍수나 지진에도 끄떡없었습니다. 시내 중심가는, 친구들이여, 그곳을 본 것만으로 평생더 행복할 거라는 말만 하겠습니다."

그가 말을 마칠 즈음, 배가 방향을 바꿔 천천히 성벽 아래 부둣가로 향했다. 강가의 풍경이 훨씬 또렷하게 눈에 들어왔다. 마침내 밧줄들이 던져지고 노들이 제자리에 걸렸다. 항해가 끝난 것이다.

벤허는 점잖은 히브리인을 찾았다.

"작별하기 전에 잠시 폐를 끼치겠습니다."

사내가 고개를 숙여 동의했다.

"어르신의 이야기를 듣고 상인에 대한 호기심이 생겼습니다. 시모니데스라고 하셨죠?"

"그렇습니다. 그리스식 이름을 가진 유대인입니다."

"어디로 가야 그를 만날 수 있습니까?"

사내는 날카로운 눈빛으로 쳐다보다가 대답했다.

"제가 수고를 덜어 드리죠. 그는 돈을 빌려 주는 사람이 아닙니다."

"저도 돈을 빌릴 사람이 아닙니다."

상대의 조심성에 벤허가 미소 지으면서 대꾸했다.

---

* 셀레우코스 왕조의 4대 왕

히브리인이 고개를 들고 잠시 생각하더니 말했다.

"안디옥 최고의 거상이니 부에 걸맞는 업장이 있겠거니 생각하시겠지요. 하지만 낮에 그를 만나려면…… 저 다리까지 강을 따라 걸어가십시오. 그는 다리 밑 숙소에서 지냅니다. 흡사 성벽 지지대처럼 생긴 건물이지요. 문 앞에 하역장이 있어서 큰 화물들이 잔뜩 쌓여 있고, 그의 선박들도 늘 거기 계류되어 있으니까, 아마 쉽게 찾을 수 있을 겁니다."

"감사드립니다."

"선조들의 평안이 함께하기를."

"평안하시기를."

두 사람은 헤어졌다.

벤허는 부둣가에서 거리의 짐꾼 두 명에게 짐을 맡기며 지시했다.

"성채로."

그가 로마군과 관계가 있는 신분이라는 뜻이었다.

큰 도로가 남북으로 교차하며 도시를 4등분했다. 님파이움*이라는 독특하고 거대한 구조물이 교차로 초입에 서 있었다. 거기서 짐꾼들이 남쪽으로 돌자, 막 로마에서 온 벤허조차 대로의 웅장함에 감탄했다. 좌우로 궁전들이 있고, 그 사이에 대리석 기둥들이 두 줄로 끝없이 늘어섰다. 그 사이로 보행자, 동물, 마차가 각각 다른 길로 다녔다. 대로 전체가 그늘이 드리워지고, 분수들의 끝없이 솟구치는 물줄기로 시원했다.

---

* 님프에게 바친 신전. 처음에는 동굴 주변에 꽃과 샘물 등을 조성하는 정도였다가, 점차 분수를 중심으로 한 건축물을 짓게 되었다.

하지만 벤허는 장관을 즐길 기분이 아니었다. 시모니데스 이야기가 머릿속에서 떠나지 않았다. 그래서 (너비가 거리만큼이나 되는 넓은 4개의 아치형 구조물로, 셀레우코스의 8대 왕 에피파네스*가 제 업적을 상세히 그려 넣은 기념물인) 옴팔로스**에 이르렀을 때 그가 짐꾼들에게 말했다.

"오늘 밤에는 성채로 가지 않겠다. 셀레우키아행 길이 있는 다리에서 가장 가까운 객사로 안내하라."

일행은 뒤로 돌았다. 한참 후 벤허는 오래되었지만 넓은 칸에 들었다. 다리가 코앞이었고, 그 바로 밑에 시모니데스의 막사가 있었다. 벤허는 밤새 누워서 생각했다.

'이제 집 소식을 듣겠구나. 어머니, 사랑하는 티르자…… 이 세상에 있으면 내가 꼭 찾아내겠어.'

3

다음 날 일찍 벤허는 도시에 눈길도 주지 않고 셀레우키아 다리로

---

* 셀레우코스 왕조 안티오코스 4세의 별명. 유대교 관습을 간섭하고 마카베오 가문을 박해해서 결과적으로 제2 유다 왕국(하스몬 왕조)을 탄생시킨다. 하시딤 당, 하누카 등이 모두 안티오코스 에피파네스와 연관된다.

** 그리스어로 '배꼽(세계의 중심)'이라는 뜻으로 델포이 신전 가는 길목에 있다. 여기서는 안디옥에 새로 지은 건축물의 이름으로 쓰였다.

향했다. 포안이 있는 문을 통과해서 쭉 이어진 부둣가를 지났고 복작대는 강변을 올라가자 다리 밑이었다. 그는 걸음을 멈추고 주변을 살펴 보았다.

다리 바로 밑에 상인의 집이 있었다. 멋없는 거친 회색 돌집은, 히브리인의 설명처럼 집이 면한 성벽의 부벽처럼 보였다. 앞쪽의 문 두 개가 부두와 통했다. 꼭대기 근처의 창살이 잔뜩 난 구멍 몇 개가 창인 듯했다. 갈라진 틈으로 비집고 자란 잡초와 군데군데 핀 검은 이끼를 빼면, 맨 돌이었다.

문들은 활짝 열려 있었다. 한 문으로 사람들이 들어가고 다른 문으로 사람들이 나왔다. 다들 몹시 분주하게 움직였다.

부두에는 온갖 종류의 짐들이 쌓여 있었고, 웃통을 벗은 노예들이 돌아다니며 일에 몰두했다.

다리 아래 갤리선들이 모여 있고, 일부는 짐을 싣고 일부는 짐을 부렸다. 배마다 돛대 꼭대기에 노란 깃발이 휘날렸다. 배에서 부둣가로, 배에서 배로 노예들이 시끌벅적하게 지나다녔다.

다리 위로는 건너편 강변의 성벽이 보이고, 그 위로 웅장한 궁의 화려한 코니스와 포탑들이 솟아 있었다. 과연 히브리인의 설명대로 궁전이 섬을 차지하고 있었다. 하지만 벤허는 아무것도 보지 못했다. 마음속이 마침내 가족들의 소식을 들을 거라는 기대로 꽉 찼으니까. 시모니데스가 정말 아버지의 노예였다면 그렇게 될 게 확실했다. 하지만 시모니데스가 그 관계를 인정할까? 그러면 부둣가와 강 풍경이 증명하는 그의 엄청난 부와 사업의 소유권을 포기해야 할 텐데. 더군다나 그것을 다 포기하고 자발적으로 다시 노예가 되어야 하는데.

간단히 그런 요구를 한다는 생각이 어처구니없이 뻔뻔해 보였다. 에두르지 않고 말하자면 바로 이런 얘기였다. 너는 내 노예다. 가진 것을 다 내게 달라, 너 자신까지도!

하지만 벤허는 권리가 있다는 믿음과 가슴 깊은 곳의 소망으로 상인을 만날 용기를 냈다. 소문이 사실이라면 시모니데스도, 그의 재산도 모두 벤허의 소유였다. 하지만 그는 재산은 아무래도 상관없었다. 그는 마음을 단단히 먹고 문으로 걸어가면서 스스로와 약속했다.

'그에게 어머니와 티르자에 대해 들으면, 조건 없이 그에게 자유를 주자.'

벤허는 과감하게 집으로 들어섰다.

집 내부는 큰 창고 같았다. 정돈된 공간에 각종 물건들이 차곡차곡 쌓여 있었다. 컴컴하고 공기가 답답했지만, 사람들이 민첩하게 움직였다. 곳곳에 톱과 망치를 들고 선적할 물건을 꾸리는 일꾼들이 보였다. 벤허는 물건 더미 사이의 통로를 느릿느릿 지나면서 궁금해졌다. 이토록 엄청난 장사 수완의 증거를 보여주는 자가 과연 아버지의 노예였을까? 그렇다면 어떤 계급이었을까? 유대인이라면 하인의 아들일까? 채무자거나 채무자의 아들? 아니면 도둑으로 죄를 선고받아 팔려갔을까? 이런 생각들이 스치는데도, 점점 커지는 상인에 대한 존경심이 매순간 더욱 의식되었다. 타인에 대해 감탄하게 되면 그 감탄의 이유를 부지런히 찾는 법이니.

마침내 한 남자가 벤허에게 다가왔다.

"무슨 일로 오셨습니까?"

"상인 시모니데스를 만나고 싶소."

"저를 따라오십시오."

그를 따라 짐 더미 사이를 요리조리 빠져나가니 계단이 나왔다. 올라가니 창고 옥상에 또 다른 건물이 나왔다. 건물 위에 소박하게 포개 지어서, 아래 계단참에서는 보이지 않았다. 트인 하늘 아래 다리의 서쪽 편에 있었다. 옥상에 낮은 담을 둘러서 테라스처럼 꾸몄는데, 놀랍게도 꽃이 한창이었다. 아름다운 배경 앞에 소박한 사각형 집이 있고 정면의 문간 외에는 사방이 막혀 있었다. 문까지 이어진 좁은 길에 티끌 하나 없었고, 양켠에 만개한 페르시아 장미 덤불이 우거졌다. 벤허는 장미 향을 들이마시면서 안내인을 따라갔다.

그가 어두운 통로 끝, 반쯤 열린 커튼 앞에 멈춰 서더니 외쳤다.

"손님이 주인님을 만나시겠답니다."

카랑카랑한 목소리가 대답했다.

"안으로 모셔라."

로마인이라면 그 공간이 아트리움* 같다고 했을 것이다. 사면의 벽들에 칸막이를 했다. 칸마다 요즘의 사무실 수납장 같은 것들로 나뉘었고, 오랜 세월 사용해서 갈색으로 누레진 장부책들이 잔뜩 있었다. 칸막이의 사이사이로 한때 흰색이었지만 이제 노르스름해진 아주 멋진 문양들의 조각이 언뜻언뜻 보였다. 금색 코니스 위쪽으로 천장이 정자 모양으로 솟다가 완만한 돔형을 이뤘는데, 수백 개의 보랏빛 운모 유리로 빛이 잔잔히 들어왔다. 두꺼운 잿빛 양탄자들이 사람의 발소리를 흡수했다.

* 고대 로마 건축물에 딸린 안마당, 혹은 그 안마당에 지은 온실 같은 공간을 말한다.

방의 중앙에 두 사람이 있었다. 등판이 높고 팔걸이가 넓고 푹신한 쿠션들을 늘어놓은 의자에 앉은 남자. 그의 왼편에 여성스러운 분위기의 아가씨가 의자 등판에 기대 서 있었다. 그들을 보자 벤허는 피가 이마로 솟는 기분이어서, 인사치레보다는 진정하려고 절을 했다. 그러느라 의자에 앉은 사내가 손을 들고 떨면서 쳐다보는 모습을 보지 못했다. 사내의 감정은 불시에 일었다가 잦아들었다. 벤허가 눈을 들었을 때 두 사람은 똑같은 자세로 벤허를 응시하고 있었다. 아가씨의 손이 노인의 어깨에 가볍게 올라간 것만 다를 뿐.

"어르신이 상인이자 유대인인 시모니데스라면⋯⋯."

벤허는 말을 뚝 끊었다가 다시 이었다.

"그렇다면 우리 조상 아브라함의 하느님의 평안이 있으시기를⋯⋯. 당신께도."

마지막 말은 아가씨에게 한 인사였다.

사내가 유난히 카랑카랑한 목소리로 대답했다.

"내가 손님이 말하는 유대인 시모니데스가 맞소. 나도 인사드리고, 찾아오신 분이 뉘신지 묻고 싶소."

벤허는 시모니데스를 바라보았다. 건강하고 당당했을 몸이 이제 볼품없이 쿠션더미에 묻혀 있었다. 회색 비단 누빔옷을 걸친 몸 위로 멋지게 균형 잡힌 두상이 있었다. 정치가나 정복자의 두상 같았다. 아랫부분이 넓고 앞부분이 반구형인 두상은 안젤로*가 카이사르의 모델로 삼았을 만한 모양이었다. 흰 눈썹을 덮은 성긴 백발 때문

---

* 미켈란젤로

에 흐린 불꽃처럼 빛나는 검은 눈이 더 깊어 보였다. 핏기 없이 창백한 얼굴은 주름지고 부기가 있었다. 턱 아래가 특히 그랬다. 달리 말하면 머리와 얼굴은 세상에 휘둘리기보다 세상을 밀고 나갈 사내다웠다. 열두 번 고문을 당해 심한 불구가 되었어도, 자백은 고사하고 신음조차 내지 않은 사내. 목숨을 포기할지언정 목표와 주장은 양보하지 않는 사내. 갑옷으로 무장하고 태어난 듯 강인해서 오직 사랑에만 무너지는 사내. 그런 사내에게 벤허가 양쪽 손바닥을 내밀었다. 평화를 제안하면서 동시에 평화를 요구하는 몸짓이었다.

"허 가문의 가장이자 예루살렘의 왕자, 고故 이타마르의 아들 유다입니다."

상인의 오른손이 소매 밖에 나와 있었다. 길고 가는 손이 일그러져 있었다. 고문이 흔적이 분명했다. 상인은 그 손으로 주먹을 꽉 쥐었을 뿐, 별다른 내색을 안 보였다. 놀랐다거나 흥미롭다는 기색은 전혀 없고, 그저 차분하게 대답할 뿐이었다.

"순수한 혈통을 가진 예루살렘의 왕족들은 언제나 제 집에서 환영합니다. 어서 오십시오. 젊은이에게 자리를 내드리거라, 에스더."

아가씨가 근처의 의자를 들어서 벤허에게 가져갔다. 그녀가 의자를 놓고 똑바로 섰을 때 두 사람의 눈이 마주쳤다.

"주님의 평안이 함께하시기를. 앉아서 쉬시지요."

아가씨가 얌전하게 말했다.

그녀는 손님의 용건을 짐작하지 못하고 제자리로 돌아왔다. 여인의 능력은 그런 데에는 못 미친다. 하지만 보다 섬세한 감정들, 예를 들어 연민, 자비심, 공감 등은 간파한다. 여자들은 남자들과 다르게 그런 면에 민감하다. 이 아가씨도 벤허가 인생의 상처를 치유하려고 왔음은 직감했다.

벤허는 권유 받은 의자에 앉지 않고 공손하게 말했다.

"저를 불청객으로 여기지 않으셨으면 합니다. 어제 강을 거슬러 올라오다가 시모니데스 님이 제 아버지를 알았다는 이야기를 들었습니다."

"허 왕자님을 압니다. 함께 몇 가지 사업을 했지요. 바다와 사막 너머의 고장들에서 이익을 구하는 사업이었어요. 그런데, 앉으시지요. 에스더, 젊은이에게 와인을 드리거라. 느헤미야서에 한때 예루살렘의 절반을 다스린 허의 아들이 나온단다. 유서 깊은 집안이지. 신앙도 아주 오래되었고! 허 가문은 모세와 여호수아 시절에 하느님의 사랑을 입었고 명예를 얻었지. 그 직계 후손이 헤브론의 남쪽 비탈에서 키운 진짜 소렉*의 포도주 한 잔을 사양하실 리 없겠지."

말을 마칠 즈음 에스더가 의자 가까이에 있는 탁자 위 술병의 술을 은잔에 따라서 벤허 앞으로 가져갔다. 그는 가만히 에스더의 손을 건드려서 잔을 치웠다. 다시 둘의 눈길이 얽혔다. 그는 에스더가 조그맣다는 것을 알았다. 키가 벤허의 어깨에 못 미쳤다. 하지만 대단히 우아하고 희고 상냥한 얼굴이었다. 눈은 검고 눈빛은 부드러웠다. 벤허는 생각했다. 친절하고 어여쁘구나. 티르자가 살아 있으면 저런 모습일까. 가여운 티르자!

"아닙니다, 부친께서…… 그대의 부친이십니까?"

* 예루살렘 인근에서 욥바에 이르는 골짜기

"저는 시모니데스의 딸, 에스더입니다."

그녀가 품위 있게 말했다.

"그러면 에스더 아가씨, 부친께서 내 이야기를 더 들으시면, 내가 귀한 포도주를 천천히 마셔도 언짢아하지 않으실 겁니다. 아가씨도 너그럽게 봐주시면 좋겠군요. 잠시 여기 옆에 서 주십시오!"

두 사람이 똑같이 상인을 쳐다보았다. 벤허가 단호하게 말했다.

"시모니데스 님! 아버지께서 돌아가실 무렵 시모니데스라는 믿음직한 하인이 있었고, 그가 바로 어르신이라고 들었습니다!"

상인은 갑자기 옷 아래로 사지가 뒤틀려서 얼른 주먹을 꼭 쥐었다. 그가 갑자기 엄하게 외쳤다.

"에스더, 에스더! 이리 오너라, 거기 있지 말고. 너는 네 어머니와 내 자식이니 이리 오너라, 거기 있지 말라고 했다!"

아가씨는 아버지와 손님을 번갈아 보다가, 술잔을 탁자에 내려놓고 공손하게 의자로 갔다. 놀라고 경계하는 표정이 역력했다. 시모니데스가 왼손을 들어 어깨에 다정하게 올린 에스더의 손을 쥐더니 말하기 시작했다. 힘없는 말투였다.

"나는 사람들을 대하면서 늙어 버렸소이다. 나이보다 훨씬 더. 당신에게 이야기를 전해 준 자는, 비록 내 내력을 알아서 혹평은 않았더라도 분명히 날 못 믿을 위인으로 말했을 테지요. 그런 자로 치부당하는 늙은이를 이스라엘의 신께서 도와주시기를! 몇 없지만 내가 사랑하는 이들이 있어요. 그 중 한 영혼은……."

시모니데스는 에스더의 손에 확실하게 입술을 대고 말을 이었다.

"지금까지 너그럽게 내 영혼이 되어 주고 포근한 위로를 주지요.

이 아이를 빼앗긴다면 난 죽을 겁니다."

에스더가 고개를 숙여 뺨을 아버지의 뺨에 댔다. 그가 낮고 떨리는 목소리로 말을 이었다.

"다른 사랑은 기억일 뿐이지요. 마치 주님의 축복과도 같은 그 사랑은, 한 가족입니다. 만약…… 만약 그들이 어디 있는지 안다면……."

벤허는 얼굴에 감동이 가득 번졌다. 그는 성급하게 한 걸음 다가서며 외쳤다.

"내 어머니와 누이! 아, 당신은 바로 그들을 말하고 있군요!"

그녀에게 한 말이라도 되는 듯 에스더가 고개를 들었다. 하지만 시모니데스는 침착한 태도를 되찾고 냉담하게 대꾸했다.

"내 말을 끝까지 들으시오. 내가 이런 사람이기에, 또 내가 방금 말한 사랑하는 이들 때문에, 나는 우선 당신의 신분에 대한 증거를 요구합니다. 그러면 허 왕자님과 나의 관계를 밝혀 드리지요. 일에는 순서가 있소. 글로 써 줄, 아니면 직접 와 줄 증인이 있소이까?"

간단한 질문이었고 더없이 정당한 질문이었다. 하지만 벤허는 얼굴을 붉혔다. 그는 주먹을 쥐고 중얼대면서 어쩔 줄 몰라서 시선을 돌렸다. 시모니데스가 채근했다.

"증거, 증거를 보이란 말이오! 내 앞에 증거들을 내놓아 보시오. 내 손에 쥐어 주시오!"

벤허는 대답할 말이 없었다. 이런 요구를 받을 줄 미처 생각지 못했다. 이제야 떠올려 본 적 없는 무서운 사실이 머리를 스쳤다. 갤리선에서 보낸 3년이 그의 신분 증명을 다 쓸어가 버렸다는 사실. 어머니와 동생은 사라졌고, 그 누구도 그가 살아 있는 줄 몰랐다. 지인은 많지만 그게 다였다. 퀸투스 아리우스가 여기 있다 한들, 그를 만난 경위와 허의 아들로 믿는다는 말 외에 무슨 말을 할 수 있었을까? 그나마도 용감한 로마 해병은 죽었다. 유다는 전에도 외로움을 느껴 봤지만 지금은 뼛속까지 고독이 밀려들었다. 그는 망연자실해서 주먹을 쥐고서 고개를 돌렸다. 시모니데스는 그의 고통을 존중해서 말없이 기다려 주었다.

마침내 유다 벤허가 입을 열었다.

"시모니데스 님, 나는 살아온 이야기만 할 수 있을 뿐입니다. 하지만 당신이 판단을 보류하고 내 이야기를 선의로 들어주지 않는다면, 말하지 않겠습니다."

이제 칼자루는 시모니데스가 쥐었다.

"말하시오. 내 기꺼이 듣겠소. 난 당신이 주장하는 그 사람이 아니라고 말한 적 없습니다."

그러자 벤허는 살아온 인생에 대해 허둥지둥 서두르면서도 조리 있게 이야기했다. 우리에게는 익숙한 사연이니, 그가 아리우스와 동반해서 미세눔에 착륙한 대목부터만 들어 보자. 사령관은 에게해에서 승리를 거두고 귀국했다.

"제 은인은 황제의 사랑과 신망을 받았고, 명예로운 상을 잔뜩 받았습니다. 동방의 상인들이 어마어마한 선물들을 선사해서, 그는 로마의 부자들 사이에서도 두 배로 부유해졌습니다. 유대인이 자기 종교를 잊겠습니까? 고향을, 조상들의 성지를 잊겠습니까? 은인은 법절차에 따라 정식으로 나를 입양했고, 나는 그의 은혜에 보답하려고 애썼습니다. 내가 그분에게 한 것보다 더 효도하는 자식은 없을 겁니다. 하지만 그가 내가 학자가 되기를 원해서 예술, 철학, 수사학, 웅변술의 가장 유명한 스승들을 붙여 주려고 했을 때는 거부했습니다. 왜냐면 나는 유대인이니까요. 주 하느님과 선지자들의 영광을, 다윗과 솔로몬이 언덕에 세운 성읍을 잊을 수 없으니까요.

아, 그렇다면 왜 애초에 로마인의 은혜를 받아들였는지 궁금하십니까? 나는 그를 사랑했습니다. 또한 그의 도움을 받으면 어머니와 누이의 운명의 수수께끼를 풀 수 있으리라 생각했지요. 다른 동기가 더 있지만 말하지 않겠습니다. 그저 그 이유 때문에 지금까지 병기와 병법 습득에 필요한 것들을 모두 배우려고 헌신했다는 점만 밝히겠습니다. 로마의 체육관과 경기장들에서 땀 흘리며 훈련했고, 진영에서는 실전을 익혔습니다. 모든 면에서 명성을 얻었지만, 조상들이 주신 이름은 아닙니다. 승리의 화관들을 얻었지만(미세눔 근교의 집에 여럿 걸어 두었습니다) 모두 '집정관 아리우스의 아들'로서 받았습니다. 로마인들 사이에서 나는 그렇게만 알려져 있는데…… 이제 비밀스럽지만 확고한 목적을 이루려고 로마를 떠나 안디옥에 왔습니다. 막센티우스 집정관이 출정하는 파르티아 전에 동행할 겁니다. 모든 병기의 사용법을 익혔으니, 이제 전장에서 병력 지휘와 관련된 고도의 리더십을 습득하려고 합니다. 집정관이 나를 그의 군 인맥에 받아주었습니다.

그런데 어제 배가 오론테스 강에 접어들었을 때, 다른 선박 두 척이 노란 깃발을 나부끼며 함께 들어왔습니다. 키프로스에서 온 승객 한 분이 그 선박들의 선주가 안디옥의 거상 시모니데스라며 여러 이야기를 들려주었지요. 장사에서 어마어마한 성공을 거두었다는 것. 그의 선단과 카라반들이 엄청나다는 것. 그는 나의 남다른 관심을 눈치채지 못하고 시모니데스가 유대인이라고, 예전에 허 왕자의 하인이었다고, 그라투스 총독이 악랄하게 괴롭힌 목적까지 숨기지 않고 털어놓더군요."

이 말에 시모니데스는 고개를 숙였고, 에스더는 아버지의 감정을 감춰주려는 듯 그의 목덜미에 얼굴을 묻었다. 그녀 자신의 깊은 연민을 감추려는 것 같기도 했다. 시모니데스가 고개를 들고 또랑또랑한 목소리로 말했다.

"계속 말씀하시지요."

"아, 시모니데스 님!"

벤허는 한 걸음 다가서며 말을 이었다. 그는 적당한 표현을 찾으려고 애를 썼다.

"당신은 확신이 없군요. 내가 불신의 그림자 속에 서 있다는 걸 알겠습니다."

아닌 게 아니라 상인의 표정은 대리석처럼 굳어 있었다. 혀도 굳은 것 같았다.

"내 처지가 난감한 줄은 분명히 압니다. 로마의 인맥은 다 증명할 수 있습니다. 지금 안디옥 총독의 손님으로 이곳에 올 집정관에게 부탁하면 되지요. 하지만 당신이 요구하는 점들은 증명할 수가 없습니다. 내가 내 아버지의 아들임을 증명할 수가 없어요. 그걸 증명해 줄 사람들은, 아, 안타깝게도 다들 죽거나 연락이 끊겼으니."

벤허가 손으로 얼굴을 가렸다. 에스더가 일어나서 다시 술잔을 건넸다.

"우리 모두 진정 사랑하는 고향 땅의 포도로 빚은 포도주예요. 제발 드세요!"

나홀 성읍 근처 우물가에서 물을 권하는 리브가*처럼 상냥한 목소리였다. 벤허는 그녀의 눈에 고인 눈물을 보고 포도주를 마셨다.

"시모니데스의 따님, 아가씨의 마음은 선함이 넘치는군요. 그 선함을 아버님 외에 낯선 이에게도 나눠 주시니 자비로우십니다. 우리 하느님의 축복이 임하시기를! 감사합니다."

그러고 나서 다시 상인을 보았다.

"내가 아버지의 아들이라는 증거가 없으므로 당신께 한 요구는 거두지요, 시모니데스 님. 더 이상 성가시게 하지 않겠습니다. 다만 당신을 하인으로 되돌리거나 재산을 돌려받으려는 뜻은 없었다는 말은 하고 싶습니다. 당신의 노력과 재주로 이룬 것들은 당신의 것입니다. 얼마든지 가지십시오. 나는 그런 게 필요하지 않습니다. 두 번째 아버지인 퀸투스가 마지막이 된 항해를 떠나면서 나를 상속자로 정했고 엄청난 부를 남겨 주었으니까요.

그러니 혹 나를 다시 떠올린다면 이 질문을 기억해 주십시오. 선지자들과 당신과 나의 하느님 여호와에게 맹세컨대 내가 여기 온 목적은 이것입니다. 당신이 내 어머니와 누이 티르자에 대해 무엇을 아는지 알고 싶을 뿐입니다. 누이는 이분, 당신의 인생은 아니더라도 인생의 즐거움인 이분처럼 아름답고 우아할 겁니다. 그렇습니다! 그

---

* 이삭의 아내이자 에서와 야곱의 어머니. 아브라함이 아들 이삭의 신붓감을 찾기 위해서 고향 메소포타미아로 사람을 보냈을 때의 일화(창세기 24장 속 이야기).

들에 대해 내게 무슨 말을 해줄 수 있습니까?"

에스더의 뺨에 눈물이 흘렀지만 시모니데스는 고집스러웠다. 그는 카랑카랑한 목소리로 대답했다.

"나는 벤허 왕자를 알았다고 인정했습니다. 그의 가족에게 들이닥친 불행에 대해 들은 기억이 납니다. 그 소식을 들으면서 속상했던 순간도 기억납니다. 내 친구의 미망인에게 그런 불행을 안긴 작자는 이후 내게도 괴로움을 주었지요. 더 말하자면 그 가족과 관련해서 부지런히 수소문했지만 그들에 대해 들려줄 이야기가 없군요. 그들은 사라졌습니다."

벤허는 저도 모르게 깊은 한숨이 새어 나왔다. 그가 감정을 억누르려고 애썼다.

"그런…… 그렇다면 또 하나의 희망이 망가졌군요! 난 실망에 이골이 났습니다. 성가시게 한 점을 사과드립니다. 거슬리셨다면 내 슬픔 때문이니 용서하십시오. 이제 복수 외에는 붙들 게 없군요. 안녕히 계십시오."

커튼 앞에서 그가 몸을 돌리고 간단히 말했다.

"두 분께 감사드립니다."

"평안히 가시기를."

상인이 말했다.

에스더는 흐느끼느라 아무 말도 하지 못했다.

그렇게 그는 떠나갔다.

4

벤허가 나가자마자 시모니데스는 잠에서 깬 것처럼 안면에 홍조가 돌고 뿌옇던 눈빛이 반짝거렸다. 그가 활기차게 말했다.

"에스더, 종을 치거라. 얼른!"

그녀는 탁자로 가서 하인을 부르는 종을 울렸다.

벽장식 널 하나가 뒤로 움직이면서 문간이 나타났고, 사내 하나가 들어왔다. 그는 빙 돌아 상인의 앞으로 와서 이마에 손을 대고 반절을 했다.

주인이 당당하게 말했다.

"말루크, 이리, 이쪽 의자로…… 더 가까이 오너라. 하늘이 무너져도 해내야 될 임무가 있다. 잘 듣거라! 지금 청년이, 장신의 준수한 외모에 유대식 옷을 입은 젊은이가 창고방으로 내려갔다. 그가 가는 곳마다 그림자처럼 뒤를 밟아라. 그리고 매일 밤 내게 그가 어디 있는지, 뭘 하는지, 누구와 만나는지 보고하라. 들키지 않고 대화를 엿들으면 한 마디도 빼지 말고 보고해야 해. 습관, 동기, 인생관 등 그가 어떤 자인지 알려주는 것들도 모조리. 알아들었느냐? 얼른 가! 잠깐, 말루크. 그가 이 도시를 떠나더라도 따라가거라. 그리고 명심해라, 말루크. 그와 친구가 되거라. 그가 말을 걸면, 네가 내 밑에서 일한다는 사실만 빼고 뭐든 상황에 맞게 둘러대라. 내 사람이라는 말만은 한 마디도 해선 안 돼. 서둘러라, 서둘러!"

말루크가 아까처럼 절하고 물러갔다.

시모니데스는 창백한 손을 비비면서 웃음을 터뜨렸다.

"오늘이 며칠이지, 아가? 며칠이더냐? 길일로 기억하고 싶구나. 봐라, 자꾸 웃음이 나지 않느냐. 어서 날짜를 헤아려 내게 말해다오, 에스더."

에스더는 아버지의 즐거움이 적절하지 않아 보였다. 그래서 아버지의 기분을 바꾸려는 듯 슬픔에 젖어 대답했다.

"제가 이날을 잊는다면 애통한 일이지요, 아버지!"

그의 양손이 아래로 툭 떨어졌다. 턱이 가슴팍에 부딪치며 턱 아래 주름이 늘어졌다. 시모니데스가 고개를 들지 않고 말했다.

"그렇구나, 진정 그러하구나, 딸아! 오늘이 4월 20일이구나. 다섯 해 전 오늘 내 라헬이, 네 어머니가 쓰러져서 떠나갔지. 사람들이 네가 보는 이 모습으로 망가진 나를 집으로 데려왔지. 와 보니 그 사람이 슬픔에 겨워 죽어 있더구나. 아, 나에게 그녀는 엔게디 포도원의 고벨 꽃송이*였지! 나는 향신료와 몰약처럼 귀한 것을 얻었다. 꿀과 벌집처럼 달콤한 것을 맛본 셈이야. 우리는 네 어머니를 한적한 곳에 묻었지. 산 속 무덤, 가까이에 아무도 없는 곳에. 하지만 그녀는 내게 어둠 속에서도 작은 빛 한 줄기를 남겼고, 세월이 흐르면서 그 빛은 밝은 아침 햇살이 되었구나."

그가 손을 들어 딸의 머리에 올렸다.

"사랑의 주님, 잃어버린 라헬을 이제 에스더 안에 다시 살게 하시니 당신께 감사드립니다!"

그는 꼿꼿하게 고개를 들더니, 갑자기 생각난 듯 말했다.

---

* '사랑하는 그이는 나에게 엔게디 포도원의 고벨 꽃송이라오.' (아가서 1장 14절)

"바깥 날씨가 청명하더냐?"

"그 청년이 들어올 때는 청명했어요."

"그러면 아비멜렉을 불러 나를 강과 배들이 보이는 정원으로 옮겨다오. 거기서 네게 말해 주마, 사랑하는 에스더야. 내 입에서 웃음이 나오고 혀가 노래하려 하고, 산기슭 향초 더미에 코를 묻은 노루나 어린 수사슴처럼 들뜬 이유를."

하인이 에스더의 종소리를 듣고 와서, 작은 바퀴들 위에 의자를 올려서 밀고 옥상으로 나갔다. 시모니데스가 정원이라고 부른 곳이었다. 장미 넝쿨을 지나고, 세심하게 가꾼 작은 꽃들이 만발한 곁을 지났지만, 시모니데스는 눈길도 주지 않았다. 그는 섬의 궁전 꼭대기가 보이는 자리로 갔다. 다리는 건너편 물가 쪽으로 점점 작게 보였고, 다리 아래 강에서 배들이 북적댔다. 넘실대는 물살 위에서 춤추는 아침 햇살 속에 배들이 떠 있었다. 하인이 그와 에스더를 두고 물러갔다.

상인의 귀에는 일꾼들이 시끌벅적하게 고함지르고 때리고 두드리는 소리가 전혀 거슬리지 않았다. 머리 위의 다리를 지나는 사람들의 발소리도 마찬가지였다. 눈 앞의 광경과 주변 소리는 워낙 익숙한 것이어서 의식되지 않았다. 이윤이 들어오리라는 기대감만 받을 따름이었다.

에스더는 아버지의 손을 잡고 의자 팔걸이에 걸터앉아서 차분하게 기다렸다. 마침내 강한 의지 덕분에 본래 모습을 되찾은 그가 말을 시작했다.

"에스더야, 그 청년이 말할 때 나는 널 지켜보았단다. 네가 그의 말을 믿는다는 생각이 들더구나."

그녀가 눈을 내리깔고 대답했다.

"솔직히 말씀드리면 그래요, 아버지. 저는 그 사람을 믿었어요."

"그렇다면 네가 보기에는 그 청년이 허 왕자님의 사라진 아들 같으냐?"

"그 아들이 아니라면……."

에스더가 머뭇거렸다.

"그 아들이 아니라면 뭐냐, 에스더?"

"어머니가 주님의 부르심을 받은 이후 저는 아버지의 수족이 되어 살았어요. 아버지가 이윤을 얻으려는 온갖 부류의 사람들을 현명하게 다루시는 것을 곁에서 보고 들었지요. 신실한 자들, 속된 자들 할 것 없이요. 그러니 그 청년이 자신의 주장대로 왕족이 아니라면, 제 앞에서 그렇게 연기를 잘한 사람은 없다고 해야겠지요."

"딸아, 맹세코 정직하게 말해 보거라. 넌 내가 그의 부친의 하인이라고 믿는 게냐?"

"그는 어딘가에서 들은 말을 물었던 것뿐이에요."

시모니데스의 눈길이 잠시 강물에 떠 있는 배들로 향했다. 마음속으로는 다른 생각을 했다.

"그래, 너는 좋은 아이야, 에스더. 유대인다운 명민함이 있고, 애달픈 이야기를 들어줄 연륜과 힘을 가졌지. 그러니 내게 집중하면 들려주마. 네 어머니 이야기를. 네가 알지도 못하고 짐작도 못할 지난 날의 일들을. 박해하는 로마인들에게도 소망 때문에 숨긴 일들을. 네게 감춘 이유는, 해바라기가 해를 향하듯 네 성정이 하느님을 향해 올곧게 성장하길 바라서였단다…….

딸아, 나는 시온의 남쪽, 힌놈 골짜기의 어느 무덤가에서 태어났단다. 아버지와 어머니는 히브리 종신노예였고, 실로암 근처 왕의 정원에서 포도, 무화과, 올리브 나무를 가꿨지. 영원히 종노릇을 해야 되는 계층이었어. 그들이 나를 허 왕자에게 팔았다. 당시 예루살렘에서 헤롯 왕 다음가는 부자였지. 그는 나를 과수원에서 이집트의 알렉산드리아에 있는 창고로 보냈다. 나는 거기서 성년을 맞았는데, 6년간의 종살이 끝에 7년째 되는 해에 모세의 율법에 따라 자유의 몸이 되었지."

에스더는 가볍게 손뼉을 쳤다.

"아, 그러면 아버지는 그의 부친의 하인이 아니네요!"

"얘야, 들어보렴. 그 시절에는 종신노예의 자식도 부모와 같은 신분이어야 한다고 주장하는 성전의 율법학자들이 있었단다. 하지만 허 왕자는 매사에 공정했고, 율법을 곧이곧대로 해석했지만 그들에게 동의하지 않았어. 그는 내가 율법의 진정한 의미에 따라 사들인 히브리 종이라고 말했고, 봉인한 문서로 나를 해방시켜 주었단다. 그 문서는 아직도 내가 가지고 있지."

"그러면 어머니는요?"

"에스더야, 조바심치지 말거라. 내가 말을 끝마치기도 전에 알게 될 테니까. 네 어머니를 잊느니 나 자신을 잊는 게 더 쉽다는 것을……. 종살이가 끝날 무렵 나는 유월절을 보내려고 예루살렘으로 올라갔지. 주인님은 나를 반겼어. 그즈음 난 이미 그분을 흠모해서, 계속 일하고 싶다고 청했다. 주인님도 그러자고 해서 나는 다시 7년을 일했는데, 이번에는 직원의 자격이었지. 나는 그분을 대신해서 배들을 이끌고 바다를 누볐고, 카라반들을 이끌고 수사*와 페르세폴리스**까지 다녔지. 그 너머 비단길까지도 갔단다. 대단히 위험한 여정이었지만 주님께서 내가 하는 일을 다 축복하셨어. 왕자는 막대한 부를, 나 자신은 더 큰 지식을 얻어서 돌아오곤 했단다. 그 지식이 없었다면 그 후에 내게 주어진 책임들을 감당하지 못했을 게야…….

어느 날 예루살렘에 있는 주인댁에 손님으로 가게 되었지. 종이 자른 빵이 담긴 접시를 들고 들어오더구나. 그러더니 내게 다가왔다. 그 순간 난 네 어머니와 사랑에 빠졌고, 가슴속에 은밀히 간직했어. 한참이 지난 후에 내가 왕자께 그녀를 아내로 삼게 해달라고 청했다. 그녀는 종신노예였지만, 왕자는 그녀를 해방시켜 주겠다고 했지. 나는 몹시 기뻤단다. 그런데 그녀는 내 사랑은 받아들이면서도, 그대로 있는 게 좋다면서 해방되기를 거부했다. 나는 매달리고 애원하고, 오랫동안 계속 찾아가서 설득했어. 하지만 그녀는 내가 같이 종이 되면 아내가 되어 주겠다고만 말하는 거야. 우리 조상 야곱도 라헬을 얻으려고 7년 더 종살이를 했는데, 나라고 그렇게 못할까? 하지만 네 어머니는 내가 자기처럼 종신노예가 되어야 한다고 말하더구나. 그래서 난 그녀를 떠났었다. 하지만 다시 돌아갔지. 여길 봐라, 에스더."

시모니데스가 왼쪽 귓불을 당겼다.

---

* 함무라비 법전이 발굴된 곳. 파르티아 왕국의 수도.
** 페르시아 제국의 수도

"송곳으로 뚫은 흉터가 보이지?"

"보여요! 그리고, 오, 아버지가 어머니를 얼마나 사랑하셨는지 알겠어요!"

"그녀를 사랑했다고, 에스더! 내게 그녀는 솔로몬 왕에게 술람미 여인* 이상이었어. 더 아름답고, 전혀 부족함이 없었지. 동산들의 샘, 생수의 우물, 레바논에서 흘러나오는 시내들**이었다. 나는 주인님께 청해서 판관들 앞에 갔고, 다시 집으로 돌아와 귀에 송곳을 찔러 종신노예가 되었어. 그렇게 내 라헬을 얻었단다. 내 사랑 같은 사랑이 또 있었을까?"

에스더는 몸을 굽혀 아버지에게 입을 맞췄다. 두 사람은 조용히 고인을 생각했다. 상인 시모니데스가 말을 이었다.

"주인님이 바다에서 익사하자 나는 처음으로 큰 슬픔에 잠겼단다. 나는 당시 내가 거하던 여기 안디옥에서 애도했지. 이제 잘 들으렴, 에스더야! 주인님이 떠나실 무렵 나는 그의 최고청지기로 격상되어, 그의 전 재산을 꾸리고 관리하고 있었단다. 그가 얼마나 나를 사랑하고 신뢰했는지 알겠지! 나는 서둘러 예루살렘으로 가서 애도 중인 미망인에게 설명했어. 마님은 나를 계속 청지기로 삼았어. 난 더 부지런히 일했지. 사업은 순탄했고 해가 갈수록 점점 번창했어. 그렇게 10년이 흐를 무렵 아까 청년이 말한 일이 터진 거야. 그라투스 총독은 단순한 사고를 암살 시도로 몰아가더니, 로마의 허가를 얻어

* 아가서에서. 솔로몬이 사랑을 노래하는 여인
** '너는 동산의 샘이요 생수의 우물이요 레바논에서부터 흐르는 시내로구나.' (아가서 4장 15절)

서 유족들의 어마어마한 재산을 가로챘다. 거기서 멈추지 않고, 판결이 뒤집히지 않도록 관련된 사람들까지 없앴어. 그 무시무시한 날로부터 허 일가는 완전히 자취를 감췄단다. 아이였던 도련님은 갤리선 노예 판결을 받았을 거야. 마님과 따님은 유대 땅의 지하굴 중 하나에 묻혔을 테고. 일단 거기 들어가면 봉인되는 것이나 마찬가지야. 그들은 바다가 삼켜 버리기라도 한 것처럼 종무소식이었단다. 아무도 그들이 어떻게 죽었는지 듣지 못했어. 아니, 그들이 죽었는지조차 몰랐어."

에스더의 눈에 눈물이 고였다.

"너는 심성이 고와, 에스더. 네 어머니처럼 곱지. 그래서 난 네 운명이 착한 사람들 대부분의 운명처럼 되지 않기를 기도한단다. 그런 이들은 무자비하고 맹목적인 자들에게 쉽게 짓밟히거든.

난 마님을 도우려고 예루살렘에 갔다가 성문에서 붙들렸고 안토니아 요새의 지하 감옥으로 끌려갔단다. 그라투스가 직접 와서 허가문의 돈을 요구하기에 그제야 이유를 알았지. 총독은 유대의 거래 관습에 따라 허가문의 돈이 세계 여러 시장에 내 명의의 어음으로 발행되었다는 걸 안 거야. 자기 앞으로 된 어음에 서명하라고 요구하더구나. 난 거부했어. 그는 내가 섬긴 분의 모든 집, 땅, 물건, 배, 동산까지 전부 차지했는데 돈은 가져가지 못했던 거지. 나는 생각했다. 하느님 보시기에 합당하다면 빼앗긴 재산을 다시 일으킬 수 있겠다고. 그래서 폭군의 요구를 거부했어. 그가 고문했지만 내 의지는 굳건했어. 그는 허사로 날 풀어 주어야만 했단다. 나는 그길로 집에 돌아와서 '예루살렘의 허 가문'이 아니라 '안디옥의 시모니데스'라는 이름으로 다시 시작했다. 에스더, 내가 얼마나 큰 성공을 거두었는지는 너도 잘 알고 있지. 그분의 재산이 내 손에서 그렇게 불어난 것은 기적이었지.

3년 후 가이샤라에 갔을 때 그라투스가 또 붙잡더니 두 번째로 고문을 했어. 그는 내 물건과 돈이 몰수당해야 될 재산임을 자백하라고 채근했지. 너도 알다시피 이번에도 그는 뜻을 이루지 못했다. 하지만 망가진 몸으로 집에 돌아왔더니 라헬이 나 때문에 두렵고 슬퍼하다 죽었지. 난 주님이 주재하셔서 살았고. 난 황제에게 전 세계에서 거래할 수 있는 면책권과 허가증을 사들였어. 청지기로 맡았던 재산은 오늘날 몇 곱절이 늘어서 황제도 부러워할 만큼이 되었지. 아, 구름으로 자기 수레를 삼으시고 바람 날개로 다니시는* 주님을 찬미합니다!"

그가 자랑스럽게 고개를 들었다. 두 사람의 눈이 마주쳤다. 각자 서로의 생각을 훤히 읽었다. 시모니데스가 물었다.

"내가 그 재산을 어떻게 할 것 같으냐, 에스더?"

그녀가 낮은 목소리로 대답했다.

"아버지, 이제 합당한 주인이 그것을 요구하지 않았나요?"

그는 시선을 돌리지 않았다.

"그러면 에스더야, 내가 널 무일푼으로 만들어야 될까?"

"아니죠, 아버지. 저는 아버지의 자식이니 그의 종신노예가 아닌

---

* '물에 자기 누각의 들보를 얹으시며 구름으로 자기 수레를 삼으시고 바람 날개로 다니시며.'(시편 104장 3절)

가요? 그리고 '능력과 존귀로 옷을 삼고 후일을 웃으며'*라고 쓰여 있잖아요?"

시모니데스는 형언할 수 없는 사랑이 빛나는 얼굴로 말했다.

"주님은 내게 좋은 것을 여럿 주셨지만, 에스더 너야말로 그가 베푸신 최고의 은혜지."

그는 딸을 안고 연거푸 입을 맞추더니, 한결 더 또렷한 목소리로 말했다.

"이제 오늘 아침에 내가 웃은 이유를 들어 보렴. 나와 마주 선 청년은, 젊은 시절 곱상했던 그 부친과 똑닮았더구나. 일어나서 인사를 드리고 싶을 정도였어. 내 고생의 세월이 끝났고 이제 그만 수고해도 된다는 생각이 들었지. 큰소리로 외치고만 싶더구나. 그의 손을 덥석 잡고 내가 벌어들인 액수를 보이며 '보세요, 모두 도련님 재산입니다! 저는 도련님의 하인이고 이제 물러갈 채비가 되었습니다'라고 말이야, 에스더.

그런데 그 순간 세 가지 생각이 떠올라서 어렵게 참았단다. 일단 그가 진짜 내 주인의 아들인지부터 확인해야지. 그게 맞다면 품성도 알아봐야 하고. 부자로 태어난 이들 가운데 부가 저주를 불러올 뿐인 경우가 얼마나 많더냐?"

그가 잠시 말을 멈추고 양손을 모아 잡더니, 고통이 배인 날카로운 목소리로 말을 이었다.

"에스더, 내가 로마 총독의 손아귀에서 당한 고초를 생각해 봐라.

---

* 잠언 31장 25절

아니, 그라투스 한 명만이 아니야. 그의 명령대로 날 고문한 자들도 다 인정머리 없는 철면피 로마인들이었지. 내가 비명을 지를 때 하나같이 낄낄댔어. 내가 망가진 몸뚱이와 몰골로 보낸 세월을 떠올려 보렴. 내 몸뚱이가 부서졌듯 영혼이 부서져서 저 쓸쓸한 무덤에 누워 있는 네 어머니를 떠올려 봐. 만약 내 주인의 가족이 살아 있다면 얼마나 한을 품었을지, 죽었다면 얼마나 잔인하게 몰살당했을지 생각해 보렴. 그러고서 네게 임한 하늘의 사랑을 더해서 내게 말해 보아라, 딸아. 칫값으로 머리칼 한 올 뜯지 않고 피 한 방울 내지 않고 놔둬야 하느냐? 성직자들이 가끔 하는 말, '복수는 하느님의 몫'이라느니 하는 말일랑은 말거라. 하느님도 선지자보다 많은 수의 군사를 거느리시지 않느냐? 눈에는 눈, 손에는 손, 발에는 발!* 그래, 이 오랜 세월 나는 복수를 꿈꾸고, 복수를 위해 기도하고 준비했다. 인내하며 축적하고 생각하고 다짐했단다. 주님이 살아 계시니 어느 날인가 내가 못된 자들을 벌하게 해 주시겠지? 저 청년도 무술을 익혔다면서 그 목적은 밝히지 않더라만, 난 듣자마자 알았지. 복수! 에스더, 그게 세 번째 생각이었어. 그가 간청하는 동안 그 생각이 날 가만히 있게 했고 힘들게 했지. 그래서 그가 떠나자 웃음을 터뜨렸단다."

에스더는 그의 늙은 손을 쓰다듬으면서, 아버지와 한마음으로 결론을 지으려는 듯 말했다.

"그는 가 버린걸요. 다시 올까요?"

"그럼. 믿음직한 말루크가 그와 같이 다니니, 내가 준비가 되면 청

---

* '눈은 눈으로, 이는 이로, 손은 손으로, 발은 발로.' (출애굽기 21장 24절)

년을 데려올 게다."

"그게 언제인데요, 아버지?"

"멀지 않다, 멀지 않아. 그는 증인들이 모두 죽었다고 생각하지만, 그가 주인님의 친아들이 틀림없다면 누군가 한 명은 알아볼 거야."

"그의 어머니요?"

"아니란다, 에스더. 난 그 앞에 증인을 내놓을 거야. 그때까지 주님께 맡기자꾸나. 고단하구나. 아비멜렉을 부르렴."

에스더는 하인을 불렀고, 그들은 다시 집 안으로 들어갔다.

5

큰 창고에서 나온 벤허는 무척 낙심했다. 가족 찾기가 또다시 실패했으니까. 뼛속까지 외로움이 밀려들어서 더 이상 살고 싶은 마음조차 없어졌다.

사람들과 화물 더미 사이를 지나 선착장 끝으로 걸어갔다. 수심이 깊은지 검은 강물이 그를 유혹했다. 물결이 한가로이 멈춰 서서 그를 기다리는 것 같았다. 어지러운 마음에 배에서 만난 히브리인의 말이 번뜩 떠올랐다. '왕의 손님보다는 벌레가 되어 다프네의 오디를 먹고 사는 게 낫다'. 그는 몸을 돌려 바삐 칸으로 돌아갔다.

청지기는 벤허의 물음에 깜짝 놀랐다.

"다프네 숲으로 가는 길이요? 여기 처음 오셨군요? 흠, 오늘이 손님의 인생에서 가장 행복한 날이겠네요. 길을 못 찾을 수가 없어요. 다음 길에서 왼쪽으로 꺾어져서 남쪽으로 곧장 가면 술피우스 산이 나와요. 유피테르의 제단과 원형극장이 있는 곳이죠. 거기서 세 번째 교차로인 헤롯의 주랑Colonnade of Herod까지 가서 우측으로 돌면, 셀레우코스의 구시가지가 나오고 에피파네스의 황동 문들이 나옵니다. 거기서 다프네 숲으로 가는 길이 시작됩니다. 신들이 당신과 함께하시기를!"

벤허는 짐 처리와 관련해서 몇 가지를 지시하고 출발했다.

헤롯의 주랑은 찾기 쉬웠다. 거기서 황동 문까지 이어지는 대리석 주랑 현관에 세계 방방곡곡의 여행객들이 가득했다.

제4시경 그는 황동 문을 지나 이 유명한 숲으로 가는 끝없는 행렬 속에 끼었다. 보행로, 우마길, 마찻길이 다 따로 있었고, 들어가는 길과 나오는 길도 달랐다. 길은 낮은 난간으로 구분되었고, 난간들 사이에 큰 받침대를 놓고 조각상을 올린 것도 많이 눈에 띄었다. 도로의 좌우는 잘 가꾼 잔디밭이고, 드문드문 떡갈나무와 무화과나무도 보였다. 넝쿨을 올린 정자들에서 쉬어 갈 수 있었는데, 나오는 길의 정자들마다 사람이 많았다. 보행로에는 붉은 돌이 깔렸고, 말과 마차의 길은 흰 모래가 깔렸지만 말발굽과 바퀴 소리가 울리지 않을 만큼만 다져져 있었다. 놀랍도록 많고 다양한 물을 뿜는 분수들은 이곳을 방문한 왕들의 선물로 왕의 이름이 붙여졌다. 도시에서 숲의 남서쪽 입구까지 장장 6킬로미터가 넘는 대로가 뻗어 있었다.

하지만 상심한 벤허의 눈에는 도로를 장식한 왕들의 선심이 들어오지 않았다. 주변 인파에도 무심했는데, 그건 수심에 잠긴 탓도 있지만 로마 사람이기 때문이었다. 로마는 아우구스투스가 세상의 중심으로 세운 황금 기둥 주위에서 매일 행사가 벌어지는 곳이 아닌가. 그러니 시골에서 더 새롭고 더 멋진 것을 만날 가능성은 희박했다. 벤허는 그저 인파가 너무 느리게 움직이는 것이 답답해서 수시로 사람들을 헤치고 추월해 걸었다.

도시와 숲의 지척에 있는 교외 마을 헤라클레이아에 닿을 즈음에야 걷기에 지쳐서 주변에 눈길이 갔다. 예쁜 여인과 염소 두 마리가 똑같은 리본과 꽃으로 화려하게 장식하고 지나갔다. 그는 걸음을 멈추고 튼튼한 배댓줄을 맨 황소를 구경했다. 눈처럼 하얀 소의 등에 막 자른 포도 덩굴이 덮여 있고, 등 위 바구니에 아이가 타고 있었다. 어린 바쿠스를 흉내낸 알몸의 아이는 잔에 익은 열매들의 즙을 짜서 축하주처럼 마셨다. 벤허는 다시 걸으면서 이 제물들이 누구의 제단에 바쳐질지 궁금해졌다.

잘 차려입은 이가 당시 유행대로 갈기를 짧게 깎은 말을 타고 지나갔다. 말 임자와 말이 똑같이 으스대는 모습에 싱긋 웃음이 났다. 그 후로 덜거덕 바퀴 소리와 타닥타닥 말발굽 소리가 나면 그는 고개를 돌려서, 옆으로 스쳐 지나가는 마차와 마부의 차림새를 유심히 보았다. 곧 주변인들에게도 관심이 생겼다. 나이, 성별, 처지가 다양했고 다들 명절 옷차림이었다. 모두 흰 옷을 입은 무리도 있었고, 전부 검은 옷만 입은 무리도 있었다. 깃발을 든 이들도 있었고 향을 태우는 이들도 있었다. 찬가를 부르며 천천히 걷는 무리도, 피리와 작은 북의 연주에 맞춰 행진하는 무리도 있었다. 다프네 숲이 얼마나 대단하기에 이렇게나 많은 이들이 1년 내내 매일 찾을까!

갑자기 박수 소리와 환호성이 터졌다. 벤허는 사람들이 손짓하는 곳을 보았다. 언덕 꼭대기에 신성한 숲의 신당 문이 보였다. 찬가 소리가 더 커졌고 연주도 더 빨라졌다. 그는 군중의 열기에 휩싸여 충동적으로 안으로 들어갔고, 몸에 밴 로마식 예법대로 몸을 낮춰 신전에 예배했다.

통로의 구조물(완전히 그리스식 건축물) 뒤로 반들대는 넓은 돌길이 있었다. 벤허의 주변 사람들이 쉴 새 없이 감탄했다. 분수가 내뿜는 무지갯빛 물살 사이로 사람들의 화사한 옷 빛깔이 두드러졌다. 남서쪽으로 티끌 하나 없는 오솔길들이 정원까지 뻗어 뒤편 숲으로 이어졌고, 숲 위로 하늘색 증기가 너울처럼 덮여 있었다. 벤허는 어느 쪽으로 갈지 몰라서 주춤거렸다. 그 순간 어떤 여자가 감탄했다.

"아름다워라! 그런데 이제 워디로?"

같이 온 월계관을 쓴 사내가 웃으며 대답했다.

"'어디로'라고 해야지, 예쁜 촌아가씨! 그런 질문은 세속적인 두려움일 뿐이야. 그런 건 전부 붉은 땅 안디옥에 두고 오기로 약속하지 않았어? 여기 부는 바람은 신들의 숨결이라고. 우리는 바람을 타고 두둥실 떠다니면 그만이지."

"하지만 길을 잃으면 어째요?"

"아, 겁도 많지! 다프네에서는 길을 잃는 사람이 없어. 영원히 문 안에 머무는 사람들이면 모를까."

"그런 사람들이 있어요?"

아가씨는 여전히 겁을 먹고 있었다.

"이곳의 매력에 빠져서 죽으나 사나 여기 있기로 선택한 사람들이지. 잘 봐! 여기 서 있다 보면 내가 말한 사람들을 마주치게 될 거야."

대리석 길 위로 샌들 소리가 퍼지자 군중이 길을 터 주었다. 한 무리의 아가씨들이 그 남자와 예쁜 아가씨 쪽으로 나오며, 작은 북을 치면서 노래하고 춤추기 시작했다. 아가씨가 겁을 먹고 매달리자 사내가 환하게 웃으며 한 팔로 그녀를 안았다. 다른 손은 머리 위로 들고 박자를 맞추었다. 무희들의 머리카락이 흩날렸고, 몸을 겨우 가린 얇은 옷 아래로 홍조를 띤 팔다리가 보였다. 춤이 관능적이라고 설명할 필요조차 없었다. 잠시 빙 돌더니 무희들은 길을 터 주는 인파 사이로 왔을 때처럼 사뿐히 지나갔다.

사내가 아가씨에게 물었다.

"어떤 것 같아?"

"저들은 누구예요?"

"데바다시devadassi*. 아주 많아. 그들은 행사에서 합창을 해. 여기가 무녀들의 집이고. 가끔 도시로 나가지만 돈을 벌면 모두 여기로 가져와서 음악의 신의 집을 가꾸는 데 쓴다고 해. 이제 갈까?"

두 사람이 인파 속으로 사라졌다.

벤허는 다프네 숲에서 길을 잃은 사람이 없다는 얘기에서 위안을 얻고 출발했다. 정처 없이.

정원의 아름다운 대좌에 놓인 조각상에 마음이 끌렸다. 켄타우로스 상이었다. '케이론**'이라는 설명글이 있었다. 아폴로와 다이아나

---

* 인도 힌두 사원의 무녀. 여기서는 그곳 신전의 무녀를 가리키는 말로 쓰였다.
** 켄타우로스 족(반인반마) 중에서 가장 현명하고 다재다능했다.

가 애정을 쏟아서 사냥, 의술, 음악, 예언의 신비까지 가르쳤다고 했다. 또 청명한 밤의 특정한 시간에 하늘의 특정 부분을 올려다 보면 케이론 별자리가 보이는데, 유피테르가 천재의 죽음을 안타깝게 여겨서 만들어 놓았다고 했다.

그럼에도 최고의 현자 켄타우로스는 여전히 인간들에게 도움을 주고 있었다. 그가 손에 든 족자에 이런 그리스어가 적혀 있었다.

나그네여!
그대는 외지인인가?

1. 시내의 노래를 들어라. 분수의 물줄기를 두려워 말라. 그러면 나이아스(물의 정령)가 그대를 사랑하게 될 테니.
2. 다프네가 부른 제피로스(서풍)와 아우스테르(남풍), 부드러운 생명의 바람이 그대에서 달콤한 것들을 모아 주리라. 에우루스(동풍)가 불면 다이아나가 잠시 사냥을 나간 것이라. 보레아스(북풍)가 휘몰아치면 가서 숨으라. 아폴로가 성났으니.
3. 숲 그늘, 낮에는 그대의 것이되, 밤에는 판*과 드라이어드(숲의 정령)의 것. 그들을 방해하지 말라.
4. 시냇가의 로터스**를 조금만 먹으라. 안 그러면 기억을 잃어 다프네의 아이가 될지니.

* 다산과 번식의 신. 염소 모양으로 많이 묘사된다.
** 먹으면 황홀경에 들어가는 상상의 열매

5. 실 짓는 거미를 피해 걸으라. 그것은 지혜의 여신 미네르바를 위해 실을 짜는 아라크네*니라.

6. 다프네의 눈물을 보려는가. 월계수 가지에서 새싹 하나만 뜯으라. 그러면 그대도 죽으리.

조심하라!

그리고 머물면서 행복하기를.

벤허는 갑자기 모여드는 사람들에게 수수께끼 같은 안내판을 양보하고 발길을 돌렸다. 그때 흰 소가 다시 지나갔다. 바구니에 앉은 사내아이 뒤로 행렬이 따르고 있었다. 그 뒤로 역시나 염소 두 마리를 몰던 여인, 피리와 작은 북을 치는 사람들, 제물을 든 무리들.

"저들은 어디로 가나?"

옆 사람이 중얼거리자 다른 이가 대답했다.

"황소는 유피테르 신에게, 염소는……."

"아폴로가 아드메토스**의 가축들을 보살피지 않았던가?"

"그러면 염소는 아폴로에게 바치겠군!"

독자들이 다시 한 번 너그럽게 이해해 주시길. 타 종교가 편안해지려면 타 종교 신자들을 많이 접해야 된다. 그러다 보면 어떤 종교든 존경할 만한 선한 신자들이 있음을 알게 되는데, 다만 우리가 그들

---

* 베짜기 경쟁에서 미네르바 여신에게 져서 거미가 된 리디아의 소녀

** 제우스가 헤라를 도운 죄로 아폴론에게 벌을 내리니, 테살리아의 왕 아드메토스의 마구간을 2년간 청소하는 것이었다.

의 신앙을 존중해야만 알아볼 수 있다. 벤허가 그랬다. 그의 신앙은 로마에서의 세월에도, 갤리선 노예로 산 세월에도 상하지 않았다. 그는 여전히 유대인이었다. 그러면서도 동시에, 다프네 숲에서 아름다운 것들을 흠모하는 것을 배교 행위로 보지 않았다.

그렇다고 다음의 말들도 틀리지 않았다. 벤허가 극도로 양심의 가책에 시달린 나머지 이번에는 그냥 넘겼다는 말 말이다. 그는 화난 상태였다. 사소한 일에 안달이 나고 짜증이 나는 부아가 아니었다. 별일 아닌 일로 비난하거나 저주를 퍼붓는 미련한 자의 울화 따위와도 달랐다. 그것은 최고의 행복이 앞에 있다는 희망(혹은 꿈)이 갑자기 무너지며 격한 성격이 튀어나와 표출하는 분노였다. 무엇으로도 격정이 가라앉지 않았다. 운명과 싸우는 수밖에는.

조금 더 파고들어 보자. 그 싸움에서 운명이 손에 잡혀서 째려보거나 주먹질로 쫓아버릴 수 있다면, 혹은 말할 수 있어서 격론을 벌일 수 있다면 좋으련만. 그러면 불행한 인간이 스스로 파멸하는 것으로 끝나지 않을 테니까.

평소라면 벤허는 숲에 혼자 오지 않는다. 혼자 왔더라도 집정관과의 친분을 활용해서 안내를 시키지 정처 없이 돌아다니지 않는다. 업무상 방문이었다면 미리 행선지를 정해서 안내를 받으며 돌아봤으리라. 아름다운 곳에서 한가로운 시간을 보내고 싶었다면, 책임자 앞으로 된 소개장을 지참했겠지. 그러면 그는 주변의 소란한 사람들처럼 관람객이 되었으리라. 그런데 그는 숲의 신들에 대한 경외심이나 호기심이 없었다. 그저 깊이 낙담해서 앞일이 막막한 사내일 뿐이었다. 벤허는 운명을 기다리지 않고, 기필코 꺾을 상대로 여겨 찾아서 떠돌아다녔다.

정도는 달라도 우리 모두 이런 심정을 안다. 그가 지금껏 침착하게 용감한 일을 해왔음을 다들 인정할 것이다. 그리고 이렇게 말하게 될 것이다. 지금 벤허가 사로잡힌 어리석음이 무자비한 칼을 든 폭력이 아니라, 화려한 모자를 쓰고 호각을 부는 친절한 광대라서 다행이야.

6

벤허는 행렬을 따라서 숲속으로 들어갔다. 처음에는 그들이 어디로 가는지 궁금하지도 않았다. 하지만 무심한 기분을 떨치니, 사원으로 가고 있는 느낌을 받았다. 가장 흥미로운 숲의 중심지.

사람들이 한목소리로 꿈꾸듯 노래하기 시작했다. 벤허는 혼자만의 문구를 되뇌었다. '왕의 손님보다는 벌레가 되어 다프네의 오디를 먹고 사는 게 낫다'. 그러자 갑자기 궁금해졌다. 숲속의 삶이 정말 행복할까? 어떤 매력이 있지? 복잡하게 얽힌 심오한 철학 속에 매력이 있을까? 아니면 실은 표면에 있어서 매일 감지되는 매력일까? 매년 수천 명이 세상을 버리고 이곳에서 헌신했다. 그들은 매력을 찾았을까? 찾았대도 그 매력이 복잡다단한 인생사를 마음에서 밀어낼 정도의 깊은 망각을 일으킬까? 즐겁고 슬픈 모든 일들을? 과거의 슬픔뿐 아니라 가까운 미래를 맴도는 희망들을? 숲이 그들에게 그리도 좋았다면 당연히 내게도 좋겠지. 벤허는 유대인이었다. 세상의 좋은 것들이 아브라함의 자손 말고 누구의 것이리?

그는 즉시 있는 힘을 다해 골똘히 생각하기 시작했다. 제물을 들고 온 자들이 열렬히 노래하고 외치는 소리를 벗어나 걸었다.

하지만 하늘은 아무 말이 없었다. 파란 하늘, 지저귀는 제비들. 도시의 하늘과 똑같았다.

더 걷다가 우측으로 꺾어서 숲을 벗어났다. 산들바람에 향기가 실려 불어왔다. 장미향과 향초 타는 냄새가 섞여서 났다. 벤허는 다른 이들처럼 걸음을 멈추고 바람이 불어온 쪽을 쳐다보다가, 옆의 사내에게 말했다.

"저기 정원이 있는 모양이군요!"

"제를 올리나 봅니다. 다이아나나 판, 그런 숲의 신에게 올리는 제사겠죠."

유대말이었다. 벤허가 깜짝 놀라서 사내를 쳐다보았다.

"히브리인이십니까?"

사내는 정중하게 미소 지으며 대답했다.

"예루살렘의 장터 인근에서 태어났지요."

벤허가 더 말을 나누려 했지만 밀려드는 인파에 길옆으로 밀렸다. 사내는 저만치 떠밀렸다. 예복과 지팡이, 노란 끈으로 동여맨 갈색 두건, 단정한 차림새에 어울리는 강인한 유대인의 얼굴. 사내에 대한 인상이 청년 벤허의 마음에 그렇게 남았다.

이때 숲으로 접어드는 오솔길이 나왔다. 소란한 행렬을 벗어날 반가운 기회였다. 벤허는 얼른 잡목 숲으로 들어섰다. 도로에서는 들새들의 둥지처럼 빽빽한 원시림 같아서 도저히 들어갈 수 없을 것 같았는데, 몇 걸음 들어가니 역시나 공들여 가꾼 숲이었다. 관목들에 꽃과 열매가 달렸고, 늘어진 가지 아래 땅에도 꽃들이 화사하게 피었다. 그 위로 재스민이 곱게 뻗어 있었다. 다윗의 도시, 예루살렘 인근 계곡에도 피는 라일락과 장미, 백합과 튤립, 협죽도와 산딸나무에서 밤낮으로 내뿜는 향기가 공기 중에 감돌았다. 물과 숲의 요정들이 행복을 누리기에 충분했다.

화사한 꽃그늘을 지나 시내가 잔잔히, 굽이굽이 흘러갔다. 잡목 숲에서 나오니 좌우로 비둘기와 멧비둘기가 울었다. 찌르레기가 그를 기다렸다는 듯이 가까이 오라고 불렀다. 지빠귀는 벤허가 바로 앞까지 갔는데도 겁 없이 자리를 지켰다. 메추라기는 그의 발치에서 달아나며 뒤에 오는 새끼들에게 휘파람을 불었다. 벤허가 메추라기 가족이 지나가도록 옆으로 비켰을 때, 금색 꽃송이들이 찬란한 사향내 나는 꽃밭에서 뭔가 기어 나왔다. 벤허는 화들짝 놀랐다. 제 집에 있던 사티로스*인가? 상대가 고개를 들어 벤허를 보았다. 한 사내가 휘어진 전지용 칼을 입에 물고 있었다. 벤허는 겁먹었던 자신이 우스워서 씩 웃었다. 아, 이런 매력이구나! 두려움 없는 평온, 어디나 내려앉은 평화가 다프네 숲의 매력이었다!

그는 귤나무 아래 앉았다. 회색 뿌리가 물을 빨아들이려고 개천까지 뻗어 있었다. 콸콸 흐르는 물 가까이에 달린 둥지에서 박새가 고개를 내밀고 벤허의 눈을 보았다. 그는 속으로 중얼댔다.

---

* 쾌락의 신 바쿠스(디오니소스)를 따르는 숲의 신. 로마 신화의 판과 유사하게, 하반신이 염소이고 염소 뿔이 달렸다.

"그래, 새가 내게 말하고 있어. '나는 당신이 두렵지 않아요. 이 행복한 곳의 원칙은 사랑이니까.'"

다프네 숲의 매력이 명확해졌다. 벤허는 기쁘게 다프네 숲으로 사라진 사람들처럼 되기로 작정했다. 꽃과 관목을 보살피고, 어디나 있는 멋진 구경거리들이 자라는 것을 지켜보면서, 전지용 칼을 입에 물고 숲을 다듬고 다니는 사내처럼 괴로운 인생을 버릴 수 있지 않을까? 다 잊을 수 있지 않을까? 다 잊힐 수 있지 않을까?

하지만 점점 유대인의 기질이 마음을 휘젓기 시작했다.

'누군가는 그거면 충분할 텐데…… 어떤 부류의 사람들에게?'

'사랑은 즐거운 것…… 그게, 나처럼 고통을 안은 사람에게는 얼마만큼 즐거울까? 한데 인생에 사랑이 다일까? 그것뿐일까?'

이 숲에 만족해서 파묻힌 사람들과 벤허 사이에는 다른 점이 있었다. 그들은 의무가 없었지만(의무가 있을 리 없었다) 벤허는…….

"이스라엘의 하느님! 어머니! 티르자! 내가 당신들을 잃고도 행복을 느끼다니 저주받을 순간, 저주받을 곳이군요!"

벤허가 벌떡 일어나면서 외쳤다. 뺨이 달아올랐다.

그는 서둘러 잡목 숲을 지나 강처럼 물이 많은 개천에 이르렀다. 양쪽 물가에 돌이 깔렸고, 간격을 두고 수문들이 있었다. 벤허는 오솔길과 연결된 다리로 개천을 건넜다. 다리 위에서 다른 다리들을 보았다. 똑같은 모양이 하나도 없었다. 발아래 그림자처럼 깊고 투명한 물 웅덩이가, 조금 아래쪽으로 흘러가다가 바위에 부딪쳐 요란하게 부서졌다. 그러다가 또 웅덩이를 이뤘고, 다시 작은 물보라가 되었다. 보이지 않을 때까지 그런 식이었다. 다리, 웅덩이, 폭포같은 물

보라 들이 말 없이도 이야기를 할 수 있는 것처럼 분명히 말하고 있었다. 시냇물이 주인의 허락으로 흐르고 있다고. 신들의 하인이 되어 주인이 원하시는 대로 순종하고 있다고.

다리에서 시선을 앞쪽으로 던지면 너른 계곡과 높고 낮은 언덕이 어우러진 풍경이 보였다. 숲과 호수와 멋진 집들이 하얀 오솔길과 빛나는 물길로 이어졌다. 계곡은 아래쪽에 넓게 퍼져 있어서, 가물어도 물이 쏟아지며 해갈될 터였다. 꽃이 핀 들판과 어우러진 계곡은 초록색 융단이 펼쳐진 듯했고, 군데군데 눈 뭉치 같은 흰 양들이 있었다. 양 떼를 모는 양치기들의 외침이 들렸다. 그가 보는 것이 신성함을 말해주려는 듯, 무수히 많은 노천 제단마다 흰 옷 입은 사람이 있었다. 흰 옷의 행렬이 천천히 제단들 사이를 오갔고, 제단에서 피어나는 연기가 구름처럼 제단 위에 걸려 있었다.

여기저기, 행복하게 움직이고 들떠서 쉬고, 이것에서 저것으로, 풀밭에서 언덕으로, 숲에 머물렀다가 행렬들을 지켜보다가, 미로 같은 오솔길과 시냇물을 쫓아가다가 흐릿한 원경에 시선이 머물다가 마침내…… 아, 그렇게 아름다운 정경의 끝에 어울리는 게 뭘까! 이다지도 대단한 시작 뒤에 얼마나 많은 신비가 숨어 있을까! 여기저기서 말소리가 들리기 시작하자 그는 이리저리 눈을 돌렸다. 풍경과 소리와 향과 모든 것을 통틀어볼 때, 하늘과 땅에 평온이 있고 사방에서 와서 여기 누워 쉬라고 초대한다고 믿을 수밖에 없었다.

퍼뜩 깨달았다. 숲이 신전이었다. 멀리 뻗은, 담장 없는 신전!

이런 것이 또 있을까!

건축가가 기둥과 포르티코, 균형, 실내장식 등으로 고민할 필요가 없었다. 규모를 실현하는 데 따르는 제약 때문에 괴로워하지 않아도 된다. 그저 자연의 하인이 되면 그만이었다. 예술이 자연을 능가하지 못하는 법이니. 그래서 유피테르와 칼리스토의 명민한 아들*은 아르카디아**를 건설했다. 여기(다프네 숲)도 저기(아르카디아)도 천재 그리스인이 등장한다.

벤허는 다리를 건너서 가장 가까운 골짜기로 접어들었다. 양 떼와 마주쳤다. 목동은 아가씨였는데, 그녀가 그를 불렀다.

"오세요!"

더 가니 오솔길이 나뉘는 곳에 제단이 있었다. 검은 편마암 대에 섬세한 잎 장식 있는 하얀 대리석 판이 깔리고, 불 타는 놋쇠 화로가 놓였다. 가까이서 한 여인이 지나가는 벤허를 보고 버드나무 막대기를 흔들면서 불렀다.

"여기 있어요!"

그녀의 유혹적인 미소에서 열정적인 젊음이 배어났다.

더 가다가 또다른 행렬과 마주쳤다. 선두에서 화환 외에는 알몸인 어린 소녀들이 날카로운 목소리로 노래했다. 뒤에서 햇볕에 짙은 갈색으로 그을린 소년들이 역시나 알몸으로 소녀들의 노래에 맞춰 춤을 추었다. 그 뒤로 여인들이 제단에 바칠 향료와 과자를 담은 바구니를 들고 따라왔다. 여인들은 단순한 옷만 걸쳐서 살이 보여도 개의치 않았다. 벤허가 지나갈 때 그들이 손을 내밀었다.

---

* 어머니인 숲의 요정 칼리스토는 큰곰자리 별이, 아들인 아르카스는 작은곰자리 별이 되었다.

** 그리스식 '이상향'의 대명사. 그리스 중부의 초원 지대를 일컫는 말이기도 하다.

"여기 있어요, 우리랑 가요."

어떤 그리스인이 아나크레온*의 시구를 노래했다.

오늘, 나는 주거나 받네.

오늘, 나는 마시고 사네.

오늘, 나는 구걸하거나 빌리네.

입 다문 내일을 누가 알리오?

그는 그대로 무심히 길을 가다가 계곡 가운데서 풍성한 숲을 만났다. 여행객에게 가장 매력적일 지점이었다. 오솔길 지척에서 숲의 그늘이 유혹했고, 나뭇잎 사이로 화려한 조각상 같은 것도 반짝였다. 벤허는 길에서 빠져나와 서늘한 그늘로 들어갔다.

풀이 싱싱하고 깨끗했다. 나무들이 적당한 간격으로 서 있는데, 동방 특유의 온갖 나무들이 머나먼 서방에서 온 외래종들과 섞여 있었다. 이쪽에는 왕비처럼 다듬어진 종려나무들만 모여 있고, 저쪽에는 더 짙은 월계수를 압도하는 무화과나무들이 있었다. 또 상록수인 떡갈나무들이 파릇파릇하고, 레바논의 왕들만큼 거대한 향나무들과 뽕나무들. 그리고 테레빈나무들. 어찌나 아름다운지 천상의 수목원에서 떠밀려 왔대도 과하지 않을 정도였다.

알고 보니 조각상은 경이로운 미모의 다프네였다. 하지만 벤허는 여신의 얼굴을 힐끗 쳐다볼 짬도 없었다. 조각상 아래에 호피를 깔

* 기원전 5세기경의 그리스 시인. 연애와 술을 찬양하는 서정시를 썼다.

고서 남녀가 끌어안고 자고 있었다. 옆에는 일할 때 쓰는 도구들(청년의 도끼와 낫, 아가씨의 바구니)이 시드는 장미더미 위에 내동댕이쳐져 있었다.

이런 광경에 벤허는 깜짝 놀라서, 서둘러 향기 나는 잡목 숲으로 되돌아오면서 생각했다. 위대한 숲의 매력은 두려움 없는 평화였고, 그런 점에 반할 뻔했다. 그런데 벌건 대낮에 남녀가 끌어안고 자는 모습에서(다프네의 발 아래서 이렇게 자는 모습에서) 그는 깨달은 것이다. 이 숲의 원칙은 사랑이나, 원칙 없는 사랑이다.

이게 다프네의 달콤한 평화다!

이게 여신을 신봉하는 자들의 종착지다!

이것을 위해 왕후장상들은 재산을 헌납했다!

이것을 위해 교활한 사제는 자연을 훼손했다. 새, 시내, 백합, 강, 여러 사람의 노동, 성스러운 제단, 태양의 생산력!

이제 벤허가 걸어가며 깨닫는 생각들을 기록해 보면 재미있을 것이다. 그는 멋진 노천 사원의 숭배자들 때문에 서글퍼졌다. 특히 개인적으로 봉사하며 신전을 아름답게 관리하는 이들이 안쓰러웠다. 그들이 왜 그렇게 되었는지 이유가 자명해졌다. 일부는 고통받는 영혼이 성소에서 끝없는 평화를 얻으리라는 약속에 붙들린 것이다. 이들은 신전의 아름다움을 위해 돈으로, 돈이 없으면 노동력으로 봉사했다. 이 부류는 특히 희망과 두려움을 조건으로 지성을 암시한다.

하지만 대부분의 신봉자들은 달랐다. 아폴로의 그물은 넓고 그물망은 작으며, 그의 어부들이 무엇을 낚았는지 말할 수가 없다. 설명하지 못해서가 아니라 설명해서는 안 되기 때문이다. 대다수는 천하의 방탕한 자들로, 수가 더 많고 수준이 더 낮았다. 동방의 관능적인 쾌락에 빠진 자들이라는 말 정도로 족하다. 이들은 어떤 찬미 대상에게도 맹세하지 않았다. 노래하는 신 아폴로나 그의 불행한 애인(다프네)에게도. 차분히 물러나 사색해야 하는 철학에도, 종교가 주는 위안에도, 성스러운 의미의 사랑에도 맹세하지 않았다. 사실 이 시대에 위에서 말한 찬미를 할 수 있는 사람들은 두 부류뿐이었지 않은가. 바로 모세의 율법을 지키며 살았던 이들과 브라흐마의 율법을 지키며 살았던 이들. 그들만이 외칠 수 있었으리라. '율법 없는 사랑보다 사랑 없는 율법이 낫다.'

게다가 공감은 당시의 기분에 따라 상당히 좌우된다. 분노하면 공감하지 못하고, 완전히 만족한 상태에서는 쉽게 공감하기 마련이다. 벤허는 머리를 꼿꼿이 들고 걸음을 재촉했다. 그는 주변인들의 즐거움은 의식하지 않았고, 이따금 비웃음으로 입꼬리가 올라갔지만 더 차분한 마음으로 살폈다. 자신이 자칫 속아 넘어갈 뻔했다는 사실이 쉬 잊히지 않았던 것이다.

7

앞쪽에 편백나무 숲이 있었다. 나무들이 기둥처럼 높고 돛대처럼 쭉쭉 곧았다. 벤허는 그늘로 들어가다가 활기찬 나팔 소리를 들었고, 그 순간 가까운 잔디밭에 누운 사람이 눈에 들어왔다. 아까 신전 가는 길에 만났던 유대인이다. 사내가 일어나서 다가왔다.

"다시 평안을 빕니다."

사내가 명랑하게 말했다.

"감사합니다. 제가 가는 길로 가십니까?"

"저는 경기장으로 갑니다. 그쪽으로 가시나요?"

"경기장이요?"

"네. 방금 전 나팔 소리는 선수들을 소집하는 소리입니다."

"친구여, 저는 숲에 대해 잘 모릅니다. 혹시 함께 따라가도 괜찮을 까요?"

벤허가 솔직하게 말했다.

"그럼요. 아, 저 바퀴 소리가 들리세요? 선수들이 트랙을 돌고 있네요."

벤허는 잠시 귀를 기울이다가, 사내의 팔을 잡고 자기소개를 했다.

"저는 집정관 아리우스의 아들입니다. 선생은?"

"말루크라고 합니다. 안디옥의 상인이지요."

"아, 말루크 님. 나팔 소리와 바퀴가 삐걱대는 소리, 오락을 즐길 생각에 신이 나는군요. 저도 전차를 모는 기술이 좀 있지요. 로마의 경기장에 제법 이름이 알려졌답니다. 코스로 가 보죠."

말루크가 잠시 머뭇대다가 재빨리 물었다.

"집정관은 로마인이었는데 그 아드님은 유대인의 옷차림을 하셨 군요."

"아리우스 각하는 제 양아버지셨습니다."

"아! 그렇군요, 양해하십시오."

그들은 숲을 나와서 트랙이 있는 벌판에 도착했다. 여느 경기장과 모양과 크기가 똑같았다. 트랙은 부드러운 흙을 뿌려서 다져 놓았고, 양끝에 창을 꽂고 밧줄을 느슨하게 매어서 경계선을 삼았다. 관중들과 구경 삼아 온 사람들의 편의를 위해 튼튼한 차양으로 그늘을 만들었고, 계단식 좌석이 있는 관람석도 몇 군데 있었다. 두 사람은 빈자리를 찾아서 앉았다.

벤허는 앞을 지나가는 전차들을 헤아렸다. 모두 아홉 대였다.

그는 좋은 마음으로 말했다.

"대단하군요. 이곳 동방에서는 2두 전차 정도를 몰 줄 알았는데, 야심이 있는 자들답게 모두 4두 전차를 모는군요. 어디, 실력은 어떤지 한번 봅시다."

전차 여덟 대가 관중석 앞을 지나갔다. 몇 대는 걸어서, 몇 대는 속보로 지나갔고, 다들 예상보다 훨씬 말을 잘 부렸다. 아홉 번째 전차는 질주했다. 벤허는 감탄을 연발했다.

"저는 황제의 마구간에도 가 봤지만, 이렇게 훌륭한 말들을 본 적이 없습니다!"

마지막 전차가 쌩하고 지나갈 때 다른 말들이 혼란에 빠졌다. 관중석에서 누군가 날카롭게 소리쳤다. 벤허가 고개를 돌리니, 위쪽 좌석에서 노인이 엉거주춤 일어나 주먹을 쳐들었다. 그는 트랙을 노려보면서 희고 긴 수염을 부르르 떨었다. 바로 옆 관중 몇 명이 웃기 시작했다. 벤허가 말루크에게 물었다.

"노인에게 예의를 지키지 않고. 저분은 누굽니까?"

"모압 너머 사막에서 왔는데, 낙타와 말을 많이 가지고 있습니다.

초대 파라오 시절 경주마의 후손도 있다더군요. 일데림 족장이라고 알려져 있습니다."

기수가 네 마리 말을 진정시키려고 애썼지만 소용이 없었다. 노력이 허사로 돌아갈 때마다 족장은 점점 흥분했다.

"지옥에 떨어질 놈 같으니! 뛰어! 날아가라구! 듣고 있느냐, 얘들아? 들리느냐 말이다! 말들도 너희처럼 사막 태생이다. 녀석들을 붙잡아, 어서!"

그가 날카롭게 소리쳤다. 부족의 하인들에게 하는 말이 분명했다.

말들이 더 마구 날뛰었다.

족장은 기수에게 주먹을 흔들어댔다.

"저주받을 로마 놈! 내 말들을 몰 수 있다고 호언장담했잖아! 망할 놈의 라틴 신들에 걸고 맹세를 읊어대더니만. 아, 내 몸에서 손 치워! 치우라니까! 내 말들을 독수리처럼 날게 하겠다고, 잘 키운 양처럼 부드럽게 달리게 하겠다더니! 망할 놈, 저런 놈을 아들이라고 낳은 망할 놈의 어미! 보배 같은 녀석들을 보라고! 한 마리에게라도 회초리를 휘둘렀다가는……."

족장이 이를 갈아서 나머지 말소리가 잘 들리지 않았다.

"…… 저것들의 머리통에 대고 말을 해 주면, 어머니가 천막에서 불러준 노래를 한 구절만 해 주면 되는데. 아이고, 로마 놈을 믿은 내가 등신이지!"

노인의 일행 몇 명이 영리하게 그와 말들 사이에 자리를 잡고 섰다. 족장의 말을 막으려는 속셈이 맞아떨어졌다.

벤허는 족장을 이해하고 공감했다. 그가 보기에 족장은 말에게 재산으로서의 자부심 이상의, 경주 결과에 대한 초조감 이상의 감정을 품고 있었다. 족장에게 말들은 자식처럼 소중한 존재, 아주 지극한 사랑으로 세심하게 보살펴야 하는 존재였다.

네 마리 모두 반점 없이 깨끗하고 밝은 적갈색의 암말로, 비율이 좋고 탄탄하고 미끈했다. 작은 두상에 뾰족한 귀가 섬세하게 움직였고, 양미간이 넓었다. 콧구멍을 벌렁거리면 콧속의 짙은 빨강색 막이 불꽃처럼 보였다. 아치 모양의 목에서 풍성한 갈기가 어깨와 가슴팍까지 늘어졌고, 비단 너울의 풀린 올 같은 앞 갈기와 멋진 조화를 이뤘다. 무릎과 발굽 위쪽 돌기 사이의 다리는 손바닥처럼 평편하지만, 무릎 위쪽은 억센 근육이 투덕투덕 붙어서 탄탄한 몸통을 떠받쳤다. 석영으로 만든 컵처럼 반질거리는 발굽을 뒤로 들었다가 허공을 때리며 앞으로 나갔다. 가끔 윤기가 흐르는 긴 검은 꼬리가 흙바닥을 내리쳤다. 족장이 보배로 여길 만한 말들이었다.

다시 찬찬히 말들을 살피면서 벤허는 녀석들과 주인과의 관계를 파악했다. 말들은 주인의 눈길을 받으며 자랐다. 낮에는 살뜰한 보살핌을 받고 밤에는 자랑스런 기대를 받았다. 그늘 없는 사막에서도 검은 천막집 안에서 가족처럼 같이 살고 자식처럼 사랑받았다. 노인은 오만하고 밉살스런 로마인들을 이겨 보려고 사랑하는 말들을 도시에 데리고 나왔으리라. 기수만 잘 만나면 승리야 떼어 놓은 당상이었는데, 단, 좋은 기수라고 단순히 기술만 좋아서는 안 됐다. 말들의 정신을 이해하는 자여야 했다. 노인이 냉철한 서방인이었다면 기수의 무능에 세련되게 화내고 해고했을 텐데, 아랍인이자 족장인 그는 분노를 터트리며 소동을 일으킨 것이다.

족장의 욕설이 끝나기 전에 대여섯 사람이 말들을 잡아서 진정시켰다. 그 무렵 다른 전차가 트랙에 등장했다. 유일하게 기수, 전차, 달리는 품새가 로마에서의 결승전과 똑같았다. 이 참가자에 대해 미리 알아 두는 게 좋겠다.

누구나 고전적인 전차의 이미지는 어렵지 않게 떠올릴 것이다. 뚜껑 없는 상자에 회전축이 넓고 낮은 바퀴를 달아서 말 꼬리 뒤에 매단 모양. 그런데 이것은 원시적인 형태일 뿐이다. 여기에 점점 예술적 천재성이 가미되어서, 이제 간단했던 기구는 아름다운 작품으로 격상되었다. 아우로라(새벽의 여신)가 밝아오는 새벽에 타고 있는 마차를 상상해 보라.

예나 지금이나 기수들은 야심만만하고 철저했다. 그들은 소박한 전차에는 말 두 필을, 최고의 전차에는 말 네 필을 맸다. 사두마 전차는 올림픽 경기나 축제에 출전했다.

명민한 기수들은 말들을 옆으로 나란히 세웠는데, 채* 옆의 두 필을 멍에마, 그 좌우의 말을 봇줄마**로 구분해서 불렀다. 그들은 말들이 자유롭게 움직여야 최대 속도를 낼 수 있다고 보아서, 사실 아주 간단한 마구만 동원했다. 끈들과 고삐를 제외하면, 목줄과 목줄에 연결된 봇줄이 전부였다. 좁은 나무 멍에나 가로대를 채 끄트머리 근처에 박고, 멍에 끝에 달린 고리에 끈을 넣어서 목줄을 맸다. 멍에마의 봇줄은 회전축에 걸었고, 봇줄마의 봇줄은 전차 칸의 맨위 가장

* 수레의 양옆에 댄 긴 막대
** 봇줄은 말과 수레를 연결하는 가죽 줄

자리에 연결했다. 그러면 끈들을 다는 것만 남았고, 그것은 요즘 장치와 비슷하니 방법이 색다를 것은 없었다. 채의 끝 앞쪽으로 있는 큰 고리에 끈들의 끝을 매고, 각각의 말 입가 고삐의 안쪽 고리로 끈들을 빼내서 기수가 쥐었다.

이 간단한 그림을 머리에 담아 두고, 더 필요한 부분은 이어지는 장면들에서 볼 수 있을 것이다.

관중은 기수들을 차분히 맞이했지만, 마지막 기수는 달랐다. 관중석 쪽으로 전차가 다가오자 시선이 몰리면서 요란한 환호와 박수가 터졌다. 검은 멍에마들에, 봇줄마들은 눈처럼 희었다. 로마식으로 네 필 모두 털이 짧았다. 꼬리는 짧게 잘랐고, 갈기는 야성적으로 보이게 잘라서 여러 갈래로 묶은 뒤 울긋불긋 화려한 리본을 달았다.

마침내 벤허의 자리에서 전차가 제대로 보였다. 환호를 받을 만한 모양새였다. 바퀴통은 황동 테가 지지하지만 가벼웠다. 상아 바퀴살들은 바깥쪽으로 자연스럽게 굽어서 완벽하게 오목했는데, 이것은 그때나 지금이나 핵심적인 부분이다. 청동 바퀴에는 빛나는 흑단으로 만든 바퀴 테가 붙어 있었다. 바퀴의 고정 축대에 황동으로 만든 포효하는 호랑이 머리가 꽂혀 있었다. 버드나무를 짜서 만든 전차는 황금빛으로 칠해져 있었다.

멋진 말들과 눈부신 전차가 다가오자 벤허는 점점 궁금해졌다.

누구일까?

첫눈에는 기수의 얼굴이나 몸집을 잘 보지 못했다. 그런데 분위기와 태도가 낯익었고, 묘하게 마음이 불편했다.

누구였더라?

이제 말들이 속보하면서 전차가 더 가까워졌다. 고함 소리와 기수의 늠름함으로 볼 때, 인기 있는 선수이거나 왕족 같았다. 외모로는 충분히 고위직처럼 보였다. 왕들도 승리의 월계관을 받으려고 애썼다. 후대에 네로와 코모두스는 전차에 몰두한 황제들로 알려졌다. 벤허는 일어나서 사람들을 헤치고 내려가, 관중석 맨 아래 난간 앞에 섰다. 그의 표정과 태도가 사뭇 진지했다.

전차 기수의 전신이 눈에 들어왔다. 옆에 미르틸로스Myrtilos*처럼 생긴 사람이 타고 있었다. 전차 경주에서 열렬한 고관대작에게 허용됨직한 전형적인 모습의 시종이었다. 그러나 벤허의 시선은 기수에게만 고정되었다. 가죽끈을 몸에 휘감고 똑바로 선 자세, 훤칠한 외모, 붉은 튜닉을 대충 걸친 모습. 오른손에 채찍을 들고, 왼손은 위로 들어 가죽 줄 네 개를 길게 늘였다. 유난히 기품 있고 생기 넘치는 몸가짐이었다. 관중의 환호와 박수에도 조각상처럼 무심한 표정.

벤허도 얼어붙어 버렸다. 육감과 기억이 분명히 말해 주었다.

메살라!

말을 보는 안목, 화려한 전차, 과시적인 태도, 무엇보다 차갑고 날카로운 독수리 같은 표정은 대대로 세계를 장악한 국민다운 면모였다. 벤허는 메살라가 변함없이 오만하고 자신만만하고 대담한 것을 보았다. 야망도, 냉소도, 무시하는 듯한 조롱까지 똑같았다.

* 헤르메스의 아들이자, 엘리스 지역 오이노마오스 왕의 전차 기수

8

벤허가 관중석에서 내려갈 때 한 아랍인이 맨 아래 계단에 서서 외쳤다.

"동방과 서방의 여러분, 모두 들으십시오! 일데림 족장께서 인사를 전하십니다. 그분이 현명한 솔로몬 왕의 애마의 후손인 말 네 필을 데리고 최고의 말들과 겨루러 오셨으니, 이제 그 말들을 다룰 강한 기수를 찾고 계십니다. 누구든 영원히 후사하겠다고 약속하십니다. 도시와 경기장들, 어디든 가장 강한 분들이 모인 이곳저곳에 제안을 퍼뜨려 주십시오. 제 주인이신 '관대하신 일데림 족장'이 그렇게 말씀하십니다."

차양 밑의 사람들이 소란스럽게 웅성댔다. 저녁 무렵이면 안디옥의 모든 경기장에서 이 제안을 두고 의논할 터였다. 벤허는 멈춰서서 족장과 하인을 번갈아 쳐다보았다. 말루크는 벤허가 제안을 받아들이면 어쩌나 염려했다. 하지만 벤허는 고개를 돌리며 말했다.

"말루크 님, 이제 어디로 갈까요?"

말루크는 마음이 놓여서 웃으며 대답했다.

"숲에 처음 온 사람들은 보통 곧장 운수를 점치러 가는데, 그러시렵니까?"

"운수라고 하셨습니까? 어째 점괘가 신통치 않을 것 같지만, 당장 무녀를 찾아갑시다."

"아닙니다, 아리우스의 아드님. 여기 아폴로 사제들은 재주가 좋습니다. 피티아Pythia*나 시빌라Sibylla**처럼 말하는 게 아니라, 갓 줄기에서 딴 파피루스 잎을 팝니다. 그것을 어떤 분수의 물에 적시면 문구가 나타나는데, 그게 그 사람의 미래라는군요."

벤허의 얼굴에서 흥미가 가셨다. 그가 침울하게 말했다.

"장래에 대해 안달할 필요가 없는 사람들도 있지요."

"그러면 신전들에 가 보시겠습니까?"

"신전들은 그리스식이지요, 아닌가요?"

"그리스식이라고 말하지요."

"그리스인은 예술에서는 아름다움의 달인들이었지만, 건축에서는 다양한 아름다움을 구사하지 않았지요. 그리스식 신전들은 다 거기서 거깁니다. 분수의 이름이 뭡니까?"

"카스탈리아Castalia.***"

"아! 온 세상에 알려진 샘이군요. 거기 가 봅시다."

말루크는 걸어가면서 벤허를 살폈고, 그에게서 일순간 활기가 없어졌음을 느꼈다. 청년은 지나가는 사람들에게 관심을 두지 않았고, 놀라운 것들을 만나도 감탄하지 않았다. 그는 조용히, 심지어 시무룩하게 느릿느릿 걸었다.

사실 메살라를 본 벤허는 상념에 빠져들어 있었다. 힘센 손아귀가 그를 어머니로부터 떼어낸 것이 바로 한 시간 전의 일 같았다. 로마

---

* 델피에 있는 아폴로 신전의 여사제

** 여자 무녀

*** 파르나스 산에 있는 샘. 아폴론이 아름다운 님프 카스틸리아에게 구애하지만, 카스틸리아는 달아나며 절벽에서 몸을 던진다. 그러자 아폴론이 재빨리 그녀를 샘으로 바꾸었다고 한다. 델포이 신전에 신탁을 구하러 오는 사람들이 몸을 정결하게 하기 위해서 이 샘에서 씻었다.

군이 집 대문들을 봉쇄한 것도 방금 전인 듯했다. 갤리선에서의 무력하고 비참한 생활(그걸 생활이라고 부를 수 있다면) 속에서 노젓기 노동을 빼면 할 수 있는 일이라곤 복수를 꿈꾸는 것뿐이었다. 복수의 칼날은 주로 메살라를 겨눴다. 그는 속으로 중얼대곤 했다. '그라투스는 복수를 피할 수 있어도 메살라는 피하지 못해, 절대로!' 그는 각오를 굳게 다지려고 되뇌고 또 되뇌었다. '누가 우리를 로마군에게 고발했지? 도와달라고(내가 아니라 가족을!) 간청하는 나를 비웃고 조롱하고 가 버린 게 누구지?' 꿈은 늘 똑같이 끝났다. 이스라엘의 하느님, 그와 조우하는 날 저를 도우소서! 제가 딱 맞는 복수를 하게 도와 주소서!

그 조우가 목전에 있었다.

혹 가난하고 고생하는 메살라를 목격했다면 벤허의 감정은 달라졌을 것이다. 하지만 아니었다. 메살라는 잘사는 정도가 아니었다. 엄청나게(휘황찬란하게) 부유했다.

벤허는 원수와 언제 조우할지, 어떤 방식이어야 잊지 못할 조우가 될지 고심하고 있었다. 그 표정을 말루크는 활기가 없어졌다고 느낀 것이다.

한참을 걸어서 떡갈나무가 늘어선 큰길로 들어서니, 사람들이 무리지어 오갔다. 보행자들, 말 탄 사람들, 노예들이 든 가마에 탄 여인들…… 전차들도 이따금 천둥소리를 내면서 지나갔다.

큰길 끄트머리에 저지대로 내려가는 완만한 길이 있었다. 오른쪽으로는 깎아지른 듯한 회색 바위가, 왼쪽으로는 봄처럼 싱그러운 탁트인 풀밭이 펼쳐졌다. 거기에 유명한 카스탈리아 분수가 있었다.

사람들 사이를 지나가다가 벤허는 돌 틈으로 물줄기가 솟아서 검은 대리석 수반으로 쏟아지는 광경을 보았다. 물은 수반에서 거품을 일으키다가 갈대기로 빠지는 것처럼 사라졌다.

수반 옆, 단단한 벽에 낸 작은 주랑 현관 밑에 사제가 앉아 있었다. 수염을 기른 주름투성이 노인은 두건 달린 옷을 입은 모습이 영락없는 은자였다. 사람들의 태도로 봐서는 여기 모이는 게 영원히 반짝이는 분수 때문인지, 영원히 거기 있는 사제 때문인지 알 수 없었다. 사제는 듣고 보고 사람들의 눈길을 받았지만 입을 열지 않았다. 이따금 방문객이 그에게 동전을 쥔 손을 내밀었다. 그는 노련하게 눈을 반짝이면서 돈을 받고 파리루스 잎 하나를 내주었다.

잎을 받은 사람은 얼른 수반에 적셔서 물방울이 떨어지는 잎을 햇빛에 비추었다. 그러면 잎에서 시 구절이 드러났다. 시 구절이 신통치 않아도 분수의 명성은 가라앉지 않았다. 그때 한 무리의 방문객이 풀밭을 지나 분수로 다가왔다. 그들의 형색이 사람들의 시선을 끌었다. 벤허조차 호기심을 느꼈다.

맨 처음 낙타가 보였다. 아주 키가 크고 새하얀 낙타였다. 몰이꾼이 말을 타고 앞에서 고삐를 끌었다. 낙타의 등에 올려진 하루다*는 유난히 큰데다가 주홍색과 금색이었다. 말 탄 사람 두 명이 긴 창을 들고 낙타 뒤를 따랐다.

"대단한 낙타일세!"

누군가 감탄했다.

* 닫집이 있는 가마

"먼나라 왕족인가."

다른 이가 의견을 말했다.

"그보다는 왕 같은데."

"코끼리에 탔어야 왕이지."

세 번째 사람은 색다른 의견을 냈다. 단정적인 말투였다.

"낙타, 그것도 흰 낙타! 아폴로에게 맹세컨대 저기 오는 두 사람은 왕도 왕족도 아닐세. 저들은 여인이야!"

설왕설래의 와중에 낙타 일행이 도착했다.

낙타는 가까이서 봐도 과연 멋졌다. 여행자들은 그렇게 크고 늠름한 낙타를 처음 보았다. 그 멋진 검은 눈! 놀랍게 고운 흰 털! 위로 가볍게 들어올렸다가 땅으로 소리 없이 사뿐히 내딛는 발! 아무도 이렇게 훌륭한 낙타를 본 적이 없었다. 거기에 비단 장식, 테두리의 금빛 장신구며 수술과 어찌나 잘 어울리는지! 은종을 딸랑대면서 짐을 싣지 않은 듯이 가뿐하게 움직였다.

그런데, 대체 가마에 탄 '남녀'는 누구지?

다들 호기심에 가득찬 눈빛으로 그들에게 경의를 표했다.

만약 남자가 왕이나 왕족이라면, 군중 가운데 철학자연하는 이들은 세월의 공평함을 논했을 것이다. 큰 터번 밑의 수척하게 마른 얼굴, 국적이 가늠되지 않는 미라 같은 피부색을 보며, 사람들은 잘나든 못나든 주어진 시간이 같음에 내심 흐뭇했다. 사내가 몸에 두른 숄 말고는 부러워할 만한 게 없었다.

여자는 고급스러운 베일와 호화로운 레이스 옷을 걸치고 동방 식으로 앉아 있었다. 팔꿈치 위에 낀 똬리를 튼 독사 모양의 팔찌가 팔목의 팔찌들과 연결되어 있는데, 우아한 맨팔을 더 돋보이게 했다. 가마 가장자리를 잡은 한 손은 아이 손처럼 예쁘장했다. 날씬한 손가락에서 반지들이 반짝였고, 손톱 끝이 자개 같은 분홍색으로 물들었다. 그물 무늬의 베일에는 산호알들이 박혀 있고, 동전 모양의 장식들이 찰랑거렸다. 동전 장식이 이마를 스치고 등 뒤로 떨어져서 검은 머리 속에 묻혔다. 푸른빛이 도는 검은 머리카락은 그 자체로 비할 데 없는 장신구여서, 햇빛과 먼지를 가릴 목적 말고는 베일로 가릴 이유가 없었다. 그녀는 낙타 등의 높은 자리에 차분히 앉아서 사람들을 내려다보았다. 자신에게 쏟아지는 눈길을 의식하지 않고 도리어 재미있다는 듯이 사람들을 하나하나 살펴보았다. 얼굴을 가리지 않은 채로! 지체 높은 여인이 사람들 앞에 맨 얼굴로 나서는 것은 금기였는데 말이다.

아름다운 얼굴이었다. 아주 젊고 갸름했다. 피부색은 그리스인처럼 희지도 않고, 로마인처럼 가무잡잡하지도 않았다. 갈리아인처럼 금빛도 아니었다. 나일 강의 태양빛이 투명한 살을 물들여, 속에서 흐르는 피가 뺨과 눈썹을 등불처럼 발그레하게 비쳤다. 자연스럽게 큼직한 눈에는 눈두덩을 따라 오래전부터 동방에 내려오는 검은 칠을 했다. 입술은 살짝 벌어져서 진홍색 호수 같은 입속과 하얗게 빛나는 치아가 보였다. 이런 아름다운 얼굴에, 긴 목과 고전적인 모양의 작은 두상이 주는 분위기를 더해 보라. 머리를 우아하게 숙인 자태는 왕비 같다는 표현이 딱 맞았다. 아름다운 여인은 사람들과 주변을 살피고 마음에 들었는지, 근육이 탄탄한 상체를 드러낸 에티오피아인 몰이꾼에게 지시를 했다. 몰이꾼은 낙타를 분수 근처로 데려가서 앉히더니, 그녀에게 컵을 받아서 물을 뜨러 수반으로 갔다.

그때 급히 움직이는 바퀴와 말발굽 소리가 여인의 미모가 불러온 고요를 깨뜨렸다. 모여 있던 사람들이 비명을 지르면서 사방팔방으로 피했다.

"로마인이 우리를 짓밟을 작정이군. 조심하시오!"

말루크가 벤허에게 외치면서 얼른 그를 비키게 했다.

벤허는 소리가 나는 쪽을 보았다. 전차를 몰고 사람들 쪽으로 달려오는 메살라를 보았다. 이번에는 가까이서 분명하게 보았다.

사람들이 흩어지자 낙타가 드러났다. 보통 낙타는 더 민첩하지만 말발굽이 코앞인데다, 평생 애지중지 키워진 동물답게 편안히 눈을 감고 새김질을 하는 중이었다. 에디오피아인 몰이꾼은 겁이 나서 손만 비틀며 어쩔 줄 몰라 했다. 노인이 가마에서 내려 피하려고 움직였지만, 고령인데다가 위험 앞에서도 몸에 배인 위엄을 내던질 수가 없었다. 여인이 목숨을 구하기는 이미 늦어 버렸다. 그들과 가장 가까이 있는 벤허가 메살라에게 소리쳤다.

"멈춰! 앞을 보라고! 뒤로, 뒤로!"

로마 귀족은 재미있다는 듯 깔깔댔다. 벤허는 낙타 일행을 구할 길은 한 가지뿐임을 알았다. 그가 전차 앞으로 뛰어들어서 왼쪽 멍에마와 견인마를 붙잡았다.

"개 같은 로마 놈! 사람 목숨이 그렇게 우스워?"

그가 외치면서 젖 먹던 힘까지 냈다. 두 마리가 멈추면서 나머지 두 마리를 당겼고, 그 바람에 축이 기울면서 전차가 갸우뚱했다. 메살라는 넘어지는 것을 간신히 면했지만 느긋하던 시종은 땅바닥에 고꾸라졌다. 위기가 지나간 것을 알자 구경꾼들이 조롱했다.

로마인 메살라는 뻔뻔하기 짝이 없는 태도를 보였다. 몸에서 고삐 줄을 풀어 한쪽으로 던지고, 전차에서 내리더니 낙타 앞으로 걸어왔 다. 그는 벤허를 쳐다본 후, 노인과 여인에게 말을 걸었다.

"용서하십시오, 용서를 구합니다. 두 분 모두에게. 난 메살라라고 합니다. 대지의 어머니에게 맹세컨대 두 분이나 낙타를 보지 못했습 니다! 내가 솜씨를 과신했나 봅니다. 여기 이 선량한 구경꾼들을 좀 놀려줄까 했는데 도리어 놀림을 당했네요. 어쨌든 저들에게도 다행 이지요!"

그가 구경꾼들에게 던지는 부드럽고 가벼운 표정이, 말투와 몸짓 과 잘 맞아떨어졌다. 그가 말을 늘어놓을수록 좌중은 조용해졌다. 메 살라는 사람들의 환심을 샀다고 확신하고, 시종에게 전차를 저만치 치우라고 손짓했다. 그리고 대담하게 여인에게 말을 걸었다.

"어르신을 염려하시는군요. 지금 당장은 그분의 용서를 얻지 못한 다 해도 앞으로 더 부지런히 용서를 구하겠습니다. 그분의 따님에게 도."

그녀는 대꾸하지 않았다.

"아, 아름다우십니다! 아폴로가 헤어진 연인으로 착각하지 않도록 조심하십시오. 어느 땅이 그대의 모국인지 궁금합니다. 외면하지 마 세요. 잠깐! 잠깐만! 그대의 눈에는 인도의 태양이 있고, 입가에는 이 집트가 사랑의 증표를 찍어 놓았군요. 아니! 그 노예에게 고개를 들 리지 말고 이 사람에게 자비를 베푸시지요, 아름다운 아가씨. 적어도 용서한다고 제게 말해 주십시오."

그녀가 메살라의 말을 잘랐다.

"이리 와 주시겠어요?"

그녀가 미소 지으며 우아하게 고개를 숙였다. 메살라가 아니라 벤
허에게.

"이 잔에 물을 담아 주시겠어요. 아버지가 목이 마르셔서요."

"기꺼이 그러겠습니다!"

벤허가 부탁을 들어주려고 몸을 돌리다가 메살라와 마주 서게 되
었다. 두 사람의 시선이 마주쳤다. 유대인의 눈빛은 분노로, 로마인
의 눈빛은 장난기로 반짝였다.

메살라가 그녀에게 손을 흔들며 말했다.

"아, 낯선 분, 지독히 아름답군요! 아폴로가 그대를 데려가지 않는
다면 저를 다시 만나실 겁니다. 어느 나라분인지 모르니 어느 신에
게 그대를 위탁할 수가 없군요. 그러니 모든 신에게 그대를 위탁하
겠습니다, 제가!"

시종이 말들을 진정시키고 준비시킨 걸 알자, 메살라는 전차로 돌
아갔다. 여인은 멀어지는 그를 바라보았다. 속마음은 알 수 없으나
불쾌하지는 않은 눈치였다. 곧 그녀는 벤허에게서 물을 받아서 아버
지에게 드렸다. 그러더니 그녀도 잔에 입술을 댄 후, 몸을 굽혀 벤허
에게 주었다. 너무도 우아하고 기품 있는 자태였다.

"이것을 받아 주시기를 간청합니다! 당신께 드리는 축복이 담겼
습니다!"

곧 낙타를 일으켜 세워 떠날 준비가 되자 노인이 소리쳤다.

"이리 좀 와 보시오."

벤허가 공손하게 다가갔다.

"오늘 그대가 낯선 사람에게 은혜를 베풀었소. 신은 오직 한 분뿐이오. 그의 성스러운 이름으로 그대에게 감사드리오. 난 이집트인 발타사르요. 다프네 마을 너머에 큰 종려나무 수목원이 있소. 거기 그늘 아래 관대하신 일데림 족장의 천막이 있는데, 우리는 그의 손님이오. 거기로 우리를 찾아 오시오. 감사의 마음으로 그대를 환영하겠소."

벤허는 노인의 낭랑한 목소리와 성직자 같은 태도에 놀랐다. 두 사람이 떠나는 광경을 지켜보는데, 메살라의 뒷모습이 눈에 들어왔다. 그는 올 때처럼 즐겁고 무심하고, 조롱하는 웃음을 터뜨리면서 가고 있었다.

9

자기는 좋은 일을 안 하면서 좋은 일을 한 사람을 깎아내리는 게 인지상정이다. 다행히 말루크는 그러지 않았다. 그는 방금 목격한 사건으로 벤허를 더 좋게 보았다. 벤허의 용기와 발 빠른 대처를 부인할 수가 없어서였다. 이제 청년의 내력만 알아낸다면, 오늘 하루가 시모니데스 주인님께 허탕이 되지는 않을 텐데.

이미 두 가지는 파악했다. 조사하는 대상이 유대인이고, 로마 명사의 양자라는 점. 거기에 지금 밀사의 빈틈없는 머릿속에서는 꽤 중요함직한 또 하나의 결론이 만들어지기 시작했다. 이 로마 정치가의 아들이 메살라와 뭔가 관계가 있다! 하지만 그게 뭘까? 어떻게 확실히 알아낼 수 있을까? 좀처럼 묘안이 떠오르지 않았다.

그런데 의외로 청년이 나서서 도와주었다. 벤허가 말루크의 팔을 잡고 인파 속에서 끌어냈다. 이미 사람들의 관심은 늙은 사제와 신비의 분수로 돌아가 있었다. 벤허가 갑자기 걸음을 멈추며 물었다.

"말루크 님, 사람이 자기 어머니를 잊으면 되겠습니까?"

난데없고 갑작스러운 질문에 말루크는 어리둥절했다. 질문의 저의를 알아내려고 벤허의 얼굴을 보니, 발그레한 뺨과 눈물을 참는 듯한 눈가만 보였다. 그래서 그는 대뜸 "아니요"라고 했다가, 더 적극적으로 "안 되지요!"라고 대답했다.

그리고 잠시 후 더 차분해지자 힘주어 말했다.

"이스라엘 사람이라면 안 될 일이지요!"

마침내 완전히 마음이 가라앉자 그가 한 번 더 차분하게 대답했다.

"회당에서 처음에 셰마*를, 다음으로 벤 시락**의 말을 배웠습니다. '온 마음을 다해 아버지를 공경하고 어머니의 한을 잊지 말라.'"

벤허의 발그레한 뺨이 더 붉어졌다.

"그 말을 들으니 내 어린 시절이 떠오릅니다. 말루크, 당신은 진정한 유대인이군요. 당신을 신뢰해도 된다는 믿음이 생깁니다."

벤허는 그의 팔에서 손을 떼고, 가슴팍의 옷 주름을 꾹 눌렀다. 통

* 신의 절대 유일성에 대한 신앙고백
** 유대의 고전인 〈지혜〉의 저자

증을 억누르듯이. 가슴이 에이는 듯한 날카로운 통증이 느껴졌던 것이다.

"내 아버지는 예루살렘에서 명망이 높고 명예를 누린 분이었습니다. 아버지가 돌아가셨을 때 어머니는 여전히 아름다운 여인이셨지요. 아니, 그런 표현으로는 부족합니다. 선하시고 다정하시고, 어떤 일에든 그 솜씨에 칭송이 자자했어요. 어머니는 미소로 미래를 맞이하는 분이었습니다. 누이동생까지, 그렇게 세 식구였습니다. 워낙 행복했기에 '신은 모든 곳에 계실 수 없기에 어머니를 만드셨다*'는 말을 의심하지 않습니다. 그런데 어느 날 로마 고위 관료가 우리 집 앞으로 행진할 때 사고가 일어났습니다. 즉시 로마군이 대문으로 들이닥쳐서 우리를 체포했어요. 그 후로 어머니나 누이를 만나지 못했습니다. 생사조차 전혀 알 수가 없어요.

그런데 말루크, 저 전차를 모는 자가 그 현장에서 우리를 로마군에게 넘겼던 자입니다. 어머니가 끌려가면서도 자식들을 살려달라고 간청하는데, 그는 웃음을 터뜨렸어요. 기억에 더 깊이 새겨지는 게 사랑인지 증오인지 말하기 어렵네요. 오늘 나는 그를 멀리서 보고 알아보았는데, 그런데……."

벤허가 말루크의 팔을 다시 꽉 움켜잡았다.

"말루크 님, 내가 목숨을 내주고라도 알고 싶은 비밀을 그자가 알 거예요. 어머니가 살아 계신지, 살아 계시다면 어디 계신지, 어떤 상태이신지 그가 말해 줄 수 있을 겁니다. 혹시 내 어머니, 아니, 내 어

---

* 'God could not be everywhere, and, therefore, he made mothers.'

머니와 내 누이가 죽었다면(크나큰 슬픔이 두 사람을 한 사람으로 만들어 버렸군요)…… 어디서 죽었는지를 알고 있을 겁니다. 그들의 유골이 어떤 상태로, 어디서 나를 기다리고 있는지도."

"그가 말해 주지 않을까요?"

"아니요."

"어째서?"

"나는 유대인이고 그는 로마인이니까."

"하지만 로마인들도 입은 있잖아요. 유대인을 그렇게 멸시한대도 그를 회유할 방책이 있을 겁니다."

"그런 자를? 아니요. 게다가 그건 국가의 기밀입니다. 저들은 부친의 전 재산을 몰수해서 나눠 가졌으니."

말루크는 상황을 인정하고 천천히 고개를 끄덕였다. 그러다가 그는 새롭게 질문을 던졌다.

"그가 당신을 알아보지 않던가요?"

"알아볼 수 없었겠죠. 나는 사형선고를 받고 오래전에 죽은 사람으로 되어 있으니까요."

"당신이 그에게 달려들어서 때리지 않은 게 놀랍군요."

말루크가 열띤 기색을 보이며 말했다.

"그랬으면 그를 영영 이용하지 못하게 되니까요. 난 그를 죽였을 테고, 비밀을 간직하는 데는 죄 지은 로마인보다 죽음이 한 수 위 아닙니까."

복수심에 불타는 사람이 침착하게 기회를 미루는 건, 장래를 확신하거나 더 나은 계획이 마련되어 있다는 의미였다. 그러자 말루크의 마음이 바뀌었다. 이제 주인이 준 임무를 수행하는 심부름꾼으로서가 아니라, 말루크 스스로 벤허에게 관심이 생겼다. 선의와 감탄에서 벤허를 따를 마음의 준비가 된 것이다.

잠시 말을 끊었던 벤허가 다시 입을 떼었다.

"난 그의 목숨을 빼앗지 않을 겁니다, 말루크 님. 당장은 비밀을 아는 게 그에게는 방패지요. 하지만 그에게 벌은 줘야죠. 도와주시면 그렇게 해보려고 합니다."

말루크는 망설이지 않고 대답했다.

"그는 로마인이고 나는 유대인입니다. 돕겠습니다. 원하시면 기꺼이 맹세라도 하지요. 가장 엄중한 맹세를요."

"제게 손을 주시면 그걸로 족합니다."

두 사람이 손을 잡았다 내렸다. 벤허가 가벼워진 마음으로 말했다.

"친구여, 당신께 어려운 부탁은 하지 않을 겁니다. 양심에 거슬리는 일도 아니고요. 갑시다."

그들은 분수대에 올 때 보았던, 풀밭 건너 오른쪽으로 접어드는 길로 갔다. 다시 벤허가 입을 열었다.

"일데림 족장을 아십니까?"

"네."

"종려나무 농원은 어디 있습니까? 다프네 마을에서 거리가 얼마나 됩니까?"

말루크는 의심스러워졌다. 분수대에서 호의를 보인 여인의 미모가 기억났다. 어머니에 대한 애달픔을 사랑의 유혹 때문에 잊은 건가? 말루크가 의혹을 누르고 대답했다.

"말을 타면 두 시간, 빠른 낙타로는 한 시간 걸릴 겁니다."

"고맙습니다. 한 가지만 더 묻죠. 전차 경주 말입니다. 유명한 행사인가요? 언제 열립니까?"

뭔가 의미 있는 질문이었다. 말루크의 확신까지는 되살리지 못했지만 호기심은 일으켰다.

"그럼요. 대단히 화려할 겁니다. 안디옥 총독은 엄청난 부자여서 일을 안 해도 되는데, 성공한 자들이 다 그렇듯 부에 대한 욕망이 줄지 않습니다. 그래서 집정관 막센티우스를 맞이하는 행사를 요란하게 여는 겁니다. 임박한 파르티아 전쟁의 마지막 준비차 온 것이니까요. 전쟁 준비에 돈이 든다는 것쯤이야 안디옥 사람들도 경험으로 알고 있어요. 그래서 총독이 개최하는 집정관 환영식에 주민들도 참여가 허용된 거고요. 이미 한 달 전에 네 명의 전령을 각지로 보내서 축하 행사로 경기가 열린다고 통보했습니다. 총독의 이름이 걸렸으니 다채롭고 웅장한 행사 개최는 보장된 셈이고, 특히 동방에서도 참가하잖아요. 안디옥이 합세하면 섬들과 바닷가 도시들에서도 앞다퉈 오지요. 게다가 내건 상금이 어마어마하거든요. 개인은 물론이고 최고의 직업 선수들까지 죄다 올 겁니다."

"안디옥의 경기장이 막시무스Maximus* 다음간다고 듣긴 했는데."

"로마의 경기장 말이군요. 로마보다 7만 5천 명 적긴 하지만, 우리 경기장도 관중이 20만 명이나 들어갑니다. 대리석을 깐 것이나 경기장 배치는 로마와 똑같고요."

---

* 15만 명까지 수용 가능한 로마의 원형경기장. 아벤티노 언덕과 팔라티노 언덕 사이에 있었다고 한다. 현재 로마에 남아 있는 콜로세움은 이 시대에는 아직 없었다.

"경기 규칙도 똑같나요?"

말루크는 빙긋 웃었다.

"아리우스의 아드님, 전차 경기가 원래 안디옥에서 시작된 경기라지만 로마가 그걸 그대로 따르겠습니까? 막시무스의 규칙을 적용합니다. 딱 하나만 빼고요. 로마에서는 전차가 네 대씩 출발하지만, 안디옥에서는 모든 전차가 한꺼번에 출발하지요."

"그리스식이군요."

"맞아요. 안디옥은 로마보다 그리스식입니다."

"전차는 자기가 선택할 수 있습니까?"

"전차와 말은 스스로 결정합니다. 어떤 제약도 없어요."

말루크는 벤허의 얼굴에 진한 만족감이 번지는 것을 알아챘다.

"이제 한 가지만 더요, 말루크 님. 대회가 언제입니까?"

"아이고! 미안합니다. 내일…… 모레…….'

말루크가 소리내어 날을 헤아려 보았다.

"로마식으로 말하면, 바다의 신들이 친절을 베푼다면 집정관이 내일이나 모레 도착할 겁니다. 그로부터 엿새째 되는 날 경기가 열릴 겁니다."

"촉박하지만, 충분하네요."

벤허는 '충분하다'는 말을 단호하게 내뱉고는 덧붙였다.

"맹세합니다! 다시 고삐를 잡는 데 전력할 겁니다. 잠깐, 조건이 있습니다. 메살라는 확실히 출전합니까?"

이제 말루크는 벤허의 계획을 확실히 알았다. 하지만 관심이 있다 해도 야곱의 후손답게 가능성을 따져봐야 했다. 그는 알아보게 떨리는 목소리로 물었다.

"경주에 출전해 보았습니까?"

"걱정 마십시오, 친구여. 지난 3년간 막시무스의 승자는 내 의지에 따라 결정되었으니까요. 그곳의 최고 선수들에게 물어 보세요. 다들 동의할 겁니다. 가장 최근의 세계대회에서는 황제가 후견인을 자처했어요. 자기 말들을 데리고 다른 나라들과 겨루라고요."

"거절했겠군요?"

말루크의 목소리에 기대감이 담겨 있었다.

"나는, 난 유대인이니……."

벤허는 이 말을 하면서 쭈뼛거렸다.

"비록 로마식 이름을 쓰지만, 성전에서 부친의 이름을 더럽힐 만한 일은 하지 않았습니다. 체육관에서 연습에 몰두했지만, 그게 경기 우승만을 위한 것이었다면 비난받아 마땅했겠지요. 여기서 경기에 참가하려는 것도 상이나 상금 때문이 아니라고 맹세할 수 있습니다."

"잠깐, 그런 맹세는 하지 마세요! 상금이 자그마치 1만 세스테르티움*입니다. 평생 먹고 살 액수라고요!"

"총독이 상금을 50배 올려도 관심 없습니다. 그보다 더, 초대 황제가 재임 첫 해에 거둬들인 세금 액수보다 더 많이 준대도요. 내가 이 경주에 참여하는 목적은 원수를 꺾기 위해서입니다. 복수는 율법이 허용하니까요."

---

* 고대 로마의 화폐. 1세스테르티움은 1/4데나리우스쯤에 해당한다.

말루크는 빙그레 웃었다. '맞아요, 맞아. 유대인은 유대인을 이해하니 날 믿어요'라고 말하듯이. 그가 직접적으로 말했다.

　"메살라는 출전할 겁니다. 거리에서, 욕장과 극장에서, 궁전과 막사에서 여러 방식으로 그의 이름이 홍보되고 있어요. 또 안디옥의 젊은 탕자들의 수첩에 이름이 적혀 있으니 물러서지 못할 겁니다."

　"내기를 한다는 겁니까, 말루크 님?"

　"그렇죠, 도박이죠. 그래서 아까 본 것처럼 그는 매일 과시하듯 연습을 합니다."

　"그렇군요! 아까의 그 전차와 말들로 출전하겠지요? 감사합니다. 감사해요, 말루크 님! 큰 도움을 주셨습니다. 이제 종려나무 농원까지 안내해 주시고, 일데림 족장에게 소개해 주십시요."

　"언제?"

　"오늘. 내일이면 그의 말들은 다른 사람의 차지가 될 겁니다."

　"그의 말들이 마음에 들었습니까?"

　벤허는 활기차게 대답했다.

　"아까 관중석에서 잠깐 보는데, 메살라의 전차가 등장하는 바람에 시선을 빼앗기긴 했지만, 사막의 영광이자 감탄스러운 혈통임을 한눈에 알아보겠더군요. 황제의 마구간에서나 보았던 그런 말이었습니다. 한번 보면 절대로 잊을 수 없는 명마 말입니다. 만약 내일 당신이 나를 모른 체해도, 나는 만나자마자 얼굴과 체형와 태도로 말루크 님을 알아볼 겁니다. 그 말들도 그만큼이나 확실하게 바로 알아볼 겁니다. 그 말들의 이야기가 사실이고, 내가 그들의 정신을 휘어잡을 수 있다면……."

"상금을 타겠지요!"

말루크가 웃었다. 벤허는 얼른 대답했다.

"아닙니다. 난 야곱의 후손에게 어울리는 더 나은 일을 할 겁니다. 가장 공개적인 곳에서 내 원수를 물리칠 겁니다. 그런데……."

그는 다급히 덧붙였다.

"우리가 시간을 흘려보내고 있군요. 족장의 천막에 가장 빨리 가는 길이 어딘가요?"

말루크는 잠시 생각해 보고 대답했다.

"다프네 마을로 곧장 갑시다. 다행히 마을은 가까워요. 거기서 발 빠른 낙타를 두 마리 빌리면 한 시간이면 도착할 겁니다."

"그럼 그렇게 합시다."

마을에는 아름다운 정원들에 둘러싸인 궁전들과 웅장한 칸들이 모여 있었다. 다행히 단봉낙타들이 빨리 구해졌다. 두 사람은 서둘러 종려나무 농원으로 향했다.

10

마을을 벗어나니 잘 가꾼 밭들이 물결을 이루고 있었다. 사실 여기가 안디옥의 곡창 지대였다. 가파른 비탈은 계단식으로 정돈되었고, 어디 한 군데 빠짐없이 가꿔져 있었다. 포도 넝쿨이 싱싱하게 자라서 생울타리처럼 무성한 그늘을 내리니 행인들의 마음은 달콤한 포도주와 알알이 익을 보랏빛 포도송이의 기대에 부풀었다. 수박 밭을 지나 살구, 무화과, 오렌지, 라임의 수풀을 차례로 지나니 흰 농가들이 보였다. 평화의 웃는 딸인 풍요가 사방천지에서 '나 집에 있다'는 수천 가지 신호를 보냈다. 길손은 이 풍경에 즐거워하다가 심지어 로마에 경의를 표하게 되었다. 이따금 타우루스와 레바논의 정경도 드러났고, 그 사이를 가르는 은빛 오론테스 강줄기가 잔잔히 흘렀다.

두 친구는 강가의 구불구불한 길을 지나고, 우뚝 솟은 벼랑을 지나서, 골짜기로 접어들었다. 곳곳에 시골의 대저택들이 있었다. 육지에 잎이 무성한 떡갈나무, 무화과나무, 도금양, 월계수, 철쭉, 향내나는 재스민이 풍성하다면, 강에는 비스듬히 쏟아지는 환한 빛으로 가득했다. 빛줄기 속에서 잠들 만도 했지만, 배들이 끝없이 물살을 타고 미끄러지고 바람 쪽으로 달려들거나 힘찬 노들의 움직임에 튀어 올랐다. 오고 가는 모든 배들이 바다를, 저 먼 곳의 민족들과 유명한 곳들을, 진기하고 탐나는 것들을 연상시켰다. 공상하기에 바람에 펄럭이며 바다로 나가는 흰 돛만큼 매혹적인 게 있을까. 아니면 행복하게 항해를 마치고 고향으로 돌아오는 흰 돛. 두 친구는 강가를 지나 호수에 이르렀다. 강에서 역류해서 생긴 호수는 맑고 깊고 잔잔했다. 후미진 모퉁이의 늙은 종려나무에서 왼쪽으로 돌자 말루크가 손뼉을 치며 외쳤다.

"보십시오, 보세요! 종려나무 농원입니다!"

아라비아 사막의 멋진 오아시스나 나일 강변의 프톨레마이오스 왕조 농장에서나 볼 법한 장관이었다. 벤허는 근사하고 새로운 느낌을 맛보며 광활하고 평편한 땅으로 들어섰다. 시리아의 토양에서는 드물게, 발밑에서 싱그러운 풀이 잘 자라 있었다. 고개를 드니 얽히고설킨 대추야자 가지들 사이로 흐린 파란색 하늘이 보였다. 종려나무의 조상인 양 오래된 나무들이 열매를 많이 달고 있었다. 굵고 높고 거대하고 풍성했다. 두꺼운 가지에 달린 깃털 같은 잎들은 반질반질 빛이 나서, 마법사의 마법에 걸린 것처럼 보였다. 여기는 대기가 푸르게 물들고, 저기는 시원하고 맑은 호수가 출렁대면서 늙은 나무들이 오래 살게 도와주었다. 다프네 숲이 이곳보다 훌륭할까? 종려나무들은 벤허의 생각을 읽고 마음을 얻으려는 것처럼, 그가 가지 밑을 지날 때 촉촉한 냉기를 뿌려 주었다.

길은 호숫가와 나란히 나 있었다. 호수 가장자리까지 오자 이쪽이나 맞은편 물가나 종려나무들이 잎을 반짝이며 서 있었다. 오로지 종려나무밖에 없었다. 말루크가 거대한 나무 하나를 가리켰다.

"보이시죠. 기둥의 나이테가 곧 수령입니다. 뿌리에서 가지까지 나이테를 세어 보면, 안디옥에 셀레우코스 왕조가 알려지기도 전에 조성된 숲이라는 족장의 말을 믿게 됩니다."

이렇게 완벽한 종려나무는 드물었다. 섬세하면서도 당당한 모습에 저절로 시가 읊어졌다. 그래서 초기 왕들의 예술가들이 궁전과 신전의 기둥으로 안성맞춤하다고 칭송했다. 벤허도 감동했다.

"말루크 님, 오늘 관중석에서 본 일데림 족장은 아주 평범해 보이던데요. 외람되지만, 사실 예루살렘의 랍비라면 '에돔의 개자식'이라고 경멸했을 겁니다. 그런 자가 어떻게 농원을 소유하게 되었나요? 게다가 로마 총독들이 욕심냈을 텐데 어떻게 뺏기지 않았지요?"

"유서 깊은 가문의 장점이 있다면 일데림이 그 경우랍니다. 비록 할례 받지 않은 에돔 사람*이지만요, 아리우스의 아드님."

말루크가 찬찬히 설명을 이어 갔다.

"그의 조상은 모두 족장이었습니다. 어느 시대였는지 누군가가 쫓기는 왕을 도왔어요(좋은 일이었는지 아닌지는 모르겠습니다). 기수를 천 명 빌려주었다더군요. 그들은 광야의 오솔길이며 은신처들에 훤했지요. 목동들이 변변치 않은 언덕에서도 가축 떼를 데리고 묵을 곳을 알듯이 말입니다. 기수들이 왕을 여기저기 피신시켰고, 절호의 기회가 오자 창으로 적을 베고 왕을 복위시켰어요. 그러자 왕이 은혜를 기억해서 사막의 아들을 이곳으로 데려와 살게 했다는군요. 가족과 가축들도 데려오게 하고, 호수와 숲을 주었지요. 강가의 산지와 농지는 영원히 그와 자손들 차지가 되었고요. 후대 왕들은 이 부족과 잘 지내야 된다는 것을 알아서 재산을 빼앗으려고 하지 않았어요. 하느님이 이 부족을 축복하셔서 사람, 말, 낙타, 재산이 늘어났고, 여러 도시들로 통하는 길들의 주인이 되었습니다. 말하자면, 그들은 상인들에게 '평안히 가십시오'라는 환대도, '멈춰라'라는 박대도 마음대로 할 수 있는 겁니다. 안디옥을 굽어보는 성채의 주인인 총독조차, 온갖 사람들에게 선행을 베풀어 '관대하신'이라는 호칭까지 얻은 일데림 족장이 부인들, 자녀들, 낙타들과 말들, 가솔들을 거느리고 이곳에 오면 잘 지내야 좋다는 걸 압니다. 우리 조상 아브라함과 야곱이 옮겨다녔듯이 족장은 샘이 말라붙으면 보시다시피 풍요

---

* 유대(예루살렘)의 남쪽에 붙어 있지만 유대인들이 무시했다. 계속 이교도들과 어울려 살며 우상 숭배를 했고, 유대교로 강제 개종한 지 얼마 되지 않았기 때문이었다. 헤롯이 에돔 출신이어서 늘 정통성을 의심받았다.

롭고 평화로운 이 종려나무 농원으로 이동하는 거지요."

벤허는 낙타의 느린 움직임은 개의치 않고 귀 기울여 들었다.

"그렇다면, 왜 그랬을까요? 족장이 로마인을 믿은 게 잘못이라며 수염을 쥐어뜯으면서 자책하던데요. 황제가 그 말을 들었다면 '저런 자는 싫다. 그를 치워 버려라' 하고 명령했을 겁니다."

말루크가 웃었다.

"그거 참 예리한 판단인데요. 일데림 족장은 로마를 좋아하지 않거든요. 원한이 있어요. 3년 전에 파르티아인들이 보스라에서 다마스쿠스로 가는 도로에서 카라반을 급습했습니다. 카라반의 물품에 그 지역에서 걷은 세금이 들어 있었지요. 도적들이 사람들을 다 죽였지만, 로마의 감찰관은 그 세금의 완납만 닦달했습니다. 그러니 세금을 이중으로 내게 생긴 농부들이 황제에게 하소연했고, 황제는 헤롯에게 보상하게 했고, 헤롯은 반역적인 의무 불이행이라면서 일데림의 재산을 몰수했어요. 족장이 황제에게 호소했지만 황제는 아무짝에도 쓸모없는 대답을 했어요. 그래서 노인은 감정이 상해서 앙심을 품었고, 나날이 복수심을 키우고 삽니다."

"그가 할 수 있는 건 없을 텐데요, 말루크 님."

"그건 좀 더 설명이 필요한데, 더 친해지면 차차 말해 드리죠. 그런데 보십시오! 족장의 환대가 일찌감치 시작되는군요. 아이들이 당신에게 말을 걸 겁니다."

낙타들이 멈췄다. 벤허는 시리아 촌사람의 딸들을 내려다보았다. 아이들이 대추야자 바구니를 그에게 내밀었다. 방금 딴 열매를 사양할 수 없었다. 벤허가 허리를 굽혀 바구니를 받자, 근처 나무에서 한 사내가 소리쳤다.

"안녕하십니까, 어서 오십시오!"

두 사람은 아이들에게 감사 인사를 하고 출발했다. 낙타들이 알아서 걷도록 내버려두었다. 말루크가 잠깐씩 멈춰 대추야자를 먹으면서 계속 말했다.

"꼭 아셔야 할 게 있어요. 시모니데스라는 상인이 계신데, 저를 신뢰하셔서 중요한 회의에도 데려가고 그분 집에 온 손님들과도 친분을 쌓게 해 주셨지요. 그래서 그분들은 시모니데스 님 앞에서처럼 제 앞에서도 거리낌 없이 이야기를 합니다. 일데림 족장과도 그렇게 가까워졌습니다."

하지만 벤허의 관심은 잠시 다른 데로 흘러갔다. 눈앞에 청순하고 상냥한 어여쁜 상인의 딸이 떠올랐다. 유대인답게 빛나는 에스더의 눈이 그의 눈과 마주쳤다. 포도주를 들고 다가오는 그녀의 발소리와 잔을 건넬 때의 음성이 들리는 듯했다. 벤허는 그녀가 보여준 연민이 떠올랐다. 연민 어린 마음이 너무도 분명해서 말이 필요 없었고, 너무도 상냥해서 말을 했다면 오히려 반감됐을 터였다. 그 상상에 마음이 벅차다가, 말루크에게 고개를 돌리자 현실로 돌아왔다.

말루크가 말을 이어 갔다.

"몇 주 전 아랍인 족장이 시모니데스를 찾아왔습니다. 저는 그 자리에 있었는데, 족장이 어쩐지 상기되어 보이기에 자리를 비켜주려고 했지요. 하지만 일데림 족장이 이렇게 말하며 말렸습니다. '그대는 이스라엘인이니 그냥 있으시오. 내가 아주 이상한 이야기를 할 터이니.' 이스라엘인이 있으라니, 어쩐지 호기심이 일더군요. 천막에 거의 다 왔으니 짧게 말하지요. 세세한 부분은 족장께 직접 들으십시오. 오래전에 세 남자가 광야에 있는 일데림의 천막을 찾아왔습니다. 인도인, 그리스인, 이집트인으로 모두 낙타를 타고 왔답니다. 그렇게 큰 낙타는 처음 봤고, 다 흰색이었대요. 족장은 길손들을 환영하고 쉬게 해 주었습니다. 그런데 다음 날 아침 그들이 일어나서 알 수 없는 기도를 하더랍니다. 하느님과 그의 아들에게 올리는 기도였는데 아주 신비로웠대요. 함께 조반을 마치고 이집트인이 자신들이 누구며 어디서 왔는지 말했지요. 각자 별을 보고, 예루살렘에 가서 '유대인의 왕으로 나신 분이 어디 계십니까?'라고 물어보라는 목소리를 들었다고요. 그들은 명령에 따랐어요. 예루살렘에서 별의 인도를 받아 베들레헴으로 갔고, 그곳 동굴에서 갓난 아기를 찾았습니다. 그들은 땅에 엎드려 경배하고 귀한 선물을 드린 후, 지체 없이 달아나는 길이었습니다. 헤롯 왕에게 붙잡히면 죽을 게 뻔했으니까요. 족장은 관습대로 1년간 그들을 보살피고 숨겨 주었습니다. 1년 후 그들은 진귀한 선물들을 남기고 각자 다른 길로 떠났지요."

벤허는 감탄했다.

"이렇게 희한한 이야기는 처음 듣습니다. 그들이 예루살렘에서 뭐라고 물어봤다고 했습니까?"

"'유대인의 왕으로 나신 분이 어디 계십니까?'라고 물었답니다."

"그게 다였나요?"

"질문이 더 있었는데 기억나지 않는군요."

"그들이 그 아이를 찾았고요!"

"네, 찾아서 경배했지요."

"기적이군요, 말루크 님."

"일데림은 아랍인답게 쉽게 흥분하기는 하지만, 진중한 사람입니다. 그가 거짓말을 내뱉는 것은 있을 수 없는 일입니다."

말루크가 열심히 설명했다. 그러느라 둘 다 낙타를 까맣게 잊었다. 낙타들이 멋대로 길을 벗어나 풀밭으로 가고 있었다.

"일데림이 말한 게 더 없나요? 세 사람은 어떻게 됐답니까?"

"아, 있어요. 좀 전에 제가 말한 그날, 시모니데스를 찾아온 이유가 그것이었지요. 바로 전날 밤 이집트인이 그를 다시 찾아왔답니다."

"어디로요?"

"지금 우리가 가고 있는 천막의 문간으로."

"족장은 그를 어떻게 알아봤지요?"

"당신이 오늘 말들을 알아본 것처럼, 얼굴과 태도로."

"또 다른 건 없었습니까?"

"이집트인이 똑같은 흰 낙타를 타고 왔고, 똑같은 이름을 말했지요. 이집트인 발타사르라고."

벤허가 흥분해서 외쳤다.

"하느님의 뜻이 놀랍군요!"

말루크가 의아해 하며 물었다.

"왜 그렇지요?"

"발타사르라고 하셨지요?"

"맞습니다, 이집트인 발타사르."

"오늘 분수에서 노인이 말한 이름이 발타사르였습니다."

그제야 말루크도 기억해 내고 흥분했다.

"과연! 낙타도 똑같았습니다. 당신이 그의 목숨을 구했죠."

"그리고 그 여인은…… 그 여인은 그의 딸이었고요."

벤허가 혼잣말하듯 중얼대며 생각에 잠겼다. 독자는 벤허가 아가씨를 떠올린다고 짐작할 것이다. 더 생각이 긴 걸로 봐서 에스더보다 그녀가 더 마음에 있다고. 천만의 말씀.

곧 벤허가 입을 열었다.

"다시 말해 보십시오. 세 사람의 질문이 정확히 이건가요? '유대인의 왕이 되실 분이 어디 있습니까?'"

"꼭 맞지는 않습니다. '유대인의 왕으로 태어나신 분'이라는 어구였습니다. 족장은 사막에서 처음 그들을 만났을 때 그런 말을 들었고, 이후 왕의 도래를 기다려 왔습니다. 왕이 오시리라는 그의 믿음은 무엇에도 흔들리지 않습니다."

"어떻게…… 왕이요?"

"네, 왕이 로마의 멸망을 가져올 거라고 족장은 말합니다."

벤허는 한참을 침묵하면서 애써 마음을 가라앉힌 후, 천천히 입을 열었다.

"노인은 각자 복수할 원한을 품은 만인 중 한 명이지요. 만인 중 한 명입니다. 이 이상한 신념은 그의 소망을 키우는 자양분일 뿐입니다. 로마가 버티는 한 헤롯 아닌 누가 유대의 왕이 되겠습니까?"

말루크가 대답했다.

"일데림이 진중한 분이라면 시모니데스는 현명한 분이지요. 저는 귀담아 들었고 그가 말하기를…… 아, 들리시죠! 누군가 우리를 앞지르려 하네요."

소음이 점점 커지다가 곧 바퀴가 덜컹대는 소리와 말발굽 소리가 들렸다. 일데림 족장의 행렬이 말을 타고 나타났다. 아라비아산 적갈색 말들이 끄는 사두마차도 있었다. 족장은 흰 긴 수염에 가려진 턱을 가슴 위로 숙이고 있었다. 벤허와 말루크가 먼저 왔지만, 족장은 그들을 보자 고개를 들고 친절하게 말했다.

"평안하십시오! 아, 내 친구 말루크! 어서 오게! 가는 길이 아니라 오는 길이어야 될 텐데. 시모니데스 님이 내게 전할 말이 있어서 자네가 왔겠지. 그의 조상들의 신께서 그를 장수하게 하시기를! 자, 두 사람 다 줄을 잡고 날 따라오시오. 빵과 레벤*이 있소이다. 원한다면 아락**과 새끼 염소 고기도 있고. 갑시다!"

그들은 족장을 따라 천막으로 갔다. 문간에서 두 사람이 낙타에서 내리자, 일데림은 서서 그들을 맞이했다. 족장이 든 쟁반에 술잔이 세 개 올려져 있었다. 천막 중앙 기둥에 매달린 연기에 그을린 가죽 술병에서 따른 걸쭉한 술이 담겨 있었다. 족장이 다정하게 말했다.

"마셔요, 마셔. 이게 관습이니."

잔을 들고 들이켰다. 바닥에 거품이 남았다.

"이제 들어갑시다."

다같이 천막으로 들어갔다. 말루크는 족장과 따로 이야기를 나누더니, 벤허 곁으로 돌아와서 양해를 구했다.

"족장에게 당신에 대해 이야기했습니다. 내일 아침에 말들을 시험

---

* 발효유. 요구르트와 비슷하다.
** 쌀과 야자로 만든 독주

해 봅시다. 그는 당신의 친구가 됐습니다. 제 일은 끝났으니 이제 좀 쉬세요. 저는 안디옥으로 돌아가야 합니다. 오늘 밤에 꼭 만날 사람이 있거든요. 내일 아침에 다시 오지요. 모든 일이 잘 되면 경기 때까지 같이 지내도록 준비를 해오겠습니다."

인사를 주고받은 후 말루크는 돌아갔다.

11

초생달 끄트머리가 술피우스 산의 성곽에 닿을 즈음이었다. 안디옥 주민의 셋 중 두 명이 옥상에서 밤바람을 쐬고, 바람이 없으면 부채질로 더위를 식힐 즈음. 시모니데스는 테라스에서 몸의 일부가 된 의자에 앉아, 강물과 정박 중인 자신의 선박들을 내다보았다. 등 뒤의 성벽이 강에 그림자를 드리웠다. 머리 위쪽 다리에서는 사람들이 쉴 새 없이 오갔다. 에스더가 아버지의 저녁밥을 들고 왔다. 과자처럼 얇은 밀떡 몇 개, 꿀, 우유로 차려진 소박한 식사였다. 시모니데스는 가끔 꿀을 찍은 빵을 우유에 적셔 먹었다.

"말루크가 오늘 밤엔 늦구나."

그가 머릿속 생각을 털어놓았다.

"그가 올까요?"

에스더가 물었다.

"바다나 사막에 들어간 게 아니라면, 올 게다."

"편지를 보낼지 모르죠."

"아니야, 에스더. 돌아오지 못할 것 같으면 이미 편지를 보내서 내게 알렸을 거야. 아직 그런 전갈이 없었으니, 그가 올 수 있다는 뜻이고, 돌아올 거다."

"그러면 좋겠네요."

에스더가 부드럽게 말을 맺었다.

그 말이 아버지의 관심을 끌었다. 말투 때문이었을까, 아니면 말에 담긴 바람 때문이었을까. 아주 큰 나무에 아주 작은 새가 앉아도 가장 멀리 있는 잎까지 흔들림이 전해지는 법. 사람들은 때로 아주 사소한 말에도 민감해진다.

"그가 돌아오기를 바라느냐, 에스더?"

그녀가 눈을 들어 아버지를 보면서 대답했다.

"네."

"어째서? 이유를 말해줄 수 있겠니?"

아버지가 채근했다.

"왜냐면……."

에스더는 머뭇거리다가 다시 말을 시작했다.

"왜냐면 그 청년은……."

그녀는 말을 멈춰 버렸다.

"우리 주인이니까. 그런 말인 게냐?"

"네."

"또, 너는 내가 그를 그냥 보내면 안 된다고 생각하지. 그에게 우리를, 우리 재산 전부를 가지라고 말해야 된다고 말이야. 원한다면 와서 물품, 은화, 선박, 노예, 신용 할 것 없이 전부 다 가져가라고. 그 신용은 인간의 최대 수호신인 성공이 내게 준 금은으로 짠 망토인데 말이다."

에스더는 대답하지 않았다. 그는 속상한 기색을 얼핏 내보였다.

"그래도 달라지지 않니? 그래, 그렇지. 에스더야, 최악의 현실도 구름 뒤에 감춰져 있을 때보다, 막상 구름 밖으로 나오면 조금은 견딜 수 있는 구석이 있더구나. 네 어머니의 죽음처럼. 그와 마찬가지로 우리가 겪을 노예 생활도 지나면 견딜 만해지겠지. 벌써 우리 주인이 얼마나 복 받은 사람인지 생각하면 기분이 좋구나. 행운이 거저 따라왔지. 불안한 일 없이, 땀 한 방울 흘리지 않고, 아무 고민 할 필요 없이. 그는 꿈도 못 꾸었을 복이 굴러온 거지, 그것도 젊은 나이에. 에스더, 생각난 김에 소용없는 말을 덧붙이마. 그는 시장에 가서 억만금을 주고도 사지 못할 것을 얻는 거야. 바로 너를. 내 새끼, 내 귀염둥이, 떠나간 라헬의 무덤에서 피어난 너라는 꽃을!"

그가 에스더를 당겨서 두 번 입을 맞추었다. 한 번은 딸에게, 한 번은 그녀의 어머니에게.

아버지가 목에서 손을 내리자 에스더가 말했다.

"그런 말씀 마세요. 우리 희망적으로 생각해요. 그는 슬픔이 뭔지 아니까 우리를 해방시켜 주겠지요."

"그래, 넌 육감이 뛰어나지. 그래서 좋은 사람인지 나쁜 사람인지 구분이 안 되면 난 늘 네게 의존하곤 했단다. 오늘 아침에 네 앞에 서 있던 그 청년처럼. 하지만, 하지만⋯⋯."

그의 음성이 높고 딱딱해졌다.

"나는 이 팔다리로 설 수가 없다. 끌려 다니고 얻어맞아서 인간의 몸뚱이 같지 않은, 이것만 그분에게 안겨드리지는 않겠어. 절대로 안 되지! 고문과, 고문보다 심한 로마 놈들의 악독함을 이겨낸 정신력을 드릴 거야. 항해 중인 솔로몬의 배들보다 더 멀리 있는 금을 알아보는 눈과 그것을 가져오는 능력을 드릴 게다. 아, 에스더. 이 손바닥에 들어온 것을 움켜쥐는 힘을, 남의 말에 휘둘리지 않고 책략을 구사하는 머리를!"

그가 웃음을 터뜨렸다.

"그래, 에스더야. 이 순간 시온 언덕 위 성전 뜰에서 사람들이 축하하는 초생 달*이 반달이 되기 전에 난 황제까지도 깜짝 놀랄 일을 벌일 수 있단다. 너도 알지, 아가. 내게는 완벽한 신체와 감각, 용기와 의지, 혹은 오래 산 이들이 갖는 경험이라는 능력까지 능가하는 수완이 있단다. 인간의 가장 출중한 재능, 그것은……."

그가 다시 웃었다. 씁쓸한 웃음이 아니라 열정이 묻어나는 웃음이었다.

"가장 위대한 자들조차 잘 모르는 그것은 바로, 내 목적을 위해 사람들을 끌어들여 충실하게 수행하게 만드는 능력이란다. 그로 인해 내가 수백, 수천 명이 되는 거지. 덕분에 내 배의 선장들은 바다를 헤치고 나가서 벌어다가 내게 돌려주지. 말루크도 우리 주인인 청년을 뒤따르다가……."

그 순간 테라스에서 발소리가 났다.

* 유대인들이 초생 달이 뜨는 매달 첫날 치루는 행사를 '월삭'이라고 한다.

"봐라, 에스더! 내가 말하지 않던? 그가 돌아왔구나. 소식을 듣겠어. 내 예쁜 딸, 갓 피어난 내 백합! 이스라엘의 헤매는 양을 잊지 않으시는 주님께, 널 위해 기도하마. 위안이 되는 좋은 소식을 듣게 되기를! 이제 그분이 네가 모든 아름다움을 안고 가게 하실지, 내가 모든 수완을 부리게 허락하실지 보자꾸나."

말루크가 의자로 다가오더니 깊숙이 고개를 수그려 절했다.

"문안드립니다, 주인님. 최고의 따님 에스더 님께도요."

말루크가 부녀 앞에 공손하게 섰다. 태도와 말투만으로는 그들의 관계를 짐작하기 어려웠다. 하인 같기도 하고 친구 같기도 했다. 시모니데스는 사업 습관대로 인사에 답한 후 즉각 본론으로 들어갔다.

"청년은 어땠나, 말루크?"

말루크는 그날 있었던 일들을 조용히 요점만 말했다. 방해받지 않고 내리 말할 수 있었다. 시모니데스는 의자에 앉은 채 손 하나 까딱하지 않았다. 그저 크게 뜬 눈을 반짝이고 이따금 길게 숨을 쉬는 것 말고는 조각상이라고 해도 될 정도였다.

이야기가 끝나자 그가 진심으로 말했다.

"고맙네, 고마워, 말루크. 수고가 많았네. 아무도 더 잘 알아 오지 못했을 걸세. 이제 청년의 국적을 말해 보게."

"그는 이스라엘인입니다, 주인님. 유다 부족입니다."

"그렇게 믿나?"

"확신합니다."

"그가 자네에게 인생사를 별로 말하지 않은 듯한데."

"신중한 사람이었습니다. 사람을 믿지 않는 성격이라고 말하는 게 맞겠네요. 신임을 얻으려는 갖은 시도가 먹히지 않았지요. 카스탈리아 분수를 나서서 다프네 마을로 갈 때에야 달라졌습니다."

"상스러운 곳인데! 그가 거긴 왜 갔지?"

"여느 초행자들처럼 호기심 때문이었겠지요. 하지만 진짜 특이한 건, 그가 눈앞에 보이는 것들에 관심이 없었다는 점입니다. 신전이 그리스식이냐고만 묻더군요. 주인님, 청년은 고민이 깊었습니다. 그 고민으로부터 숨고 싶어서 다프네 숲에 간 듯했습니다. 시신을 메고 묘지로 가듯, 고민을 묻으러 간 거지요."

"그렇다면 잘했군."

시모니데스가 낮게 중얼거리더니 큰소리로 덧붙였다.

"말루크, 이 시대의 저주는 방탕함이야. 가난뱅이는 부자를 흉내 내다가 더 가난해지고, 부자는 왕족처럼 위세를 떨지. 젊은이에게 그런 약점의 기미들이 보이던가? 그가 돈을, 로마나 이스라엘의 동전을 내보이던가?"

"아닙니다, 그러지 않았습니다, 주인님."

"어리석은 처신은 여러 형태로 드러난다네, 말루크. 먹고 마시는 것만 해도 그래. 그가 자네에게 후하게 대접했겠지, 아마. 그 나이에는 얼마든지 그럴 만하거든."

"저와 함께 있는 동안 그는 먹지도 마시지도 않았습니다."

"말루크, 그의 말이나 행동거지에서 주요 관심사를 감지할 수는 없었나? 바람도 통과 못할 틈새로도 엿볼 수 있는 게 있거늘."

"알아듣게 말씀해 주십시오."

말루크가 의아해 하며 물었다.

"흠, 사람들이 자신과 관련된 중요한 결정을 내릴 때는 물론이고 말하거나 행동할 때도 동기가 있기 마련이네. 어때, 그는 어떤 동기를 가진 것 같던가?"

"시모니데스 주인님, 제가 그것은 확실히 대답할 수 있습니다. 그는 모친과 누이를 찾는 데 혈안이 되어 있습니다. 그게 최우선입니다. 그 다음 로마에 원한을 품는데, 말씀드렸듯이 주로 메살라입니다. 그래서 당장의 목표가 메살라에게 굴욕을 주는 것이지요. 분수대에서 그럴 기회가 있었지만, 충분히 공개적인 장소가 아니라면서 복수를 미뤘습니다."

"메살라는 상당한 인물인데."

시모니데스가 생각에 잠겼다.

"그렇습니다만, 다음 번 만남이 경기장에서 이루어질 겁니다."

"흠, 그렇게 되면?"

"아리우스의 아들이 이깁니다."

"자네가 어떻게 알지?"

말루크가 싱긋 웃었다.

"그의 말을 듣고 판단했습니다."

"그게 다인가?"

"아닙니다, 훨씬 더 분명한 증표를 보았습니다. 정신력이지요."

"하지만 말루크, 그가 생각하는 복수 말일세. 그 범위는 어떠한가? 그에게 원한을 산 소수에게 국한되던가, 아니면 다수에게 복수심을 품고 있던가? 또 그것이 소년의 예민하고 예측할 수 없는 감정인가, 고뇌하고 인내하며 무르익은 어른의 복수심인가? 자네는 알지, 말루크. 그저 마음에만 있는 복수심은 게으른 자의 꿈과 같아서 하루아침에 싹 없어지는 반면, 마음의 병이 된 괴로움은 스멀스멀 머리로 올라와 마음과 머리 양쪽을 채우지."

시모니데스가 질문 중에 처음으로 감정을 드러냈다. 말이 빨라지고 주먹을 꽉 쥐었다. 마치 병세를 설명하는 사람처럼 열심이었다.

"주인님, 제가 그 청년이 유대인이라고 믿는 이유들 중 하나는 깊은 증오심입니다. 그가 자제하는 것이 훤히 보였습니다. 질투가 난무하는 로마에서 오래 살아왔으니 삼가는 태도는 당연했지요. 하지만 그 감정이 타오르는 걸 봤습니다. 로마에 대한 일데림 족장의 감정을 물을 때. 또 제가 말한 족장과 현자의 사연에 '유대인의 왕으로 나신 분이 어디 계십니까?'라고 되물을 때도 그 불길을 봤습니다."

시모니데스는 얼른 몸을 숙였다.

"아, 말루크. 그가 한 말을, 그의 말을 그대로 해 보게. 그가 신비로운 이야기를 어떻게 받아들였는지 판단하고 싶네."

"정확한 표현을 알고 싶어 했습니다. '왕이 되실'인지 '왕으로 태어나신'인지 묻더군요. 두 표현의 차이를 크게 보는 듯했습니다."

시모니데스는 귀담아 듣는 판관의 태도로 경청했다.

"저는 그 신비로운 사건에 대한 일데림 족장의 견해를 말했습니다. 왕이 오시며 로마가 멸망하리라고요. 청년이 뺨과 이마에 홍조를 띠며 열띠게 말하더군요. '로마가 버티는 한 헤롯 아닌 누가 유대의 왕이 되겠습니까?'"

"그게 무슨 뜻이지?"

"로마 제국이 멸망해야만 다른 통치자가 생길 수 있다는 뜻이 아닐까요."

시모니데스는 잠시 강으로 눈을 돌렸다. 배들과 배들의 그림자가 느릿느릿 흔들렸다. 그가 다시 고개를 들면서 이야기를 마쳤다.

"됐네, 말루크. 가서 식사하고 종려나무 농원으로 돌아갈 채비를 하게. 청년이 다가올 일을 잘 감당해 내도록 자네가 도와야 하네. 아침에 내게 오게. 일데림에게 편지를 써 줄 테니까."

그런 다음 그는 혼잣말처럼 덧붙였다.

"나도 경기를 보면 좋겠는데."

말루크가 관습에 따라 축복 인사를 주고받고 물러가자, 시모니데스는 우유를 쭉 들이켰다. 원기가 회복되고 마음이 편안해졌다.

"음식을 치우거라, 에스더. 다 먹었다."

에스더가 그릇을 치웠다.

"이제 이리 오너라."

그녀는 아버지 의자로 가서 팔걸이에 앉았다.

시모니데스가 열을 내며 말했다.

"신은 내게 은혜를 베푸시지, 큰 은혜를. 신은 신비롭게 섭리를 이루시지만, 이따금 우리가 보고 이해하게 허락하신다. 난 늙었으니 곧 떠나야겠지. 그런데 소망이 찾아들기 시작하는 이 황혼 녘에 신께서 미래가 있는 그분을 보내시어 내게 기운을 주시는구나. 크나큰 일의 중요한 사건이 일어나고 온 세상이 새롭게 태어나리란 걸 알겠다. 그리고 내가 엄청난 부를 선사받은 이유와 그것이 쓰일 목적도 알겠구나. 내 딸아, 정말이지 나는 새로운 삶을 살게 되었구나."

에스더는 마치 그의 생각들이 날아가지 못하게 하려는 듯 바싹 다가았다. 시모니데스는 딸이 자신의 얘기를 하나도 빠짐없이 듣고 있다고 여기면서 말을 이었다.

"왕이 태어나셨어. 그는 분명히 거의 평범하게 자라셨겠지. 발타사르는 어머니의 무릎에 누운 아기에게 선물을 드리고 경배했다고 말했다. 일데림의 말로는 발타사르와 동료들이 헤롯을 피해 천막에 온 때가 27년 전 12월 말이라고 했어. 그러니 이제 더 늦어질 리 없어. 오늘밤, 어쩌면 내일일지도 모른다. 아, 이스라엘의 성스러운 조상들이여, 그 생각만으로도 얼마나 행복한지요! 오래된 벽들이 무너지고 세상이 변하는 소동이 들리는 듯하구나. 그래, 땅이 갈라져 로마를 빨아들이면 사람들은 말할 수 없이 기뻐하면서 하늘을 보며 웃겠지. 우리는 있지만 로마는 없다고 노래하면서."

그는 혼자 웃더니 말을 이었다.

"아, 에스더. 이런 얘기를 들어보았니? 그래, 난 가수의 열정을, 미리암과 다윗의 뜨거운 피와 흥분을 타고 났지. 평소 숫자와 손익을 따지는 내 머릿속에 새 왕의 주변에서 꽹과리 치는 소리, 비파 뜯는 소리, 사람들의 노랫소리가 울려퍼지는구나. 당분간 이 생각은 내려놔야겠다. 왕이 오시면 돈과 사람이 필요하실 테니까. 여인의 몸에서 아이로 태어나셨으니 결국 사람이겠지. 너와 나처럼 살아가셔야 될 거야. 그리고 재원을 모으고 간수해야 되고, 사람들을 이끌 리더들이 필요하시겠지. 저기 봐라! 내가 걸어갈, 우리 젊은 주인님은 달려갈 넓은 길이 보이니? 그리고 그 끝에 우리 둘의 영광과 복수도 보이지? 그리고…… 또……."

그는 갑자기 자신의 계획이, 딸은 쏙 빼놓은 이기적인 것임을 알아차리고 뜨끔했다. 그래서 에스더에게 입을 맞추며 덧붙였다.

"또 우리 딸의 행복도."

그녀는 조용히 앉아 있었다. 그제야 시모니데스는 기쁜 일도, 두려운 일도 사람마다 다르게 받아들인다는 사실을 떠올렸다. 딸이 아직 어린 소녀임을 기억했다.

그가 평소처럼 차분한 말투로 말했다.

"무슨 생각을 하고 있니, 에스더? 바라는 게 있다면 아직 내게 힘이 남아 있을 때 말해 주렴, 아가. 힘은 변덕스러운 것이라서 언제나 날개를 달고 달아나 버리니 말이다."

에스더는 아이 같다고 할 만큼 단순하게 대답했다.

"그를 데려오세요, 아버지. 오늘 밤에요. 그가 경기에 나가지 못하게 하세요."

"이런!"

그는 길게 탄식했고, 다시 한 번 강으로 시선을 돌렸다. 달이 술피우스 산 뒤로 떨어져 강 위의 그림자가 무척 짙어졌다. 도시의 밤하늘에는 흐릿한 별들만 떠 있었다. 그러니까, 시모니네스의 마음에 질투심이 밀려든 것이다. 딸이 진정 젊은 주인을 사랑한다면? 아니, 그럴 리가 없어, 에스더는 아직 어려! 하지만 그는 알고 있었다. 에더스는 열여섯 살이었다. 지난 생일에 그는 배를 진수하는 조선소에 딸을 데려갔다. 파도를 타고 나갈 갤리선에 '에스더'라고 적힌 노란 깃발을 매달고 함께 그날을 축하했었다. 그런데도 지금 새삼스럽게 딸의 성장을 깨닫고 놀라는 것이었다. 우리에게 고통스럽게 다가오는 깨달음들이 있는데, 주로 자신에 대한 것들이다. 자신이 늙어간다는 것, 그보다 힘든 것은 자신이 죽어간다는 것. 그런 깨달음이 그의 가슴을 파고들었다.

그림자 드리우듯 다가들었지만 중요한 내용이어서 그는 신음에 가까운 한숨을 내쉬었다. 에스더는 그냥 하인이 되는 게 아니었다. 젊은 여인으로서 주인에게 애정과 진실, 상냥함과 섬세함까지 품은 하인이 되는 것이었다. 그녀가 이제껏 그런 품성을 온전히 아버지인 자신에게 바쳤기에 그는 너무도 잘 알았다. 공포와 슬픔으로 사람을 괴롭히는 일을 맡은 악마는 자신의 임무를 대충 하는 법이 없었다. 이 용감한 노인의 마음도 철저하게 부서져서, 새로운 계획이나 기적 같은 왕의 존재 따윈 잊어버렸다. 하지만 어마어마한 노력으로 그는 마음을 억누르고 차분히 물었다.

"경기에 못 나가게 하라고? 얘야, 어째서지?"

"이스라엘의 아들이 갈 곳이 아니에요, 아버지."

"랍비 같구나, 랍비 같아, 에스더! 그게 다냐?"

추궁하는 말투였다. 에스더는 가슴이 너무 뛰어서 대답을 할 수가 없었다. 새롭고 묘하게 설레는 혼란이 밀려왔다.

그는 딸의 손을 잡고 더 온유하게 말했다.

"그 청년은 큰 재산을 얻을 게다. 선박들과 돈을 차지할 거야. 전부 다! 하지만 에스더야, 네가 날 떠나지 않으면 난 궁핍하다고 느끼지 않지. 네 사랑은 죽은 라헬의 사랑과 같으니까. 말해다오, 그가 그것마저 차지하는 것이냐?"

에스더는 몸을 굽혀 아버지의 손을 잡아 뺨에 댔다.

"말해 보거라, 에스더. 내가 알아야 더 강해질 게다. 미리 아는 게 힘이지."

그러자 그녀가 허리를 펴고 앉아 말했다. 마치 진실의 화신이 된
것 같았다.

"마음 놓으세요, 아버지. 저는 아버지를 떠나지 않아요. 그가 제 사
랑을 받는다고 해도 저는 지금처럼 아버지의 수족이 될 거예요."

에스더는 몸을 굽혀 아버지에게 입을 맞추고 말을 이었다.

"그분이 제 눈에 좋아 보이고 애절한 음성이 제 마음을 끌어요. 그
분이 위험에 빠진다는 생각만 해도 덜덜 떨려요. 네, 아버지. 그분을
다시 만나면 정말 반가울 거예요. 하지만 짝사랑은 완전한 사랑이
될 수 없으니, 저는 때를 기다릴 거예요. 어머니와 아버지의 딸이라
는 점을 명심하면서요."

"주님의 큰 축복은 바로 너란다, 에스더! 다른 모든 걸 잃어도 계
속 부유하게 해 주는 축복이지. 네가 고통 받지 않게 해 주겠다고 맹
세하마."

잠시 후 시모니데스의 부름에 하인이 와서 의자를 밀고 방으로 들
어갔다. 시모니데스가 한동안 방에 앉아 왕의 도래에 대해 생각하는
사이, 에스더는 물러가서 순수한 꿈에 젖었다.

12

시모니데스의 집과 강을 사이에 두고 마주보는 궁전은 에피페네

스가 완성했다고 한다. '궁전!' 하면 떠오르는 딱 그런 건축물이었다. 하지만 에피파네스는 정통보다는 크기를 중시했고, 소위 건축 표절 자라 할 만했다. 그리스식 대신 페르시아식으로 지었다는 말이다.

섬 전체를 에워싸고 물가 끝까지 이어지는 성벽의 목적은 두 가지 였다. 강물이 넘치지 않게 하는 방파제 구실과 폭도의 침입을 막는 방어벽 역할. 그러다 보니 궁전이 거주지로는 적합하지 않다는 말이 많았고, 총독 일행이 이곳을 버리고 술피우스 산 서쪽 비탈의 유피 테르 신전 아래로 주거지를 옮겼다. 하지만 유서 깊은 집을 외면한 것을 못마땅해 하는 사람들이 많았다. 그들은 조심스럽게, 총독 일행 이 진짜 이사한 목적은 따로 있다고 지적했다. 더 나은 곳으로 가려 는 게 아니라, 산 동쪽 비탈의 군대 주둔지, 흔히 말하는 요새가 안전 해서 옮겼다는 것이다. 그럴 듯하다. 여러 의견들 중에서 어쨌든, 궁 전이 언제든 사용할 수 있게 준비되어 있다는 견해는 매우 타당했 다. 집정관이나 장군, 왕 등의 유력자가 안디옥을 방문하면 즉시 왕 궁이 숙소로 쓰였다.

그 오래된 궁에서 우리가 주목할 방은 한 군데뿐이니, 나머지는 독 자의 상상에 맡기겠다. 정원, 욕장, 홀, 미로 같은 복도를 지나 옥상의 정자까지, 원하는 대로 다 돌아보기를. 어디든 '화려한 동방*'이라는 표현에 딱 맞게, 도시의 유명한 집답게 꾸며져 있으니까.

그 방은 살롱이라고 부르면 되겠다. 널찍한 공간에 반들대는 대리 석이 깔렸고, 천창에 유리 대신 붙인 고운 색 운모 틈으로 낮에는 빛

---

* 'Gorgeous East.'

이 들었다. 벽들에 붙은 남성 조각상들은 각각 모양이 달랐고 코니스를 떠받쳤다. 과할 만치 세밀한 아라베스크 무늬가 새겨진 코니스는 파랑, 초록, 자주, 금색이 겹쳐져서 더 화려하고 우아했다. 인도 비단과 캐시미어로 만든 침대의자가 방 안을 빙 돌아 놓여 있었다. 기괴한 문양이 조각된 이집트 탁자들과 스툴들도 갖춰져 있었다.

우리는 시모니데스가 의자에 앉아서, 기적의 왕이 지척에 있으니 돕겠다며 계획을 세우는 장면을 봤다. 에스더는 자고 있고. 이제 다리를 지나 강을 건너서, 사자상이 있는 정문으로 들어가자. 바빌로니아식 홀들과 뜰들을 지나서 금빛으로 칠한 살롱으로 들어가 보자.

천장에 황동 사슬로 드리운 샹들리에가 다섯 개 매달려 있다(네 귀퉁이에 하나씩, 중앙에 하나). 거대한 피라미드 같은 샹들리에에 불이 켜져서 남성상의 얼굴들이 악마처럼 보인다. 복잡한 문양의 코니스도 보인다. 탁자들 주변에 남자들이 앉거나 서 있고, 여기저기 왔다 갔다 한다. 백 명은 되어 보이는데, 잠시 이들을 찬찬히 살펴볼 필요가 있다.

다들 젊다. 일부는 소년티도 벗지 못했다. 이탈리아인, 주로 로마인들인 게 확실하다. 모두 완벽한 라틴어를 구사하고, 로마의 실내복차림이다. 팔과 길이가 짧은 튜닉은 안디옥의 날씨와 잘 맞고, 특히 갑갑한 살롱에서 편하다. 침대의자에 여기저기 토가와 라세르나*가 널브러져 있다. 보라색 테두리가 두드러지는 귀족 옷들도 꽤 보인다. 침대의자에 편하게 누워 자는 이들도 있다. 무더위와 피로 때문인지,

* 토가 위에 걸치는 작은 외투

346

술 때문인지 우리가 알 바 아니고.

쉴 새 없이 웅성대는 소리가 시끄럽다. 가끔 웃음과 환호가 터지고 다투는 소리도 난다. 하지만 주로 날카롭고 길게 달가닥 대는 소리가 나는데, 익숙하지 않은 이들은 무슨 소린지 모르리라. 탁자 가까이 다가가면 궁금증이 풀린다. 좋아하는 판에서 혼자서 또는 여럿이 주사위 게임을 하고 있다. 대리석이나 상아로 만든 주사위를 달가닥대며 요란하게 흔들고, 장기판 위의 말들을 부지런히 움직인다.

이들은 누구일까?

한 사람이 주사위를 공중에서 흔들며 말했다.

"플라비우스, 저기 라세르나가 보이지. 우리 앞쪽 침대의자 위에 있는 거. 막 상점에서 산 건데, 어깨에 손바닥만 한 금장식이 있지."

플라비우스가 게임에 집중하면서 대꾸한다.

"흠, 저런 걸 본 적이 있어. 비너스 여신에게 맹세코, 자네 옷이 구식은 아니지만 결코 새 옷도 아니야! 그런데, 저 옷이 뭐?"

"아무것도 아냐. 모르는 게 없는 사람을 찾으면 저걸 줄 거라고."

"하하! 내가 여기서 그보다 싼 값에 자네 제안을 받아들일 귀족을 구해 주지. 하지만 게임부터 하라구!"

"받아. 체크!"

"아이구야! 이제 어쩔 텐가? 한판 더?"

"그러지."

"그러면 판돈은?"

"1세스테르티움."

그러자 각자 메모판과 철필을 꺼내서 기록을 했다. 플라비우스가 말을 다시 세우면서 친구가 하던 말을 꺼냈다.

"모르는 게 없는 사람이라! 쳇! 점술가들이 죽게 생겼군. 그런 괴물을 찾아서 뭐 하려고?"

"한 가지만 묻고, 그런 다음에, 그래! 놈의 목을 잘라 버릴 거야."

"뭘 물을 건데?"

"막센티우스가 내일 도착하시는 시간, 내가 시간이라고 했어? 아니, 분까지 정확하게 맞추게 해야지."

"좋아! 이번엔 내가 이겼어! 그런데 분까지 왜?"

"그분이 내리실 부둣가에서 시리아의 태양 아래 서 있어 봤나? 베스타Vesta*의 불도 비교가 안 된다니까. 우리의 조상 로물루스의 이름을 걸고 맹세컨대 난 죽을 거야. 죽으려면 로마에서 죽어야지, 이런 아베르누스Avernus** 말고, 로마라면 포로 로마노 앞에서 손을 올려 신계의 바닥을 만질 수 있으니까. 하, 그런데 플라비우스, 자네가 날 속였군! 내가 졌군. 아, 포르투나여!"

"또 할까?"

"당연하지. 잃은 돈을 되찾아와야지."

"그러라구."

그들은 또 다시 게임을 벌였다. 하늘의 빛이 밝아오면서 램프 불빛이 흐려지기 시작했지만, 두 사람은 같은 탁자에서 자리를 지키며 같은 게임을 반복했다. 거기 있는 대부분의 사람들처럼 그들도 집정

---

* 부엌과 화로의 여신. 그리스 신화에서는 헤스티아 여신이다.

** 나폴리 근교 베수비오 화산 근처의 호수. 로마인들은 지옥의 입구라고 믿었다.

관의 부관으로, 집정관의 도착을 기다리며 오락을 즐기고 있었다.

이 대화의 도중에 한 무리가 방으로 들어왔다. 그들은 중앙 탁자까지 거침없이 갔다. 술판을 마치고 오는 기색이 역력했다. 몇 명은 걸음걸이가 불안했다. 대장격인 사람이 화관을 썼는데, 술판의 주빈이거나 주최자였던 모양이다. 그는 술기운이 돌아도 추해지지 않고 더 멋있게 남성미 넘치는 로마인으로 보였다. 그가 고개를 꼿꼿이 드니, 입술과 뺨에 혈기가 돌고 눈이 반짝였다. 새하얗고 주름이 풍성한 토가를 입고 걷는 모습이 지나치게 위풍당당했다. 만약 그가 취하지 않고 멀쩡한 정신의 황제였다고 해도 말이다. 그는 좌중을 뚫고 탁자로 갔고, 뒤따르는 사람들도 양해를 구함이 없이 지나갔다. 마침내 그가 멈춰 서서 노름판을 둘러보자, 모두가 그를 향해 환호했다.

"메살라! 메살라!"

멀리 있던 사람들까지 환성을 듣고 있는 자리에서 소리쳤다. 무리들이 흩어졌다. 다들 게임을 파하고 중앙으로 다가왔다.

메살라는 무심한 척 행동했다. 그가 인기를 얻는 방식이었다.

그가 바로 오른쪽의 남자에게 말했다.

"건강하길 비네, 드루수스, 친구여. 건강하고…… 잠깐 자네 메모판 좀 보세."

메살라는 밀랍을 바른 메모판을 들고 판돈 내역을 힐끗 보더니, 내려놓으며 조롱하듯 웃었다.

"데나리온*, 고작 데나리온, 마차꾼과 고기장수나 쓰는 푼돈을! 아

---

* 고대 로마의 1데나리온은 그리스 은화 1드라크마의 가치와 비슷하며, 일꾼의 하루 품삯 정도에 해당한다.

무리 생각해도 로마가 어찌 되려고 이러나. 황제는 밤을 새워 행운이 오기를 기다리고 있는데, 쩨쩨하게 데나리온이라니!"

드루수스는 눈썹까지 빨개졌지만 구경꾼들이 몰려드는 바람에 대꾸하지 못했다. 모두가 환호했다.

"메살라! 메살라!"

메살라는 옆 사람의 주사위 통을 빼앗으면서 말을 이었다.

"테베레 강*의 사내들이여, 신들에게 가장 사랑받는 자는? 로마인. 만방의 법을 정하는 자는? 로마인. 칼에 맹세코, 세상의 주인은?"

좌중은 쉽게 감화되었다. 다들 같은 생각으로 눈을 반짝이며 메살라의 말에서 답을 얻어 외쳤다.

"로마인, 로마인!"

"하지만, 하지만……."

메살라가 시간을 끌어 귀 기울이게 만들었다.

"최고인 로마인보다 나은 게 있지."

그가 귀족적인 두상을 젖히고, 좌중을 조롱하듯 가만히 있다가 물었다.

"듣고 있나? 최고인 로마인보다 나은 게 있다니까."

"아, 헤라클레스!"

누군가 소리쳤다.

"바쿠스!"

냉소적인 친구가 외쳤다.

* 로마를 흐르는 강

"유피테르, 유피테르!"

좌중이 우레처럼 소리쳤다.

"아니, 인간들 중에 있네."

메살라가 말했다.

"이름을 말해, 이름을 대라구!"

사람들이 성화였다. 잠잠해지자 메살라가 말했다.

"로마의 완벽함에 동방의 완벽함을 더한 자. 서방적인 정복자의 무기와 동방적인 자유롭고 즐거운 예술을 모두 가진 자."

"아이고! 최고는 결국 로마인이군."

누군가 소리쳤고 와락 웃음이 터져 나왔다. 긴 박수도 이어졌다. 메살라가 우위를 점했다는 증거였다. 그가 말을 이어갔다.

"동방에는 신들이 없어. 술과 여인들과 돈뿐인데, 그중 으뜸은 돈이지. 자, '나의 도전에 감히 누가 도전하랴?'는 원로원에도 전투에도 어울리지만, 무엇보다도 '최고를 추구하며 최악에 맞서는 자'에게 가장 잘 어울리는 모토가 아니겠나."

말투가 느긋하고 편해졌지만, 좌중을 휘어잡는 힘은 여전했다.

"나는 요새의 금고에 5달란트*를 넣어두었다. 이게 보증서지."

메살라가 품에서 종이 두루마리를 꺼내 탁자에 놓았다. 모두들 숨도 쉬지 않고 조용히 귀를 기울였다.

"그게 곧 나의 도전의 액수다. 자, 자네들 중 누가 그 액수에 도전하겠는가? 다들 말이 없군. 너무 큰 액수야? 그럼 1달란트 줄여 주

---

* 1달란트는 20킬로그램 정도에 해당하는 무게 단위다. 은 1달란트는 6천 데나리온, 즉, 노동자가 6천일간 일해서 받는 품삯에 해당하는 거액이다.

지. 뭐야, 아직도 꿀 먹은 벙어리야? 그럼 3달란트로 하지. 겨우 3달란트인데. 2달란트…… 1달란트…… 고작 1달란트잖아. 자네들이 태어난 강의 명예를 거는 데 1달란트란 말이야. 동로마 대 서로마! 야만적인 오론테스 강 대 성스러운 테베레 강!"

그가 머리 위에서 주사위를 흔들며 대답을 기다렸다.

"오론테스 대 테베레!"

메살라가 더 조롱하는 말투로 되풀이해 말했다.

아무도 나서지 않았다. 메살라는 주사위 상자를 탁자에 던지고, 깔깔대면서 보증서를 챙겼다.

"하, 하, 하! 자네들 모두 행운이, 돈이 필요해서 여기 안디옥에 온 게로군. 아, 세실리우스!"

뒤에서 한 사람이 외쳤다.

"여기네, 메살라! 난 오합지졸 속에서 죽어가며, 늙은 뱃사공*과 담판할 1드라크마를 구걸하는 중이네. 그러나 아, 저승의 신 플루토여, 나를 데려가소서! 여기 신참들은 수중에 1오볼로스**도 없구면."

세실리우스가 받아치자 좌중에 웃음이 터지며 살롱이 다시 소란스러워졌다. 메살라만 연신 진지하게 대꾸했다.

"이봐, 하인들을 시켜서 우리가 나온 방에 가서 암포라***를 이리 가져오게 하게. 술잔도 함께. 우리 동포들이 행운을 찾으면서 판돈은 없다면, 시리아의 바쿠스에게 위장의 축복도 받지 못했을 것 아닌

---

* 그리스 신화에 나오는 저승길 뱃사공 카론을 말한다.
** 고대 그리스의 동전. 1오볼로스는 1/6드라크마에 해당한다.
*** 목이 길고 바닥이 뾰족하며 양쪽 손잡이가 달린 항아리

가! 얼른 서두르라고!"

그러더니 메살라는 드루수스에게 몸을 돌리고, 방에 있는 사람들이 다 듣도록 깔깔댔다.

"하, 하, 이 친구야! 황제의 기품을 지닌 자네를 1데나리온 수준으로 끌어내렸다고 화내지 말라구. 이 로마 풋내기들을 시험해 보려고 자네 이름을 좀 빌린 것뿐이야. 자, 드루수스. 자!"

메살라는 다시 상자를 들고 신나게 주사위를 흔들며 말을 이었다.

"자, 자네가 판돈 액수를 정하게. 행운을 알아보자구."

솔직하고 쾌활하면서도 솔직한 태도에 드루수스는 곧 마음이 풀렸다. 그가 웃으면서 대답했다.

"그러지, 뭐! 내 행운의 여신의 이름으로, 자네에게 도전해 보겠네, 메살라. 1데나리온을 걸지."

소년 같은 청년이 탁자 위로 상황을 지켜보았다. 갑자기 메살라가 그에게 몸을 돌렸다.

"누구지?"

청년은 뒤로 물러섰다.

"아니, 카스토르*에 맹세하지! 그의 쌍둥이 형제에게도! 화를 낸 게 아니야. 주사위 게임의 판돈은 정확히 기록해야 하네. 기록원이 필요한데 그대가 해주려나?"

어린 청년이 메모장을 꺼냈다. 귀염성 있는 태도였다.

드루수스가 외쳤다.

---

* 그리스신화의 영웅. 폴룩스와 쌍둥이 형제다.

"잠깐, 메살라. 잠깐만! 주사위를 흔들다 말고 질문을 던지면 재수가 없는지 모르겠지만, 문득 의문이 생겨서 말이야. 비너스 여신께 허리띠로 맞을지라도 물어봐야겠네."

"아니지, 드루수스. 비너스가 허리띠를 푼다는 건 비너스가 사랑에 빠진 거라니까. 잠깐만 기다려. 일단 주사위는 던져서 불운을 막아 놓고……."

그가 주사위가 든 상자를 탁자에 거꾸로 엎어 놓았다.

"자, 이제 질문하게."

"자네 혹시 퀸투스 아리우스라는 자를 아나?"

"전직 집정관 말인가?"

"아니. 그의 아들."

"그에게 아들이 있었는지 몰랐는데."

"흠, 별일은 아니고……."

드루수스는 심드렁하게 말을 이어갔다.

"쌍둥이 폴룩스와 카스토르처럼 그가 자네와 닮아서 말이야."

그 말이 신호탄이 되어 한꺼번에 스무 명 가량 되는 청년들이 일제히 떠들어댔다.

"맞아, 맞아! 눈이랑 얼굴이랑."

누군가 못마땅해 하면서 대꾸했다.

"뭐야! 메살라는 로마인이고 아리우스는 유대인인데."

또 다른 사람이 말했다.

"맞아, 그는 유대인이야. 아니면 조롱의 신 모모스Momus가 어머니에게 엉뚱한 가면을 빌려준 게지."

논쟁이 벌어질 분위기를 알아차리고 메살라가 끼어들었다.

"술이 안 오는군, 드루수스. 보다시피 난 주사위를 쥐고 있고. 아리우스에 대해서는 자네의 의견을 받아들이지. 자세히 말해 보게."

"이거 참, 유대인이든 로마인이든 맹세코 자네 감정을 상하게 하려고 이야기를 꺼낸 게 아닐세, 메살라! 이 아리우스라는 자는 잘생기고 용감하고 빈틈없지. 황제의 후원 제안도 거절했다네. 약간 신비에 싸인 채 사람들과 거리를 두고 지내지. 남들보다 자신이 못나서혹은 너무 잘나서 그러는 것처럼. 체육관에서는 맞수가 없어. 라인강에서 온 파란 눈의 거인들과 사르마티아의 뿔 없는 황소들을 버들가지처럼 갖고 논다니까. 집정관에게 막대한 유산까지 받아서, 그는그저 무기에 관심을 쏟고 전술만 생각하며 지낸다더군. 그런 자를막센티우스 집정관이 수하로 들였는데, 우리랑 같이 배를 타고 왔어야 했는데 라벤나에서 사라져 버렸거든. 그런데 오늘 오전에야 소식을 들었는데, 무사히 도착하긴 했는데, 맙소사, 궁에도 요새에도 가지 않고 짐을 칸에 두고는 다시 자취를 감췄 버렸다지 뭔가."

메살라는 처음에는 예의상 무심히 듣고 있었는데, 들을수록 관심이 생겼다. 그래서 주사위 상자에서 손을 떼며 외쳤다.

"아, 카이우스! 자네도 들었지?"

그의 옆에 있는 청년은 메살라의 관심에 반색했다. 그날 전차 연습에서 시종꾼이었던 자다.

"자네 친구인데 당연히 듣고 있었지, 메살라."

"오늘 자네를 넘어뜨린 사람을 기억하나?"

"어깨에 멍이 들었으니 기억하지 않을 수가 있겠나?"

그 말을 하면서 귀에 닿도록 어깨를 으쓱했다.

"흠, 운명의 세 여신에게 감사하라구. 자네의 원수를 찾아냈으니. 들어 봐."

메살라가 드루수스에게 이야기를 재촉했다.

"그자에 대해 더 말해 보게. 로마인인데 유대인이라니, 세상에, 켄타우로스가 따로 없구만! 그의 옷차림이 어떻다고, 드루수스?"

"유대인의 차림새지."

"들었나, 카이우스? 하나, 젊은 남자다. 둘, 로마인의 얼굴을 가졌다. 셋, 옷차림은 유대인이다. 넷, 말을 밀거나 전차를 기울이는 무예로 체육관에서 명성을 누린다. 그리고 드루수스, 다시 한 번 저 친구를 도와주게. 아리우스라는 자는 틀림없이 언어에 능하겠지. 그게 아니면 오늘은 유대인, 내일은 로마인으로 헷갈리게 못할 테니까. 그리스어까지도 유창한가?"

"그렇게 제대로 구사하는 걸 보면 이스트미아Isthmia*에 출전했을지도 모르겠네, 메살라."

"들었지, 카이우스? 그자는 아리스토마케** 같은 여자에게 그리스어로 말을 걸 수도 있다는군. 이게 다섯 번째 특징이겠어. 자네 생각은 어때?"

"그 자가 맞는 것 같아, 메살라. 내 아버지 이름을 걸고 맹세하지."

카이우스의 대답에 메살라가 쾌활하게 말했다.

---

* 고대 그리스의 4대 제전 중 하나. 해신 포세이돈을 주신으로 하여 코린토스의 이스트모스에서 개최되는 운동 경기였기에, 개최지의 이름을 따서 불렀다.
** '최고의 전사'라는 뜻으로, 아티카 전쟁에서 무니코스와 싸웠던 아마존 여전사다.

"수수께끼 같은 말을 해서 미안하네, 드루수스. 다들 이해해 주게. 신들에 맹세코 못 견딜 만큼 끌지는 않을 테니 우선 날 도와줘!"

그가 다시 주사위 상자를 손을 쥐며 웃었다.

"내가 주사위와 비밀을 얼마나 잘 쥐고 있는지 보라구! 자네가 아리우스의 아들이 등장한 것과 관련된 미스터리에 대해 잘 아는 것 같으니. 그 이야기를 해보게."

드루수스가 대답했다.

"별것 아니야, 메살라. 그저 동화 같은 얘기야. 원래 아리우스 집정 관은 아내도 자식도 없었는데, 해적 소탕전에서 돌아오면서 한 청년을 데려왔고 곧바로 입양했다네. 방금 우리가 말한 그자를 말이야."

메살라가 반문했다.

"입양? 세상에, 드루수스, 자네 이야기가 정말 흥미진진하군! 집정 관이 그 청년을 어디서 찾았는데? 대체 그가 누구였다던가?"

"누가 알겠나, 메살라? 아리우스의 아들 자신만 알겠지. 아이고! 그 전투에서 집정관, 그때는 사령관이던 그분은 갤리선을 잃었다네. 귀환하던 선박이 같은 널빤지에 매달린 아리우스와 청년을 건졌지. 몇몇 선원들도 같이. 그런데 그때의 구조자들이 하나같이 똑같은 말을 해. 널빤지에 집정관과 함께 있던 사람이 유대인이었다고."

"유대인!"

"그것도 노예였다더군."

"어떻게! 드루수스, 노예라니?"

"갑판으로 끌어올릴 때 하나는 사령관의 갑옷인데, 다른 이는 노 잡이 행색이었다는 거야."

메살라는 탁자에 기대 있다가 몸을 세웠다.

"갤리선."

그는 흉한 단어를 확인하면서, 난생 처음으로 어쩔 줄 몰라 하며 두리번댔다. 바로 그때 하인들이 방으로 들어왔다. 몇 명은 큰 술동이를 들었고, 나머지들이 과일과 과자 바구니, 은잔 등을 들고 왔다. 그 광경에 청년들 사이에 새로운 활력이 돌았다.

메살라가 스툴에 올라서서 맑은 목소리로 말했다.

"테베레의 사내들이여, 대장을 기다리는 이 시간을 바쿠스의 향연으로 바꾸세. 누구를 주빈으로 삼겠는가?"

드루수스가 일어나서 외쳤다.

"주연을 베푸는 이 말고 누가 주빈이 되리오! 대답하라, 로마인들이여."

모두 함성으로 대답했다.

메살라가 머리에서 화관을 벗어서 드루수스에게 주었다. 드루수스는 탁자에 올라가서, 모두가 지켜보는 가운데 진지하게 메살라에게 다시 화관을 씌워 주었다.

"지난 술자리에서 곧장 나와 함께 이 방으로 온 친구들이 몇 있네. 우리의 주연이 성스러운 관습에 적합하도록, 그들 중 가장 취한 자를 데려오게."

사람들이 웅성거렸다.

"저기 있네, 저기 있어!"

바닥에 쓰러진 청년을 앞으로 데리고 나왔다. 여자처럼 예쁘장해서 '술의 신, 바쿠스'의 현신이라고 해도 될 정도였다. 머리에 화관이 없고 손에 티르소스Thyrsos*가 없을 뿐이었다.

"그를 탁자로 올리라구."

주빈이 말했다.

청년은 제대로 앉지도 못했다.

"그를 도와주게, 드루수스. 어여쁜 니오네가 자네를 도와줄 거야."

드루수스는 취한 청년을 가슴에 안았다.

주변이 조용해졌다. 메살라가 축 늘어진 청년에게 말을 걸었다.

"오, 신들 중에서도 가장 위대한 바쿠스여! 오늘 밤 자비를 베푸소서. 저와 여기 모인 당신의 숭배자들을 대신해서 이 화관을……."

그가 화관을 자신의 머리에서 공손히 들어 올렸다.

"다프네 숲의 당신 제단에 바칩니다."

그가 절하고 화관을 다시 썼다. 그런 다음 몸을 굽혀 주사위를 꺼내 보이며 웃었다.

"보게, 드루수스. 1데나리온은 내 거야!"

고함이 터져서 바닥이 흔들렸고, 벽의 음침한 조각상들도 움직였다. 술판이 시작되었다.

* 바쿠스의 지팡이

일데림 족장은 간단히 소개하고 넘어가기에는 너무나 중요한 인물이다. 부족민들에게 명망이 높아서, 시리아 동쪽 사막 지역 전체에서 가장 존경받는 족장이자 왕이었다. 도시 사람들에게는 조금 다른 의미로 명성이 자자했으니, 동방에서 왕 다음가는 최고의 부자로 알려졌다. 돈도 돈이지만 하인이며 낙타, 말 등 온갖 가축들의 소유도 단연 최고였다. 그는 낯선 손님을 접대하는 일을 비롯해서 자신의 자긍심과 위신을 세워 주는 일을 즐겼다. 그런 까닭에 종려나무 농원에 있는 그의 거처를 단순한 천막으로 오해하면 곤란하다. 일데림 족장은 그곳에 꽤나 근사한 천막촌을 꾸몄다. 대형 천막이 3개나 되어 각각 족장, 손님, 아내와 몸종들이 머물렀고, 그보다 작은 천막도 6~8개나 있어서 종들과 경호원으로 데려온 부족의 하인들(용맹하고 활과 창과 말을 잘 다루는 강인한 사내들)이 기거했다.

그러니 농원에서는 뭐가 됐든 그의 재산이 위험할 일은 없었다. 하지만 사람의 습성은 시골에 가든 도시에 가든 없어지지 않고, 규율은 지키는 것이 현명한 처사다. 그래서 천막촌은 소, 낙타, 염소 등 사자나 도둑이 노릴 만한 재산들이 안전하게 지켜지도록 설계되었다.

일데림 족장을 완전히 객관적으로 평가해 보자면, 그는 부족의 관습에 철두철미했다. 아주 작은 것까지 하나도 소홀히 넘기지 않았다. 그 결과 농원 생활도 사막 생활의 연장이었을 뿐만 아니라, 옛 부족의 방식, 그러니까, 고대 이스라엘의 유목 생활을 고수했다.

카라반이 농원에 도착했던 아침을 회상해 보자.

그날 족장은 말을 멈추고 창을 땅에 박았다.

"여기다. 여기에 텐트를 세워라. 그리고 문을 남향으로 내라. 호수를 앞에 두고, 이 사막의 자녀들 아래 모여 석양을 바라볼 수 있게."

그는 이렇게 말하면서 거대한 종려나무 세 그루가 모인 곳으로 가서 하나를 쓰다듬었다. 말의 목이나 사랑하는 자식의 볼을 쓰다듬듯한 손길이었다.

일데림 족장 말고 누가 카라반에게 '멈춰라! 여기에 천막을 쳐라!' 하고 명령할 수 있을까? 그가 창을 꽂았던 땅에 천막의 첫 번째 기둥을 박아 앞문의 중심으로 삼았다. 이후 기둥을 여덟 개 더 박았다. 기둥 3개씩, 총 3열이었다. 그런 다음 여인들과 아이들이 낙타 등의 짐꾸러미에서 천막 천을 꺼냈다. 이 일을 여인들보다 잘할 사람이 있을까! 그녀들이 직접 갈색 염소들의 털을 깎지 않았던가? 털을 꼬아서 실을 잣지 않았던가? 그 실로 천을 짜지 않았던가? 천들을 꿰매어 완전한 지붕으로 만들지 않았던가? 멀리서 보면 게달*족의 천막처럼 검은데, 실은 진갈색이었다. 마지막으로 다들 농담을 던지고 깔깔대고 밀면서, 힘을 합쳐 기둥에서 기둥까지 지붕을 씌우고, 말뚝에 끈을 비끄러맸다! 마지막으로 갈대 돗자리 벽까지 두르자 사막 느낌이 물씬 났다. 그들은 초조하게 족장의 평가를 기다렸다. 일데림 족장은 안팎을 다니면서 집과 해, 나무들, 호수의 배치를 살피더니 손을 비비면서 따뜻하게 말했다.

"잘했구나! 이제 너희가 잘 아는 대로 마을을 꾸미거라. 오늘 밤에

---

* 창세기에 나오는 이스마엘의 차남

는 빵에 아락을 곁들이고, 꿀을 탄 우유를 마시자. 모닥불마다 새끼 염소를 굽도록 해라. 신이 함께하시는구나! 호수가 우리의 샘이니 감로수가 부족하지 않겠다. 이곳이 푸른 초장이니 짐을 나르는 동물들이나 작은 가축까지도 굶주리지도 않으리. 내 자녀들아, 너희에게 신이 함께하시기를! 가거라!"

그러자 사람들이 함성을 지르며 행복하게 몰려가서 자기들의 숙소를 세웠다. 몇 명은 남아서 족장의 천막 내부를 꾸몄다. 남자 하인들이 가운데 줄의 기둥들에 가리개를 쳐서 방을 두 공간으로 나눴다. 오른쪽은 일데림, 왼쪽은 그의 말들(솔로몬의 보석들)의 거처였다. 하인들이 말들을 데려와서 입 맞추고 토닥여 주며 풀어 놓았다. 또 가운데 기둥에 무기걸이를 세우고 투창, 창, 활, 화살, 방패 들을 채웠다. 바깥쪽에는 주인의 칼을 내걸었다. 초승달 모양의 칼은 칼날이 손잡이에 박힌 보석만큼이나 번쩍거렸다. 무기걸이의 한쪽 끝에 마구들을 두었는데, 어떤 것들은 왕의 시종이 입는 제복처럼 화려했다. 다른 쪽 끝에는 족장의 의복을 걸었다. 모직 외투, 마직 외투, 셔츠와 바지, 다양한 색상의 두건. 하인들은 족장이 그만하면 됐다고 말할 때까지 일손을 멈추지 않았다.

한편 여인들은 침대의자를 꺼내서 놓았다. 족장에게는 아론의 수염(가슴까지 기른 흰 수염)보다 더 필요한 것이었다. 문쪽을 향해 'ㄷ'자 모양으로 배치했다. 의자다리 부분은 치마처럼 둘렀고, 갈색과 노란색 줄무늬 천을 씌워 교체할 수 있게 만든 방석을 놓았다. 또 파란색과 진홍색의 쿠션과 긴 베개도 두었다. 의자 주변으로 양탄자를 깔았다. 'ㄷ'자의 열린 곳부터 천막 문까지 양탄자를 깔자 그녀들의 일이 끝났다. 여인들은 주인이 잘했다고 말하기를 기다렸다. 이제 물단지를 채워서 들여오고, 아락 술주머니를 내일 레벤으로 변하도록 걸어 두기만 하면 된다. 아랍인이 보기에 일데림은 행복하고 너그럽지 않을 수가 없었다. 물 좋은 호숫가, 종려나무 농원의 시원한 집에서 지내니.

벤허가 도착한 천막 입구가 바로 이런 광경이었다

하인들은 이미 주인의 지시를 기다리고 있었다. 한 명이 일데림의 샌들을 벗겼고, 다른 하인은 벤허의 로마식 신발의 여밈을 풀었다. 두 사람은 겉옷을 벗고 깨끗한 흰 린넨 옷으로 갈아입었다.

"들어갑시다. 신의 이름으로 들어가서 쉬십시오."

주인이 예루살렘의 욥바 시장터에서 들을 법한 사투리로 다정하게 말하면서 침대의자로 안내했다. 그러더니 그 옆자리 의자를 손짓하며 말했다.

"난 여기 앉을 테니 손님은 거기 앉으시오."

한 여인(옛날에는 하녀라고 불렸을 여인)이 등을 기대도록 쿠션들과 긴 베개들을 솜씨 있게 배열해 주었다. 두 사람이 의자의 가장자리에 앉았다. 그 사이 하인들이 호수 물을 길어 와서 주인과 손님의 발을 씻기고 수건으로 닦아 주었다.

일데림이 가는 손가락으로 수염을 가지런히 매만지며 말했다.

"우리 사막에는 왕성한 식욕이 장수의 비결이라는 말이 있소이다. 그대는 어떠시오?"

"그 격언대로라면 저는 백수를 누릴 겁니다, 족장님. 지금 굶주린 늑대가 따로 없습니다."

"흠, 그대를 늑대처럼 내쫓지 않으리다. 최고의 고기를 대접하겠소."

일데림이 손뼉을 쳤다. 하인이 들어왔다.

"손님용 천막에 가서 전하거라. 나, 일데림이 흐르는 강물처럼 끝없이 평안하시기를 기도한다고."

하인이 절했다. 족장이 말을 이었다.

"또, 내가 식사할 분을 모시고 돌아왔다고 말씀드려라. 발타사르 현자께서 원하시면 셋이 함께 자리하시자고 전해라. 그래도 새들의 몫은 남겨둬야겠지만."

하인이 물러갔다.

"이제 잠시 쉽시다."

그 말을 하면서 일데림은 요즘 다마스쿠스의 시장에서 상인들이 양탄자에 앉는 모양으로 침대의자에 책상다리로 앉았다. 그가 느긋하게 수염을 쓰다듬어 정돈하다가 말고 갑자기 진지하게 물었다.

"그대는 내 손님, 이미 내 레벤을 마셨고 이제 내 소금을 맛볼 테니, 이 질문을 마다하지 않으시겠지요. 그대는 누구시오?"

벤허가 족장의 지긋한 눈길을 차분히 받아내면서 대답했다.

"일데림 족장님, 주신 질문을 내가 하찮게 여긴다는 오해 없이 들어 주십시오. 이제껏 살아 오시면서, 그 질문에 답하는 것이 자신을 저버리게 되는 결과가 되는 것을 보셨습니까?"

"솔로몬의 영광에 걸고, 있소! 그리고 자신을 배신하는 것은 때론 부족을 배신하는 것만큼이나 비열하오."

벤허가 반색했다.

"감사합니다, 감사합니다, 족장님! 더없이 적절한 대답이었습니다. 저는 신뢰를 구하러 왔고, 당신은 신뢰의 증거를 찾으시는군요. 당신께는 그것이 제 알량한 인생사보다 더 중요하고요."

족장이 절했다. 벤허는 기회를 놓치지 않으려고 서둘렀다.

"그렇다면 흡족하실 겁니다. 우선 저는 로마인의 이름을 알려드렸지만 로마인이 아닙니다."

일데림은 가슴팍을 덮은 수염을 쥐고 양미간을 찌푸리며 반짝이는 눈으로 쳐다보았다. 벤허가 말을 이었다.

"저는 이스라엘 사람으로 유다족입니다."

족장이 눈썹을 살짝 치떴다.

"그것만이 아닙니다. 족장님, 제가 유대인으로 로마에 진 원한에 비하면 당신의 원한은 어린애 투정에 불과합니다."

노인이 초조한 손길로 수염을 쓰다듬으며 눈을 내리깔았다. 눈의 반짝임이 감춰졌다.

"더 있습니다. 일데림 족장님, 신께서 우리 조상들에게 주신 언약에 걸고 맹세합니다. 계획하는 복수를 하게 해 주시면 경주의 상금과 영광을 모두 당신께 드리겠습니다."

족장의 찌푸렸던 눈썹이 풀렸다. 일데림이 고개를 들었다. 표정이 환해졌다. 만족하는 기색마저 엿보였다.

"그만하면 됐소! 만약 당신의 혀 깊이 거짓이 도사리고 있다면, 솔로몬 왕이라도 속았겠소. 당신은 로마인이 아니고, 유대인으로서 로마에 원한이 있어 복수를 하겠다는 말을 믿소. 말은 그 정도면 충분하고, 문제는 실력인데……. 전차 경주 경험이 있소? 말들은 잘 다루시오? 당신의 의중을 전달할 수 있느냐는 말이오. 부름에 응하도록, 마지막 숨까지 내쉬며 전력질주하게 만들 수 있소? 최악의 순간에도 당신의 생명을 다해 말들이 가공할 힘을 내게 할 수 있소? 그건 아무나 못 하지. 아, 신의 영광으로만 허락되는 재능이니까! 전에 내가 알던 어떤 왕은 수백만 명을 통치하는 완벽한 군주면서 한 마리 말의 존경을 얻지 못했다오. 명심하시오! 내 말들도 노예들에게 혹사나 당하는 시시한 말들이 아니니까. 혈통도 생김새도 기백도 형편없는 그런 말들 말고 '말들의 왕'들이란 말이오. 혈통이 초대 파라오의 말까지 거슬러 올라가는 녀석들. 내 동료고 친구고, 가족처럼 천막에 함께 사는 녀석들. 자신들의 직감에 사람의 지혜를 더하고, 자신들의 감각에 사람의 영혼까지 합해서, 결국 사람의 야망, 사랑, 증오, 멸시를 이해하는도다! 전쟁에서는 영웅이요, 신뢰로는 여인들처럼 충실하여라. 여봐라!"

한 하인이 앞으로 나왔다.

"나의 아랍 말들을 들여라!"

하인이 가리개를 옆으로 밀자 말들이 모습을 드러냈다. 말들은 나오라는 것인지 확인하듯 잠시 그대로 있었다.

일데림이 말들에게 말했다.

"오너라! 왜 그냥 서 있어? 내 것이 다 너희 것이지 않느냐? 이리 오라고 말했다!"

말들이 느릿느릿 다가왔다. 족장이 말했다.

"이스라엘의 아드님, 당신네 모세는 대단한 사람이었지만, 하하하, 유대인들에게 터벅터벅 걷는 소와 멍청하고 굼뜬 나귀를 허락하고 말은 금했다는 사실을 떠올리면 웃지 않을 수가 없소. 하하하! 모세가 저 녀석, 또 이 녀석을 봤어도 과연 그랬겠소?"

그는 맨 앞 말의 얼굴에 손을 얹고 무한히 대견해 하며 자애스럽게 토닥거렸다. 벤허가 부드럽게 대답했다.

"그건 오해입니다, 족장님. 오해지요. 모세는 신의 사랑을 받은 율법제정자였을 뿐 아니라 전사였습니다. 그런데 어찌, 아, 그 모든 피조물들 중에서 이들을, 말들을 사랑하지 않았겠습니까?"

그때 두상이 우아한 (촘촘한 앞머리에 반쯤 가려진 큰 눈망울에 사슴처럼 부드럽고 뾰족한 작은 귀를 앞으로 기울인) 말이 벤허의 가슴팍으로 다가와서 코를 벌름대고 윗입술을 씰룩댔다. 마치 '당신은 누군가요?'라고 묻는 듯했다. 벤허는 경주장에서 본 경주마 녀석임을 알아보고 손을 내밀었다.

족장은 사적인 유감을 표하듯 분통을 터뜨렸다.

"그 무도한 자들도 안다구! 아, 그들이 수도 줄고 명줄도 줄기를! 다 알고 있단 말이지! 최고의 혈통을 가진 우리 말들이 페르시아의 네세아 평원에서 왔다는 걸 말이오. 신이 첫 번째 아랍인에게 넓은 모래사막을 주고, 나무가 자라지 않는 산을 주더니, 여기저기 먹지 못할 물이 고인 샘들을 더해 주며 말했지. '보아라, 네 나라다!' 아랍인이 불평하자 신이 가엾게 여겨서 다시 말했소. '기운을 내거라! 네게 다른 이들보다 두 배의 축복을 내릴 테니.' 아랍인은 이 말에 감사 인사를 올리고, 믿음을 가지고 축복을 찾아 나섰소. 우선 변두리 지역을 다 돌았는데 축복이 없었어. 그래서 길을 만들며 사막으로 깊숙이 들어갔고, 마침내 사막의 심장부에서 아름다운 푸른 섬을 발견했지. 그 섬의 한가운데에, 아! 낙타 떼와 말 떼가 있었소! 그는 기쁘게 그것들을 데려가서 신이 주신 최고의 선물로 보살피며 키웠소. 그렇게 푸른 섬에서 나온 말들이 세상으로 퍼져 나갔지. 네세아 초원으로, '찬바람의 바다'에서 바람이 몰아치는 무서운 북쪽 골짜기까지. 내 이야기를 의심하지 마시게. 의심했다가는 부적이 아랍인에게 듣지 않을 테니. 아니지, 내가 직접 증거를 보여 드리리다."

족장이 손뼉을 쳤다. 하인이 다가왔다.

"부족의 기록들을 가져오너라."

기다리는 사이 족장은 말들의 뺨을 토닥이고 손으로 앞머리를 빗기고, 하나하나에게 알은 체를 해 주며 놀아 주었다. 곧 여섯 사람이 참죽나무 상자들을 들고 나타났다. 테두리가 황동이고, 경첩과 빗장까지 황동이었다. 하인들이 침대의자 옆에 상자들을 전부 내려놓자 족장이 말했다.

"아니다, 모두 가져오란 말은 아니었다. 말들의 족보만 필요해. 그 상자를 열고 나머지는 갖다 두거라."

상자를 열자 은 고리로 묶은 상아 판들이 나타났다. 두께가 과자만큼 얇은 판들이 고리마다 수백 개씩 걸려 있었다.

일데림은 고리 몇 개를 손에 들고 말했다.

"나도 알고 있소. 예루살렘 신전의 족보에 갓난아이들의 이름이 얼마나 열성적으로 세심히 기록되는지. 이스라엘의 모든 아들은 족장보다도 훨씬 이전 가문의 시초까지 족보가 이어지지. 내 조상들은 (아, 당신들도 영원히 생생히 기억되기를!) 이런 관습을 빌려도 도의에 어긋나지 않는다고 여겨서 말들의 족보를 기록했소이다. 이 판들을 보시오!"

벤허는 고리들을 받아서 상아판을 넘겨 보았다. 매끈한 표면에 달 군 뾰족한 철필로 쓴 아랍 문자들이 어지럽게 적혀 있었다.

"읽을 수 있겠소, 이스라엘의 아들이여?"

"아니요. 족장께서 뜻을 말해주셔야겠습니다."

"그러겠소. 판마다 수백 년간 순수혈통을 가지고 태어난 새끼 나 귀들의 이름이 적혀 있지. 종마와 어미 말의 이름까지 기록했어요. 석판들을 보고 시대를 보시오. 백문이 불여일견이니."

상아판의 일부는 거의 닳은 상태였다. 세월의 흔적으로 모두 누렇 게 변색되었다.

"저 상자 안에 완벽한 족보가 있다고 감히 말할 수 있소. 그만큼 다 른 족보와는 달리 이 말들의 기원은 확실해. 이 말도, 지금 당신의 관 심과 손길을 얻으려는 그 말도, 또 우리에게 다가오는 쟤들도 모두. 그것들의 종마들도 이런 천막 지붕 아래서 주인이 자녀들에게 하듯 손으로 먹이를 먹이고 말을 걸면서 키워졌다오. 말들은 말은 못해도 입맞춤으로 감사를 표한다오. 이제 이스라엘의 아들이여, 내 말을 믿 겠지요. 내가 사막의 통치자라면 이 말들은 내 장관들이라오! 이들 을 빼앗긴다면 나는 카라반이 죽도록 버려두고 떠난 병자 신세겠지. 얘들 덕분에 내가 늙어가도 사막 곳곳의 강도들이 여전히 나를 두 려워하지. 녀석들이 내게 있는 한 계속 그럴 거요! 하하하! 녀석들의 조상들도 어쩌나 놀라운 업적이 많은지, 언제 기회가 되면 이야기해 드리리다. 당장은 말들이 퇴각할 때 단 한 번도 따라잡힌 적이 없다 는 정도만 말해두지. 암, 솔로몬의 검에 걸고 맹세하건대 결코 추격에서 진 적이 없다니까! 그런데 그건 사막에서 안장을 얹었을 때 얘기거든. 지금은 어떨지 모르겠소. 멍에를 매고 달리는 건 처음인데다가, 승리의 변수들이 워낙 많은 게 염려도 되네. 하지만 분명 자긍심과 속도와 인내심이 뛰어난 말들이니, 적임자만 만난다면 승리할 게요. 이스라엘의 아들이여! 당신이 적임자라면 여기에 아주 잘 오셨소. 이제 당신 말을 들어봅시다."

벤허가 대답했다.

"왜 아랍인들이 말을 자식 다음으로 사랑하는지 이제 알겠습니다. 또 왜 아랍 말이 최고의 명마인지도 알겠습니다. 하지만 족장님, 저는 말로만 설득하지 않겠습니다. 사람의 약속이 모두 지켜지는 게 아니니까요. 먼저 근처의 평원에서 시험하게 해 주십시오. 내일 네 필을 다뤄 보겠습니다."

일데림의 표정이 다시 환해졌다. 족장이 뭔가 말하려고 입을 떼는데, 벤허가 막았다.

"잠시만, 선하신 족장님. 잠시만요! 드릴 말씀이 더 있습니다. 저는 로마의 스승들께 배운 많은 것들이 이런 때 소용이 될 줄 몰랐습니다. 이 말씀을 드려야겠군요. 족장님의 사막의 아들들 각자는 독수리처럼 빠르고 사자처럼 인내하지만, 멍에를 지고 같이 달리는 훈련을 받지 않으면 패할 겁니다. 생각해 보십시오, 족장님. 네 필 중 하나는 가장 느리고 하나는 가장 빠르지요. 결국에는 가장 느린 말의 속도대로 달리게 될 테니, 문제는 가장 빠른 녀석입니다. 오늘 바로 그러더군요. 기수가 가장 빠른 말과 느린 말이 조화를 이루도록 만드는데 실패했어요. 제가 내일 해 봐도 결과가 더 낫지 않을 겁니다. 하지만 족장님께 말씀드리겠습니다. 아니, 약속드리죠. 제가 네 녀석을 한 몸처럼 뛰게 만들어서, 족장님께 상금과 왕관을 드리고 저는 복수를 얻겠습니다. 어떻습니까?"

일데림은 계속 수염을 만지면서 경청하고 있다가 웃었다.

"당신이 더 좋아집니다, 이스라엘의 아들이여. 사막에는 이런 속담이 있지요. '그대가 말로 음식을 만들겠다면 나는 버터로 바다를 만들겠노라.' 아침에 말들을 드리겠소."

그 순간 천막의 뒤쪽 입구에서 인기척이 났다.

"아, 식사가 오는군! 저기 오는 내 친구 발타사르에게 인사하시지요. 그가 이스라엘 사람이라면 듣고 또 듣고 싶은 이야기를 들려줄 겁니다."

족장이 하인들에게 고개를 끄덕였다.

"족보들을 치우고 내 보석들을 자기 방으로 데려가라."

하인들은 지시받은 대로 했다.

14

세 현자의 사막 식사 장면을 떠올려 보면, 일데림의 천막에서 식사가 준비되는 상황이 이해될 것이다. 더 음식이 넉넉하고 시중이 있다는 차이만 있다.

침대의자가 둘러싼 공간에 양탄자를 세 개 깔고, 30센티미터 높이의 상을 놓고 상보를 씌웠다. 한 여인이 한쪽에 놓인 이동식 토기 화로 앞에 앉아서 빵을 구웠다. 더 정확히 말하면, 빵 반죽은 인근 천막에서 맷돌로 간 밀가루로 만들어서 들여왔다.

발타사르가 의자로 안내되었다. 일데림과 벤허가 일어나서 그를 맞이했다. 헐렁한 검은 옷을 걸친 노인은 불안하게 걷고, 긴 지팡이와 하인의 부축을 받아 느릿느릿 조심스레 움직였다.

일데림이 공손히 말했다.

"평안하십시오, 친구. 평안을 기원하고 환영합니다."

이집트 노인이 고개를 들고 대답했다.

"족장님, 그대에게도, 그대와 그대의 손님께도 평안과 유일하신 신의, 진정하고 사랑이 많으신 신의 축복이 있기를."

노인의 온화하고 경건한 몸가짐에 벤허는 경외심을 느꼈다. 게다가 축복의 답례에 벤허를 언급하는 노인의 눈이 퀭하지만 반짝거렸다. 발타사르가 지긋이 얼굴을 쳐다보자 벤허는 새롭고 신비로운 감정을 느꼈고, 그 기분이 워낙 강렬해서 핏기 없이 주름진 노인의 얼굴을 힐끔댔다. 눈길의 의미를 알고 싶었지만, 줄곧 아이처럼 부드럽고 평온하고 믿음직한 표정이었다. 얼마 후 벤허는 그가 줄곧 짓는 표정일 뿐임을 알아차렸다.

족장이 벤허의 팔을 한 손으로 잡으면서 말했다.

"발타사르 님, 오늘 저녁 함께 식사할 분이 이 손님입니다."

이집트인이 청년을 힐끗 보다가 놀라고 의심하는 표정을 지었다. 족장은 그것을 알아차렸다.

"손님에게 내일 제 말들을 살펴보게 해 주겠노라 약속했습니다.

모든 게 잘 풀리면 이분이 경기에 출전할 겁니다."

발타사르는 계속 쳐다보았다. 일데림은 당황스러웠다.

"좋은 추천을 받았습니다. 명망 있는 로마 해병이었던 아리우스의 아들이지만……."

족장은 머뭇거리다가 웃음을 터뜨리며 말을 이었다.

"본인은 이스라엘의 유다족이라고 주장합니다. 그리고 신께 영광 돌리며, 저는 그가 하는 말을 믿습니다!"

발타사르는 더 이상 잠자코 있을 수가 없었다.

"관대하신 족장님, 오늘 나는 한 청년이 아니었다면 목숨을 잃었을 겁니다. 위기의 상황에서 다들 달아났는데 이 손님과 닮은 청년이 나서서 날 구해 주었지요."

그러더니 노인이 벤허에게 물었다.

"그 청년이 아니오?"

벤허는 존경심을 안고 대답했다.

"미리 말씀드리지 못했습니다. 카스탈리아 분수에서 무례한 로마인의 말이 어르신의 낙타에게 달려들 때, 말들을 막은 사람이 바로 접니다. 따님이 제게 잔을 주셨지요."

벤허가 셔츠의 가슴팍에서 잔을 꺼내 발타사르에게 건넸다.

생기 없던 이집트인의 얼굴에 빛이 감돌았다. 노인은 벤허에게 손을 뻗으면서 떨리는 목소리로 말했다.

"오늘 분수대에서 신께서 그대를 내게 보내셨지. 그리고 또 지금 보내시는구려. 주님께 감사드립니다. 또 그분을 찬미합니다. 주님의 은혜로 내 그대에게 큰 상을 주어야 하고 그렇게 하겠소. 잔은 그대의 것이니 가지시오."

벤허는 선물을 돌려받았다. 발타사르는 어리둥절한 족장의 얼굴을 보고 분수대에서 일어난 일을 이야기했다.

"이럴 수가! 왜 그 이야기를 하지 않으셨소? 내게 더 좋은 인상을 줄 수 있었으련만 한 마디도 하지 않다니. 나는 일개 아랍인이 아니라 수만 명을 이끄는 족장이잖소! 게다가 이분은 내 손님이시오. 내 손님께 행한 선행도 악행도 다 내게 한 것과 매한가지 아니겠소?"

마지막 말을 할 때의 족장의 목소리는 날카롭게 고조되었다.

"족장님, 잠시만 들어주십시오. 저는 다소의 보상을 바라고 온 게 아닙니다. 비천한 종이 그런 처지였더라도 이 귀인께 드린 도움을 똑같이 베풀었을 거라고 말씀드리면 제 뜻을 이해하실런지요."

"하지만 이분은 종이 아니라 나의 친구요 손님이시오. 큰 차이가 있단 말이오!"

그러더니 족장은 발타사르에게 말했다.

"신께 영광을! 거듭 말씀드리는데 이 손님은 로마인이 아닙니다."

일데림은 그렇게 말하면서 몸을 돌려 하인들에게 신호했다. 하인들은 식사 준비를 거의 끝냈다.

사막에서 발타사르가 자신을 소개하던 내용을 기억한다면, 벤허가 부에 관심이 없다고 한 말이 현자에게 큰 인상을 주었음을 이해할 것이다. 또 그가 사람을 차별하지 않는다는 말도 뇌리에 박혔다. 그가 약속받았던 보답, 그가 기다리고 있는 보답도 역시 온 세상에 관계된 것이었으니까. 그래서 현자는 벤허의 목소리가 마치 자기 목소리의 메아리처럼 들렸다. 그는 벤허에게 한 걸음 다가서며 어린아이처럼 말을 걸었다.

"족장이 그대의 이름을 뭐라고 말했더라? 로마인 이름이었는데."

"아리우스입니다. 아리우스의 아들."

"하지만 그대는 로마인이 아니라고?"

"제 가족들은 모두 유대인이었습니다."

"'이었다'고? 지금은 살아 있지 않다는 말이오?"

간단하지만 날카로운 질문이었다. 다행히 일데림이 끼어들어서 벤허는 즉답을 피할 수 있었다.

"오십시오. 식사가 준비되었습니다."

벤허는 발타사르에게 팔을 내밀고 식탁으로 모셨다. 모두 양탄자에 책상다리를 하고 앉았다. 대야들이 들어와서 세 사람은 손을 씻고 수건에 닦았다. 족장이 신호하자 하인들이 동작을 멈췄다. 이집트 노인의 목소리가 성스러운 기운으로 떨렸다.

"모두의 아버지이신 신이여! 저희가 가진 것은 당신의 것입니다. 저희의 감사를 받으시고 제가 계속 당신의 뜻을 행할 수 있도록 축복하소서."

그리스인 가르파르와 인도인 멜키오르가 각자 다른 언어로 동시에 했던 그 기도였다. 오래전 사막에서의 식사 자리에서 각자 다른 언어로 신의 임재를 그렇게 증거했었다.

세 사람은 당장 식탁으로 다가갔다. 동방의 별미들이 풍성하게 차려져 있었다. 화덕에서 따끈하게 구운 빵, 밭에서 따온 채소들, 통으로 구운 고기, 고기와 야채로 만든 요리, 우유, 꿀, 버터. 그들은 나이프, 포크, 숟가락, 컵 같은 도구들 없이 먹고 마셨다. 배가 고파서 말이 별로 오가지 않았다. 후식을 먹을 즈음에야 상황이 달라졌다. 하인들이 그들의 손을 다시 씻기고 무릎 수건을 치운 후, 상을 다시 차렸다. 왕성한 식욕이 잠들자 세 사람은 대화에 몰두했다.

그 시절에 유일신을 믿는 세 민족(아랍인, 유대인, 이집트인)이 모였으니 화제는 당연히 한 가지뿐이었다. 또 당연히 신을 그렇게 가까이에서 본 사람이 말하지 않겠는가? 그는 별에서 신을 보았고, 길을 인도하는 신의 음성을 들었고, 이렇게 멀리, 이렇게 기적적으로 성령의 인도를 받았다. 그가 증거하라고 부름 받았던 일에 대해 말하는 게 당연하지 않은가?

15

지는 해가 산 옆의 종려나무 농원에 그림자를 드리웠다. 낮과 밤의 중간이, 보랏빛 하늘과 졸음에 겨운 땅의 중간이 없어져 버렸다. 어느 결에 밤이 내리자, 하인들이 놋쇠 촛대를 네 개 가져와서 식탁의 네 구석에 올려두었다. 촛대마다 가지가 네 개였고, 가지마다 불을 켠 은 등잔과 올리브유 컵이 놓였다. 불이 많아서 환하기까지 했다. 세 사람은 후식을 들면서 대화를 계속했다. 시리아 사투리가 섞인 억양이 그 지역 사람들에게는 익숙했다.

이집트인은 사막에서 동방박사 세 사람이 만난 이야기를 했다. 그리고 그들이 헤롯을 피해 천막에 와서 피난처를 구하던 때가 27년

전 12월이었다는 족장의 주장에 맞장구쳤다. 모두들 지대한 관심을 갖고 들었다. 하인들까지도 주변을 얼쩡대면서 세세한 사연에 귀 기울였다. 벤허는 인류 전체와 관계되며 누구보다 이스라엘 민족과 관련된 계시로 여기며 경청했다. 사실 그때 그의 마음속에서, 완전히는 아니어도 인생 경로가 바뀔 만한 생각이 여물고 있었다.

이야기가 이어질수록 유대인 청년의 감동은 더 커졌고, 결국 벅찬 마음으로 그 놀라운 사건이 사실임을 확신했다.

이제 독자들이 진즉부터 궁금했을 부분을 말하겠다. 마리아의 아들이 사역을 시작하는 날에서 시작되는 이야기다. 발타사르가 베들레헴 인근 동굴에서 어머니 무릎에 누운 아기에게 경배한 날 이후, 우리는 그를 한 번 만났다. 이제 이 신비로운 아기는 마지막까지 언급되겠고, 사건들을 통해 느리지만 확실히 그에게 다가갈 것이다. 그리고 마침내 한 사람을 만날 것이다. (논란이 많겠지만 의견을 말해 본다면) 그는 '세상에 없으면 안 되는 존재'다. 간결한 말이지만, 믿음에 감화된 예리한 이들은 알 것이고 반길 것이다. 그가 오기 이전에도 이후에도 특정한 민족과 시기에 필요한 이들은 있었다. 하지만 이 사람은 만방의 모든 민족에게, 모든 때에 필요한 인물이었다. 특별하고 예외적이고 신성한 존경을 받을 인물이었다.

일데림 족장에게는 새로운 이야기가 아니다. 세 현자로부터 그 당시에 직접 들었으니까. 헤롯 대왕을 피해 달아나도록 돕는 것은 위험한 일이기에 족장은 신중하게 처신했다. 이제 세 현자 중 한 명이 반가운 손님이자 존경하는 친구로 다시 그의 식탁에 앉아 있었다. 족장은 그의 이야기를 한 점 의심 없이 믿었다. 하지만 벤허만큼 강력하게 감동하지는 않았다. 일데림은 아랍인이니까, 사건의 결과에 일반적인 관심을 갖는 데 그쳤다. 벤허는 이스라엘인, 유대인으로서 (진실이라고 단언하는 것을 양해한다면) 이 진실에 흥미 이상의 특별한 관심을 느낄 수밖에 없었다. 그는 오롯이 유대인의 정신으로 상황을 인식했다.

이 점을 상기하자. 벤허는 요람에서부터 메시아에 대해 들었다. 대학에서 메시아가 희망인 동시에 두려움이며 선민의 영광이라고 배웠다. 영웅 계보의 시작부터 끝까지 선지자들은 메시아를 예언했다. 메시아의 출현은 늘 랍비들이 연구하는 주제였다. 회당에서, 학교에서, 성전에서, 금식일에, 축일에, 공개석상에서, 개인적으로, 교사들은 해석하고 이해시켰다. 결국 아브라함의 자손 모두는 어떤 처지에서든지 메시아를 기다려 왔다. 그래서 문자 그대로 강철 같은 엄격함이 그들의 삶을 지배하고 재단했다.

물론 유대인들 사이에도 메시아에 대한 의견은 분분했지만, 논점은 하나로 모아졌다. 메시아는 언제 오시는가?

탐구는 설교자의 몫이다. 작가는 그저 이야기를 풀어갈 뿐이다. 작가의 입장에서 메시아와 관련된 핵심만 설명하겠다. 놀랍게도 메시아가 유대인의 왕으로, 그러니까 '정치적인 왕이자 황제'로서 오시리라는 점에는 이견이 없었다. 메시아는 유대인들의 수단이 되어서 세계를 군대로 정복하고, 유대인들의 이익과 하느님의 이름을 위해 영원히 세계를 지배해야 했다. 이런 믿음에서 바리새파(정치적으로는 분리파)는 성전 안팎에서 마케도니아인의 꿈을 능가하는 소망 체계를 세웠다. 알렉산드로스 대왕의 꿈은 지상 정복에 국한되었지만,

바리새파의 꿈은 지상을 넘어 천상까지 뻗었다. 말하자면, 대담하기 짝이 없는 이기적인 공상이었다.

벤허는 인생의 두 가지 요소 덕분에 바리새파의 뻔뻔한 신앙에 젖지 않을 수 있었다.

그의 부친은 사두개파였다. 사두개파는 당시의 자유주의자라고 할 만했다. 그들은 영혼을 부인했다(죽음과 동시에 영혼도 사라진다고 믿었다). 율법을 엄격하게 준수했지만, 랍비들이 덧붙인 수많은 주석은 경멸했다. 사두개파의 믿음은 교리보다는 철학에 가까웠다. 그들은 세속의 즐거움을 거부하지 않았고, 이교도들의 훌륭한 수완과 생산품들도 인정해서 정치적으로 분리파와 첨예하게 대립했다. 이런 사상과 특성이 유산의 일부로 자연히 아들에게 대물림되었다.

또 하나의 이유는 앞의 사건이다. 젊은 벤허의 기질에 5년간의 유복한 로마 생활이 미친 영향을 정확히 알려면 당시의 로마를 알아야 한다. 그 시절 로마는 국가들의 만남의 장이었다. 제약 없는 향락이 만연할 뿐 아니라 정치적, 상업적으로 세계의 중심이었다. 포럼 앞의 금빛 이정표(지금은 쇠퇴해서 영광의 기미라곤 없지만) 주변으로 인파가 구름처럼 밀려들었다. 벤허는 로마의 출중한 태도, 세련된 매너, 방대한 지식, 영광의 성취에 감동했기 때문에, 그토록 긴 세월 아리우스의 아들로 지낼 수 있었다. 미세눔 근교의 멋진 저택에서 황제의 연회에 들며 온 세상의 유명한 왕과 왕자, 대사, 인질, 사절단, 탄원자 들이 그들은 운명을 좌우할 대답을 겸손하게 기다리는 모습을 보았다. 유월절을 보내러 예루살렘에 모이는 인파 외에 그만한 규모가 없었다.

하지만 한편으로는 35만 관중이 모인 막시무스의 보라색 차양 밑에서 이런 생각도 들었다. 저들이 비록 유대인은 아니지만, 자비까지는 아니어도 성스러운 생각을 하는 사람이 있을 수 있겠지. 슬픔 때문에, 아니 슬픔 중의 무력감 때문에 유대인들의 언약이 이루어지기를 기다리는 사람들이.

벤허의 처지에서 그런 생각이 드는 것은 자연스럽다. 그런데 그는 그 생각을 파고들었다. 대중의 고통과 무력감은 종교와 무관했다. 그들은 신들이 부족해서 신음하는 게 아니었다. 브리튼 섬 떡갈나무 숲의 신자들은 드루이드*를, 갈리아와 게르마니아의 히페르보레오이**에서는 오딘***과 프레야를 믿었다. 이집트는 악어와 아누비스****로 만족했고, 페르시아는 오르무즈드*****와 아리만을 똑같이 신봉했다. 힌두교도들은 열반을 소망하며 어두운 브라흐마의 길에서 묵묵히 인내했고, 그리스인은 마음속에 철학이 있지만 여전히 호머의 영웅적인 신들을 찬미했다.

로마에서는 신처럼 흔하고 값싼 게 없었다. 로마인들은 '세상의 주인'이기에 변덕스럽게 임의로 제단을 전전하며 예배하고 제물을 바쳤다. 그들은 난장판을 만들고 흐뭇해 했다. 신들의 숫자가 유일한 불만거리인지, 세상의 모든 신을 빌리다 못해 황제까지 신격화하고

---

* 고대 켈트족이 신봉한 드루이드교의 사제

** 그리스 신화에서 북풍 너머의 파라다이스

*** 북구 신화에서 오딘은 지식과 전쟁의 최고신, 프레야는 사랑과 풍요의 여신

**** 머리는 자칼, 몸통은 사람인 신

***** 조로아스터교의 으뜸 신. 아리만은 악령

제단과 예배를 바쳤다. 아니, 불행은 종교와 상관없이, 실정과 강탈과 무수한 횡포 때문에 일어났다. 인간들이 빠져서 구해달라고 애원하는 아베르누스(지옥)는 무시무시하지만 정치적으로 꼭 필요하다. 론디니움, 알렉산드리아, 아테네, 예루살렘 할 것 없이 어디나, 간구의 대상은 '경배할 신'이 아니라 '정복자 왕'이었다.

2천년이 지난 지금의 우리는 안다. 신 스스로 진정한 신이요 주인이요 구원임을 증명하는 것 외에 이 혼란에서 우리를 구원해 주는 것은 없음을. 하지만 당시에는 지혜롭고 분별력 있는 자들조차 오직 로마의 붕괴에서 희망을 찾았다. 로마가 무너지면, 복구되고 재편성되면서 구제될 것이라고 믿었다. 그래서 사람들은 기도하고 음모를 꾸미고 반란을 일으켜 싸우다가 죽었다. 그렇게 오늘은 피로, 내일은 눈물로 땅을 적셨지만 결과는 매양 똑같았다.

벤허도 똑같이 생각했다. 5년간 로마에 살며 정복당한 세상의 고통을 보고 관찰한 결과, 고통을 가한 악들은 정치적인 검으로만 치유할 수 있다고 판단했다. 그래서 영웅적인 치유의 날, 한 몫을 감당하려고 자신을 단련했다. 벤허는 무기를 익혀서 완벽한 병사가 되었다. 하지만 전쟁은 더 고차원의 일이어서 방패로 막고 창검술로 찌르는 정도로는 부족하다. 전쟁에는 장군이 필요하고, 그가 다수를 하나로 만들어야만 했다. 뛰어난 지휘관은 군대로 무장한 전사다. 이것이 그대로 벤허의 인생 계획이 되었다. 그가 꿈꾸는 개인적 원한의 복수는 평화 추구보다는 전쟁을 통해 확실히 실행된다고 확신했다.

그러니 벤허가 발타사르의 이야기에 느꼈을 감동이 이해될 것이다. 현자의 이야기는 가장 민감한 사안 두 가지를 건드려 그의 내면에서 울려 퍼졌다. 이야기가 틀림없는 사실이며 기적적으로 찾은 아기가 메시아라는 확신이 들자, 심장이 방망이질쳤다. 그런데도 여태 이스라엘이 잠잠한 게 놀랍고, 무엇보다 자신이 이 이야기를 들어본 적 없다는 게 놀라웠다. 자연히 두 가지 질문이 더 떠올랐다.

'아기'는 어디 있는가?

나의 임무는 무엇인가?

벤허는 말을 끊는 것을 사죄하면서 발타사르의 의견을 물었다. 현자는 싫은 내색 없이 대답했다.

16

"내가 대답할 수 있다면! 아, 그분이 어디 있는지 알면 득달같이 달려가련만! 바다인들 산인들 날 막을 수 있을까."

발타사르는 간단히, 솔직하고 경건하게 말했다.

"그렇다면 그분을 찾으려고 애써 보셨군요?"

이집트인의 얼굴에 미소가 스쳤다.

"사막의 피난처를 떠난 후 내가 처음 하려던 일은……"

여기서 그는 일데림에게 감사하는 표정을 지어 보였다.

"아기의 근황을 파악하는 것이었소. 하지만 1년이 지나도 유대에 발을 들일 엄두가 나지 않더군. 여전히 헤롯이 왕좌에서 폭정을 했기 때문이지. 나는 이집트로 돌아갔고 몇몇 친구가 내 이야기를 믿었소. 일부는 구세주의 탄생을 나와 함께 기뻐했고, 그 이야기를 계속 들어도 지겨워하지 않았지. 몇 명은 나 대신 아기를 찾아보겠다고 나섰소. 하지만 그들이 베들레헴의 칸과 동굴을 찾아냈지만, 문지기(아기가 태어나고 우리가 별을 따라갔던 그 밤에 문간에 앉아 있던 그 사람)는 없었다더군. 왕에게 끌려간 후 사라졌던 게지."

"하지만 친구 분들이 증거를 찾았겠지요."

벤허가 적극적으로 캐물었다.

"그렇소, 피로 쓰인 증거였지. 마을 전체가 상중이었으니까. 어머니들이 아기들을 잃고 통곡하고 있었다네. 헤롯이 우리가 도망쳤다는 소식을 듣자마자 사람들을 보내 베들레헴의 갓난아이들을 살해했던 거야. 단 한 명의 아이도 살아남지 못했다고, 내 친구들은 그렇게 확신했소. 그 아기는 다른 죄 없는 아기들과 함께 살해되었다고 말했소."

벤허가 경악했다.

"죽다니! 지금 죽었다고 말씀하셨습니까?"

"아니, 나는 그렇게 말하지 않았소. 내 친구들이 그 아기가 죽었다고 말했다고 했지. 나는 그 말을 믿지 않았어. 지금도 안 믿고."

"알겠습니다. 현자께서 특별히 아시는 게 있군요."

발타사르가 시선을 떨궜다.

"그건 아니오. 성령은 아기에게 당도할 때까지만 우리와 함께했소. 아기를 보고 예물을 드리고 동굴에서 나오자마자 별부터 찾았지만 없었지. 우리끼리만 남겨진 거야. 성령의 마지막(내가 기억할 수 있는 마지막) 감화는 우리를 안전하게 일데림에게 보낸 것이었소."

"맞아요. 그때 현자들께서 성령이 제게 보내셨다고 말씀하셨죠. 저는 그렇게 기억합니다."

족장이 초조하게 수염을 쓰다듬었다.

발타사르는 벤허의 얼굴에서 낙담한 기색을 알아차렸다.

"특별히 아는 건 없지만 이 문제를 많이 생각했지. 오랜 세월 신앙의 감화를 받으면서 말일세. 하느님을 증인으로 삼아 단언컨대, 호숫가에서 성령이 부르는 목소리를 들었던 그때처럼 강한 믿음이 지금도 여전히 내 안에 있소. 그대들이 듣겠다면, 어째서 내가 아기가 살아 있다고 믿는지 말해 주리다."

일데림과 벤허는 동의하는 표정을 지었다. 그들은 그냥 듣는 게 아니라 이해하려고 정신을 바싹 차렸다. 하인들도 흥미를 느끼고 침대 의자 둘레로 모여들어 귀를 기울였다. 천막 안에 거룩한 침묵이 감돌았다.

"우리 셋은 신이 존재하심을 믿지요."

발타사르가 절하면서 말을 시작했다.

"그리고 신은 진리지요. 그의 말이 곧 신입니다. 남풍이 불면 언덕들이 먼지로 변하고 바다는 마르지만, 신의 말씀은 그대로 남소. 진리이기 때문이오."

현자는 형언할 수 없이 근엄한 태도로 말을 이었다.

"호숫가에서 이런 말을 들었소이다. '미스라임의 아들이여, 복 받을지어다! 구원이 오나니. 세상 끝에서 오는 다른 두 사람과 함께 그대는 구세주를 보리라.' 나는 구세주를 보았지만(그의 이름에 축복이 있기를!) 언약의 두 번째 부분인 구원은 아직 오지 않았어요. 이제 알겠소? 그 아기가 죽었다면 구원을 가져올 이가 없고, 말은 아무것도 아니며 신은, 아, 감히 입에 담지도 못하겠구려!"

그는 두려워서 양손을 들어올렸다.

"아기는 구원을 위해서 태어났소. 그러니 언약이 살아 있는 한 그 일이 완료될 때까지는 죽음도 그를 막지 못하지. 이제 내 믿음의 이유를 알겠소?"

현자가 말을 멈췄다. 일데림이 공손하게 말했다.

"포도주 좀 드시겠습니까? 바로 옆에 있습니다만."

발타사르가 포도주를 마시고 기운을 회복해서 말을 이었다.

"내가 본 구세주는 우리처럼 자연스럽게 여인의 몸에서 났고, 우리처럼 병들고, 죽음도 맞이할 거요. 그것이 첫 번째 전제입니다. 그 다음으로 그에게 주어진 임무를 볼까요? 아이가 아닌 어른에게, 현명하고 강건하고 사려 깊은 어른에게만 적합한 일이지 않소? 그러니 그분은 성장해야 했소. 이제 그간, 유년과 성인 사이의 긴 기간 동안 그의 삶이 얼마나 위태로웠을지 따져 봅시다. 권력자들은 그의 적이었소. 헤롯이 그의 적이었소. 로마는 어떻소? 그렇다고 이스라엘은 달랐을까? 이스라엘도 그를 받아들여선 안 된다면서 그를 제거하려 했지. 이제 아시겠소? 무력한 성장기에 목숨을 보존하려면 드러내지 않는 것이 최고의 방법입니다. 나는 스스로에게, 내 속에서 사랑에 대한 열망만으로 순수한 내 믿음에게 이렇게 말한다오. 그분은 죽은 게 아니라 자취가 사라졌을 뿐이라고. 할 일이 남아 있으니 꼭 다시 오실 거라고. 내 이유가 타당하지 않소?"

아랍인 일데림의 작은 눈이 깨달음으로 반짝였다.

벤허도 낙심에서 벗어나서 진심으로 말했다.

"저도 동의할 수밖에 없군요. 더 들려주시겠습니까?"

발타사르의 어조가 더 차분해졌다.

"그래도 부족한가, 젊은이? 그럼직한 이유라고, 명확히 말하면 아기가 발견되지 않는 것이 신의 의지라고 생각하면서, 나는 믿음을 가지고 인내하며 기다렸소."

그가 성스러운 믿음이 충만한 눈을 들고 생각에 젖어 말을 이었다.

"지금 나는 기다리고 있소. 그분은 큰 비밀을 잘 간직하고 살고 계시오. 내가 그분에게 가지 못한들 무슨 대수요? 그분이 어느 언덕, 어느 골짜기에 사는지 모르면 어때서? 그분이 살아 계시는데. 꽃을 피우고 있을지 열매가 익어가고 있을지는 모르지만, 신의 언약과 이유가 확실하므로 난 그분이 살아 계심을 아오."

벤허는 경이로운 전율에 휩싸였다. 의문들이 사그라들었다.

"그분이 어디 계시다고 생각하십니까?"

벤허는 입술을 누르는 성스러운 고요를 느끼는 사람처럼 낮은 목소리로 머뭇거리면서 물었다. 발타사르는 청년을 인자하게 쳐다보면서, 생각을 완전히 떨치지 못한 채 대답했다.

"내 집은 나일 강변에 있소. 강과 아주 가까워서 배에서 집과 물에 비친 그림자를 동시에 볼 수 있을 정도지. 몇 주 전 나는 집에 앉아서 생각에 잠겨서 자문해 봤지. 서른 살의 사내는 인생이란 밭을 갈고 작물을 잘 심어야 된다고. 왜냐면 그 후는 파종한 것이 잘 익기에도 빠듯한 여름이니까. 그 아기는 이제 스물일곱 살이오. 파종이 가까운 때지. 그대가 내게 묻듯 나 역시 안식처에 대해 자문해 봤고, 그 대답으로 그대의 조상들이 신에게 받은 땅 가까운 이곳에 왔다오. 그분이 유대 땅 아닌 어느 곳에 나타나실까? 예루살렘 아닌 어느 도시에서 사역을 시작하실까? 아브라함과 이삭과 야곱의 자손이 아닌 그 누가 그분의 첫 축복을 받을까? 적어도 주님의 자녀들은 사랑으로 축복하시지 않을까?

그를 찾아가라는 명을 받는다면, 나는 유대와 갈릴리의 산비탈에서부터 동쪽 요르단 계곡까지 모든 부락과 마을들을 샅샅이 뒤지겠소. 그분은 지금 거기 계시오. 바로 이 저녁 어느 문이나 언덕 꼭대기에 서서 지는 해를 보면서, 세상의 빛이 될 날이 하루 더 가까워졌음을 아셨겠지."

발타사르는 마치 유대를 가리키듯 손가락을 들고 말을 그쳤다. 듣고 있던 모두가, 둘러선 하인들까지도 현자의 열의에 감명을 받았다. 천막 안에 갑자기 위엄 있는 존재가 나타나기라도 한 것처럼 다들 압도되었다. 그 분위기는 쉬이 사라지지 않았다. 식탁에 둘러앉은 세 사람은 각자 생각에 잠겼다. 마침내 마법을 깬 사람은 벤허였다.

"발타사르 님께서 대단히 크고 특별한 은혜를 입으셨음을 알겠습니다. 어르신께서 진정 현자이신 것도요. 제게 들려주신 말이 얼마나 감사한지 이루 말로 표현할 수가 없습니다. 위대한 일들이 있으리라는 계시를 얻고, 당신의 믿음까지 나눠 주셨으니까요. 당신이 기다리는 분의 소임에 대해 더 들려주십시오. 오늘 밤부터 믿음이 있는 유대의 아들에 걸맞게 저 또한 그분을 기다릴 테니. 그분이 구세주라고 하셨지요. 그분이 유대인의 왕이 되시는 겁니까?"

발타사르가 자애롭게 대답했다.

"젊은이, 그 소임은 아직은 신의 심중에 있는 목적이라오. 내가 그 것을 아는 것은 기도에 응답하신 목소리가 들려주었기 때문이오. 그 이야기를 다시 듣기를 원하오?"

"예."

발타사르는 차분하게 말하기 시작했다.

"내가 알렉산드리아와 나일 강변 마을들에서 설교한 것은 인간들의 타락 때문이었소. 그때 홀로 있는 내게 성령이 찾아오셨지. 나는 신을 몰라서 그런 나락에 빠지는 거라고 믿었소. 인간들의 슬픔 때문에 슬펐소. 특정한 계층이 아니라 모두의 슬픔 때문에. 사람들은 완전히 슬픔에 빠져서, 신이 직접 역사하시지 않으면 구원은 있을 수 없을 것 같았지. 그래서 신께 제발 오시라고, 내가 당신을 보게 해 달라고 기도했소. 그랬더니 목소리가 들린 거야.

'너의 선한 행위가 이겼노라. 구원은 온다. 너는 구세주를 볼 것이다.'

나는 기뻐서 예루살렘으로 올라갔지. 구원이 누구에게 있을까? 온 세상에 있소. 구원이 어떻게 올까? 믿음을 굳건히 하시오, 젊은이! 다들 로마가 완전히 무너져야 행복해진다고 믿지. 신을 몰라서가 아니라 통치자들의 실정 때문에 문제들이 생겼다고 말이야. 하지만 난 반대로 생각한다오. 국가가 종교를 위해서 존재하는 게 아님을 새삼 말할 필요가 있소? 백성보다 훌륭했던 왕이 몇이나 있었지? 아, 아니지, 아니야! 구원이 정치적인 목적이 될 리 만무하오. 통치자와 권력자는 끌어내리면 그 빈자리를 다른 자가 차지하고 위세를 떨칠 뿐이오. 그런 게 구원이라면 신의 지혜가 인간사를 넘어서지 못한다는 말 아니겠소. 나도 그대들만큼이나 모르기는 매일반이지만 그래도 말해 보자면, 오실 분은 영혼을 구원하실 게요. 신이 이 세상에 다시 오셔서, 그가 여기 머무는 것이 견딜 만해지도록 정의가 이루어진다는 뜻이오."

벤허는 고개를 숙였다. 얼굴에 드러나는 실망감을 감출 수가 없었다. 이 순간 이집트인의 주장에 반박할 수가 없었다.

하지만 일데림은 달랐다. 그가 충동적으로 외쳤다.

"신의 영광에 맹세코! 심판이 모든 관습을 없애겠지요. 세상이 돌아가는 방식은 정해져서 바꿀 수가 없습니다. 권력의 옷을 입은 지도자라야만 개혁이 가능해요!"

발타사르는 이 주장을 침울하게 받아들였다.

"족장님의 지혜는 세상의 지혜지요. 우리는 세상이 돌아가는 방식에서 구원된다는 점을 잊으셨소. 사람을 신하로 보는 것은 왕의 야망이고, 인간의 영혼을 구제하려는 것은 하느님의 갈망이라오."

일데림은 침묵했지만, 고개를 저으며 동의하려 하지 않았다.

벤허가 족장 대신 나섰다.

"어르신께서 예루살렘 성문에서 찾던 이가 누구였습니까?"

족장이 고마운 표정으로 벤허를 바라보았다.

발타사르가 나직하게 대답했다.

"나는 사람들에게 '유대인의 왕으로 태어나신 이가 어디 계십니까?'라고 물었소."

"그리고 베들레헴 인근 동굴에서 그를 보셨고요?"

"아기를 보고 경배하고 예물을 드렸지요. 멜키오르는 황금, 가스파르는 유향, 나는 몰약을."

"어르신의 말씀을 당연히 믿습니다. 하지만 아기를 바라보는 견해는 이해되지 않습니다. 어떻게 통치자를 그의 권력과 소임으로부터 떼어내서 보십니까?"

발타사르가 대답했다.

"젊은이, 우리는 발밑의 사물은 찬찬히 살피면서, 멀리 있는 더 중요한 것들은 대충 보는 습관이 있지. 그대는 '유대인의 왕'이라는 칭호만 보고 있어. 눈을 들어 그 너머의 신비를 본다면 장애는 사라진다오. 칭호는 말에 불과해. 이스라엘은 더 좋은 날들을 겪었소. 신이 이스라엘 민족을 당신의 민족이라고 다정하게 부르고 선지자들을 통해 접촉하셨지. 그때 신께서 내가 본 구세주를 '유대인의 왕'으로 약속하셨다면 그렇게 등장했을 거요.

아, 그대는 내가 질문한 이유를 물었지! 그건 계시에 따른 것일 뿐이오. 내 생각이 아니라. 아기의 품위도 궁금하시오? 이렇게 생각해 보시오. 그가 헤롯의 계승자라고 보시오? 세상의 기준으로 영광스런 자리에 오를 거라고? 아니지, 신은 더 높이 받들어져야 하지 않겠소? 전능하신 아버지가 만약 호칭을 중시하신다면, 인간들이 만든 자리를 빌리려고 하신다면 당장이라도 황제를 요구하면 되지 않을까? 부디 더 높이, 더 핵심을 바라보기를 부탁드리오! 우리가 기다리는 분이 '왕이 되는가'가 아니라, '어떤 왕이 되는가'를 궁금해 합시다. 그게 신비의 열쇠니까! 젊은이, 아무도 그 열쇠 없이는 이해하지 못할 거요."

발타사르는 경건하게 눈을 들었다.

"왕국이 있소. 지상의 왕국이면서, 지상보다 더 넓은 왕국이지. 지구보다, 바다와 육지보다 더 넓은 왕국이오. 바다와 육지를 순금처럼 돌돌 말아서 망치질로 편 것보다도 넓어. 이 왕국의 존재는 우리의 심장만큼이나 생생해. 그런데 우리는 태어나서 죽을 때까지 그 왕국을 지나 여행하면서도 아무것도 못 본다오. 자신의 영혼을 느끼기 전에는 그 왕국을 못 보는 거야. 육신이 아니라 영혼을 위한 왕국이기 때문이지! 거기에는 상상도 못 해 본 영광이 있소. 특별하고 독보적인, 더할 나위 없는 영광이."

"어르신의 말씀이 제게는 수수께끼 같습니다. 그런 왕국에 대해서는 들어본 적이 없어요."

벤허가 말했다.

"저도 마찬가지입니다."

일데림이 말했다.

발타사르는 겸손하게 눈을 내리면서 말했다.

"그 이야기는 더 하면 안 될 것 같소. 그것이 무엇인지, 무엇을 위해 있는지, 어떻게 닿을 수 있는지는 아기가 왕국을 차지하러 오셔야만 알 수 있을 테니까. 그는 보이지 않는 문의 열쇠를 가져와서, 사랑하는 이들을 위해 문을 여실 거요. 거기에 그를 사랑한 이들이 모두 있을 거고, 그것이 구원이 될 거외다."

그 말을 끝으로 긴 침묵이 흘렀다.

발타사르는 대화가 끝난 것으로 받아들이고 평온하게 말했다.

"족장님, 저는 내일이나 모레쯤 안디옥으로 가서 한동안 머물 겁니다. 딸 아이가 경기의 준비 상황을 보고 싶어 해서요. 떠나는 시간은 정해지면 자세히 말씀드리겠습니다. 그리고 젊은이, 자네는 곧 다시 만나세. 두 분 모두 평화를 누리시고 편안히 주무시기를."

그들은 식탁에서 일어났다.

벤허는 이집트인이 천막에서 나갈 때까지 지켜보고는 족장에게 말했다.

"일데림 족장님, 오늘 밤 이상한 이야기를 들었더니, 물가를 거닐면서 좀 생각해 보고 싶습니다. 허락해 주십시오."

"그러시오. 나도 뒤따라가리다."

그들은 다시 손을 씻었다. 주인의 신호를 받은 하인이 벤허에게 신발을 갖다 주었다. 벤허는 밖으로 나갔다.

17

천막촌에서 조금 올라가면 종려나무 군락이 물과 땅에 걸쳐 그림자를 드리우고 있었다. 나뭇가지에서 꾀꼬리 한 마리가 유혹의 노래를 불렀다. 벤허는 나무 아래서 걸음을 멈추고 귀를 기울였다. 여느 때였다면 거기에 정신이 팔렸을 텐데, 지금 벤허는 이집트인의 이야기를 경이로운 짐처럼 어깨에 짊어지고 있었다. 몸과 마음이 느긋해지기 전까지는 아름다운 음악도 귓등으로 흘러나갔다.

밤은 적막했다. 물가에 잔물결 하나 밀려들지 않았다. 동방의 오랜 별들이 나와서 각각 자기 자리를 지켰다. 땅도, 하늘도, 호수도, 눈길이 닿는 모든 곳이 여름으로 물들었다.

벤허는 상상에 휩싸였고, 격정이 일었고, 의지가 흔들렸다.

종려나무들, 하늘, 대기가 발타사르가 인간에 대한 절망 때문에 떠밀리듯 찾아갔던 먼 남쪽 나라처럼 보였다. 수면이 잔잔한 호수는 나일 강의 젖줄 같았다. 현자가 거기 서서 기도할 때 성령이 빛나는 모습을 드러냈다고 했다. 기적에 수반된 모든 것들이 벤허에게도 온 걸까? 아니면 그가 기적이 있는 곳으로 옮겨진 걸까? 정말로 그에게 기적이 반복되면 어떻게 될까? 그는 그것이 겁났지만 바랐고, 기다리기까지 했다.

마침내 달아오른 기분이 진정되면서 본연의 모습으로 돌아오자 제대로 생각할 수 있었다.

우리는 그의 인생 계획을 알고 있다. 거기에는 건너거나 메울 수 없었던 강이 하나 있다. 강폭이 너무 커서 건너편에서 힐끗 보이는 게 다였다. 군인이 되고 지휘관에 오르면, 그 다음은 어떤 목적을 향해 달려갈까? 그는 혁명을 꿈꾸었으니, 혁명의 과정은 늘 똑같아서 사람들을 끌어모아야 한다. 일단 지지자들을 모을 명분이나 존재가 필요하다. 두 번째로 실질적인 목표, 구체적인 임무가 있어야 된다. 부당함을 바로잡으려는 사람은 잘 싸우지만, 영광스러운 결과를 앞에 두면 훨씬 더 잘 싸우기 마련이다. 그에게 상처의 약이 되고, 용맹에 대한 보상이 되고, 죽음의 순간에 추억과 감사가 될 만한 결과가 앞에 있다면.

타당한 명분과 목적을 부여하려면, 일단 그 지지자들을 잘 알아야 했다. 당연히 그들은 동포다. 이스라엘이 받는 부당한 대우들은 모든 아브라함의 자손을 향했고, 그런 대우 하나하나가 대단히 성스럽고 큰 감화를 주는 명분이었다.

그러니까 명분은 충분하다. 그런데 목적은 어떤 것이어야 하나?

벤허는 이 부분을 무수히 고심했고, 그때마다 같은 결론에 도달했다. 국가의 해방이라는 다소 불확실한, 일반적인 개념. 그걸로 충분할까? 벤허는 '충분치 않다'라고 말할 수 없었다. 그러면 희망이 사라져 버리니까. 그렇다고 '충분하다'고 대답하기도 망설여졌다. 그는 이성적인 판단력을 가졌기에. 이스라엘 혼자 로마와 싸워서 이길 수 있다고 자신을 속일 수가 없었다. 그는 거대한 적의 풍부한 자산을 알았고, 그 자산을 능가하는 로마의 실력을 알았다. 모든 나라가 동맹하면 가능하지만, 안타깝게도 그건 불가능했다. 만의 하나, 정말 오랫동안 열정적으로 해온 생각인데, 고통 받는 나라에서 영웅이 나와 전투에 이겨서 온 세상을 채울 명성을 얻는다면 모를까. 유대가 새 알렉산드로스 대왕의 마케도니아로 증명될 수 있다면 얼마나 좋을까! 하지만 랍비들은 용맹은 교육해도 훈련은 주지 못한다. 헤롯 궁전의 뜰에서 메살라가 한 조롱은 맞는 말이었다. "너희 유대인은 엿새 동안 이긴 것을 이레 되는 날 잃고 말더라."

그래서 벤허는 늘 강을 뛰어넘을 생각에 다다르지 못하고 뒤로 물러서곤 했다. 목적에서 허우적대다가 거의 포기할 지경이었다. 그의 시대에 영웅이 나올지 아닐지 신만 아실 일이니까. 그런 심정이었으니 말루크에게서 발타사르의 이야기를 들었을 때 얼마나 반가웠겠는가. 벤허는 어리둥절한 만족감을 느꼈다. 여기 고민의 해결책이 있구나. 필요한 영웅이 마침내 여기 있구나. 그는 사자 부족의 아들이요 유대인의 왕이다! 영웅 뒤에 무장한 세계를 보라!

왕은 왕국을 의미한다. 그는 다윗처럼 영광스러운 전사고 솔로몬처럼 현명하고 위풍당당할 터였다. 왕국은 세력이 될 테니, 로마는 그 왕국에 맞섰다가 산산조각이 날 터였다. 큰 전쟁이 터지고 생사가 걸린 고난이 이어지다가, 평화가 올 터였다. 그리고 그것은 물론, 유대의 영원한 지배를 의미하고.

세상의 수도인 예루살렘과 세상을 다스리는 왕좌가 있는 시온이 떠오르자, 벤허의 심장이 마구 뛰었다.

열혈 청년은 왕을 만난 자의 천막에 가는 것을 희귀한 행운으로 여겼다. 그자를 보고, 그의 말을 듣고, 다가올 변화에 대해 그가 아는 전부를 배우리라. 특히 그 일이 일어난 시기에 대해 그가 아는 것을 다 배워야지. 만약 그 시기가 임박했다면 막센티우스를 따라 출정하는 것을 포기해야지. 얼른 가서 부족들을 정비하고 무장시켜야지. 회복의 위대한 날이 밝을 때 이스라엘이 준비되어 있도록.

그리고 마침내, 벤허는 발타사르에게 놀라운 이야기를 들었다. 만족했을까?

종려나무들의 그림자보다 더 짙은 그림자가 그에게 내렸다. 어마어마한 불확실성의 그림자는, 왕보다 왕국과 더 관련이 있었다.

'어떤 왕국인가? 어떤 왕국이어야 하는가?'

벤허는 속으로 자문했다. 그 질문들은 사실, 그 아기의 마지막까지 이어졌고 현재까지도 여전히 세상에 논란거리로 남아 있다. 그러니 벤허의 시대에는 이해할 수 없었으리라. 인간이 필멸의 육체와 불멸의 영혼, 두 가지가 하나로 합해진 존재임을 모르거나 이해 못하는 자들에게는 영원한 수수께끼다.

'어떤 왕국이어야 되느냐 말이다.'

독자여, 우리는 아기에게 직접 답을 들었지만, 벤허에게는 발타사르의 말만 있을 뿐이었다. '지상에 왕국이 아닌 왕국이 있으니, 육신이 아니라 영혼을 위한 왕국이라. 상상도 못 해 본 영광이 넘치리라.'

청년은 무력하고 캄캄한 수수께끼 말고, 경이도 느꼈을까?

그는 절망에 빠져서 중얼댈 뿐이었다.

"인간의 손으로 짓는 게 아니라니. 그런 왕국의 왕이니 인간도 필요 없다고. 일꾼도, 대의원도, 병사도 필요 없어. 세상이 아예 없어지고 새로 만들어지는데, 새 정부가 새 원칙을 마련하는데, 무장병력 말고 다른 것이어야 한다니. 무력 말고 대체 뭐가 있단 말이지?"

독자여, 다시 주목하길!

우리가 알지 못할 것을 벤허도 알 수 없었다. 사랑 안에 힘이 있음을 아무도 몰랐다. 누구도 정부와 정부의 목적(평화와 질서)을 위해서는 사랑이 무력보다 더 낫고 강력하고 말하지 않으니까.

누군가 벤허의 어깨에 손을 얹었다. 일데림이었다.

"할 말이 있소, 아리우스 2세. 한 마디만 하고 돌아가지. 밤이 깊어지고 있으니."

"말씀하십시오, 족장님."

"방금 그대가 들은 이야기들 말인데, 모두 믿으시오. 다만 그 아기가 와서 세울 왕국의 모습만 빼고. 그건 상인 시모니데스의 말을 들을 때까지 비워 두시오. 그는 이곳 안디옥에 사는 좋은 분인데 내가 소개하리다. 이집트인의 이야기는 너무 훌륭해서 이 세상에는 어울리지 않아요. 시모니데스는 더 현명한 분이니, 그가 당신 조상 선지자들의 말과 경전의 기록을 제시해서 말해주겠지. 그러면 당신은, 아무도 그 아기가 유대인의 왕이 될 것을 부인하지 못할 겁니다. 아, 정녕코! 헤롯이 왕이었듯 그도 왕이 되겠지만, 훨씬 더 훌륭하고 위풍당당한 인물이 될 게요. 그때 우리는 달콤한 복수를 맛보겠지요. 자, 내 말은 끝났소. 평안하시오!"

"잠시만요, 족장님."

일데림은 그냥 가 버렸다. 부르는 소리를 들었더라도 그냥 갔을 것이다.

벤허가 씁쓸하게 혼잣말을 했다.

"또 시모니데스군! 여기도 시모니데스, 저기도 시모니데스. 이 사람한테 듣고 저 사람한테 듣고! 내가 아버지의 하인에게 휘둘리는 것 같아. 하긴 그는 원래 내 것인 재산을 움켜쥐고 있지. 그래서 이집트인보다 더 현명한지는 모르겠지만 확실히 더 부유하긴 하지! 신념을 찾으려고 신의 없는 자에게 가는 건 안 될 일이야. 그에게 가지 않겠어. 아, 그런데 노래 소리! 여자의 음성, 아니면 천사의 소리인가! 소리가 점점 이쪽으로 오는걸."

호수 아래쪽에서 천막촌을 향해 한 여인이 노래하면서 다가왔다. 잠잠한 호수에 그녀의 목소리가 피리소리처럼 구성지게 퍼졌고 시시각각 점점 커졌다. 느릿느릿 노들이 물을 헤집는 소리가 나더니 얼마 후 노래가사가 명확히 들렸다. 그 시절 애통한 슬픔을 노래하기에는 그 어떤 언어보다 그리스어가 어울렸다.

비가

(이집트인의 노래)
시리아의 바다 건너
이야기의 땅을 위해 노래하며 한숨짓네.
사향내 나는 모래밭에서 부는 향기로운 바람은
내게 생명의 숨결이었지.
바람은 살랑대는 종려나무 잎을 간질이지만
슬퍼라! 이제 내게는 불지 않네.
달빛 내린 적막 속에서 멤피스* 해안을
지나는 나일 강도 이제는 신음하지 않네.
아, 닐루스**여! 내 휘청대는 영혼의 신이여!
꿈에서 그대가 내게 오면
나는 로터스***의 받침을 만지며
그대에게 옛 노래를 불러 주니
머나먼 멤논****의 선율이자
아름다운 심벨*****의 외침이라네.

* 고대 이집트의 수도
** 이집트 강의 신
*** 연. 열매를 먹으면 황홀경에 빠진다는 상상의 식물이기도 하다.
**** 새벽의 여신 에오스와 티토노스 사이에 태어난 아들. 에티오피아의 왕인데 절
세미남이자 용맹한 전사로 유명하다.
***** 람세스 2세 신전이 있는 지역

슬픔과 아픔의 고통이 깨어나니
내가 작별을 고해야지, 안녕히!

여인은 마지막 부분을 노래하면서 종려나무 군락을 지나갔다. 벤허를 지나치는 마지막 가사 '안녕히!'에 이별의 애틋한 슬픔이 묻어났다. 배가 지나가자 그림자가 더 짙어지고 밤이 더 깊어졌다.

벤허는 한숨처럼 긴 숨을 내쉬었다.

"누군지 알겠어. 발타사르의 따님이야. 정말 아름다운 노래였어! 그녀도 정말 아름답지!"

그는 눈꺼풀에 살짝 덮인 큰 눈망울을 떠올렸다. 장밋빛 도는 둥근 뺨과 끝이 옴폭 들어간 도톰한 입술. 우아하고 늘씬한 몸.

"정말 아름답지!"

벤허가 되뇌었다. 그러자 그의 심장이 빨리 뛰었다.

그런데 그와 동시에 다른 얼굴이 호수에서 쑥 튀어나오듯 떠올랐다. 똑같이 아름답고 더 어린 얼굴. 열정보다는 아이다운 순수함과 상냥함이 있는 얼굴. 벤허가 싱긋 웃으면서 중얼댔다.

"에스더! 바라던 대로 별이 하나 내게 보내졌군."

그는 몸을 돌려서 천막을 향해 천천히 걸어갔다.

이제껏 그의 인생은 원한과 복수로 복잡해서, 사랑이 들어설 자리가 없었다. 이것은 행복한 변화의 시작일까?

그가 설렘을 안고 천막으로 돌아갔다면, 누구를 향한 설렘일까? 에스더도, 이집트 아가씨도 그에게 잔을 주었다. 그리고 둘 다 동시에 종려나무 아래서 그에게 왔다. 어느 쪽일까?

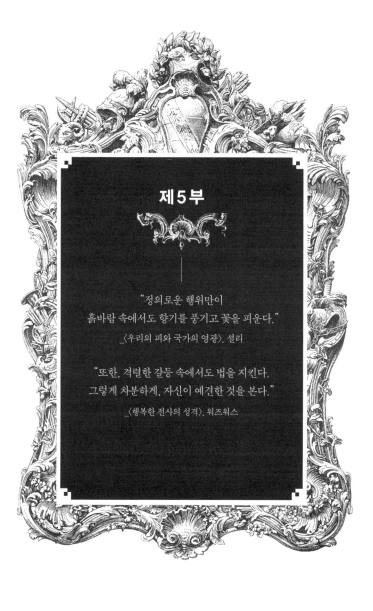

제5부

"정의로운 행위만이
흙바람 속에서도 향기를 풍기고 꽃을 피운다."

_〈우리의 피와 국가의 영광〉, 셜리

"또한, 격렬한 갈등 속에서도 법을 지킨다.
그렇게 차분하게, 자신이 예견한 것을 본다."

_〈행복한 전사의 성격〉, 워즈워스

1

궁전 살롱에서 술판을 벌인 다음 날 아침, 침대의자에 젊은 귀족들이 널브러져 있었다. 온 도시가 막센티우스 집정관을 맞을 준비로 들썩였다. 찬란한 갑옷과 무기를 든 부대가 설피우스 산에서 내려오면, 님파이움부터 옴팔로스까지 화려한 동방에서조차 처음 보는 성대한 환영식이 열릴 예정이었다. 그러나 지금 여기, 침대의자에 쓰러졌거나 무심한 하인들이 대충 눕혀 놓은 많은 젊은 귀족들은 축하연에 참석하지 못할 터였다. 요즘 마네킹이 잘 차려입었다고 가서 왈츠를 출 수 없듯이, 그들도 마네킹처럼 꼼짝 못했으니까.

술판에 참석하고도 난처한 상황에 빠지지 않은 사람도 있었다. 살롱의 천창으로 새벽빛이 들기 시작하자, 메살라는 일어나서 머리에서 화관을 벗었다. 주연이 끝났다는 의미였다. 그는 의복을 갖춰 입고 실내를 둘러본 다음, 한 마디 말도 없이 숙소로 돌아갔다. 상원에서 밤샘 토론을 하고 물러가는 키케로의 표정도 이보다 진지하지는 않았을 것이다.

3시간 후 급사 두 명이 메살라의 방에 들어와서 편지를 한 통씩 받아들었다. 똑같은 내용의 봉인된 편지 2통으로, 수취인은 여전히 가이사랴에 거주하는 그라투스 총독이었다. 메살라는 급사들에게 신속성과 확실한 전달의 중요성을 강조했다. 그들은 각각 육로와 해로로 갈 예정이었고 급히 서둘러야 했다.

중요한 편지이니 여기에 내용 전체를 그대로 적어 보겠다.

「안디옥에서
티베리우스 황제 통치 12년의 7월 초하루
메살라가 그라투스 총독님께 올림

아, 나의 미다스*시여!

이 호칭을 노여워하지 마시기를. 사랑과 감사의 표현이자, 각하를 최고의 행운아로 인정하는 호칭이기 때문입니다. 또한 각하의 귀는 모친의 몸에서 나올 때와 똑같고 성장에 비례해 커졌을 뿐이기 때문입니다.**

아, 나의 미다스시여!

놀라운 사건을 말씀드려야겠습니다. 아직은 추측이지만 각하께서 당장 알아 두셔야 된다고 믿습니다.

먼저 각하의 기억을 되살려 보시기 바랍니다. 여러 해 전, 예루살렘에 어마어마하게 유서 깊고 부유한 '벤허'라는 이름의 왕족 가문을. 기억이 안 나거나 어렴풋하다면, 제가 잘못 알지 않았다면 각하의 머리에 난 상처가 상황을 되새기도록 도와줄 겁니다.

---

* 손대는 것마다 모조리 금으로 변한 왕
** 아폴론은 미다스 왕의 귀를 당나귀 귀처럼 만들었다.

각하의 관심을 환기시키려고 더 말씀드리자면, 각하의 목숨을 해하려는 시도의 벌로 그 가족이 현장에서 체포되고 재산을 몰수당했습니다. (마음이 평안하시도록 말씀드리거니와, 그 일은 결코 우연한 사고였다고 증명될 리 없습니다!) 아, 나의 미다스시여! 현명하시며 정의로우신 우리 황제폐하(그의 제단에 영원토록 꽃이 있을지니!)의 승인을 받은 일이니, 각하와 제가 거기서 재산을 취한 일은 수치스러울 게 없습니다. 저는 각하께 그 일을 감사드리고, 제 몫의 부를 누리는 한 영원토록 감사할 것입니다.

각하의 지혜로(제가 각하를 고르디우스의 아들, 즉, 미다스 왕에 비유했지만, 그의 지혜는 인간들이나 신들 가운데 뛰어나지 않지요. 각하께서 더 지혜로우십니다!) 기억을 더 더듬어 보십시오. 당시 각하께서 허 일가를 은밀하게 자연스럽게, 그러나 확실하게 죽음에 이르게 한다는 목표를 이룰 가장 효과적인 계획을 세워서 처리하셨습니다. 범죄자의 어머니와 누이를 어떻게 처리하셨는지 기억하실 겁니다. 지금 제가 새삼스레 그들의 생사 여부를 알고 싶다 해도, 각하의 인정 있는 성품을 알기에 저 역시 각하 비슷하게 인정 있는 사람으로 양해해 주시리라 믿습니다.

그러나 당장 더 깊은 현안으로 각하의 기억을 더 환기시켜 드림을 용서하십시오. 그때 범인은 종신 노예로 보내졌습니다. 갤리선을 지휘하는 사령관에게 그의 신병이 인도된 인수증을 제가 확인했다는 점이 지금 말씀드리려는 사건을 더욱 경악하게 만들 겁니다.

이제 제 말에 더 주의를 기울여 주십시오, 가장 뛰어나신 프리기

아*인이시여!

노잡이의 수명을 고려할 때 그렇게 처리된 죄인은 길어야 5년 안에 죽습니다. 더 좋게 말하자면 3천의 오케아니스** 중 하나가 낚아채 갔어야 합니다. 잠시 약한 면모를 보여도 용서하신다면, 아, 가장 덕망 높고 인자하신 분이시여! 유년 시절 저는 그를 사랑했습니다. 매우 잘 생긴 친구였기에 가니메데스라고 부르곤 했습니다. 오케아노스 일가의 가장 어여쁜 딸의 품에 안겼음직합니다. 그런데 그가 확실히 죽었다고 믿었기에, 저는 5년간 어느 정도는 각하 덕분에 차지한 행운을 차분히 순수하게 즐기며 살아왔습니다. 저는 각하께 은혜를 입었음을 인정하며, 각하에 대한 의무를 다할 것입니다.

이제 흥미로운 대목이 나옵니다.

어젯밤 저는 갓 로마에서 온 무리를 위해 주연을 베풀었습니다 (아주 젊은 신출내기들인지라 동정심이 생겼지요). 그런데 그 자리에서 아주 독특한 이야기를 들었습니다. 아시겠지만 막센티우스 집정관이 파르티아 전쟁에 나서기 위해 오늘 여기 안디옥에 오십니다. 동반하는 병사 중에 고인이 된 전직 집정관 퀸투스 아리우스의 아들이 있습니다. 저는 특별히 그를 조사할 기회가 있었습니다. 아리우스는 해적 소탕으로 말년의 영광을 누렸는데, 출정했을 때는 가족이 없었지만 상속자를 데리고 귀환했다더군요. 이제 동원할

---

* 아나톨리아 중서부 지역

** 바다의 정령. 바다의 신 오케아노스의 딸 3천 명을 의미한다.

자금이 넉넉하신 분답게 마음을 편히 하십시오! 그 아들이자 상속자가 바로 각하께서 갤리선으로 보냈던 자, 5년 전에 죽었어야 마땅한 벤허입니다! 그가 재산과 지위를 차지하고 로마 시민이 되어 돌아왔습니다. 아, 각하께서는 워낙 입지가 단단하니 걱정하실 필요가 없지만, 미다스시여! 저는 위태로운 처지입니다. 어떤 상황인지 말씀드릴 필요가 없을 겁니다. 각하께서 모르시면 누가 알겠습니까?

이 모든 이야기에 혀를 차시겠습니까?

집정관 아리우스가 입양으로 가장 아름다운 오케아니스의 품에서 이 유령을 낚아챌 당시, 그의 함선은 침몰되었지만 두 명이 익사를 면했다고 합니다. 바로 아리우스 자신과 후계자인 이 인물이었습니다.

널빤지에 매달려 떠다니는 두 사람을 구출한 해병들은, 운 좋은 사령관이 청년과 함께였는데 갑판에 끌어올리고 보니 갤리선 노예 차림이었다고 말합니다.

이 이야기는 신빙성이 있지만 각하께서 다시 혀를 차지 않으시도록 말씀드리겠습니다, 미다스시여! 어제 제가 우연히, 진정 포르투나 여신께 맹세코 우연히, 수수께끼에 휩싸인 아리우스의 아들을 대면했습니다. 단번에 알아보지는 못했지만, 지금은 그가 옛 친구 벤허라고 단언합니다.

바로 그 벤허라면 제가 서신을 쓰는 이 순간 분명히 복수를 꿈꿀 것입니다. 여간해서는 만족되지 않는 복수를 그릴 겁니다. 조국, 어머니, 누이동생, 자신에 대한 복수를 할 것이고, 제 생각에 잃은 재산에 대한 복수는 마지막 이유일 겁니다(각하께서는 첫 번째 이유라고 생각하시겠지만).

저의 은인이자 친구이신 분! 나의 그라투스 님! 각하의 재산이 위험에 빠진 상황을, 재산을 잃는 것이 높으신 각하께서 겪으실 수 있는 최악의 일임을 고려할 때 이제 어리석은 프리기아 왕의 이름으로 부르지 않겠습니다. 지금쯤은 (여기까지 편지를 읽으셨으니) 혀를 차는 것을 멈추시고 이 긴박한 상황에서 어떤 조치를 취할지 궁리를 시작하시리라 믿습니다.

당장 어떻게 하실지 묻는 것은 경박한 짓일 겁니다. 오히려 저를 부하로 삼으시라고 말씀드리겠습니다. 아니, 그보다 각하께서는 저의 율리시스시니 제게 적당한 방향을 알려주십시오.

이 서신을 받고 어떤 모습이실지 그려보면 마음이 흐뭇합니다. 처음에는 진중한 표정을 짓다가 다시 미소를 떠올리셨겠지요. 성급한 마음은 그치고, 이럴 것인지 저럴 것인지 판단을 내리셨을 겁니다. 메르쿠리우스*처럼 지혜롭고, 카이사르처럼 신속하신 분이여.

이제 해가 중천에 떴습니다. 한 시간 후면 밀사 두 명이 봉인된 밀서를 품고 제 집을 떠나 육로와 해로로 각하께 갈 것입니다. 워낙 중요한 사안이니, 우리 로마 세계의 이쪽 지역에 원수가 나타났음을 각하께서 일찌감치 정확히 아셔야 될 것입니다.

저는 여기서 각하의 답을 기다리겠습니다.

---

* 신들의 심부름꾼이며 상업과 웅변의 신. 그리스 신화에서는 헤르메스다.

벤허가 오고 가는 것은 당연히 상관인 집정관이 통제할 텐데, 집정관이 쉬지 않고 밤낮없이 일해도 한 달 안에는 출정하지 못합니다. 도시가 없는 외진 곳에서 작전을 펼쳐야 되는 군대를 소집하고 준비시키는 게 얼마나 큰일인지 각하께서도 잘 아시지 않습니까.

어제 다프네 숲에서 이 유대인을 보았으니, 지금도 분명히 근처에 있을 겁니다. 제가 감시하기 쉬울 겁니다. 솔직히 현재 그의 소재를 물으신다면 자신 있게 대답하겠습니다. 그는 종려나무 농원의 배신자 일데림 족장의 천막에 있다고요. 족장은 우리의 강력한 감시를 오래 피하지 못할 겁니다. 막센티우스 집정관이 첫 조치로 이 아랍인을 로마행 배에 실어 보낸다 해도 놀랍지 않겠지요.

제가 유대인의 소재를 단단히 살피겠습니다. 각하께서 어떻게 조처할지 고심하실 때 중요한 대목이까요, 뛰어난 분이시여! 이미 알았고 또 지혜가 커지며 더 잘 알게 된 것은, 인간의 행동과 관계된 모든 작전에는 늘 세 가지 요소를 고려해야 된다는 점입니다. 시기, 장소, 대리인.

이곳이 적당하다고 판단되시면, 주저하지 마시고 가장 사랑하는 친구에게 일을 맡겨 주십시오. 가장 노련한 책사가 되어 드리겠습니다.

메살라 올림」

2

밀정들이 서찰을 들고 메살라의 집을 나설 때도 아직 이른 아침이었다. 그 시각 벤허는 일데림의 천막으로 들어갔다. 호수에서 헤엄을 치고 아침 식사를 한 후, 무릎길이의 튜닉을 걸친 모습이었다.

족장이 침대의자에서 벤허에게 인사를 건넸다.

"아리우스의 아드님. 그대에게 평안과 선의가 함께하기를. 말들이 준비되었고 나도 준비되었소. 당신은 어떻소?"

그는 진심으로 경탄하며 말했다. 이렇게 완벽하게 빛나고 힘차고 자신감이 넘치는 남자는 본 적이 없었다.

"족장께서 빌어주신 평안을 돌려드립니다. 베풀어 주신 선의에 감사드립니다. 저도 준비되었습니다."

일데림이 손뼉을 쳤다.

"말들을 데려오게 하겠소. 앉으시오."

"말들에게 굴레를 씌웠습니까?"

"아니오."

"그럼 제 손으로 하겠습니다. 족장님의 말들과 사귈 필요가 있으니까요. 우선 이름부터 외우겠습니다. 제가 따로 이야기할 수 있도록요. 또한 말들의 기질을 아는 것도 못지않게 중요하지요. 이 녀석들도 사람과 비슷해서, 대담하면 꾸짖고 유약하면 칭찬하고 다독여야 됩니다. 하인들이 물을 가져다 주면 좋겠습니다."

"전차는?"

"오늘 전차는 넘어가겠습니다. 전차 대신 말을 한 마리 더 주십시오. 안장을 올리지 말고, 다른 말들만큼 준족이어야 됩니다."

일데림은 궁금해서 당장 하인을 불렀다.

"네 필의 마구와 시리우스의 굴레를 가져오라."

족장은 지시하고 일어나며 벤허에게 말했다.

"시리우스는 내가 사랑하고 나를 사랑하는 말이오, 아리우스의 아드님. 우리는 20년을 함께했지. 천막에서, 싸움터에서, 사막의 온갖 상황을 함께 겪은 동반자. 녀석을 보여드리리다."

일데림이 가림막으로 다가가서 들어올렸다. 벤허가 그 아래로 들어갔다. 말들이 한데 뭉쳐서 그에게 다가왔다. 두상이 작고 반짝이는 털을 가진 말은 목덜미가 굽은 활 같고 가슴이 탄탄했다. 처녀의 머리칼처럼 부드럽고 곱슬곱슬한 갈기를 가진 말은 벤허를 보자 반갑게 낮은 소리로 울었다.

족장이 말의 진갈색 뺨을 토닥여 주었다.

"착하구나, 착해. 잘 잤니."

그가 벤허에게 몸을 돌리고 말을 이었다.

"이 녀석이 시리우스요. 네 마리의 아비지. 어미인 미라는 우리가 돌아가기를 기다리고 있을 게요. 워낙 귀한 말이어서 나보다 권력이 센 사람이 있는 지역에 데려오는 모험을 할 수가 없었소."

그가 한바탕 웃었다.

"아리우스의 아드님, 사실은 우리 부족이 미라가 없는 것을 감당할 수 없을 것 같았다오. 미라는 부족민들의 영광이고 숭배의 대상이요. 아마 미라가 자신들을 밟고 지나가도 다들 웃어 넘길걸. 사막의 아들들인 만 명의 기수가 오늘도 '미라 소식을 들었습니까?'라고 인사하지요. '잘 있습니다'라고 대답하면 '신이 은혜로우시지! 신이여, 찬미 받으소서!'라고 대꾸하고."

"미라, 시리우스…… 별들의 이름이 아닙니까, 족장님?"

벤허가 네 필을 각각 살피고 종마에게 가서 손을 내밀며 물었다.

"왜 아니겠소? 밤에 사막에서 지내본 적이 있소?"

"없습니다."

"그러면 아랍인들이 얼마나 별에 의존하는지 알 수가 없겠군. 우리는 감사하는 마음으로 별들의 이름을 빌리고, 사랑으로 말들에게 그 이름을 지어준다오. 내게 미라가 있듯 조상들도 각자의 미라를 가졌고, 미라의 새끼들도 별의 이름을 가졌지. 거기 그 녀석이 리겔, 그 옆이 안타레스, 저 아이가 아테르, 당신에게 지금 다가가는 아이는 알데바란이오. 그 녀석이 막내지만 뛰는 솜씨는 결코 막내가 아니오. 암, 아니고 말고! 알데바란이 맞바람 속을 달리면, 당신의 귀에 아카바 만의 파도 소리가 들리지. 알데바란은 당신이 가자는 곳은 어디든 가요. 진짜요! 녀석은 당신이 원하면 사자의 입속까지도 데려갈 거외다."

마구가 준비되었다. 벤허는 직접 말들에게 마구를 채우고 직접 천막에서 끌고 나가 고삐를 묶은 후, 족장에게 부탁했다.

"시리우스를 데려다 주십시오."

어느 아랍인도 준마의 등에 그렇게 가볍게 올라타지 못하리라.

"이제 고삐들을 넘겨 주십시오."

벤허는 넘겨받은 고삐들을 신중하게 나누어 쥐었다.

"족장님, 저는 준비되었습니다. 안내인이 앞에 서서 들판까지 안내하게 하시고, 하인들 편에 물을 보내주십시오."

출발에 어려움에 없었다. 말들은 겁내지 않았다. 새 기수와 말들 사이에 이미 무언의 교감이 있는 듯했다. 벤허는 자신의 역할을 차분히 수행했다. 자신감은 더 큰 자신감을 끌어낸다. 벤허가 전차 대신 시리우스에 탄 것만 제외하면, 전차 경주와 똑같은 배열이었다. 일데림은 팔팔하게 기운이 났다. 그는 수염을 쓰다듬으며 만족스럽게 웃으며 중얼댔다.

"로마인이 아니군. 절대로 아니야!"

일데림이 걸어서 따라가자, 천막촌 사람들이 전부 (남녀노소 할 것 없이) 쫓아갔다. 그들은 족장처럼 확신하지는 못했지만 배려하는 마음은 같았다.

들판에 도착하니 널찍해서 훈련하기에 적당했다. 벤허는 즉시 네 필을 몰기 시작했다. 천천히 직선으로 몰다가 넓게 원을 그리게 했다. 한 걸음 앞에 서서 말들에게 속보를 시키다가 질주하게 이끌었고, 원으로 돌던 것을 나중에는 이상하게 이리저리, 좌우로 앞뒤로 쉬지 않고 달리게 했다. 한 시간이 훌쩍 흘렀다. 벤허는 걷는 속도로 늦춰서 일데림에게 다가갔다.

"서로 맞춰 봤으니 이제 연습만 하면 되겠습니다. 족장님, 이런 훌륭한 말들을 거느리시다니 축하드립니다."

벤허는 시리우스에서 내려서 네 마리에게 다가가며 덧붙였다.

"보세요, 점 하나 없이 깨끗한 적갈색에, 처음 시작했을 때와 똑같이 가뿐한 호흡. 감축 드립니다. 만약 우리가 승리와……."

벤허는 노인의 반짝이는 눈빛을 돌아보다가, 급히 말을 끊고 얼굴을 붉히며 절했다. 족장 곁에 지팡이를 짚고 선 발타사르와 너울을 쓴 두 여인을 본 것이다. '그녀로군, 이집트 아가씨!' 여인과 두 번째로 마주친 벤허의 가슴이 두근거렸다.

일데림 족장이 그의 말을 이었다.

"승리와 복수를 하지 못하면 그게 이상한 일이지!"

그러더니 큰소리로 외쳤다.

"난 걱정하지 않소. 아, 기뻐라! 아리우스의 아들이여, 당신이 적임자요. 시작한 것처럼 끝을 내시오. 그러면 유복한 아랍인이 무엇을 베풀 수 있는지 알게 되리다."

"감사합니다, 족장님. 하인들에게 말들이 마실 물을 가져오게 해주십시오."

벤허가 공손하게 대답했다.

그는 하인들이 가져온 물을 말들에게 직접 먹인 후, 시리우스에 다시 올라타서 훈련을 재개했다. 이전처럼 도보에서 속보로, 속보에서 질주로 바꾸며 달렸고, 점점 속도를 높여 전속력을 냈다. 말들을 빠르게 몰면서도 이쪽저쪽 고삐를 우아하게 다루는 솜씨에 박수가 터졌다. 직진하든 원을 그리며 돌든 속도를 맞춰서 한몸처럼 똑같이 움직이는 말들도 칭찬받았다. 말들의 움직임에는 통일감, 힘, 기품, 즐거움이 있었고, 애쓰거나 힘든 기색이 없었다. 연민이나 나무람이 섞이지 않은 감탄이 쏟아졌다. 저녁에 날아가는 제비 떼는 연민이나 나무람이 섞인 감탄을 받았을 테지만.

연습이 한창이라 구경꾼들의 관심이 벤허와 말들로 향한 와중에 말루크가 도착했다. 그가 틈을 봐서 일데림에게 말을 걸었다.

"전갈이 있습니다, 족장님. 상인 시모니데스 님이 보내셨습니다."

"시모니데스! 그래! 잘됐군. 아바돈^{Abaddon}*이 그의 원수들을 쓸어 가기를!"

"우선 신의 평안을 바라는 인사를 드리라 하셨습니다. 그리고 이 서신을 받자마자 읽으시라고 부탁하셨습니다."

일데림은 선 채로 넘겨받은 꾸러미를 풀었고, 모시 보자기에 싸인 편지 두 통을 꺼내서 읽기 시작했다.

〔첫번째 서신〕

「시모니데스가 일데림 족장께

오 친구여!

제 가슴속 깊은 곳 맨 앞에 당신이 있습니다.

그런데…… 당신의 천막촌에 자신이 아리우스의 양자라고 말하는 준수한 청년이 있지요.

그는 제게 대단히 귀한 사람입니다.

그에게는 놀라운 내력이 있는데, 오늘이나 내일 오시면 알려드리겠습니다. 그 이야기를 하고 조언을 구하고 싶습니다.

한편 그의 모든 요구를 선처해서 자존심을 상하지 않게 해주시기 바랍니다. 비용이 든다면 제가 얼마든지 보상하겠습니다.

제가 이 청년에게 관심을 갖는 것은 비밀로 해 주십시오.

* 그리스 신화 속 깊은 구렁의 마왕

다른 손님께도 안부 전해주십시오. 전차 경주에 오시는 그분과 따님, 족장님과 동반하는 모든 분들은 저만 믿으시면 됩니다. 이미 자리를 다 마련해 두었습니다.

당신과 모든 식솔이 평안하시기를.

제가 당신의 친구가 아니면 무엇이겠습니까, 친구여!

시모니데스 드림」

〔두번째 서신〕

「시모니데스가 일데림 족장께

오 친구여!

살면서 한 많은 경험에서 서신을 보냅니다.

로마인이 아닌 모든 이들, 약탈당할 돈이나 재산을 가진 모든 이들이 경고로 받아들일 만한 징후가 있습니다. 로마의 고위 권력자가 도착하니까요.

오늘 막센티우스 집정관이 옵니다.

조심하십시오!

조언이 하나 더 있습니다.

친구여, 헤로데 당*이 당신에게 악영향을 미칠 음모를 꾸미고 있습니다. 그들의 영토에 당신이 큰 재산을 갖고 있지요.

---

* 헤롯 왕가를 지지하는 영향력 있는 유대인 집단

그러니 경계하십시오.

지금 당장 안디옥 남쪽 도로들을 지키는 심복들에게 연락해서 오가는 심부름꾼을 모두 수색하게 하십시오. 당신과 당신의 일과 관련된 서신들을 찾아내면 반드시 조치를 취해야 합니다.

이 전갈을 어제 전했어야 했는데, 지금이라도 신속히 조치하시면 아직 늦지 않았습니다.

오늘 아침에 안디옥을 떠난 심부름꾼들도 당신의 전령들이 지름길로 가로지르면 늦지 않게 살필 수 있을 겁니다.

망설이지 마십시오.

이 편지는 읽고 태우십시오.

오 친구여!

그대의 친구, 시모니데스 드림」

일데림은 편지들을 재차 읽고는, 접어서 보자기에 싸서 허리띠 안에 넣었다.

들판에서 연습은 잠시 더 진행되었다. 총 두 시간쯤 걸렸다. 연습이 끝나자 벤허는 말들을 일데림에게 데려갔다.

"족장님, 허락해 주시면 제가 말들을 천막에 데려가고 오후에 다시 데려오겠습니다."

일데림은 시리우스를 탄 벤허에게 다가갔다.

"내가 당신에게 말들을 주었으니 경기가 끝날 때까지 뜻대로 쓰시오. 그 로마인 기수가 (자칼들이 그자의 뼈까지 갉아먹기를!) 여러 주

걸려도 못했을 일을 당신은 두 시간만에 해냈소. 아, 우리가 이길 거요. 정녕 우리가 이깁니다!"

벤허는 천막에 돌아와서 하인들이 마구를 푸는 동안 말들의 곁을 지켰다. 그후 호수에서 수영을 하고, 족장과 아락을 마셨다. 독주 덕에 활기를 찾자 다시 유대인 옷을 입고 말루크와 농원을 거닐었다.

둘은 이런저런 가벼운 이야기들을 나누었다. 하지만 놓치면 안 될 이야기가 하나 있었다. 벤허가 말했다.

"셀레우키아 다리 옆 강변에 있는 칸에 제 짐을 맡겨 두었지요. 말루크 님, 너무 부담을 드리는 게 아니라면, 그 짐을 가져다주실 수 있을까요?"

말루크는 기꺼이 돕겠다는 뜻을 표했다.

"감사합니다, 말루크. 고마워요. 적이 로마인이듯, 명백히 나와 같은 유대의 형제여, 당신의 호의를 그대로 받아들일게요. 그게, 당신은 상인이지만 일데림 족장은 그렇지 않아서 염려스럽군요……."

"아랍인들은 그런 기질이 없지요."

말루크가 진지하게 대답했다.

"아뇨, 그들이 약삭빠르다고 탓하려는 게 아니에요. 오히려 더 잘 살펴야 할 것 같아서요. 경주와 관련해서 벌금이나 장애가 생기지 않도록, 당신이 경주대회 사무소에 동행해 주시면 제가 안심하겠습니다. 가서 일데림 족장이 모든 사전 규칙을 준수했는지 확인해 주세요. 규칙 사본도 구할 수 있다면 큰 도움이 되겠습니다. 제가 어떤 색 옷을 입어야 되는지, 특히 몇 번 칸에서 출발하게 될지 알고 싶어요. 혹시 메살라가 바로 곁에서 출발하게 될지, 아니라면 로마인의 옆 칸으로 바꿀 수 있는지도요. 다 기억하시죠, 말루크 님?"

"기억력이 떨어지고 있지만, 지금처럼 마음이 동하는 일은 잊지 않지요, 아리우스 아드님."

"그러면 감히 한 가지 더 부탁드리겠습니다. 어제 메살라가 전차를 자랑하던데, 황제의 최고 전차를 능가할 정도니 자랑할 만도 하더군요. 그 전차를 살펴볼 구실을 만들어서 전차가 가벼운지 무거운지 알아내실 수 있겠습니까? 전차의 정확한 무게와 크기를 알고 싶어요. 무엇보다도 차축이 지면에서 정확히 얼마나 되는지는 꼭 알아내야 합니다, 말루크 님. 그가 저보다 우위에 있으면 곤란해요. 그에게 영광을 안겨주고 싶지 않아요. 제가 이겨야 그의 패배는 더욱 뼈아플 테고, 그래야 제 승리가 완전해집니다. 그가 중요한 장점들을 갖고 있는지 알아둬야겠습니다."

"그럼요, 알았어요! 바퀴살의 길이가 차축 중심에서 얼마나 되는지 알고 싶다는 거죠?"

"바로 그겁니다. 다행이네요, 말루크 님, 그게 제 마지막 부탁이었어요. 이제 천막으로 돌아가죠."

천막 문에서 하인이 연기 그을음이 있는 병에 막 만든 레벤을 담고 있었다. 두 사람은 멈춰 서서 레벤으로 목을 축였다. 말루크는 곧 안디옥으로 돌아갔다.

그 사이, 족장이 시모니데스가 알려준 지시를 전할 심부름꾼을 출발시켰다. 그는 아랍인인지라 지시를 문서로 소지하지 않았다.

SHE ALWAYS APPEARED TO HIM AS HE SAW HER AT THE FOUNTAIN.

3

"발타사르의 따님인 이라스 아씨께서 인사와 전갈을 보내셨습니다."

천막에서 쉬는 벤허에게 하인이 와서 말했다.

"전갈을 말하게."

"아씨와 함께 호수에 나가고 싶으신지요?"

"답은 내가 직접 하지. 아씨께 그렇게 전하게."

벤허는 신발을 준비시켰고, 몇 분 후 아름다운 이집트 아가씨를 찾아갔다. 밤이 되며 종려나무 농원에 산 그림자가 드리웠다. 멀리 나무들 사이로 양들의 종소리, 소 울음소리, 가축을 집으로 몰고 오는 목자들의 말소리가 들려왔다. 농원의 삶은 어디로 보나 초지가 적은 사막 생활 못지않게 목가적임을 기억하자.

일데림 족장은 아침과 똑같이 시행된 오후 연습을 지켜본 후, 시모니데스의 초대에 응하느라 안디옥으로 떠났다. 밤까지 돌아오려면 올 수 있는 거리지만, 술친구와 의논할 사안의 중대성으로 볼 때 그러지 못할 확률이 높았다. 그래서 벤허는 이번에도 종들이 말들을 관리하는 것을 지켜보았다. 호수에 들어가 더위를 식히고 씻은 후, 평상복으로 갈아입었다. 순수 혈통의 사두개파에게 어울리는 흰 옷이었다. 일찌감치 저녁 식사를 하니, 젊음 덕분에 격렬한 운동의 피로가 회복되었다.

미모를 장점으로 여기지 않는 것은 현명하지도, 정직하지도 않다. 세련된 사람이라면 미모의 영향을 받지 않을 수가 없는 법. 피그말리온과 조각상의 이야기*는 시적이기도 하지만 순리다. 미모는 그 자체가 힘이고, 이제 그 힘이 벤허를 끌어당겼다.

벤허의 눈에 이집트 여인은 놀랍도록 예뻤다. 얼굴도 몸매도 아름다웠다. 벤허의 머릿속에는 늘 분수대에서 본 그녀가 떠올랐다. 눈물지으며 감사하는 마음이 배어나 더 예쁜 목소리, 그리고 이집트인다운 아몬드 모양의 눈. 그 크고 부드러운 검은 눈이 달변 속의 거짓말보다 더 많은 말을 해 주었다. 그녀를 생각할 때마다 하늘하늘한 천으로 감싼 호리호리하고 우아하고 세련된 몸매가 떠올랐다. 다만 그녀의 마음만큼은 몰라서, 술람미 여인**처럼 깃발 든 군대만큼 무서울 수도 있었다. 말하자면, 벤허는 그녀라는 존재를 떠올릴 때마다 열정적인 아가서를 연상했다. 이제 그는 이런 상상 속 생각과 느낌이 맞는지 확인할 참이었다. 그는 사랑이라기보다는, 감탄과 호기심에 사로잡혀 있었다. 감탄과 호기심이 확실히 사랑의 전령이기는 하지만.

호수의 부두는 계단 몇 개와 플랫폼으로 이루어진 단순한 형태였다. 플랫폼에 등불을 밝히는 기둥이 몇 개 있었다. 벤허는 눈앞의 광경에 놀라 계단 맨 위에서 멈추었다.

맑은 물 위에 작은 배 한 척이 계란껍질처럼 가뿐히 떠 있었다. 노잡이 석에 앉은 에티오피아인(카스탈리아 샘가에서 본 낙타몰이꾼)은 하얀 옷 때문에 검은 피부색이 더 두드러졌다. 배 이물 전체가 반

---

* 그리스 신화. 키프로스의 왕 피그말리온이 자기가 만든 조각상과 사랑에 빠진다.
** 솔로몬 왕이 사랑한 술람미 출신의 여인. 아가서의 주인공

422

짝이는 자줏빛 쿠션과 양탄자로 꾸며져 있었다. 키잡이 석에 이집트 여인이 앉아 있었다. 인도산 숄과 안개처럼 얇은 베일과 스카프를 두른 모습. 어깨까지 드러낸 팔은 미끈하고 날씬했고, 균형미와 움직임과 분위기가 시선을 끌었다. 손은 손가락까지도 기품과 의미가 깃든 듯했고, 각각이 하나의 아름다운 작품이었다. 저녁 바람을 막느라고 스카프를 둘둘 감았지만 어깨와 목의 아름다움까지 감추지는 못했다.

벤허가 그녀를 힐끗 보고 이런 세세한 부분까지 알아차린 것은 아니다. 그저 인상으로 뇌리에 박혔는데, 특정 장면이나 세부사항들이 아니라 강한 광선처럼 하나의 거대한 감각이었다.

'네 입술은 홍색 실 같고 네 뺨은 석류 한 쪽 같구나.'*

'나의 사랑 그대 일어나오, 어여쁜 그대 어서 나오오. 겨울은 지나고 비도 그치고…… 꽃 피고 새들 노래하는 계절이 이땅에 돌아왔소. 비둘기 우는 소리, 우리 땅에 들리오.'**

가히 이렇게 표현할 만한 인상이었다.

벤허가 발걸음을 멈추는 것을 보고 그녀가 말했다.

"오세요. 어서요, 그러지 않으면 당신이 배를 못 탄다고 생각하겠어요."

* '네 입술은 홍색 실 같고 네 입은 어여쁘고 너울 속의 네 뺨은 석류 한 쪽 같구나.' (아가서 4장 3절)

** '아, 사랑하는 이가 나에게 속삭이네. 나의 사랑 그대, 일어나오. 나의 어여쁜 그대, 어서 나오오./ 겨울은 지나고 비도 그치고 비구름도 걷혔소./ 꽃 피고 새들 노래하는 계절이 이 땅에 돌아왔소. 비둘기 우는 소리, 우리 땅에 들리오.' (아가서 2장 10~12절)

그의 뺨이 더 붉어졌다. 그녀는 바다에서 보낸 그의 인생사를 알까? 벤허가 플랫폼으로 내려갔다.

"두려웠습니다."

벤허가 그녀의 앞자리에 앉으면서 말했다.

"뭐가요?"

"배가 가라앉을까 봐."

그가 미소 지으면서 대답했다.

"더 깊은 물로 갈 때까지 기다려 보세요."

그녀가 흑인에게 신호하자, 그가 노를 젓기 시작했다.

사랑과 벤허가 원수가 아닌 게 얼마나 다행인지. 벤허는 뭔가에 그렇게까지 휘둘려 본 적이 없었다. 이집트 여인은 벤허의 눈길이 곧장 닿는 정면에 앉아 있었다. 이미 그의 기억에 이상적인 술라미 여인으로 각인된 그녀였다. 그녀의 눈빛이 어쩌나 밝게 빛나던지 그는 별들이 나온 줄도 몰랐다. 다른 곳에 캄캄한 밤이 내렸더라도 그에게는 그녀의 눈길로 환한 낮이었다. 하긴 젊고 매력적인 남녀가 함께 있는데, 더운 여름 잠잠한 밤하늘 아래 고요한 물 위에 있는데 환상에 빠지지 않을 수 없다. 어느 결엔가 현실에서 벗어나 이상 속으로 빠져들어가고 만다.

"제게 키를 주시지요."

벤허가 말했다.

그녀가 대답했다.

"아뇨, 그러면 역할이 바뀌잖아요. 같이 배를 타 달라고 청한 사람은 저예요. 제가 당신에게 신세를 진 것이니 보답해야죠. 아무 말이나 하세요. 제가 들을 테니. 아니면 제 이야기를 들으셔도 좋아요. 당신 마음대로 하세요. 하지만 목적지와 가는 방법만큼은 제가 택할 거예요."

"그게 어디일까요?"

"또 걱정하시네요."

"아, 아름다운 이집트 여인이여, 누구나 포로가 되면 처음 던질 질문을 한 것뿐입니다."

"저를 '이집트'라고 부르세요."

"이라스라고 부르고 싶은데요."

"저를 그 이름으로 생각하셔도 상관없지만, 부를 때는 '이집트'라고 해 주세요."

"이집트는 나라인데. 그 나라 사람들이고."

"네, 맞아요, 대단한 나라죠!"

"알겠어요. 우리가 이집트로 가고 있군요."

"그러면 좋으련만! 그렇다면 기쁠 거예요."

그녀가 한숨을 쉬었다.

"나는 배려하지 않으시는군요."

벤허가 말했다.

"그렇게 말하시는 걸 보니, 당신은 이집트에 가 보지 않았군요."

"네, 가 본 적 없습니다."

"아, 거긴 불행한 사람이 없는 땅이지요. 온 세상이 원하는 땅, 모든 신들의 어머니인 땅, 가장 축복받은 땅이랍니다. 행복한 이들은 더 큰 행복을 찾고, 괴로운 이들은 신성한 강의 달콤한 물을 마시고 아이처럼 기뻐하면서 웃고 노래하게 되는 곳이라고요."

"다른 곳들과 달리, 아주 궁핍한 이들은 없다는 뜻입니까?"

"이집트에서 가장 궁핍한 이들은 아주 소박하게 사는 사람들이지요. 그들은 충분한 것 이상을 바라지 않고, 그 충분은 그리스인이나 로마인은 짐작하지도 못할 만큼 조금이랍니다."

"하지만 난 그리스인도 로마인도 아닙니다."

그녀가 웃었다.

"저는 장미 정원을 가지고 있어요. 정원 한가운데 나무가 한 그루 있는데, 말할 수 없이 풍성하게 꽃을 피우죠. 그 장미가 어디서 왔을까요?"

"장미의 고향인 페르시아에서 왔겠지요."

"아니요."

"그러면 인도에서."

"아니요."

"아하! 그리스의 어느 섬이군요."

그녀가 말했다.

"제가 말씀드리죠. 어떤 길손이 르바임 평원*의 길가에서 이 장미 나무를 발견했답니다."

"아, 유대 땅이군요!"

"저는 물줄기가 가늘어지는 나일 강변 옆 맨땅에 그 나무를 그냥 세워 두었지요. 그랬더니 애처로웠는지 사막의 포근한 남풍이 보듬

---

* 베들레헴 인근의 고지 평원

426

고 태양이 입 맞춰서, 나무가 어디서도 그럴 수 없을 만큼 쑥쑥 잘 자랐어요. 이제 제가 그 아래 그늘에 서면, 나무는 짙은 향기로 제게 감사를 전한답니다. 이스라엘 사람들이 꼭 그 장미꽃들 같죠.* 이집트 아닌 어디서 그들이 완벽해질 수 있었겠어요?"

"모세 외에 수많은 사람들이 이집트를 탈출하려 했습니다."

"아뇨, 꿈을 해몽한 이(요셉)도 있었는걸요. 그를 잊지 않았겠죠?"

"파라오들이 친절했던 것은 옛이야기인걸요."

"네, 그렇죠! 파라오 궁전 옆 강물이 이제는 무덤 속의 그들에게 노래해 주고 있으니까요. 하지만 여전히 같은 태양이 같은 민족에게 같은 따사로움을 주고 있답니다."

"알렉산드리아는 로마의 한 도시일 뿐입니다."

"알렉산드리아를 다스리는 힘이 바뀌었을 따름이지요. 카이사르는 그곳에서 무력을 취했지만, 지식의 힘은 남겨두었어요. 저와 브루케이움**에 같이 가시면 세계 최고의 대학을 구경시켜 드리지요. 세라피움***에 가면 완벽한 건축을 볼 수 있고요. 도서관에 가서 불멸의 서책들을 보고, 극장에 가서 그리스와 인도의 영웅담을 들어요. 부둣가에 가서 북적대는 상거래를 보고 저와 함께 거리들로 내려가요. 철학자들이 모든 예술의 걸작들을 갖고 흩어지고, 모든 신이 숭

---

* 유대인들이 팔레스타인 땅의 가뭄을 피해서 이집트로 가서 4백여 년간 머물렀다. 이라스가 그 이야기를 하고 있다. 초창기에는 요셉이라는 지도자도 있었고 파라오들도 친절했는데, 나중에는 유대인들이 박해를 받게 되어 결국 모세가 그들을 이끌고 이집트(애굽)을 탈출했다. 그 이야기를 기록한 책이 〈출애굽기〉다.

** 알렉산드리아 도서관 본관이 있는 구역

*** 알렉산드리아 도서관 별관이 있는 구역

배자들을 거느리고, 이날의 즐거움만 남으면 당신은 태초부터 인간을 재미있게 한 이야기들과 불멸의 노래들을 듣게 될 거예요."

벤허는 그녀의 말을 들으며, 예루살렘의 옥탑 정자에서 어머니와 있던 밤이 떠올랐다. 그날 어머니도 똑같이 애국적인 시를 읊으며 이스라엘의 옛 영광을 열렬하게 말했었다.

"이제 왜 당신이 이집트로 불리길 원하는지 알겠네요. 그 이름으로 부르면 내게 노래를 불러 주시겠습니까? 어젯밤 당신의 노래를 들었거든요."

"나일 찬가 말이군요. 사막 공기의 냄새가, 사랑하는 나일 강의 물소리가 그리울 때 부르는 비가悲歌랍니다. 그보다 인도의 노래 한 자락을 들려드릴게요. 알렉산드리아에 도착하면 당신을 길모퉁이로 모셔갈게요. 강가*의 딸이 부르는 노래 〈카필라〉를 들을 수 있지요. 카필라는 가장 숭배 받는 인도의 현자들 가운데 한 명이에요."

카필라

1

카필라, 너무도 젊고 진실한 카필라.
　　나도 당신 같은 영광을 갈망해요.
다시 한 번 구하려고 싸움터에서 당신을 부르노니
　　당신의 용맹이 내 것이 될 수 있을까요?

* '갠지스 강'의 산스크리트어

카필라는 회갈색 군마에 앉아 있었네,

   그렇게 진중한 영웅도 없지.

'만사를 사랑하는 사람은 무엇도 두렵지 않아.

   나를 용감하게 만드는 것은 사랑.

어느 날 한 여인이 내게 영혼을 주었고

   거기서 용맹이 내게 왔으니

   가서 용맹을 펼치면 돼. 펼-쳐-봐.'

2

카필라, 너무도 늙고 머리 허연 카필라.

   여왕이 나를 부르시네요.

하지만 거기 가기 전에 당신에게 듣고 싶어요.

   지혜는 처음에 어떻게 당신에게 왔나요?

카필라는 신전 문간에 서 있더군.

   은자 복장의 사제처럼 말이야.

'지혜는 구전 지식을 얻듯 오지 않아.

   나를 현명하게 만드는 것은 신념.

어느 날 한 여인이 내게 진심을 주었고

   거기서 지혜가 내게 왔으니

   가서 지혜를 펼치면 돼. 펼-쳐-봐.'

벤허가 노래를 치하할 틈도 없이 배의 용골이 모래바닥에 닿았다.

잠시 후 뱃머리가 호변으로 올라섰다.

"짧은 항해였소, 이집트여!"

벤허가 외쳤다.

"체류는 더 짧을 거예요!"

그녀가 대답했다.

흑인 하인이 배를 다시 물 위로 힘껏 밀어냈다.

"이제 방향타를 제게 주시지요."

이집트가 웃었다.

"아, 아뇨. 당신에게는 전차가, 제게는 배가 어울린답니다. 우린 호수의 끄트머리에 닿은 것뿐이고, 제가 다시는 노래하면 안 된다는 게 교훈이지요. 이집트에 다녀왔으니 이제 다프네 숲으로 가죠."

"가는 길에 노래 한 자락 없다고요?"

벤허가 항의하듯 물었다.

"오늘 당신이 로마인에게서 우리를 구해 주셨지요. 그 이야기를 해 주세요."

벤허는 들떴던 마음이 가라앉아서 슬쩍 말을 돌렸다.

"여기가 나일 강이면 좋겠군요. 오래오래 자는 왕들과 왕비들이 무덤에서 나와 우리와 함께 배를 탈지도 모르니까요."

"그들이 거대해서 우리 배가 가라앉을 거예요. 피그미족이 더 나을걸요. 그 로마인이요. 아주 사악한 자인가요?"

"잘 모릅니다."

"귀족이나 부유한 가문 사람이에요?"

"난 그가 부유한지 아닌지도 잘 모릅니다."

"그의 말들이 기막히게 멋지던데요! 전차 바닥도 금빛이고, 바퀴는 상아에, 게다가 그 대담함이라니! 그가 전차를 몰고 갈 때 구경꾼들이 웃었잖아요. 전차 바퀴에 치일 뻔했으면서!"

그녀가 웃었다.

"보잘 것 없는 사람들일 뿐입니다."

벤허가 씁쓸하게 말했다.

"그는 틀림없이 로마에서 크고 있다는 괴물들 중 하나겠죠. 케르베로스*처럼 탐욕스런 사내들 말이에요. 그는 안디옥에 살까요?"

"동방 어느 곳 출신입니다."

"시리아보다 이집트가 그에게 어울려요."

"그럴 리가. 클레오파트라는 죽었잖소."

그 순간 천막 문 앞에 걸린 등불들이 보였다.

"천막촌이네요!"

그녀가 외쳤다.

"아, 그러면 우리는 이집트에 가지 못했군요. 저는 카르나크**도, 필레***도, 아비도스****도 보지 못했고요. 여기는 나일 강이 아니니. 저는 잠시 인도의 노래를 들으며 꿈속에서 뱃놀이를 했군요."

"필레와 카르나크요? 오히려 아부심벨의 람세스들을 못 본 것을 아쉬워하세요. 그것들을 보면 저절로 천지를 만드신 신이 떠오르거

* 저승 문을 지키는 머리가 셋인 개
** 나일 강 동안에 있는 신전 유적지
*** 나일 강 상류의 섬으로 고대 사원 유적지
**** 나일 강 서안의 고대 유적지

든요. 아니, 애초에 섭섭할 게 뭐 있나요? 우리 계속 강으로 배를 저어 가요. 제가 노래를 부르지 못하더라도…….”

그녀가 웃었다.

“노래하지 않겠노라 말했으니까요. 그렇더라도 제가 이집트 이야기들은 계속 들려드릴 수 있어요.”

“그럼 계속 갑시다! 아, 아침이 올 때까지, 그리고 저녁이 되었다가 다음 날 아침이 되도록!”

벤허가 열정적으로 말했다.

“어떤 이야기를 할까요? 수학자들 이야기?”

“아, 아니요.”

“철학자들 이야기?”

“아니, 아니요.”

“마법사들과 정령들의 이야기?”

“당신이 원하신다면.”

“전쟁 이야기?”

“그래요.”

“사랑 이야기?”

“그래요.”

“좋아요, 그럼 사랑의 치유법을 알려드릴게요. 어떤 여왕의 이야기니까 경건하게 들으세요. 여주인공이 직접 적어서 가지고 있던 파피루스를 필레의 사제들이 어렵게 빼앗았다고 해요. 출처가 이토록 정확하니 내용도 틀림없이 사실일 거예요.”

네네호프라

1

삶은 평행을 이루는 경우가 없어요.

어떤 삶도 직선으로 내달리지 않으니까요.

가장 완벽한 삶은 원을 그리며 달려서 시작점에서 끝나니까 "여기가 시작이고 저기가 끝이다"라고 말할 수 없지요.

완벽한 삶들은 신의 보물들이에요. 신은 그 멋진 나날들을 약지 손가락에 끼고 있답니다.

2

네네호프라는 에수안 부근에 살았어요. 집이 제1폭포*와 가까워서 폭포 소리가 끊이지 않았지요. 네네호프라가 나날이 예뻐지니까 사람들은 이렇게 말했어요. "정원에 핀 양귀비만큼 어여쁘니 활짝 피면 얼마나 아름다울까?"

한 해 한 해는 이전보다 감미로운 새 노래의 시작이었지요.

네네호프라는 바다로 둘러싸인 북쪽 땅과 루나 산맥 너머 사막으로 둘러싸인 남쪽 땅이 혼인해서 낳은 딸이었어요. 그녀는 한쪽의 열정과 다른 쪽의 비범함을 물려받았죠. 둘은 네네호프라를 보면 그냥 '내 자식이지'라고 말하지 않고, 활짝 웃으면서 '하하! 우리 아이야!'라고 말했지요.

---

* 나일 강 하류의 폭포지대에 있다.

자연의 모든 출중함이 그녀를 완벽하게 하고 그녀와 함께하며 기뻐했어요. 그녀가 오가면 새들은 날개를 퍼덕여 인사하고, 거센 바람은 서늘한 미풍으로 잦아들고, 하얀 수련이 물속에서 떠올라 그녀를 바라보았지요. 진중한 강은 느릿느릿 흘러갔고, 종려나무들은 고개를 끄덕여 뾰족한 잎을 흔들었고요. 다들 이렇게 말하는 듯했어요. '내가 이 아이에게 우아함을 주었지! 나의 영리함을 주었어! 그녀가 나의 순수함을 가졌어!' 각자 자신의 미덕을 내준 거예요.

열두 살에 네네호프라는 에수안의 기쁨이었어요. 열여섯 살에는 그녀의 미모가 온 세상에 소문이 났고요. 스무 살에는 빠른 낙타를 탄 사막의 호족들과 번쩍이는 금빛 배를 탄 이집트의 영주들이 하루가 멀다 하고 그녀의 집을 찾아왔어요. 수심에 잠겨 떠난 그들은 방방곡곡에 말했지요.

"나는 그녀를 보았네. 그녀는 여인이 아니라 하토르*였다네."

3

메네스 왕**을 계승한 330명의 왕들 중 18명이 에티오피아인이었는데, 그 중 하나인 오라이테스 왕은 110세였어요. 그는 76년간 다스렸지요. 그의 치세에 국민은 번성했고 땅은 버거울 만치 풍작을 거두었어요. 왕은 아주 많은 것을 겪어서 세상의 이치를 알기에

---

* 이집트의 여신. 사랑과 번식의 여신이었다.
** 기원전 3천 년경 이집트 왕국을 세운 초대 왕

현명했지요. 왕이 사는 멤피스의 궁전에는 무기고와 보물 창고가 있었어요. 그는 자주 부토스에 내려가 라토나*와 대화했어요.

덕망 있는 왕의 비가 세상을 떠났는데, 왕비는 너무 늙어서 완벽한 미라로 만들 수가 없었지요. 왕은 아내를 사랑해서 가눌 수 없는 슬픔에 잠겼죠. 이것을 본 장례 집행관이 왕에게 말했어요.

"오라이테스 왕이시여, 그다지도 현명하며 위대하신 분이 이런 슬픔을 치유하는 법을 모르시다니 놀랍습니다."

"치유법을 말해 보아라."

장례 집행관은 바닥에 세 번 입을 맞추더니, 망자가 듣지 못하리라는 것을 알고 대답했어요.

"에수안에 하토르만큼 아름다운 미모를 가진 네네호프라가 살지요. 그녀를 부르소서. 그녀는 모든 군주들과 호족들에게 퇴짜를 놓았으니, 그 수가 얼마나 되는지 모를 지경입니다. 하지만 누가 감히 오라이테스 왕을 퇴짜 놓겠나이까?"

4

네네호프라는 어디서도 본 적 없는 화려한 배를 타고 나일 강을 내려갔지요. 그보다 덜 화려한 배들에 탄 군대가 호위를 했고요. 누비아**에서 모든 이집트인들, 리비아 사막에서 온 무수한 이들, 홍

---

* 그리스 신화에 나오는 티탄족 여신
** 나일 강 하류에서 홍해, 수단, 리비아 사막까지 걸쳐 있던 나라. 이집트의 식민지였다.

해 해역의 사람들과 달의 산* 너머 에티오피아에서 온 적지 않은 이들이 해안가에 천막을 치고 줄지어 서서, 향기로운 바람을 타고 금빛 노를 젓는 행렬을 구경했지요.

그녀는 스핑크스와 웅크린 쌍날개의 사자들이 있는 지하 통로를 지나서 오라이테스 왕 앞으로 안내되었어요. 왕은 궁전의 조각된 탑문에 특별히 세운 왕좌에 앉아 있었어요. 왕은 네네호프라를 위로 올려서 옆자리에 앉히고, 팔에 코브라 표장**을 끼워준 다음 키스했어요. 그리고 네네호프라를 모든 왕비들 중의 왕비로 삼았지요.

현명한 오라이테스 왕은 그 정도로 만족하지 않았어요. 그는 사랑을 원했고, 그의 사랑 속에서 왕비가 행복하기를 바랐어요. 그래서 네네호프라를 다정하게 데리고 다니며 소유물, 도시들, 궁전들, 사람들을 구경시켰지요. 군대와 배들도 보여주고, 손수 그녀를 보물 창고로 안내했어요. "아, 네네호프라! 내게 사랑의 입맞춤을 해주오. 그러면 이 모든 게 당신 것이라오."

그녀는 그 순간 행복하지 않았지만 행복할 수 있을 거라고 생각하면서 왕에게 키스했어요. 한 번, 두 번, 세 번. 그가 110세인데도 세 차례나 키스했지요.

첫 해에 그녀는 행복했는데 한 해는 아주 짧았지요. 세 번째 해가 되자 그녀는 괴로웠고 시간이 더디게 흘렀어요. 그러다가 네네호프라는 번뜩 깨달았어요. 그녀가 오라이테스 왕을 사랑한다고 여

---

* 나일 강 수원지에 있다는 전설의 산
** 고대 이집트에서 최고 권력의 상징이었다.

긴 감정이 그의 권력에 대한 도취였음을. 도취가 오래갔더라면 좋았으련만! 그녀는 생기를 잃었고 오랫동안 눈물지으며 지냈어요. 시녀들은 왕비의 웃음소리를 들은 게 언제였는지 모를 정도였지요. 장밋빛이던 뺨은 잿빛이 되었고, 그녀는 더디지만 확실히 시들어갔어요. 그녀가 연인에게 잔인하게 굴어서 에리니에스*에 씌었다고도 했고, 오라이테스를 시기한 신의 짓이라고도 했지요. 쇠약해지는 이유가 뭐든 마법사들의 주술도 회복시키지 못했고, 백약이 무효했지요. 네네호프라는 죽을 지경에 처했어요.

오라이테스는 왕비들의 묘에 그녀의 묘실을 고르고, 걸출한 조각가들과 화가들을 멤피스로 불러들여서 어떤 선왕들의 무덤보다 섬세하게 꾸미게 했지요.

113세이지만 누구 못지않게 정열적인 연인인 왕이 말했어요.

"아, 하토르 여신만큼 아름다운 그대여! 말해 보오, 안타깝게도 내 면전에서 죽어가는 그대를 어찌 치유하면 될지!"

네네호프라는 의심과 두려움에 떨면서 대답했어요.

"말씀드리면 이제 왕께서 저를 사랑하지 않으실 거예요."

"그대를 사랑하지 않는다니! 내 신령에 맹세하겠소! 그대를 더욱 사랑하겠다고 오시리스의 눈에 걸고 맹세하리다! 말해 보시오!"

왕은 연인답게 열정적으로, 왕답게 권위적으로 말했지요.

왕비가 대답했어요.

---

* 그리스 신화 속 복수의 여신

"그러면 말씀드리지요. 에수안 인근 동굴에 가장 연로하고 경건한 수도사가 계세요. 그의 이름은 메노파, 제 스승이자 후견인이세요. 그분을 데려오세요, 폐하. 그러면 알고 싶은 답을 들으실 거예요. 그분이 폐하에게 제 고통을 고칠 방도를 찾아줄 거예요."

오라이테스는 기뻐하며 일어났어요. 그는 올 때보다 백 살은 젊어진 듯 활기차게 갔지요.

5

"말해 보오!"

멤피스의 궁전에서 오라이테스 왕이 메노파에게 말했어요.

메노파가 대답했지요.

"지존이신 왕이시여, 폐하께서 젊으시면 저는 대답하면 안 될 것입니다. 아직은 목숨을 부지하고 싶기 때문입니다. 하지만 말씀드리나니, 왕비께서는 다른 사람들처럼 죄의 대가를 치르고 계십니다."

"죄라니!"

왕이 화를 냈어요. 메노파는 깊이 절을 했지요.

"그렇습니다. 자신에게 지은 죄입니다."

"난 수수께끼나 풀 기분이 아니오."

"이제 제가 드리는 말씀은 수수께끼가 아닙니다. 네네호프라는 제가 지켜보는 가운데 자랐고, 살면서 겪는 모든 일들을 제게 털어놓았습니다. 그 중에 집안 정원사의 아들을 사랑한 일도 있었습니다. 바르벡이라는 정원사입니다."

이상하게도 오라이테스의 얼굴이 밝아지기 시작했어요.

"네네호프라는 그 사랑을 마음에 품고 폐하에게 왔습니다. 그리고 그 사랑 때문에 죽어가고 있습니다."

"지금 정원사의 아들은 어디 있소?"

"에수안에 있습니다."

왕은 밖으로 나가서 두 가지 명을 내렸어요.

"너는 당장 에수안으로 가서 바르벡이라는 청년을 여기로 데려오라. 그는 왕비의 친정집 정원에 있다."

그리고 다른 신하에게 말했지요.

"일꾼들, 소 떼, 연장들을 모아서 케미스 섬에 나를 위한 섬을 하나 만들라. 섬은 신전, 궁전, 정원, 과실수, 덩굴 등이 다 있으면서 바람을 타고 떠다녀야 한다. 달이 이지러지기 시작할 즈음까지는 완성되어야 한다."

그러고는 왕비에게 말했지요.

"기운을 내시오. 내가 모든 걸 알고 바르벡을 부르러 보냈소."

네네호프라는 왕의 손에 입을 맞추었어요.

왕이 말했어요.

"그대는 그를 독차지하고 그는 그대를 독차지하게 될 거요. 1년간 그 무엇도 둘의 사랑을 방해하지 않을 게요."

네네호프라는 왕의 발에 입을 맞추었어요.

오라이테스 왕은 그녀를 일으켜서 입을 맞추었지요. 그녀의 뺨에 다시 장밋빛이 감돌고 입술이 진홍색으로 물들었어요. 가슴에는 웃음이 생겼고요.

6

1년간 네네호프라와 정원사 바르벡은 케미스 섬에서 바람을 타고 떠다녔어요. 세상의 불가사의로 꼽히는 이 섬은 가장 아름다운 연인들의 집이었지요. 둘은 아무도 만나지 않고 오로지 서로를 위해 존재하며 1년을 보냈어요.

그러다가 네네호프라가 멤피스의 궁전으로 돌아왔지요.

왕이 물었어요.

"이제 그대가 가장 사랑하는 이가 누구요?"

왕비는 그의 뺨에 입맞추고 대답했어요.

"다시 치유되었으니 저를 다시 받아 주세요. 폐하."

오라이테스는 114세인데도 불구하고 껄껄 웃었어요.

"메노파가 맞았어. 하하하! 사랑의 치유법은 사랑이라는 말이 사실이군."

"그렇습니다."

갑자기 왕의 태도가 돌변하고 표정이 무시무시해졌어요.

"난 그렇지 않다는 걸 알았소."

네네호프라는 겁을 먹고 움츠러들었지요. 왕이 말했어요.

"그대는 죄를 지었소! 그대가 사내 오라이테스에게 지은 죄는 용서하겠지만, 왕 오라이테스에게 지은 죄는 벌을 받아야 하오."

네네호프라가 그의 발아래 몸을 던졌어요.

왕이 호령했어요.

"조용히! 그대는 죽은 거요!"

왕이 손뼉을 치자 무시무시한 행렬이 들어왔지요. 미라를 만드는 장의사들이 각자 기구들을 들고 들어왔지요. 왕이 네네호프라를 가리켰어요.

"그녀는 죽었다. 너희 소임을 다하라."

7

72일 후 절세미녀 네네호프라는 전해에 마련해 둔 묘실로 옮겨져, 선대 왕비들 사이에 안장되었어요. 그러나 그녀를 기리는 장례 행렬이 성스러운 호수를 건너는 행사는 생략되었지요.

벤허는 이집트 여인의 발아래 앉아 있다가, 키를 잡은 그녀의 손에 제 손을 포갰다.

"메노파가 틀렸어요."

"어떻게요?"

"사랑은 사랑으로 살아나거든요."

"그러면 치유할 방도가 없나요?"

"있지요. 오라이테스는 치유법을 찾은 겁니다."

"그게 뭔데요?"

"죽음."

"당신은 경청하는 분이군요, 아리우스의 아드님."

몇 시간이 훌쩍 흘렀다. 배가 호변에 닿자 그녀가 말했다.

"내일 시내로 가요."

"당신도 경기장에 올 거 아닌가요?"

벤허가 물었다.

"아, 그럼요."

"제 색깔이 칠해진 휘장을 보내드리지요."

그 말과 함께 두 사람은 헤어졌다.

4

다음 날 제 3시에 일데림은 천막촌으로 돌아왔다. 그가 말에서 내릴 때 부족의 사내가 다가왔다.

"족장님, 이 서찰을 전해 드리라는 명을 받았습니다. 즉시 읽어 보시랍니다. 회신을 주신다면 제가 기다리겠습니다."

일데림이 서찰에 눈길을 주었다. 봉인이 뜯겨 있었다.

「가이사랴의 발레이우스 그라투스 총독 앞」

"이런 젠장!"

족장은 편지가 라틴어로 쓰인 것을 보고 투덜댔다. 그리스어나 아랍어라면 읽을 수 있는데, 라틴어라니. 서명 '메살라'만 간신히 알아보았는데, 그 이름에 눈이 번쩍 뜨였다.

"유대인 청년이 어디 있지?"

"말들을 데리고 들판에 나갔습니다."

족장은 파피루스를 봉투에 넣어 허리띠 속에 넣은 다음 다시 말에 올랐다. 바로 그때 낯선 사내가 나타났다. 시내에서 온 모양이었다.

"관대하신 일데림 족장님을 찾고 있습니다."

낯선 사내가 말했다. 말투와 차림새가 로마인이었다.

일데림은 로마의 글자는 읽지 못해도 말은 할 수 있었다. 그래서 위엄있게 대답했다.

"내가 일데림 족장이오."

사내가 눈을 떨구더니 다시 눈을 들고, 침착한 척하면서 말했다.

"경주에 나갈 기수를 구하신다고 들었습니다."

흰 콧수염 아래로 족장의 입 꼬리가 올라가며 경멸감이 드러났다.

"가시오. 기수가 있소."

족장이 가려고 고개를 돌렸지만 사내는 물러서지 않았다.

"족장님, 저는 말을 사랑하는 사람입니다. 족장님의 말들이 세계 최고 명마라고 들었습니다만."

노인은 칭찬에 흐뭇해졌다. 이 낯선 사내에게 말들을 구경시켜줄까 하는 생각마저 잠시 들었다.

"오늘은 안 돼. 오늘은 곤란하오. 다른 때 구경시켜 드리지. 당장은 급선무가 있소."

족장이 들판으로 달려갔다.

낯선 사내는 싱글싱글 웃으며 돌아갔다. 임무를 완수한 셈이었다.

그 후로 대망의 경기날까지, 매일 낯선 사내가, 때로는 두세 명이 기수 자리를 얻는다는 핑계로 족장을 찾아왔다.

그런 식으로 메살라는 계속 벤허를 감시했다.

일데림 족장은 흡족한 마음으로, 벤허가 오전 훈련을 마치고 말들을 들판에서 거둬들이기를 기다렸다. 말들이 다양한 속도로 달린 후, 누구 하나 느리고 빠름이 없이 네 필이 한 몸처럼 전력질주하는 모습이 보기에 무척 흐뭇했다.

벤허가 늙은 말의 목덜미를 토닥이며 말했다.

"족장님, 오늘 오후에 시리우스를 돌려드리겠습니다. 이제 전차를 사용해 보려고요."

"이리도 빨리?"

"이런 말들은 하루면 충분합니다, 족장님. 겁이 없고 사람만큼 똑똑한데다 훈련을 좋아합니다."

벤허가 가장 어린 말의 고삐를 흔들었다.

"이 녀석, 알데바란이 가장 빠릅니다. 경기장을 한 바퀴 돌면, 알데바란이 3마신馬身은 앞서네요."

일데림은 수염을 쓰다듬으면서 눈을 반짝였다.

"알데바란이 가장 빠르고. 가장 느린 녀석은?"

벤허가 안타레스의 고삐를 흔들었다.

"이 녀석이 가장 느린데…… 하지만 두고 보십시오, 족장님. 이 말이 이길 겁니다. 온종일 최대 속도로 달려도 끄떡없으니까요. 온종일 말입니다. 해가 질 때 최대 속도에 다다를 정도입니다."

"그 또한 맞는 말이네."

일데림이 맞장구쳤다.

"딱 한 가지만 걱정스럽습니다, 족장님."

족장의 표정이 순식간에 심각해졌다.

"로마인은 승부욕이 강해서 순수한 명예를 지키지 못합니다. 어떤 경기든 말입니다. 로마인의 속임수는 한도 끝도 없어요. 전차 경주든 뭐든, 말에서 기수와 마주에까지 부정행위를 합니다. 그러니 모든 것을 단단히 살펴야 합니다, 족장님. 이 순간부터 경기가 끝날 때까지 낯선 자에게 말들을 보여주지 마십시오. 만전을 기하려면 그 이상이어야 됩니다. 무장한 불침번을 두어 밤새 말들을 지켜야 합니다. 그것이 제 걱정거리입니다."

그들이 천막 문간에 도착해서 말에서 내렸다.

"당신이 말한 대로 조치하겠소이다. 맹세코 믿을 만한 사람 외에는 아무도 말들 근처에 얼씬대지 못하게 하겠소. 당장 오늘 밤부터 경비병들을 세우지요. 그런데 아리우스의 아드님……."

족장은 벤허와 함께 침대의자로 걸어가서 앉으면서 천천히 서찰을 꺼내서 펼쳤다.

"여기, 라틴어로 뭐라고 적혔는지 말해 주겠소?"

그가 편지를 벤허에게 건넸다.

"유대말로 바꿔서 읽어 주시오. 라틴어는 혐오스러우니."

벤허는 흔쾌히 받아들고 읽기 시작했다.

「메살라가 그라투스 님께!」

그는 멈칫했다. 불길한 기운에 피가 심장까지 솟구쳤다. 일데림은 동요하는 기색을 알아차렸다.

"저, 내가 기다리고 있습니다만."

벤허는 양해를 구하고 다시 읽어 나갔다. 궁에서 술판을 벌인 다음 날 아침 메살라가 그라투스에게 보낸 두 통의 밀서 중 하나였다.

앞의 몇 문단은 메살라가 조롱투를 버리지 못했음을 여실히 드러냈다. 그라투스의 기억을 환기시키는 대목이 나오자 벤허의 목소리가 떨렸다. 그는 두 번이나 읽기를 멈추고 마음을 다잡아야 했다. 벤허는 어렵사리 계속 읽어 나갔다.

「더 기억해 보자면, 당시 각하께서 허 일가를 은밀하게 자연스럽게, 그러나 확실하게 죽음에 이르게 한다는 목표를 이룰 가장 효과적인 계획을 세워서……」

벤허가 다시 멈추고 길게 숨을 내쉬었다.

「허 일가를 처리하셨습니다.」

벤허는 완전히 무너져 내렸다. 편지가 손에서 떨어졌다. 그는 얼굴을 손으로 가렸다.

"그들은 죽었구나, 죽었어. 나 혼자만 남았어."

족장은 침묵했지만 청년의 고통을 느꼈다. 그는 조용히 일어났다.

"아리우스의 아드님, 내가 그대에게 양해를 구해야겠군요. 편지를 혼자 읽어 보시고, 마음이 수습되면 전갈을 주십시오. 그때 다시 올

터이니.”

일데림 족장이 천막에서 나갔다. 배려심 깊은 처신이었다.

벤허는 침대의자에 몸을 던지고 격정에 몸부림쳤다. 어느 정도 진정되자, 아직도 내용이 한참 남았음이 기억났다. 그는 얼른 편지를 집어들었다.

「범죄자의 어머니와 누이를 어떻게 처리하셨는지 기억하실 겁니다. 지금 제가 새삼스레 그들의 생사 여부를 알고 싶다 해도…….」

벤허는 그 부분을 읽고 또 읽다가 탄식했다.

“메살라는 두 사람의 생사를 모르는구나. 그는 모르고 있어! 주님의 이름에 복이 있으라! 아직 희망이 있어.”

그는 힘을 얻어서 용감하게 마지막까지 읽은 후, 이리저리 궁리해보며 중얼댔다.

“두 사람은 죽지 않은 거야. 살아 있어. 죽었다면 메살라가 그 소식을 들었겠지.”

편지를 다시 읽었다. 이번에는 더 꼼꼼히 읽었고, 확신을 굳혔다. 그는 족장을 불렀다.

일데림 족장이 와서 자리에 앉았다. 둘만 남자 벤허가 침착하게 말했다.

“관대하신 족장님의 천막을 찾아올 때, 제 이야기를 할 마음은 없었습니다. 그저 제가 기수를 맡을 능력이 충분하다는 점만 증명하면 되지, 제 과거는 관심사가 아니니까요. 그런데 이 서찰이 제 손에 들어오다니. 우연치고는 너무 신기해서 당신께 모든 것을 털어놓기로 했습니다. 게다가 이 편지에 따르면, 우리가 같은 적에게 위협받고 있기도 합니다. 그 적에 맞서서 우리가 함께 싸울 필요가 있습니다. 제가 이제 읽어 드리죠. 들으시면 제가 동요한 게 의아하지 않으실 겁니다. 제가 약하거나 어리다고 생각하셨다면 오해를 푸시게 될 겁니다."

일데림은 평온한 태도로 귀담아 들었다. 마침내 벤허가 족장이 언급된 대목에 이르렀다.

「어제 다프네 숲에서 이 유대인을 보았으니, 지금도 분명히 근처에 있을 겁니다. 제가 감시하기 쉬울 겁니다. 솔직히 현재 그의 소재를 물으신다면 자신 있게 대답하겠습니다. 그는 종려나무 농원의 배신자 일데림 족장의 천막에 있다고요.」

"이런!"

일데림이 수염을 움켜쥐며 탄식했다. 놀랐다기보다 분개한 어투였다. 벤허가 마지막 대목을 반복해서 읽었다.

「그는 종려나무 농원의 배신자 일데림 족장의 천막에 있습니다.」

"'배신자'라니! 내가?"

노인은 날카롭게 외쳤다. 분노로 입술과 수염을 떨었다. 이마와 목에 핏줄이 툭 솟아서 터질 것처럼 뛰었다.

벤허가 달래는 몸짓을 했다.

"그저 메살라의 관점일 뿐입니다. 그의 협박을 더 들어 보세요."

「배신자 일데림 족장의 천막에 있습니다. 족장은 우리의 강력한 감시를 오래 피하지 못할 겁니다. 막센티우스 집정관이 첫 조치로 이 아랍인을 로마행 배에 실어 보낸다 해도 놀랍지 않겠지요.」

"로마로! 나를, 창기병 만 명을 거느린 족장, 일데림을! 로마로 연행하겠다니!"

그는 뛰어오르다시피 일어나서, 양팔을 앞으로 뻗어 손가락을 새 발처럼 구부리고 저주를 퍼부었다. 눈이 뱀처럼 번뜩였다.

"오, 신이여! 아니, 로마의 신을 제외한 모든 신들이시여! 저들의 오만방자함은 언제 끝납니까? 나는 자유인이고, 내 부족도 자유인들인데, 우리가 노예로 죽어야 됩니까? 아니, 그보다 더한 경우지, 나보고 주인의 다리 사이를 기어다니는 개로 살라는 겁니까? 맞지 않으려고 주인의 손을 핥아야 됩니까? 내 것이 내 것이 아니고, 내가 나의 주인이 아니어야 됩니까! 몸뚱이를 부지하려고 로마인에게 의탁해야 되는 거냐고요! 아, 다시 젊어진다면! 20년, 아니 10년, 아니아니 5년만 젊었어도!"

그는 이를 갈며 허공에서 손을 내저었다. 도저히 분을 삭일 수 없는지 이리저리 거닐었다. 그러다가 불쑥 저만치에서 벤허를 향해 성큼성큼 걸어왔다. 족장이 그의 어깨를 꽉 움켜잡았다.

"아리우스의 아드님, 내가 당신이라면, 당신처럼 젊고 힘이 세고 무술을 익혔다면, 당신같은 복수의 동기를 가졌다면, 증오심마저 성스러워질 만큼 엄청난 동기를 가졌다면! 당신이나 나나 가면을 벗어던집시다! 허의 아드님, 벤허라고 해야겠지요……."

벤허는 피가 얼어붙는 것 같았다. 놀라고 당황해서 아랍인의 눈을 응시했다. 가까이에서 일데림의 눈이 강렬하게 빛났다.

"내가 벤허라면, 당신이 당한 원한의 절반만 겪었어도, 당신의 기억들을 지녔다면, 난 가만있지 않겠습니다. 가만있지 못할 거외다."

노인의 토로가 청산유수로 쏟아져 나왔다.

"내 모든 원한에 세상의 원한을 더해 나를 복수에 바칠 겁니다. 세상 끝까지 돌아다니며 모든 족속을 채근할 겁니다. 자유를 위한 전쟁에 빠짐없이 참가할 거고, 로마와 맞서는 전투에 참전하겠소. 정안 되면 파르티아 편에 붙어서라도 싸울 겁니다. 어떤 상황에서도 포기는 없지. 하하하! 신의 영광에 맹세코! 난 원수에 맞서기 위해서라면 늑대 떼를 이끌고 사자, 호랑이 떼와 사귈 겁니다. 모든 무기를 동원할 거요. 로마인들을 기뻐하며 베어버리리라. 자비를 구하지 않고 자비를 베풀지도 않겠소. 로마의 것이라면 뭐든 불 지르고, 로마의 핏줄은 다 칼로 벨 겁니다. 밤마다 선한 신, 악한 신 가리지 않고 모든 신에게 기도할 겁니다. 그들의 무서운 능력을 내게 빌려달라고! 폭풍, 가뭄, 더위, 추위를 비롯해 대기에 퍼뜨리는 온갖 독들을! 아, 나는 잠들지 못할 겁니다. 나는, 나는……."

족장은 양손을 꽉 쥐고 숨이 차서 말을 멈추었다. 하지만 사실대로 말하자면, 벤허는 일데림의 격렬한 토로를, 그의 성난 눈과 날카로운 목소리와 너무 강렬해서 적절히 표현할 수 없는 분노를 제대로 느끼지 못하고 있었다.

외로운 청년은 몇 년 만에 처음으로 본명으로 불린 충격에 사로잡혀 있었다. 적어도 한 사람은 그를 알아보았다. 신분을 밝히라는 요구도 없이 그를 알아보았다. 그런데 그가 방금 사막에서 온 아랍인이라니!

족장은 대체 어떻게 나를 알아보았을까? 편지 때문에? 아니. 편지에는 내 가문이 겪은 잔학상과 사연이 적혀 있지만, 죽음을 피했다는 범인이 바로 나라는 언급은 없었는데. 안 그래도 벤허는 편지를 다 읽은 후에 족장에게 그 부분을 설명하려고 하던 터였다. 벤허는 기쁘고 희망이 되살아나서 흥분했지만, 차분하려고 애썼다.

"족장님, 이 편지를 어떻게 구하셨는지 말해 주십시오."

"도시 곳곳에 내 수하들이 있지요. 그들이 전령에게서 빼앗은 서찰입니다."

일데림이 직설적으로 답했다.

"족장님의 정식 수하들입니까?"

"아니. 세상 사람들은 강도들로 알고 있지. 강도들을 잡아서 베는 것은 내 일이고 말이죠."

"족장님. 저를 허의 아들이라고, 제 아버지의 존함으로 불러 주셨습니다. 세상에 저를 아는 사람이 있는 줄 몰랐습니다. 어떻게 아셨습니까?"

일데림은 잠시 머뭇거렸지만, 곧 마음을 정하고 대답했다.

"난 당신을 알지만 더 이상은 말할 수 없습니다."

"누군가 막고 있군요?"

족장은 입을 다물고 자리를 피했다. 하지만 벤허의 실망한 기색을 보고 다시 되돌아와서 말했다.

"지금은 이쯤에서 이야기를 마칩시다. 나는 지금 시내에 들어가야 하는데, 돌아와서 다 이야기하지요. 편지를 내게 주십시오."

일데림은 파피루스를 조심스럽게 말아서 봉투에 넣었다. 그는 다시 생기를 되찾았다.

말과 수행단이 준비되기를 기다리면서 족장이 물었다.

"어떻게 말하겠습니까? 난 당신이라면 어떻게 하겠다고 말했지만 아직 당신의 답을 듣지 못했습니다."

벤허는 감정에 젖어서 달라진 표정과 목소리로 대답했다.

"대답하려 했으니 말씀드리죠. 족장님, 저도 당신께서 말씀하신 그대로 할 겁니다. 한 사람이 할 수 있는 모든 것을 다! 저는 오래전부터 복수에 전념했습니다. 5년 동안 한 순간도 복수를 잊은 적이 없어요. 제대로 휴식을 취한 적도 없습니다. 청춘의 즐거움도 잊었고요. 로마의 쾌락도 제게 무용지물이었습니다. 저 목표는 복수를 위해 로마를 이용하는 것이었습니다. 로마에서 가장 유명한 스승들과 교수들을 찾아 다녔어요. 수사학이나 철학을 배울 시간은 없었습니다. 당장 전투 기술들을 배워야 했지요. 검투사들과 경주대회의 입상자들과 어울렸고, 그들을 스승으로 삼았습니다. 훈련관들이 저를 제자로 들였고 제 실력이 늘자 대견해 했습니다. 하지만 병사에서 끝나면 안 됐지요. 제 꿈을 이루려면 지휘관이 되어야 합니다. 그래서 파르티아 전쟁에 참전하는 겁니다. 전쟁에서 주님께서 제 생명과 힘을 지켜주신다면, 전쟁이 끝난 후에는……."

벤허는 두 주먹을 불끈 쥐고 흔들었다.

"로마에게 배운 모든 것으로 로마와 싸울 겁니다. 그러면 로마는 패악들을 책임져야 될 겁니다. 제 대답은 이것입니다, 족장님."

일데림은 벤허의 어깨를 감싸안고 입을 맞춘 다음, 열렬히 말했다.

"그대의 신이 그대를 저버린다면, 그건 신이 죽은 것이오. 내 말을 잘 들으십시오. 당신이 원한다면 내가 돕겠습니다. 인력, 말, 낙타, 사막까지 모든 것을 주겠습니다. 맹세코! 당장은 이 정도로 합시다. 밤이 되기 전에 다시 만날 겁니다. 아니면 내가 전갈을 보내지요."

족장은 말을 뚝 끊고는, 시내를 향해 바삐 말을 달렸다.

6

가로챈 밀서로 벤허가 가장 궁금했던 점들이 여럿 밝혀졌다. 메살라의 자백. 그 로마인은 허 가문을 말살할 의도로 제거 음모에 참여했고, 그 계획에 동의했고, 그렇게 몰수한 재산의 일부를 차지해서 출세에 써먹었다. 이제 그는 자신이 '범인'이라고 칭한 사람의 예상 밖의 등장에 잔뜩 겁을 먹었고, 어떻게 하면 안전하게 빠져나갈지 조치를 궁리하고 있으며, 가이사랴의 공범의 조언을 초조하게 기다리고 있었다.

다른 밀서 한 통은 수신자에게 전달되었을 테니, 이 편지는 자백일 뿐만 아니라 위험이 다가온다는 경고였다. 그래서 족장이 천막을 떠나자마자 벤허는 당장 취할 조치들에 대해 생각할 게 많았다. 적들은 동방의 그 누구보다도 노련하고 강력했다. 그들이 벤허를 두려워한다면 그가 위협이 될 만하다는 뜻이다.

벤허는 상황을 냉정하게 가늠해 보려고 최선을 다했지만 쉽지 않았다. 격한 감정들이 계속 밀려들었기 때문이다. 어머니와 누이의 생존 가능성을 확인하고 무척 들떴다. 그 확신의 근거가 추측에 불과하다는 것쯤은 대수롭지 않았다. 그들의 소재를 알려줄 수 있는 한 사람이 있다는 점만으로도 오랫동안 억눌렸던 희망이 살아나는 것 같았다. 가족의 행방이 밝혀지기 직전이라고 느꼈는데, 그 저변에는 사실 주님이 그를 대신해서 일을 벌이시겠지 하는 미신 같은 공상이 깔려 있었다. 그래서 한켠에서는 신앙이 계속 그에게 가만히 있으라고 속삭였다.

불쑥불쑥 아랍인 족장이 자신을 어떻게 알았는지에 대한 궁금증도 올라왔다. 누가 알려줬을까? 말루크는 확실히 아니다. 시모니데스도 아닐 것이다. 그 상인은 자신에게 득이 없는 일에 굳이 나서지 않았으리라. 메살라가 고자질했을까? 아니, 그럴 리 없다. 사실이 밝혀지면 자기가 위험해질 텐데. 이리저리 추측해도 소용없었다. 그저 '누구든 사실을 아는 사람은 친구일 테니 때가 되면 모습을 드러내겠지' 하는 생각으로 위안을 삼았다. 조금만 더 기다리자. 조금만 더 참으면 되겠지. 족장은 중요한 사람을 만나러 간댔으니까, 아마 다녀오면 편지에 관련된 모든 게 밝혀지겠지.

벤허가 어머니와 티르자도 자신만큼 강한 희망을 품을 만한 처지에 있다고 확신했더라면 더 인내할 수 있었을 것이다. 하지만 그의 양심은 그를 가차없이 찔러대며 비난하고 있었다.

그는 양심의 비난을 피하려고 농원으로 나와 거닐었다. 사람들이 대추야자를 따는 곳에 이르렀다. 그들은 분주했지만 일손을 멈추고 벤허에게 열매를 주고 말을 걸었다. 그는 거목들 아래 서서 보금자리를 짓는 새들을 구경하고, 벌들이 달콤한 꿀을 터뜨리는 열매 주위에 모여드는 소리도 들었다. 초록빛과 황금색 공간들마다 노랫가락 같은 벌들의 날개 치는 소리가 넘쳐났다.

하지만 벤허는 호숫가를 오래 서성였다. 반짝이는 물결에 이집트 여인이 떠올랐다. 그녀와 밤을 헤치고 여기저기 떠다니며 들은 노래와 이야기. 그녀의 관심을 받는 흐뭇한 기분, 키를 잡은 그녀의 작은 손 위에 포갠 손. 거기서 벤허의 생각은 여인의 부친인 발타사르로, 그가 겪은 이상한 일들로 넘어갔다. 생각은 유대인의 왕까지 흘러갔다. 발타사르는 눈물겨운 인내심을 발휘하며 그 유대인의 왕이 신성한 언약의 주인공이라고, 언약이 한결 가까워졌다고 믿고 있었다. 벤허의 마음이 거기 머물렀다. 그의 신비들 속에 벤허가 찾는 해답들이 많이 있어서 만족스러웠다. 원하는 답과 다른 것들은 부정하면서 넘겨버리면 그만이다. 벤허는 발타사르가 말한 '왕이 와서 세울 왕국'은 부정했다. 영혼의 왕국이라는 개념은 사두개파의 신앙에는 그럭저럭 부합했지만, 벤허에게는 너무 말랑하고 몽환적이고, 너무 깊은 경건함에서 나온 추상적인 생각이었다. 유대 왕국이 훨씬 이해할 만했다. 옛 유대 왕국이 재건될 수 있을 터였다. 게다가 새로운 왕국이 더 확장된 영토, 더 막강한 힘으로 옛 왕국이 따라잡을 수 없는 영광을 누릴 거라면 더없이 좋은 일이다. 새 왕은 솔로몬 왕보다 현명하고 강력하겠지. 그러면 벤허는 새 왕 아래서 충성과 복수를 모색할 수 있다. 그는 가벼운 기분으로 천막으로 돌아왔다.

점심 식사 후, 벤허는 전차를 끌어내서 검사하며 분주하게 보냈다. 그가 전차를 얼마나 찬찬히 살폈는지 말로 다 표현할 수가 없다. 부품 하나하나, 어디 한 구석 그의 시선이 닿지 않은 데가 없었다. 벤허는 전차가 그리스식인 게 반가웠다. 로마식보다 바퀴 사이의 간격이 더 넓고, 더 낮고 강했다. 무게가 더 나가는 단점은 지구력이 강한 아랍 말들이 감당할 수 있을 것이다. 로마의 전차 제작자들은 대개 경주용의 안전보다 아름다움을, 견고성 대신 우아함을 선택했다. 의외로 아킬레우스와 '인간들의 왕'을 위해 만든 그리스인들이 전쟁과 극단적인 상황을 위해 전차를 만들었다. 이스트미아와 올림피아에 참가하려는 취향에 맞는 형태였다.

전차 점검이 끝나자, 말들을 데려와서 연결하고 들판을 달렸다. 몇 시간이고 연습이 계속되었다. 어둠이 내려서야 훈련이 끝났다. 벤허는 활기를 되찾아서, 메살라 문제는 경주에서 승패가 날 때까지 미루기로 결심했다. 동방 사람들이 지켜보는 가운데 원수를 박살내는 즐거움에 재를 뿌릴 수는 없었다. 다른 경쟁자들은 중요하지 않았다. 승리할 자신이 있었다. 벤허는 자신의 기술과 말들을 의심하지 않았다. 네 필의 말이 영광스러운 경주에 완벽하게 동반해 주리라.

"그에게 똑똑히 보여 주자, 보여 주자구! 안타레스, 알데바란, 아, 정직한 리겔, 준마의 왕인 너 아테르! 그자는 절대로 우리를 무시할 수 없지. 하하, 착한 녀석들!"

벤허는 말들 사이를 다니며, 형이 아우를 다독하듯 말을 걸었다.

밤이 내리자 벤허는 천막 문가에 앉아서 일데림을 기다렸다. 족장의 귀가가 늦어졌지만, 벤허는 초조하거나 염려되지 않았다. 적어도 족장이 전갈을 보낼 터였다. 사실 말들의 출중한 실력 때문인지, 육체 단련 후에 시원한 물에 몸을 담근 때문인지 벤허는 마음이 매우 여유로웠다. 왕성한 식욕을 채웠기 때문이거나, 낙심 후에 늘 자연스럽게 느껴지는 반응일 수도 있겠다. 어쨌든 청년은 흡족해서 의기양양할 지경이었다.

마침내 다급한 말말굽 소리가 들리더니 말루크가 다가왔다. 그는 활기에 넘쳤다.

"아리우스의 아드님, 일데림 족장께서 인사 전하시며, 당신이 말을 타고 시내로 와 주기를 청하셨습니다. 기다리고 계십니다."

벤허는 아무것도 묻지 않고 말들이 사료를 먹는 곳으로 들어갔다. 알데바란이 자신을 타고 가라는 듯이 다가왔다. 벤허는 말을 사랑스럽게 쓰다듬고는, 다른 말에게 다가갔다. 네 필은 경주를 위해 아껴야 했다. 곧 두 사람이 말을 타고, 침묵 속에서 급히 달렸다.

셀레우키아 다리 밑에서 조금 떨어진 곳에서 그들은 배로 강을 건넜다. 그런 다음 말을 타고 강의 우안을 빙 돌아 다른 배편으로 다시 강을 건너서, 서쪽에서 시내로 들어갔다. 일부러 길을 멀리 돌아갔지만 벤허는 조심하는 게 당연하다고 여겼다.

말루크가 고삐를 당겼다.

"다 왔습니다. 내리십시오."

벤허는 어딘지 알아보았다. 시모니데스의 집 앞이었다.

"족장님은 어디 계십니까?"

"따라오시지요."

경비원이 말들을 받았다. 벤허는 금세 큰 집 옥상의 건물 앞에 다시 섰다. 안에서 소리가 들렸다.

"신의 이름으로 들어오시오."

7

말루크는 문간에 서 있고 벤허 혼자 안으로 들어갔다.

전에 시모니데스를 접견했을 때와 달라진 게 없었다. 안락의자 가까이 넓은 나무 받침대가 있는 것만 달랐다. 받침대에 사람 키보다 큰 반짝이는 놋쇠 걸대가 있고, 옆으로 뻗은 대마다 은 등잔이 걸려 있었다. 대여섯 개의 등잔에서 타오르는 불빛에 널빤지를 댄 벽과 동그란 금박 장식이 나란히 있는 돌림띠 장식, 보라색 운모가 빛나는 둥근 천장이 보였다.

몇 발자국 앞에서 벤허가 멈추었다.

세 사람이 그를 바라보고 있었다. 시모니데스, 일데림, 그리고 에스더.

그는 마음에 얼핏 의문이 꼬리를 물고 떠올라서 급히 그들을 차례로 쳐다보았다. 이들이 내게 무슨 용건이 있을까? 벤허는 경계심이 들어서 침착해졌다. 이들은 동지일까, 적일까?

그의 시선이 에스더에게 머물렀다.

시모니데스와 족장의 눈길은 친절했는데, 에스더의 표정에는 친절 이상의 뭔가가 있었다. 너무 고상해서 뭐라고 콕 집어 말할 수 없는, 재단할 수 없는 느낌이 그의 내면으로 파고들었다.

이 말을 해야 할까? 상냥한 유대인 아가씨를 바라보는 청년의 시선 뒤쪽에서 이집트 여인이 떠올랐다. 한순간 떠올랐다가 휙 지나가 버리는 잔상.

"허 도련님."

손님은 그 말에 정신을 차리고 소리나는 쪽으로 몸을 돌렸다.

"허 도련님."

시모니데스가 천천히 반복해서 불렀다, 의미를 이해시키려듯 또박또박 말하고 있었다.

"우리 조상들의 주 하느님의 평온을 누리시기를. 제 인사를……."

그가 잠시 말을 멈추었다가 덧붙였다.

"저와 제 식솔의 인사를 받으십시오."

그는 의자에 앉아 있었다. 당당한 두상, 핏기 없는 얼굴, 주인다운 풍모는 손님들에게 부러진 사지와 뒤틀린 몸뚱이를 잊게 만들었다. 흰 눈썹 아래 검은 눈은 지긋하지만 엄하지 않았다.

잠시 후 그가 양손을 가슴에 포갰다. 인사와 함께 하는 그 몸짓의 의미는 분명했다. 벤허는 감동했다.

"시모니데스, 그대가 주는 성스러운 평안을 받아들입니다. 아버지가 아들에게 하듯, 나도 그 평안을 그대에게 돌려드립니다. 다만 우리 사이에 확실히 짚고 넘어가도록 합시다."

상인의 복종하는 인사를 벤허는 품위 있게 밀어내고, 주종 관계 대신 더 고매하고 성스러운 관계를 취했다.

시모니데스는 손을 내리고 에스더에게 고개를 돌려 말했다.

"주인님께 의자를 드려라, 아가."

그녀는 서둘러 스툴을 가져와서, 상기된 얼굴로 벤허와 아버지를 번갈아 쳐다보았다. 두 사람은 윗사람처럼 굴지 않으려고 서로 말하기를 기다렸다. 마침내 침묵이 어색해지기 시작하자, 벤허가 나서서 온화하게 스툴을 받았다. 그는 스툴을 안락의자 앞으로 들고 가서 시모니데스의 발치에 내려놓았다.

"난 여기 앉겠습니다."

벤허가 그렇게 말하며 에스더를 보았다. 눈길이 마주쳤다. 한순간 이었지만 둘은 서로의 눈빛을 의식했다. 벤허는 그녀의 감사하는 마음을, 에스더는 그의 관대함과 자비심을 읽었다.

시모니데스가 고마움에 몸을 숙여 절하고, 안도의 한숨을 내쉬며 말했다.

"에스더야, 문서를 가져오너라."

그녀가 벽으로 가서 나무판을 열고 파피루스 두루마리를 꺼내 아 버지에게 건넸다. 시모니데스가 종이를 펼치면서 입을 열었다.

"잘 말씀하셨습니다, 도련님. 짚고 넘어가시지요. 도련님이 먼저 요구하지 않으셨다면 제가 그 말을 꺼냈을 겁니다. 제가 상황 파악 에 필요한 모든 것을 기록했는데, 두 가지로 정리되더군요. 재산, 그 리고 우리의 관계. 두 항목을 여기에 명료하게 정리했습니다. 읽어 보시겠습니까?"

벤허가 일데림을 힐끗 보았다. 시모니데스가 말했다.

"아닙니다. 족장께서도 도련님이 문건을 살피게 배려하실 겁니다. 이 계정 보고서는 당연히 증인이 필요합니다. 말미에 증인란이 있는데, 거기 일데림 족장의 성함이 있습니다. 족장님은 모든 사연을 아십니다. 그분은 도련님의 친구이십니다. 제게 베푸는 모든 것을 도련님에게도 베푸실 겁니다."

시모니데스가 아랍인을 바라보며 흐뭇하게 고개를 끄덕였다. 일데림도 진중하게 목례하면서 말했다.

"맞는 말씀입니다."

벤허가 대답했다.

"족장님의 고귀한 우정은 이미 제가 아는 바입니다. 제가 그 가치를 증명할 일만 남아 있지요."

그러고는 얼른 상인을 향해 말을 이었다.

"시모니데스 님, 문건은 나중에 찬찬히 읽어볼 테니 잠시만 더 보관해 주십시오. 지금은 핵심만 말해 주실 수 있을까요?"

시모니데스가 두루마리를 돌려받았다.

"에스더야, 내 옆에서 서류들이 섞이지 않게 들어다오."

그녀가 의자 옆에 섰다. 그녀가 오른손을 아버지의 어깨에 가볍게 올려서, 마치 두 사람이 함께 보고하는 것 같았다.

시모니데스가 맨 앞장을 빼면서 말했다.

"여기는 제가 가지고 있는 선대인의 돈입니다. 로마인들의 마수에서 구제한 것이죠. 부동산은 없었고 현금만 챙겼습니다. 현금을 어음으로 바꾸는 우리 유대의 관습이 없었다면 그 도적 떼가 다 차지했을 겁니다. 로마, 알렉산드리아, 다메섹, 카르타고, 발렌티아 등 거래

처들에서 제가 수금한 액수가 유대 화폐로 120달란트였습니다."

시모니데스가 그 문서를 에스더에게 주고 다음 장을 꺼냈다.

"총액 120달란트로, 제 계정으로 장사한 내역입니다. 현재의 잔고라고 보시면 됩니다."

그가 각각의 문서에서 총액을 읽었다. 사소한 부분은 생략하고 그 내용은 아래와 같았다.

〔시모니데스의 계정〕

선박 ·················	60달란트
상점 물품 ·················	110달란트
운송 중인 화물 ·············	75달란트
낙타, 말, 기타 ·············	20달란트
창고 ··················	10달란트
만기어음 ·················	54달란트
수중의 현금과 환약정 ·······	224달란트

총	553달란트

"이 금액 553달란트에 선대인께 물려받은 자본금을 합해서, 도련님의 재산은 573달란트입니다. 도련님은 세상 최고의 부자십니다!"

그는 에스더에게 문서를 받아서, 한 장만 빼고 둘둘 말아서 벤허에게 내밀었다. 자랑스러움이 배어나는 태도에 불쾌한 구석은 없었다. 임무를 잘 완수한 뿌듯함이 엿보였다. 시모니데스 자신이 아니라 주인인 벤허 때문에 기쁜 기색이 역력했다.

시모니데스는 목소리를 낮춰서, 하지만 눈을 든 채로 덧붙였다.

"이제 도련님이 하지 못할 일은 없습니다. 아무것도!"

그 순간 거기 있는 사람들 모두가 긴장했다. 시모니데스가 다시 가슴팍에 양손을 포갰다. 에스더는 불안했다. 일데림은 초조했다. 과도한 행운의 순간만큼 사람을 시험대에 세우는 때가 없다.

벤허는 두루마리를 받아들고, 감정을 억누르며 일어났다.

"이 모든 일이 제게는 하늘에서 빛이 나와 밤을 몰아내는 것처럼 다가옵니다. 너무도 길어 끝나지 않을 것 같았던 밤이었는데. 너무도 캄캄해서 볼 수 있다는 희망을 잃어버린 참이었는데."

벤허는 목이 메었다.

"우선 저를 버리지 않으신 주님께 감사드립니다. 그리고 시모니데스 님에게 고맙습니다. 당신의 충성심이 다른 이들의 잔혹함을 뛰어넘어서 내게 인간 본성에 대한 믿음을 되찾아 줍니다. 내가 '하지 못할 일이 없다'고요…… 그렇게 합시다. 그런 대단한 특권을 가진 시간, 나보다 관대해야 될 사람이 어디 있겠습니까? 이제 저의 증인이 되어 주십시오, 일데림 족장님. 제가 이분들에게 말할 때 제 말을 들어 주십시오. 듣고 기억해 주십시오. 그리고 그대, 이 선한 분의 착한 천사인 에스더! 그대도 잘 들어 주시오."

벤허는 두루마리를 든 손을 시모니데스에게 뻗었다.

"이 문건에 설명된 것들을 모두 시모니데스 님, 당신께 돌려드립니다. 선박, 집, 물품, 낙타, 말, 돈, 가장 큰 것들부터 아주 작은 것 하나하나까지 모조리! 이것들을 당신 소유로 삼고, 그대와 가족의 소유로 영원히 정할 것입니다."

에스더의 입가에 미소가 떠올랐지만, 눈에는 눈물이 맺혔다. 일데림은 흑옥 구슬 같은 눈을 반짝이며 빠르게 수염을 쓰다듬었다. 시모네데스만 차분했다.

벤허도 차분하게 말을 이었다.

"그대와 가족의 소유로 영원히 정할 것입니다만, 한 가지 예외와 한 가지 조건이 있습니다."

다들 숨 죽여 그의 말을 기다렸다.

"선친의 돈인 120달란트는 내게 돌려주셔야 합니다."

일데림의 얼굴이 환해졌다.

"그리고 모친과 누이를 찾는 일을 나와 함께 해주십시오. 그들을 찾는 비용은 당신과 내가 각자 비용을 쓰기로 합시다."

시모네데스는 크게 감동했다. 그가 손을 내밀었다.

"도련님의 마음을 알겠습니다. 이런 모습의 도련님을 제게 보내주신 주님께 감사드립니다. 선대인을 돌아가신 후에도 생전처럼 섬겼듯 도련님을 똑같이 섬기겠습니다. 하지만 돈은 다 도련님의 것이니 그 예외 조항은 받들 수 없다고 말씀드려야겠습니다."

그러더니 시모네데스는 갖고 있던 문서 한 장을 내보였다.

"계정은 그게 다가 아닙니다. 이것을 읽어 보십시오. 소리내어 읽으세요."

벤허가 서류를 받아서 읽었다.

〔재산 관리인 시모니데스가 작성한 허 가문의 종 문서〕

1. 암라, 이집트인. 예루살렘의 저택 관리

2. 시모니데스, 재산관리인, 안디옥 거주

3. 에스더, 시모니데스의 딸

벤허는 시모니데스에 대해 생각하면서, 단 한 번도 그 딸 에스더가 부모의 신분을 물려받으리라는 율법을 떠올리지 못했다. 그녀를 상상하면 이집트 여인이 함께 떠올랐을 뿐이다. 사랑스러운 대상으로만 여겼다. 그래서 그는 갑자기 밝혀진 현실에 당황했다. 에스더를 쳐다보니, 그녀가 눈을 내리깔고 얼굴을 붉히고 서 있었다.

벤허는 천천히 파피루스를 말면서 입을 열었다.

"600달란트를 가진 사람은 정말 부자고 원하는 일을 다 할 수 있겠지요. 하지만 돈보다 귀하고 재산보다 훨씬 소중한 것은, 그 부를 축적한 노력과 부를 쌓으면서도 부패하지 않은 정신입니다. 아, 시모니데스 님, 그리고 그대, 아름다운 에스더여. 두려워 마십시오. 여기 일데림 족장께서 증인이십니다. 그대들이 내 종으로 공표된 이 순간, 나는 그대들을 자유민으로 공표합니다. 그 내용을 문서로도 작성하겠습니다. 그 정도면 충분하겠지요? 더 해야 할 일이 있나요?"

시모니데스가 말했다.

"도련님은 종살이를 참으로 가볍게 보시는군요. 제 말이 틀렸습니다. 도련님이 하시지 못할 일도 있습니다. 도련님은 저희를 법적으로 풀어주지 못합니다. 저는 영원히 도련님의 종입니다. 제가 선대인의 댁을 찾아갔고, 제 귀에 송곳 뚫은 자국이 선명히 남아 있기 때문입니다."

"내 아버지가 그렇게 하셨다고요?"

시모니데스가 얼른 대답했다.

"어르신을 비난하지 마십시오. 제가 종신 노예로 삼아주시기를 간청한 겁니다. 저는 그 일을 후회한 적이 없습니다. 라헬을 아내로 얻는 대가였죠. 라헬이 제가 그녀와 같은 신분이어야 아내가 되어주겠다고 했기 때문에요."

"그녀가 종신노예였나요?"

"그랬지요."

벤허는 갑자기 어찌할 바를 몰라서 서성거렸다. 그러다가 딱 걸음을 멈추고 말했다.

"난 이전에도 부유했습니다. 관대하신 아리우스께서 많은 선물을 주셨으니까요. 이제 더 큰 부와 더불어, 그것을 지켜준 소중한 마음까지 얻었습니다. 이 모든 일 안에 신의 목적이 있지 않을까요? 조언을 주십시오, 시모니데스 님! 내가 옳은 일을 분별해 내도록 지혜를 빌려 주세요. 내 이름을 드높이게 도와 주세요. 율법이 당신을 내 종으로 정했으나, 실제로 처신에서는 내가 그대의 종이 되겠습니다. 영원히 당신의 종이 될 겁니다."

시모니데스의 얼굴에서 빛이 났다.

"내 돌아가신 주인님의 아드님! 저는 도움 이상을 드릴 것입니다. 온 마음과 정신을 쏟아 도련님을 섬기겠습니다. 제게 육신은 없습니다. 도련님의 앞길에 제 육신은 쓸모없어요. 하지만 마음과 정신으로 정성껏 섬기겠습니다. 우리 신의 제단에, 그 제단 위의 제물에 걸고 맹세합니다! 다만 저를 마땅한 처지에 있게 해 주십시오."

"얼마든지요. 말씀해 보세요."

"계속 재산을 관리하는 관리인의 소임을 다하고 싶습니다."

"이제 당신은 나의 관리인입니다. 이 내용을 문서로 작성할까요?"

"도련님의 말이면 충분합니다. 선대인과도 그리했으니, 그 아드님과도 그러면 되겠지요. 모든 게 명확해졌다면……."

시모니데스가 말을 멈추었다.

"나는 그렇습니다."

벤허가 대답했다.

"그러면 라헬의 딸이 말해 보거라!"

시모니데스가 어깨에 걸친 에스더의 팔을 잡으며 말했다.

에스더는 부끄러움에 얼굴이 붉어져서 잠시 서 있다가 벤허에게 다가갔다. 그녀가 여성스러운 부드러운 말씨로 입을 열었다.

"저는 어머니보다 잘하지 못하지만, 어머니가 안 계시니 제가 아버지를 보살피게 해 주시기를 간청 드립니다, 주인님."

벤허가 그녀의 손을 잡고 다시 안락의자 옆으로 이끌면서 말했다.

"그대는 효녀요. 뜻대로 하시오."

에스더가 다시 아버지의 어깨에 살며시 손을 얹었다. 방 안에 한동안 침묵이 흘렀다.

8

시모니데스가 고개를 들며 조용히 말했다. 여전히 주인 같은 풍모를 풍겼다.

"에스더, 밤이 빨리 흘러가는구나. 목전에 둔 일이 있으니 다들 지치지 않도록 야식을 내오거라."

그녀가 종을 울렸다. 하인이 포도주와 빵을 가져왔다. 에스더가 모두에게 음식을 나눠 주자, 시모니데스가 말을 이었다.

"좋으신 주인님, 아직 명확하지 않은 사항들이 몇 가지 있어요. 이제 우리의 인생은 만나서 합류한 물줄기들처럼 함께 흐를 것입니다. 바람에 잔뜩 흐린 구름까지 걷히면 물줄기가 더 잘 흐르겠지요. 저번 날 제 집을 떠나실 때는 제게 한껏 부인당하는 기분을 느끼셨을 겁니다. 사실은 저는 하나도 부인하지 않았습니다, 그게 아니었어요. 제가 주인님을 알아봤다는 것은 에스더가 증인입니다. 제가 주인님을 외면하지 않았음은 말루크가 증언할 겁니다."

"말루크라고요!"

벤허가 외쳤다.

"저처럼 의자에 매어 지내는 사람은 멀리 뻗어나갈 수족이 많이 필요합니다. 잔혹하게 막힌 세상에서 돌아다니려면 그 수밖에요. 그래서 제게는 수족이 많고, 그 가운데 말루크는 가장 믿음직한 사람입니다. 이따금……."

그가 족장에게 고마워 하는 눈길을 던지면서 말을 이었다.

"선량하고 용감한 '관대하신 일데림 족장님' 같은 선의를 가진 분들게 도움을 빌기도 하고요. 제가 주인님을 부인했는지 잊었는지는 족장님이 말해줄 겁니다."

벤허가 아랍인을 바라보았다.

"족장님, 저에 대해 알려준 사람이 시모니데스 님입니까?"

일데림이 눈을 반짝이며 고개를 끄덕였다.

시모니데스가 말했다.

"주인님, 시험해 보지 않으면 어떻게 어떤 사람인지 알겠습니까? 저는 단번에 주인님을 알아보았습니다. 아버님을 꼭 닮으신걸요. 하지만 어떤 사람인지는 알 수가 없었습니다. 돈은 때로는 저주이기도 하니까요. 당신도 그런 부류일까? 그래서 말루크를 보내서 알아보게 했고, 그가 제 눈과 귀가 되어 주었지요. 말루크를 탓하지 말아 주십시오. 그는 제게 주인님을 다 좋게 보고했으니까."

"탓하지 않습니다. 지혜로운 조치였군요."

벤허가 진심으로 말했다. 그 말에 상인이 감상에 젖었다.

"그 말씀이 참 좋게 들리는군요, 아주 좋아요. 오해에 대한 두려움은 해결되었습니다. 이제 하느님이 인도하시는 대로 강들이 흘러가게 두지요."

잠시 침묵이 흘렀다. 시모니데스가 말을 이었다.

"지금 저는 진실에게 떠밀려 가고 있습니다. 베 짜는 이가 베틀에 앉아 북을 이리저리 움직이면 천이 늘어나고 모양새가 점점 드러납니다. 그러는 동안 그는 꿈을 꾸지요. 저도 제 손에서 재산이 불어나는 성장세에 놀라며 깨달았습니다. 사업을 저 아닌 다른 손길이 보살피시는 것을요. 사막의 뜨거운 모래바람이 모든 것을 뒤덮어도 제

카라반은 무사했습니다. 폭풍우로 해안에 난파선이 쌓여도 제 선박들은 오히려 빨리 항구에 도착했죠. 가장 기이한 것은, 제가 시체처럼 한 곳에 붙어 앉아 다른 사람들에게 다 의존하는데도 대리인으로 인해 손해 본 적이 없다는 겁니다. 전혀. 여러 가지가 저를 도왔고, 하인들도 모두 믿음직했습니다."

"아주 기이한 일이군요."

벤허가 말했다.

"저도 계속 그렇게 말했지요. 결국 저는 그 안에서 하느님이 계셨다고, 주인님과 똑같은 견해에 이르렀고 똑같이 자문했습니다. 주님의 목적이 무엇일까? 지혜는 헛되이 쓰이지 않는 법. 더군다나 하느님의 지혜에는 분명히 목적이 있지요. 오랜 세월 그 질문을 가슴에 안고 살면서 해답을 구했습니다. 주님이 함께 계시다면 언젠가 때가 이르렀을 때 주님의 방식으로 목적을 보여주시리라 믿었습니다. 언덕 위의 하얀 집처럼 분명하게 보여주시리라고. 저는 지금 하느님이 그렇게 하셨다고 믿습니다."

벤허는 온 신경을 집중해서 들었다.

"감람산의 아침처럼 아름다운 에스더야, 오래전, 네 어머니가 아직 내 곁에 있을 때였단다. 예루살렘 북쪽, 왕릉 근처의 길가에 앉아 있는데, 예루살렘에서조차 본 적 없는 근사한 흰 낙타를 탄 세 사람이 지나갔지요. 첫 번째 사람이 멈추어서 제게 묻더군요. '유대인의 왕으로 태어나신 분이 어디 계십니까?' 제 놀란 마음을 다독이듯 이렇게 덧붙였습니다. '우리는 동방에서 그의 별을 보고 그분께 경배를 드리러 왔습니다.' 저는 이해할 수 없었지만 그들을 따라서 다메섹 문으로 갔습니다. 그들은 가는 길에 만나는 모든 사람에게, 심지어 성문을 경비하는 로마 병사까지 붙잡고 똑같은 질문을 던졌습니다. 모두 저처럼 어리둥절했지요. 당시 구세주의 전조에 대한 말이 많았는데 저는 그런 상황을 잊고 있었거든요. 아쉬워라, 아쉬워! 우리는, 가장 현명한 이들까지도 참 어리지요! 하느님이 세상을 거니실 때 걸음 간격이 수 세기인 경우도 많으니. 발타사르 님을 만나셨습니까?"

"그분에게 이야기를 들었습니다."

벤허가 말했다. 시모니데스가 외쳤다.

"기적이지요! 정말 기적입니다! 주인님, 저는 그분의 이야기를 들으면서 오랫동안 기다린 해답을 얻은 듯했습니다. 하느님의 목적이 제게 펼쳐진 것이지요. 왕은 가난하게 오실 겁니다. 가난하고, 친구도 없이, 추종자도 없이, 군대도 없이, 도시나 성도 없이. 왕국이 세워지고 로마는 사그라들어 없어질 겁니다. 보십시오, 보세요, 주인님! 주인님은 힘이 넘치고 무술 훈련을 받으셨고 넘치는 부를 가지셨습니다. 주님이 주인님에게 보내신 기회를 보십시오! 하느님의 목적이 주인님의 목적이 아니겠습니까? 사람이 이 이상 완벽한 영광을 타고날 수 있겠습니까?"

시모니데스는 온 힘을 다해 호소했다.

벤허가 힘있게 대답했다.

"하지만 왕국, 왕국은 어쩌고요! 발타사르 님은 그 왕국은 영혼들의 왕국이라고 말씀하셨습니다."

시모니데스는 유대인의 자긍심이 강한 사람이어서, 입매가 경멸조로 살짝 올라갔다.

"발타사르 님은 경이로운 일들, 기적들을 목격했죠, 주인님. 저도 그분의 말을 믿습니다, 그분이 직접 보고 들은 일들을요. 하지만 그는 미스라임*의 자손이고 개종자도 아닙니다. 주님이 우리 이스라엘을 역사하시는 문제에 대해서는 잘 알지 못하지요. 발타사르 님도 선지자들처럼 하늘에서 직접 빛을 받았지요. 하지만 그는 한 명이고 선지자들은 여럿이지요. 또 여호와는 영원토록 똑같고요. 저는 선지자들을 믿을 수밖에 없습니다. 내게 토라**를 가져오너라, 에스더."

그는 딸을 기다리지 않고 말을 이었다.

"민족 전체의 증언을 경시하시겠습니까, 주인님? 북쪽 해안도시 티레부터 남쪽 사막의 에돔의 도시까지 셰마를 읊조리거나 성전에서 적선하거나 유월절의 양고기를 먹어본 사람이라면, 왕이 언약의 자손인 우리를 위해 와서 세울 왕국이 바로 이런 세상이라고 말할 겁니다. 조상 다윗의 왕국과 비슷하다고 말입니다. 그런 믿음이 어디서 오느냐고요? 이제 찾아보도록 하지요!"

에스더는 고풍스러운 금색 글자가 찍힌 진갈색 마직물에 곱게 싸인 두루마리를 여럿 가져왔다.

"아가, 가지고 있다가 내가 달라고 하면 넘겨주렴."

아버지는 딸을 대할 때면 늘 한결 말투가 부드러워졌다. 시모니데스가 다시 벤허에게 말을 이었다.

---

* 노아의 자손으로, 이집트의 조상이다.
** 유대교 율법. 넓게는 구약성서, 좁게는 〈모세 5경〉을 의미한다.

"선지자들 이후 신의 섭리 안에 거했던 성자들의 이름도 너무 많아서 다 말하기 어렵지요. 그들은 선지자들보다는 은총을 덜 입었지만, 바빌론의 유수* 이후 글을 쓴 선각자들이고 가르침을 준 설교자들입니다. 〈말라기**〉에서 빛을 빌린 현자들입니다. 위대한 힐렐이니 샴마이니 하는 이름으로 대학들에서 끊임없이 언급됩니다.

그들이 왕국에 대해 뭐라고 말하는지 아십니까? 〈에녹〉서에서 양떼의 주인에 대해 이렇게 말합니다. '양들의 주인은 누구인가? 우리가 말하는 왕이 아니면 누구겠는가? 그의 왕좌가 세워지리니, 그가 땅을 내려치면 다른 왕들이 왕좌에서 굴러떨어지고, 이스라엘의 재앙들이 불기둥이 타오르는 불의 동굴로 쏟아져 들어간다.'

또 솔로몬의 〈시편〉의 가인은 노래합니다. '보십시오, 주여. 당신이 아시는 때에 이스라엘에 그들의 왕, 다윗의 아들을 올리사, 오, 하느님, 당신의 자녀들인 이스라엘을 다스리게 하소서…… 이교도 족속들도 그의 굴레를 메고 섬기게 하시고…… 그가 하느님을 배운 고결한 왕이 되게 하소서…… 그가 영원토록 입에서 나오는 말로 모든 땅을 다스릴지어다.'

제2의 모세인 에즈라가 밤의 환상들을 보고 한 이야기도 중요합니다. 그에게 독수리(로마)를 꾸짖은 인간 목소리를 가진 사자가 누구인지 물어보십시오. '너희는 거짓말쟁이로 살아왔고, 근면한 이들의 성들을 부수고 성벽을 무너뜨렸다. 그들은 아무런 해도 입히지

---

* 기원전 6세기 경 유다 왕국 멸망 후 유대민족이 바빌론에 억류된 약 50년의 기간.
** 소예언자 이름을 딴 구약 12권 중 마지막 서.

않았는데. 그러니 썩 물러가라. 그 땅이 새로워지고 제 모습을 복구할 것이며, 정의와 그것을 지으신 이에 대한 믿음 안에서 희망을 가지리니.' 그때부터 독수리는 싹 자취를 감췄습니다.

아, 주인님, 이들의 증언만으로 충분하지 않습니까! 그러나 이왕 봇물이 터진 김에 더 살펴보지요. 에스더, 포도주와 토라를 다오."

그가 포도주를 마시고 나서 물었다.

"선지자들을 믿으십니까, 주인님? 당연히 그러시겠죠. 그게 유대의 신앙이니. 에스더, 이사야의 환상이 담긴 경전을 다오."

시모니데스는 딸이 펼쳐준 두루마리를 받았다.

"'흑암에 행하던 백성이 큰 빛을 보고 사망의 그늘진 땅에 거주하던 자에게 빛이 비치도다…… 한 아기가 우리에게 났고 한 아들을 우리에게 주신 바 되었는데, 그의 어깨에 왕좌가 놓였고…… 평강의 더함이 무궁하며 또 다윗의 왕좌와 그의 나라에 군림하여 그 나라를 굳게 세우고 지금 이후로 영원히 정의와 공의로 보존하실 것이라.'* 자, 에스더야. 미가에게 오신 주님의 말씀을 보자."

에스더가 아버지가 청한 두루마리를 건넸다.

시모니데스가 읽기 시작했다.

"'베들레헴 에브라다야, 너는 유대 족속 중에 작을지라도 이스라엘을 다스릴 자가 네게서 내게로 나올 것이라.'** 이것이 바로 발타사르 님이 동굴에서 보고 경배한 그 아기입니다. 선지자들을 믿으십

---

* 이사야서 9장
** 미가서 5장 2절

니까, 주인님? 에스더야, 예레미야 말씀을 건네다오."

그가 두루마리를 받아서 아까처럼 낭독했다.

"'보라, 때가 이르리니, 내가 다윗에게 한 의로운 가지를 일으킬 것이라, 그가 왕이 되어 지혜롭게 다스리며 세상에서 정의와 공의를 행할 것이며, 그의 날에 유다는 구원을 받겠고 이스라엘은 평안히 살 것이며.'* 그는 왕으로서 다스릴 겁니다. 왕으로서, 주인님! 선지자들을 믿으십니까? 이제, 딸아. 흠결이 없던 그 유다의 아들의 말을 살펴보자."

에스더가 〈다니엘〉서를 건네주었다.

"들어보십시오, 주인님. '내가 또 밤 환상 중에 보니 인자 같은 이가 하늘 구름을 타고 와서…… 그에게 권세와 영광과 나라를 주고, 모든 백성과 나라들과 다른 언어를 말하는 모든 자들이 그를 섬기게 하였으니, 그의 권세는 소멸되지 아니하는 영원한 권세요, 그의 나라는 멸망하지 아니할 것이라.'** 선지자들을 믿으십니까, 주인님?"

"그만하면 충분합니다. 믿습니다."

벤허가 외쳤다. 시모니데스가 물었다.

"그러면 어쩌시렵니까? 왕이 가난하게 오시면, 부자인 내 주인께서 그분에게 도움을 주셔야 하지 않습니까?"

"마지막 한 푼, 마지막 호흡까지 전부 드릴 겁니다. 그런데 왜 그가 가난하게 오신다고 말하십니까?"

---

* 예레미야 23장 5~6절
** 다니엘서 7장 13~14절

"에스더야, 스가랴에게 내리신 주님의 말씀을 내게 다오."

그녀는 두루마리 하나를 아버지에게 주었다.

"왕이 어떻게 예루살렘에 입성하실지 들어 보세요. '시온의 딸아 크게 기뻐할지어다…… 보라 네 왕이 네게 임하시나니 그는 공의로 우시며 구원을 베푸시며, 겸손하여서 나귀를 타시나니 나귀의 작은 것 곧 나귀 새끼니라.'*"

벤허가 시선을 돌렸다.

"무엇이 보이십니까, 주인님?"

벤허가 침울하게 대답했다.

"로마, 로마의 부대들……. 나는 그들의 병영에서 그들과 살아왔어요. 난 그들을 압니다."

"아! 주인님은 왕의 수백만 대군을 골라서 지휘하실 겁니다."

"수백만!"

벤허가 외쳤다. 시모니데스는 잠시 생각에 잠겼다가 입을 열었다.

"병력에 대한 의문으로 고민하지 마십시오."

벤허는 의아해서 시모니데스를 응시했다.

"주인님은 겸손한 모습으로 백성에게 오시는 왕을 머릿속에 그리십니다. 한쪽에서는 번지르르한 로마 황제의 군대를 보셨으니 '그렇게 무력하게 오는 이가 무엇을 하실 수 있을까?' 되묻지 않을 수 없으시겠죠."

"바로 그 생각을 했습니다."

* 스가랴 9장 9~10절

476

"아, 주인님! 우리 이스라엘이 얼마나 강한지 모르시는군요. 이스라엘을 바빌론 강가에서 흐느끼는 애처로운 노인으로 여기시네요. 다음 유월절에 예루살렘에 올라가서, 경기장이나 저잣거리에 서서 그 모습을 지켜보십시오. 야곱이 밧단아람에서 나올 때 자손이 번성하리라는 하느님의 약속대로, 우리 민족은 계속 많아졌습니다. 심지어 포로 시절에도 늘어났지요. 이집트의 발밑에서도 증가했고, 로마의 손아귀에서도 더욱더 많아졌지요. 이제 그들은 '나라와 나라들'이 되었습니다. 그뿐만 아니라 사실 이스라엘의 능력을 재려면(사실 왕이 무엇을 할 수 있는지를 가늠하는 일인데) 자연적인 증가 외에 신앙의 포교까지 합해야 합니다. 그렇게 가늠하면 가까이에서부터 멀리까지, 세상 전체에 퍼져 있어요. 예루살렘을 이스라엘로 여기는 경향이 있는데, 그건 수를 놓은 작은 조각만을 황제의 옷이라고 말하는 것과 같습니다. 예루살렘은 성전의 주춧돌, 혹은 몸속의 심장이지 전체가 아닙니다. 로마가 막강하다지만, 눈을 돌려 '이스라엘아 너희의 장막으로 돌아가라!*'는 오래전의 경고를 기다리는 신자 무리를 세어 보십시오. 페르시아에 남은 자들, 귀환하지 않기로 택한 이들의 자손들을 합해 보세요. 이집트와 더 먼 아프리카의 시장들을 다니는 형제들, 서방의 론디니움과 스페인의 장터에서 교역하는 이들. 그리스와 인근 섬들, 폰토스와 이곳 안디옥에 사는 순수 혈통의 유대인들과 개종자들. 그러고 보니 로마의 더러운 벽 그림자 속에 누워 있는, *그* 저주 받은 도시의 사람들도 있군요. 나일 강 너머의 사막들뿐

* 열왕기상 12장 16절

만 아니라 우리 옆 사막들에 줄줄이 있는 천막 속 사람들. 카스피 해 건너편 지역, 곡Gog과 마곡Magog의 옛 땅에 사는 이들. 하느님께 감사하며 매년 성전에 제물을 바치는 이들도 따로 합해야 합니다. 그렇게 그 수를 다 헤아리려 기다리는 병사들의 조사가 끝납니다! 아, 그제서야 비로소 '세상에서(시온뿐만 아니라 로마에서) 정의와 공의를 행할' 분을 위해 왕국이 세워질 준비가 끝납니다. 그러면 이스라엘이 할 수 있는 일은 곧 왕이 할 수 있는 일이라는 답이 나옵니다."

열렬한 토로였다. 일데림에게 이 연설은 나팔 소리와 같았다. 족장이 벌떡 일어나며 외쳤다.

"내가 젊음을 되찾을 수 있다면!"

벤허는 차분히 앉아 있었다. 시모니데스의 연설은 벤허에게 인생과 재산을 '미지의 존재'에게 바치라는 초대였다. 독실한 이집트인 현자와 시모니데스는 그 인물을 희망의 핵으로 삼았다. 새로운 주장이 아니라, 벤허에게 거듭해서 제시된 개념이다. 다프네 숲에서 말루크의 이야기를 들을 때, 발타사르가 왕국에 대한 견해를 말했을 때, 일루크의 농원을 거닐 때, 명확하지는 않았지만 제법 또렷이 대두되었다. 그 생각이 나타났다 사라질 때면 예리한 느낌이 수반되었다. 그런데 지금은 달랐다. 현자가 일을 떠맡아서 일을 진척시켜 놓았다. 그는 이미 가능성과 무한한 성스러움으로 빛나는 대의명분을 일구어냈다. 이전까지 보이지 않던 문이 불쑥 열려서 벤허에게 빛을 쏟아내는 것 같은 효과가 일어났다. 그가 품었던 완벽한 꿈을 이루는 데 공헌하게 했다. 그 공헌은 미래로 이어지고, 완수한 일에 대한 보상과 그의 야심을 달래고 만족시킬 상으로 넘쳐날 터였다. 약간의 노력이 더 필요했다. 벤허가 말했다.

"왕이 오시고, 그의 왕국이 솔로몬의 왕국과 같으리라는 당신의 말에 동의합니다, 시모니데스여. 왕과 그분의 대의명분에 저 자신과 재산 전부를 드릴 준비가 되어 있습니다. 더욱이 제 인생역정과 당신이 단기간에 거둔 엄청난 재산 증식에 신의 목적이 있었음이 확실하니까요. 그러면 이제 어떻게 할까요? 장님이 코끼리를 더듬듯 해나가나요? 기다릴까요, 왕이 오실 때까지? 아니면 그가 우리를 부르러 보내실 때까지? 당신은 오랜 세월과 경험을 가진 분입니다. 제게 지혜를 주세요."

시모니데스가 즉시 대답했다.

"우리에게는 선택권이 없습니다, 전혀 없습니다. 이 편지가⋯⋯."

그가 메살라의 편지를 꺼내 보였다.

"행동하라는 신호입니다. 우리는 메살라와 그라투스의 연합전선에 맞수가 되지 못합니다. 로마에 영향력도 없고 이곳에 병력도 없으니까요. 앉아서 기다리고 있다가는 저들이 주인님을 죽일 겁니다. 저들이 얼마나 잔인한지는 저를 보고 판단하십시오."

그는 무시무시한 기억이 떠올라 몸을 떨었다. 시모니데스가 마음을 다잡으면서 말을 이었다.

"주인님, 얼마나 강인하신지요? 이 목적에 있어서 말입니다."

벤허는 무슨 말인지 알아듣지 못했다.

시모니데스가 다시 말했다.

"젊은 시절 제게 세상이 얼마나 재미났는지 기억합니다."

"하지만 당신은 엄청난 희생을 감수했지요."

"그랬지요, 사랑을 위해서."

"인생에서 그보다 강한 동기가 있을까요?"

시모니데스가 고개를 저었다.

"야망도 있습니다."

"이스라엘의 자손은 야망을 품을 수 없습니다."

"그렇다면 복수는 어떻습니까?"

활활 타오를 격정에 불꽃이 떨어졌다. 벤허의 눈이 번쩍거리고 손이 떨렸다. 그가 냉큼 대답했다.

"복수는 유대인의 권리입니다. 그게 율법이지요."

"낙타도, 심지어 개도 억울한 학대는 잊지 않습니다."

일데림이 말했다. 시모니데스는 생각한 바를 이어서 말했다.

"왕을 위해 할 일이 있고, 그분이 오시기 전에 그 일은 완수되어야 합니다. 이스라엘이 왕의 오른팔이 되리란 데는 의심의 여지가 없습니다. 하지만 아쉽게도 그것은 전쟁에 숙련되지 않은 평화로운 팔입니다! 수백만 명 가운데 훈련된 자도 없고 사령관도 없습니다. 헤롯에게 고용된 병사들이야 우리를 짓밟을 자들이니 우리 병력이 아니지요. 현재는 모든 게 로마인들이 의도한 대로입니다. 로마의 정책은 폭정으로 풍성한 결실을 맺었지요.

하지만 변화의 시대가 도래하면 목자가 갑옷을 입고 창과 검을 들 겁니다. 가축들은 사나운 사자들로 변할 겁니다. 누군가 왕의 오른편 자리에 있어야 될 것입니다. 이 일을 가장 잘 해낼 사람이 누구겠습니까?"

벤허의 얼굴이 상기되었다.

"그렇지요. 하지만 더 명료하게 말해 주십시오. 완수할 일이 있는 것과 그 일을 어떻게 하느냐는 다른 얘기입니다."

시모니데스는 에스더가 가져온 포도주를 홀짝이고 나서 답했다.

"족장님과 주인님은 각자의 분야에서 수장이 되십시오. 저는 여기 남아서 지금처럼 일을 하며 밑천이 고갈되지 않게 살피겠습니다. 주인님은 예루살렘으로 갔다가 거기서 광야로 가서 이스라엘 전사들을 모으십시오. 그들을 수십 명, 수백 명씩 묶고 지휘관들을 선택해서 훈련시키세요. 은신처에 무기를 차곡차곡 모으고요. 무기류는 제가 계속 공급할 테니. 페레아를 출발해서 갈릴리로 가면, 거기서 예루살렘까지는 금방입니다. 페레아 뒤쪽은 사막이고 일데림 족장님이 손닿는 곳에 가까이 계실 겁니다. 족장께서 도로들을 지키니까 누구도 주인님을 해하지 못합니다.

때가 무르익을 때까지 여기서 결의한 내용은 아무도 몰라야 됩니다. 저는 그저 종으로서 약속드립니다. 족장님과는 이미 나눈 이야기입니다. 한 말씀 하시겠습니까?"

벤허가 족장을 보았다. 아랍인이 대답했다.

"시모니데스 님의 말씀대로입니다, 벤허 님. 저도 약속했고 시모니데스 님도 만족하십니다. 지금 저와 제 부족의 능력 등 뭐든 도움이 될 것을 드리겠노라 당신께 다시 한번 맹세합니다."

세 사람(시모니데스, 일데림, 에스더)의 시선이 벤허에게 쏠렸다.

그가 대답했다. 처음에는 서글픈 목소리였다.

"누구나 도락이 철철 넘치는 잔을 가졌고, 조만간 그 잔을 손에 들고 맛보고 들이킵니다. 하지만 제게는 허락되지 않았지요. 알겠습니다, 시모니데스 님, 그리고 관대하신 족장님! 그 제안이 어디로 향하는지 잘 알았습니다. 제안을 수용하고 그 길에 오르면 평화나, 그것을 둘러싼 모든 소망들과는 작별이겠지요. 여유로운 삶의 문은 이제 등 뒤로 닫혀서 다시는 열리지 않겠지요. 로마가 모두 지키고 있으니까요. 로마는 저를 추방할 거고 추적꾼들이 저를 쫓을 겁니다. 그러니 도시들 인근 무덤과 외진 언덕들의 황량한 동굴에서 굳은 빵을 먹고 잠을 청해야 될 겁니다."

흐느끼는 소리에 벤허의 말이 끊겼다. 에스더였다. 그녀가 아버지의 어깨에 얼굴을 파묻었다.

"너를 배려하지 못했구나, 에스더."

시모니데스가 마음이 아려서 다정하게 말했다.

벤허가 말했다.

"좋은데요, 시모니데스 님. 안쓰러워해 주는 마음이 있다는 걸 아니 가혹한 운명이 덜 힘들게 느껴집니다. 계속 말하겠습니다."

다들 다시 그의 말에 귀를 기울였다.

"이런 말을 할 참이었습니다. 제게는 당신의 제안에 참여하는 것 말고는 선택의 여지가 없습니다. 여기 남아 있는다 해도 비참한 죽음과 마주칠 테죠. 당장 일에 착수하겠습니다."

"문서로 남겨야 될까요?"

시모니데스가 몸에 밴 상인의 습관으로 물었다.

"당신의 말이면 충분합니다."

벤허가 말했다.

"저도 그렇습니다."

일데림이 대답했다.

거의 동시에 벤허가 말했다.

"그러면 얘기가 된 겁니다."

벤허의 삶을 바꿀 협정은 이렇게 간단히 성사되었다.

시모니데스가 외쳤다.

"아브라함의 신이 우리를 도우시기를!"

벤허가 이전보다는 활기있게 말했다.

"친구들이여, 한 가지만 더! 경기가 끝날 때까지만 이대로 지내는 것을 양해해 주시기 바랍니다. 메살라는 총독의 답장이 오기 전까지는 제게 위해를 가하지 않을 겁니다. 답장은 최소 7일은 걸릴 테고요. 메살라와 경기장에서 승부를 내는 것은 제가 어떤 위험을 무릅쓰고라도 지키고 싶은 즐거움입니다."

일데림은 흡족해서 얼른 동의했다.

시모니데스는 계산을 해 보며 대답했다.

"좋습니다. 일정이 늦어질수록 제가 주인님에게 득이 될 일을 할 짬이 생기니까요. 아리우스에게 상속받은 재산이 있다고 하셨는데, 부동산입니까?"

"미세눔 인근의 저택 한 채와 로마에 집 몇 채가 있습니다."

"그렇다면 부동산을 팔아서 대금을 안전하게 보관합시다. 내역서를 보여주시면, 제가 위임장을 작성해서 대리인을 보내 거래를 성사시키겠습니다. 이번에는 로마의 도둑들을 미연에 방지해야죠."

"내일 내역서를 드리죠."

"이제 더 하실 이야기가 없으면 오늘 밤은 이만 마무리하시지요."

시모니데스가 말했다.

일데림은 느긋하게 수염을 쓰다듬으면서 말했다.

"일이 잘됐습니다."

"빵과 포도주를 다시 내오너라, 에스더. 일데림 족장께서 내일 혹은 원하시는 만큼 여기서 지내며 우리를 기쁘게 하실 거다. 주인님께서는……."

벤허가 대답했다.

"말들을 데려와 주십시오. 농원으로 돌아가겠습니다. 지금 가면 적은 저를 발견하지 못할 테고……."

그는 일데림을 힐끗 쳐다보았다.

"말들이 저를 보면 반가워할 겁니다."

새벽이 밝아올 때, 그와 말루크는 천막 문에 도착했다.

9

다음 날 밤, 큰 창고의 옥상 테라스에 벤허와 에스더가 나란히 서 있었다. 아래쪽 부둣가는 짐 꾸러미들과 상자들을 옮기느라 부산했다. 횃불을 밝혀 놓고 몸을 숙여 짐을 이리저리 끌어당기며 소리치는 사내들은 동방의 환상적인 이야기에 나오는 일하는 신령들 같았다. 갤리선 한 척이 출항 준비에 한창이었다. 시모니데스는 아직 사무실에서 나오지 않았다. 마지막 순간에 나와서 선장에게, 곧장 오스티아(로마의 항구)로 가서 승객을 한 명 내려준 후에 천천히 발렌티아(스페인 해안도시)로 가라고 지시할 참이었다.

그 승객은 바로 아리우스의 유산을 처분할 대행인이다. 뱃줄이 풀리고 배가 항해를 시작하면, 벤허는 전날 밤의 약조를 번복하지 못하게 된다. 언약을 철회할 시간이 아직은 남아 있었다. 그가 주인이니 그렇게 말하기만 하면 된다.

그 순간 벤허는 무슨 생각을 했을까. 그는 고심하는 사내처럼 가슴에 팔짱을 끼고 서서 선창가를 내려다보았다. 젊고 잘생긴 부자에 최근까지 로마의 상류 귀족사회에서 살았으니, 성가신 의무나 불법적인 위험한 야망에 괜시리 끼어들지 말자는 생각에 빠지기도 쉬웠다. 심지어 그를 짓누르고 있을 말들도 연상된다. 황제와의 가망 없는 실랑이, 베일에 싸인 의문의 왕과 그의 도래와 관련된 불확실성, 안락한 삶, 명예, 신분, 시장에서 살 수 있는 호화로운 사치품들……무엇보다도 단란한 가정을 꾸리고 친구들과 소소한 즐거움을 누리고픈 기대가 가장 컸으리라. 그것에 얼마나 마음을 혹하는지는 오래 쓸쓸히 떠돈 사람들만 알 것이다.

거기에 이것까지 덧붙여서 생각해 보자. 세상은 늘 그 자체로 교활하다. 약자들에게 늘 속삭인다. 그냥 있어, 편안하게 지내. 그러면 인생이 얼마나 눈부시게 아름다운데. 지금은 곁의 에스더가 세상의 유혹을 더 부추겼다.

"로마에 가 봤소?"

벤허가 물었다.

"아니요."

에스더가 대답했다.

"가 보고 싶소?"

"아니요."

"어째서?"

"저는 로마가 두려워요."

그녀의 목소리가 심하게 떨렸다.

벤허가 그녀를 쳐다보았다. 아니, 내려다보았다. 곁에 선 그녀는 아이 같았다. 흐릿한 불빛 속에서 에스더의 얼굴은 또렷하게 보이지 않았고, 몸매도 그림자처럼 보였다. 하지만 벤허는 또 다시 티르자를 연상했고 애틋한 마음이 들었다. 그라투스에게 사고가 일어난 그 아침, 옥상에 누이와 나란히 서 있는 기분이었다. 가여운 티르자! 지금 그 아이는 어디 있을까? 누이가 떠올라서 벤허는 에스더가 종으로서 하대하지 않았다. 오히려 에스더가 종이기 때문에 늘 그녀에게 더 큰 배려와 친절을 베풀게 되었다.

에스더는 목소리를 되찾고 나긋나긋 여성스럽게 말을 이었다.

"제게 로마는 궁전과 사원과 사람들로 북적이는 도시가 아니에요. 아름다운 땅으로 사람들을 유혹해서 파멸과 죽음으로 몰아가는 괴물이지요. 저항할 수 없는 괴물, 피를 들이키는 탐욕스러운 맹수. 왜……."

에스더가 눈을 내리깔면서 머뭇거렸다.

벤허가 달래듯 말했다.

"계속하시오."

에스더는 그에게 다가서며 올려다보았다.

"왜 로마를 주인님의 적으로 삼으셔야만 하나요? 로마와 화해하고 쉬시면 왜 안 되나요? 주인님은 많은 고초를 겪고 견뎌 오셨어요. 적들이 놓은 올가미들에서 간신히 살아나셨어요. 슬픔이 주인님의 청춘을 갉아먹었지요. 그런데 남은 생애까지 슬픔에 젖어 사는 게 좋은 일일까요?"

호소가 이어지는 사이, 소녀 같은 얼굴이 그에게 더 가까이 다가오면서 더 희어지는 것 같았다. 벤허는 그 얼굴 쪽으로 몸을 굽히고 다정하게 물었다.

"내가 어떻게 할까요, 에스더?"

그녀는 잠시 망설이다가 도로 물었다.

"로마 인근의 부동산은 주택인가요?"

"그렇소."

"멋지고요?"

"아름답소. 정원들과 조개가 박힌 보도들 사이에 있는 저택이고, 안팎으로 분수들이 있고, 그늘진 구석구석에 조각상들도 있어요. 주변 언덕들에는 포도덩굴이 가득해요. 또 지대가 아주 높아서 네아폴리스와 베수비우스 산이 한눈에 들어오고, 보랏빛 도는 파란 바다에는 돛들이 점점이 넘실대고. 인근에 황제의 별장도 있는데, 로마에서 다들 아리우스의 저택이 가장 예쁘다고 하지."

"그러면 그곳 생활은 조용한가요?"

"손님들이 올 때 말고는 여름날이나 달빛 내리는 밤은 그렇게 조용할 수 없지요. 지금 주인이 집을 비워 난 여기 있으니, 정적을 깰 게 아무것도 없겠군. 아무것도. 그저 하인들 소곤대는 소리나 명랑한 새들의 휘파람 소리, 분수물 떨어지는 소리만 들릴 테지. 때 되면 꽃이 시들어 떨어지고, 새 꽃이 봉오리를 맺고 피어나고, 지나가는 구름의 그림자에 햇살이 가려지고, 그런 거 말고는 아무 변화도 일어나지 않아요. 에스더, 그 생활은 내게는 지나치게 조용했어요. 할 일 많은 내가, 비단줄로 나를 묶고 나태한 습관에 빠져 지낸다는 기분이 들어서 늘 마음이 불편했지요. 얼마 후에, 별로 그리 오래지 않은 미래에 아무것도 못 하고 생을 마감할 것만 같아서."

에스더가 강으로 눈을 돌렸다.

"그걸 왜 물었지?"

"주인님⋯⋯."

"아니, 에스더, 그러지 말아요. 나를 친구로 불러요. 원하면 오빠로 불러도 좋고. 난 그대의 주인이 아니고, 앞으로도 그럴 거요. 나를 오빠라고 불러요."

벤허는 기쁨으로 붉게 물드는 그녀의 얼굴을 보지 못했다. 그녀의 반짝이는 눈은 강 위의 허공으로 향했다. 에스더가 대답했다.

"저는 이해가 되지 않아요. 당신이 그 삶을 선호하시는지. 원하시는 삶이, 삶이⋯⋯."

"왜 폭력적인 삶인지. 왜 피로 얼룩진 삶인지."

벤허가 문장을 마무리했다.

"네, 아름다운 저택에서의 삶보다 그런 삶을 더 선호하세요?"

"에스더, 잘못 알고 있군요. 선호하는 게 아녜요. 안타깝게도, 그 로마인은 전혀 너그럽지 않거든요. 나는 가야만 해서 가는 거예요. 여기 있다가는 죽고 말아요. 이제는 로마로 돌아가도 똑같은 결말일 거예요. 독배를 마시든가 자객의 칼을 받든가, 아니면 위증을 앞세운 판관의 판결을 받겠죠. 메살라와 그라투스 총독은 내 아버지의 재산을 강탈해서 부자가 되었으니, 지금 그들은 애초에 재산을 몰수한 것보다 그것을 지키는 게 훨씬 더 중요하지요. 평화로운 타협은 불가능해요. 그건 그들이 죄를 자백한다는 의미니까.

그런데, 아, 에스더. 만약 내가 그들을 매수할 수 있다 해도 나는 그러지 않을 거예요. 나는 평온해질 수 있다고 믿지 않아요. 그래요, 지난 5년간 고풍스런 저택의 대리석 현관 앞에서 나른한 그늘과 향긋한 공기를 맛보면서도 평온하지 않았지요. 내가 세월의 짐을 감당하게 도와줄 이가 있었다 한들, 그녀가 사랑의 인내심을 갖고 노력했다 한들 소용없었을 거예요. 어머니와 티르자의 행방을 모르는 한 평온할 수 없어요. 그들을 찾아야 해요. 그들이 고통 당한 만큼 죄인들에게 벌을 줘야 하지 않을까요? 가족이 폭력을 당해 죽었다면, 살해자들을 도망가게 놔둬야 될까요? 아니, 난 꿈 때문에 잠을 이룰 수가 없었지요! 아무리 성스러운 사랑도, 양심이 옭아매지 않는 휴식 속으로 날 끌어들이지 못했어요."

"그 정도로 심각한가요? 어떤 조치도, 아무것도 소용이 없나요?"

에스더가 감정에 겨워 떨리는 소리로 물었다.

벤허가 그녀의 손을 잡았다.

"내가 그렇게 걱정되나요?"

"네."

그녀가 간단히 대답했다.

손이 따뜻했고, 그의 손에 쏙 잡혔다. 그녀의 손이 떨리는 게 느껴졌다. 이집트 여인이 떠올랐다. 이 가녀린 아가씨와 정반대인 여인. 아주 큰 키에, 아주 대담하고, 교묘하게 비위를 맞추고, 재치 있고. 놀랍고 매력적인 태도를 가진 미인. 그는 에스더의 손을 입술로 가져갔다가 제자리로 돌려놓았다.

"당신은 내게 또 하나의 티르자예요, 에스더."

"티르자가 누구인데요?"

"그 로마인이 내게서 빼앗아간 누이동생. 나는 그 아이를 찾기 전에는 쉴 수도, 행복할 수도 없어요."

그때 테라스를 가로질러서 불빛이 나와 두 사람을 비추었다. 뒤돌아 보니, 시모니데스가 하인이 밀어주는 의자에 앉아서 문에서 나오고 있었다. 두 사람은 상인에게 다가갔고, 이후 시모니데스를 중심으로 대화가 오갔다.

곧 갤리선의 뱃줄이 풀리자 배가 빙그르르 돌았고, 횃불들과 활기찬 선원들의 고함 속에서 바다로 나갔다. 이제 벤허는 오실 왕의 대의에 헌신하게 되었다.

10

경기 전날 오후, 일데림의 경주 참가 행렬이 시내로 향해 경주장 인근에 자리 잡았다. 족장은 경주와 관계없는 것들까지 옮겼다. 종들, 말에 탄 무장한 수하들, 말들을 따라가는 소 떼, 짐을 잔뜩 실은 낙타들까지. 농원을 떠나는 행렬은 부족의 이주와 다를 바 없었다. 행인들이 뒤죽박죽 행렬을 보고 웃었지만, 불같은 성정의 족장이 웬일인지 전혀 성내지 않았다. 의당 감시를 받고 있을 테니, 밀고자가 '일데림 족장이 야만족 무리나 다름없는 집단을 몰고 경기장으로 가더라' 하고 보고했을 것이다. 전 로마인들이 깔깔대고 도시가 재미있어 하겠지.

바로 그것이 일데림의 노림수였다. 다음 날 아침이면 행렬은 먼 사막까지 나가 있을 테니까. 농원의 값나가는 것들 중 옮길 수 있는 것은 전부 챙겼다. (말 네 필의 승리에 필요한 것들만 빼고.) 천막들을 모두 철거해서 이제 천막촌은 없었다. 12시간만 지나면 누가 알아채도 쫓아오지 못할 터였다. 사람이 비웃음을 받을 때야말로 가장 안전한 때고, 빈틈없는 아랍 노인은 그걸 잘 알았다.

일데림이나 벤허나 메살라의 영향력을 아주 크게 보지는 않았다. 그가 경기장에서 맞붙을 때까지는 적극적인 조치를 개시하지 않을 거라는 게 두 사람의 공통된 견해였다. 하지만 경주에서 지면, 특히 벤허에게 패하면 즉각 최악의 보복 조치들이 실행될 것이라는 점에도 두 사람이 동의했다. 심지어 그라투스의 조언도 기다리지 않으리라 짐작했다. 그래서 해를 당하지 않도록 미리 대비를 한 것이다. 이제 그들은 내일의 성공을 차분히 확신하면서 활기차게 말을 달렸다.

도중에서 말루크가 그들을 기다리고 있었다. 충직한 말루크는, 벤허와 시모니데스의 관계나 그들과 일데림 간의 언약을 안다고 짐작할 만한 내색을 전혀 하지 않았다. 그는 평소처럼 인사를 주고받은 후 종이를 꺼내서 족장에게 보여 주었다.

"방금 발행된 경기 주관자의 공보입니다. 족장님 말들의 참가가 공표되어 있습니다. 행사 순서도 나와 있을 겁니다. 족장님, 기다릴 것도 없이 승리를 축하드립니다."

말루크는 일데림이 종이를 살펴 보는 동안 벤허에게로 고개를 돌렸다.

"아리우스 도련님께도 축하를 전합니다. 이제 메살라와의 조우를 막는 것은 아무것도 없습니다. 경주의 사전 준비도 마쳤습니다. 제가 주관자에게 직접 확답을 받았습니다."

"고맙습니다, 말루크."

말루크가 계속 설명했다.

"우리는 흰색이고 메살라는 진홍색과 금색이 섞인 색깔입니다. 선택의 효과가 벌써 눈에 보입니다. 지금 사내애들이 거리마다 돌아다니면서 흰 끈을 팔고 있습니다. 내일 안디옥의 모든 아랍인과 유대인이 흰 끈을 두를 겁니다. 경기장 관중석이 흰색과 붉은색으로 선명하게 나뉠 겁니다."

"관중석은 그렇겠지만, 중앙문 위쪽 특별석은 아니겠죠."

"그렇죠, 거기야 진홍색과 금색이 즐비하겠죠. 하지만 우리가 승리하면……."

말루크는 기분이 좋아져서 킬킬 웃었다.

"고관들이 얼마나 부들부들 떨까요! 그들은 로마 것이 아닌 모든 것을 경멸하니까 2대 1, 3대 1, 심지어 5대 1의 배당으로 메살라에게 돈을 걸었어요. 로마인들이라니."

말루크가 소리를 낮췄다.

"신앙심 깊은 유대인은 도박에 끼어들지 않습니다만, 제가 이번만은 반드시 집정관 뒤편에 앉는 친구를 시켜서 3대 1이나 5대 1, 아니, 10대 1의 제안까지 성사시킬 겁니다. 광적인 열기가 일어나도록요. 그러려고 저도 이미 6천 세겔을 걸었습니다."

"아닙니다, 말루크. 로마인은 로마 화폐로만 내기를 할 겁니다. 오늘밤에 친구를 만나거든, 당신이 택한 액수만큼을 세스테르티움으로 걸라고 이르세요. 그리고 말루크, 친구에게 메살라 무리들에게 내기를 부추기라고 해 주세요. 일데림의 마필들 대 메살라의 마필들로."

말루크는 잠시 생각에 잠겼다.

"둘의 경기에 관심을 모으는 효과가 생기겠군요."

"바로 그게 제가 원하는 바입니다, 말루크."

"알겠습니다, 알았어요."

"아, 말루크. 도와주는 김에, 메살라와 나의 경주에 대중의 눈이 더 쏠릴 방도를 찾아줄 수 있을까요?"

말루크가 얼른 대답했다.

"그럼요."

"그럼 잘 좀 부탁합니다. 내기 판돈을 거액으로 제시하면 될 겁니다. 제시액이 받아들여지면 더 좋고요."

말루크는 벤허를 골똘히 쳐다보았다.

벤허는 말루크가 아니라 자신에게 말하듯 중얼거렸다.

"그가 강탈한 액수만큼 돌려받아야 되지 않겠습니까? 다음에는 기회가 없을지도 모릅니다. 내가 그자의 자존심뿐 아니라 재산도 무너뜨릴 수 있다면! 우리 조상 야곱도 화내실 리 없지요."

잘생긴 얼굴에 어린 결기가 그의 다음 말을 강조하는 효과를 자아
냈다.

"그래요, 꼭 그렇게 만들 겁니다. 말루크, 세스테르티움으로 거는
데서 멈추지 마십시오! 거액에 응하는 사람이 있거든 달란트로 올려
서 거세요. 5달란트, 10달란트, 20달란트, 아니, 아예 50달란트를 내
지르세요. 그러면 메살라가 나설 겁니다."

"엄청난 액수인데요. 그 정도 액수에는 보증이 필요합니다."

말루크가 말했다.

"제가 보증해 드리지요. 시모니데스 님에게 가서 내가 이 문제가
해결되기를 바란다고 전하십시오. 내가 원수를 망하게 하려고 작심
했고, 기회가 기가 막히게 좋으니 위험을 감수하기로 했다고. 우리
조상들의 신께서 우리 편에 계십니다. 가십시오, 말루크. 일이 어그
러지지 않게 해 주세요."

말루크가 무척 흡족해 하며 인사를 하고 떠났다. 그런데 곧 되돌아
왔다.

"송구합니다. 용건이 하나 더 있습니다. 메살라의 전차에 제가 직
접 접근하지 못해서 사람을 시켜 측정했는데요, 벤허 님의 바퀴보다
한 뼘쯤 더 높다는 보고를 받았습니다."

"한 뼘! 그렇게나 많이?"

벤허가 웬일인지 반색했다. 그가 말루크에게 몸을 숙이고 말했다.

"말루크, 당신은 유대의 아들이고 부족에 의리를 지키는 분이
니…… 승리자의 문 위쪽 관중석에 자리를 잡으세요. 기둥들 앞쪽으
로 발코니 가까이 앉아서, 거기서 우리가 회전할 때 잘 지켜보십시

오. 찬찬히 보세요. 내가 운이 닿는다면 내가…… 아닙니다, 말루크. 그 말은 하지 맙시다! 그냥 거기 앉아서 잘 보도록 하세요."

그 순간 일데림이 비명을 질렀다.

"이런! 도대체 무슨! 이게 뭔가?"

그가 벤허에게 다가와 공고문을 손으로 가리켰다. 벤허가 말했다.

"읽어 주십시오."

"아닙니다, 직접 보세요."

벤허가 종이를 받았다. 안디옥 총독이 주관자로 서명한 프로그램들이 순서대로 적혀 있었다. 화려하고 거창한 퍼레이드로 입장하고, 콘수스 신을 기리는 제를 올린 다음 경기들이 시작되었다. 달리기, 높이뛰기, 레슬링, 권투의 순이었다. 출전자들의 이름, 국적, 출신학교, 출전 이력과 입상 경력, 이번 대회의 포상 내용이 적혀 있었다. 상금액을 채색 글자로 표기한 것이 여느 대회와 다르다는 것을 여실히 보여주었다. 당시는 우승자가 돈보다 영예에 목말라, 소박한 소나무나 월계수 화관으로 만족하던 시절이었으니까.

벤허의 눈길이 마침내 전차 경주 내용에 이르렀다. 그는 더 천천히 읽었다. 운동경기 애호가들은 안디옥의 전례 없는 전차 경주에 만족하고도 남을 터였다. 집정관 때문에 참으로 대단한 대회가 열리는 것이다. 우승상금 10만 세스테르티움과 월계관! 구체적인 소개글이 이어졌다. 총 여섯 명의 참가자가 각자 네 필의 말을 가지고 출전했다. 출전자들은 한꺼번에 출발선에 설 예정이었다.

1. 코린트인 리시푸스 : 작년 알렉산드리아 경기 출전, 코린트 경

기 우승

기수는 리시푸스/ 황색 전차/ 회색마 2 필, 적토마 1 필, 흑마 1 필

2. 로마인 메살라 : 작년 로마 막시무스 대회 우승

기수는 메살라/ 진홍색과 금색 전차/ 백마 2필, 흑마 2필

3. 아테네인 클레안테스 : 작년 이스미아 경주 우승

기수는 클레안테스/ 녹색 전차/ 회색마 3필, 적토마 1필

4. 비잔티움인 디케우스 : 금년 비잔티움 경기 우승

기수는 디케우스/ 검정 전차/ 흑마 2필, 회색마 1필, 적토마 1필

5. 시돈인 아드메투스 : 가이사랴 대회에 세 번 출전, 세 번 우승

기수는 아드메투스/ 청색 전차/ 회색마 4필

6. 사막의 족장 일데림 : 첫 출전

기수는 유대인 벤허/ 흰색 전차/ 적토마 4필

기수는 유대인 벤허!

왜 아리우스가 아니고?

벤허가 고개를 들어 일데림을 바라보았다. 두 사람은 즉각 같은 결론에 도달했다.

메살라가 마수를 뻗쳤다!

11

안디옥에 저녁이 내릴 무렵, 도시 중앙에 있는 옴팔로스는 북적댔다. 사방이 다 그랬지만, 특히 님파이움와 헤롯의 주랑 동서쪽으로 인파가 몰려들어 마시고 노래하며 흥청댔다.

이런 음주가무에는 지붕 덮인 길들이 안성맞춤이었다. 몇 킬로미터씩 뻗은 주랑들은 맨질맨질한 대리석으로, 비용을 아랑곳하지 않는 왕족들이 향락적인 도시에 준 선물들이 늘어서 있었다. 이 도시에서 그것들은 영원불멸할 것처럼 보였다. 어둠도 그 주위로 얼씬대지 못했다. 노래와 웃음과 고함소리가 그치지 않았고, 움푹한 공간에 물 떨어지는 소리 같은 소리가 메아리쳤다.

이방인이라면 놀랐겠지만 세계 각국의 사람들이 모여드는 국제도시 안디옥에서는 특별한 일이 아니었다. 로마 제국의 특징이 낯선 이들이 한데 섞이고 교류하는 것이었다. 민족들이 자유롭게 오가면서 의복, 관습, 말, 신들을 소개했다. 또 결정하면 머무르며 장사를 벌였고, 집을 짓고 제단을 쌓으면서 집으로 삼아 지냈다.

하지만 이날 밤의 안디옥은 한눈에도 특별한 점이 보였다. 거의 모든 사람들이 내일 출전 전차들의 색을 지니고 있었다. 끈과 깃털이 가장 흔했고, 스카프로 두르거나 배지를 붙인 이도 많았다. 녹색으로 아테네인 클레안테스를, 흑색으로 비잔티움인 디케우스를 응원하는 식이었다. 이것은 오레스테스*가 경주하던 시절로 올라갈 만큼 오랜

* 아가멤논의 아들로, 전차 경주 장면이 나온다.

관습이었다. 동시에 놀라운 역사로 짚어볼 가치가 있다. 인간들이 아둔함 때문에 말도 안 되는 무서운 극단으로 빠지는 것을 시사하기 때문이다.

조금만 더 눈여겨 보면, 유난히 세 가지 색깔이 많은 것도 특이했다. 녹색, 백색, 진홍과 금색이 섞인 색.

거리를 벗어나 궁의 살롱으로 가 보자.

천장의 커다란 샹들리에 다섯 개에 막 불이 켜졌다. 메살라가 벤허의 존재를 알게 되었던 그 밤과 똑같은 자들이 모여 있다. 몇몇 청년들이 침대의자에 시체처럼 널브러져 있거나, 탁자에 둘러앉아 주사위를 달그락거렸다. 옷가지는 여기저기 팽개쳐져 쌓여 있다. 대부분은 아무 일도 안 했다. 입이 찢어져라 하품을 하거나, 서성대다가 마주치면 멈춰 서서 시시한 여담을 주고받았다. 내일 날씨가 좋으려나? 경기 준비는 완벽하게 되었을까? 안디옥의 경기 규칙이 로마 막시무스의 규칙과 똑같을까? 사실 청년들은 권태에 시달리고 있다. 그들의 중대사는 마무리된 참이었다. 그들의 서판들을 훔쳐보면, 내기를 건 사람들이 빼곡이 적혀 있었다. 모든 경기에 돈이 걸려 있다. 달리기, 레슬링, 권투할 것 없이. 전차경주만 빼고.

왜 전차경주에는 돈을 걸지 않았지?

1데나리온이라는 거액을 거는 위험을 감수할 만한 메살라의 맞수가 없었기 때문이다.

살롱에는 메살라의 색깔만 보였다. 그의 패배를 점치는 자는 아무도 없었다. 그들은 이렇게 말했다. 메살라는 완벽하게 훈련된 사람이 아닌가. 제국의 검투사 양성소를 졸업했고, 막시무스의 우승자니까.

무엇보다도, 그래, 그는 로마인인걸!

메살라는 침대의자에서 느긋하게 누워 있고, 주위로 추종자들이 앉거나 서서 이런저런 질문을 했다. 물론 화제는 한 가지뿐이다.

이때 드루수스와 세실리우스가 들어왔다. 드루수스가 메살라의 발치에 주저앉으면서 말했다.

"아, 진짜 피곤하다!"

"어디까지 간 거야?"

메살라가 물었다.

세실리우스가 대신 대답했다.

"거리 위쪽으로 옴파로스를 지나 그 뒤편 어디쯤. 어디였는지 어떻게 알겠어? 아무튼 대단한 인파야. 이 도시에 이렇게 사람이 많은 건 처음이야. 내일 경주에서 전 세계를 보게 될 거라고들 말하지."

메살라가 경멸조로 웃었다.

"멍청이들! 웃기네! 황제가 주관하는 경주를 한 번 보라지. 드루수스, 자네는 뭘 봤나?"

"별로."

"이런! 자네, 잊었군."

세실리우스가 끼어들었다.

"뭘?"

"백색의 행렬."

그러자 드루수스가 몸을 조금 일으키면서 외쳤다.

"맞아, 정말 이상했어! 흰색 일당을 만났는데 현수막을 들고 있더라구. 그런데 와하하하!"

드루수스가 게으르게 드러누워 버렸다.

메살라가 불평했다.

"말을 끊다니 너무하네, 드루수스."

"사막의 조무라기들이었어, 메살라. 예루살렘의 야곱 성전에서 떨어지는 부스러기나 먹고 사는 것들. 내가 그런 것들이랑 무슨 상관이 있나!"

"아니지, 드루수스는 비웃음을 살까봐 걱정하는 거야. 하지만 내생각은 좀 달라, 메살라."

세실리우스가 말했다.

"뭐가?"

"음, 우리가 그 일당을 멈춰세우고……."

드루수스가 세실리우스의 말꼬리를 자르고 대신 말했다.

"내기를 제안했는데 글쎄, 하하하, 얼굴에 살점이라곤 하나도 없어서 잉어 밥으로도 못 줄 위인이 나서더니 글쎄, 하하하, 그러자는 거야. 그리고 내가 누구에게 걸겠냐고 하니까 '유대인 벤허요' 하는 거야. 다시 내가 얼마를 걸겠냐니까, 하하하, 미안하네, 메살라. 이런 염병! 웃음이 나와서 말이 안 나와! 하하하!"

듣는 사람들이 몸을 숙였다.

메살라가 세실리우스를 보았다. 세실리우스가 말했다.

"1세겔이었지."

"1세겔! 1세겔이라니!"

조롱하는 웃음이 여기저기서 터져나왔다.

"그래서 드루수스 자네는 어떻게 했는데?"

메살라가 물었다.

그때 문가에서 떠들썩한 소리가 나면서 사람들이 몰려갔고, 점점 더 소란해졌다. 세실리우스까지 그쪽으로 가려가다 잠깐 멈추고 대답했다.

"고상한 드루수스 님은 서판을 도로 넣었고 1세겔을 딸 기회를 놓치셨다네, 메살라."

"흰색이다! 흰색!"

"들어오게 해!"

"이쪽, 이쪽으로!"

이런 말과 감탄사가 방 안을 꽉 메워서 다른 대화는 중단되었다. 주사위를 던지던 이들도 놀음을 멈추고, 자던 사람들도 깨서 눈을 부비면서 서판을 꺼내들고 가운데 탁자로 달려왔다.

"내가 걸 액수는……."

"그러면 나는……."

"난……."

이런 환대를 받는 사람은 존경받는 히브리인, 키프로스에서 벤허와 같은 배를 타고 온 노인이었다. 그가 진중하게, 조용하고 조심스럽게 들어왔다. 흰 옷에 얼룩 하나 없었고, 두건도 마찬가지였다. 그가 미소 지으며 절로 환영에 답하고 천천히 중앙 탁자로 가더니, 당당한 태도로 옷섶을 펼치며 앉아서 손을 흔들었다. 손가락의 보석반지를 본 로마청년들이 입을 다물자 주위가 조용해졌다.

"로마인들, 가장 고귀한 로마인들께 인사드립니다!"

"아니, 이런! 대체 누구지?"

드루수스가 물었다.

"이스라엘의 개, 산발랏이라는 자야. 로마에 사는 군수품 조달업자로 엄청난 부자야. 조달업자로 성장했는데 조달은 하지 않아. 장난질을 꾸미는데, 거미가 거미줄을 짜는 것보다도 교묘해. 가 보세! 놈을 골려 보자!"

메살라가 대답하며 일어났고, 드루수스와 함께 히브리인을 에워싼 무리에 끼었다. 히브리인은 서판을 꺼내서 탁자에 놓는 것으로 거래 분위기를 조성하는 데 성공했다.

"저잣거리에서 알았습니다. 메살라 님에 맞서 내가가 걸리지 않아서 궁에서 무척 아쉬워하신다면서요. 신들도 제물을 받아야 되는 법이라서 이렇게 제가 왔습니다. 제 색깔은 보이실 테니 본론으로 들어가지요. 비율 먼저, 그 다음에 액수를 정하십시다. 제게 얼마나 접어주시겠습니까?*"

그 대담함이 좌중을 놀라게 했다.

"서두르세요! 제가 막센티우스 집정관과 약속이 있어서요."

히브리인의 부추김이 통했다.

"2대 1."

대여섯 명이 한목소리로 외쳤다.

"애개! 겨우 2대 1이요? 기수가 로마인인데?"

히브리인이 과장스럽게 탄식했다.

"그럼 3대 1."

* 내기에서 약한 편에게 더 유리한 조건을 만들어 주겠다는 뜻이다.

"아이고, 겨우 3이라니! 제 기수는 고작 유대인이라는 개잖아요! 자, 4배는 접어주시지요."

"4배로 합시다."

비웃음에 자극받은 청년이 대꾸했다.

"5배! 5배로 해 주세요."

곧 히브리인이 외쳤다.

좌중에 깊은 침묵이 내려앉았다.

"집정관께서, 여러분과 저의 주인이신 그분이 저를 기다리고 계십니다."

침묵이 내려앉은 어색한 분위기가 이어졌다.

"5배로 해 주십시오. 로마의 영광을 위해서 5배."

"5배로 합시다."

누군가 대답했다. 그러자 산발랏이 미소를 지으면서 서판에 적을 채비를 하다가 다시 말했다.

"황제가 내일 죽어도 로마는 완전히 거덜나지 않겠군요. 그 자리를 차지할 기백을 지닌 분이 한 명 계시니. 6배는 어떻습니까?"

"6배!"

메살라가 외쳤다. 큰 함성이 터졌다. 메살라가 반복해서 말했다.

"6배로 합시다. 6대 1. 로마인와 유대인의 차이가 그 정도는 되지. 이제 그걸 알았으니 돼지의 은인인 양반*! 액수를 얼른 정하라구. 집정관의 사자가 그대를 부르러 오면 나는 기회를 놓쳐버릴 테니."

* 유대 율법은 돼지고기를 금한다.

산발랏은 비웃음을 담담히 받아내면서, 서판에 글자를 적어서 내밀었다.

"읽어 보게, 읽어 봐!"

다들 소리쳤다. 메살라가 읽었다.

> 「각서
>
> 로마인 메살라는 로마의 산발랏과의 내기에서, 전차경주에서 유대인 벤허를 이길 거라고 말한다. 판돈은 20달란트. 배당율은 6대 1.
>
> 증인 산발랏」

좌중이 침묵했다. 미동도 없었다. 다들 내기 내용에 얼어붙은 듯했다. 메살라는 각서를 뚫어져라 쳐다보았고, 다른 이들은 메살라를 주시했다. 메살라는 시선을 의식하면서 얼른 생각했다. 최근 그가 바로 그 자리에서 동포들에 에워싸여 영웅 대접을 받았다. 다들 그 일을 기억할 터였다. 그런데 여기서 서명을 거부하면 영웅 대접은 물 건너가리라. 하지만 서명할 수가 없었다. 100달란트라니, 수중에 가진 돈은 20달란트에도 모자랐다. 머릿속이 하얘지고 얼굴에서 핏기가 가셨다. 그때 체면을 살릴 방안이 하나 떠올랐다.

"이봐, 유대인! 당신의 20달란트는 어딨지? 내게 보여 줘."

산발랏은 더 도발적인 미소를 지으며 문건을 내밀었다.

"자."

"읽어, 읽으라구!"

주위에서 다들 소리쳤다. 이번에도 메살라가 읽었다.

「안디옥에서 탐무즈Tammuz* 16일
　로마의 산발랏은 황제의 금화 50달란트를 내게 어음으로 신탁해
놓았음.

시모니데스」

"50달란트래, 50달란트!"

사람들이 놀라서 웅성거렸다.

그러자 드루수스가 구원자로 나서서 쏘아붙였다.

"말도 안 돼! 거짓말쟁이 유대인, 어디서 가짜 서류를 내밀어? 황
제 말고 누가 50달란트 어음이 있어? 방자한 백색 놈을 뭉개 버려!"

성난 외침이 되풀이되었다. 하지만 산발랏은 침착하게 자리를 지
켰다. 시간이 갈수록 그의 미소가 상대를 더 약올렸다. 마침내 메살
라가 말했다.

"쉿! 좋아, 1대 1로 상대해 주겠어. 동포들이여, 우리의 로마를 위
해서 1대 1로!"

이제 주도권은 메살라에게 넘어왔다. 그가 산발랏에게 말했다.

"이봐, 할례한 개자식! 내가 6대 1로 해 주겠다고 했었지?"

"그렇습니다."

히브리인이 조용히 대답했다.

---

* 유대력의 10번째 달. 태양력으로는 6, 7월에 해당한다.

"흠, 액수를 고치겠어."

"액수가 너무 작다면 얼마든지 뜻대로 하십시오."

"20달란트 대신 5달란트라고 쓰라구."

"그 액수는 갖고 계십니까?"

"신에게 맹세코 보관증을 보여주지."

"아닙니다, 용맹스러운 로마인의 말씀이니 믿겠습니다. 다만 계산을 쉽게 하려면 6이어야 됩니다. 그렇게 적겠습니다."

"그렇게 해."

그러고 나서 두 사람은 문서를 교환했다.

산발랏이 벌떡 일어나서 조롱하는 미소를 지으며 주위를 둘러보았다. 상대하는 로마인들을 그보다 잘 아는 사람은 없었다.

"로마인들이여, 용기가 있으면 다른 내기도 도전하세요! 흰색의 승리에 배당률 1대 1, 판돈은 5달란트! 여럿이 합해서 저랑 내기해도 좋습니다."

좌중은 다시 놀라움에 빠졌다. 히브리인은 더 크게 외쳤다.

"아니! 이스라엘의 개자식이 로마 귀족이 득실대는, 황제의 후손까지 있는 궁전 살롱에 와서 판돈을 5달란트 걸었는데 다들 겁 먹고 포기했더라는 소문이 내일 경기장에 돌겠군요!"

로마인들은 비아냥을 견딜 수 없었다.

드루수스가 외쳤다.

"알았어, 건방진 놈! 내용을 적어서 탁자에 두고 가. 네가 가망 없는 모험에 쓸 돈을 가진 게 확인되면, 내일 나 드루수스가 내기를 받아들인다고 약속하지."

산발랏은 다시 내용을 적고서, 여전히 태연하게 말했다.

"보세요, 드루수스 님. 여기 계약서를 두고 갑니다. 서명해서, 경주 시작 전까지만 보내주십시오. 저는 중앙문 위쪽에 집정관과 함께 앉아 있을 테니까. 당신이 평안하시길, 모두가 평안하시길."

산발랏이 절하고 떠났다. 문 밖으로 조롱하는 고함 소리가 새나왔지만 개의치 않았다.

거액의 내기 소식이 밤거리로, 도시 전체로 퍼졌다. 말 네 필과 누워 있던 벤허도 소식을 들었다. 메살라의 전 재산이 아슬아슬해졌다.

그는 잠들었다. 처음으로 단잠을 잤다.

12

안디옥의 원형 경기장은 오르테스 강 남안에 섬과 마주하다시피 서 있고, 모양이 보통의 경기장들과 다르지 않았다.

아주 순수한 의미에서 경기들은 대중에게 주는 선물이었기에, 기본적으로 입장료가 무료였다. 수용 인원이 많았지만, 이번 행사는 사람들은 자리가 없을까 염려해서 전날 밤부터 인근 빈터에서 대기했다. 그들이 친 임시천막이 군단 막사 풍경 같았다.

자정에 경기장 출입구들이 활짝 열리자, 인파가 몰려 들어가서 일반 관람석에 앉았다. 지진이 나거나 창을 든 군대가 오면 모를까 아무도 그들을 막을 수 없었다. 사람들은 관람석에 앉아서 졸면서 밤을 보내고 거기서 아침을 먹었다. 또 경기가 시작할 때까지 참을성 있게 자리를 지켰다.

지정석을 받은 상류층 사람들은 제1시경 경기장을 향해 이동하기 시작했다. 귀족과 거부들은 가마와 옷을 갖춰 입은 종들 일행 때문에 눈에 띄었다.

제2시 무렵, 도시 전체가 인파로 들끓었다. 말 그대로 파도처럼 밀려들었다.

요새의 해시계 바늘이 정확히 제2시 반을 가리키자, 투구와 갑옷을 갖춰입고 깃발을 든 부대들이 술피우스 산에서 내려왔다. 마지막 무리가 다리로 사라지자, 안디옥 전체가 텅 비었다. 원형 경기장이 이미 꽉 찼지만 사람들은 연신 그곳으로 몰려갔다.

집정관은 화려한 전용선을 타고 섬에서 강변으로 건너왔다. 그가 배에서 내리면 부대가 맞이했고, 잠시 원형 경기장에 쏠리는 관심을 능가하는 무술 시범이 벌어졌다.

제3시, 마침내 화려한 나팔소리가 정숙을 요구했다. 10만 관중의 눈이 경기장 동쪽 제단으로 쏠렸다.

거기에 지하에서 장내로 올라오는 넓은 아치형 통로가 뚫려 있었다. 폼파이 문Porta Pompae이었다. 그 위쪽에 휘장과 부대기로 웅장하게 꾸민 연단이 있고, 집정관이 앉아 있었다. 통로 양쪽의 기둥들은 칸칸의 마구간으로 나뉘어졌고, 칸마다 앞쪽 높은 기둥에 거대한 문을 달았다. 칸막이 위쪽으로 돌림띠가 있고 낮은 난간이 세워져 있었다. 그 뒤에 놓인 극장식 좌석들을 화려한 차림새의 고관 무리가 채웠다. 구조물이 원형 경기장의 가로로 뻗어 있고 양쪽 끝에 탑이 있었다. 이 탑들은 구조물을 멋지게 만들고 차양 역할을 했다. 두 탑 사이에 보라색 차양을 쳐서 건축물 전체에 그늘을 드리웠고, 한낮이 되면 유용해졌다.

우리는 지금부터 단상에 집정관과 나란히, 서쪽을 바라보며 앉아 있다고 상상하자.

좌우를 보니 각각 중앙 출입구가 보인다. 탑에 그 출입구들의 문이 붙어 있다.

바로 아래쪽은 고운 흰 모래가 뿌려진 넓은 평지다. 달리기를 제외한 모든 경주가 여기서 열린다.

이 모래땅에서 더 서쪽으로 시선을 던지면, 대리석 대좌가 보인다, 그 위에 조각이 많이 된 원뿔형 회색 기둥이 셋 있다. 이 기둥들로 눈길이 쏠렸다. 경주의 출발점과 결승점이기 때문이다. 그 뒤편으로 통로와 제단을 넘어가면 너비 3미터, 높이 1.5미터쯤 되는 돌벽이 시작되어 200미터쯤(올림피아 경기장 하나만큼쯤) 뻗어 있다. 그 너머의 서쪽으로 다른 대좌에 기둥들이 솟았고 여기가 반환점이다.

선수들은 출발점의 오른쪽 코스로 들어와서 경주 내내 벽을 왼쪽에 두고 달린다. 결과적으로 출발점이자 결승점이 집정관 바로 앞쪽이고, 그래서 그의 좌석이 경기장에서 가장 명당이었다.

집정관 옆좌석에서 바닥을 보던 눈길을 들어보시길. 코스의 바깥 경계선이 눈에 들어올 것이다. 높이가 5,6미터쯤 되는 평편한 돌담으로, 동쪽 마구간들 위쪽처럼 난간이 있다. 난간은 중간에 출입 통로 세 곳에서 끊긴다. 북쪽에 두 군데, 서쪽으로 한 군데. 장식이 아주 화려한 서쪽 통로가 '승리의 문'이다. 모든 경기가 끝나면 승자들이 화관을 쓰고 호위와 축하를 받으며 그 통로를 지난다.

발코니의 서쪽 끝에서 발코니가 경주 코스를 반원 형태로 감싸고, 거기 큰 관객석이 두 군데 있다.

난간 바로 뒤, 발코니의 맨 위 갓돌에 제1열 좌석이 있고 그 위로 계단식으로 좌석들이 놓였다. 다양한 색 옷을 입은 사람들의 불그스름한 얼굴들이 땀으로 번쩍이는 광경이 쫙 펼쳐지는 게 볼만하다.

서쪽으로 차양이 끝나는 지점에서 시작되는 자리에는 서민들이 앉았다. 차양이 있는 자리는 더 높은 계층들 차지다.

나팔 소리가 울리자, 원형 경기장의 수많은 관중들이 미동도 하지 않는다.

동쪽 중앙문에서 사람들과 악기들 소리가 뒤섞여 나온다. 곧 행렬의 합창으로 축하 행사가 시작되었다. 주최자이자 시 당국자들, 경기 주관자들이 의상과 화환을 걸치고 나왔고, 신으로 변신한 이들이 나왔다. 일부는 사람들이 옮기는 단상에 섰고, 나머지는 화려하게 꾸민 4륜수레에 탔다. 그 뒤로 경기 출전자들이 달리기, 레슬링, 높이뛰기, 권투, 전차 경주에 임할 복장으로 들어왔다.

행렬이 천천히 운동장을 가로지르며 코스를 한 바퀴 돌았다. 아름답고 당당한 모습이다. 행렬이 지나갈 때, 달리는 배 앞에서 물살이 일어나듯 함성이 터져 나왔다. 변장한 신들은 멍하니 환영에 화답하지 못했지만 주최자와 일행은 반응을 보였다.

선수들은 훨씬 열렬하게 환영 받았다. 푼돈이라도 내기를 하지 않은 관중이 한 명도 없었기 때문이다. 선수단이 지나가며 누가 많은 응원을 받는지 드러났다. 환호 속에서 이름이 가장 크게 불리거나 발코니에서 가장 많은 화환과 꽃 세례를 받는 이들이었다.

우리는 전차 경기에만 집중해 보자. 화려한 전차들과 아름다운 말들, 거기에 기수들의 개성이 더해져서 다들 완벽한 매력을 자랑했다. 기수들은 부여받은 색상의 얇은 모직으로 만든 짤막한 민소매 셔츠를 입었다. 벤허를 제외하면 5명의 기수는 마부를 동반했다. 벤허는 혼자 나서기로 했고, 다른 기수들과 달리 투구도 쓰지 않았다. 전차 경주단이 다가오자 관중들은 자리에서 일어나 더욱 요란하게 환호했다. 귀가 밝은 사람에게는 여자들과 아이들의 쇳소리가 들릴 것이다. 발코니에서 장밋빛 꽃들이 폭풍우처럼 쏟아져 기수들의 몸에 맞고 전차 발판에 떨어졌다. 전차가 꽃으로 가득 찰 지경이었다. 말들도 큰 갈채를 받았다. 주인 못지않은 영광과 인기를 누렸다.

기수들의 인기는 금세 판가름났다. 환호성도 그랬지만, 남녀노소 불문하고 관중 대부분이 색깔 끈을 지니고 있었다. 주의 깊게 보면 백색과 진홍과 금색이 많았다.

요즘이라면 돈이 걸린 경주에서 가장 중요한 잣대는 말들의 자질과 기수의 실력이지만, 그때는 국적이었다. 비잔티움과 시돈의 팬이 적은 것은 관중석에 그곳 출신들이 적기 때문이었다. 그리스인은 수가 많았지만 코린토스와 아테네로 나뉘어서 녹색과 황색이 적었다. 안디옥 사람들이 로마인들과 합세하지 않았다면, 메살라의 진홍색과 금색도 별로 없었으리라. 그러면 변방인 시리아인, 유대인, 아랍인이 남았다. 이들은 족장의 혈통 좋은 말들을 믿었고, 무엇보다 로마의 코가 납작해지는 꼴을 보고 싶었다. 그래서 흰색 무리가 가장 요란하고 수가 많았다.

전차들이 코스를 돌자 함성이 커졌다. 흰색이 주류를 이룬 반환점 부근 관중석에서 사람들이 꽃을 던지고 열렬히 환호했다.

"메살라! 메살라!"

"벤허! 벤허!"

관중은 열렬히 소리치다가, 행렬이 지나가면 자리에 앉아서 다시 대화를 나누었다.

"어머, 세상에! 정말 미남 아니었어요?"

한 여자가 감탄했다. 머리에 매단 천을 보니 로마인이다.

옆사람이 맞장구쳤다.

"마차도 얼마나 근사한지! 온통 상아와 금이라니까. 유피테르여, 그가 승리를 거머쥐게 하소서!"

그 뒤 관중석은 전혀 다른 분위기였다.

"유대인에게 100세겔 걸지!"

높고 날카로운 목소리였다.

"아니, 경솔하게 굴지 마. 야곱의 자손들은 이방인 스포츠에 휩쓸리면 안 되네. 하느님 보시기에 나쁜 경우가 너무 많거든."

옆에서 친구가 진정시키며 속삭였다.

"맞는 말이야. 허나 그보다 침착하고 자신 넘치는 사람을 본 적 있나? 팔은 또 어찌나 대단한지!"

"말들은 또 어떻고!"

세 번째 사람이 말했다.

"그가 로마인의 기술에 능숙하다던데."

네 번째 사람이 끼어들었다.

한 여자가 칭찬의 마침표를 찍었다.

"또 그 로마인보다 훨씬 잘 생겼죠."

사람들의 칭찬에 고무된 처음 남자가 다시 소리쳤다.

"유대인에게 100세겔!"

"멍청이 같으니! 유대인과 맞서 메살라에게 6대 1의 비율로 50달란트가 걸린 걸 모르쇼? 아브라함이 일어나서 호통치기 전에 돈일랑 넣어 둬."

발코니 앞쪽의 안디옥 사람이 소리쳤다.

"하하! 아둔한 안디옥 양반이 개 풀 뜯는 소리를 하시네. 그게 메살라가 자기한테 건 돈인 걸 모르시나?"

사내는 그렇게 응수했다.

이런 식으로 날선 설전이 오갔다.

마침내 행진이 끝나고 행렬이 다시 중앙문으로 빠져나갔다. 벤허는 소원을 이루었음을 알았다.

동방의 눈들이 그와 메살라의 경주를 지켜보고 있었다.

13

요즘 식으로 말하면 오후 3시경, 전차 경주를 제외한 모든 행사가 마무리되었다. 주최자는 이때를 관중들의 휴식 시간으로 정했다. 출입구들이 활짝 열렸고, 사람들이 식당들이 있는 바깥 주랑 현관으로 달음질쳤다. 경기장에 남은 사람들은 하품을 하면서 수다를 떨고, 소문을 말하고, 서판을 들여다보았다. 딱 두 부류로 나뉘었다. 내기에 이겨서 즐거운 사람과, 내기에 져서 침울하고 불만 많은 사람.

거기에 제 3의 관중들이 등장했다. 전차 경주만 보려는 시민들이 입장해서 예약 좌석으로 갔다. 사람들의 불필요한 시선과 눈총을 피하기 위해서였다. 시모니데스와 일행도 그 속에 있었다. 그들의 좌석은 북쪽 중앙 출구 근처였다.

하지만 장정 넷이 통로로 의자를 들어 옮기자니 이목을 끌지 않을 수 없었다. 곧 누군가의 입에서 시모니데스의 이름이 흘러나왔다. 사람들이 웅성웅성 서쪽 관중석 쪽으로 말을 전했다. 다들 그를 보려고 얼른 의자에 올라갔다. 전례 없는 행운과 불운이 뒤섞인 운명의 사내는 유명인이었다.

관중은 일데림도 알아보고 따뜻하게 맞이했지만, 발타사르나 바싹 따라오는 베일 쓴 두 여인은 알지 못했다. 그들은 일행에게 공손하게 길을 터 주었고, 경기장 관리자들은 경기장이 바로 내려다보여서 편하게 관람할 수 있는 난간 근처 자리를 내주었다. 그들은 편안하게 방석에 앉았고 발판에 발을 얹었다.

두 여인은 이라스와 에스더였다.

자리에 앉자 에스더는 겁먹은 표정으로 경기장을 둘러보며 베일을 더 여몄다. 반면 이집트 아가씨는 너울을 어깨로 내려서 얼굴을 드러내고 앞을 보았다. 흔히 여자들이 그러듯, 그녀도 사람들이 자기를 쳐다보는 것을 모르는 체했다.

새로 온 관중들이 집정관과 일행부터 시작해서 어마어마한 주위를 둘러볼 때 경기장으로 일꾼들이 뛰어나왔다. 그들이 결승점 앞쪽의 발코니에서 발코니까지 하얗게 칠한 밧줄을 설치하기 시작했다.

그와 동시에 여섯 명이 중앙문으로 들어와 칸막이 앞에 한 명씩 자리를 잡고 섰다. 사방에서 웅성거리기 시작했다.

"봐, 녹색이 오른쪽 4번으로 가네. 아테네 전차 자리야."

"메살라는, 아, 2번이로군."

"코린토스인은?"

"흰색이다! 아, 지나가다가 멈췄어. 1번이야, 왼쪽 1번."

"아니, 거기는 검은색이 멈추는데. 흰색은 2번에 있어."

"그렇네."

문지기들은 출전 기수와 똑같은 색의 옷을 입었다. 그래서 관중들은 응원하는 전차가 어느 칸에서 대기 중인지 알았다.

"메살라를 만나 본 적이 있어요?"

이집트 아가씨가 에스더에게 물었다.

에스더는 흠칫 떨면서 없다고 대답했다. 아버지의 원수는 아니지만, 그 로마인은 벤허의 원수였다.

"아폴로 같은 미남이죠."

이라스는 큰 눈을 반짝이며 보석 박힌 부채를 흔들었다.

에스더는 그녀를 바라보며 생각했다.

'그가 벤허님보다 더 미남이라는 말인가?'

다음 순간 일데림이 그녀의 아버지에게 말하는 소리가 들렸다.

"예, 그는 중앙문 왼쪽의 2번 칸에 있습니다."

에스더는 벤허 얘기인 줄 알아듣고 눈을 돌렸다. 그녀는 윗가지로 엮은 문을 보며 베일을 단단히 여미고 짧은 기도를 중얼댔다.

곧 산발랏이 다가왔다.

"막 대기실에 다녀오는 길입니다, 족장님."

그가 일데림에게 점잖게 절하면서 말했다. 족장은 궁금해서 눈을 빛내며 수염을 쓰다듬기 시작했다. 산발랏이 말을 이었다.

"말들은 최상의 상태입니다."

일데림이 간단히 대답했다.

"지더라도, 메살라에게는 지지 않기를 기도하고 있네."

산발랏이 시모니데스에게 몸을 돌려 서판을 꺼냈다.

"흥미로운 것을 가져왔지요. 어젯밤 메살라와 내기를 성사시켰고, 오늘 경주 시작 전까지 받을 각서가 하나 더 있다고 보고드린 걸 기억하시지요. 여기 그 각서가 왔습니다."

시모니데스가 서판을 받아서 꼼꼼히 읽었다.

"그쪽 사람이 찾아와서 자네가 그만한 돈을 맡겼는지 묻더군. 서판을 잘 챙겨 두게. 자네가 지면 어디로 올지 알 테고, 이기면……."

그의 얼굴이 단호해졌다.

"이기면, 아, 친구여. 단단히 처리하게! 서명자들이 달아나지 못하게 해. 그들에게 마지막 한 푼까지 다 받아내야 해. 그들도 이기면 우리한테 그렇게 할 테니까."

"저를 믿으십시오, 시모니데스 님."

"우리랑 같이 앉아서 보겠나?"

"친절한 말씀이지만, 제가 집정관 곁을 떠나면 저기 젊은 로마인들이 분통을 터뜨릴 겁니다. 평안하시기를. 모두 평안하십시오."

마침내 휴식 시간이 끝났다.

나팔수들이 나팔을 불자 자리를 비웠던 사람들이 냉큼 돌아왔다. 동시에 일꾼 몇 명이 경기장에 나타나서 분리대 벽을 타고 올라가, 반환점 근처 기둥 위 평편한 부분에 나무 공 7개를 올려놓았다. 그런 다음 출발점으로 돌아와서 기둥 위의 평편한 부분에 고래 모양의 나무 조각 7개를 올렸다.

발타사르가 일데림에게 물었다.

"공이랑 물고기로 뭘 하는 겁니까?"

"경주에 처음 오셨나요?"

"네. 지금도 여기 왜 와 있는지도 모르겠습니다."

"저것들로 수를 헤아립니다. 한 바퀴 돌 때마다 공과 물고기를 하나씩 내리지요."

준비가 끝났다. 화려한 차림의 나팔수가 주최자 옆에 섰다. 명령을 받는 대로 그가 나팔을 불어 시작을 알릴 것이다. 사람들의 움직임과 웅성거림이 잦아들었다. 근처 관중들의 얼굴과 멀리 작게 보이는 얼굴들이 일제히 동쪽으로 향했다. 출전자들이 있는 여섯 개의 문으로 모든 눈이 쏠렸다.

시모니데스까지 팽팽한 긴장감에 휩쓸려서 평소와 달리 얼굴이 상기되었다. 수염을 쓰다듬는 일데림의 손길도 분주하고 초조했다.

대기하는 마구간이 있는 건물을 보면 둥그런 형태로, 오른쪽이 뒤쪽에 있고 가운데가 앞으로 나와 있었다. 결과적으로 모든 칸에서 출발선 혹은 위에서 말한 흰 밧줄까지의 거리가 같았다.

나팔 소리가 짧고 날카롭게 울렸다. 전차마다 출발 요원들이 한 명씩 기둥 뒤에서 뛰어내려와, 말들이 날뛸 경우 도울 채비를 했다.

다시 나팔 소리가 났다. 대기소 문지기들이 문을 활짝 열었다.

보조 마부들이 말을 타고 등장했다. 벤허는 혼자니까 총 다섯 명이었다. 그들이 지나가도록 흰 밧줄을 잠시 내렸다가 올렸다. 그들이 말을 타고 멋지게 달려 나갔지만 아무도 쳐다보지 않았다. 대기소 안에서 안달하는 말들의 발소리와 똑같이 안달하는 기수들의 말소리가 계속 흘러나와서, 다들 열린 문에서 잠시도 눈을 떼지 못했다.

흰 밧줄이 다시 올려지자 문지기들이 기수들을 불렀다. 관중석 관리원들이 손을 저으면서 목청껏 소리쳤다.

"앉으세요! 앉아요!"

차라리 폭풍우를 잠재우는 게 쉬울 지경이었다.

각 문에서 대포가 일제히 포를 쏘듯 4두 전차가 튀어나왔다. 관중들이 감전된 것처럼 일제히 의자 위로 뛰어 올라가 함성을 질렀다! 모두가 고대하던 순간이었다! 경기 개최가 발표되던 순간부터 여태껏 흥미진진하게 이야기하고 꿈꿔 왔던 시간!

"그가 와요. 저기, 저기!"

이라스가 메살라를 손짓하면서 외쳤다.

"보여요."

에스더는 벤허를 쳐다보면서 대답했다.

그녀는 베일을 벗었다. 한순간 유대인 아가씨는 과감해졌다. 수많은 사람들이 지켜보는 가운데 영웅적인 행동을 할 때의 환희가 느껴졌다. 죽음을 비웃거나 완전히 잊어 버리고 배짱 있게 행동하는 사람들의 정신이 이해되었다.

원형 경기장의 어디서나 출전자들이 보였지만 경주는 아직 시작되지 않았다. 선수들은 우선 흰 밧줄까지 성공적으로 가야 했다.

　출발선이 설치된 것은 똑같이 출발시키려는 목적 때문이었다. 하지만 동시에 선에 달려들기 때문에 기수와 말들이 당황하게 된다. 그렇다고 너무 굼뜨게 접근하면 경주 시작부터 뒤로 밀릴 위험성이 크다. 다들 확보하려고 애쓰는 유리한 자리를 놓친다. 안쪽 코스로 분리벽 옆에 붙어서 달리는 게 가장 유리했다.

　이러한 시도, 충돌, 결과를 관중은 꿰고 있었다. 늙은 네스토르가 아들에게 고삐를 넘겨주며 한 말은 사실일까. '상을 받는 것은 힘이 아니라 기술이며 빠른 것보다 현명한 것이 중하다.' 의자에 올라선 관중들은 이 말을 떠올리며 숨죽여 승자를 점치고 있었다.

　경기장에 눈부신 빛이 가득했지만 기수들은 용케 밧줄의 위치를 확인하고, 재빨리 안쪽 코스를 노렸다. 여섯 명이 같은 곳을 향해 미친 듯이 속도를 내니까 충돌은 불가피해 보였다. 변수는 그뿐만이 아니었다. 주최자가 마지막 순간에 출발이 불만스러워서 밧줄을 내리라는 신호를 보류할 수도 있다. 그러면 어떻게 될까? 혹은 제때 신호를 내리지 않으면?

　밧줄의 길이는 75미터 정도였다. 빠른 눈, 굳건한 손길, 실수 없는 판단력이 관건이었다. 눈을 돌리거나 잠깐 딴 데 정신을 팔면! 고삐를 늦추면! 관중석에 눈이 가면! 호기심이나 허영심 때문에 한 번, 딱 한 번만 쳐다보고 싶은 충동을 계산에 넣고 누군가 악의를 가지고 농간을 부릴지도 모를 일이었다. 우정과 사랑 역시 악의와 다름없는 치명적인 결과를 불러올 수 있는 것이다.

승부를 더 멋지게 완성하는 마지막 요소는 생동감이다. 오락거리도 시시하고 스포츠도 심드렁한 요즘, 여섯 전차가 연출하는 장관에 비할 게 없다고 말할 만하다. 한번 상상해 보라. 먼저 운동장으로 눈을 내려서, 잿빛 화강암 벽에 비쳐서 반짝이는 운동장을 보라. 그리고 이 완벽한 곳에서 빛나는 바퀴, 칠과 광택이 번쩍이는 우아하고 화려한 전차들을 보라. 메살라의 전차는 상아와 금으로 고급스럽게 꾸몄다. 전차의 움직임에 아랑곳하지 않고 조각상처럼 꼿꼿하게 서 있는 기수들을 보라. 맨살인 팔다리는 목욕 후의 건강한 활력으로 불그레 빛나고 있다. 오른손에 든 채찍은 끔찍한 고통을 연상시키고, 팽팽한 고삐들을 신중하게 갈라 쥔 왼손은 말들이 잘 보이게 높이 든다. 속도뿐 아니라 멋진 모습 때문에 선택된 말들을 보자. 주인들이 전체적인 상황과 함께 각 말들의 요구와 희망사항을 의식하는 가운데, 말들의 동작도 장관이다. 머리를 젖히고 콧구멍을 벌름거린다. 네 다리는 까탈스럽게 모래를 차낸다. 네 다리는 늘씬하지만 망치 같이 내려치는 힘이 있다. 둥그런 몸통의 근육들은 커졌다 작아졌다 하면서 찬란한 생명력을 과시하고, 자신들이 왜 궁극의 힘을 재는 기준인지 증명해 보인다. 이런 전차들, 기수들, 말들의 그림자가 휘휘 날아가는 광경이 어렴풋한 공상이 아닌 사실이라면 얼마나 짜릿하겠는가. 어느 시대나 서글픔이 많지만, 즐거움이 없는 곳에도 신의 가호가 있기를!

선수들은 벽 옆자리를 차지하려고 최단거리로 달려나갔다. 양보는 경기의 포기나 마찬가지다. 누가 양보하게 될까? 도중에 방향을 바꾸기란 불가능하다. 관중들의 응원 소리가 뒤섞여서 모든 기수들에게는 똑같은 함성으로만 들렸다.

4두 전차들이 나란히 밧줄로 다가갔다. 그때 집정관 옆 나팔수가 활기차게 신호를 보냈다. 6미터 밖에서는 그 소리가 들리지 않았다. 하지만 동작을 보고 심판들이 밧줄을 떨어뜨렸다. 메살라의 말들 중 한 마리가 떨어지는 밧줄에 말굽이 걸렸다. 하지만 로마인은 위축되지 않고 긴 채찍을 흔들며 고삐를 풀고 몸을 숙였다. 그가 의기양양하게 소리치며 벽 옆자리를 차지했다.

"이겼다! 이겼다!"

로마인 응원단이 열광했다.

메살라가 안쪽으로 파고들 때, 차축에 단 청동 사자머리에 아테네 팀 우측 질주마의 앞다리가 걸렸다. 양쪽 다 비틀거리며 버티느라 속도가 느려졌다. 장내 정리원의 뜻이 부분이나마 이루어졌다. 수만 명이 긴장해서 순식간에 숨을 죽였다. 집정관 일행의 자리에서만 고함이 터져 나왔다.

"이겨라!"

드루수스가 미친 듯이 소리쳤다.

"그가 이긴다! 이겨라!"

메살라가 속도를 내는 것을 보면서 그의 일행들이 답했다.

산발랏은 서판을 손에 들고 그들에게 몸을 돌렸다가, 방금 전 충돌 사고에 경기장을 돌아보았다. 쳐다보지 않을 수가 없었다.

메살라가 지나가자 아테네인의 오른쪽에 코린토스인만 남았다. 아테네 기수는 흐트러진 말들을 돌리려고 애썼지만, 운이 나쁜지 전차 후미가 바로 왼쪽에 있던 비잔티움 전차의 바퀴와 충돌하며 발이 흔들렸다. 격렬한 충돌. 클레안테스는 분노와 공포에 찬 비명을 지르면서 자기 말들의 발굽 아래로 떨어졌다. 무시무시한 장면에 에스더는 눈을 돌렸다.

코린토스, 비잔티움, 시돈 전차가 휩쓸렸다.

산발랏은 눈으로 벤허를 찾아 확인한 후, 다시 드루수스 무리에게 고개를 돌려서 외쳤다.

"유대인에게 100세스테르티움!"

"받지!"

드루수스가 대답했다.

"유대인에게 100세스테르티움 더!"

산발랏이 고함쳤지만 들은 이가 없었다. 경기장 상황이 너무 아슬아슬해서, 드루수스 무리의 고함에 묻혔다.

"메살라! 메살라! 달려라!"

에스더가 용기를 내서 다시 트랙을 내려다보았다. 일꾼들이 말들과 망가진 전차를 치우고 있었다. 다른 무리는 기수를 데리고 나갔다. 그리스인이 있는 관객석마다 저주와 복수를 비는 기도 소리가 터져 나왔다. 갑자기 그녀가 양손을 내렸다. 벤허가 당당하게 앞으로 치고 나와 로마인과 나란히 섰다! 그들 뒤로 시돈, 코린토스, 비잔티움 전차가 무리지어 달려왔다.

경주가 계속되었다. 선수들의 영혼이 담긴 경주였다. 수많은 이들이 그들을 내려다보았다.

14

자리싸움이 다시 시작될 무렵, 벤허는 가장 왼쪽에 있었다. 다른 출전자들과 마찬가지로 운동장에 쏟아지는 빛 때문에 잘 보이지 않았지만, 경쟁자들의 속내를 가늠하며 달렸다. 적수 이상인 메살라가 보였다. 여전히 심드렁한 오만이 드러나는 얼굴, 로마 귀족답게 잘생긴 얼굴이 투구 때문에 더 돋보였다. 하지만 그 이상의 뭔가가 있었다. 시샘 어린 공상이거나 그 순간 드리워진 그림자 때문이었을까. 하지만 벤허는 유리를 들여다보듯 메살라의 영혼을 봤다고 확신했다. 잔인하고 교활하고 필사적이고, 흥분하기보다는 결연한 영혼. 경계심과 독한 각오로 긴장한 영혼이었다.

필요한 만큼의 시간이 지난 후 벤허는 말들을 돌아보았다. 결심이 더욱 굳건해지는 기분을 맛보았다. 무슨 일이 있어도, 어떤 위험이 닥쳐도 반드시 이 철천지원수를 꺾으리라! 상, 친구들, 내기돈, 명예…… 그에게는 다 뒷전이었다. 심지어 목숨까지도! 하지만 벤허는 열정적이지 않았다. 뜨거운 피가 막무가내로 거꾸로 치솟지 않았고, 운명의 여신에게 자신을 내던지는 충동 따위는 없었다. 오히려 그 반대였다. 그는 차가웠다. 계획이 있었고 자신을 신뢰했다. 더할 수 없이 빈틈없이, 능력을 발휘해 일에 매진했다. 냉정한 그의 주변으로 공기가 새롭고 완벽하게 타오르는 것 같았다.

운동장 중간에도 못 미쳐서 벤허는 이미 알아챘다. 메살라가 쏜살같이 달려갔으니 밧줄이 내려가자마자 벽 안쪽 자리를 차지할 터였다. 로마인은 망설임이 없었다. 메살라가 출발 신호가 내려지는 시점을 정확히 안다는 생각이 벤허의 머리를 스쳤다. 주최자와 공모했구나. 공직자이지만 동포에게 도움을 주기 위해 반칙도 서슴지 않는 것이, 로마인다운 면모였다. 그 동포가 인기스타인데다가 거액의 내기돈까지 걸려 있으니 말 다했다. 경쟁자들이 장애물 앞에서 말들을 신중하게 몰 때 메살라가 거침없이 돌진한 이유는 그렇게밖에 설명되지 않았다.

필요성을 아는 것과 실행하는 것은 다른 얘기다. 벤허는 안쪽 코스를 포기했다.

밧줄이 떨어지자, 그의 말들만 빼고 모든 말들이 다급한 재촉과 채찍의 채근을 받아 튀어 나갔다. 그는 일단 오른쪽으로 갔다가, 말들의 속도를 높여서 경쟁자들의 주로를 가로질렀다. 큰 각도로 움직여서 시간을 허비하지 않고 최대한 앞으로 나갔다. 그래서 관중들이 아테네 전차의 사고에 놀라고 다른 세 기수가 기술을 총동원해서 사고 현장을 피하려고 버둥대는 사이, 벤허는 빙 돌아서 바깥 코스이기는 하지만 메살라와 막상막하로 달렸다. 눈썰미 좋은 관중들은 무리 없이 주로를 왼쪽 끝에서 오른쪽으로 바꾸는 뛰어난 솜씨를 놓치지 않았다. 긴 박수 갈채로 다시 원형 경기장이 들썩였다. 에스더도 기쁘고 놀라서 손뼉을 쳤다. 산발랏은 빙긋 웃으면서 다시 100세스테르티움을 걸라고 채근했지만 내기에 응하는 사람이 없었다. 로마인들은 메살라보다 우위는 아니어도 호적수가 생겼다는 생각에 다소 놀랐던 것이다. 그것도 유대인이라니!

나란히 달리는 메살라와 벤허의 간격이 점점 줄어들며 반환점에 가까워졌다.

서쪽에서 보이는 세 기둥의 대좌는 반원 모양의 돌벽이고, 그 주변의 코스와 맞은편 발코니 관중석이 평행을 이루었다. 이 모퉁이를 도는 것이 기수에게 최고 난이도였다. 사실 오라이테스도 실패했던 대단한 묘기였다. 관중들이 숨을 죽여서 경기장 전체가 조용해졌다. 말들이 끄는 전차의 덜그덕 소리까지 또렷이 들렸다.

그때 메살라가 벤허를 알아차린 듯, 즉시 경악할 만한 대담함을 발휘했다.

"에로스를 밟고, 마르스야 솟아라!"

그가 숙련된 솜씨로 채찍을 휘두르면서 소리쳤다. 그러더니 다시 한번 "에로스를 밟고 마르스야 솟아라!" 하고 외치며 벤허의 말들을 채찍으로 쳤다. 아랍 말들은 당해본 적 없는 무서운 채찍질에 극도로 흥분했다.

모든 관중석에서 그 광경이 보였다. 다들 아연실색했다. 사위가 더 고요해졌다. 집정관 뒤에 앉은 가장 대담한 사람들조차 침묵하며 바라보았다.

잠시 후, 발코니에서 군중의 분노가 천둥처럼 터져 나왔다.

아랍 말들이 튀어 나갔다. 이제껏 사랑의 손길만 받고 사랑으로 자라서 인간을 신뢰하는 온화한 품성을 가진 말들이, 이 매서운 대접에 죽음을 피하듯 펄쩍 뛸 수밖에 없지 않을까?

말들이 충동적으로 뛰어나가며 전차도 앞으로 쏠렸다. 경험이 최고 명약이라는 건 두말하면 잔소리. 벤허에게 지금 꼭 필요한 큰 손과 강한 손힘은 어디에서 왔는가? 오랜 세월 바다와 사투를 벌인 노잡이 노릇이 아니면 어디랴. 발아래 바닥이 현기증이 날 만큼 흔들리는 것은, 거대한 풍랑이 배를 집어삼켜 버릴 때와 비슷하지 않은 가. 벤허는 버텼다. 고삐를 풀고 큰소리로 말들을 달래며 위험천만한 곡선 주로를 달리도록 이끌었다. 관중의 열기가 잦아들 새도 없이 그는 통제력을 되찾았다. 그것만이 아니라 출발점에 가까워지면서 다시 메살라와 어깨를 나란히 했다. 로마인들을 뺀 모든 관중이 열광적으로 환호했다. 군중의 분위기가 확실히 감지되자, 안하무인격으로 대담한 메살라도 더 이상의 장난질은 곤란하다고 느꼈다.

전차들이 결승점 주위를 휙 지나갈 때 에스더는 벤허의 얼굴을 보았다. 조금 창백하고 고개를 더 든 것을 빼면 차분했다. 심지어 평온해 보이기까지 했다.

한 사람이 분리벽 서쪽 끝의 기둥에 올라가 공을 하나 내렸다. 동시에 동쪽 끝 기둥에서도 고래가 한 개 내려졌다.

잠시 후 두 번째 공과 두 번째 고래가 내려졌다.

다시 세 번째 공과 세 번째 고래.

여전히 메살라가 안쪽에서 달렸다. 여전히 벤허는 그와 나란히 움직였고 다른 선수들이 뒤따랐다. 경주는 카이사르 후기에 로마에서 유행한 이중 경주의 양상을 띠기 시작했다. 메살라와 벤허가 1군, 코린토스인과 시돈인과 비잔티움인이 2군에서 달렸다. 관중석 관리인들은 관중들을 자리에 앉히는 데 가까스로 성공했다. 물론 바퀴 수가 늘어나고 막상막하의 경기가 펼쳐질 때마다 흐트러졌지만.

다섯 번째 바퀴. 시돈인이 벤허의 바깥쪽에 서는 데 잠깐 성공했다가 이내 뒤처졌다.

여섯 번째 바퀴도 앞서 전차들의 위치 그대로 시작되었다. 그랬다가 점점 속도가 붙었다. 기수들의 피도 끓어올랐다. 기수와 말이 혼연일체가 되어 마지막 위기가 임박했음을, 승자가 두각을 나타낼 때가 왔음을 아는 듯했다.

애초에 관중의 관심사는 로마인과 유대인의 경쟁이었다. 대부분 유대인을 향한 짙은 연민이었고 경기 초반에는 불안감으로 변했다. 모든 관중이 몸을 앞으로 내밀고 꼼짝하지 않고 눈으로 선수들을 쫓았다. 일데림은 수염을 쓰다듬던 손길을 멈췄고 에스더는 두려움을 잊었다.

"유대인에게 100세스테르티움!"

집정관의 차양 아래서 산발랏이 로마 응원단에게 소리쳤다.

호응이 없었다.

"1달란트, 5달란트, 10달란트, 능력껏 선택하세요!"

그가 로마인들에게 저돌적으로 서판을 흔들어 댔다.

"100세스테르티움 걸지!"

한 청년이 외치면서 서판에 쓸 준비를 하는데, 옆 친구가 말렸다.

"관둬."

"왜?"

"메살라는 지금 최고 속도야. 고삐를 날리는 천 조각처럼 늘여 쥐고 전차에 기댔잖아. 그런데 유대인을 보라구."

청년이 눈을 돌려서 바라보더니, 안색이 어두워졌다.

"맙소사! 개가 온힘을 다해 물어뜯는군. 알겠네, 알겠어! 신들이 우리 친구를 도와주지 않으면, 이스라엘 놈에게 선두를 뺏기겠어. 아니, 아직은 아니야. 봐! 이긴다, 이겨!"

로마인들의 외침이 그 말을 삼키면서 차양을 흔들었다.

메살라가 있는 힘을 다 쏟아내서 최고 속도에 달한 것은 사실이지만, 그만큼 천천히 앞으로 치고 나가는 효과는 거뒀다. 말들이 고개를 푹 숙이고 달리는데, 발코니에서 보기에 말들의 몸뚱이가 바닥을 획획 스치는 것 같았다. 시뻘건 콧구멍을 벌름거렸고 눈은 쑥 들어갔다. 명마들이 최선을 다하고 있었다! 말들이 얼마나 더 버틸까? 이제 여섯 번째 바퀴가 시작되었을 뿐인데.

반환점이 가까워지는데, 벤허가 메살라의 전차 뒤쪽으로 파고들었다.

메살라 응원단의 열광이 절정에 달했다. 그들은 포효하듯 소리치며 진홍색과 금색을 흔들어댔다. 산발랏의 서판이 내기를 거는 사람들의 이름으로 빠르게 채워졌다.

승리자의 문 위쪽의 아래층 관람석에 앉은 말루크는 계속 환호하기가 힘들었다. 그는 서쪽 기둥들을 돌며 뭔가 일이 생길 거라는 벤허의 암시를 기억하고 있었다. 그런데 다섯 번째 바퀴까지도 아무 일도 없었다. 여섯 번째 바퀴에는 뭔가 일어나겠지. 말루크는 스스로 다독이며 초조함을 달랬다. 하지만 벤허는 여전히 적의 전차 꽁무니를 벗어나지 못하고 있었다.

동쪽 끝에서는 시모니데스 일행이 평상심을 유지하려 애썼다. 상인은 고개를 푹 숙였다. 일데림은 수염을 당겼고, 가끔 반짝이는 눈빛 말고는 처진 눈썹에 눈이 파묻혔다. 에스더는 숨을 쉴 수가 없었다. 이라스 혼자만 기쁜 기색이었다.

결승선을 향해서(여섯째 바퀴가 끝나갈 무렵!) 메살라가 앞에 있고 벤허가 뒤따르는 광경은 옛 이야기의 한 장면과 흡사했다.

에우멜로스의 준마들이 앞장서고 디오메데스가 트로스의 말들
을 이끌고 뒤따라
에우멜로스 바로 뒤에 바싹 붙어서 입김을 내뿜으매
뒤에서 막 전차에 올라탄 것처럼
목덜미에 뜨거운 숨결이 느껴지고
그들의 그림자가 드리웠다.*

그렇게 출발점으로 가서 빙 돌았다. 메살라는 자리를 빼앗길까 봐
돌벽을 아슬아슬하게 끼고 달렸다. 한 걸음만 왼쪽으로 치우치면 전
차가 벽에 부딪쳐 산산조각 날 정도였다. 하지만 굽이진 부분을 지
났을 때, 전차의 바퀴 자국이 하나였다. 메살라가 지나간 길과 벤허
가 지나간 길이 따로 없었다. 그들은 앞뒤로 서서 똑같은 길을 달리
고 있었다.

두 전차가 휙 지나갈 때 에스더는 다시 벤허의 얼굴을 보았다. 이
전보다 더 창백했다.

두 적수가 직선로로 접어들자 딸보다 명민한 시모니데스가 족장
에게 말했다.

"족장님, 제가 보건대 벤허 님은 어떤 계획을 실행할 것 같군요. 얼
굴 표정이 그렇습니다."

* 《일리아스》 23장의 경주 장면

일데림이 응수했다.

"말들이 얼마나 말끔하고 팔팔한지 보셨나요? 녀석들은 아직 제대로 뛰지도 않은 겁니다! 이제 잘 보십시오!"

기둥에 나무 공과 고래가 하나씩 남아 있었다. 마지막 바퀴를 앞에 두고 관중들 모두 숨을 멈추었다.

시돈인이 채찍을 휘두르자 말들이 고통 때문에 부리나케 달려 잠시 선두 다툼에 나섰다. 하지만 곧 뒤로 처졌다. 연이어 비잔티움과 코린토스의 전차도 비슷한 시도를 했다가 실패했고, 이후 세 팀은 실질적으로 경주에서 밀려났다. 그러자 로마인을 제외한 모든 응원 부대가 벤허를 응원하기 시작했다.

"벤허! 벤허!"

군중의 응원 소리가 집정관 자리까지 위압적으로 퍼졌다.

벤허가 지나가는 지점 위쪽 관중석은 열렬한 조언을 쏟아냈다.

"속도를 내라구, 유대인!"

"당장 벽 자리를 차지해"

"얼른! 말들을 풀어 줘! 고삐를 풀고 후려갈겨!"

"놈이 다시 달려들지 못하게 하라구. 절대로!"

관중들은 난간 위로 몸을 숙이고 벤허에게 간절히 손을 뻗었다.

그는 못 들었는지 아니면 더 잘할 수가 없었는지 코스를 반쯤 돌 때까지도 여전히 뒤따라갔다. 반환점에서도 달라지지 않았다!

메살라가 회전하며 왼쪽 말들을 끌어당겨 속도를 늦췄다. 그의 사기가 하늘을 찔렀고 신에 대한 맹세가 넘쳐났다. 로마의 수호신이 여전히 함께하신다! 불과 18미터 앞에 세 개의 기둥에 돈, 승진, 증오심이 한데 뭉쳐져 더없이 달콤한 승리가 그를 기다리고 있었다!

그 순간 말루크는 밴허가 말들 위로 몸을 숙이고 고삐를 늘여 주는 것을 보았다. 그는 여러 번 접은 채찍을 펼쳐서, 말들의 등 위에서 채찍을 비틀어 쉿 소리를 내기를 여러 번 반복했다. 채찍을 실제로 내려치지 않았지만, 빠른 손놀림 때문에 찌르고 위협하는 효과를 냈다. 조용하지만 단호한 동작을 구사하며 그의 표정이 풍부해지고 눈이 빛났다. 그가 고삐들을 자유자재로 흔들었다. 그러자 한 마리가, 아니, 네 마리가 한몸이 되어서 어느새 로마인의 전차와 나란히 달렸다. 메살라는 아슬아슬한 상황을 맞이했지만 고개를 돌려 사태를 파악할 여유가 없었다. 관중의 외침도 못 들었다. 그저 경주의 소음들 사이로 한 목소리, 밴허의 목소리만 들렸다. 그는 족장이 쓰는 아랍어로 아랍 말들에게 외쳤다.

"달려, 아테르! 달려, 리겔! 뭐야, 안타레스! 머뭇거리는 거야? 착하구나, 알데바란! 천막들에서 사람들의 노래 소리가 들리는구나. 아이들과 여인들이 노래하고 있어, 별들의 노래를, 아테르와 안타레스와 리겔과 알데바란의 노래를 부르는구나. 승전가를! 노래는 끝나지 않을 거야. 잘했어! 내일 집으로, 검은 천막 밑으로 가자! 달려, 안타레스! 부족이 우리를 기다리고 주인님이 기다리신다! 다 됐어! 다 됐어! 하하하! 우리가 거만한 놈을 무너뜨렸어. 우리를 짓누른 손은 먼지구덩이 속에 있어. 영광은 우리의 것! 하하하! 그대로! 해냈어, 이것 봐! 쉬어!"

눈 깜짝할 사이에 벌어진 일이었다.

메살라는 달려들기로 작정하고, 결승점 주위로 원을 돌았다. 밴허가 그를 앞지르려면 가로질러서 달려야 했고, 전진하면서 가로지르려면 뛰어난 계략이 필요했다. 관중들도 그걸 알았다. 그들은 벤허가 신호를 내리는 것을 보았다. 말들의 대단한 호응이 이어졌다. 네 필이 메살라의 바깥 바퀴에 바싹 붙었다. 메살라의 전차 뒤에 벤허의 안쪽 바퀴가 있었다. 이 모든 광경을 관중들이 보았다. 엄청난 충돌음이 났다. 원형 경기장 전체가 울릴 정도로 요란한 소리. 순식간에 사방으로 빛나는 흰색과 노란색 파편들이 튀었다. 전차의 오른쪽이 주저앉았다. 바닥이 뒤집어졌다. 바퀴 축이 딱딱한 바닥에 닿았다가 튕겨나가기를 반복했다. 전차가 산산조각 났다. 메살라가 고삐들 속에 뒤엉킨 채 튕겨나가 곤두박질쳤다.

뒤에서 벽에 붙어 달리던 시돈 전차가 멈추거나 빠지지 못냈다. 메살라가 죽는 게 확실해지자 경기장이 무시무시한 공포에 휩싸였다. 시돈 전차는 전속력으로 잔해 속으로 뛰어들어 메살라 위를 지나 네 마리 말들을 덮쳤다. 다들 제정신이 아니었다. 대혼란. 날뛰는 말들, 부딪치는 소리, 뿌연 먼지와 모래 구름…… 그 속을 느릿느릿 빠져나오다가 멈칫대지 않고 질주하는 전차가 보였다. 벤허였다. 코린토스와 비잔티움 전차가 벤허를 쫓아서 달려나왔다.

관중들이 의자에 올라서서 비명을 질렀다. 로마인 무리는 메살라 쪽을 힐끗 보았다. 발길질 하는 말들 밑에, 버려진 전차 밑에 미동 없이 누워 있었다. 사람들은 가슴이 철렁했다. 메살라가 죽었구나. 하지만 더 많은 사람들은 벤허를 눈으로 쫓았다. 그들은 고삐들이 교묘하게 스치며 약간 왼쪽으로 도는 것을 보지 못했다. 벤허가 바퀴 축에 달린 쇠끝으로 메살라의 바퀴를 걸어 부딪치게 하는 것을 관중들은 놓쳤지만, 변하는 표정을 보았고 뜨겁게 번뜩이는 결기를 느꼈다. 영웅다운 결단력. 표정과 말과 몸짓으로 말들의 기운을 북돋우는 힘찬 움직임. 그리고 무서운 질주! 사자들이 마구를 얹고 도약하는 모습 같았다. 덜컹대는 전차만 없었다면 네 필이 날아가는 것처럼 보였다. 비잔티움과 코린토스 전차들이 코스의 절반쯤 돌았을 때 벤허가 결승점을 빙 돌았다.

이겼다!

집정관이 일어났다. 관중들은 목이 쉬어라 소리쳤다. 주최자인 안디옥 총독이 좌석에서 내려와서 우승자들에게 화관을 씌워 주었다.

권투 우승자는 이마가 좁고 머리가 노란 색슨족이었다. 벤허는 그의 험상궂은 얼굴을 빤히 보다가 로마에서 자신을 아껴주던 스승임을 알아보았다. 벤허는 발코니의 시모니데스와 일행을 올려다 보았다. 그들이 손을 흔들었다. 에스더는 자리에 앉아 있었지만 이라스는 일어나서 벤허에게 미소를 지으며 부채를 흔들었다. 벤허는 사람들의 호의가 짜릿했다. 메살라가 승리했다면 모든 영광이 그에게 돌아갔을 테니까.

우승자들이 행렬을 이루어, 관중들의 열렬한 함성 속에서 승자의 문을 지나갔다. 그렇게 그날이 저물었다.

15

벤허는 일데림과 함께 강 건너에 임시로 머물렀다. 예정대로 자정 무렵에 떠날 참이었다. 족장의 카라반은 이미 30시간 앞서 떠났다.

족장이 선물들을 주려고 했지만, 벤허는 원수에게 굴욕을 안긴 데 만족한다면서 고집스럽게 사양했다. 선물을 두고 실랑이가 길었다.

"그대가 나에게 얼마나 큰일을 해 줬는지 아십니까. 아카바 지역과 바다까지, 유프라테스 강 너머에서 흑해 너머까지, 나의 미라와 미라가 낳은 말들의 명성이 자자할 겁니다. 그들을 찬양하는 이들은 나를 칭송할 테고, 내가 말년에 접어든 것을 잊을 테지요. 이제 주인 없는 병사들이 내게 올 테고, 내 수하의 병력은 셀 수 없이 많아질 겁니다. 그런 사막의 영향력을 손에 쥐는 것이 얼마나 막강한지 모르시지요? 상거래에서 무수한 이익을 얻고 왕들에게 면책권도 얻습니다. 아, 그렇지요! 나는 대리인을 통해 로마 황제의 선처를 얻을 겁니다. 그런데 아무것도, 정말 아무것도 받지 않겠다는 겁니까?"

"제게 도움과 마음을 주지 않으셨습니까? 커지는 세력과 영향력은 오실 왕에게 소용이 되게 하시지요. 그 힘이 족장님께 허락된 것은 그분을 위해서가 아니겠습니까? 제가 앞으로 할 일에 큰 도움이 필요할지도 모릅니다. 그러니 지금 사양하는 것은 추후에 더 크게 부탁드리기 위함이기도 합니다."

그런 식의 설왕설래 중에 두 명이 도착했다. 말루크와 낯선 사내였다. 말루크가 먼저 안으로 들어왔다.

그는 기쁜 기색을 감추지 못했다.

"아, 시모니데스 주인님의 심부름으로 왔습니다. 경기가 끝난 후 로마인 몇몇이 부랴부랴 상금 지급에 반대하고 나섰다는 소식을 전하라고 하셨습니다."

일데림이 몹시 날카로운 소리로 외쳤다.

"맙소사! 주최자가 공정한 승부였음을 결정하겠지."

말루크가 대답했다.

"주최자는 이미 상금을 지급했습니다, 족장님."

"잘됐군."

"그자들이 벤허가 메살라의 바퀴를 쳤다고 항의하자, 총독이 웃으면서 이렇게 말했답니다. 결승점을 돌 때 아랍말들이 채찍질 당한 일을 기억하라고."

"아테네 기수는 어찌 되었나?"

"죽었습니다."

"죽었군요!"

벤허가 외쳤다. 일데림도 똑같이 말했다.

"죽었구만! 로마 괴물들은 운도 좋지! 메살라는 그 꼴은 면했지?"

"그렇습니다, 족장님. 그 꼴은 면했지만 평생 짐을 안고 살 겁니다. 의사들 말로는 목숨은 부지하겠지만 다시는 걷지 못할 겁니다."

벤허는 하늘을 올려다보았다. 그는 시모니데스처럼 의자에 묶여 지내는 메살라를, 시모니데스처럼 종들이 어깨에 지고 바깥 나들이를 시켜주는 메살라를 그려 보았다. 시모니데스도 어렵게 적응했는데, 자존심이 세고 야심만만한 메살라는 어떨까?

말루크가 말을 이었다.

"시모니데스 님께서 산발랏이 애를 먹고 있다고 전하라고 하셨어요. 드루수스를 중심으로 로마 귀족 청년들이 5달란트 지불 금지를 막센티우스 집정관에게 요청했고, 집정관은 황제에게 의뢰했습니다. 메살라도 내기돈의 지급을 거절했습니다. 그러자 산발랏도 집정관을 찾아갔고, 그쪽에서 문제를 숙고 중입니다. 올바른 로마인들이 지급을 거부해서는 안 된다고 말하는데, 반대파들도 동조하고 있지요. 도시가 온통 그 이야기로 시끄럽습니다."

"시모니데스 님은 뭐라고 하십니까?"

벤허가 물었다.

"주인님은 웃으시고 흐뭇해 하십니다. 메살라는 돈을 내면 파산할 테고, 지급을 거부하면 체면을 잃겠지요. 로마 정부가 결정하겠지만, 동방을 자극하면 파르티아와의 시작이 안 좋을 테고, 일데림 족장을 자극하면 사막 지역과 적이 되는 것을 고려하겠지요. 막센티우스 집정관의 작전은 모두 사막에서 펼쳐야 될 상황이니까요. 그런 까닭에 시모니데스 님은 동요하지 마시라고 전하라고 분부하셨습니다. 메살라가 돈을 낼 거라고요."

일데림은 다시 기분이 좋아져서, 손을 비비면서 말했다.

"이제 우리도 떠납시다. 시모니데스 님이 일을 잘 처리하실 겁니다. 영광은 우리 몫입니다. 말들을 준비시키지요."

말루크가 말했다.

"잠시만. 제가 밖에 심부름꾼을 두고 왔습니다. 그를 만나시겠습니까?"

"당연하지! 내가 깜빡했군."

말루크가 물러갔고, 태도가 얌전하고 외모가 곱상한 청년이 들어왔다. 그가 한쪽 무릎을 꿇고 사근사근하게 말했다.

"일데림 족장께서 잘 아시는 발타사르의 따님인 이라스 아씨가 전갈을 보냈습니다. 아씨는 족장님의 말들이 승리를 거둔 것을 축하드린다고 하셨습니다."

일데림이 눈을 반짝이며 답했다.

"내 친구의 딸은 친절하기도 하지. 내가 축하를 받아 기뻐하는 증표로 이 보석을 전해 주게."

족장이 손가락에서 반지를 빼서 건넸다.

"분부대로 하겠습니다. 아씨께서 제게 시킨 일이 더 있습니다. 아씨는 일데림 족장께서 벤허 님께 이 말을 전해 주시기를 부탁했습니다. 부친께서 한동안 이데르네 궁에 머무시니, 내일 제4시에 그곳에서 벤허 님을 만나겠다고요. 축하 인사와 더불어 족장님께서 이 말을 전해 주시면 정말 기쁠 거라고 했습니다."

족장이 벤허를 보니, 청년은 기쁜 기색이 완연했다.

"어떻게 하겠습니까?"

"허락하신다면 아름다운 이라스 아가씨를 만나겠습니다."

일데림이 웃었다.

"사내라면 청춘을 즐김이 마땅하겠지요?"

벤허가 심부름꾼에게 대답했다.

"자네를 보낸 분께 전하게. 나 벤허가 내일 정오에 어딘지 모르지만 이데르네 궁에서 그분을 뵙겠네."

청년이 절하고 물러갔다.

자정에 일데림은 벤허에게 말 한 필과 길잡이를 붙여주고 길을 떠났다. 벤허는 곧 뒤따라갈 예정이었다.

16

다음 날 벤허는 이라스와의 약속을 지키러 갔다. 옴팔로스에서 헤롯의 주랑으로 방향을 트니 이데르네 궁이 나왔다.

현관으로 들어갔다. 현관 양쪽으로 지붕이 있는 계단들이 있고, 계단 덮개 위로 포르티코*가 솟아 있었다. 계단 옆으로 날개 달린 사자 상들이 있고, 중앙의 대형 황새 모양 분수가 뿜어내는 물이 바닥으로 떨어졌다. 사자 상, 황새 상, 벽, 바닥은 이집트를 연상시켰고, 계단부터 난관까지 모든 게 잿빛 돌덩이였다. 품위 있는 기둥들은 가볍고 구도가 딱 맞아서, 그리스식이 아니라고는 상상할 수가 없었다. 눈 같이 하얀 대리석 기둥이 커다란 바위에 무심히 떨어진 백합 한 송이 같은 느낌을 자아냈다.

벤허는 포르티코의 그늘 아래 잠시 멈춰 서서, 기둥의 장식과 마감 상태와 대리석의 정갈함에 감탄했다. 그러고는 궁으로 들어갔다. 큰 접이식 문들이 열리면서 그를 맞이했다. 좁은 복도는 천장이 높았고, 붉은 타일 바닥과 벽의 빛깔이 비슷했다. 소박하지만 아름다운 것이

---

* 주랑 현관

나타난다는 예고같은 기분을 주었다.

그는 느긋한 몸과 마음으로 천천히 움직였다. 곧 이라스와 만나리라. 그녀가 그를 기다리고 있다. 빛나고 환상적인, 끝을 알 수 없는 노래와 이야기와 농담을 가진 그녀가. 근사한 눈짓과 화사한 미소를 가진 그녀가! 그 눈짓들은 그녀의 속삭임에 관능을 더했다. 이라스는 종려나무 농원의 호수에서 뱃놀이를 하던 밤에 그를 불렀고, 이제 두 번째로 그를 불렀다. 벤허는 아름다운 이데르네 궁으로 그녀를 만나러 온 것이 꿈만 같았다. 그는 한껏 행복하고 들떠 있었다.

통로 끝에 닫힌 문이 나왔다. 그 앞에서 멈춰 서니, 넓은 접이식 문짝들이 저절로 열리기 시작했다. 삐걱대거나 문고리가 돌아가거나 빗장이 풀리는 소리가 나지 않았다. 별난 일이었지만 눈앞에 펼쳐지는 광경에 금세 잊었다.

통로는 소박한데 문 안은 로마식 저택의 아트리움이었다. 널찍하고 웅장하다 싶을 정도로 호사스러웠다.

완벽한 구도 속에 눈속임이 있기에 방의 크기는 정확하게 말할 수가 없다. 방의 깊이는 좁은 길을 통해 본 전망과 같았다. 바닥을 내려다 보니, 백조를 쓰다듬는 레다의 가슴을 밟고 있었다.* 더 멀리 보니 바닥 전체가 신화를 재현한 모자이크 그림이었다. 발판들과 의자들이 있는데, 다 각기 다른 디자인으로 공들여 만든 작품들이었다. 화려하게 조각된 탁자들이 있고 여기저기 놓인 소파들은 앉아보라고 권유하는 것 같았다. 가구들은 마치 잔잔한 물 위에 떠 있는 것처럼

---

* 그리스 신화에서 레다는 백조로 변신한 제우스와 사랑을 나눈다.

바닥에 고스란히 비쳤다. 심지어 벽의 패널 장식, 그림과 조각으로 묘사된 형태들과 천장화까지 바닥에 비쳤다. 천장은 중앙을 향해 곡선의 돔을 이루었고, 거침없이 빛이 쏟아지고 파란 하늘이 손에 잡힐 것 같은 천창이 나 있었다. 천창 아래 수반이 황동 난간에 둘려져 있었다. 천장 가장자리로 천장을 떠받치는 금칠한 기둥들이 햇빛을 받아 불꽃처럼 빛났고, 기둥들의 그림자가 무한히 깊히 뻗었다. 또 예스럽고 묘한 나뭇가지 모양의 촛대, 조각상, 화병들도 있었다. 전체적인 분위기가 키케로가 사들인 크라수스*의 팔리티노 언덕 저택에 어울릴 법했다. 혹은 호사스럽기로 더 유명한 스카우루스의 투스쿨룸** 저택이나.

여전히 꿈같은 기분에 젖은 벤허는 보이는 모든 것에 매료되어 거닐면서 기다렸다. 시간이 지체되는 게 마음에 걸리지 않았다. 이라스는 준비를 마치면 나오거나 하인을 보낼 터였다. 제대로 된 로마의 살림집에서 손님들이 기다릴 만한 장소는 아트리움이었다.

그는 두 차례, 세 차례 빙빙 돌았다. 자주 천창 아래 서서 파란 창공을 올려다보았다. 그러다가 기둥에 기대서서 빛과 그림자와 그 효과를 찬찬히 살폈다. 여기서 빛의 너울이 사물들을 축소시키고 저기서 환한 기운이 다른 것들을 확대시켰다. 아무도 오지 않았다. 마침내 시간의 흐름이 의식되었다. 이라스가 왜 이리 늦을까.

바닥의 그림들을 다시 더듬어봤지만 처음처럼 흡족하지 않았다.

---

* BC 115-53 부자로 유명한 고대로마 정치가

** 로마 남쪽의 고대 휴양 도시

벤허는 자주 동작을 멈추고 귀를 기울였고, 조급증이 뜨겁게 밀려왔다. 그 기운이 점점 강하고 뜨거워지다가, 집을 묘하게 휘감은 적막감이 신경 쓰였다. 불편하고 미심쩍은 마음이 들었다. 하지만 미소와 가능성으로 그런 기분을 밀어냈다. 아마 눈 화장을 마무리하거나 나를 위해 화관을 꾸미고 있는 거겠지. 늦는 만큼 더 아리따운 모습으로 곧 나올 거야!

그는 앉아서 가지 모양의 촛대에 감탄했다. 굴림대 위의 황동 대좌, 옆면과 가장자리의 금 세공. 한쪽 끝의 기둥, 맞은편 끝의 제단과 여제사장 조각상, 늘어진 종려나무 가지 끝에 얇은 쇠사슬로 연결된 등잔 받침대. 모든 게 경이로웠다. 하지만 불쑥불쑥 느껴지는 적막감이 불길했다. 예쁜 물건들을 쳐다보면서도 온 신경이 귀로 가 있었다. 아무도 없는 듯했다. 궁이 무덤 같았다.

'착오가 있나. 아닌데. 이집트 여인이 보낸 심부름꾼이 분명히 이데르네 궁이라고 했는데.'

그 순간 벤허는 문이 저절로 열렸던 것이 떠올랐다!

아까의 문으로 되돌아갔다. 사뿐사뿐 걸었지만 발소리가 요란하게 들려서 그는 움찔했다. 점점 불안해졌다. 투박한 로마식 잠금쇠를 올려도 문이 꿈쩍하지 않았다. 그제서야 정신이 번쩍 났다. 온 힘을 다해 비틀어 봤지만 소용없었다. 흔들리지도 않았다. 그는 잠시 어쩔 줄 몰라 하며 서 있었다. 등줄기가 서늘해졌다.

안디옥에서 나를 해칠 사람이 누가 있지?

메살라!

아, 이데르네 궁! 그러고 보니 현관은 이집트식이고 새하얀 포르티코에서는 아테네가 보였지만, 이곳 아트리움은 확연히 로마의 것이었다. 주변의 모든 게 로마인이 주인임을 드러내고 있었다. 도심 대로변의 대저택에서, 공공연한 곳에서 그는 비열한 폭력과 마주했다. 메살라의 성격과 정확히 맞아떨어졌다. 우아하고 아름다운 아트리움은, 덫이었다. 불안은 늘 까맣게 칠해진다. 벤허는 초조했다.

아트리움의 좌우로 문이 여럿 있었다. 틀림없이 침실로 이어질 터였다. 하지만 하나같이 굳게 잠겨 있다. 문을 두드리면 응답이 있을지도 몰라. 하지만 고함을 치기가 창피해서 소파로 가서 누워 궁리해 보려 애썼다.

덫에 걸린 건 확실해. 그런데 대체 누가? 왜?

정말 메살라의 짓이라면! 벤허는 일어나 앉아서 반항적으로 웃었다. 탁자마다 무기로 쓸 만한 것들이 보였다. 새들은 황금 새장에서 굶어 죽겠지만 나는 다르지! 소파를 벽을 허무는 봉처럼 휘두르리라. 벤허는 강인했고, 분노와 절망에 빠지면 더 힘이 세졌다.

메살라가 직접 올 수는 없다. 다시는 걷지 못할 부상을 입었으니까. 하지만 사람을 보낼 수는 있다. 어딘가 그가 움직인 자들이 있지 않을까? 벤허는 일어나서 다시 문을 열어 보려 했다. 고함을 질렀다가 방에 메아리가 쳐서 깜짝 놀랐다. 최대한 마음을 가라앉히고, 빠져나갈 시도를 할 때를 기다리기로 작정했다.

마음이 동요했다가 평온해지기를 반복했다. 시간이 얼마나 흘렀을까. 결국 이 일이 사고거나 실수라고 결론 내렸다. 궁은 분명히 누군가의 소유고, 틀림없이 관리인이 있을 거야. 관리인이 오겠지. 저녁이나 밤에는 와 보겠지. 참자!

벤허는 기다렸다.

반 시간 후(벤허에게는 더 길게 느껴졌다), 그가 들어왔던 문이 열렸다 닫혔다. 아까처럼 소리가 나지 않아서 벤허는 알아차리지 못했다. 그는 방의 저쪽 끝에 앉아 있다가, 발소리에 화들짝 놀랐다.

'드디어 그녀가 왔구나!'

벤허는 속으로 중얼대면서, 안도감과 반가움을 느끼며 일어났다.

발소리가 무거웠다. 허술한 샌들이 스치고 달그락대는 소리가 났다. 그와 문 사이에는 금칠한 기둥들이 있었다. 벤허는 조용히 앞으로 나가서 한 기둥 뒤에 숨었다. 남자들 목소리가 들렸다. 한 명은 거칠고 쉰 목소리인데, 동방이나 남부 유럽 말이 아니어서 알아들을 수가 없었다.

침입자들이 실내를 대충 살핀 후 왼쪽으로 가로질러 오자, 벤허의 시야에 들어왔다. 한 명이 유독 건장했고, 둘 다 장신에 짧은 튜닉 차림이었다. 집 주인이나 하인으로 보이지 않았다. 그들도 눈에 보이는 것마다 감탄스러운지 멈춰서 살피고 만졌다. 상스러운 자들이었다. 그들이 들어서자 아트리움이 더럽혀진 것 같았다. 동시에 느긋하고 확신에 찬 태도는 그들이 여기에 정확한 용무가 있어서 왔음을 말해 주었다. 어떤 용무?

그들은 뜻모를 말을 지껄이면서 이리저리 돌아다녔고, 점점 벤허가 있는 기둥으로 다가왔다. 조금 떨어진 곳에서 햇살이 비스듬히 모자이크 바닥에 쏟아졌고, 거기 있는 조각상이 사내들의 눈을 끌었다. 그들은 조각상을 살피면서 햇빛 속에서 걸음을 멈추었다.

벤허는 이 아리송한 상황 때문에 불안해졌다. 그런데 거구의 사내의 얼굴을 바로 알아보았다. 로마에서 알던 북구인이었다. 전날 권투 대회의 우승자였다. 흉터가 많고, 지독한 고통으로 야수처럼 변한 얼굴. 연습과 훈련으로 엄청나게 단련된 맨살의 팔다리, 헤라클레스처럼 벌어진 어깨를 훑어 보다가, 온몸이 오싹해졌다.

우연일 리 없다. 이것은 완벽한 살해 기회다!

이들은 청부업자들이고, 자신에게 용무가 있는 것이다. 벤허는 북구인의 동행을 살폈다. 검은 눈, 검은 머리의 청년은 유대인의 외모였다. 벤허는 그들이 경기장에서 입는 직업 선수의 차림인 것도 알아차렸다. 확실해졌다. 누군가 의도적으로 벤허를 궁으로 유인했다. 도움을 얻을 수 없는 혼자인 상황에서 그는 죽게 생겼다!

벤허는 황망하게 두 사내를 번갈아 보았다. 그러다가 내면에서 뭔가가 일어났다. 자신의 인생역정이 획획 스쳐 지나갔고, 그것을 남처럼 바라보았다. 펼쳐지는 삶에서 고비마다, 숨겨진 깊은 곳에서 숨은 손이 나와 그에게 새 인생의 시작을 보여주었다. 전과는 다른 새로운 삶을. 그는 폭력의 희생자였는데 공격자가 되었다. 어제 그 임무를 이뤘다! 순수한 기독교인의 본성을 가졌다면 우유부단한 회오를 느꼈겠지만, 벤허는 아니었다. 그의 정신은 마지막 가장 큰 가르침이 아닌 첫 율법의 가르침에서 얻은 감정에 젖어 있었다. 그는 메살라에게 벌을 주었고 그것은 그른 일이 아니었다. 주님의 허락으로 승리했고, 이 사건에서 믿음을 얻었다.

벤허에게 새 삶은 막 시작된 사명으로 여겨졌다. 오실 왕이 신성한 것만큼 신성하게, 왕이 오시는 것이 확실한 것만큼 확실해 보였다. 그 소임에서는 피할 수 없는 경우 완력을 써도 무방했다. 이런 소임을 행하려는 시점에서 그가 무엇이 두려울까?

벤허는 허리띠를 풀고 두건과 흰 유대식 겉옷을 벗었다. 그는 적들처럼 셔츠 차림으로 서서 몸과 마음의 채비를 했다. 팔짱을 끼고 기둥에 등을 기대고 서서 침착하게 기다렸다.

조각상을 살피던 북구인이 몸을 돌리면서 알아듣지 못할 언어로 뭐라고 말했다. 그러더니 두 사람 다 벤허를 발견했다. 그들은 서로 몇 마디 더 나누더니 벤허에게 다가왔다.

"누구냐?"

벤허가 라틴어로 물었다.

북구인이 우락부락한 얼굴로 싱긋 웃었다.

"이방인이다."

"여기는 이데르네 궁이다. 누구를 찾아왔지? 서서 대답하라."

그가 단호하게 말했다. 사내들이 멈췄다. 북구인이 되물었다.

"넌 누구냐?"

"로마인이다."

거인이 머리를 등 뒤로 젖히고 웃었다.

"하하하! 소금 묻은 돌을 핥는 소한테서 신이 나왔다는 말은 들어봤다만, 신도 유대인을 로마인으로 만들지는 못해."

그가 웃음을 그치고 동행에게 뭐라고 말했다. 둘은 더 가까이 다가왔다. 벤허가 기둥에서 벗어나면서 말했다.

"멈춰! 한 마디만 하지."

그들이 멈춰 섰다.

"한 마디라! 한 마디! 해 봐."

색슨족이 가슴팍 위로 우람한 팔짱을 끼고 내뱉었다. 그의 얼굴에 번지기 시작한 위협적인 표정이 누그러졌다.

"너는 북구인 토르드지."

거인의 파란 눈이 휘둥그레졌다.

"로마의 검투사 교관이고."

토르드가 고개를 끄덕였다.

"난 너의 수련생이었다."

토르드가 머리를 크게 저었다.

"아니, 맹세코 난 유대인을 격투사로 훈련시킨 적이 없다."

"내 말을 증명해 보이지."

"어떻게?"

"너희는 날 죽이려고 여기 왔지."

"그건 맞지."

"저 작자와 일대일로 맞붙겠다. 내가 그의 몸뚱이로 증명하지."

북구인의 얼굴에 짓궂은 웃음이 떠올랐다. 동행이 동의의 답을 했는지, 토르드는 들뜬 아이처럼 순진하게 대답했다.

"내가 시작하라고 말할 때까지 기다려."

그는 몇 번 발로 소파를 바닥 위로 밀어내더니, 느긋하게 소파에 몸을 뉘였다. 편한 자세를 취하자 토르드가 간단히 말했다.

"이제 시작."

벤허는 얌전히 상대에게 걸어갔다.

"방어하라구."

사내가 거리낌 없이 양손을 올렸다.

두 사람이 정해진 자리에서 마주섰다. 둘은 눈에 띄는 차이가 없었다. 오히려 형제처럼 비슷해 보였다. 상대가 자신만만한 미소를 짓는 반면 벤허는 진지한 표정으로 맞선 점만 달랐다. 벤허의 실력을 알았다면 상대는 그 표정을 위험 경고로 받아들였을 텐데. 이 싸움에서 진 사람은 목숨을 잃는다는 것을 둘 다 알고 있었다.

벤허는 오른손을 움직이는 체했다. 상대가 피하면서 왼팔을 살짝 내밀었다. 그가 몸을 돌려 막기 전에 벤허는 오랜 세월 노를 잡던 손힘으로 팔목을 움켜쥐었다. 기습 공격이 이루어졌고 틈을 주지 않았다. 벤허가 몸을 날려 사내의 목과 어깨 위로 팔을 뻗었다. 그의 왼쪽 옆구리를 앞으로 돌려서 준비된 왼손으로 힘껏 가격하고, 귀 아래 목도 때렸다. 동작들이 하나의 움직임으로 부드럽게 이어졌다. 두 번 공격할 필요도 없었다. 청부업자는 쿵 쓰러졌다. 아무 소리도 내지 못했다.

벤허가 토르드에게 몸을 돌렸다.

"하, 뭐야! 이럴 수가!"

북구인은 놀라서 몸을 일으켜 앉더니 웃음을 터뜨렸다.

"하,하,하! 나도 그보다 잘하진 못했을걸."

그는 벤허를 머리부터 발끝까지 냉정하게 살피더니, 일어나서 내놓고 감탄하는 눈빛으로 마주보았다.

"그건 내 기술이었어. 내가 로마의 훈련장에서 10년간 연마한 기술이라구. 넌 유대인이 아니군. 누구지?"

"아리우스 님을 알 테지."

"퀸투스 아리우스? 내 후원자셨지."

"그에게 아들이 있었어."

토르드의 안색이 약간 밝아졌다.

"맞아. 최고 검투사가 되고도 남았을 자인데. 황제가 후원해 주겠다고 제의했지. 방금 전 당신이 보인 바로 그 기술을 내가 그에게 가르쳤어. 나같은 손과 팔이 아니면 해낼 수 없는 기술이지. 난 이 기술로 수많은 승리를 거머쥐었고."

"바로 나야. 그 아리우스의 아들."

토르드는 더 가까이 다가서서 벤허를 세심히 보았다. 그러다가 그는 정말 기쁜 눈빛으로 웃음을 터뜨리면서 손을 내밀었다.

"와하하! 여기 가면 유대인 개가 있고 죽이면 신들에게 좋은 일을 하는 거라고 했는데."

"누가 그런 말을 했지?"

벤허가 손을 맞잡으며 말했다.

"그가, 메살라가, 와하하!"

"언제였소, 토르드?"

"어젯밤."

"그가 다친 줄 알았는데."

"다시는 못 걸을걸. 침대에 누워 신음하는 틈틈이 명령한 거야."

몇 마디에 생생한 증오가 그려졌다. 벤허는 메살라가 목숨을 부지한다면 여전히 위험한 재주를 피우고 물불 가리지 않고 그를 쫓으리라는 것을 확인했다. 복수만이 그의 비참한 삶을 달래줄 테고, 따라서 산발랏에게 잃은 돈을 절대로 내놓지 않을 터였다. 벤허는 새로 오실 왕을 위해 시작한 일을 메살라가 여러 방식으로 훼방 놓을 수 있음을 깨달았다.

가만, 나도 메살라의 수법을 빌리면 되지 않을까? 그를 죽이라고 고용한 사내를 고용해서 되갚아 주면 어떨까. 나는 더 큰 돈을 지불할 능력이 있어. 벤허는 강한 유혹에 반쯤 넘어가서 바닥에 죽어 널브러진 사내를 내려다보았다. 흰 얼굴이 벤허 자신과 흡사했다.

"토르드, 메살라가 나를 죽이는 댓가로 뭘 약속했소?"

"1천 세스테르티움."

"그 돈은 받으시오. 내 말대로만 하면 거기에 3천을 보태 주지."

"어제 선금으로 5천 세스테르티움을 받았어. 1천을 더 받으면 총 6천이야. 아리우스, 자네가 4천을 주면 당신 편을 들겠네. 나와 이름이 같은 토르 신에게 망치로 맞는다고 해도 말이지. 그 누워 있는 귀족놈도 죽여 줄 수 있어. 손으로 그 입만 막으면 끝나거든."

토르드는 손으로 자기 입을 막는 시늉을 했다.

"그래, 1만 세스테르티움이면 큰돈이지. 로마로 돌아가서 막시무스 근처에 주점을 내고 최고의 교관에게 어울리게 살 수 있을 거요."

흉터 많은 거인의 얼굴이 상상만으로도 기쁨으로 빛났다.

벤허가 계속 말했다.

"내가 4천을 주지. 그 대신 당신이 할 일은 손에 피를 묻히는 일이 아니오, 토르드. 내 말을 들으시오. 여기 있는 당신 친구가 나와 비슷하게 생기지 않았소?"

"형제라고 해도 믿겠군."

"흠, 내가 그의 옷을 입고 그에게 내 옷을 입혀서 여기 두면, 당신이 메살라에게 수고비를 받을 수 있지 않겠소? 당신은 죽은 게 나라고 메살라가 믿게 만들기만 하면 되오. 나는 조용히 빠져나갈 테니."

토르드는 눈물을 줄줄 흘리면서 웃었다.

"하하하! 1만 세스테르티움을 쉽게 번 게 아니지. 막시무스 옆 주점이라! 피를 보지 않고 거짓말의 대가로만 벌다니! 아하하! 손을 이리 줘 봐요, 아리우스 도련님! 이제 잘해 봅시다. 그리고, 우하하, 로마에 오거든 꼭 북구인 토르드의 주점을 찾아 오시오. 황제에게 빌려서라도 가장 좋은 술을 대접할 테니!"

두 사람은 다시 악수했다. 벤허는 옷을 갈아입었다. 밤에 심부름꾼이 4천 세스테르티움을 들고 토르드의 숙소로 가기로 했다.

토르드가 문을 두드리니 문이 열렸다. 그는 아트리움 밖 옆방으로 벤허를 안내했고, 거기서 벤허는 죽은 권투선수의 초라한 옷을 벗고 다시 매무새를 갖추었다. 둘은 옴팔로스에서 헤어졌다.

"아리우스 도련님, 꼭 막시무스 근처 주점으로 찾아 오시오! 아하하! 이렇게 쉽게 번 돈은 없었어. 그대에게 신들의 가호가 있기를!"

아트리움에서 빠져나올 때 벤허는 유대인의 외투를 입은 시신을 마지막으로 보고 만족했다. 두 사람이 놀랍도록 비슷했다. 토르드가 신의를 지킨다면 영원히 발각되지 않을 터였다.

벤허는 그 길로 시모니데스에게 가서 이데르네 궁에서 벌어진 일을 죄다 알렸다. 그들은 며칠 후 공개적으로 아리우스 2세의 소재 파악이 시작될 거라고 의견을 모았다. 결국 이 일은 막센티우스 집정관에게 넘어갈 테고, 수수께끼가 풀리지 않으면 메살라과 그라투스는 안심하고 흡족해할 터였다. 그러면 벤허는 자유롭게 예루살렘으로 가서 가족을 찾을 수 있었다.

시모니데스는 강이 내려다보이는 테라스에서 의자에 앉은 채로 벤허에게 작별 인사를 하고, 아버지의 마음으로 신의 평안을 빌어주었다. 에스더는 계단참까지 벤허를 배웅했다.

"에스더, 내가 어머니를 찾으면 예루살렘으로 와서 티르자의 자매가 되어 줘요."

그 말과 함께 그는 에스더에게 키스했다.

과연 그것이 평안을 비는 키스에 불과했을까?

벤허는 강을 건너 일데림이 머물던 곳 근처로 가서, 안내자 아랍인을 찾았다. 말들이 나왔다. 아랍인이 말했다.

"이 말을 타십시오."

알데바란이었다. 시리우스 다음으로 족장의 총애를 받는, 미라의 새끼 중 가장 빠르고 똑똑한 말이었다. 벤허는 선물에서 족장의 진심을 느꼈다.

아트리움의 시신은 밤에 옮겨져 매장되었다. 메살라가 그라투스에게 전갈이 보내서 '벤허가 확실히 죽었다'고 안심시켰다.

얼마 지나지 않아 로마의 막시무스 인근에 주점이 새로 문을 열었다. 문 위에 이런 간판이 걸려 있었다.

「북구인 토르드」

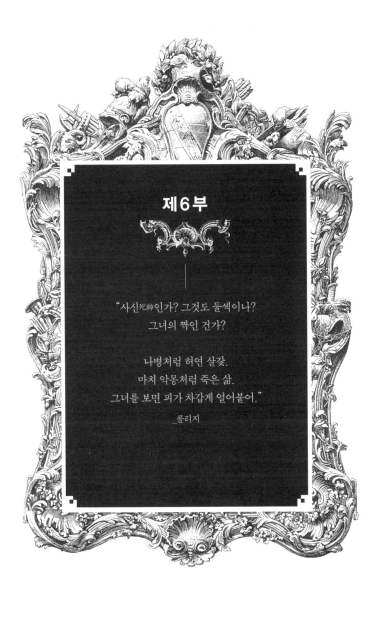

제6부

"사신死神인가? 그것도 둘씩이나?
그녀의 짝인 건가?

나병처럼 허연 살갗.
마치 악몽처럼 죽은 삶.
그녀를 보면 피가 차갑게 얼어붙어."

_콜리지

1

벤허가 안디옥을 떠나 일데림 족장과 사막으로 향한 지 1달이 지났다.

그 사이에 커다란 변화가 일어났다. 적어도 우리 주인공의 운명과 관련해서는 큰 변화다. 본디오 빌라도*가 발레리우스 그라투스의 총독 자리를 물려받았다!

사실상 제거라고 말할 수 있으리라. 시모니데스가 로마돈 5달란트를 쏟아부어서 이뤄 낸 결과였으니까. 당시 로마 황제 티베리우스의 최측근으로서 막강한 권력을 쥔 세야누스에게 바친 것이다. 벤허가 가족을 찾기 위해 예루살렘 주위를 다닐 때 신분이 발각되지 않게 돕기 위해서였다. 충직한 종은 드라수스 무리에게 딴 돈을 신성한 목적에 썼다. 그들은 돈을 잃자 자연스럽게 메살라와 원수가 되었다. 메살라는 여전히 내기 돈을 갚지 않고 있었고, 이 문제는 로마에서 논의 중이었다.

유대인들이 새 사람에게 기대할 게 없음을 깨닫는 건 금방이었다.

안토니아 수비대와 교대할 보병대가 야밤에 기습적으로 시내로

---

* Pontius Pilate. 그라투스의 후임으로 온 유대 총독. 사법권을 가졌기 때문에 유대인들이 제소한 예수를 재판해야 했다.

들어왔다. 인근 주민들은 이튿날 아침에 일어나서 옛 성탑의 벽이 군기로 장식된 것을 목격했다. 독수리와 금구金球와 함께 황제의 반신상이 그려져 있었다. 분개한 유대인들이 가이사랴의 총독 관저로 몰려가서 '망측한 상징들을 치우라'고 청원했다. 문간에서 닷새 밤낮을 버티자, 마침내 빌라도 총독이 대경기장에서 면담하겠다고 밝혔다. 그런데 유대인들이 모이자 병사들이 에워쌌다. 유대인들은 저항하는 대신 목숨을 내놓는 것으로 목적을 쟁취했다. 군기들이 가이사랴로 회수되었다. 전임자 그라투스는 조심하느라고 11년의 통치 기간 내내 반감이 큰 일들은 삼가려고 애썼다.

하지만 최악의 인간들도 가끔은 선행을 하는 법이니, 빌라도가 그랬다. 그가 유대 땅 모든 감옥에 구금 중인 죄수들의 명단과 죄목을 보고하도록 지시했다. 물론 신임이 전임자의 책임을 뒤집어쓸까 봐 흔히 내리는 조치였다. 하지만 유대인들은 선의로 여겨서 그를 믿었고, 한동안 마음을 놓았다. 조사 결과는 놀라웠다. 고발 없이 갇혔던 죄수 수백 명이 풀려났고, 오래전 죽은 줄 알았던 자들이 살아 돌아왔다. 하지만 가장 놀라운 건, 주민들은 고사하고 감옥 당국조차 잊고 있던 지하 감방들의 공개였다. 우리가 살펴볼 이야기가 거기에 있다. 그것도 바로 예루살렘의 감옥에.

안토니아 요새가 성스러운 모리아 산의 3분의 2나 차지하고 있다는 점을 상기해 보자. 원래는 마케도니아인들이 지은 성채였는데, 요한 히르카누스*가 성전을 방어하려고 성채를 난공불락의 요새로 변

---

* 기원전 2세기의 유대인 군주이자 대제사장

556

형했다. 거기에 대담한 헤롯이 성벽들을 강화하고 확장해서, 거대한 군용 단지로 조성했다. 영원히 존속시키려는 의도였다. 집무실, 막사, 무기고, 군수품 창고, 저수지, 심지어 다양한 등급의 감방까지 총망라되어 있었다. 헤롯은 암반을 고르고 깊이 구멍을 파서 그 위에 탑을 지었다. 요새 전체를 아름다운 회랑으로 성전과 연결해서, 회랑 지붕에서 성전 뜰이 내려다보였다. 그 상태에서 안토니아 요새를 장악한 로마인들은 탑을 더 쓸모 있게 개조했다. 그라투스 시절, 요새에는 여전히 군대가 주둔하면서 지하 감옥에 유대인들을 가둬 겁박했다. 요새 문에서 진압군이 쏟아져 나올 때의 공포! 그 문으로 유대인들이 잡혀 들어가는 공포!

이쯤 하고 얼른 우리 이야기를 해 보자.

안토니아 요새도 구금 중인 죄수들을 보고하라는 신임 총독의 명령을 받고 조사에 착수했다. 이틀 전에 마지막 죄수의 조사가 끝났다. 지금 최종 보고서가 사령관의 탁자에 놓여 있다. 5분 후 이 보고서는 시온 산의 궁전에 체류 중인 빌라도에게 보내질 것이다.

집무실은 넓고 서늘하고, 어느 모로 보나 중책을 맡은 자의 체면에 맞게 꾸며져 있다. 제7시경 사령관은 녹초가 되어 있었다. 보고서를 총독에게 보내고 나면 회랑 지붕에 올라가서 바람을 쐬고 운동을 할 생각이었다. 성전 뜰의 유대인들을 구경하는 재미도 쏠쏠할 테고. 부관들과 수하들 역시 지쳐 있었다.

그때 한 사내가 옆방에서 이어지는 문간에 나타났다. 그가 망치처럼 묵직한 열쇠들을 덜컹대자 사령관의 관심이 쏠렸다.

"아, 게시우스! 들어오게."

사내가 탁자 뒤편의 안락의자에 앉은 사령관에게 다가갔다. 게시
우스라고 불린 사내의 얼굴에 경계심과 굴욕감이 잔뜩 번져 있어서,
다들 조용히 그의 입을 바라보았다.

게시우스가 고개 숙여 인사한 후 말했다.

"사령관님! 가져온 소식을 전해 드리기가 두렵습니다."

"또 무슨 실수를 했나, 게시우스?"

"실수일 뿐이라고 믿을 수 있다면 이렇게 두렵진 않을 겁니다."

"그러면 죄를 지었군. 임무를 위반했거나. 황제를 비웃거나 신들
을 저주했다면 목숨을 부지하겠지만, 독수리 밥이 될 위반 행위를
했다면, 아, 자네도 알겠지, 게시우스, 말하게!"

게시우스는 진지하게 대답했다.

"발레리우스 그라투스 님께서 8년 전 저를 이곳 요새의 감옥 관리
자로 뽑으셨습니다. 업무를 시작하던 첫날 아침이 기억납니다. 전날
폭동이 나서 거리에서 싸움이 있었습니다. 우리가 유대인을 여럿 베
었고 피해도 입었지요. 그라투스 총독 암살 시도였습니다. 어느 집
지붕에서 날아온 타일 조각을 맞고 그라투스 님이 낙마하셨습니다.
그분께서 지금 사령관님이 앉으신 그 자리에 앉으셔서, 저를 관리인
으로 임명하시면서 이 열쇠들을 주시더군요. 열쇠마다 감방 호수가
적혀 있었습니다. 그라투스 님은 열쇠들이 제 소임의 증표이니 한시
도 몸에서 떨어뜨리지 말라고 명령하셨지요. 그러고는 탁자 위에 양
피지 두루마리를 펼치셨습니다. 감옥 도면으로 총 3장이었습니다.
그분이 말씀하셨지요.

'각각 위층, 지상층, 지하다. 그대를 믿고 이 도면들을 맡기지.'

제가 도면 뭉치를 받으니 이렇게 덧붙이셨습니다.

'이제 그대는 열쇠들과 도면들을 가졌다. 당장 가서 건물 전체를 살펴 보라. 감방마다 가서 상황을 살피도록. 죄수의 안전을 위해 필요한 조치가 있다면 자네가 판단해서 명하라. 자네는 내 직속이다.'

그런데 제가 절하고 몸을 돌려 나오는데 다시 불러세우셨습니다.

'참, 잊은 게 있다. 세 번째 도면을 펼쳐 보라. 여기.'

5호실 감방을 가리키셨지요.

'세 사람이 갇혔는데 지독한 자들이다. 부정한 방법으로 국가 기밀을 빼냈어. 호기심에 대한 벌이다.'

그라투스 님이 저를 무섭게 바라보며 말을 이으셨습니다.

'호기심이 때론 죄보다 나쁘다. 눈 멀고 입 막고 종신토록 거기 갇힌 자들을 보라. 그들에게 먹고 마실 것 외에는 아무것도 허락되지 않는다. 벽에 미닫이문이 있으니 그 구멍으로 음식물을 넣어 주기만 하라. 알아들었나, 게시우스?'

제가 가만히 듣고만 있었더니, 그라투스 님이 저를 위협적으로 쳐다보시더군요.

'네가 잊으면 안 될 게 하나 더 있다. 그 감방 문, 그러니까 5호실의 문은……'

그분은 제가 단단히 기억하도록 손가락으로 콕 짚으셨지요.

'절대로, 어떤 경우에도 열면 안 된다. 아무도 이 방에 들어가서도 나와서도 안 돼. 자네도!'

제가 죄수들이 죽으면 어쩌느냐고 물었지요.

'죽으면 그대로 무덤이 되겠지. 그들은 거기서 죽고 잊혀야 한다.

나병이 도는 곳이니까. 알겠나?'

그 말을 마지막으로 저는 물러나왔습니다."

게시우스가 셔츠의 가슴팍에서 양피지 3장을 꺼냈다. 세월과 손때로 누렸다. 그가 한 장을 탁자에 펼쳤다.

"이게 지하 도면입니다."

집무실의 모든 사람이 도면을 보았다.

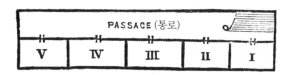

"제가 그라투스 님께 받았던 그대로입니다. 보십시오, 거기 5호실이 있습니다."

사령관이 대답했다.

"그렇군. 계속 말하게. 감방에 나병이 돈다고 했다면서."

"질문을 드리고 싶습니다."

감옥 관리인이 겸손하게 말했다. 사령관이 허락했다.

"그런 상황이니 제가 도면이 정확하다고 믿을 만하지 않습니까?"

"자네가 달리 어쩔 수 있었겠나?"

"그런데 도면이 정확하지 않습니다."

사령관이 놀라서 고개를 들었다. 감옥 관리인이 반복해서 말했다.

"도면이 정확하지 않습니다. 도면에는 감방이 다섯인데, 실은 여섯입니다."

"여섯이라고?"

"제가 도면을 실제 상태대로, 아니, 제가 실제라고 믿는 대로 보여 드리겠습니다."

게시우스는 서판 한 쪽에 그림을 그려서 사령관에게 내밀었다.

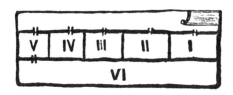

"잘했군. 내가 도면을 수정시키겠네. 아니, 새로 만들어서 자네에게 주는 게 더 낫겠군. 아침에 새 도면을 가지러 오게."

사령관은 이야기가 끝난 것으로 알고 도면을 찬찬히 살피면서 자리에서 일어났다.

"제 말을 더 들어 보십시오, 사령관님."

"내일, 게시우스. 내일 얘기하자구."

"미룰 수가 없는 내용입니다."

사령관은 사람 좋게 다시 의자에 앉았다. 감옥 관리인이 공손하게 말했다.

"빨리 말씀드리죠. 하나만 더 여쭤 보겠습니다. 5호실 죄수들에 대한 그라투스 님의 말을 그대로 믿는 것이 제 임무입니까?"

"그렇지, 감방에 죄수 셋이 있다고 믿는 게 자네의 도리지. 국가에 죄를 지어서 눈이 멀고 혀를 뽑힌 자들이라면서."

"그런데, 그것도 사실이 아니었습니다."

"아니라니!"

집정관이 다시 흥미를 느끼며 대꾸했다.

"듣고 직접 판단해 주십시오, 사령관님. 저는 이번에 지시받은 대로 감방들을 일일이 돌아봤습니다. 위층부터 지하까지 살폈지요. 그런데 5호실 앞에서 갑자기 궁금해졌습니다. 명령에 따라 8년간 3인분 음식물만 벽의 구멍으로 넣어 주었는데, 갑자기 예상과 달리 너무 오래 사는 게 이상하다 싶어졌거든요. 자물쇠가 열쇠로 열리지 않았습니다. 살짝 당겼더니 경첩이 녹슬어 문이 주저앉았습니다. 안에는 한 명만 있었습니다. 맹인에 혀가 없는 알몸의 노인이었지요. 돗자리처럼 뻣뻣하게 엉겨 붙은 머리카락이 허리 아래까지 길더군요. 살갗은 이 양피지 같았습니다. 그가 손을 내밀자 새 발톱처럼 굽고 뒤틀린 손톱이 보였지요. 제가 그에게 다른 죄수들이 어디 있느냐고 물었습니다. 노인은 고개를 저었습니다. 저희는 다른 죄수들을 찾으려고 감방을 뒤졌죠. 바닥도 벽도 돌인 곳이니, 죄수 셋이 갇혔다가 둘이 죽었다면 유골은 남아 있을 테니까요."

"그러니까 자네 말은……."

"8년간 거기 죄수는 한 명이었던 것 같습니다."

사령관이 감옥 관리인을 날카롭게 쏘아보았다.

"말 조심해. 지금 전임자께서 거짓말쟁이라는 건가?"

게리우스는 깊이 고개를 숙였다.

"그분이 착각하셨을 겁니다."

집정관이 온화하게 말했다.

"아니, 그는 옳았네. 방금 자네가 말하지 않았나. 8년간 세 명에게 음식물을 주었다면서."

옆 사람들은 상사의 예리한 지적에 감탄했지만, 게리우스는 물러서지 않았다.

"이야기를 반만 들으셨습니다, 사령관님. 다 들으시면 제 말에 동의하실 겁니다. 제가 그 죄수를 어떻게 했는지 이미 아시지요. 씻기고 머리를 자르고 옷을 입혀서 성문으로 데려가 풀어 주었습니다. 오늘 그가 돌아왔습니다. 그의 몸짓과 눈물로 결국 저는 그가 감방에 돌아가고 싶다는 걸 알았죠. 그렇게 하도록 명령했습니다. 그런데 간수들이 데리고 나가려니까 그가 제 발에 매달리며 입을 맞추며 저더러 같이 가 달라고 간청했습니다. 너무 애처롭게 매달리기에 따라갔지요. 저도 죄수 세 명의 수수께끼가 머릿속에 맴돌아서 개운치 않았거든요. 지금은 그의 탄원을 들어주길 잘했다 싶습니다."

방 안 모든 사람들이 숨을 죽였다.

"다시 5호실에 들어갔을 때, 죄수가 간절하게 제 손을 잡고 어떤 구멍으로 이끌었습니다. 그에게 음식을 넣어 주던 배식구와 비슷한 모양이었습니다. 투구가 드나들 정도의 넓이라서 어제는 못 보고 지나친 모양입니다. 죄수가 제 손을 잡고는 얼굴을 구멍에 들이밀더니 짐승 같이 울부짖었습니다. 그랬더니 안에서 소리가 났습니다. 제가 놀라서 그를 밀어내고 소리쳤습니다.

'이봐, 거기!'

아무 소리도 나지 않았습니다. 그런데 다시 한번 소리치자 대답이 들리는 겁니다.

'영광 받으소서, 주님!'

여자 목소리였어요, 사령관님! 제가 누구냐고 물었더니 대답하더

563

군요.

'이스라엘 여인이 딸과 함께 갇혀 있습니다. 얼른 도와주시지 않으면 저희는 죽습니다.'

저는 그들에게 기운을 내라고 말하고는 그 길로 이리로 달려온 겁니다."

사령관이 황급히 일어났다.

"자네 말이 맞군, 게시우스. 이제 알겠어. 도면도, 세 명의 죄수도 거짓이었어. 발레리우스 그라투스보다 선량한 로마인들이 있음을 보여 줘야겠어."

"그렇습니다. 그 노인이 음식과 물을 여인들에게 준 것 같습니다."

"설명이 되는군."

집정관이 부하들의 표정을 살피면서 말했다. 그는 증인들이 있어야 된다는 것을 염두에 두고 덧붙여 말했다.

"그 여인들을 구제하세. 모두 갑시다."

게시우스가 반색했다.

"벽을 부숴야 합니다. 문이 있던 자리를 찾아냈지만, 돌과 흙으로 단단히 메워져 있었습니다."

집정관은 부관에게 지시했다.

"당장 일꾼들에게 연장을 들려서 내려보내도록. 서둘러라. 보고서는 수정될 테니 발송을 미루고."

잠시 후 그들은 방에서 나갔다.

2

'이스라엘 여인이 딸과 함께 갇혀 있습니다. 얼른 도와주시지 않으면 저희는 죽습니다.'

게시우스의 수정 도면에 6호실로 표시한 감방 죄수들의 대답이다. 아, 독자들은 이미 그 죄수들이 누구인지 알아차렸으리라.

'드디어 벤허의 어머니와 누이 티르자가 나타났구나!'

과연 그랬다.

8년 전 그날 아침, 그라투스는 그녀들을 체포하자마자 성채로 끌고 왔고, 가까이에서 감시하려고 6호실에 가뒀다. 가장 눈에 띄지 않는 감방이었고, 무엇보다도 나병환자가 있던 곳이니 알아서 죽으리라 여겼던 것이다. 보는 눈이 없는 야밤을 틈타 모녀를 감방으로 옮기고 벽을 메웠고, 그 명령을 수행한 노예들을 뿔뿔이 다른 곳으로 보냈다. 그라투스는 비난을 회피하려고, 발각되더라도 처벌을 내렸을 뿐 살해한 게 아니라고 합리화하려고, 모녀가 더디더라도 자연사하게 만들고 싶었다. 그라투스는 일부러 눈 멀고 벙어리가 된 죄수를 골라서 연결된 감방에 넣었다. 모녀의 음식물 전달자로 적격이었다. 어떤 상황에서도 사연을 발설하지 못하고, 죄수인지 간수인지 구분도 못할 테니. 이후 그라투스는 메살라의 교활한 책략의 도움을 받아 암살자 집단을 벌준다는 명분으로 허 가문의 재산을 수월하게 강탈했고, 로마의 금고로 한 푼도 보내지 않았다.

마무리 단계로 그라투스는 원래의 감옥 관리인을 제거했다. 그가 그라투스의 책략을 알아채서가 아니라(그는 전혀 몰랐다) 지하층의 구조를 알기 때문이었다. 그런 다음 꼼수의 달인답게 새 도면을 그려서 새 감방 관리인에게 주었다. 우리가 본 것처럼 6호실 감방이 빠진 도면이었다. 관리인에게 틀린 도면과 지시를 내림으로써 계략은 완수되었다. 6호실과 그 방의 죄수들은 감쪽같이 사라졌다!

8년간 모녀의 삶은 분명히 그들의 문화와 이전 습관과 관계 있을 것이다. 사람은 감정에 따라서 상황을 즐겁거나 슬프게 받아들인다. 모든 인간이 세상에서 갑자기 빠져나간다면, 기독교에서 그리는 천국이 대다수에게는 천국이 아닐 것이다. 한편 지옥에서 모두 똑같이 괴로운 것은 아닐 것이다. 세련됨에는 균형이 있다. 지적인 정신에 비례해서 순수한 기쁨을 누리는 영혼의 능력이 커진다. 영혼이 구제된다면 그렇겠지! 하지만 영혼이 구제받지 못한다면 세련된 영혼은 어떡할까! 전자의 경우 기쁨을 누릴 능력이 후자의 경우에는 고통을 받는 척도가 된다. 그러므로 참회는 단순히 죄에 대한 후회 이상일 것이다. 그것은 천국에 어울리는 품성의 변화다.

그러니까, 벤허의 모친이 겪은 고통을 알려면, 유폐된 처지뿐 아니라 그녀의 정신과 감성을 이해해야 한다는 말이다. 어떤 상황이냐가 아니라, 상황이 그녀에게 미친 영향이 중요하다. 앞에서 벤허의 저택 옥상 장면을 상세히 묘사한 이유다.

대저택에서의 당당하고 윤택한 생활과 안토니아 성채 지하 감옥의 삶을 비교해 보자. 벤허의 어머니가 겪는 불행을 알기에는 물리적인 상황에만 주목해도 괜찮다. 맘씨 고운 독자들의 연민을 자아낼 것이다. 하지만 거기서 더 나가 보자. 연민에 그칠 게 아니라, 그녀의 고통스러운 마음과 정신을 공감해 보자. 적어도 가늠하려고 애써 보

자. 그녀가 아들에게 신, 국가, 영웅에 대해 말한 내용을 상기해야 한다. 그녀는 가끔은 철학자였고, 때로는 선생이었고, 늘 어머니였다.

남자는 자존심을 다치면 가장 아프고, 여자는 애정이 공격 당할 때 가장 아픈 법이다. 이 불운한 모녀는 어떠했을까.

6호실 감방은 게시우스가 도면에 그린 형태 그대로였다. 크기는 알 수 없다. 널찍하고, 벽면과 바닥이 돌이어서 울퉁불퉁했다는 정도만 말할 수 있겠다.

처음에 마케도니아 성채와 성전은 쐐기꼴의 좁지만 깊은 벼랑으로 분리되어 있었다. 인부들은 이어진 감방들을 만들기 위해 절벽의 북쪽 면에 입구를 내고, 천연 돌천장을 두고 안쪽으로 파고들었다. 안으로 들어가면서 5호, 4호, 3호, 2호, 1호실이 만들어졌다. 5호실만 6호실과 연결되었다. 위층으로 이어지는 통로와 계단도 만들었다. 건축 과정은 왕릉을 파는 것과 비슷했지만, 예루살렘 북쪽은 거대한 암벽이어서 밖에서는 6호실이 보이지 않았다. 환기 용도의 좁은 구멍만 비스듬히 남겼는데, 헤롯이 이 외벽을 더 단단히 보강해서 환기구 하나만 남기고 모조리 막아 버렸다. 어둠을 면할까 말까 한 빛만 들었다.

6호실 감방의 상황이 그랬다.

아직 놀라지 마시길!

5호실 감방에서 석방된 죄수의 상태(맹인에 벙어리)도 앞으로 마주칠 공포에 비하면 별것 아닐 테니.

환풍구 가까이에 두 여인이 모여 있었다. 하나는 앉고, 다른 사람은 그녀에게 비스듬히 기댔다. 그들과 맨 바위 사이에는 아무것도 없다. 비스듬히 든 햇빛에 여인들이 유령처럼 보이고, 옷이나 무엇으로도 가리지 않은 몸뚱이들이 눈에 들어왔다. 동시에 거기 아직도 사랑이 있음을 알 수 있었다. 두 여인은 서로 안고 있었다. 재산은 날개가 돋아 날아가고, 위로는 사라지고, 소망은 시들시들해지지만, 사랑은 남는 법. 사랑이 곧 하느님이다.

두 사람이 앉은 돌바닥이 반질반질 윤이 났다. 8년간 얼마나 자주 거기 환기구 앞에서, 여리지만 온화한 빛을 쬐며 구원의 희망을 키웠는지 누가 알까. 빛이 파고들면 새벽이 된 줄 알았고, 빛이 잦아들면 밤이구나 했다. 세상에 그들만큼 암흑 속에 갇힌 이들은 없었다! 그 좁은 틈을 넓고 높은 왕의 문처럼 귀히 여기며 지냈다. 고통의 시간을 각각 아들을, 오라버니를 그리고 찾아 헤매며 보냈다. 바다에서, 바닷가 섬들에서 그를 보았다. 그는 오늘은 이 도시에, 내일은 다른 도시에 있었다. 언제나 그는 옮겨 다녔다. 그들이 그를 그리듯, 그도 어머니와 누이를 찾아다니리라고 믿었기 때문이다. 끝없는 상념 속에서 그들은 얼마나 자주 스쳐지났던가! 그녀들은 서로에게 '그는 살아 있는 한 우리를 잊지 않아. 그가 우리를 기억하는 한 희망이 있어!'라고 말하면서 큰 위안을 얻었다. 시련을 당해 본 사람은, 아주 작은 데서도 힘을 얻을 수 있다는 걸 안다.

그녀들은 슬픔 속에서도 고결했다. 굳이 지하 감방을 가로질러 가까이 가지 않더라도 모녀의 외모가 변했음은 명백히 보였다. 이전의 아름다운 어머니, 싱그러운 소녀는 사라졌다. 사랑의 눈으로 본대도 도저히 아름답다고 표현할 수 없는 외모였다. 머리는 부스스하고 기묘한 백발이다. 한눈에 알 수 없는 혐오감으로 움츠러들고 몸이 떨린다. 어둑한 허공으로 드는, 헛것 같은 빛이 만드는 효과 때문일까? 아니면 모녀가 굶주림과 갈증의 고통에 시달리고 있어서일까? 음식 수발을 하는 죄수가 끌려간 어제부터 그녀들은 전혀 먹지도 마시지도 못했다.

티르자는 어머니를 반쯤 끌어안고 기대앉아 애처롭게 신음했다.

"조용히 해야지, 티르자. 사람들이 올 거야. 신은 좋으시단다. 우리는 하느님을 생각하면서, 성전의 나팔이 울릴 때마다 꼬박꼬박 기도를 드렸지. 빛이 아직 환하네. 태양이 남녘 하늘에 있어. 아직 제7시가 안 되었겠는걸. 누군가 우리에게 와 줄 거야. 믿음을 가지자. 신은 좋으시단다, 아가."

어머니다웠다. 열세 살이던 티르자가 여덟 살을 더 먹었지만, 어머니는 여전히 어린아이를 타이르듯 말했다.

딸이 말했다.

"강인하려고 노력할게요, 어머니. 어머니의 고초도 저와 다를 바 없는데. 어머니와 오빠 때문에라도 살고 싶어요! 그런데 혀가 타고 입술이 바싹 마르네요. 오빠는 어디 있을까요? 오빠가 우리를 찾아올까요?"

그들의 목소리에 누구나 아연실색할 만한 구석이 있다. 예상치 못한 날카롭고 메마른, 부자연스러운 금속성의 쇳소리였다.

어머니가 딸을 품에 더 바싹 안으면서 말했다.

"어젯밤 그 아이 꿈을 꾸었단다. 티르자 지금 너를 보듯 네 오빠를 똑똑히 봤어. 우리 조상들이 그랬듯 우리도 꿈을 믿어야 해. 주님은 조상들에게 꿈으로 말씀해 주셨으니까. 꿈에서 우리가 다른 여인들과 함께 미문Beautiful Gate* 앞 여인의 뜰Women's Court에 있었어. 유다가 문의 그림자 속에 서서 두리번거리더구나. 우리를 찾고 있었어. 내 심장이 마구 뛰었지. 나는 양팔을 뻗고 이름을 부르며 달려갔단다. 유다가 내 목소리를 듣고 쳐다봤어. 그런데 알아보지 못했어. 그리고 사라져 버렸어."

"우리가 진짜로 오빠를 만나도 그렇게 되지 않을까요, 어머니? 우린 너무 변했으니까요."

어머니가 고개를 숙였다. 고통으로 얼굴이 일그러졌지만, 곧 마음을 다잡고 고개를 들었다.

"우리는 그가 알아보게 만들 수 있을 거야."

티르자가 팔을 위로 올리며 다시 신음했다.

"물이요, 어머니. 물 딱 한 모금만."

어머니는 무기력을 느끼며 멍해서 주위를 둘러본다. 신을 너무도 자주 불렀고, 신의 이름으로 너무도 자주 장담했기에 다시 부르는 것이 조소처럼 느껴지기 시작했다. 빛이 어둑해지면서 그림자가 앞으로 드리우자, 그녀는 아주 가까이서 죽음이 그녀의 믿음이 없어지기를 기다린다고 생각했다. 그녀는 무슨 말을 하는지도 모르고 무작정 중얼거렸다. 뭐라도 말을 해야만 견딜 수 있었다.

"참아라, 티르자. 사람들이 오고 있어. 여기 거의 다 왔단다."

어머니는 벽의 구멍으로 소리가 들리는 것 같았다. 모녀가 세상과 소통하는 유일한 통로. 그런데 그 생각이 맞았다. 잠시 후 옆방 죄수

---

* 예루살렘 성전의 동문. 니카노르 문이라고도 한다.

의 울부짖는 소리가 들렸다. 티르자도 그 소리를 들었다. 모녀는 여전히 끌어안은 채로 일어났다.

"주님을 영원히 찬송하라!"

믿음과 소망을 되찾은 어머니가 외쳤다.

"이봐요, 거기!"

그들은 그런 소리를 들었다.

"거기, 누구요?"

목소리가 이상하게 들렸다. 왜일까? 서로의 목소리 말고 8년 만에 처음으로 들은 유일한 말소리였기 때문이다. 급격한 변화가, 생사가 뒤바뀌는 어마어마한 일이 순식간에 벌어졌다!

"이스라엘 여인이 딸과 함께 갇혀 있습니다. 얼른 도와주시지 않으면 저희는 죽습니다."

"기운을 내시오. 내가 오겠소."

여인들은 소리 내어 흐느꼈다. 마침내 발견되었다. 도움의 손길이 오고 있었다. 염원에서 염원으로 소망이 지저귀며 나는 제비처럼 날아다녔다. 그들은 발견되었고 풀려날 터였다. 그러면 되찾게 되리라. 가정, 지위, 재산, 아들과 오빠. 잃어버린 모든 것을! 희미한 빛이 찬란하게 그들에게 내렸다. 아픔과 갈증과 허기를 잊고 죽음의 위협도 잊은 채, 모녀는 바닥에 쓰러져서 울었다. 서로 꼭 안고서.

이번에는 오래 기다릴 필요가 없었다. 감옥 관리인 게시우스가 요령 있게 상황 보고를 마쳤고, 집정관이 신속히 대응했다.

"거기 안쪽!"

그가 구멍에 대고 소리쳤다.

"여기에요!"

어머니가 일어나면서 대답했다.

곧 그녀는 다른 소리를 들었다. 벽을 치는 소리였다. 쇠 연장으로 쾅쾅 내리치는 소리가 났다. 그녀들은 침묵 속에 상황을 모두 이해하고 귀를 기울였다. 자신들의 자유가 임박한 소리였다. 깊은 갱도에 오래 묻힌 광부들은 쇠막대로 때리고 곡괭이를 내려치는 소리로 구조의 기미를 알고, 뛰는 가슴으로 감사하며 대답한다. 그리고 소리가 나는 곳을 계속 쳐다본다. 작업이 중단될까, 절망으로 되돌려 보내질까 염려스러워서 눈을 뗄 수가 없다.

벽을 두드리는 팔은 강하고 손길은 노련했고, 선한 의지가 있었다. 벽을 치는 소리가 점점 명확해졌고, 이따금 돌조각이 깨져서 떨어졌다. 해방이 점점 더 가까이 다가왔다. 곧 일꾼들의 말소리가 들리더니, 오, 행복해라! 틈으로 횃불의 빨간 불빛이 보였다. 어둠 속에서 불꽃은 금강석의 반짝임 같이 예리하고 아름다웠다.

"오빠가 왔어요, 어머니! 드디어 오빠가 우리를 찾아냈어요!"

티르자가 아가씨다운 상상력을 발휘하며 외쳤다.

하지만 어머니는 차분하게 답했다.

"좋으신 하느님!"

큰 덩어리가 안쪽으로 쏟아지고, 다시 한 덩어리 떨어지고, 마침내 바위가 무너지며 문이 열렸다. 흙과 돌가루를 뒤집어쓴 사내가 안으로 들어서다가, 머리 위에 횃불을 올리고 멈췄다. 횃불을 든 사내 두셋이 뒤따라 와서 사령관이 들어오도록 옆으로 비켜섰다.

여인을 존중하는 것은 관습 때문만이 아니라, 그들의 고상한 품성을 보여주는 최고의 증거다. 사령관은 멈춰 섰다. 모녀가 그를 피해 달아났기 때문이다. 두려움이 아니라 수치심이었다. 아니, 온전히 수치심 때문만도 아니었다! 알몸을 숨기며 내지르는 그들의 목소리는 애처롭고 무시무시하고 필사적이었다.

"가까이 오지 마세요. 불결합니다, 불결해요!"

사내들은 횃불을 들고 서로 쳐다보았다.

"불결합니다, 불결해요!"

구석에서 다시 같은 소리가 나왔다. 느릿느릿 몹시 슬픈 울부짖음이었다. 영혼이 천국의 문에서 멀어지면서 뒤돌아보며 내지를 것 같은 비명이었다.

과부이자 어머니는 의무를 다한 그 순간 깨달았다. 그녀가 간구하고 꿈꾼 자유는, 멀리서 진홍색과 금빛 열매로 보이던 그것이 소돔의 사과*에 불과했다는 것을.

그녀와 티르자는 나환자였다!

독자는 이 단어의 의미를 제대로 모를 것이다. 당시의 율법을 살짝만 바꾸어서 알아 보자.

탈무드에는 이렇게 나온다.

「맹인, 나환자, 가난뱅이, 무자식. 이 넷은 죽은 것과 진배없다.」

나환자는 망자로 취급되었다. 도시에서 시신처럼 내몰렸고, 가장

---

* 창세기 10장. 아름다우나 손에 넣으면 연기를 내며 재가 된다.

사랑하고 아끼는 사람과도 떨어져서 대화해야 했다. 오로지 나환자들끼리 살아야 했고, 넝마를 걸치고 입을 가리고 다녀야 했다. 입을 벌리는 것은 '불결해요, 불결해!' 하고 경고할 때뿐이다. 광야나 버려진 무덤을 집으로 삼고, 힌놈 골짜기나 게헨나*의 망령처럼 살았다. 남들에게는 살아 있는 범죄였고, 자기 자신에게는 숨 쉬는 고문이었다. 죽기 두렵지만 죽음 아니면 소망이 없었다.

귀신 들린 지옥에서 시간마저 잃어버려서 어느 해 어느 날이었는지 알 수 없었지만, 언젠가 어머니는 오른손바닥에 딱지가 말라붙은 것을 느끼고 물로 씻어 내려 했다. 딱지가 좀처럼 없어지지 않았지만 대수롭지 않게 여겼다. 그런데 티르자가 똑같은 증상을 호소했다. 딱지를 씻어 내느라 마실 물까지 다 썼다. 손 전체가 딱지투성이로 변했고, 살갗이 찢어지고 손톱이 빠졌다. 그런데도 심한 통증은 없었고, 꾸준히 점점 신경에 거슬렸다. 입술까지 갈라지고 벌어졌다. 어머니는 지하 감방도 청결하게 하려고 애썼다. 그러다가 딸의 상태를 살피려고 빛이 드는 곳으로 데려갔다가 가슴이 쿵 내려앉았다!

아가씨의 눈썹이 눈처럼 희었다.

아, 그 비통함이란!

어머니는 한동안 말을 못하고 가만히 앉아 있었다. 영혼이 마비되어 한 가지 생각밖에 나지 않았다.

나병이야, 나병!

하지만 그녀는 어머니였다. 곧 정신을 차리고 딸을 염려했고 필사

* 예루살렘에서 시체 매장하던 곳들

적으로 용기를 냈다. 나병이라는 사실은 마음에 묻고, 소망을 잃은 와중에도 티르자에게 두 배로 헌신했다. 놀랍게도 딸이 계속 현실을 모르도록, 심지어 증세가 아무것도 아니라고 여기게 했다. 지치지도 않고 간단한 놀이를 반복했고 이야기를 들려주었다. 새 이야기를 지어내고, 티르자가 부르는 노래를 기쁜 마음으로 귀담아 들었다. 그녀가 찢어진 입술로 노래하는 왕과 민족의 시편을 함께 낭송하며 현실을 잊었고, 둘의 마음속에 신에 대한 기억이 살아 있게 했다. 신은 그들을 버린 것 같았지만. 세상도 마찬가지고.

나병은 천천히 꾸준히, 그리고 무섭도록 확실히 번져 갔다. 얼마 후에는 백발이 되고 입술과 눈꺼풀에 구멍이 나고 온몸에 살비듬이 생겼다. 곧 목구멍까지 퍼져서 쉿소리가 나고 관절이 굳었다. 어머니는 불치병이 혈관과 뼈를 파고들고 있음을 잘 알았다. 모녀는 점점 더 역겨워졌지만, 긴 세월이 지나야 죽을 터였다.

마침내 끔찍하기 짝이 없는 날이 왔다. 어머니가 더 이상 티르자에게 병명을 속일 수가 없었다. 모녀는 절망의 고통 속에서 얼른 마지막이 오기를 기도했다.

하지만 습관이란 무서운 것. 시간이 지나자 그들은 병에 대해 담담히 대화하게 되었다. 소름끼치는 신체의 변화를 보면서도 삶에 매달렸다. 모녀에게는 이승과 연결된 끈이 하나 남아 있었던 것이다. 그녀들은 벤허에 대해 말하고 꿈꾸면서 기운을 냈다. 어머니는 딸에게, 딸은 어머니에게 벤허와 재회하리라 장담했고, 그 역시 똑같이 그리워하고 만나면 똑같이 행복해 하리라 믿었다. 이 가느다란 실을 짜고 또 짜면서 모녀는 기쁨을 맛보았고 죽지 말아야 될 이유로 삼았다. 그렇게 서로를 위로할 때 게시우스가 그들을 불렀다. 열두 시간 동안 음식도 물도 먹지 못한 때였다.

붉은 횃불이 지하 감옥을 비추었다. 해방이었다. 미망인은 '좋으신 하느님'을 외쳤다. 지금 받는 은혜에 감사하며, 과거의 원통함은 잊었다.

사령관이 들어오자, 어머니는 구석으로 숨으며 의무를 떠올리고 경고를 외쳤다.

"불결합니다, 불결해요!"

그 의무를 다할 때 얼마나 고통스럽던지! 해방이 코앞이지만 그 이후가 염려되었다. 예전처럼 될 수는 없었다. 옛집에 찾아간다 해도 대문 앞에 서서 '불결합니다, 불결해요!'라고 외쳐야 되는 처지였다. 전보다 더 깊고 강렬한 사랑을 가슴에 담은 채 떠돌아야 했다. 한시도 잊지 않은 아들, 여느 어머니들처럼 아들의 장밋빛 미래에서 가장 순수한 기쁨을 느끼건만, 조우해도 멀찌감치 바라봐야 했다. 아들이 "어머니, 어머니" 하고 부르며 달려와도 "불결해! 불결하다" 하고 응답하며 그 손을 뿌리쳐야 했다. 그리고 이 아이. 몸이 드러나자 무시무시하게 센 머리카락도 드러난 딸아이. 아! 그녀는 저주 받은 여생동안 지금처럼 티르자의 유일한 동반자가 되어야 했다. 하지만 용감한 여인은 운명을 받아들였고, 태곳적부터 신호였고 앞으로 변함 없이 그녀의 인사말이 될 말을 외쳤다.

"불결합니다, 불결해요!"

사령관은 그 말을 듣고 떨렸지만 본분을 지켰다.

"누구요?"

어머니는 머뭇대지 않았다.

"허기와 갈증으로 죽어가는 두 여인입니다. 하지만 가까이 오지 마세요, 바닥이나 벽도 건드리지 마세요. 불결합니다, 불결해요!"

"내력을 말해 보시오, 여인이여. 그대의 이름을, 언제 여기 갇혔고, 누가 왜 가뒀는지를."

"이 도시 예루살렘에 벤허라는 왕족이 있었습니다. 모든 너그러운 로마인들의 친구이자 로마 황제가 친구로 삼았던 사람이었지요. 저는 그의 미망인이고 이 아이는 딸입니다. 저희가 여기 갇힌 이유를 뭐라고 말씀드려야 될까요? 저희의 부유함 말고 다른 이유를 모르니 말입니다. 저희의 원수가 누구이고 언제 하옥되었는지는 발레리우스 그라투스에게 들을 수 있으실 겁니다. 저는 말씀드릴 수가 없습니다. 저희가 어떤 꼴이 되었는지 보시고, 아, 불쌍히 여겨 주세요!"

나병과 햇불 연기 때문에 공기가 답답했지만, 로마인 사령관은 햇불을 든 일꾼을 옆으로 부르고 그녀의 대답을 일일이 적었다. 내력, 원망, 기도가 담긴 짜임새 있고 광범위한 대답이었다. 필부의 대답이 아니었다. 그래서 사령관은 그 말을 믿고 동정할 수밖에 없었다.

그가 서판들을 닫으면서 말했다.

"그대는 석방될 것이오. 내가 음식과 마실 것을 보내 주겠소."

"의복과 씻을 물도 부탁드립니다, 너그러운 로마인이시여!"

"그러겠소."

미망인이 흐느꼈다.

"좋으신 하느님. 신의 평화가 함께하시기를!"

사령관이 한마디 덧붙였다.

"나는 다시는 그대들을 만나지 않을 거요. 그러니 준비하고 있으시오. 오늘 밤 요새 밖으로 내보내 주겠소. 법도는 잘 아시겠지. 안녕히 가시오."

그가 부하들에게 지시하고 나갔다.

곧 노예들이 큰 물병과 대야와 수건을 가져왔다. 빵과 고기가 담긴 접시, 여자 옷가지들도 가져와서 죄수들의 손이 닿을 곳에 내려놓고 달아났다.

제1경* 무렵, 모녀는 성문으로 안내되어 거리로 나왔다. 그들은 조상들의 도시에서 다시 자유의 몸이 되었다.

모녀는 예전처럼 반짝이는 별들을 올려다보면서 자문했다.

"이제 어쩌지? 어디로 가야 하지?"

3

감옥 관리인 게시우스가 안토니아 성채에서 사령관 앞에 나타난 무렵, 한 사람이 올리브산(감람산) 동쪽 기슭을 오르고 있었다. 길이 고르지 않은데 걷기여서 먼지가 날렸다. 인근 초목은 누렇게 탔다. 여행자는 젊고 건장한데다 옷이 얇아서 괜찮았다.

그는 좌우를 둘러보며 느릿느릿 걸었다. 낯선 길 위에 선 나그네의

* 밤 시간의 단위. 오후 6시~9시를 가리킨다.

초조함은 없었다. 오히려 헤어진 옛 친구에게 오랜만에 다가가는 기색이었다. '다시 만나서 반갑네. 얼마나 변했는지 어디 보세'라고 말하는 것처럼 반가움과 궁금함이 뒤섞인 표정이었다.

그는 산길을 오르며 이따금 멈춰 서서 뒤를 돌아보았다. 모압 산과 경계를 이루는 곳까지 점점 시야가 트였다. 정상이 가까워지자 피로감도 잊고 걸음을 재촉했다. 쉬거나 고개를 돌리지 않고 바삐 걸었다. 마침내 정상에 다다르자 (거기서 오른쪽 샛길로 살짝 빠졌다) 강한 손길에 붙들린 듯 우뚝 멈추었다. 눈이 커지고 뺨이 발그레해지고 숨이 가빠졌다. 눈앞에 펼쳐진 광경 때문이었다.

여행자는 벤허였다.

이 대단한 장관은 예루살렘.

오늘날에는 아니지만, 헤롯 시대에는 신성하고 아름다운 도시였다. 그 시절 감람산에서 본 전경은 어땠을까?

벤허는 바위에 주저앉아, 두건을 풀고 느긋하게 둘러보았다.

많은 이들이 그렇게 했다. 베스파시우스 황제의 아들, 이슬람교도, 십자군 전사, 숱한 정복자들, 그리고 이 이야기로부터 1,500년 후에 발견된 신세계에서 올 순례자들까지, 이 자리에서 예루살렘을 내려다봤다. 하지만 벤허처럼 찡하고, 슬프면서도 기쁘고, 자랑스러우면서도 씁쓸한 감정을 느낀 사람은 없었으리라. 그는 동포들, 민족의 승리와 부침, 하느님의 역사인 민족의 역사를 떠올리며 설레었다. 그들이 세운 도시는 죄와 믿음의 증거이자, 그들의 약함과 장점, 신앙과 불신의 증거였다. 로마에 익숙한 벤허조차 흡족했다. 눈앞 풍경에 자부심이 차올랐다. 이제 이곳 주인이 이스라엘 민족이 아님을 떠올리지 않았다면 오만에 빠졌을 거다. 성전에서 예배하려면 이방인들의 승낙을 받아야 했고, 다윗 왕이 살던 언덕은 대리석 고문실이 되었다. 거기서 하느님의 선민들은 혈세를 내도록 시달렸고 영원한 신앙을 고수한다고 채찍질 당했다. 하지만 이런 고통은 당시의 유대인 누구나 갖는 애국심의 기쁨과 슬픔이었다. 더불어 벤허는 특별한 개인사 때문에 더 새롭고 활기를 느꼈다.

언덕 많은 풍경은 변함이 없었다. 바위 언덕들이니 당연했다. 벤허가 본 풍경은 시가지만 빼면 지금도 똑같다. 사람의 손을 탄 것들만 바스라질 뿐이다.

감람산의 서쪽은 동쪽보다 햇살이 부드워서, 능선을 따라 포도 넝쿨이 자랐다. 무화과와 야생 올리브나무들도 푸른 기운을 보탰다. 말라붙은 기드론 강바닥까지 신록이 우거져서 시원해 보였다. 거기서 감람산이 끝나고 모리아 산이 시작되었다. 벼랑처럼 깎아지른 새하얀 성벽을 솔로몬이 세웠고 헤롯이 완성했다. 성벽의 큼지막한 돌들을 따라 담장 안을 넘겨다 보면 솔로몬의 행각Solomon's Porch*이 나왔다. 그 옆으로 이방인의 뜰Gentiles' Court, 이스라엘의 뜰Israelites' Court, 여인의 뜰, 제사장의 뜰Court of the Priests이 차례로 있었다. 대리석 기둥이 계단식으로 층층을 이룬 구조였다. 그 위쪽에 무한히 신성하고 무한히 아름다운, 웅장한 균형을 이루고 금빛 찬란한 최고 중의 최고가 있었다. 아! 장막, 성막, 지성소**. 법궤***는 거기 없었지만, 이

* 성전 동쪽 162개 기둥으로 된 회랑
** 광야 생활부터 솔로몬 성전이 완성되기까지 이스라엘 민족이 예배드린 이동용 처소. 성전이 완성되면서 건물로 대체되었다.
*** 십계명이 적힌 두 돌판이 보관된 언약의 궤

스라엘 모든 아이의 신앙 속에서 여호와는 거기 임했다. 인간이 세운 어떤 건축물도 예루살렘 성전에, 이 최고의 유적에 비할 수 없었다. 현재는 이 성전의 돌 하나 남아 있지 않다. 누가 그 건축물을 다시 세울까? 언제 재건될까? 벤허가 섰던 자리에 서 본 순례자라면 누구나 묻는다. 그리고 안다. 답은 오직 신의 가슴 속에 있음을. 그러면 세 번째 질문. 성전의 몰락은 대체 누가 예언했나? 신? 예언자? …… 지금 우리야 얼마든지 대답할 수 있다.*

벤허의 눈은 더 높이 올라갔다. 성전 지붕을 넘어서, 성스러운 기억들이 깃들고 기름 부음 받은 왕들과 뗄 수 없는 시온 산으로 향했다. 그는 모리아 산과 시온 산 사이의 깊은 골짜기, 치즈장사의 계곡 Cheesemonger's Valley**을 알았다. 거기 지스투스Xystus***가 걸쳐 있고, 정원들과 궁들이 있는 걸 알지만, 생각은 자꾸 위풍당당한 언덕쪽으로 솟았다. 가야바****의 집, 중앙 회당, 로마 총독궁, 히피쿠스 탑, 애처롭지만 웅장한 파시엘 탑과 마리암네 탑 모두 멀리 자줏빛으로 물든 가렙 언덕을 배경으로 도드라져 보였다.

유독 두드러지는 헤롯의 왕궁을 보며, 어찌 오실 왕이 생각나지 않았겠는가? 벤허는 그 왕에게 헌신할 생각이었다. 그의 길을 닦고, 그의 빈 손을 채울 꿈을 꿨다. 새 왕이 오셔서 그의 것을 되찾아 차지하

---

* 예루살렘 성전은 솔로몬이 짓고, 헤롯이 재건했으나, 예수의 예언(마태복음 24장)대로 70년 로마에 의해 예루살렘과 함께 파괴되었다.

** 티로피언 계곡

*** 주랑식 실내 경기장

**** 예수 당시 대제사장

는 날에 대한 상상의 나래를 펼쳤다. 모리아 산과 성전을, 시온 산과 탑과 궁들을. 성전 바로 오른쪽에서 어둡게 버티고 있는 안토니아 요새를. 성벽이 없는 새 도시 베세다Bezetha를. 주께서 승리해서 세상을 주셨기에 수백만 이스라엘인들이 종려나무 가지와 깃발을 들고 모여서 환희를 노래하는 상상을 했다.

사람들은 꿈을 밤과 잠이 만든 현상으로만 여긴다. 천만의 말씀이다. 우리가 성취한 결과는 자신과의 약속이며, 자신과의 약속은 깨어 있는 꿈에서 이루어진다. 꿈은 노동을 덜어준다. 계속 활동하게 해주는 포도주와 같은 것이다. 노동을 좋아하게 되는 것은, 노동 자체가 아니라 그것이 꿈꿀 기회를 주기 때문이다. 현실에서는 이런 것을 거의 의식하지 못하고 산다. 산다는 것은 꿈꾸는 것이다. 무덤 속에서만 꿈이 없다. 벤허를 비웃지 말라. 누구라도 똑같은 상황에 처했다면 벤허처럼 했을 테니까.

해가 뉘엿뉘엿 기울었다. 타는 원은 멀리 서쪽 산들의 꼭대기에 앉아서 도시의 하늘과 성벽들과 탑들을 금빛으로 물들였다. 그러다가 쑥 떨어지며 사라졌다. 조용해지자 벤허의 생각이 집으로 향했다. 지성소 정면의 북쪽 하늘에 그의 시선이 꽂혔다. 거기서 직선으로 아래쪽에 벤허의 본가가 있었다. 집이 온전히 남아 있는지 모르겠지만.

저녁의 애틋한 분위기가 감정을 애틋하게 만들었다. 그는 야심을 잠시 옆으로 밀어두고 예루살렘에 오게 된 이유를 떠올렸다.

군인이 작전 지역을 연구하듯, 벤허는 일데림 족장과 사막에 나가서 요충지들을 찾아내고 지형을 익혔다. 어느 날 심부름꾼이 그라투스가 밀려나고 신임 총독에 본디오 빌라도가 부임했다고 알려왔다.

메살라는 불구가 된데다가 벤허가 죽은 줄로 알았다. 그라투스는 권력을 잃고 사라졌다. 벤허가 어머니와 누이를 찾는 일을 더 미룰 이유가 사라졌다! 이제 두려울 게 없었다. 유대의 감옥들을 직접 돌지는 못해도, 사람들을 시켜서 확인할 수 있었다. 헤어진 가족을 찾는다면 빌라도가 그들을 가둬 둘 이유가 없을 터였다. 어쨌든 돈으로 해결 못할 일은 없겠지. 가족을 찾으면 안전한 곳으로 옮길 거고, 필생의 임무를 해결한 후에는 오실 왕에게 전심전력하리라. 벤허는 당장 작정했다.

그날 밤 일데림 족장과 의논한 후, 아랍인 세 명과 함께 여리고로 갔다. 거기서 벤허는 일행과 헤어졌다. 말들도 보내고 혼자 걸어서 길을 갔다. 예루살렘에서 말루크와 만날 예정이었다.

벤허의 계획이랄 것도 없이 아직은 대략의 방향에 불과했다.

만일의 경우에 대비해서 당국자들, 특히 로마인들의 눈은 피하는 게 마땅했다. 말루크는 빈틈없고 믿음직한 사람이니, 조사를 맡기기에 안성맞춤이었다.

어디서 시작할지가 첫 번째 관건이었다. 막막했다. 일단 안토니아 성채부터 뒤지기로 했다. 미로 같은 감방들이 있는 음침한 요새탑은 강력한 수비대 이상이었고, 유대인들이 최근에 가장 공포심을 느끼는 대상이었다. 그의 가족이 당한 비극들이 거기서는 얼마든지 가능할 터였다. 게다가 수비대가 어머니와 누이를 안토니아 성채 쪽으로 끌고 가던 것이 벤허가 본 마지막 모습이었다. 그렇다면 그들이 지금은 성채에 없더라도, 과거의 기록이라도 남아 있으리라. 그 유일한 실마리를 붙잡고 끝까지 성실하게 추적하면 되겠지.

그에게 작은 희망은 하나 있었다. 시모니데스가 유모 암라가 살아 있다고 알려준 것이다. 허 가문에 재앙이 닥친 아침, 충직한 이집트인 유모가 병사를 뿌리치고 집으로 뛰어 들어가던 장면을 기억할 것이다. 그녀는 저택과 함께 봉인되었다. 그 후로 줄곧 시모니데스가 뒷바라지를 해서 암라는 큰 집에 혼자 살고 있었다. 그라투스는 끝내 저택을 처분하지 못했다. 선량한 벤허 가문의 비극적인 사연 때문에 매매든 임대든 이방인들이 쉽사리 접근하지 못했다. 사람들은 저택 앞을 지날 때마다 소곤댔다. 귀신 들린 집이라는 소문이 났다. 늙은 암라가 옥상이나 격자 창문에 슬쩍 목격되면서 나온 말이었다. 암라처럼 한결같은 마음을 가진 사람은 없었다. 유령처럼 살기에 이렇게 버려지고 마땅한 거처도 없었다. 벤허는 유모를 만나면 사소한 실마리라도 얻을 수 있으리라 기대했다. 어쨌든 소중한 기억인 암라를 집에서 보는 것은, 가족을 찾는 일에 버금가는 기쁨이었다.

그래서 우선 옛집에 가서 암라를 찾아볼 작정이었다.

해가 지자마자 벤허는 산을 내려오기 시작했다. 길은 정상에서 약간 북동쪽으로 휘어져 있었다. 기드론 바닥에 가까운 기슭으로 내려가자 갈림길이 나왔다. 남쪽으로 가니 실로암 마을과 실로암 연못이 나왔다. 거기서 그는 양 떼를 몰고 시장으로 가는 양치기와 마주쳤다. 양치기와 길동무가 되어 이야기를 나누면서 겟세마네를 지나, 어문Fish Gate으로 들어가니 시내가 나왔다.

4

어두워진 무렵, 벤허는 양치기와 헤어져서 남쪽으로 향하는 좁은 길로 접어들었다. 몇 사람이 지나다가 인사를 했다. 작은 돌이 깔린 길은 울퉁불퉁했다. 양쪽의 집들은 낮고 어둡고 우중충했다. 집집마다 문이 닫혀 있고, 이따금 옥상에서 자식들에게 노래해 주는 어머니의 낮은 목소리가 들렸다. 외로운 처지, 밤, 앞날의 불확실성이 어우러지며 벤허는 침울해졌다. 베데스다 연못으로 알려진 깊은 저수지에 도착했을 때는 의기소침한 상태였다. 연못 수면에 하늘이 비쳤다. 고개를 드니 안토니아 성채의 북쪽 성벽이 보였다. 쇠 같은 잿빛 하늘에 솟은 위압적인 검은 건물. 벤허는 보초의 위협적인 불심검문이라도 받은 것처럼 멈춰 섰다.

성채는 워낙 높고 탄탄해 보였다. 그 위세를 인정할 수밖에 없었다. 어머니가 거기 산 채로 매장되어 있다 한들, 그가 손써 볼 도리도 없을 것 같았다. 혼자인 벤허를 거대한 남동쪽 탑은 산처럼 버티고 내려다보았다. 벤허는 생각했다. 잔꾀따위는 너무도 쉽게 깨져 버릴 거대한 적인데, 희망 없는 자들의 염원을 들으신 신은 때로 너무 늦게 손을 쓰시니, 어쩌면 좋을까…….

그는 베데스다에 칸이 있던 것을 기억했다. 예루살렘에 있는 동안 거기서 머물 요량이었다. 하지만 지금은 집부터 가고 싶은 충동을 도저히 억누를 수가 없었다.

지나치는 몇 사람에게 받은 공손한 인사말이 그렇게 반갑게 들릴 수 없었다. 금세 동녘 하늘이 은빛으로 반짝이기 시작하고 서녘에서 보이지 않던 것들(주로 시온 산의 높은 탑들)이 그늘진 깊은 곳에서 나타나듯 모습을 드러내며 유령처럼 떠올랐다. 말하자면, 입을 벌린 계곡 위에 떠 있는 허공의 성들 같았다.

마침내 벤허는 집에 도착했다.

무슨 설명이 필요하랴. 유년기를 행복한 가정에서 보낸 이들이라면 말이다. 아무리 오래전이라도, 가정은 모든 기억의 출발점이다. 울면서 떠났다가 가능하면 어린 아이로 돌아갈 천국이다. 웃음, 노래, 죽음 후의 승리들보다도 귀한 유대관계가 있는 곳이다.

벤허는 옛집의 북문 앞에 섰다. 문 한 귀퉁이에 집을 폐쇄했던 밀랍 자국이 아직도 또렷했고, 문짝에 붙은 표지판도 여전했다.

「이곳은 로마 황제의 소유지다.」

무시무시한 이별의 날 이후 처음 서 보는 문. 예전처럼 두드려 볼까? 암라가 듣고 저쪽 창에서 내다보지 않을까.

벤허는 돌멩이를 하나 찾아서 손에 들고 폭 넓은 돌계단에 올라서서 창을 세 차례 두드렸다. 휑한 메아리만 들렸다. 더 크게 두드리고 또 두드려 보았다. 매번 동작을 멈추고 귀를 기울였지만, 조롱하듯 고요했다. 거리로 나와서 창들을 올려다보아도 생기라곤 없었다. 옥상 난간이 하늘에 또렷하게 솟아 있었다. 옥상에서도 아무런 인기척이 없었다.

벤허는 서쪽으로 가서 거기 창 네 개를 오래도록 초조하게 바라보았지만, 역시나 소용이 없었다. 때로 가슴에 가망 없는 희망이 차올랐다. 어떤 때는 스스로 만든 거짓 환상에 몸을 떨었다. 암라커녕 귀신조차 얼씬하지 않았다.

벤허는 살그머니 남쪽으로 갔다. 그곳 문도 봉쇄되고 표지판이 붙어 있었다. 온화한 8월의 달빛이 멸망산으로 불리는 감람산 꼭대기에 쏟아졌다. 그 불빛에 표지판 글씨가 두드러져 보였다. 벤허는 글자를 읽으면서 급격한 분노에 휩싸였다. 그는 못 박힌 표지판을 떼내서 도랑에 내던졌다. 그런 다음 계단에 주저앉아서 새 왕이 오시기를, 서둘러 오시기를 기도했다. 흥분이 가라앉자 한여름 무더위 속에서 오래 걸은 피로감이 밀려들었고, 몸이 처지면서 잠들었다.

그 무렵 두 여인이 안토니아 성채 쪽 길을 내려와 허 저택으로 향했다. 그들은 발소리도 내지 않고 조용히 움직였고, 자주 멈춰 서서 귀를 기울였다. 저택 모퉁이에서 어머니가 딸에게 속삭였다.

"집이야, 티르자!"

티르자는 집을 쳐다보더니, 어머니의 손을 잡고 몸을 기대며 조용히 흐느꼈다.

"어서 가 보자, 티르자. 왜냐면⋯⋯."

어머니도 망설이면서 몸을 떨었다. 그러다가 애써 마음을 가라앉히고 말을 이었다.

"아침이 밝으면 성문 밖으로 쫓겨나서 다시는 못 올 테니까."

티르자는 바닥에 주저앉았다. 그리고 흐느꼈다.

"아, 그래요, 어머니! 제가 잊었네요. 집에 가는 기분을 느꼈어요. 우리는 이제 나병환자고 집이 없는데. 죽은 자나 다름없는데!"

어머니는 몸을 굽히고 딸을 가만히 일으켰다.

"우린 두려울 게 없지. 가자, 애야."

사실 그들이 맨손만 들어도 부대 전체가 줄행랑칠 터였다.

두 사람은 거친 담장 쪽에 붙어서 유령처럼 사뿐사뿐 걸어 대문에 이르렀다. 문 앞에서 걸음을 멈추었다. 유다의 자취라고는 조금도 느껴지지 않는 돌계단 위에 표지판이 서 있었다.

「이곳은 로마 황제의 소유지다.」

어머니가 손을 맞잡고 하늘을 올려다보며, 비통한 신음을 내뱉었다.

"왜 그러세요, 어머니? 겁나 죽겠어요!"

"아, 티르자. 딱한 사람들은 죽는구나! 그가 죽었구나!"

"누구요, 어머니?"

"네 오빠! 내 아들, 유다! 저들이 그에게서 모든 것을, 모조리 다 빼앗았어. 이 집까지도!"

"세상에!"

티르자가 애끓게 탄식했다.

"유다가 우리를 도와주지 못하겠구나."

"어떡해요, 어머니?"

"내일, 내일, 길가에 자리를 찾아 앉아서 나환자들처럼 구걸을 해야지, 아가. 구걸을 하지 않으면……."

티르자는 다시 어머니에게 몸을 기대고 속삭였다.

"우리, 우리, 죽어요!"

어머니가 단호하게 대답했다.

"안 돼! 주께서 우리의 때를 정하셨고 우린 주를 믿는 사람들이야. 이런 몸이지만 주님을 받들어야지. 저리 가자!"

그녀는 딸의 손을 잡고서, 돌담에 붙어서 급히 집의 서쪽 모퉁이로 갔다. 주위에 아무도 없자, 계속 모퉁이를 돌아서 걸었다. 남쪽으로 꺾어졌을 때 두 여인은 움찔했다. 달빛이 환하게 쏟아지고 있었다. 두 사람의 모습이 확실히 드러났다. 입술과 뺨, 멍한 눈, 갈라진 손. 특히 긴 구불구불한 머리칼은 더러운 고름이 달라붙어 뻣뻣하고 눈썹처럼 소름끼치게 희었다. 어미와 딸을 분간할 수 없었고, 둘 다 마녀처럼 늙어 보였다.

그때 어머니가 말했다.

"쉿! 계단에 누가 있어. 남자구나. 가까이 가 보자."

두 여인은 얼른 길을 건넜고, 그늘 속에서 움직여서 문 앞쪽으로 갔다.

사내는 잠들었는지 꼼짝도 하지 않았다.

"여기 있거나, 내가 문을 열어 보마."

어머니는 살그머니 걸어가서 쪽문을 건드렸다. 문은 열리지 않았다. 그 순간 사내가 한숨을 쉬면서 몸을 돌렸다. 두건이 위로 젖혀지며 얼굴이 환한 달빛에 드러났다. 어머니는 그 얼굴을 보고 한걸음 다가갔다. 살짝 몸을 굽혀 쳐다보더니, 똑바로 서서 양손을 모으고 애절하게 하늘을 보았다. 그녀는 잠시 그러고 있다가 티르자에게 달려갔다.

"분명히 내 아들이야! 네 오빠란다!"

그녀가 경외감에 젖어서 속삭였다.

"오빠요? 유다요?"

어머니가 애타게 티르자의 손을 잡아끌었다.

"가자! 같이 가서 그를 보자. 한 번만, 딱 한 번만 더! 그 다음에는 당신의 종들을 도우소서, 주여!"

모녀는 손을 잡고 유령처럼 잽싸게, 유령처럼 소리없이 길을 건넜다. 그들의 그림자가 벤허의 몸 위에 드리워지자 두 사람은 걸음을 멈추었다. 그가 손바닥이 보이게 팔을 계단 밖으로 뻗고 있었다. 티르자가 무릎을 꿇고 앉아 손에 입맞추려 했지만, 어머니가 딸을 잡아끌며 속삭였다.

"절대로 안 된다. 절대 안 돼! 불결하잖아, 불결해!"

티르자가 물러났다. 나병에 걸린 사람이 벤허이기라도 한 것처럼.

벤허는 남자다운 미남이었다. 사막의 태양과 공기 속에서 지내느라 뺨과 이마가 가무잡잡했지만 금색 콧수염 아래로 입술이 붉고 치아는 하얗게 빛났다. 보드라운 턱수염을 길렀지만 둥그스름한 턱과 목이 드러났다.

어머니의 눈에 아들이 얼마나 멋지게 보였을까! 얼마나 아들을 품에 안고 싶었을까! 벤허의 행복한 어린 시절처럼 아들의 머리를 가슴에 안고 입 맞추고 싶었으리라! 그런 충동을 억누를 힘이 어디서 나왔을까? 사랑 때문에! 모정 때문에! 아, 그런 사랑은 다시없다. 상대에게 다정하지만, 사랑 자체는 한없이 강하고 거기서 희생의 힘이 나온다. 건강과 재산을 돌려받는대도, 인생의 축복을 얻는다 해도, 생명을 얻는다 해도 그녀는 아들의 뺨에 나병에 걸린 입을 맞추지 않았으리라! 아, 가혹하여라! 아들을 찾은 순간 영원히 인연을 끊어야 되다니! 어미의 심정이 얼마나 찢어졌을까, 얼마나 쓰리고 아팠을까!

그녀는 무릎을 꿇고 벤허의 발까지 기어가서, 샌들 뒤축에 입술을 댔다. 흙먼지가 묻어서 신발이 누랬지만, 입술을 대고 또 댔다. 영혼이 담긴 입맞춤이었다.

벤허가 뒤척이며 팔을 들었다. 티르자와 어머니는 얼른 물러났는데, 그의 잠꼬대 소리가 들렸다.

"어머니! 암라! 어디에……"

그가 다시 깊은 잠에 빠졌다.

티르자는 아련하게 바라보았다. 어머니는 흐느낌을 참느라 흙바닥에 얼굴을 묻었다. 흐느낌이 너무도 깊고 강해서 심장이 터질 것 같았다. 아들이 깨기를 바라는 마음마저 들었다.

벤허도 어머니를 찾고 있었다. 꿈에서 그는 어머니를 찾아 헤매고 있었다. 그것으로 족하지 않은가.

두 여인은 일어나서 벤허의 얼굴을 가슴에 새기듯이 한 번 더 바라보았다. 그러고서 손을 잡고 길을 도로 건넜다. 그들은 담장의 그림자 속에 숨어서, 무릎을 꿇고 벤허가 깨기를 기다렸다. 그러면 무엇인지 몰라도 뭔가 밝혀지기라도 한다는 듯이. 그 인내하는 사랑의 크기는 도저히 가늠할 도리가 없다.

그때 저택 모퉁이에서 다른 여인이 나타났다. 그림자 속의 두 사람은 달빛으로 그녀를 똑똑히 보았다. 무척 구부정한 자그마한 체구, 검은 피부, 잿빛 머리, 단정한 종의 차림새. 그녀는 채소가 가득 담긴 바구니를 들고 있었다.

여인은 계단에 있는 사내를 보고 멈칫했다가, 살금살금 사내를 빙 돌아서 쪽문으로 갔다. 걸쇠를 한쪽으로 쓱 밀고 틈새에 손을 넣으니, 왼쪽 문짝의 널빤지 하나가 스르르 열렸다. 여인은 그 틈으로 바구니를 넣고 들어가려다가, 호기심이 동했는지 낯선 사내를 돌아보았다. 사내의 얼굴이 선명하게 보였다.

길 건너의 모녀는 낮은 탄식을 들었다. 여인이 잘 보려는 듯 눈을 비비는 것을 보았다. 여인이 허리를 더 굽히더니, 양손을 모으고 잠든 사내를 뚫어져라 바라보았다. 그녀가 몸을 숙여 사내의 손을 잡아서 다정하게 입을 맞추었다. 티르자와 어머니가 간절히 원했지만 감히 할 수 없었던 일이었다.

그 움직임에 정신이 든 벤허가 본능적으로 손을 뺐다. 그러면서 눈길이 그녀의 눈과 마주쳤다.

"암라! 아, 암라! 유모 맞지?"

착한 유모는 차마 말로 대답하지 못하고 그의 목을 끌어안더니 기쁨의 울음을 터뜨렸다.

벤허는 가만히 포옹을 풀고, 그녀의 눈물에 젖은 얼굴에 소중히 입을 맞추었다. 그도 암라만큼이나 기뻤다. 그때 길 건너 모녀가 벤허의 말소리를 똑똑히 들었다.

"어머니는? 티르자는? 암라, 두 사람이 어디 있는지 알려 줘! 제발 부탁이야, 말해 줘!"

암라는 다시 울기 시작했다.

"암라는 그들을 봤지? 유모는 어머니와 티르자가 어디 있는지 알지? 그들이 집에 있다고 말해 줘."

티르자가 달려 나가려는 것을 어머니가 다급하게 붙잡으며 속삭였다.

"가지 마. 절대로 안 돼. 불결해, 불결하잖니!"

그녀의 사랑은 강경했다. 둘 다 억장이 무너지는 심경이었지만, 벤허가 그들처럼 되면 큰일이었다.

벤허가 열린 문을 보고 울먹이는 암라에게 말했다.

"들어가려고 했어? 그럼 가자구. 내가 같이 갈게."

벤허가 일어나면서 덧붙여 말했다.

"로마 놈들에게 주님의 저주가 있기를! 로마 놈들이 거짓말을 했어. 여긴 내 집이야. 일어나, 암라. 우리 들어가자."

그들이 사라졌다.

그림자 속의 모녀는 닫힌 문을 하염없이 바라보았다. 그들은 들어갈 수 없으리. 모녀는 몸을 맞대고 흙바닥에 자리를 잡고 앉았다.

그들은 할 바를 다 했다.

그들의 사랑을 증명했다.

다음 날 아침 두 사람은 사람들에게 들켜서, 돌팔매질을 당하며 도시 밖으로 쫓겨났다.

"꺼져! 너희는 죽은 목숨이야. 시체들에게 가라구!"

귓전에 맴도는 저주 속에서 그들은 떠나갔다.

5

요즘 성지순례자들은 이름도 멋진 '왕의 동산'이라는 명소를 찾아서 기드론 골짜기나 기혼Gihon, 힌놈Hinnom 계곡을 내려간다. 엔로겔En-rogel 샘에서 감로수를 마시면, 그 지역은 더 이상 볼만한 데가 없어서 더 가지 않는다. 그들은 샘가에 놓인 큰 돌들을 보고 샘의 깊이를 묻는다. 물을 긷는 원시적인 방식에 빙긋 웃고, 샘을 지키는 허름한 행색의 사람에게 연민을 느낀다. 그러다가 고개를 돌려 모리아 산과 시온 산에 매료된다. 두 산의 능선이 북쪽에서 시작되어 내려와 하나는 오벨에서, 하나는 다윗성이었던 곳에서 끝난다. 뒤편 하늘에 성지들이 솟아 있다. 여기는 우아한 돔 지붕의 하람, 저쪽에는 히피쿠스 탑의 폐허……. 풍경을 둘러보고 기억에 각인하고 나면, 여행자들은 오른편 멸망산을 힐끗 보고 왼편 음모의 언덕*으로 눈을 돌린다. 성경의 역사와 랍비와 제사장의 관습을 잘 아는 여행자라면, 미신의 공포를 버려 낸 흥미로운 곳을 발견하게 된다.

그 언덕의 흥미로운 점들을 일일이 말하려면 한참 걸린다. 이야기를 하기 위해 산들은 현대의 지옥 자체라고 말하는 것으로 족하다. 옛 명명법으로 게헨나**의 지옥불이랄까. 남쪽과 남동쪽으로 도시와 마주한 벼랑에는 무덤들이 많다. 이곳은 나환자들의 집단 거주지였다. 신의 저주를 받았다고 쫓겨난 그들은 모여서 나환자촌을 이루고

---

* 대제사장 가야바와 바리새파가 예수의 체포를 결정한 장소
** 힌놈 골짜기에서 유래. 죽은 뒤 저주받아 가는 곳

살았다.

벤허가 집에 돌아오고 이틀째 되는 아침, 암라는 엔로겔 샘 근처로 가서 돌 위에 자리를 잡고 앉았다. 예루살렘에 익숙한 사람이라면 그녀를 부유한 집안의 대접받는 종복으로 봤을 것이다. 암라는 물병과 바구니를 가져왔고, 바구니는 눈처럼 흰 행주로 덮었다. 그녀는 짐을 옆에 내려놓고 두건을 느슨하게 내린 다음 손을 모아 무릎에 올렸다. 그리고 아켈다마와 공동묘지로 들어가는 산자락을 응시했다.

이른 새벽, 아직 샘가에는 아무도 없었다. 잠시 후에 한 사내가 밧줄과 가죽 양동이를 갖고 나타났다. 그는 검은 얼굴의 아낙에게 가볍게 목례하고, 밧줄을 풀어 가죽 바가지에 매달고 손님을 기다렸다. 직접 물을 긷는 이들이 많았지만, 그것이 사내의 직업이었다. 그는 튼튼한 하녀가 옮길 수 있는 최대한의 물을 큰 단지에 담아 주고 1 게라*를 받았다.

암라는 가만히 앉아서 아무 말도 하지 않았다. 물 긷는 사내는 단지를 쳐다보며 물을 채워주기 원하느냐고 물었다. 그녀가 아직 아니라고 점잖게 대답하자, 사내는 더 이상 신경 쓰지 않았다. 날이 밝으면서 감람산이 모습을 드러내자 사람들이 도착하기 시작했고, 사내는 성심껏 손님들을 응대했다. 암라는 내내도록 그 자리를 지키면서 뚫어져라 산허리를 쳐다보았다.

해가 떠올랐지만 그녀는 여전히 그렇게 앉아 있었다. 대체 유모가

---

* 20분의 1 세겔

왜 그러는 걸까?

장을 한밤에 보러 가는 게 그녀의 습관이 되었다. 눈에 띄지 않게 조용히 두로베온의 가게들을 돌거나, 어문을 통해 동쪽 점포들로 가서 고기와 야채를 사서 집에 돌아와 틀어박히곤 했다.

벤허가 집에 돌아와서 머물자 암라가 얼마나 기뻤을지 짐작이 되고도 남는다. 그녀는 마님과 티르자의 소식을 모르니 그의 궁금증은 해결해 줄 수가 없었다. 그는 유모에게 덜 적적한 집으로 옮기라고 권했지만 그녀는 사양했다. 그녀는 벤허가 그의 방에서 지내기를 바랐다. 방은 예전 그대로였다. 하지만 들킬 위험성이 너무 컸고, 벤허는 의심 사는 일은 가급적 피하고 싶었다. 그래서 가능한 자주 그녀를 만나러 오기로 했다. 밤의 어둠으로 찾아왔다가 어둠이 걷히기 전에 떠나리라.

암라는 그 정도로 만족하고, 도련님을 즐겁게 할 방도를 궁리했다. 그녀는 이제 벤허가 어른이 되었고 입맛이 변했다는 생각을 하지 못했다. 그녀는 예전과 똑같이 시중을 들려고 했다. 예전에 도련님은 군것질을 좋아했으니 단것들을 만들어 두고 언제라도 그가 오면 대접하리라. 이보다 행복한 일이 어디 있을까? 그래서 다음 날 저녁, 평소보다는 이른 시간에 바구니를 들고 살그머니 빠져나가 어문 시장으로 갔다. 그런데 최고급 꿀을 찾아서 시장을 돌아다니다가 우연히 한 사내의 말을 들었다.

사내는 안토니아 성채에서 사령관이 6호실 감방의 모녀를 발견했을 때 횃불을 들었던 사람이었다. 그자가 모녀를 발견한 정황을 세세히 말했고, 죄수들의 이름과 미망인이 직접 밝힌 사연까지 다 들려주었다.

암라는 그 이야기를 들으면서 충직한 사람의 감정을 느꼈다. 그녀는 꿈꾸듯 집으로 돌아왔다. 도련님이 이 소식을 들으면 얼마나 행복해 할까! 내가 마님을 찾았다!

암라는 장바구니를 정리하며 울고 웃었다. 그러다가 갑자기 동작을 뚝 멈췄다. 도련님이 어머니와 티르자가 나병에 걸렸다는 말을 들으면! 이성을 잃고 당장 음모의 언덕으로 가서, 병균이 도는 무덤마다 들어가 어머니와 누이를 찾으리라. 그러다가 병에 옮아 같은 운명이 되겠지. 암라는 손을 비틀었다. 어쩌면 좋지?

이전에도, 이후에도 많은 이들이 그랬듯, 그녀는 지혜는 없어도 사랑에서 우러난 영감으로 특별한 결단을 했다.

암라는 나환자들이 아침에 무덤 같은 산속 처소에서 나와 그날 쓸물을 엔로겔 샘에서 뜨는 것을 알고 있었다. 그들은 단지를 들고 와서 땅바닥에 내려놓고, 멀찌감치 떨어져서 누군가 물을 담아줄 때까지 기다렸다. 마님과 티르자 아씨도 틀림없이 올 것이다. 법은 가차없었고 어떤 예외도 없었다. 나병에 걸리면 부자도 가난뱅이보다 나을 게 없었다.

그래서 암라는 들은 사연을 벤허에게 알리지 않고, 혼자 샘가에 가서 기다리기로 마음먹었다. 허기와 갈증이 가여운 모녀를 밖으로 밀어낼 테고, 암라는 그들을 보면 알아볼 수 있다고 믿었다. 혹시 못 알아봐도 마님과 아씨가 그녀를 알아보리라.

벤허가 찾아왔고 두 사람은 이야기를 많이 나누었다. 내일 말루크가 도착하면 즉시 탐문이 시작될 터였다. 벤허는 조바심을 냈다. 마음을 달래려고 근처의 성지들을 돌아보기로 했다. 비밀이 가슴을 무겁게 짓눌렀지만, 암라는 평온을 가장했다.

벤허가 떠나자 암라는 솜씨를 발휘해서 분주히 음식을 준비했다. 그리고 별빛으로 날이 밝는 기운이 들자마자 음식 바구니와 단지를 들고 엔로겔 샘으로 향했다. 가장 먼저 문을 여는 어문을 지나서 지금 샘가에 앉아 있는 것이다.

해뜬 직후의 샘가는 가장 혼잡했다. 동시에 대여섯 명이 바가지를 퍼 올렸고, 다들 더워지기 전인 서늘한 아침 녘에 돌아가려고 부지런을 떨었다. 산속 나환자들이 나타나 무덤의 문 주변을 어슬렁대기 전에 가고 싶은 마음도 있었다. 점차 나환자들 무리가 눈에 띄었고, 어린아이들도 간간이 보였다. 갑자기 한 무리가 절벽을 돌아서 나왔다. 여인들은 어깨에 단지를 짊어졌고, 노인들은 지팡이와 목발을 짚었다. 옆사람 어깨에 몸을 기댄 자들도 있고, 몇 명은 기운이 전혀 없는지 넝마 더미처럼 가마에 누워 있었다. 가장 슬픈 무리인데도 사랑의 빛이 있었다. 그래서 삶이 견딜 만하고 감당할 수 있는가 보다. 추방당한 자들의 아픔을 느끼니 마음의 거리감이 조금 줄었다.

암라는 여전히 꼼짝도 않고 나환자 무리를 살펴보고 있었다. 두어 번쯤 마님과 아씨를 본 것 같았다. 아무래도 그들이 그 산에 있는 건 확실한 것 같았다. 암라는 그들이 내려오리라고 확신했다. 샘가가 조용해지면 다가오리라.

절벽 맨 아래에 무덤이 하나 있었고, 암라는 열린 무덤에 두어 차례 눈길을 주었다. 입구 옆쪽으로 큰 돌이 있었다. 하루 중 가장 더운 때면 무덤 안으로 햇빛이 들어서 동물도 사람도 살 만하지 않은 곳

같았다. 게헨나에서 썩은 고기를 먹고 돌아온 들개 떼라면 모를까. 거기서 두 여인이 나오자 인내심 많은 이집트인도 화들짝 놀랐다. 한 여인이 다른 여인을 반은 부축하고 반은 이끌었다. 둘 다 백발이 성성하고 늙어 보였지만, 몸가짐이 단정했다. 그들은 모르는 동네인 냥 두리번댔다. 멀리서 지켜보는 암라의 눈에 두 여인이 나환자 무리를 보고 놀라서 움찔하는 것이 보였다. 심장 박동이 빨라졌다. 왠지 두 여인에게서 눈을 뗄 수가 없었다.

두 사람은 한동안 돌 옆에 서 있다가 느릿느릿 움직였다. 무척 두려워하면서 힘겹게 샘으로 다가왔다. 몇 명이 목청을 높이며 그들을 막았다. 두 여인은 옆으로 피해서 계속 걸었다. 물 긷는 사람이 돌멩이를 몇 개 주워서 그들에게 던질 채비를 했다. 나환자 무리도 두 여인을 욕했다. 산 위에서 더 많은 이들이 찢어지는 소리로 외쳤다.

"불결합니다, 불결해요!"

두 사람이 점점 다가오자 암라는 속으로 중얼댔다.

'틀림없어, 나환자의 방식을 모르는 사람들이야.'

그녀는 일어나서 바구니와 물단지를 들고 그들에게 다가갔다. 곧 샘가에서 경계심이 가라앉았다.

"미련한 여인이네. 맛있는 빵을 그런 식으로 시체들에게 주겠다니 미련하지 뭐야!"

누군가가 비웃었다.

"게다가 저기까지 가는 것 좀 봐! 나라면 저들이 성문에 와서 만나게 하련만."

다른 사람도 끼어들었다.

암라는 마음을 졸이면서 다가갔다. 만약 착각이라면! 가슴이 터질 것 같았다. 가까워질수록 더 의심스럽고 혼란스러웠다. 두 사람이 선 곳에서 4~5미터쯤 떨어진 자리에서 암라는 멈추었다.

흠모하던 마님! 감사한 마음에 얼마나 자주 마님의 손에 입 맞추었던가! 기억 속에 점잖은 아름다운 모습을 얼마나 고이 간직해 왔던가! 또 아기 때부터 보살폈던 티르자 아씨! 아픈 곳을 쓰다듬어 주고 같이 놀던 티르자! 생긋 웃는 상냥한 얼굴, 노래를 잘하는 티르자. 큰 집의 빛이자 늙어가는 그녀에게는 축복이었는데! 마님과 귀염둥이 아씨, 그들일까?

두 사람의 모습에 암라의 영혼이 진저리쳤다.

'노파들이네. 본 적 없는 자들이야. 돌아가야겠다.'

암라가 몸을 돌렸을 때였다.

"암라."

이집트 여인은 물 단지를 내려놓고, 떨면서 뒤돌아 보았다.

"누가 날 불렀어요?"

"암라."

종의 의아한 눈길이 상대의 얼굴에 꽂혔다.

"누구세요?"

"네가 찾고 있는 사람들이지."

암라가 무릎을 꿇었다.

"아! 마님, 마님! 마님의 신을 제 신으로 삼았으니, 저를 마님께 인도하신 신께 찬미드립니다!"

감정이 복받친 암라가 무릎걸음으로 앞으로 나갔다.

"거기 있어, 암라! 다가오지 마. 불결해, 불결하다구!"

그 말에 암라는 슬픔이 복받쳐서, 샘가 사람들이 다 듣도록 큰소리로 울었다.

갑자기 그녀가 고개를 들었다.

"마님, 티르자 아씨는 어디 있나요?"

"나 여기 있어, 암라. 여기! 내게 물을 좀 주겠어?"

종의 습관이 되살아났다. 암라는 얼굴을 가린 푸석한 머리를 뒤로 넘기고, 일어나서 바구니로 가서 행주를 벗겼다.

"보세요, 여기 빵과 고기가 있습니다."

그녀가 행주를 바닥에 펼치려는데, 마님이 말렸다.

"그러지 마, 암라. 저들이 네게 돌을 던지고 우리에게 물을 주지 않을 거야. 바구니를 내게 주고, 단지를 가져가서 물을 담아서 여기로 갖다 줘. 우리가 그것들을 무덤으로 가져갈게. 그러면 오늘 너는 법을 어기지 않는 일만 하는 셈이야. 서둘러, 암라."

사람들이 암라에게 길을 내주고, 단지에 물을 채우는 것을 돕기까지 했다. 그만큼 그녀의 얼굴에 깊은 슬픔이 묻어났다.

"저들이 누구에요?"

한 여인이 물었다. 암라는 힘없이 대답했다.

"내게 잘해주던 분들이지요."

그녀는 단지를 어깨에 얹고 잰걸음으로 돌아왔다. 깜빡 잊고 그들에게 가려 했지만 "불결해, 불결해!"라는 외침이 발목을 붙들었다. 암라는 바구니 옆에 물을 내려놓고 뒤로 멀찍이 떨어져서 섰다.

"고맙구나, 암라. 정말 고맙구나."

마님이 짐들을 챙기면서 말했다.

"제가 더 해 드릴 일이 없을까요?"

어머니가 물 단지에 손을 뻗었다. 그녀는 갈증으로 몸이 뜨거웠지만, 동작을 멈추고 손을 들면서 단호하게 말했다.

"유다가 집에 온 걸 알아. 그저께 밤 대문 계단에서 잠든 그 아이를 보았지. 암라가 유다를 깨우는 것도 보았어."

암라가 손뼉을 쳤다.

"어머나, 마님! 보셨군요, 그러면서도 오지 않으셨네요!"

"그랬으면 유다가 가만있지 않았을 거야. 난 다시는 그 아이를 내 품에 안을 수 없어. 다시는 유다에게 입 맞출 수 없어. 암라, 암라. 너는 그 아이를 사랑하지, 난 알아!"

"그럼요. 도련님을 위해서라면 죽을 수도 있어요."

암라는 진심으로 뭉클해서, 다시 무릎을 꿇고 울음을 터뜨렸다.

"네 말을 내게 증명해 줘, 암라."

"말씀만 하세요."

"우리를 봤다는 걸 유다에게 절대로 말하지 마. 그렇게만 해 줘."

"하지만 도련님이 두 분을 찾고 있어요. 마님과 아씨를 찾으려고 멀리서 오신걸요."

"유다가 우리를 찾으면 안 돼. 유다는 우리처럼 되면 절대로 안 돼. 잘 들어, 암라. 오늘처럼만 우리 시중을 들어 줘. 우리에게 필요한 걸 조금만 갖다 줘. 오래는 아니야. 그냥 매일 아침과 저녁에 와서……."

목소리가 떨렸고, 강한 의지가 무너질 뻔했다.

"유다 이야기를 들려주면 좋겠어, 암라. 하지만 유다에게는 우리 얘기를 절대로 하지 말고. 알았지?"

"세상에, 도련님이 두 분에 대해 이야기하는 걸 어찌 듣고 있을까요. 도련님이 두 분을 찾아 사방으로 뛰어다니고 있어요. 그 사랑을 보면서도 두 분이 살아 있다는 말조차 할 수 없다니요!"

"유다에게 우리가 잘 있다고 말할 수 있겠어, 암라?"

종은 고개를 숙이고 양팔로 감쌌다. 마님이 계속 말했다.

"아니지, 그러니까 입을 다물어야 해. 자, 이제 가. 이따 저녁에 와 줘. 우리가 널 찾을게. 그럼 잘 가."

"제게 너무 무거운 짐이에요. 마님, 저는 견디기 힘들 거예요."

암라가 엎드려서 말했다.

"유다가 이런 우리를 본다면 얼마나 힘들겠어."

마님이 바구니를 티르자에게 건넸다. 그녀가 '이따 저녁에 와 줘'라고 거듭 말하고 물을 들고 무덤으로 향했다.

암라는 그들이 사라질 때까지 무릎을 꿇고 앉아서 바라보았다. 집으로 향하는 마음이 슬픔으로 터질 것 같았다.

저녁에 그녀는 다시 찾아갔다. 이후 아침저녁으로 시중을 들었다. 덕분에 두 사람은 부족한 게 없었다. 무덤은 돌투성이고 을씨년스러웠지만, 성채의 감방처럼 음침하지는 않았다. 햇살이 가득 들었고, 아름다운 세상에 있었으니까. 광활한 하늘 아래 더 큰 믿음을 안고 죽음을 기다릴 수 있었으니까.

6

　유대교력 제7월*, 히브리어로 티시리Tishri라고 부르는 달의 첫날 아침, 벤허는 칸의 침상에서 일어났다. 온 세상이 불만스러웠다.

　말루크는 상의에 시간을 끌지 않았다. 이야기를 듣자마자 안토니아 성채 탐문에 착수했고, 대담하게도 사령관에게 직접 문의했다. 허가문의 내력과 그라투스 사건의 억울함을 세세히 밝히면서, 불운한 일가 중 누군가가 살아서 발견되면 황제에게 재산 환수와 시민권 회복을 청원하려고 문의한다고 말했다. 그러면 황제가 사건의 재조사를 명령할 테고, 허 가문의 친구들은 조사받아도 전혀 두렵지 않다고 했다.

　사령관은 요새에서 여인들이 발견된 정황을 알려주면서, 그들의 진술을 적은 문건의 열람을 허가했다. 문건의 필사도 승낙했다.

　말루크는 서둘러 벤허에게 돌아갔다.

　끔찍한 소식을 들은 청년이 어땠는지 말할 필요가 없었다. 울어도, 비통하게 절규해도 진정되지 않았다. 지독하게 상심해서 멍하니 한참을 앉아 있었다. 안색이 창백해졌고 심장이 쥐어짜듯 아팠다. 이따금 사무치는 마음의 한숨처럼 중얼댔다.

　"나환자, 나환자라니! 두 사람이, 어머니와 티르자가 나환자라니! 얼마나 더 해야 됩니까, 얼마나 더요, 주님!"

　끓어오르는 슬픈 분노에 떨다가 이내 복수심에 불탔다. 당연하지

---

* 태양력으로는 10월

않겠는가.

마침내 벤허가 벌떡 일어났다.

"두 사람을 찾으러 가야겠어요. 죽어가고 있을지도 모릅니다."

"어디로요?"

"그들이 갈 곳은 딱 한 군데입니다."

말루크가 말렸고 결국 앞으로의 조사를 맡겨달라고 설득했다. 두 사람은 음모의 언덕 맞은편의 성문으로 갔다. 나환자들이 구걸하는 곳이었다. 거기서 종일 머물면서 두 여인의 행적을 수소문했다. 보상금도 내걸었다. 제5월의 남은 날들과 제6월 내내 그들은 그렇게 지냈다. 나환자들도 거액의 보상금에 혹해서 나환자촌을 샅샅이 뒤졌다. 사람들은 입구가 열린 무덤가에 있는 샘에도 몇 번이나 찾아가서 조사했다. 하지만 그곳 사람들은 철저히 비밀을 지켰다. 결국 실패였다. 이제 제7월 초하루 아침, 얼마 전에 여자 나환자 둘이 당국자에게 돌을 맞아 어문에서 쫓겨났다는 소식이 전해졌다. 더 정보를 캐 보니 날짜가 허 집안 여자들과 일치했다. 앞날에 훨씬 검은 먹구름이 끼었다.

그들은 어디로 갔을까? 그들이었을까?

아들의 애끊는 한을 어찌하리.

"가족이 나환자가 되는 걸로도 부족했구나, 그것으로도 부족했어! 돌팔매질을 당하며 고향에서 쫓겨나기까지 하다니! 어머니는 돌아가셨어, 광야를 헤매셨을 테니! 티르자도 죽었구나! 아, 혈혈단신이 되었어. 대체 왜? 오, 하느님. 조상들의 하느님. 언제까지, 대체 언제까지 이 로마가 건재하게 하시렵니까?"

벤허가 분노, 무력감, 복수심을 안고 숙사 뜰로 들어가니, 밤새 들어온 사람들이 몰려 있었다. 그는 조반을 들면서 몇몇 대화에 귀를 기울였다. 한 무리에게 유난히 마음이 끌렸다. 대개 건장하고 활동적인 청년들로 몸가짐과 말투에 지방색이 드러났다. 표정, 딱 꼬집을 수 없는 분위기, 고개를 든 자세, 도전적인 눈길. 예루살렘의 서민층에게는 없는 기백이 있었다. 산악지대 주민에게 보이는 독특한 기백이라고 할 수도 있지만, 건강한 자유를 누리는 삶에서 보이는 정신이라는 게 더 옳겠다. 곧 벤허는 청년들이 갈릴리 사람들이라고 확신했다.

그들은 다양한 이유로 예루살렘에 왔지만, 그날 열리는 신년제 참여가 주목적이었다. 벤허가 조만간 왕을 위한 준비를 시작하고 싶은 지역에서 온 젊은이들이었다. 그들을 지켜보다가, 그런 기백이 엄격한 로마식 훈련을 받았을 때 거둘 수 있는 성과에 생각이 미쳤다.

그때 한 사내가 뜰로 들어왔다. 얼굴이 달아오르고 눈이 흥분으로 번뜩였다. 그가 동료들에게 말했다.

"자네들 왜 여기 있나? 랍비들과 장로들이 성전에서 빌라도를 만나러 가고 있는데. 가세, 서두르자구. 우리도 따라가 보세."

한순간 청년들이 그를 에워쌌다.

"빌라도를 만나다니! 왜?"

"음모가 발각됐지. 빌라도가 새 수로를 성전의 헌금으로 만들 거라는군."

"뭐, 신성한 헌금으로?"

"그건 봉납물이야, 하느님의 소유물이라구. 한 푼이라도 건드렸단

봐라!"

사람들은 눈을 번뜩이며 흥분했다.

소식을 전한 사내가 말했다.

"가세. 지금쯤 행렬이 다리를 건널 거야. 도시 전체에서 사람들이 쏟아져나오고 있네. 우리가 필요할지도 모르지. 서두르세!"

그들은 생각과 행동이 하나인 듯 거추장스러운 옷을 벗어던졌다. 다들 두건을 벗고 짧은 팔 속셔츠 바람이었다. 들판에서 추수하고 호수에서 고기 잡는 차림새였다. 뙤약볕을 아랑곳하지 않고 양 떼를 쫓아 언덕을 오르고 잘 익은 포도를 따는 차림새. 그들은 부리나케 허리띠를 매면서 말했다.

"준비가 됐네."

그때 벤허가 말을 걸었다.

"갈릴리 분들, 나는 유다의 자손입니다. 저를 당신들의 무리에 끼 워주시겠소?"

"우린 싸워야 될지도 모르오."

"맨 먼저 꽁무니를 빼는 자가 나는 아닐 겁니다!"

다들 그 대꾸를 유쾌하게 받아들였다.

소식을 전한 사내가 말했다.

"아주 건장해 보이는군요. 같이 갑시다."

벤허가 겉옷을 벗고 허리띠를 매면서 나직이 물었다.

"싸움이 벌어질 것 같습니까?"

"그렇소."

"누굴 상대로?"

"경비병."

"군단병사들 말이요?"

"로마인이 누굴 신뢰하겠소?"

"그들과 뭘로 싸울 겁니까?"

갈릴리 사람들은 말없이 그를 보았다.

벤허가 말을 이었다.

"흠, 우리의 최선을 발휘하려면 지휘관을 세우는 게 낫지 않을까요? 군단은 늘 지휘관이 있어서 일사불란하게 행동할 수 있는 겁니다."

갈릴리 청년들은 처음 듣는 말인 듯 더 호기심어린 눈초리로 바라보았다.

벤허가 말했다.

"적어도 같이 모여 있기라도 합시다. 나도 준비됐습니다."

"그래요, 갑시다."

칸은 신시가지인 베세다에 있었다. 로마인들이 시온 산의 헤롯 궁전을 흉내 내서 세운 총독궁에 가려면 성전의 북쪽과 서쪽의 저지대를 가로질러야 했다. 일행은 남북으로 놓인 도로들의 변변한 골목도 못 되는 교차로들을 지나 아크라 구역을 빙 돌아 마리암네 탑으로 갔다. 거기서 높은 담장이 둘러진 궁의 정문까지 가까웠다. 신성모독 소식에 발끈한 사람들이 몰려나와 갈릴리 청년 일행과 앞서거니 뒤서거니 하면서 걸었다. 마침내 총독궁 정문에 도착하니 장로와 랍비 행렬이 큰 무리를 이끌고 막 문에 들어섰고, 더 많은 사람들이 밖에 있었다.

멋진 대리석 흉벽 아래 백인대장이 무장한 경비대와 함께 정문을 지켰다. 투구와 방패에 햇빛이 쏟아졌지만 병사들은 햇빛과 웅성대는 군중에게 아랑곳하지 않고 대오를 지켰다. 열린 청동 문으로 시민들이 들어갔고, 훨씬 적은 수가 빠져나왔다.

나오는 사람에게 한 갈릴리 청년이 물었다.

"어떻게 되고 있소?"

"아무 일도 없소. 궁의 문 앞에 사람들이 빌라도와 면담을 요구하고 있소. 총독은 거부했고, 한 명을 들여보내 총독이 말을 들어줄 때까지 가지 않겠다고 전했소. 다들 답을 기다리고 있소."

"들어가 봅시다."

벤허가 말했다. 그는 일행이 모르는 것을 조용히 파악했다. 청원자들이 무려 총독과 이견을 보인다면, 누가 더 굳센 의지를 갖고 있느냐가 중요한 문제였다.

정문 안쪽에 잎이 무성한 나무들이 쭉 있고 그 아래 벤치가 있었다. 들고나는 시민들은 흰 정갈한 길에 드리워진 고마운 그늘을 조심스레 피했다. 이상하게 들리겠지만, 예루살렘 성벽 안에서 초목이 자라면 안 된다는 법이 있었다. 아마 율법에서 나온 사항일 것이다. 심지어 솔로몬 왕도 이집트인 신부를 위해 정원을 만들고 싶었지만, 엔로겔 위쪽 계곡들이 만나는 곳에 꾸며야 했다.

나무들의 꼭대기 사이로 궁전의 정면이 빛났다. 일행이 오른쪽으로 도니 널찍한 광장이 있었고, 광장 서쪽에 총독 관저가 서 있었다. 흥분한 군중이 광장을 메웠다. 모두의 시선이 포르티코로 향했다. 그 아래 넓은 문은 굳게 닫혀 있었다. 포르티코 밑에 다른 부대가 서 있었다.

군중이 너무 많아서 나가기커녕 움직이지도 못했다. 그래서 후미에 남아서 상황을 지켜보았다. 포르티코 부근에 랍비들의 높은 터번이 보였다. 그들의 초조한 기색이 뒤쪽 군중에게 전해졌다. '빌라도, 총독이면 나오시오, 당장 나오시오!'라는 취지의 고함이 자주 터져 나왔다.

누군가 인파를 뚫고 나오더니, 분노로 빨개진 얼굴로 소리쳤다.

"이스라엘이 이런 대접을 받다니요! 이 성지에서 우리는 로마의 개들과 다를 바 없네요."

"총독이 나오겠소?"

"나와요? 세 차례나 거부하지 않았습니까?"

"랍비들은 어떻게 할까요?"

"가이사랴에서처럼 총독이 들어줄 때까지 여기 진을 칠 겁니다."

"빌라도가 감히 헌금에 손대지는 않겠지요?"

갈릴리 청년 한 명이 물었다.

"누가 알겠소? 로마인은 이미 지성소도 더럽히지 않았소? 로마인에게 신성한 게 있답니까?"

한 시간이 흘렀다. 빌라도는 묵묵부답이었지만 랍비들과 군중은 자리를 지켰다.

정오에 서쪽에서 소나기가 몰려왔지만 상황은 달라지지 않았다. 군중이 더 많아지면서 더 소란스럽고 팽팽한 분노가 감돌 뿐이었다. 이따금 욕설이 터져 나왔다. 벤허는 내내 갈릴리 일행과 같이 있었다. 그는 로마인 총독의 자존심이 분별력을 압도할 테고 그 끝이 머지않다는 것을 알았다. 빌라도는 군중이 폭력을 진압할 빌미를 주기를 기다리는 것뿐이었다.

결국 마지막 순간이 왔다. 군중 속에서 술렁이는 소리가 나더니, 고통과 분노의 비명이 터져나오며 엄청난 소란이 일어났다. 관저 앞의 장로들이 경악해서 돌아보았다. 뒤쪽 사람들이 앞으로 떠밀렸고, 중간에 낀 사람들은 빠져나가려고 애를 썼다. 잠깐 사이 앞뒤로 미는 인파의 압력이 어마어마해졌다. 1천여 명이 한꺼번에 소리 높여 질문을 던졌지만, 아무도 대답할 틈이 없었고, 들리지도 않았다.

놀람이 순식간에 공포로 변했다.

벤허는 계속 예의 주시했다. 그가 한 갈릴리 청년에게 물었다.

"앞에서 무슨 일인지 보입니까?"

"안 보여요."

"내가 들어 올려주겠소."

벤허는 청년의 허리를 잡고 번쩍 들어 올렸다.

"보입니다. 몇 사람이 곤봉으로 사람들을 마구 때려요. 유대인의 옷차림인데요."

"누군지 알아보겠소?"

"맹세코 로마인들이지요! 변장한 로마인들이에요. 곤봉을 도리깨질하듯 휘둘러요! 랍비가 쓰러지셨어요. 연로한 분인데! 놈들이 무차별적으로 때립니다."

벤허는 청년을 내려주고서 사람들에게 말했다.

"갈릴리인들이여, 이건 빌라도의 술수입니다. 이제 내 말대로 하겠다면, 우리도 곤봉을 든 자들과 똑같이 준비합시다."

갈릴리 청년들의 사기가 치솟았다.

"그래요, 그럽시다!"

"정문 근처에 나무들이 있는 곳으로 돌아가면 헤롯이 심은 나무들이 있습니다. 법에 어긋나는 일이었지만 결국 이렇게 쓸모가 있네요. 갑시다!"

그들은 냉큼 달려가서 힘을 한데 모아 나뭇가지들을 부러뜨렸다. 그들도 무기를 들게 되었다.

일행은 광장 모퉁이로 돌아가면서, 정신없이 문으로 달려가는 인파를 만났다. 광장에서는 소요가 계속되었다. 비명, 신음, 욕설이 난무했다.

벤허가 소리쳤다.

"벽에 붙어요! 벽에 붙어서 인파가 지나가게 해요!"

그들은 돌담에 매달려서 밀려드는 인파를 피했고, 조금씩 앞으로 가다가 마침내 광장에 도착했다.

"이제 모여서 날 따라오시오!"

벤허는 청년들을 완벽하게 지휘했다. 그가 인파의 소용돌이를 뚫고 지나가자 일행이 한몸처럼 바싹 쫓아갔다. 곤봉을 휘두르고 쓰러진 유대인을 보며 낄낄대는 로마인들과 갈릴리 청년들이 맞닥뜨렸다. 로마인들은 청년들이 팔다리가 건강하고 사기가 충천하고 똑같이 무기를 가진 것을 보고 놀랐다.

그때 가까이서 맹렬한 함성이 터지고 각목들이 타격을 가했다. 청년들은 증오심에 격렬하게 밀고 나갔다. 벤허는 발군의 실력을 발휘했다. 그는 단순히 공격하고 방어하는 법만 아는 게 아니었다. 긴 팔,

완벽한 동작, 가공할 힘이 도움이 되었고, 적을 상대할 때마다 이겼다. 그는 전투병인 동시에 지휘관이었다. 벤허가 휘두르는 각목은 길고 묵직해서 상대를 단 한 번에 제압했다. 그와 동시에 일행들을 눈여겨보다가 도움이 필요한 순간에 적확하게 가세했다. 그의 기합 소리는 일행의 사기를 높이고, 적들에게 경계심을 주었다.

호적수를 만난 로마인들은 놀라서 뒷걸음질쳤고 결국 등을 돌리더니 관저 앞으로 달아났다. 맹렬한 갈릴리 청년들은 계단까지 쫓아갈 기세였지만 벤허가 현명하게 제지했다.

"멈춰요, 동지들! 저기 백인대장이 경비대를 데려오고 있소. 저들의 칼과 방패에 맞서기에는 역부족입니다. 잘했습니다. 지금은 할 수 있을 때 정문을 빠져나갑시다."

일행은 벤허의 지시에 따랐지만 속도가 더뎠다. 바닥에 쓰러진 동포들을 피해서 가야 되는 경우가 빈번해서였다. 몸부림치면서 신음하는 사람들, 도움을 구하는 이들, 시체처럼 조용한 사람들까지 있었다. 그런데 쓰러진 이들 중에는 로마인도 있었다. 그나마 그게 위안이 되었다.

빠져나가는 일행에게 백인대장이 고함을 질렀다.

벤허가 비웃으면서 유대말로 대꾸했다.

"우리가 이스라엘 개들이라면 너희는 로마 들개 떼인가? 기다려라, 우리가 다시 올 테니."

갈릴리 청년들이 환호하며 야유를 퍼부었다.

정문 밖에 벤허가 처음 보는 인파가 몰려 있었다. 안디옥의 경기장에 모인 군중보다 많았다. 옥상, 거리, 산비탈 할 것 없이 사람들이 잔

뚝 모여서 통곡하고 기도했다. 허공에 울음과 저주가 넘쳐났다.

일행은 바깥 경비병들에게 제지당하지 않고 정문을 빠져나갔다. 그런데 문을 나서기 무섭게 관저 담당 백인대장이 나타나서 문간에서 벤허를 불렀다.

"이봐, 건방진 놈! 로마인이냐 유대인이냐?"

"난 유다의 후손으로 여기 태생이다. 내게 무슨 용건이지?"

"맞붙어 싸우자."

"일대일로?"

"원하는 대로!"

벤허는 비웃었다.

"로마인이 용감도 하셔라! 망할 로마신의 대단한 아드님! 난 무기가 없는데."

"내 무기를 들어라. 난 여기 경비병에게 빌리겠다."

백인대장이 대답했다.

대화를 듣던 사람들이 잠잠해졌다. 저 멀리까지 적막감이 번졌다. 최근에 벤허는 안디옥에서 로마인을 패배시켰다. 이제 예루살렘에서 한 명 더 물리칠 수 있다면 새 왕을 위해 큰 이득이 될 평판이 생길 터였다. 벤허는 망설이지 않았다. 담담하게 백인대장에게 다가서면서 말했다.

"그렇게 하겠다. 당신의 칼과 방패를 빌리지."

"투구와 흉갑은?"

백인대장이 물었다.

"됐다. 어차피 나한테 맞지도 않을 테니."

무기가 전달되었고 백인대장은 싸울 채비를 했다. 정문 근처의 병사들은 제자리에서 꼼짝 않고 소리만 들었다. 두 사람이 서로 다가들기 시작할 무렵에야 사람들은 서로서로 물었다.

"누구야?"

아무도 대답하지 못했다.

로마가 무술에 능한 이유는 세 가지였다. 훈련, 군단의 전투 대형, 단검의 독특한 활용. 전투에서 그들은 칼을 휘두르거나 베지 않고, 시종일관 찔렀다. 전진하면서 찌르고, 후퇴하면서도 찔렀다. 대개 적의 얼굴을 겨냥했다. 이 모든 것을 벤허는 꿰뚫고 있었다. 결투가 시작되려 하자 그가 말했다.

"나는 유다의 후손이라고 말했지만 검투사 훈련을 받았다는 말을 빼먹었군. 방어하라구!"

마지막 말을 내뱉으며 벤허는 적에게 다가들었다. 마주 서서 두 사람은 조각된 방패의 너머로 서로 노려보았다. 그러다가 백부장이 앞으로 밀면서 아래서 찌르는 흉내를 냈다. 벤허는 그를 비웃었다. 역시나 연이어 얼굴을 겨냥했다. 벤허는 가볍게 왼쪽으로 비켜섰다. 찌르는 동작이 빨랐지만 발은 더 민첩했다. 벤허는 적이 위로 치켜든 팔 아래로 방패를 밀고, 칼과 오른팔이 방패의 윗면에 걸릴 때까지 밀었다. 그러더니 앞쪽 좌측으로 한 발 나가서, 상대의 오른쪽을 공격했다. 백부장 가슴팍이 바닥에 엎어지면서 쩽그랑 소리가 났다. 벤허가 승리했다. 그는 검투사의 관습대로 적의 등을 발로 밟고 방패를 머리 위로 올리면서, 정문 근처에서 꼼짝 않는 병사들에게 인사했다.

유대인들은 승리했음을 알고 열광했다. 경기장이 있는 곳까지 빠르게 소문이 돌자, 집집마다 기도수건과 두건을 흔들면서 환호했다. 벤허가 승낙했다면 갈릴리 청년들은 그를 어깨에 태웠을 터였다.

정문에서 하급 장교가 다가오는 모습이 보였다. 벤허가 말했다.

"너희 백부장은 군인답게 죽었다. 그에게 아무것도 몰수하지 않겠다. 다만 그의 칼과 방패만 가져가지."

그러고서 벤허는 몸을 돌렸다.

조금 걷다가 그가 갈릴리 청년들에게 말했다.

"형제들이여, 적절하게 처신해 주었습니다. 저들에게 추적당하면 안 되니 지금 헤어지고, 오늘 밤 베다니의 칸에서 다시 만납시다. 이스라엘의 큰 이익이 걸린 제안을 여러분에게 하려 합니다."

"당신은 누굽니까?"

그들이 물었다.

"유다의 후손입니다."

벤허를 보려는 사람들이 일행 주위로 몰려들었다.

벤허가 그들에게 물었다.

"베다니로 와 주겠소?"

"그러지요, 우리가 가겠습니다."

"내가 당신들을 알아보도록 이 칼과 방패를 갖고 오십시오."

벤허는 점점 늘어나는 인파 사이로 재빨리 사라졌다.

빌라도의 요구로 시내에서 올라온 자들이 사상자들을 옮기면서 애도했다. 익명의 승자가 거둔 승리 덕에 큰 슬픔이 조금 덜어졌다. 사방에서 그를 수소문하고 칭송했다. 의기소침한 나라의 분위기가 용자 한 명 덕분에 되살아났다. 거리에서, 심지어 엄숙하게 제를 지내는 성전에서도 유다 마카베오*의 이야기가 나왔다. 수천 명이 고개를 저으며 지혜롭게 말했다.

"조금 더, 조금만 더 버팁시다, 형제들. 그러면 이스라엘은 주인이 될 겁니다. 주님을 믿고 인내합시다."

그런 식으로 벤허는 갈릴리에 손을 뻗었고, 오실 왕의 소명에 도움이 될 길을 닦았다.

이제 우리는 그 결과를 보게 될 것이다.

---

* 반유대교주의 정책을 펴는 셀레우코스 군대에 맞섰던 유대인 유격대 지도자. 벤허를 그 시절의 지도자에 비유하는 것이다.

제7부

"깨어나니, 거기 그녀가 보였다.
희뿌연 대기 속에서 바다의 꿈을 꾸는
나긋나긋하고 상냥한 세이렌.
진홍빛 풀로 짠 팔찌에
호박색 타원형 구슬같은 해초로
반짝이는 머리카락."

_토머스 베일리 올드리치

1

그들은 약속대로 베다니의 칸에서 만났다. 벤허는 청년들을 따라 갈릴리로 갔고, 거기서 충독궁 싸움 덕분에 유명세와 영향력을 얻었다. 겨울이 가기 전에 그는 세 개의 군단을 모았고 로마군 편성을 본따서 조직했다. 용감한 청년들이 더 많았기에 군단을 세 개 더 양성하는 것도 가능했다. 하지만 로마와 헤롯 안티파스*에 맞서 신중하게 진행할 필요가 있었다. 벤허는 일단 세 군단으로 만족하면서, 체계적인 군사 훈련과 교육에 주력했다. 그는 장교들을 드라고닛**의 용암층으로 데려가, 투창술과 검술은 물론 부대 대형을 짜는 법까지 가르쳤다. 그리고 그들을 고향으로 보내서 조교가 되게 했다. 곧 훈련은 갈릴리 사람들의 여흥거리가 되었다.

당연히 이 일은 벤허에게 인내, 지식, 열의, 믿음, 헌신을 요구했다. 사람들을 격려하는 힘은 그런 요소들에서 비롯되는 법이다. 벤허가 얼마나 애썼는지! 얼마나 이타적이었는지! 하지만 무기와 자금을 지원하는 시모니데스와, 경비를 하고 군수물자를 공급하는 일데림이

---

* 헤롯 왕의 아들. 예수 당시 분봉왕으로 갈릴리 지역을 통치했다.
** 갈릴리 바다 북동쪽의 거친 땅

없었다면 성공하지 못했을 것이다. 또한 뛰어난 갈릴리인들이 아니었다면 일은 실패하고 말았으리라.

갈릴리는 4개 지파의 땅으로 나뉘어져 있었다. 아세Asher, 스불론Zebulon, 잇사갈Issachar, 납달리Naphthali이다. 예루살렘 유대인은 이 북부의 형제들을 멸시했지만, 탈무드는 이렇게 말했다.

'갈릴리인은 명예를, 유대인은 돈을 사랑한다.'

갈릴리 사람들은 조국을 사랑하는 만큼 로마를 열렬히 증오해서, 저항이 벌어질 때마다 맨 먼저 당도해서 마지막까지 남았다. 로마와의 마지막 결전에서 갈릴리인 사망자는 15만 명이었다. 축일이면 그들은 군대처럼 행진해서 예루살렘에 올라가 야영했다.

하지만 자유로운 감성을 지녔고 이방인들에게 너그러웠다. 헤롯이 로마풍으로 건설했어도 아름다운 도시이기에 세포리스, 디베랴에 자부심을 느꼈고, 그들 도시의 건설을 충실하게 후원했다. 그들은 이방인도 동료 시민으로 받아들였고, 함께 평화롭게 살았다. 히브리의 이름이 영예롭도록 솔로몬 같은 시인과 호세아 같은 선지자들을 배출했다.

이렇게 민첩하고 자부심이 높고, 용감하고 헌신적이고, 상상력이 풍부한 민족에게 '도래하실 왕'의 이야기는 힘을 발휘했다. 왕이 로마를 누르리라는 것만으로도 그들은 기꺼이 벤허의 계획에 동참했을 것이다. 그런데 왕이 로마 황제보다 강력하고, 솔로몬보다 훌륭하고, 세상을 영원히 지배하리라는 장담까지 받았다. 그들은 앞다퉈 육신과 정신을 그 일에 바치겠노라 맹세했다. 벤허는 이야기의 근거를 묻는 질문에 선지자들의 말을 인용했고, 안디옥의 발타사르에 대해 이야기했다. 메시아 대망론은 오래전부터 사랑받은 믿음이기에 사람들은 만족했다. 그들에게 이 이야기는 주님의 이름만큼이나 익숙하고, 실현되기 기다리며 오래 간직한 꿈이었다. 이제 왕은 단순히 오실 예정이 아니라 목전에 있었다.

겨울 몇 달이 그렇게 흘러갔다. 봄을 지나, 서쪽 바다의 해풍에 실려온 소나기에서 초여름의 기운이 느껴질 때쯤, 벤허는 열정을 다해 준비한 추종자들에게 이렇게 말할 수 있었다.

"왕이 오시게 합시다. 왕께서 어디 왕좌를 세우실지 분부만 하시면 되도록. 왕을 위해 왕좌를 마련할 무력이 확보되어 있으니."

그곳 사람들은 벤허를 유다의 자손으로, 그 이름으로만 알았다.

어느 저녁 드라고넛에서 벤허는 거처인 동굴 입구에 갈릴리인들과 앉아 있었다. 그때 아랍인 심부름꾼이 말을 타고 와서 서찰을 전달했다. 벤허는 편지 꾸러미를 펼쳐서 읽었다.

「예루살렘, 니산Nisan* 4일

사람들이 엘리야의 현신이라고 부르는 선지자가 나타났습니다. 그는 수년간 광야에서 지냈고, 우리 눈에는 진짜 선지자로 보입니다. 무엇보다도 본인보다 훨씬 훌륭한 분이 곧 오신다면서, 요단강 동쪽 해안에서 기다린다고 말합니다. 제가 직접 가서 만나고 말을 들었는데, 그가 기다리는 분이 당신이 기다리는 왕이 분명합니다.

* 유대교력 제1월. 현재의 태양력으로는 3~4월

직접 와서 판단하십시오.

예루살렘 전체가 선지자를 만나러 가고 있기에 그가 거하는 강변은, 유월절 말미의 감람산처럼 북적댑니다.

말루크」

벤허의 얼굴이 기쁨으로 타올랐다.

"동지들이여, 이 전갈로 우리의 기다림은 끝났소. 왕의 사자가 오셨으니 수하들에게 소식을 전하고 내 지시에 따라 집합할 준비를 하라고 명하시오. 내가 가서 왕이 정말 가까이 계시는지 알아보고 그대들에게 연락하겠소. 그 동안 기쁜 기약 속에 삽시다."

벤허는 당장 일데림과 시모니데스에게 편지를 써서 민첩한 심부름꾼들 편에 보냈다. 방금 들은 소식과 예루살렘에 올라가는 목적을 적었다. 그러고는 길잡이 별이 뜰 무렵, 말에 올라 아랍인의 안내를 받으며 요단강으로 향했다. 대상들이 라밧암몬과 다메섹 사이를 오가는 길로 갈 예정이었다.

안내인은 믿음직했고 알데바란은 빨랐다. 자정 무렵 벤허와 아랍인은 용암 요새를 빠져나와 남쪽으로 내달렸다.

2

동틀 무렵에 옆으로 빠져서 쉴 곳을 찾을 생각이었는데, 새벽이 밝는데도 아직 모래사막이었다. 안내인은 조금만 더 가면 거대한 바위들 사이에 골짜기가 있다고 장담했다. 거기 개천과 뽕나무, 말들이 충분히 먹을 만한 풀이 있다는 것이다.

벤허는 임박한 놀라운 사건들을 생각하며 말을 달렸다. 인간들과 국가들에 벌어질 일들을 떠올렸다. 그때 경계심 많은 안내인이 뒤에 낯선 자들이 나타났다고 지적했다. 사막 주변 어디나 모래의 파도가 출렁대고 해가 뜨면서 노래졌다. 초목은 어디에도 보이지 않았다. 왼쪽으로 아주 먼 곳에 얕은 산의 능선이 끝없이 뻗어 있었다. 이런 황량한 곳에서는 뭔가 움직이면 금방 눈에 띄었다.

"낙타 한 마리에 사람들이 타고 있습니다."

"일행도 있소?"

"그들뿐입니다. 아, 말에 탄 사람도 있군요. 몰이꾼이겠지요."

잠시 후 낙타가 보였다. 유난히 크고 하얀 낙타의 모습에 발타사르와 이라스를 다프네 연못에 태워 온 낙타가 떠올랐다. 그런 낙타가 또 있을까. 이집트 미인이 연상되자 벤허는 자기도 모르게 속도가 느려졌고, 결국 배회하는 속도로 떨어졌다.

마침내 가리개가 달린 가마와 안에 앉은 두 사람이 보였다. 발타사르와 이라스라면! 가서 인사를 할까? 하지만 이런 사막에 일행도 없는 걸 보면 그들일 리가 없는데.

벤허가 궁리하는 사이, 낙타가 성큼성큼 눈앞까지 다가왔다. 작은 종들이 울렸고, 카스탈리아 샘 주변의 사람들의 마음을 빼앗았던 화려한 가마가 보였다. 낯익은 에티오피아인 시종도 보였다. 키 큰 동물이 말 옆에서 멈춰 섰다. 벤허는 위를 쳐다보았다. 아! 이라스가 휘장을 올리고 벤허를 내려다보고 있었다. 그녀의 큰 눈이 놀라움과 의아함으로 휘둥그랬다!

"진실한 신의 축복이 그대에게 임하기를!"

발타사르가 떨리는 목소리로 말했다.

"어르신과 따님께도 주님의 평화가 함께하시기를 빕니다."

"나이를 먹으며 시력도 쇠했지만, 일데림 족장의 천막에서 만났던 허의 아드님처럼 보이오."

"어르신은 이집트 현자 발타사르 님이시지요. 성스러운 일들을 기다린다는 현자님의 말씀은 이 광야에서 저를 만나신 것과 관계가 있습니다. 여기 어쩐 일이십니까?"

"신이 계신 곳에 있는 사람은 결코 혼자가 아니오. 그리고 신은 어디나 계시고. 우리 뒤에 알렉산드리아행 카라반이 오고 있소. 그들이 예루살렘을 지나간다기에 동행하려고 했는데 어찌나 움직임이 굼뜨던지. 호위하는 로마군 때문에 더 느렸다오. 그래서 우리는 오늘 아침 일찍 앞서서 출발했소. 강도 걱정은 없으니까. 여기 일데림 족장의 인장이 있으니까. 야수들의 먹이가 되는 것으로부터도 신께서 지켜주시리라 믿소."

벤허가 절했다.

"족장님의 인장은 사막 어디서나 안전막이 되어 주지요. 사자가 어지간히 빨라서는 이 낙타들의 왕을 따라잡지 못할 테고요."

그가 낙타의 목덜미를 토닥였다.

"그런데 말이지요……."

이라스가 웃으면서 입을 열었다. 청년은 그 미소를 놓치지 않았다.

노인과 대화하면서도 그녀를 흘끔대고 있었으니까.

"낙타가 요기를 하면 훨씬 빨라질 걸요. 왕도 허기지고 두통이 나는걸요. 당신이 아버지가 말하시는 벤허 님이라면, 또 제가 아는 기쁨을 누리는 그 벤허 님이라면 저희에게 물이 있는 가까운 길을 기꺼이 알려주시겠지요. 우리가 시원한 물과 함께 사막의 조반을 들 수 있도록요."

벤허는 반가워서 얼른 대답했다.

"아름다운 이집트 아가씨를 위해서 얼마든지요. 조금만 더 견디시면 청하시는 샘을 찾아 드리지요. 카스탈리아의 샘물 못지않게 시원하고 맛좋은 물이 있을 겁니다. 허락하시면 서두르겠습니다."

이라스가 응수했다.

"갈증의 축복을 드리고, 보답으로 시내에서 구운 빵을 다메섹의 이슬 맺힌 초지에서 얻은 신선한 버터에 찍어 드시게 해 드릴게요."

"귀하디 귀한 음식이군요! 어서 가시지요."

그렇게 말하면서 벤허는 안내자와 함께 달려 나갔다. 낙타여행의 불편한 점은 예의를 차린 대화가 어렵다는 점이다.

한참 후 일행은 얕은 와디에 이르렀고, 안내인은 거기서 오른쪽으로 일행을 이끌었다. 최근 내린 비로 계곡 바닥은 물컹했고 가파른 내리막이었다. 하지만 양옆이 바위 절벽이고, 하류로 흐르는 물살에 패인 자국이 많았다. 마침내 길이 좁아지면서 일행은 아주 상쾌한 넓은 골짜기로 접어들었다. 누런 모래사막에서 갑자기 싱그러운 천국을 만난 듯했다. 흰 바위 사이로 이리저리 흐르는 물줄기는 푸른 풀밭과 갈대밭이 있는 섬들 사이를 잇는 실가닥들 같았다. 깊은 요단 계곡에서 용감한 협죽도가 파고들어 패인 곳에 큰 잎사귀가 나 있었다. 종려나무 한 그루가 당당하게 서 있었다. 경계면의 바닥에는 덩굴들이 오르고, 왼편의 깎아지른 절벽 아래 뽕나무 수풀이 자리 잡았다. 거기 샘이 있었다. 자고새들과 곱고 작은 새들이 노래하며 갈대 사이에서 날아올랐다.

절벽의 틈새에서 물이 흘렀다. 누군가 애정 어린 손길로 절벽에 아치형 굴을 뚫고, 위에 큼직한 히브리 활자로 '신'이라고 새겼다. 그는 거기서 물을 먹고 여러 날 머물면서, 지워지지 않는 감사를 새긴 것이다. 아치에서 물살이 이끼 낀 돌 위로 힘차게 흘러, 유리처럼 맑은 웅덩이로 떨어졌다. 거기서 물길은 풀밭 둑 사이로 흐르며 나무들을 적시다가 목마른 모래들 속으로 사라졌다. 웅덩이 가장자리에 오솔길 몇 개와, 사람이 지나간 흔적이 없는 풀밭이 있었다. 안내인은 방해받지 않고 쉴 만한 곳이라고 자신했다.

말들을 세웠다. 에티오피아인 시종이 발타사르와 이라스가 낙타에서 내리는 것을 도왔다. 노인은 동쪽으로 고개를 돌리고 경건하게 가슴에 손을 포개며 기도했다. 이라스는 성급하게 재촉했다.

"잔을 가져다 주게."

종이 가마에서 수정 잔을 꺼내 오자, 그녀가 벤허에게 말했다.

"샘가에서는 제가 시중들어 드릴게요."

그들은 나란히 샘으로 갔다. 벤허가 물을 떠 주려 했지만 이라스는 사양하고, 무릎을 꿇고 흐르는 물을 잔에 받았다. 그걸로 성에 차지 않았는지, 잔이 차가워지고 물이 찰랑찰랑할 때까지 기다리다가 벤허에게 잔을 내밀었다.

"아닙니다."

벤허는 우아한 손을 옆으로 내리면서, 치뜬 눈썹에 반쯤 가린 큰 눈망울을 응시했다.

이라스는 고집을 굽히지 않았다.

"허 도런님, 제 조국에서는 '왕의 대신이 되는 것보다 행운아에게 물을 따라주는 게 낫다'는 말이 있답니다."

"행운아라!"

벤허가 중얼거렸다. 그의 말투와 표정은 놀라고 의아한 기색이 모두 담겨 있었다. 그러자 이라스가 얼른 대답했다.

"신들은 성공을 신호로 주시고, 그것으로 우리는 신들이 우리 편임을 알 수 있지요. 당신은 경기장의 승자였잖아요?"

벤허의 뺨이 홍조를 띠기 시작했다.

"그게 하나의 신호였어요. 다른 신호도 있지요. 검투에서 당신은 로마인을 베셨죠."

그의 얼굴이 더 달아올랐다. 승리들의 기쁨을 떠올린 게 아니라, 이라스가 그의 행적을 관심 있게 추적했음을 알았기 때문이다. 하지만 곧 기쁨은 의문이 되었다. 격투에 대한 소문이 돌고 있었지만, 승자의 정체를 아는 자는 극소수였다. 말루크, 일데림, 시모니데스뿐이었다. 그들이 이 여인에게 사실을 알렸을까? 그는 쾌감과 의문 사이에서 혼란스러웠다.

이라스가 벤허의 혼란스러운 기색을 알아차렸다. 그녀는 일어나서 잔을 샘 위로 뻗은 채 말했다.

"오, 이집트의 신들이여! 영웅을 발견하게 해주신 데 감사드립니다. 이데르네 궁의 희생자가 제 인간들의 왕이 아니어서 감사합니다. 그러니 신성한 신들이여, 제가 부어 마십니다."

이라스는 잔 속 물을 조금 샘에 붓고 나머지를 마셨다. 그녀는 입술에서 물방울을 훔치고 벤허를 놀렸다.

"어머 허 도련님, 여인에게 그렇게 쉽게 당하는 게 용감한 사내의 관습인가요? 이제 잔을 받으시고, 저를 위해 거기 행복한 말들을 담을 수는 없는지 알아보시지요."

그는 잔을 받아서 허리를 굽히고 물을 채웠다.

"이스라엘의 아들에게는 유일신 말고는 헌주할 신이 없습니다."

벤허가 전보다 더 커진 놀라움을 감추려고 장난스럽게 말했다. 대체 이 이집트 여인이 어디까지 알고 있을까? 시모니데스와의 관계를 들었나? 일데림과의 협정도 알까? 그는 불신에 빠졌다. 누군가 그의 비밀들을 누설했다. 매우 중요한 비밀들이다. 게다가 지금 그는 예루살렘, 그와 동지들과 대의를 흔들 만한 정보가 적에게 넘어갈 수 있는 곳으로 가는 길이었다. 이라스가 적일까?

벤허도 잔이 시원해질 때까지 기다리며 물을 채웠다. 그러고는 몸을 일으켜서 태연하게 말했다.

"아리따운 분이여, 제가 이집트인이거나 그리스인이거나 로마인이라면 이렇게 말했겠죠."

그는 잔을 머리 위로 들었다.

"더 훌륭한 신들이여! 잘못과 고난에도 불구하고 매력적인 아름다움과 사랑의 위로가 아직 세상에 남아 있음에 감사드리며, 그것들을 가장 잘 보여주는 그녀를 위해, 나일의 가장 사랑스런 딸 이라스를 위해 이 잔을 마시겠습니다!"

그녀가 벤허의 어깨에 다정하게 손을 얹었다.

"당신은 율법을 위반했네요. 당신이 잔을 든 신들은 우상이에요. 랍비들에게 고해야겠는데요?"

벤허가 웃었다.

"어이쿠! 정말 중요한 다른 것들을 아는 분에게는 보잘 것 없는 일인데 뭘 그러십니까."

"그보다 더한 일을 해야겠네요. 안디옥 거상의 자택에서 장미를 키우고 초목을 가꾸는 유대인 아가씨를 찾아갈 거예요. 랍비들에게 당신이 회개하지 않는다고 고하고 아가씨에게는……."

벤허는 가만히 그녀의 말을 더 기다렸다.

"당신이 잔을 들고 신들을 증인으로 내게 바친 말을 그대로 전해야죠."

벤허의 뇌리에 순간, 에스더가 부친 곁에서 그가 보낸 전갈을 듣고 종종 서찰을 쳐다봤을 모습이 그려졌다. 그가 이데르네 궁 사건을 시모니데스에게 말하는 자리에 그녀도 있었다. 에스더와 이라스는 아는 사이였다. 이라스는 빈틈없고 세속적인 반면, 에스더는 순진하고 상냥해서 쉽게 넘어갔다. 시모니데스도 일데림도 신의를 깼을 리 만무했다. 무엇보다 비밀이 폭로되었을 때 벤허만큼이나 가장 심각하고 확실한 피해를 입는 자들이 자신들이니까. 그렇다면 에스더가 이집트 아가씨의 밀정이었나? 에스더를 원망하지는 않았지만, 머릿속에 의심의 씨앗이 뿌려졌다. 의심은 저절로 급속히 자라는 마음 속 잡초이거늘.

벤허가 에스더에 관련해서 대답할 새도 없이 발타사르가 물가로 왔다. 노인이 진중하게 말했다.

"허 도련님, 큰 신세를 졌소. 대단히 아름다운 계곡이군요. 풀밭, 나무, 그늘이 우리더러 머무르며 쉬라고 청하는 듯하오. 샘이 금강석처럼 반짝이며 흐르고, 사랑 넘치는 신의 노래를 부르는 듯하오. 이런 즐거움에 어찌 감사드려야 할지. 우리와 함께 식사합시다."

"우선 제가 대접하지요."

벤허는 잔에 물을 채워서 발타사르에게 주었다. 노인은 눈을 들어 감사했다.

종이 수건을 가져왔다. 세 사람은 손을 씻고 닦은 다음 천막 아래 동방식으로 앉았다. 오래전 현자들이 사막에서 만나 함께 자리했던 바로 그 천막이었다. 벤허와 이집트인 부녀는 낙타에 실린 짐에서 가져온 맛있는 음식을 나눠 먹었다.

3

나무 밑에 친 아늑한 천막에서 계속 물 흐르는 소리가 들렸다. 천막 위쪽에 뻗은 넓은 잎들은 미동도 없었고, 뿌연 아지랑이 속에는 가는 갈대들이 화살처럼 꼿꼿이 서 있었다. 이따금 벌들이 그늘을 가로질러 윙윙대며 날아들고, 골풀에서 자고새가 살그머니 나와 물을 마시고 휘파람으로 짝을 부르면서 달아났다. 평화로운 계곡, 상쾌한 공기, 초목의 아름다움, 안식일 같은 고요함이 이집트 노인의 영혼에 영향을 미쳤는지, 평소와 달리 음성과 몸짓과 태도가 온화했다. 그의 시선이 이라스와 대화하는 벤허에게 자주 쏠렸다. 애틋한 눈길이었다.

식사가 끝나갈 때 발타사르가 말했다.

"그대도 예루살렘으로 향하는 길인 것 같은데, 맞소?"

"그렇습니다."

"내가 시간과 고생을 덜기 위해 묻겠소. 라밧암몬보다 빠른 길을 압니까?"

"거라사와 라밧길르앗 사이의 길이 더 힘들기는 하지만 가깝습니다. 저는 그 길로 갈 예정입니다."

발타사르가 말했다.

"난 마음이 급하오. 최근에 꿈을 꾸기 때문이지. 똑같은 꿈을 반복해서 꾸거든. 목소리가 들리는데, 내게 이렇게 말하오. '서두르라, 일어나라! 그대가 오래 기다린 이가 지척에 계시다.'"

벤허가 놀라서 이집트 노인을 응시했다.

"유대인의 왕이 되실 분을 말하시는 겁니까?"

"그렇소."

"그의 소식을 듣지 못하셨습니까?"

"전혀. 꿈 속의 목소리 외에는 못 들었소."

"그렇다면 이 소식에 어르신도 저처럼 기쁘실 겁니다."

벤허는 품에서 말루크의 서찰을 꺼냈다. 이집트 현자가 떨리는 손으로 편지를 받았다. 그가 소리내어 읽었고, 점점 감정이 북받쳐서 목에 선 핏줄이 뛰었다. 다 읽고서 그는 감사와 기도가 절절한 눈길을 들었다. 아무것도 묻지 않았지만 아무 의문도 없었다.

그가 중얼댔다.

"하느님, 당신은 이제껏 제게 참 잘해 주셨나이다. 제가 다시 구주를 뵙고 경배할 수 있게 해 주시기를 기도하나니, 당신의 종이 평온하게 떠날 채비를 하겠나이다."

그 말투, 몸가짐, 간단한 기도의 독특함이 벤허에게 신선한 감동을 주었다. 신이 이만큼 가까이 실감나게 느껴진 적이 없었다. 꼭 신이 그들 위로 몸을 굽히고, 혹은 곁에 앉아 있는 것 같았다. 흔연스럽게 부탁해도 호의를 베푸는 친구 같았다. 모든 자녀를 하나같이 사랑하는 아버지 같았다. 유대인뿐 아니라 이교도들의 아버지. 중간 대리자나 랍비, 사제, 선생이 필요 없는 온 세상의 아버지. 벤허는 신이 인류에게 주시는 것이 왕이 아니라 구세주라는 개념이 아주 명료하게 느껴졌다. 그래서 그 선물이 필요하고 신의 특성과도 맞아떨어진다는 것을 이해할 수 있었다. 그러니 묻지 않을 수가 없었다.

"발타사르 님은 여전히, 그분이 왕이 아니라 구세주라고 생각하십니까?"

현자는 청년을 다정하고도 사려깊은 눈길로 바라보았다.

"내가 그대를 어떻게 이해시켜야 할까? 오래전 나를 안내했던 별, 그 성령이 관대하신 족장의 천막에서 그대를 만난 이후로 나타나지 않았소. 보이지도 들리지도 않았지. 나는 꿈에서 말을 건 목소리가 그 성령이라고 믿는다오. 하지만 그 외의 계시는 받지 못했소."

벤허가 공손하게 말했다.

"현자님과 저는 차이점이 있었습니다. 어르신은 그가 왕이 되겠지만 황제 같은 왕은 아니라고 보셨지요. 영적인 왕일 뿐 세속의 왕이 아니라고요."

"지금도 같은 생각이오. 우리 둘의 믿음이 다른 걸 알겠군. 그대는 인간들의 왕을, 나는 영혼들의 구주를 만나려 한다는 것을."

그가 말을 끊었다. 너무 고매해서 얼른 분간되지 않거나, 너무 복잡해서 간단히 표현이 안 되는 생각을 간추리려고 애쓰는 사람 같은 표정이었다. 그가 말을 이었다.

"벤허여, 그대가 내 믿음을 명확히 이해하는 데 도움이 되도록 이야기해 보겠소. 내가 바라는 구주의 왕국이 어째서 모든 면에서 황제의 나라보다 뛰어난지를 말이오. 그것을 이해하면 내가 신비의 인물에게 관심을 가지는 이유를 납득할 것이오.

영혼이라는 개념이 언제 생겼는지는 나도 모르오. 아마도 아담과 이브가 에덴동산을 나오면서부터가 아닐까. 하지만 그 개념이 완전히 사라졌던 때는 없었소. 어떤 민족들은 잃어버리기도 했지만 모든 민족이 그런 것은 아니지. 개념이 희미하고 흐릿해지거나 의심에 휩싸였던 시대도 있었지만, 신은 간간이 그 믿음과 소망으로 되돌아가라고 설파하는 뛰어난 지성들을 우리에게 보내셨소.

왜 모든 인간에게 영혼이 있을까? 허의 아드님, 잠시 생각해 보시오. 쓰러져서 죽는 것, 그래서 더이상 존재하지 않는 것. 인간이 그런 끝을 염원한 적은 없었소. 언제나 현재보다 나은 것을 염원했지. 국가들의 기념비들이 바로 사후의 공空에 반발하는 산물이오. 조각상도, 비문도, 역사도 그렇소. 우리 이집트의 가장 위대한 왕은 바위산에 자신의 얼굴을 새기게 하고, 매일 마차 행렬을 이끌고 가서 작업을 살폈지. 마침내 완성된 바위 얼굴이 비할 데 없이 웅장하고 튼튼하고, 왕과 똑같았소. 표정까지 빼다 박았다오. 그 자랑스러운 순간에 왕은 말했소. '죽음이여 오라, 내게 사후의 삶이 있으니!' 과연 그는 소망을 이뤘소. 조각상은 아직도 거기 남아 있으니.

그런데 왕이 그렇게 예비한 사후의 삶은 어떨까? 인간들의 기억만 남았을 뿐이오. 거대한 흉상의 얼굴에 쏟아지는 달빛만큼이나 실체 없는 영광, 돌에 새겨진 이야기에 불과한 것을. 한편 왕은 어떻게 되었을까? 방부처리한 몸으로 왕릉에 누워 있소. 사막 바위산의 조각처럼 그리 좋은 모양새가 아니지. 그런데 왕 자신은 어디 있겠소? 그는 공空으로 떨어졌는가? 당신과 나처럼 살아 있는 인간이었던 왕이 죽은 지 2천 년이 되었소. 마지막 숨이 그의 마지막이었던가? 그렇다고 말하면 신을 원망하는 게지.

사후의 삶을 누리게 해 주려는 신의 더 좋은 계획을 인정합시다. 실제적인 삶, 유한한 기억 속에 자리한 것을 초월하는 삶 말이오. 오고가는 삶, 감각과 지식과 힘과 모든 이해를 갖춘 삶. 상황의 변화가 있을지언정 영원한 삶.

신의 계획이 뭐겠소? 태어날 때 각자 영혼이라는 선물을 받은 이유는 간단하오. 영혼을 통해야만 영원불멸이 있다는 것! 그런 측면에서 내 말을 이해해 보시오.

이제 영혼의 필요성은 그만하고, 영혼에 깃든 기쁨에 대해 한 마디 하겠소. 우선 죽음의 공포를 없애지. 죽음은 더 나은 것으로의 변화가 되고, 땅에 묻히는 것은 새 삶을 틔울 씨앗을 뿌리는 일이 되니까. 다음으로, 나를 보시오. 허약하고 지치고 늙고 쭈그러든, 볼품없는 몸을 말이오. 쭈글쭈글한 얼굴과 쉰 목소리, 무뎌진 감각을 말이오. 아! 이 빈껍데기를 받아들이려고 신의 궁전인 우주의 보이지 않는 문이 활짝 열려 나를, 자유로워진 영원한 영혼을 받아들이니 얼마나 행복한가!

다가올 그 삶에 황홀이 있다고 확신하오! 어떻게 아느냐고 되묻지 마시오. 나는 안다는 사실만으로 족하니까. 영혼이 되는 건 신성하게 우월한 처지를 의미하오. 그 속에 티끌도 없고 역겨운 것도 없소. 그것은 분명 공기보다 섬세하고, 빛보다 구체적이며, 본질보다 순수할 거요. 그것은 완전한 순수함 속의 삶이오.

자, 어떻소? 나나 당신에게 불필요한 입씨름을 더 해야겠소? 영혼의 형상, 영혼이 거하는 곳, 영혼이 먹고 마시는지, 영혼에 날개가 있는지 아닌지에 대해? 아니오. 주님을 믿는 게 더 합당하오. 이 세상에서 아름다운 것은 모두 취향이 완벽한 주님의 손에서 나왔소. 주님은 모든 형상의 창조자요. 주님은 백합에게 옷을 입히시고, 장미를 붉게 물들이시고, 이슬을 맺히게 하시고, 자연의 음악을 만드셨소. 한 마디로 주님이 우리의 이 삶 전체를 만들고 조건들을 부과하셨소. 나는 아이처럼 순수한 믿음으로 내 영혼과 사후 인생을 주님께 맡기겠소. 나는 주님의 사랑을 느낀다오."

현자는 말을 멈추고, 떨리는 손으로 잔을 들어 물을 마셨다. 이라스와 벤허는 그와 공감하면서 침묵을 지켰다. 벤허에게 한 줄기 빛이 비춰졌다. 그는 지상의 왕국보다 중요한 영적인 왕국의 존재를 처음으로 인식했다. 가장 위대한 왕보다 구세주가 더 신성한 선물임을 이해했다.

발타사르가 말을 이었다.

"이제 그대에게 묻겠소. 괴롭고 짧은 인생과 영혼을 위해 예비된 완벽하고 영원한 삶 중 어느 쪽이 좋겠소? 심사숙고해 보시오. 양쪽 다 똑같이 행복하다면, 1년보다 한 시간이 더 바람직하겠소? 거기서 질문을 마지막까지 끌고 가 봅시다. 이승에서의 70년이 좋겠소, 신과 영원히 사는 게 좋겠소? 그런 식으로 확장시키다 보면, 벤허여, 그대는 다음 사실의 의미를 온전히 품게 될 거요. 내게는 가장 놀랍고, 그 파장이 가장 슬펐던 사실. 영적인 삶이라는 개념이 세상에서 거의 사라진 빛이라는 겁니다. 영혼에 대해 말하고 영혼을 원리로 보는 철학자가 더러 있다오. 허나 철학자들은 신앙에 기초하지 않아서, 영혼을 존재하는 것으로 인정하지 못하오. 그런 이유로 더 이해 못할 어둠으로 빠져드오.

살아 있는 모든 것은 필요한 만큼의 지능이 있소. 미래를 추측하는 능력이 인간에게만 있는 점이 의미심장하지 않소? 주님은 우리가 또다른 더 나은 삶을 위해 창조되었음을 자각하게 만들려고 했소. 사실 그런 삶은 우리에게 가장 필요하지. 하지만 안타깝기도 하지! 만방은 어떤 습관에 빠졌던가! 현재가 다라는 듯 오늘만을 위해 살면서 이렇게 말하지. '죽으면 내일 따윈 없어. 있어도 전혀 내가 알 바 아니고. 될 대로 되라지.' 그래서 죽음이 찾아와도, 영광스런 내세를 시작할 능력이 없소. 말하자면 궁극의 행복은 신의 세상에서 영원한 삶을 누리는 것이었소. 허의 아드님, 안타깝게도 내가 이 말을 해야겠소! 그 세상에서는 저기 잠든 낙타나 가장 유명한 성전의 최고 제사장이나 똑같소. 인간들은 그 정도로 저열한 세속적인 삶을 영위하지요! 그들은 다가올 다른 삶은 잊다시피 했소!

이제 어느 쪽이 우리를 구제해 줄지 알아보기를 기원하오.

나로 말하자면 인간으로 천 년 산다 한들 영혼으로 1시간 사는 것과 바꾸지 않을 거외다."

이집트인은 옆 사람들을 잊고 완전히 사념에 잠겼다.

"사람들은 인생살이의 문제들을 해결하려고 시간을 쏟지. 그런데 그 이후는? 주님을 안다든지 하는 문제는? 적어도 눈 감는 순간 몇 가지 신비가 아니라 신비 자체가 앞에 펼쳐지겠지. 가장 깊숙하고 엄청난 신비까지, 생각만 해도 움츠러드는 그 능력까지. 공허의 가장자리에 물을 두르고 흑암을 밝히고, 공허에서 우주를 만든 그 능력까지. 온갖 곳들이 열리겠지. 난 신성한 지식에 휩싸일 거요. 모든 영광을 보고 모든 기쁨을 맛볼 거요. 존재하며 매우 즐거워할 거야. 시간의 끝에서 신께서 내게 너그러이 '너를 영원히 거두리라'라고 말하시면, 가장 큰 욕망도 지나가 버리겠지. 그 후로 생의 야망, 모든 부류의 삶의 기쁨은 작은 종들의 딸랑이는 소리만도 못하게 되겠지."

발타사르는 무아지경에서 벗어나려는 듯 말을 끊었다. 벤허는 영혼이 스스로 이야기한 것처럼 느껴졌다.

"양해하시오, 허의 아드님."

현자는 절을 했고, 절에 담긴 진심이 부드러운 표정에 드러났다.

"영혼의 삶을, 그 상황과 즐거움과 장점을 그대가 스스로 고심해서 찾게 할 요량이었소. 그런데 그 기쁜 생각을 하니 너무 많은 말을 해 버렸구려. 살짝이나마 내 믿음의 이유를 알려주려고 말을 시작한 건데. 말의 힘이란 게 미약해서 안타깝소. 하지만 믿음에 흠뻑 젖어 보시오. 우선 사후 우리를 위해 마련된 존재의 출중함을 헤아리고, 그 생각이 내면에서 깨우는 감정과 충동에 주의를 기울이시오. 그 느낌들에 유의하라고 말하는 것은, 그것들이 웅성대고 그대를 옳은 길로 이끌 수 있는 그대의 영혼이기 때문이오. 다음으로 내세가 잃어버린 빛이라고 부를 만큼 애매해졌음을 유념하시오. 그것을 발견하면 기뻐하시오, 벤허. 보잘 것 없는 말이지만 내가 기뻐하듯 기뻐하시오. 그러면 우리를 위해 준비된 큰 선물 말고도 그대는 왕이 필요한 것보다 훨씬 큰 구주의 필요성을 발견하게 될 거요. 우리가 만날 분이 더 이상 그대의 희망 속에 검을 든 전사나 왕관을 쓴 군주로 자리하지 않게 될 거요.

그렇다면 현실적인 문제가 대두되오. 우리가 그분을 어떻게 알아볼까? 그대가 계속 그를 헤롯 같은 왕으로 믿으면 당연히 보라색 옷을 입고 홀을 든 사람을 만날 때까지 찾겠지. 그런데 내가 찾는 그분은 가난하고 소박하고 눈에 띄지 않아서 알아보기 쉽지 않소. 그가 나와 인류에게 영원한 삶으로 가는 길을 보여주려 할 거요. 아름답고 순수한 영혼의 삶을."

일행은 말이 없었다. 잠시 후 발타사르가 다시 입을 열었다.

"이제 일어나서 다시 출발합시다. 말을 하고 보니 그분을 만나고 싶어 또 좀이 쑤시는군. 두 사람, 벤허 님과 내 딸을 재촉하는 것 같지만 양해하시오."

그의 신호에 종은 천막을 걷고 기구를 가마 밑의 상자에 담았고, 아랍인 안내인이 말들을 끌고 왔다. 그 사이 세 사람은 물 웅덩이에 몸을 담그고 씻었다.

잠시 후 그들은 들어갔던 길을 되짚어 나왔다. 혹시 대상이 앞질러 갔다면 따라잡고 싶었다.

4

사막을 지나는 대상 행렬은 그림처럼 멋지지만, 움직임은 굼뜬 뱀 같다. 지속적인 늑장에 인내심 많은 발타사르도 견딜 수 없었다. 그래서 그는 일행과 따로 움직이기로 제안했다.

젊거나 애틋한 연애 감정을 기억하는 독자라면 짐작하리라, 벤허가 이집트 여인의 낙타 옆에 서서 반짝이는 평원에서 멀어지는 행렬을 보며 어떤 기쁨을 맛보았을지.

분명하고 혼자만의 비밀이지만, 매혹적인 이라스 곁에 있는 게 좋았다. 그녀가 높은 자리에서 내려다보면 벤허는 서둘러 곁으로 다가갔다. 그녀가 말을 걸면 심장박동이 평소보다 빨라졌다. 이라스의 환심을 사려고 내내 안달이 났다. 아무리 하찮은 일도 그녀가 말하면 흥미로웠고, 그녀가 손짓하면 하늘의 검은 제비 주위에 후광이 생겼다. 칙칙한 모래밭에서 석연이든 운모든 반짝이면, 이라스의 한 마디에 벤허는 몸을 돌려서 그것을 가져왔다. 그녀가 그 수고는 안중에 없이 실망스럽다고 내던져도, 벤허는 쓸 데 없는 물건인 것을 아쉬워하면서 더 나은 것(루비나 어쩌면 금강석이라도) 찾기에 몰두했다.

이라스가 먼 산들의 보랏빛을 칭찬하면 보랏빛이 더 짙고 풍성해졌다. 이따금 가마의 가리개가 내려지면 갑자기 하늘이 우중충해지고 풍경 전체가 너저분해진 것 같았다. 이런 달콤한 감정에 빠진 상태이니, 호젓한 여행길에서 이집트 미인과 가까이 있는 데 따르는 위험들을 어떻게 피한단 말인가?

사랑에는 이성이 없고 수학 같은 요소가 없으니, 이라스가 영향력을 행사해서 좌지우지하는 것은 지당하다.

당연히 이라스도 자신이 벤허를 사로잡았음을 알고 있었다. 그녀는 아침부터 금화가 달린 그물 모자를 썼고, 반짝이는 끈들이 이마와 뺨 위로 늘어져 검푸른 머리채와 어우러지게 조절했다. 장신구(반지, 귀고리, 팔찌, 진주 목걸이)와 고운 금사로 수놓은 숄로 치장하고, 인도 레이스 스카프를 목과 어깨에 주름이 잡히게 둘렀다. 그렇게 단장하고 벤허에게 미소를 보내고 낭랑한 소리로 웃었다. 때로는 녹아내리고 때로는 반짝이는 눈빛을 슬쩍슬쩍 보냈다. 그런 교태에 안토니우스는 영광의 자리에서 밀려났지만, 그를 파멸로 내몬 클레오파트라도 미모로는 이라스를 따라올 수 없었다.

정오가 지나고 저녁이 왔다.

바산의 산줄기 너머로 해가 넘어갈 무렵, 일행은 아빌레네 사막의 담수 웅덩이에서 멈추었다. 천막을 치고 저녁 식사를 한 다음, 잠자리에 들 채비를 했다.

두 번째 파수는 벤허가 맡았다. 그는 창을 들고 조는 낙타 가까이에 서서 별을 올려다보다가 어두운 땅으로 눈을 돌렸다. 사방이 잠잠했다. 한참만에 포근한 숨결 같은 바람이 지나곤 했지만 벤허는 느끼지 못했다. 이집트 여인 생각에 사로잡혀 허우적댔다. 이따금 이라스가 그의 비밀을 알게 된 경위와 비밀의 용도, 추적할 방도를 고심했지만 사랑이 달아나지는 않았다. 유혹이 더 강렬했으니까.

그때 달빛 없는 어둠 속에서도 흰 손이 그의 어깨를 잡았다. 벤허는 소스라치게 놀라서 고개를 돌렸다.

이라스가 거기 있었다.

"주무시는 줄 알았는데요."

벤허가 얼른 말했다.

"노인과 어린애나 자는 거지요. 저는 친구들, 바로 남녘 하늘의 별들을 보러 나왔어요. 별들이 나일 강 위로 밤의 장막을 받치고 있거든요. 하지만 놀랐다고 고백하세요!"

이라스는 그의 어깨에서 손을 내렸고, 벤허는 그 손을 잡았다.

"음, 그것은 적이 한 일이었습니까?"

"아니요! 적이 되려면 증오해야 하는데, 증오는 질병이고 이시스*는 병이 제게 얼씬도 못하게 해요. 제가 어릴 때 이시스는 제 심장에 입 맞추었어요."

"부친과는 전혀 다른 말을 하는군요. 부친과 신앙이 다른가요?"

그녀는 조용히 웃었다.

"내가 아버지가 겪은 일들을 겪었다면 그런 신앙을 가졌을지도 모르죠. 아마 아버지만 한 나이가 되면 그럴 수도 있고요. 하지만 젊음에 종교는 없어요. 시와 철학만 있을 뿐이에요. 시도 술과 쾌락과 사

* 고대 이집트의 풍요의 여신

랑을 주는 영감으로나 소용 있고, 철학도 한창때 저지르는 어리석은 짓의 핑계 역할이나 하는 거죠. 아버지의 신은 내게 너무 엄청나요. 난 다프네 숲에서 그 신을 찾지 못했어요. 그 신이 로마의 아트리움에 거한다는 얘기를 들어본 적 없고요. 그런데 허 도련님, 제게 소원이 있어요."

"소원이라! 감히 누가 거부할 수 있겠습니까?"

"당신을 믿어 볼게요."

"그럼 말해 보세요."

"아주 간단해요. 저는 당신을 돕고 싶어요."

이라스가 다가들었다. 벤허는 웃음을 터뜨리며 가볍게 대답했다.

"아, 이집트! 하마터면 '사랑스런 이집트!'라고 말할 뻔했군요. 그대의 나라에 스핑크스가 있지 않습니까?"

"그런데요?"

"당신은 그 수수께끼 중 하나입니다. 자비를 베푸셔서 당신을 이해하는 데 도움이 될 실마리를 주시지요. 어떤 면에서 제가 도움이 필요하지요? 그리고 어떻게 저를 도울 수 있다는 겁니까?"

그녀는 손을 빼더니 낙타에게 몸을 돌려, 괴상한 머리를 미술품처럼 쓰다듬으면서 상냥하게 말했다.

"아, 욥의 무리 중 마지막으로 가장 빠르고 당당한 너! 길이 울퉁불퉁하고 돌이 많고 짐이 무거우면 너도 가끔 비틀대지. 너는 어떻게 말 한 마디로 친절한 의중을 알고, 여인이 도움을 제안해도 늘 고맙게 응할까? 너에게 입 맞출게, 충성스러운 동물이여!"

이라스는 허리를 굽혀 낙타의 넓은 이마에 입술을 댔다가 말했다.

"네 머릿속에는 의심이란 게 없으니까!"

벤허는 마음을 누르면서 차분히 말했다.

"비난을 달게 받겠습니다, 이집트여! 저도 거절하고 싶지 않습니다. 다만 제가 명예를 지켜야 하고, 제가 침묵해야 사람들의 목숨과 운명이 지켜지는 상황이 있습니다."

"그럴지도 모르죠! 그렇군요."

이라스가 빠르게 대꾸했다.

벤허는 놀라서 한 걸음 물러났다.

"뭘 알고 계십니까?"

그녀가 웃음을 터뜨렸다.

"왜 남자들은 여자의 감각이 더 발달했다는 걸 부인할까요? 난 종일 당신 얼굴을 지켜봤어요. 당신이 무거운 짐을 안고 있다고 단박에 알았죠. 당신과 아버지의 대화를 떠올리면 그 짐도 금세 알 수 있지 않겠어요? 허 도련님!"

그녀는 더 다가가며 목소리를 낮췄다. 따스한 입김이 벤허의 뺨에 닿았다.

"허 도련님! 당신이 찾는 사람은 유대인의 왕이 될 거예요, 맞죠?"

벤허의 심장이 마구 뛰었다. 이라스가 말을 이었다.

"헤롯 같은, 헤롯보다 더 위대한 유대인의 왕 말이에요."

그가 밤으로 눈을 돌렸다가 별들을 쳐다보았다. 그러다 그녀와 눈이 마주쳤고 한참 그대로 있었다. 이라스가 워낙 가까이 있어서 그녀의 입김이 벤허의 입술에 닿았다. 그녀가 계속 말했다.

"아침부터 우린 환상에 사로잡혀 있어요. 제 환상을 말하면 당신

645

도 들려주실 건가요? 뭐예요! 그래도 함구할 거예요?"

이라스가 손을 뿌리치고 가려는 듯 몸을 돌렸다.

벤허가 얼른 그녀를 붙들었다.

"가지 말아요. 가지 말고 말해 봐요!"

이라스는 다시 몸을 돌리고 그의 어깨에 손을 얹고 몸을 기댔다. 벤허는 그녀의 어깨를 감싸서 바싹 당겼다. 포옹에 그의 대답이 있었다.

"말해요. 당신의 환상을 말해 줘요, 이집트여! 사랑스런 이집트! 선지자라도 그래요, 엘리야도 심지어 모세라도, 당신의 청을 거부하지 못했을 겁니다. 당신의 처분을 바랄 밖에요. 자비를 베풀어 주길 바랍니다!"

그녀는 애원을 흘려 듣고, 고개를 들면서 몸을 밀착시켰다. 이라스가 천천히 말했다.

"제 머리를 떠나지 않는 환상은 굉장한 전쟁 장면이에요. 육지와 바다에서 벌어지는 전쟁. 무기들이 격돌하고 군대들이 맞붙었어요. 마치 카이사르와 폼페이우스, 옥타비우스와 안토니우스가 다시 등장한 것 같았죠. 먼지와 재 구름이 일어나 세상을 뒤덮고, 로마는 더 이상 존재하지 않았어요. 동방이 모든 지배를 되찾았죠. 구름 속에서 다른 영웅들이 나와서, 몰랐던 넓은 통치 구역과 빛나는 왕관들을 주려고 했어요. 그런데 환상이 지나가는 사이, 또 사라진 후 저는 계속 자문했답니다, 허 도련님. '맨 먼저, 가장 잘 왕을 섬긴 사람이 갖지 못할 게 뭔가?'"

다시 벤허는 움츠러들었다. 이것은 그가 종일 떠올린 바로 그 질문이었다. 곧 그는 원하는 실마리를 얻었다고 상상했다.

"그래서 지금 난 당신을 얻었지요. 통치 구역과 왕관은 당신이 나를 도우려는 것들입니다. 알았다, 알았어! 당신처럼 빈틈없고 아름답고 위엄 있는 여왕은 없었습니다, 없었지요! 하지만 아쉽군요, 사랑하는 이집트여! 당신이 내게 보여준 환상은 온통 전쟁의 모습인데, 이시스가 심장에 입 맞추었대도 당신은 여인일 뿐입니다. 당신이 검보다 확실한 방도를 안다면 모를까, 왕관은 당신의 도움이 못 미치는 꿈의 선물에 불과하지요. 방도를 안다면 내게 알려 주십시오, 이집트여. 그러면 난 당신을 위해서라도 그 길을 걷겠습니다."

이라스는 그의 팔을 내리면서 말했다.

"겉옷을 모래밭에 펼치세요. 여기 제가 낙타에 기대 편히 앉을 수 있도록. 제가 앉아서, 나일 강을 따라 알렉산드리아에 전해진 이야기를 들려드릴게요."

벤허는 그녀의 말대로 했다. 우선 창을 인근 바닥에 꽂았다.

이라스가 자리를 잡자 그가 침울하게 물었다.

"나는 어떻게 해야 되나요? 알렉산드리아에서는 앉아서 듣는 게 관습입니까? 서서 들어야 됩니까?"

익숙한 동물에 편히 기대앉은 이라스는 웃으면서 대답했다.

"청중도 고집이 있으니 원하는 대로 하세요."

벤허는 모래밭에 앉았다. 그의 목덜미에 이라스의 손이 놓였다.

"준비 됐는데요."

벤허가 말했다.

그래서 이라스가 즉시 이야기를 시작했다.

아름다운 것들이 이 땅에 생긴 사연

우선 알아둬야 될 게 있어요. 이시스는 가장 아름다운 신이에요. 남편 오시리스는 현명하고 능력이 뛰어났지만 때로 아내를 질투했지요. 사랑에 있어서 신들이나 인간들이나 똑같거든요.

아내인 여신은 달에서 가장 높은 산에 있는 은 궁전에 살았고, 거기서 자주 태양으로 갔지요. 영원한 빛을 발하는 태양 중심에 오시리스의 황금 궁전이 있었고, 너무 빛나서 눈에 보이지 않았어요.

신들에게 하루 이틀 같은 시간은 무의미하고 그냥 언젠가, 이시스는 황금 궁전의 지붕에서 남편과 즐겁게 있다가 우연히 멀리 우주의 테두리에서 인드라*를 보았어요. 독수리 등에 탄 원숭이 군단과 함께 날아가고 있었지요. 인드라는 사랑을 많이 받아서 '피조물들의 친구'로 불렸는데, 무시무시한 락샤사**와 마지막 전쟁에서 승리를 거두고 돌아오는 길이었어요. 일행 중에 라마***와 시타가 보였어요. 시타는 이시스에 버금가는 미인이지요. 이시스는 일어나서 별들로 된 허리띠를 벗어서 시타에게 흔들었어요. 축하의 인사였지요. 그러자 인드라 일행과 황금 지붕의 두 신 사이에서 밤 같은 게 뚝 떨어져서 앞이 보이지 않았어요. 한데 그건 밤이 아니라 오시리스가 찌푸린 것이었지요.

그 순간 오시리스가 한 말은 누구도 생각하기 힘든 것이었어요.

* 인도 신화 속 비와 천둥의 신
** 인도 신화 속 초능력을 가진 악마
*** 인도의 영웅서사시《라마야나》의 주인공. 라마가 남편, 시타가 부인이다.

그가 자리에서 일어나며 위엄 있게 말했죠.

"당신은 집으로 가시오. 나는 일을 해야겠소. 완벽하게 행복한 존재를 만드는 데 당신 도움은 필요치 않소. 그러니 그만 가 보시오."

이시스의 눈은 성전에서 신자들이 기도하면서 손으로 주는 풀을 얌전하게 받아먹는 흰 소처럼 컸지요. 소와 색깔도 같고 부드러운 눈빛도 똑같았어요. 그녀도 일어나서 미소를 지으면서 말했어요. 그 표정이 흐린 추수기의 달빛 같았지요.

"잘 있어요, 서방님. 당신이 곧 나를 부를 거예요. 왜냐하면 나 없이 당신이 꿈꾸는 완벽하게 행복한 피조물을 만들 수 없을 테니까요. 마치……."

그러더니 말을 멈추고 웃음을 터트렸지요. 맞는 말이라는 걸 잘 알았으니까요.

"당신이 나 없이 완벽하게 행복할 수 없는 것처럼."

"두고 봅시다."

오시리스가 응수했지요.

이시스는 돌아가서 바늘과 의자를 챙겨서 은 궁전의 지붕에 앉았어요. 그녀는 지켜보면서 뜨개질을 시작했어요.

오시리스가 강한 가슴 속에서 창조를 이루느라, 모든 신들이 동시에 맷돌을 가는 듯한 소리를 냈어요. 얼마나 요란했는지, 근처의 별들이 말라비틀어진 꼬투리 속에 든 콩들처럼 덜거덕댔지요. 별 몇 개는 빠져나와서 없어져 버렸고요. 굉음이 계속되는 사이에도 이시스는 기다리면서 뜨개질을 했어요. 그 와중에도 코 하나 빠트리지 않았지요.

곧 태양 쪽의 허공에 점 하나가 나타나더니 점점 커져서 달 크기 만해졌어요. 그 순간 이시스는 세상이 만들어지는 걸 알았지만, 그 것은 점점 커져서 결국 빛나는 그녀를 뺀 달 전체에 그림자를 드리 웠어요. 이시스는 남편이 얼마나 화가 났는지 알았지만, 결국 그녀 의 말처럼 되리라 믿고 계속 뜨개질을 해나갔지요.

그렇게 이 세상이 생겨났어요. 처음에는 허공에 맥없이 매달린 찬 잿빛 덩어리였지요. 나중에 그녀는 세상이 여러 조각으로 나뉜 것을 알았어요. 여기는 평원, 저기는 산, 저 너머에 바다. 모든 게 아직 반짝임이 없었지요. 그러다가 강둑에서 뭔가가 움직였고, 그 녀는 놀라서 뜨개질을 멈추었어요. 그 뭔가가 일어나서 태양 쪽으 로 양손을 들어서, 거기서 존재가 비롯되었음을 안다는 신호를 보 냈지요. 최초의 인간은 보기에 좋았어요. 또 그 주위에는 우리가 자 연이라고 부르는 피조물들이 있었어요. 풀, 나무, 새, 동물, 벌레와 파충류까지.

한동안 인간은 행복한 삶에 젖어 돌아다녔지요. 그가 얼마나 행복 한지 알 수 있었어요. 잠시 일하는 소리가 잠잠하더니, 이시스의 귀 에 조롱하는 웃음소리가 들렸어요. 곧 태양에서 말이 날아들었지요.

"당신의 도움이라, 흥! 완벽하게 행복한 피조물 좀 보시지!"

이시스는 다시 뜨개질에 몰두했어요. 오시리스가 강인한 만큼 그녀는 인내심이 많았거든요. 그래서 그가 일을 벌일 수 있다면 이 시스는 기다릴 수 있었지요. 단순한 인생은 계속 만족을 주지 못한 다는 것을 알기에 그녀는 기다렸어요.

당연히 그랬지요. 얼마 지나지 않아 여신은 인간의 변화를 알아차릴 수 있었어요. 인간은 점점 맥이 풀려서 강가 한 구석에 틀어박혔고 이따금 고개를 들면 시무룩한 표정이 보였지요. 마음속에서 흥미가 사라지고 있던 거에요. 이시스는 중얼댔지요.

"피조물이 자신의 존재에 신물을 내고 있구나!"

그 순간 창조 의지의 굉음이 다시 울렸어요. 눈 깜짝할 새에 차디찬 회색 덩어리였던 지구가 색색으로 물들었죠. 산들은 보랏빛으로, 들판은 초록으로, 바다는 파랑으로, 구름 떼는 아주 다양한 색깔로.

그러자 인간이 벌떡 일어나서 손뼉을 쳤어요. 그는 치유되고 다시 행복해졌지요.

이시스는 미소를 띠고 뜨개질을 하며 중얼댔어요.

"생각을 잘했네. 한동안은 효과가 있겠지만, 저런 존재에게 단순한 아름다움만 있는 것으로는 부족해. 서방님이 다시 애써야겠어."

마지막 말이 떨어지자마자 오시리스가 창조하면서 천둥이 쳐서 달이 흔들렸어요. 이시스는 뜨개질감을 내려놓고 손뼉을 쳤지요. 이때까지 지구에서 남자를 뺀 모든 게 붙박이였는데 이제 대부분의 피조물은 움직임이라는 선물을 받았거든요. 새들은 신이 나서 날갯짓을 하고 크고 작은 동물들은 마음대로 돌아다녔지요. 나무들은 매혹당한 바람에게 푸른 가지를 흔들며 절하고, 강들은 바다로 흘렀어요. 바다는 바닥을 치면서 솟구쳐 파도가 되어 출렁거리고, 왔다 밀려가면서 해안에 반짝이는 포말을 그려냈지요. 이 모든 것 위에서 구름 떼가 항해하는 배들처럼 둥둥 떠갔고요.

인간은 아이처럼 행복해 하면서 일어났지요. 그러자 오시리스는 기뻐서 소리쳤어요.

"하, 하! 내가 당신 없이 얼마나 잘하고 있는지 알겠지!"

현명한 아내는 뜨개질거리를 집어 들고 나직나직 대답했어요.

"서방님, 정말 생각을 잘했어요. 한동안은 효과가 있겠네요."

이전 같은 일이 반복되었어요. 날아가는 새들, 흐르는 강들, 요동치는 바다가 인간에게는 다시 당연한 게 되어 버렸어요. 인간은 다시 수척해졌죠. 더 심하게요.

이시스는 속으로 중얼댔어요.

'가여운 인간! 이전보다 더 수심에 잠겼네.'

그런데 그녀의 생각을 듣기라도 한 듯 오시리스가 들썩였고, 그가 창조하는 소리가 우주를 흔들었어요. 가운데 태양만 굳건하게 서 있었지요. 이시스는 변화를 못 느꼈는데, 곧 생긋 웃으면서 남편의 마지막 창조가 빠르게 진행되었다고 확신했어요. 갑자기 인간이 일어나서 귀를 기울이는 것 같더니, 환한 얼굴빛으로 기쁨의 손뼉을 쳤어요. 지상에 소리가 생긴 거예요. 불협화음도 들리고 화음도 들렸지요. 나무들 속에서 바람들이 두런두런 속삭였고, 새들이 각자 지지배배 노래했고, 개울들은 은줄을 맨 거문고를 타는 악사들처럼 장엄한 조화를 이루며 강으로 콸콸 흘렀고, 바다는 천둥처럼 출렁였죠. 사방에 계속해서 음악이 흘렀고, 인간은 그보다 더 행복할 수 없었지요.

이시스는 남편이 참 잘한다고, 기막히게 잘한다는 생각을 하다가 이내 머리를 저었어요. 색, 동작, 소리. 그녀는 천천히 되뇌었어요. 형태와 빛을 제외하면 아름다움의 다른 기본 요소가 없었고, 그것들은 지구가 원래 갖고 있었어요. 이제 오시리스는 할 만큼 다했지요. 그러니 인간이 다시 수심에 잠긴다면 그녀의 도움이 필요할 거예요. 그래서 이시스는 손을 빨리 놀렸어요. 둘, 셋, 다섯, 심지어 열 코를 한 번에 떴지요.

인간은 오랫동안 행복했어요. 그 상태가 꽤 오래 지속되어서 사실 싫증내지 않을 것처럼 보였어요. 그런데 지혜로운 이시스는 기다리고 또 기다리면서 태양에서 쏟아지는 비웃음에 개의치 않았어요. 그렇게 기다리다가 결국 마지막 신호를 감지했지요. 인간들이 장미꽃 아래서 우는 귀뚜라미 소리부터 바다의 포효와 폭풍우를 부르는 구름의 울음까지 그저 그렇게 듣게 되었지요. 인간은 수척해지며 아팠고, 강가 우울한 자리를 찾아서 끝내 망부석처럼 있었지요.

이시스가 안쓰러워 하면서 말했어요.

"서방님, 피조물이 죽어가고 있네요."

하지만 오시리스는 사정을 뻔히 알면서도 태연했어요. 더 할 수 있는 게 없었거든요.

이시스가 물었지요.

"피조물을 도와줘도 되겠어요?"

오시리스는 자존심이 강해서 아무 말도 하지 못했지요.

그 순간 이시스는 마지막 코를 마무리해서 둘둘 말아 휙 던졌지요. 빛나는 덩어리는 인간 바로 옆에 툭 떨어졌어요. 가까이에서 뭔가 떨어지는 소리에 인간은 고개를 들었어요. 그런데! 한 여자가 (최초의 여자!) 그를 부축하려고 몸을 굽히고 있잖아요! 그녀가 손을 내밀자 남자는 손을 잡고 일어났어요. 이후 불행하지 않고 행복했지요.

"허 도련님! 이게 나일 강에 내려오는 아름다운 이들의 탄생 신화랍니다."

"그럴 법하고 재치 있는 이야기지만 완벽하지는 않군요. 오시리스는 어떻게 됐습니까?"

"그는 아내를 다시 태양으로 불렀고 두 사람은 서로 도우면서 오순도순 살았어요."

"내가 첫 번째 인간처럼 하면 안 될까요?"

벤허가 목에 놓인 이라스의 손을 잡아서 입술로 당기며 말했다.

"사랑에 빠져서, 사랑에 빠져서!"

벤허가 가만히 그녀의 무릎에 머리를 기댔다.

이라스는 다른 손으로 그의 머리를 쓰다듬었다.

"당신은 왕을 찾겠지요. 계속해서 왕을 찾아서 섬길 거예요. 당신은 검을 써서 왕에게 가장 푸짐한 상을 받을 거예요. 그 최고의 병사가 저의 영웅이 될 거고요."

벤허가 얼굴을 돌려서 바로 위에 있는 그녀의 얼굴을 보았다. 다소 그림자가 드리운 그녀의 눈마저 그의 눈에는 하늘 전체에서 가장 빛났다. 그는 일어나 앉으며 이라스를 품에 안고 열정적으로 키스했다.

"오, 여인이여, 이집트 여인이여! 왕이 왕관들을 하사하시면 나는 내 것을 가져와서 여기, 내 입술이 닿았던 얼굴 위에 올려놓지요. 당신은 누구보다 아름다운 왕비가 (나의 왕비가) 될 겁니다! 그러면 우리는 영원히 아주 행복하게 살 거예요!"

"그리고 당신은 제가 도울 수 있게 모두 다 말해 주실 건가요?"

이라스가 그에게 키스하면서 물었다.

벤허의 열정이 식어 버렸다.

"내가 당신을 사랑하는 것으로 부족한가요?"

"완전한 사랑은 완전한 신의를 의미하지요. 하지만 마음쓰지 마세요. 당신은 저를 더 잘 알게 될 거예요."

이라스가 손을 뿌리치고 일어났다.

"당신은 잔인하군요."

그녀는 낙타 옆으로 가서, 낙타의 얼굴에 입술을 대며 말했다.

"아, 네가 낙타들 가운데 가장 기품 있는 것은 네 사랑에 의심이 없기 때문이란다."

그러고는 바람같이 가 버렸다.

5

길을 떠나 사흘째 되던 날, 일행은 얍복 강 근처에서 휴식했다. 강변에서는 백 명도 더 되는 사람들이 쉬면서 동물들도 쉬게 했다. 대다수가 페레아* 사람이었다. 벤허 일행이 말과 낙타에서 내릴 새도

* Peraea. 요단 강과 사해의 동부 지역

없이 한 사내가 물병과 그릇을 들고 와서 마시라고 권했다. 그들이 예의를 갖춰 인사하고 그릇을 받자, 사내가 말했다.

"저는 요단강에서 돌아오는 길입니다. 거기에는 노인장처럼 먼 곳에서 온 이들이 많습니다. 그런데 이 낙타처럼 근사한 동물은 없었어요. 정말 멋진 낙타군요. 혈통을 여쭤 봐도 되겠습니까?"

발타사르는 대답하고 쉴 채비를 했는데, 벤허는 호기심이 동해서 대화를 이어갔다.

"강의 어느 곳에 사람들이 있습니까?"

"베다바라*에요."

"거긴 한적한 여울이었는데. 어떻게 그렇게 사람들이 많아졌는지 모르겠군요."

"아, 당신은 외지에서 와서 아직 복음을 듣지 못했군요."

"복음이요?"

"흠, 대단히 성스러운 한 사내가 광야에 나타나 이상한 말들을 쏟아내고 있는데, 그 말을 들은 사람들이 모두 감명을 받습니다. 그는 자기가 사가랴의 아들, 나사렛 사람 요한이며 구세주에 앞서 보내진 전령이라고 말합니다."

이라스조차 사내의 말에 귀를 기울였다.

"요한이라는 자는 어린 시절부터 엔게디 인근의 동굴에서 지내면서 에세네파보다 더 엄격하게 기도하고 생활했다고 합니다. 군중이 그의 설교를 들으려고 몰려가요. 저도 갔었습니다."

---

* Bethabara. 세례요한이 처음으로 침례를 베푼 곳

"여기 친구분들 전부 그곳에서 오시는 겁니까?"

"대부분은 가는 길이고 몇 명은 오는 길입니다."

"그가 뭐라고 설교합니까?"

"다들 이스라엘에서 처음 듣는 새로운 가르침이라고들 말하고 있어요. 회개와 세례를 말하거든요. 저희는 물론 랍비들도 당혹스러워하고 있어요. 그에게 구세주냐고, 엘리야 선지자냐고 물었더니 이렇게 대답했답니다. '나는 광야에서 외치는 이의 음성이오. 주님의 길을 준비하시오.!'"

이때 친구들이 부르자 사내가 자리를 뜨려 했다. 발타사르가 다급하게 입을 열었다. 그의 목소리가 떨렸다.

"마음 좋은 양반! 당신이 다녀온 곳에 가면 우리가 설교자를 만나겠소?

"그렇지요, 베다바라에 가시면."

그러자 벤허가 이라스에게 말했다.

"이 나사렛 사람이 바로 우리 왕의 전령이 아니고 누구겠습니까?"

벤허는 신비의 인물에게 노인보다 딸이 더 관심을 갖는다는 것을 얼른 간파했다! 그렇긴 해도 발타사르도 움푹한 눈을 빛내며 몸을 일으키면서 말했다.

"서두릅시다. 난 쉬지 않아도 되니."

그들은 몸을 돌려 종을 거들었다.

밤이 내려 라못-길르앗의 서쪽에서 멈출 때까지, 세 사람은 별로 말이 없었다.

"허의 아드님, 일찍 일어납시다. 구주가 오실 경우 우리가 거기 없으면 안 될 터이니."

노인이 말했다.

"왕이 전령보다 훨씬 뒤에 있을 리 만무하죠."

이라스가 속삭이며 낙타 위에 자리를 잡았다.

"내일이면 알게 되겠지요!"

벤허가 그녀의 손에 입을 맞추며 대답했다.

이튿날 제3시경, 라못을 떠난 이후 길르앗 산기슭을 에두르는 오솔길을 지나온 일행은 요단강 동쪽의 메마른 평원에 당도했다. 맞은편에 종려나무가 늘어선 여리고가 구릉진 유대 땅으로 쭉 뻗어 있었다. 벤허의 피가 끓기 시작했다. 그 개울이 지척이었다.

"기뻐하십시오, 발타사르 님. 그곳에 거의 다 왔습니다."

벤허가 말했다.

몰이꾼은 낙타를 재촉했다. 곧 칸막이들과 움막들, 매어놓은 동물들이 일행의 눈에 들어왔다. 그리고 강과 강변에 모인 사람들이 보였다. 그런데 서쪽 물가에도 사람들이 바글바글했다. 그들이 가까이 다가갔을 때 갑자기 소란이 일더니 사람들이 흩어지기 시작했다.

그들은 한 발 늦었다!

"여기 있어 보죠. 나사렛 사람이 이쪽으로 올지 모릅니다."

손을 쥐어짜는 발타사르에게 벤허가 말했다.

군중은 방금 들은 설교에 몰두하고 서로 이야기를 나누느라 정신이 없어서 새로 도착한 이들은 안중에 없었다. 수백 명이 흩어지고 나사렛 사람을 볼 기회를 놓친 느낌이 들 무렵, 멀지 않은 강 위쪽에서 한 사내가 일행을 향해 걸어왔다. 행색이 워낙 독특해서 그들은 다른 것은 다 잊었다.

사내의 외모는 거칠고 투박해서 야만인처럼 보일 지경이었다. 갈색 양피지 색 같은 수척한 얼굴, 어깨, 등 아래로 허리까지 햇빛에 탄 머리칼이 마법사처럼 흘러내렸다. 눈은 타는 듯이 반짝였다. 맨살이고 얼굴과 같은 색으로 말라비틀어졌다. 베두인의 천막만큼 거칠어 보이는 낙타털 셔츠가 무릎 밑까지 내려오고, 허리에는 무두질하지 않은 넓은 가죽 띠를 둘렀다. 발은 맨발이었다. 허리띠에는 역시 무두질하지 않은 가죽 전대가 매달려 있었다. 사내는 옹이가 많은 지팡이를 짚고 앞으로 걸었다. 움직임은 민첩하고 단호했고, 묘하게 조심스러웠다. 그는 자주 눈 위로 흘러내린 머리칼을 밀어내면서 누구를 찾기라도 하는 듯이 주위를 살폈다.

이집트 미인은 혐오보다는 놀라서 사막의 아들을 내려다보다가, 가마의 휘장을 걷고 옆에서 말에 올라 있는 벤허에게 말했다.

"저 사람이 당신이 기다리는 왕의 전령인가요?"

"그 나사렛 사람이군요."

그는 고개를 들지 않고 대꾸했다.

사실 벤허도 이만저만 실망하지 않았다. 엔게디의 고행자(옷차림, 세속의 견해에 무관심한 태도, 상상 못할 육체적 고통을 감내하겠다는 맹세, 전혀 다른 태생인 것처럼 부족과 다르게 사는 모습)에게 익숙한 그였다. 게다가 이미 나사렛 사람이 자신을 '광야에서 외치는 목소리'로 부른다고 듣지 않았던가. 그런데도 벤허의 생각은 위대하고 많은 일을 할 왕으로 점철되어 있었다. 그러니 왕의 전령을 출중하고 기품 있는 모습으로 연상했다. 이 초라한 사내와 로마의 목욕장과 왕궁 복도에서 자주 봤던 조신들의 긴 행렬이 자꾸 비교되었다. 벤허는 충격 받고 수치스럽고 당황스러워서 이렇게만 대꾸했다.

"그 나사렛 사람이군요."

발타사르는 전혀 달랐다. 현자는 하느님의 방식이 인간들과 다른 것을 이미 알았다. 그는 구유에 누운 아기 구주를 봤고, 신앙 덕분에 초라하고 소박한 신의 재등장을 예상했다. 그래서 발타사르는 자리를 지킨 채로 가슴에 양손을 올리고 입술을 달싹이며 기도했다. 그는 일개 왕을 기대하지 않았다.

새로 온 일행이 관심을 가지면서 각자 다른 느낌에 빠져든 사이, 한 사람이 강변 돌에 호젓하게 앉아서 방금 들은 설교를 곱씹는 듯했다. 하지만 그는 일어나 천천히 물가를 걸어 올라왔고, 나사렛 사람이 지나는 길을 지나고 낙타와 가까워지는 길을 따라 걸었다.

두 사람이 점점 가까워져서 설교자는 낙타와 20걸음쯤, 낯선 사내는 3걸음쯤 떨어진 곳까지 왔다. 설교자가 걸음을 멈추고 눈 위로 머리카락을 넘기며 낯선 사내를 향해 양손을 들었다. 그것이 신호인 양 모두 동작을 멈추고 귀를 기울였다. 사방이 고요해지자, 나사렛 사람은 오른손에 든 지팡이를 천천히 내려 낯선 사내를 가리켰다.

사람들이 사내를 주시했다.

발타사르와 벤허도 사내에게서 눈을 떼지 않았고, 정도는 다르지만 같은 인상을 받았다. 사내는 그들 쪽으로 서서히 다가오고 있었다. 보통보다 조금 큰 키에 호리호리한 몸매는 여려 보이기까지 했다. 차분하고 고요한 움직임은 깊이 사색하는 사람들 특유의 분위기를 풍겼고 차림새도 그랬다. 발목까지 내려오는 긴 소매옷에 탈리스를 걸쳤고, 왼팔에 걸친 평범한 두건에서 흘러내린 빨간 끈이 옆구리 아래까지 닿았다. 머리끈과 탈리스 밑자락의 파란 테두리를 빼면, 옷가지는 흙먼지 얼룩으로 누랬다. 또 율법상 랍비들이 착용하는 파란색과 흰색의 수술을 지닌 것도 예외라 할 수 있었다. 샌들은 아주 허름했다. 전대나 허리띠, 지팡이도 없었다.

하지만 벤허 일행은 이런 부분보다 사내의 머리, 특히 얼굴에 마음을 빼앗겼다. 다른 이들도 마찬가지였다.

머리로 환한 빛이 비췄다. 가운데 가르마를 탄 긴 곱슬머리는 고동색이고 강한 햇빛을 받은 부분은 붉은 금색을 띠었다. 이마는 옆으로 넓고 아래 위가 좁았고, 아치 모양의 검은 눈썹 아래서 큰 짙은 청색 눈이 빛났다. 애들이면 모를까 어른에게는 좀처럼 볼 수 없는 긴 속눈썹 때문에 눈매가 부드러워 보였다. 그것만 빼면 그리스인인지 유대인인지 가늠하기 힘들었다. 굴곡진 콧방울과 입매는 유대인스럽지 않았고, 온화한 눈매와 창백한 안색, 고운 머릿결, 목 아래로 가슴까지 기른 보드라운 수염은 마주치면 어느 병사도 비웃지 않을 분위기를 풍겼다. 여인은 그를 보기만 해도 속마음을 털어놓을 테고, 아이는 본능적으로 알고 손을 내밀며 전적인 신뢰를 보일 터였다. 그가 아름답지 않다고 말할 사람은 없었다.

표정이 인상을 결정한다고 말해야 될 것이다. 보기에 따라 지성이나 사랑, 연민, 슬픔이라고 불릴 만한 표정인데, 더 들여다 보면 그것들이 다 섞여 있었다. 사악한 자들이 죄 없는 영혼이라고 상상하는 표정. 게다가 그 얼굴을 유약하다고 생각할 사람은 없을 것이다. 앞서 말한 특징들(사랑, 슬픔, 연민)이 행동하는 힘보다는 고통을 견디는 힘을 의식하는 결과라는 것을 아는 이들은 적어도 사내를 유약하다고 보지 않았으리라. 순교자들, 독실한 자들, 성인들이 가진 힘이니까. 사내가 풍기는 분위기가 바로 그랬다.

그가 세 사람에게 천천히 가까이 다가왔다.

창을 들고 말에 탄 벤허는 왕을 힐끗 쳐다보았지만, 사내는 다가오는 내내 위쪽을 응시했다. 미모가 돋보이는 이라스가 아니라, 늙고 초췌한 발타사르를.

사위가 적막해졌다.

여태 지팡이로 사내를 가리키던 나사렛 사람이 큰소리로 외쳤다.

"세상의 죄를 사하시는 하나님의 어린 양을 보라!"

가만히 지켜보던 많은 이들은 설교자의 말에 경외심을 느꼈지만, 이상하고 알 수 없는 얘기로 넘겼다. 하지만 발타사르에게 그 말은 강렬하게 밀려들었다. 여기서 구세주를 다시 보다니. 오래전 특별한 은혜를 입게 한 신앙심이 여전히 가슴속에 남아 있었다. 신앙심이 예사롭지 않은 힘을, 그가 찾는 이를 보고 알아볼 힘을 준다면, 그 능력은 기적이 아니었다. 그것은 예전에 받아들인 신과의 관계를 간직해온 영혼의 능력으로 봐야 했다. 혹은 성스러움이 없는 시대의 인생살이에 대한(삶 자체가 기적) 적절한 보상으로 봐야 했다. 그가 믿는 이상이 앞에 있었다. 얼굴, 몸매, 옷차림, 몸가짐, 나이가 딱 맞아떨어졌다. 아, 이제 의심 없이 그를 알아볼 만한 일만 벌어진다면!

과연 그런 일이 일어났다.

딱 그 순간, 떠는 이집트인을 안심시키듯 나사렛 설교자가 다시 한번 외쳤다.

"세상의 죄를 사하시는 하나님의 어린 양을 보라!"

발타사르는 무릎을 꿇었다. 더 이상 설명이 필요없었다. 나사렛 사람은 이미 그런 줄 알고 있다는 듯, 몸을 돌려 자신을 빤히 쳐다보는 이들에게 말했다.

"이 분이 '내 뒤에 오는 이가 있어 나보다 사랑받으리니, 그가 나보다 앞섰기 때문'이라고 말했던 그분이다. 나는 그를 몰랐으나 그분이 이스라엘에 분명히 모습을 드러내시도록 내가 물로 세례를 주러 왔다. 나는 하늘에서 성령이 비둘기처럼 내려와서 그에게 임하는 것을 보았다. 또 나는 그를 몰랐으나, 물로 세례를 주라고 날 보내신 분이 내게 말씀하시기를 '그의 위에 성령이 내려 머무는 것을 보게 되리니, 바로 그가 성령으로 세례를 주는 이다.' 그래서 난 보았고 증언하나니……."

그는 여전히 지팡이로 흰 옷을 입은 사내를 가리키면서 말을 잠시 멈추었다. 마치 말과 결론을 더 확실하게 하려는 것 같았다.

"이분이 하나님의 아들이시다!"

"그는 과연 그렇소, 그가 그분이시오!"

발타사르가 눈물 젖은 눈을 들고 외치다가, 그만 넋을 잃고 주저앉았다.

이때 벤허도 낯선 사내의 얼굴을 응시하고 있었다. 순수하고 사색적이며 온화하고 겸손하면서 성스러운 얼굴이었다. 하지만 그때는 오로지 한 가지 의문만 떠올랐다. 이자는 누구인가? 어떤 존재인가? 구세주인가, 왕인가? 허깨비도 이렇게 왕답지 않을 수는 없겠다. 침착하고 자비로운 얼굴에서 전쟁과 정복과 지배욕을 떠올리는 건 신성모독처럼 여겨졌다.

'발타사르가 옳고 시모니데스가 틀렸어. 이 사내는 솔로몬의 왕좌를 재건하러 온 게 아니다. 헤롯 같은 비범함도 없다. 그가 왕일지는 몰라도 로마의 왕과 같지도, 더 대단하지도 않았다.'

그런데 그런 기분에 젖어서 낯선 사내의 얼굴을 찬찬히 살피다가 불현듯 기억이 요동치기 시작했다.

'분명히 저 사람을 본 적이 있어. 언제 어디서였을까?'

과거의 어디선가 너무도 차분하고 동정심과 사랑이 넘치는 그 표정이 벤허에게 환하게 비추었다. 발타사르에게 환하게 비추어 확신을 안겨준 순간처럼. 처음에는 어렴풋하다가 마침내 명료한 빛이 쏟아졌다. 나사렛의 우물가! 로마 병사가 그를 갤리선으로 끌고 가던 때가 되살아났다. 벤허의 온몸이 전율했다. 그가 죽어갈 때 도움을 준 손길. 이후 벤허가 품고 다녔던 장면들 중에 그의 얼굴이 있었다. 감정이 복받치자 설교자의 말이 귀에서 흩어져 버렸다. 마지막 말만, 그 말만 너무도 놀라워서 아직도 세상에 울리는 그 말만 남았다.

"……이분이 하나님의 아들이시다!"

벤허가 은혜를 베풀었던 이에게 경의를 표하려고 말에서 펄쩍 내렸다. 그런데 이라스가 그를 불렀다.

"도와주세요, 허 도련님. 아버지가 돌아가실 것 같아요!"

그는 걸음을 멈추고 뒤돌아서 얼른 달려갔다. 이라스는 하인에게 낙타를 무릎 꿇게 시키고, 벤허에게 잔을 주었다. 벤허가 강에서 물을 떠서 돌아오니 낯선 사내는 거기 없었다.

마침내 발타사르는 정신을 차렸다. 노인은 양손을 뻗으면서 힘없이 물었다.

"그분은 어디 계시느냐?"

"누구요?"

이라스가 물었다.

현자의 얼굴에 마지막 소망을 이룬 것 같은 짙은 감흥이 어렸다.

"내가 다시 뵌 그분, 구세주, 하느님의 아드님."

이라스는 낮은 목소리로 벤허에게 물었다.

"그분이라고 믿으세요?"

"경이로운 일이 넘쳐나는 시기입니다. 두고봅시다."

그는 그렇게만 대답했다.

이튿날 세 사람이 나사렛 사람의 설교를 듣는데, 그가 갑자기 설교를 중단하고 경건하게 말했다.

"주의 어린 양을 보라!"

그가 손짓하는 곳에 다시 낯선 사내가 있었다. 벤허는 야윈 몸매와 성스러운 얼굴을 살펴보았다. 슬플 정도로 연민이 가득한 아름다운 얼굴. 그는 문득 새로운 생각을 떠올렸다.

'발타사르도 옳지만, 시모니데스도 옳을 수 있어. 구세주가 왕일지도 모르잖아?'

그는 옆 사람에게 물었다.

"저기 걸어가는 사람이 누굽니까?"

옆 사람은 조롱하듯 웃으며 대답했다.

"나사렛에 사는 목수의 아들이라오."

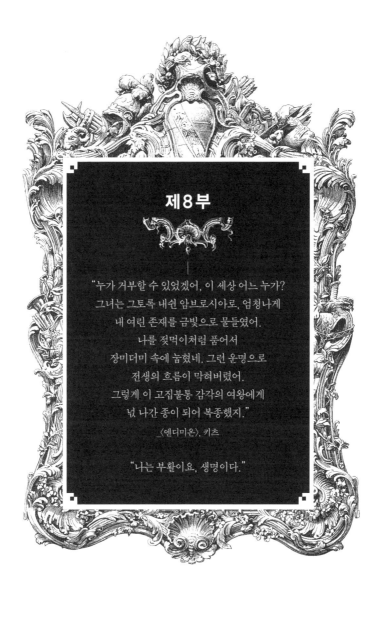

제8부

"누가 거부할 수 있었겠어, 이 세상 어느 누가?
그녀는 그토록 내쉰 암브로시아로, 엄청나게
내 여린 존재를 금빛으로 물들였어.
나를 젖먹이처럼 품어서
장미더미 속에 눕혔네. 그런 운명으로
전생의 흐름이 막혀버렸어.
그렇게 이 고집불통 감각의 여왕에게
넋 나간 종이 되어 복종했지."

〈엔디미온〉, 키츠

"나는 부활이요, 생명이다."

1

"에스더, 에스더야! 종에게 내게 물 한 잔 가져오라고 말해라."

"그보다 포도주를 드시지 않겠어요, 아버지?"

"둘 다 가져오라고 하거라."

이곳은 예루살렘에 있는 옛 허 가문 저택의 옥상 정자였다. 안뜰이 내려다보이는 난간 아래로 에스더가 하인을 불렀다. 동시에 다른 남자 하인이 계단을 올라와서 공손하게 인사했다.

"주인님께 온 것입니다."

하인은 삼베로 싸서 묶고 인장을 찍은 서찰을 내밀었다.

베다바라에서 구세주의 선포가 있고 3년쯤 흐른 3월 21일이었다.

그 사이 말루크가 벤허의 옛 저택을 본디오 빌라도에게서 사들였다. 벤허가 고향집의 쇠락에 힘들어 했기 때문이다. 대문, 뜰, 헛간, 계단참, 테라스, 방, 지붕을 청소하고 완전히 복구했다. 그 비극적인 날을 연상시키는 것을 하나도 남기지 않았을 뿐 아니라 예전보다 한결 고급스럽게 꾸몄다. 젊은 주인이 미세눔 인근 저택과 로마에 살면서 얻은 고상한 취향이 집 전체에 묻어났다.

그렇다고 벤허가 저택의 주인으로 공공연하게 나선 것은 아니다. 아직 때가 아니었다. 아직 본명도 되찾지 못했다. 벤허는 갈릴리에서 훗날을 준비하면서, 나사렛 청년이 행동에 나서기를 기다렸다. 벤허에게 그는 날이 갈수록 더 신비로웠다. 벤허는 나사렛 청년이 일으키는 기묘한 일들을 자주 목격하면서, 그의 성격과 소명이 모두 불안하고 의심스러웠다. 예루살렘에 자주 들렀지만, 그저 이방인이자 손님으로서였다.

벤허가 집에 자주 들른 것은 휴식만을 위한 것은 아니었다. 발타사르와 이라스가 이 저택에 머물고 있었다. 벤허는 그녀에게 처음과 다름없는 매력을 느꼈다. 반면 발타사르는 육신은 허약해도 지칠 줄 모르고 놀라운 힘을 가진 설교를 펼쳤고, 모두 기대하는 기적을 행하는 이의 신성을 강조했다.

시모니데스와 에스더는 겨우 며칠 전 안디옥에서 도착했다. 낙타 두 마리 사이에 얹은 가마를 타고 오는 여정이 상인에게는 무척 힘들었다. 하지만 고향 땅에 도착하자 들뜬 기분이 가라앉지 않았다. 옥상에 올라와서, 오론테스 강 옆 창고 위쪽 작은 방에 넣어둔 것과 똑같은 안락의자에 앉아 하루 종일 보냈다. 옥상 정자 그늘에 나와 앉아서, 낯익은 언덕들 위에 감도는 장엄한 분위기에 흠뻑 젖었다. 예전처럼 해가 떠올라 움직이다가 지는 광경도 더 잘 볼 수 있었다. 또 에스더는 늘 곁에 있지만, 하늘 가까운 곳에 있는 에스더를 불러내기도 한결 수월했다. 젊은 시절의 연인이요, 세월이 갈수록 더욱 그리운 그의 아내를. 그렇다고 시모니데스가 사업을 팽개친 것은 아니었다. 산발랏이 책임을 맡아서 날마다 심부름꾼 편에 편지를 보냈고, 시모니데스도 작은 부분까지 세심히 살피고 조언하는 답장을 보냈다.

에스더가 정자로 다시 돌아갈 때 말끔한 지붕에 햇살이 쏟아졌고, 이제 그녀는 여인으로 보였다. 자그마하고 고운 윤곽, 단정한 이목구비는 젊고 건강하게 발그레했다. 공손한 품성보다 지성와 미모가 돋보였다. 사랑이 몸에 배었기에 사랑받는 여인의 모습이었다.

에스더는 몸을 돌리다가 서찰을 보고 잠시 멈추었다. 그녀는 서찰 꾸러미를 다시 더 찬찬히 살폈다. 피가 뛰어서 뺨이 더 붉어졌다. 벤허의 인장이 찍혀 있었다. 그녀는 걸음을 재촉했다.

시모니데스는 서찰을 받아들고 인장을 살폈다. 그가 천을 펼쳐서 안에 든 두루마리를 딸에게 주었다.

"읽으렴."

딸을 응시하는 시모니데스의 얼굴이 일순 고뇌에 찼다.

"누구에게 온 편지인지 아는구나. 그렇지, 에스더."

"네…… 우리 주인님이…… 보내셨지요."

머뭇거리는 태도였지만 그녀는 진중한 눈길로 아버지를 응시했다. 시모니데스의 턱이 천천히 가슴팍으로 내려왔다. 그가 나직하게 말했다.

"그분을 사랑하는구나, 에스더."

"네."

"네 마음의 결과도 신중히 생각했느냐?"

"그분을 충실히 섬겨야 되는 주인님 외에는 달리 생각하지 않으려고 애쓰고 있어요. 그 노력이 별로 도움이 되지 않지만요."

"착하구나, 네 어머니만큼이나 착해."

시모니데스는 공상에 빠져들었지만, 에스더가 편지를 펼치자 정신을 차렸다.

"주여, 용서하소서. 하지만 내가 재산을 단단히 쥐고 있었다면 네 사랑이 헛되지 않았으련만. 돈에는 그런 힘이 있으니!"

"그렇게 하셨다면 제게는 더 안 좋았을 거예요, 아버지. 그랬다면 저는 그분이 쳐다볼 가치도 없는 사람이 됐을 테니까요. 아버지에 대한 자긍심도 사라졌을 테고요. 이제 편지를 읽을까요?"

"잠시만 있거라. 아가, 너를 위해 최악을 알려주마. 내가 가르쳐주는 편이 그나마 네게 덜 고통스러울 게다. 에스더, 그는 다른 데 사랑을 주었단다."

"알고 있어요."

에스더가 차분하게 대답했다.

"이집트 여인은 그를 그물에 걸려들게 했지. 이집트인다운 교활함과 뛰어난 미모로. 그런데 이집트인 특유의 따뜻한 마음은 없는 여자야. 아버지를 무시하는 딸이니 필시 남편도 비탄에 빠트릴 게다."

"그녀가요?"

시모니데스가 계속 설명했다.

"발타사르는 이방인에게도 사랑받고 존경받는 현자고 그만한 신앙심을 가진 분이지. 그런데 딸은 그런 면을 조롱하더구나. 어제 그녀가 자기 아버지에 대해 이런 말을 했어. '젊은이의 어리석음은 봐줄 수 있지만, 늙은이에게는 지혜 외에는 감탄할 게 없지요. 지혜마저 없는 노인들은 죽어 마땅해요.' 로마인에게나 어울리는 못된 말버릇하고는. 나도 그녀의 아버지처럼 의지가 약해질 테니. 그 말을 내게 적용해봤지. 그날이 멀지 않으니까. 하지만 에스더, 너는 나에 대해 '죽는 게 더 낫다'고 말하지 않을 테지. 네 어머니는 유대의 딸이었으니까."

에스더는 눈물 어린 눈으로 아버지에게 입을 맞췄다.

"저는 어머니의 자식인걸요."

"그래. 내 딸, 솔로몬에게 성전이 다였듯이 내게 전부인 딸이지."

침묵이 흐른 후 시모니데스는 딸의 어깨에 손을 올리고 말했다.

"이집트 여인을 아내로 삼으면, 그는 후회에 사무쳐 너를 생각하게 될 게다, 에스더. 마침내 정신을 차리면 자신이 그녀의 몹쓸 야망의 앞잡이에 불과하다는 걸 깨닫겠지. 그녀의 모든 꿈의 중심은 로마거든. 그녀에게 그는 예루살렘 왕족인 허 가문의 아들이 아니라, 로마 정치가 아리우스의 아들이지."

에스더는 놀란 기색을 감출 수가 없었다.

"그분을 구해 주세요, 아버지! 아직 늦지 않았어요!"

그녀가 간청했다. 시모니데스는 희미하게 미소 지었다.

"물에 빠진 사람은 구해도 사랑에 빠진 사람은 구하지 못해."

"하지만 그분이 아버지 말씀은 경청하잖아요. 그분은 혈혈단신이에요. 위험성을 알려 주셔야죠. 그녀가 어떤 여자인지 밝혀 주세요."

"그를 그 여자로부터 구한다고 네가 그를 얻게 될까, 에스더?"

시모니데스의 눈썹이 처졌다. 그가 말을 이었다.

"난 조상 대대로 내려온 종이란다. '주인님, 제 딸 좀 보십시오! 이집트 여인보다 더 예쁘고 더 많이 주인님을 사랑합니다!'라고 말할 순 없어. 자유의 몸으로 뜻을 펼치고 산 세월 동안 너무 많은 것을 누렸다. 그런 말을 하면 내 혀에 바늘이 돋을 거야. 내가 저 오래된 언

덕들에 나가면, 수치스러워서 돌들이 돌아앉을 게다. 아니 절대 안
된다, 에스더. 차라리 우리 둘이 영원히 잠든 네 어머니처럼 잠드는
편이 낫지!"

에스더의 얼굴이 온통 빨개졌다.

"그런 말을 해 달라는 게 아니었어요, 아버지. 저는 오직 그분만 걱
정했어요. 제 행복이 아닌 그분의 행복만. 감히 그분을 사랑하니까,
계속 존중 받을 가치가 있는 사람으로 지낼 거예요. 그래야만 제 자신
의 어리석음을 용서할 수 있어요. 이제 주인님의 편지를 읽을게요."

"그래, 읽어 보아라."

에스더는 불편한 화제에서 벗어나려서 얼른 낭독하기 시작했다.

「니산 여드레

갈릴리에서 예루살렘으로 가는 도중

나사렛인도 가는 중입니다. 그는 모르지만 나는 1개 부대와 동행
하고 있어요. 다른 부대도 뒤따릅니다. 유월절이라 무리지어 다녀
도 수상하지 않겠지요. 그분은 출발하며 '우리가 예루살렘에 올라
가면 선지자들이 나에 대해 쓴 모든 일이 이루어지리라'라고 말했
습니다.

우리의 기다림이 끝나갑니다.

서두르십시오.

그대 시모니데스에게 평안이 있기를.

벤허」

에스더는 아버지에게 편지를 건네면서 감정이 복받쳤다. 그녀에 대한 말은 한 마디도 없었다. 흔한 인사치레 한 마디조차. '따님도 평안하기를'이라고 쓰는 게 뭐 어려운 일이었을까. 에스더는 난생 처음 격한 질투심을 느꼈다.

"여드레라. 여드레. 에스더, 오늘이⋯⋯."

"아흐레지요."

"아, 그러면 지금쯤 베다니에 있겠구나."

"그럼 우린 오늘밤 그분을 만나겠네요."

에스더가 잠시 섭섭함도 잊고 기뻐서 맞장구쳤다.

"그렇겠구나, 그래! 내일은 무교절*이니, 그도 축하하고 싶겠지. 또 우리가 그를 만나겠구나. 그 둘을 다 만날 것 같구나, 에스더."

하인이 포도주와 물을 가져왔다. 에스더는 아버지의 시중을 들었고, 그 사이 이라스가 옥상에 올라왔다.

그 순간 유대인 아가씨의 눈에 이집트 여인은 너무도 아름다웠다. 그녀가 몸에 촉촉한 구름을 휘감은 것 같은 얇은 천을 둘렀다. 이마, 목, 팔에는 이집트인들이 좋아하는 큼직한 보석이 반짝거렸다. 얼굴에는 기쁨이 넘쳤다. 움직임은 활기찼다. 애정이 없지만 남을 의식하는 몸가짐이었다. 에스더는 그녀를 보자 주눅이 들어서 아버지에게 바싹 붙었다.

"평안하세요, 시모니데스 님. 예쁜 에스더도 평안하기를."

이라스가 인사하고 에스더에게 고개를 기울이면서 말을 이었다.

* 유월절 다음날로 7일간 누룩을 넣지 않은 빵을 먹는 관습을 지킨다.

"이런 말씀이 언짢지 않으시다면, 어르신을 뵈니 페르시아에서 해질 녘 신전에 올라가 해가 지면 기도하는 사제들이 떠오르네요. 예배에서 모르는 게 있으시면 제가 아버지를 불러드리죠. 아버지는 마기Magian –bred*시거든요."

상인이 예의를 차려 목례하며 대답했다.

"이집트 아가씨, 부친은 선한 분이시니 내가 이런 말을 해도 화내지 않으실 겁니다. 페르시아에 대한 지식은 그분 지혜의 극히 미미한 부분에 지나지 않지요."

이라스의 입꼬리가 살짝 올라갔다.

"철학자처럼 말하자면, 늘 극히 미미한 것이 더 대단하기 마련이지요. 여쭙고 싶네요, 아버지의 희귀한 특징 중 어떤 더 큰 부분이 마음에 드시는지."

시모니데스는 엄격하게 이라스를 응시했다.

"순수한 지혜는 저절로 신께 향하는 법. 가장 순수한 지혜는 신에 대한 지식이에요. 내가 아는 사람들 가운데 발타사르 님처럼 신에 대한 지식이 높고, 말과 행동으로 실천하시는 이가 없으십니다."

시모니데스는 이야기를 마무리하려고 잔을 들고 마셨다.

이라스는 새침하게 에스더에게 고개를 돌렸다.

"곳간에 엄청난 재산이 들어차고 바다에 선단이 다니는 사람도 우리처럼 단순한 여인들이 어디서 즐거움을 찾는지 모르네요. 어르신은 내버려 둡시다. 저쪽 벽에서 이야기를 나눠요, 우리."

---

* 페르시아의 사제 계급. 별자리를 연구했다. 동방박사들도 이 계급이었다고 한다.

두 사람은 난간으로 가서, 과거에 벤허가 그라투스의 머리에 기왓장을 떨어뜨린 곳에서 멈추었다.

"로마에 가 보았나요?"

이라스가 팔찌의 잠금 장치를 만지작대면서 물었다.

"아뇨."

에스더가 얌전히 대답했다.

"가고 싶은 적도 없었나요?"

"네."

"어쩜, 참 시시하게 살았네!"

한탄에 이어진 한숨은 그게 이라스 자신의 얘기라면 애처롭기 짝이 없게 들렸을 터였다. 곧 그녀는 아래 골목에서도 들리게 크게 웃으면서 말을 이었다.

"아이 참, 예쁜 바보 아가씨! 멤피스 모래밭의 거대한 반신상에 사는 새끼 새들도 당신보다 세상물정을 잘 알걸요."

에스더가 당황하자 이라스가 태도를 바꿔서 고백하듯 말했다.

"화내면 안 돼요. 그래요! 내가 놀린 거예요. 내가 그 상처를 어루만지고 아무에게도 털어놓지 않을 말을 해줄게요. 심벨이 나일 강물이 담긴 잔을 내밀며 부탁해도 말해 주지 않을 얘기를!"

이라스는 다시 웃음을 터뜨려, 에스더를 바라보던 날카로운 표정을 능숙하게 가렸다. 그녀가 말했다.

"왕이 오고 있어요."

에스더는 깜짝 놀라서 이라스를 보았다.

"나사렛 사람. 양가 아버지들이 자주 이야기했던 사람, 벤허가 오랫동안 몸 바쳐 애쓰고 있는 그 사람……."

그녀는 목소리를 몇 단계 낮췄다.

"나사렛 사람이 내일 여기 와요. 벤허는 오늘 밤에 도착하고."

에스더는 진정하려고 애썼지만 뜻대로 되지 않았다. 그녀는 눈을 내리깔았다. 피가 뺨과 이마에 솟구쳤다. 고개를 숙인 덕에 이라스의 얼굴에 빛처럼 스친 기세등등한 미소는 보지 못했다.

"봐요, 여기 그이의 약속이 있어요."

이집트 여인은 허리춤에서 두루마리를 꺼냈다.

"나와 함께 기뻐해요, 친구! 그이가 오늘 밤 여기 올 거예요! 티베르 강에 집이, 궁전이 있는데 그이가 내게 약속했어요. 그 집의 안주인이 되는……."

아래 골목을 재빨리 지나는 발소리에 이라스가 말을 끊고 난간 위로 몸을 숙이고 쳐다보았다. 그녀가 몸을 일으키고 머리 위에서 손뼉을 치면서 외쳤다.

"이시스여, 축복 받기를! 그이에요, 벤허! 내가 그이를 생각하는 동안 나타나다니! 이게 좋은 징조가 아니라면 신들이 없다고 해야겠죠. 나를 안아줘요, 에스더, 그리고 입 맞춰요!"

에스더가 고개를 들었다. 뺨이 상기되고, 반짝이는 눈에는 평소 내보인 적 없는 분노가 어렸다. 그녀의 온화한 성품이 너무 함부로 짓밟히고 말았다. 사랑하는 사람에 대해 덧없는 꿈조차 금지된 것으로도 부족한 모양이었다. 연적인 이라스는 환심을 산 일을, 거기서 얻은 빛나는 약속을 털어놓는 것이다. 종인 그녀는 안중에도 없다는 듯이. 이라스는 그의 편지를 내보여서 에스더가 거기 담긴 모든 것을 고통스럽게 상상하게 만들었다. 에스더가 말했다.

"당신도 그를 무척 사랑하나요, 아니면 로마를 더 사랑하나요?"

이라스는 한 걸음 물러나더니, 에스더를 향해 오만하게 고개를 바싹 들이댔다.

"시모니데스의 따님, 당신에게 그 사람은 뭐죠?"

에스더는 전율하면서 입을 열었다.

"그분은 저의……."

번개 치듯 어떤 생각이 말들을 막았다. 그녀는 창백해져서 몸을 떨었고, 진정되자 대답했다.

"그분은 저의 부친의 친구시지요."

하마터면 '노예'라는 말이 튀어나올 뻔했다.

이라스는 이전보다 가벼운 웃음을 터뜨렸다.

"그 이상이 아니고요? 이집트의 사랑의 신에게 걸고 말하건대 당신의 키스는 간직해요. 이곳 유대 땅에서 나를 기다리는 훨씬 귀한 이들이 있다는 것을 당신이 가르쳐줬으니……."

그녀는 고개를 돌려 어깨 너머를 돌아보았다.

"그들을 데리러 가야겠어요. 평안하기를."

이라스가 계단을 내려가자 에스더는 손으로 얼굴을 가리고 눈물을 흘렸다. 손가락 사이로 뜨거운 눈물이 줄줄 흘렀다. 수치와 짓누르는 열정의 눈물이었다. 아버지의 말이 새로운 의미로 다가와, 그녀의 담담한 성품이 묘하게 격발되었다.

'내가 재산을 단단히 쥐고 있었더라면 네 사랑이 헛되지 않았으련만.'

별들이 나와서 도시와 어두운 벽 같은 산들 바로 위에서 환하게 빛났다. 에스더는 다시 마음을 가라앉히고 옥상 정자로 돌아가서, 말 없이 아버지 곁에서 살갑게 시중을 들었다. 평생은 아니어도 젊은 시절을 수발에 바쳐야 될 것 같았다. 솔직히 말하면 한바탕 고통이 지나가자 싫지 않은 마음으로 다시 의무를 다했다.

2

옥상에서의 그 일이 있고 한 시간쯤 후, 저택의 연회실에서 시모니데스가 에스더의 부축을 받으며 발타사르를 만났다. 그들이 대화를 나눌 때 벤허와 이라스가 나란히 들어섰다.

유대인 청년이 앞서서 들어와서 발타사르에게 다가가 인사했다. 그런 다음 시모니데스에게 몸을 돌리다가, 에스더를 보고 멈칫했다.

두 열정을 동시에 마음에 품기는 어렵다. 한 가지 열정이 불타면 다른 것은 계속 살아 있더라도 열기가 덜할 수밖에. 벤허는 조국의 상황에 영향을 받아서 가능성들을 연구하고, 희망과 꿈을 품었다. 거기에 이라스라는 더 직접적인 영향을 받아서 세속적인 야심까지 품게 되었다. 야망은 규칙이 되었고, 결국 오만한 총독에 대한 기억이나 예전의 각오들은 사그라들었고 마침내 기억에서 완전히 사라졌다. 젊은 시절은 쉽게 잊힌다. 벤허는 새로운 목표들에 온통 마음을 빼앗겨 가면서, 그간의 고초와 가족의 운명을 어둡게 만든 일에 무려지고 있었다. 여기서 그를 너무 호되게 나무라지는 말자.

그는 흠칫 놀랐다. 에스더는 아리따운 여인이 되어 있었다.

"평안하기를, 상냥한 에스더. 그리고 시모니데스께서도 평안하시기를."

그는 인사하면서 상인에게 눈을 돌렸다.

"아버지 없는 제게 좋은 아버지가 되어 주신 것만으로도 주님의 축복이 임하시기를."

에스더는 고개를 숙인 채 그의 말을 들었다.

시모니데스가 답했다.

"나도 발타사르 님과 똑같은 환영 인사를 하겠습니다, 허 도련님. 선친의 집에 잘 왔어요. 앉아서 여행하며 겪은 일들이며 과업에 대해 들려주시오. 놀라운 나사렛 사람에 대해서도. 그가 누구고 어떤 사람인지 들어 봅시다. 당신이 이 집에서 편하지 않다면 누가 편하겠소? 자, 앉아요, 다들 듣도록 거기, 우리 사이에 앉으시오."

에스더가 얼른 천을 씌운 스툴을 벤허 앞에 가져다 놓았다.

"고마워요."

벤허는 자리에 앉아 몇 가지 이야기를 한 후, 좌중에게 말했다.

"나는 여러분에게 나사렛 사람의 이야기를 하려고 왔습니다."

발타사르와 시모니데스는 곧 주의를 기울였다.

"나는 오랫동안 그를 따라다녔습니다. 초조하게 기다리는 입장이니 유의해서 지켜보았지요. 시련과 시험이라고 할 만한 온갖 상황에 처한 그를 보았습니다. 나는 그가 저와 같은 인간이라고 확신하지만, 그에 못지않게 그 이상의 존재라고도 확신합니다."

"그 이상의 존재라니?"

시모니데스가 물었다.

"말씀드리지요……"

그 순간 누군가 방에 들어오자 벤허가 말을 중단했다. 그가 고개를 돌려 보더니 벌떡 일어나서 양손을 뻗고 외쳤다.

"암라! 내 유모, 암라!"

암라가 앞으로 왔다. 사람들은 기뻐하는 그녀의 얼굴을 보면서, 정말 주름이 쭈글쭈글한 갈색 얼굴이라고 생각했다. 암라는 벤허 앞에 무릎을 꿇고 그의 무릎을 안더니 몇 번이고 손에 입을 맞추었다. 그는 몸을 움직일 수 있게 되자, 암라의 흘러내린 회색 머리칼을 넘기면서 뺨에 키스했다.

"좋은 암라, 그들 소식이 전혀 없어? 한 마디도, 작은 실마리라도 없었어?"

유모가 흐느껴 울었다. 말보다 더 확실한 대답이었다.

"신의 뜻이 다한 거지."

비장한 말투에서 사람들은 그가 가족 찾기를 포기했음을 눈치챘다. 사내이기에 남들에게 감추고 싶었을 텐데, 눈에 눈물이 그렁그렁했다.

벤허는 다시 자리에 앉아서 말했다.

"암라. 내 옆에 앉아, 여기. 싫어? 그럼 내 발 아래 앉아. 놀라운 분이 세상에 오신 일에 대해 좋은 친구들께 해드릴 이야기가 많거든."

하지만 그녀는 물러나서, 벽에 등을 대고 앉아 양팔로 무릎을 끌어안았다. 사람들은 암라가 도련님을 보는 걸 흐뭇해 한다고 생각했다.

벤허는 노인들에게 절하고 다시 이야기를 시작했다.

"질문에 대답하려면, 먼저 그가 행하고 내가 직접 본 일들부터 말해야 합니다. 친구들이여, 내가 그 이야기를 더욱 하고 싶은 것은 내일 그가 예루살렘에 오기 때문입니다. 그는 아버지의 집이라고 부르는 성전에 올라가서 자신을 드러낼 거라고 합니다. 그러니 우리와 이스라엘은 발타사르 님이 옳은지, 시모니데스 님이 옳은지 내일 알게 됩니다."

발타사르는 떨리는 손을 비비면서 물었다.

"어디로 가면 그를 보겠소?"

"인파가 대단할 겁니다. 회랑 위쪽 지붕으로, 솔로몬의 주랑 같은 데로 가시는 편이 더 낫겠습니다."

"우리랑 같이 있을 수 있소?"

"아닙니다. 친구들은 내가 같이 행렬에 있기를 바랄 겁니다."

"행렬이라니! 그는 그런 상태로 다닙니까?"

시모니데스가 감탄했다. 벤허는 그 말뜻을 알아차렸다.

"그는 열두 사람을 데리고 다닙니다. 어부들, 농부들, 세리도 한 명 있고 다들 하층민입니다. 그와 일행은 바람이나 추위, 더위에 아랑곳 없이 걸어서 다닙니다. 밤이 되어 길가에 멈춰서 음식을 먹거나 자려고 누운 광경을 보면, 장에 갔다가 가축 떼에게 돌아가는 목동들이 연상됩니다. 왕과 귀족들이 아니라. 그가 다른 사람을 보거나 먼지를 털려고 두건을 살짝 들어올릴 때에야 그가 무리의 동료일 뿐 아니라 선생임을, 친구이면서 상관임을 알게 됩니다."

잠시 말을 멈추었다가 벤허가 다시 입을 열었다.

"두 분은 예리하십니다. 우리가 어떤 욕망을 가진 피조물인지 아시지요. 또 인간들이 특정한 대상들을 열심히 추구하며 인생을 사는 게 순리임도 아십니다. 이제 우리도 그런 순리를 따른다는 점을 염두에 두고 말해 보시지요. 발밑의 돌을 금으로 만들어 부자가 될 수 있는데도 가난을 택하는 사람을 어떻게 보시겠습니까?"

"그리스인들은 그를 철학자라고 부르겠죠."

이라스가 말했다.

발타사르가 나섰다.

"아니다, 딸아. 철학자들은 그런 능력을 갖추지 못했으니."

"이 사람이 그런 능력이 있다는 걸 어떻게 알죠?"

"그가 물을 포도주로 바꾸는 것을 봤습니다."

벤허가 냉큼 대답했다.

시모니데스가 말했다.

"참으로 기묘하군, 기묘해. 허나 그가 아주 부유할 수 있는데도 가난한 삶을 택하는 게 더 기묘합니다. 그는 그렇게 가난한가요?"

"가진 게 전혀 없고, 가진 사람을 부러워하지도 않습니다. 오히려 부자들을 딱해 합니다. 이건 또 다른 이야기인데, 빵 일곱 덩이와 물고기 두 마리로 5천 명을 먹이고 여러 바구니를 남겼다면 뭐라고 하시겠습니까? 나사렛 사람이 그러는 것을 내가 봤다면요."

시모니데스가 물었다.

"그 광경을 봤습니까?"

"네, 빵과 물고기를 먹기도 했습니다. 더 굉장한 일도 있습니다. 치유 능력이 있어서 병자가 옷자락을 건드리거나 멀리서 외치기만 해도 낫는다면 어떻습니까? 그 일 역시 내가 한두 번도 아니라 여러 차례 목격했습니다. 여리고를 빠져나올 때 옆길에서 맹인 두 명이 나사렛 사람을 불렀고, 그가 눈을 건드리자 맹인들이 앞을 봤지요. 사람들이 데려온 중풍 환자에게 단지 '네 집으로 가라'라고 말하자, 병자는 건강해져서 갔습니다. 이런 일들을 어떻게 말하시겠습니까?"

상인은 대답하지 못했다.

"어떤 이들은 마술 속임수라고 말하더군요. 그렇게 생각하십니까? 대답삼아 더 엄청난 일을 말씀드리겠습니다. 신의 저주, 죽음 외에는 위로가 없는 '나병'이 있습니다."

순간 암라는 손으로 바닥을 짚고, 잘 들으려고 엉거주춤하게 일어났다. 벤허가 한층 열띠게 말했다.

"갈릴리에서 나사렛 사람과 같이 있을 때, 나환자가 다가와 울부짖더군요. '주께서 원하시면 저를 깨끗하게 만드실 수 있나이다.' 나사렛 사람이 나환자를 만지며 '깨끗해지라' 하고 말하자 병자가 나았지요. 우리들처럼 건강해졌습니다. 나만 본 게 아니라 그걸 본 사람이 여럿입니다."

암라는 일어나서, 앙상한 손가락으로 눈에 붙은 머리칼을 쓸어올렸다. 가여운 유모는 머리가 제대로 돌지 않은지 오래 되어서 벤허의 이야기를 따라가느라 애를 먹었다.

"어느 날 다시 나환자 열 명이 그를 찾아와 발 앞에 쓰러져서 외쳤습니다. '선생님이여, 선생님이여, 저희를 불쌍히 여기소서!' 그가 말했습니다. '율법이 요구하는 대로, 가서 제사장에게 너희 몸을 보이라. 그러면 그곳에 도착하기 전에 너희가 나을 것이다.'"

"그래서 그들은 나왔소?"

"그렇습니다. 가는 길에 병이 그들에게서 빠져나가서, 더러운 옷 말고는 나병을 연상시키는 게 아무것도 남지 않았습니다."

"그런 일은 들어본 적이 없는데…… 이스라엘 전체에서 들어본 적이 없는데요!"

시모니데스가 낮은 소리로 말했다.

그런데 벤허가 말하는 사이, 암라가 기척도 없이 방에서 나갔다. 좌중의 누구도 알아차리지 못했다.

"눈앞에서 벌어지는 일들을 보며 어떤 생각을 했는지는 여러분의 상상에 맡기겠습니다. 하지만 내가 느낀 의심, 의혹, 놀라움은 아직 다가 아니었습니다. 아시겠지만 갈릴리 사람들은 충동적이고 성급합니다. 칼을 쥐고 몇 년을 기다렸으니 행동하고 싶어 근질근질했지요. 그들이 내게 외치더군요.

'그가 자신을 드러내는 일에 굼뜨니 우리가 강제로 시킵시다!'

나도 답답했습니다. 그가 왕이라면 지금 나서면 딱 좋을 텐데. 부대들이 준비됐는데. 그래서 우리는 그가 바닷가에서 설교할 때 어떻든지 왕위에 앉히려고 했습니다. 그런데 그가 사라졌고, 다음에 보니 해안을 떠나는 배 위에 있었습니다. 시모니데스 님, 사람들을 미치게 하는 욕망들이 (부, 권력, 심지어 많은 사람들이 큰 사랑에서 제안하는 왕위까지도) 그에게는 아무 영향도 주지 않습니다. 거기에 대해 뭐라 말하겠습니까?"

턱을 가슴팍에 묻고 고심하던 상인이, 고개를 들면서 단호하게 대답했다.

"하느님은 살아 계시고 선지자들의 예언도 마찬가집니다. 아직 때가 무르익지 않았지요. 내일을 기다려 봅시다."

"그럽시다."

발타사르가 미소지으며 맞장구쳤다.

그러자 벤허가 말했다.

"그러시지요. 하지만 아직 이야기가 끝나지 않았습니다. 이런 일들은 나처럼 직접 보지 않은 사람들에게는 의심스러울 만하지요. 이제 세상이 시작된 이후 인간은 못 하는 일로 인정받는, 더 어마어마한 일을 들려드리겠습니다. 혹시 아는 사람이 들이닥친 죽음에서 벗어난 경우가 있습니까? 누가 잃어버린 목숨을 다시 줄 수 있었을까요? 그런 일을 할 수 있는……."

"하느님!"

발타사르가 경건하게 말했다.

벤허가 절했다.

"아, 이집트의 현자님! 알려주신 그 이름을 부인하지 못할 겁니다. 내가 본 것을 어르신이, 시모니데스 님이 보셨다면 뭐라고 말씀하셨을까요? 어떤 사람이 거의 말도 없이, 의식치레도 없이, 어머니가 잠든 자식을 깨울 때처럼 힘들이지 않고 죽음을 깨는 것을 보셨다면?

나인에서 그 일이 벌어졌습니다. 성문으로 들어가는데 운구 행렬이 나왔습니다. 나사렛 사람은 행렬이 지나도록 걸음을 멈췄지요. 운구 행렬 중 우는 여인이 있었습니다. 나는 그의 얼굴에 연민이 번지는 것을 보았습니다. 그가 여인을 부르더니 다가가서 상여를 만졌고, 매장하려고 수의를 입힌 시신에게 말했지요.

'젊은이여, 그대에게 이르노니 일어나라!'

시신이 일어나 앉더니 말을 했습니다."

"그렇게 위대한 분은 신밖에 없는데요."

발타사르가 시모니데스에게 말했다. 벤허가 계속 말했다.

"나는 수많은 이들과 함께 목격한 일들을 말씀드렸습니다. 훨씬 더 강력한 일도 봤습니다. 베다니에 나자로라는 사람이 이미 죽어서 무덤에 있었습니다. 무덤에 넣고 큰 돌로 막은 지 나흘째에 나사렛 사람이 무덤으로 안내되었지요. 돌을 밀어내자 납포에 감긴 채 썩어가는 시신이 보였습니다. 많은 사람들이 옆에서 나사렛 사람의 말소리를 들었습니다. '나자로야, 나오라!' 그의 외침에 시신이 일어나서 납포에 감긴 채 나왔을 때 내가 받은 느낌을 표현할 수가 없네요. 그가 '풀어주고 가게 하라'고 말했습니다. 천을 풀자 아, 여러분! 썩은 몸에 다시 피가 돌았고, 그는 병에 걸리기 전처럼 건강해졌습니다. 그는 여전히 살아 있고, 사람들과 대화합니다. 내일 그도 옵니다.

시모니데스 님! 이 나사렛 사람은 무엇이 비범한 걸까요?"

너무도 진지한 질문이어서, 자정이 훨씬 넘도록 다들 모여앉아 토론했다. 시모니데스는 선지자들의 예언에 대한 해석을 포기하지 않으려 했다. 벤허는 두 노인이 다 옳다고 했다. 나사렛 사람은 발타사르의 주장처럼 구세주이자, 상인의 주장처럼 왕의 운명을 타고 난 사람이었다.

"내일이면 알게 됩니다. 모두 평안하시기를."

벤허는 그만 물러갔다. 베다니로 돌아갈 작정이었다.

3

다음 날 새벽 양문Sheep Gate*이 열리자마자 시내를 빠져나간 사람은 바구니를 든 암라였다. 매일 해가 뜨면 어김없이 성문을 지나가는 그녀이기에 문지기들은 묻지 않고 통과시켰다. 그들은 암라를 어느 집의 충직한 종으로 알았고 그것으로 충분했다.

암라는 동쪽 골짜기로 내려갔다. 짙은 초록색인 감람산 옆으로 유월절 행사에 온 사람들이 친 흰 천막들이 있었다. 너무 이른 시간이라 주위에 사람들은 돌아다니지 않았다. 혹여 사람들이 있었어도 그녀를 성가시게 하지 않았을 것이다. 겟세마네를 지나, 베다니의 길들이 만나는 곳의 무덤들도 지나쳤다. 그녀는 묘지 같은 실로암 마을 앞을 지났다. 늙은 몸이라서 안간힘을 써야 했고, 한 차례 앉아서 숨을 골랐다. 하지만 얼른 다시 일어나서 길을 재촉했다. 양쪽의 큰 바위들이 귀가 있었다면 그녀가 중얼대는 소리를 들었으리라. 눈이 있었다면 그녀가 얼마나 자주 산 너머를 올려다보면서 동 트는 것을 원망했는지 목격했으리라. 입이 있어서 수군댈 수 있었다면 아마도 이런 말을 주고받았으리라. '우리 친구가 오늘 아침에는 서두르는군. 밥을 기다리는 사람들이 몹시 배가 고픈 게지.'

마침내 왕의 정원**에 다다르고서야 암라는 걸음을 늦추었다. 음산한 나환자들의 도시가 눈에 들어왔다. 나환자 거주지가 움푹한 흰

---

* 예루살렘 북동쪽 베데스다 연못 근처의 문. 베냐민 문이라고도 한다.
** 예루살렘 남동쪽 실로암 연못 근처에 있는 동산

놈 남쪽 언덕까지 뻗어 있었다.

암라는 여주인을 찾아가고 있었다. 엔로겔 샘이 내려다보이는 무덤에 마님이 산다는 것을 기억하기를.

이렇게 이른 새벽, 불운한 그녀는 일어나 밖에 앉아 있었다. 티르자는 무덤 안에서 자고 있었다. 3년 동안 병이 무척 빠르게 진행되었다. 세련된 품성을 타고난 그녀는 외모를 의식해서 온몸을 가리고 지냈다. 심지어 딸에게도 가능한 맨몸을 보이지 않았다.

이 새벽, 그녀는 두건을 풀고 바람을 쐬고 있었다. 주위에 그녀의 맨 머리를 보고 충격 받을 사람이 아무도 없었기 때문이었다. 어스름한 빛에도 그녀의 황폐한 모습이 여실히 드러났다. 눈처럼 하얗게 샌 머리가 마구 뻗쳐서 등과 어깨에 많은 철사가 흘러내린 것 같았다. 눈꺼풀, 입술, 콧구멍, 볼살이 없어지거나 악취가 나는 생살만 남아 있었다. 목은 숫제 거무스름한 딱지들 덩어리였다. 그녀가 해골 같은 앙상한 손을 옷 주름 밖으로 내밀었다. 손톱은 문드러지고, 관절은 뼈가 드러나지 않으면 부은 마디에 벌건 진물이 엉겨 있었다. 머리, 얼굴, 목, 손을 보면 전신의 상태를 알고도 남았다. 명문 허 집안의 아름다운 미망인이 어떻게 여태 익명으로 지낼 수 있었는지 쉽게 이해됐다.

태양이 서방보다 강렬하고 환한 빛으로 감람산과 멸망산 정상을 금색으로 물들이면, 암라가 오리라는 것을 그녀는 알았다. 암라는 샘에 갔다가, 샘과 언덕 기슭의 중간에 있는 바위로 오리라. 음식 바구니를 내려놓고, 물병에 이날 먹을 시원한 물을 채우겠지. 예전에는 행복한 일이 넘쳐났지만, 이제 암라의 짧은 방문이 마님의 유일한 낙이었다. 아들의 안부를 묻고 여러 세상 소식도 들을 수 있었다. 몇 마디 안 되는 소식이라도 위로가 되었다.

유다가 집에 왔다는 말을 들으면 동틀 녘부터 정오까지, 정오를 지나 해질 때까지 무덤가에 앉아 있었다. 흰 옷을 입고 영락없이 동상처럼 한 곳만 응시했다. 성전 너머 하늘 아래 옛집이 있는 곳. 애틋한 추억이 있고 그리운 아들이 있는 곳. 그녀에게는 남은 게 없었다. 티르자는 죽은 것과 진배없었다. 자신도 마지막을 기다리고 있었다. 살아 있는 매 순간이 죽음으로 가는 시간이었다. 다행스럽게도 고통 없는 죽음으로 가는 시간.

세상의 아름다움을 느끼게 해 줄 자연도 언덕 주변에는 없다시피 했다. 동물들과 새들은 이곳의 내력과 현재 상황을 아는 것처럼 얼씬하지 않았다. 푸른 식물은 나기 무섭게 죽었고, 바람이 덤불과 잡초에 들이닥쳐 뿌리째 뽑지 못하는 것들은 메마르게 했다. 어디를 보나 무덤을 연상시켰다. 위쪽도 무덤, 아래쪽도 무덤, 맞은편도 무덤. 새로 생긴 흰 것들은 순례자들이 찾아온다고 경고했다. 그녀가 하늘, 그 맑고 청명하고 트인 하늘에서 아픈 마음을 달랠 거라고 생각하겠지만 아니! 다른 곳을 아름답게 만드는 태양도 그녀에게는 그렇게 가혹할 수 없었다. 점점 끔찍해지는 상태를 확실히 드러내기만 했다. 해가 없었으면 자신의 모습이 그리도 혐오스럽지 않았을 터였다. 티르자가 예전처럼 꿈에서 잔혹하게 깨지 않았으련만. 볼 수 있는 것이 때로는 흉악한 저주가 될 수도 있다.

누군가 묻겠지. 왜 이 고난을 끝내 버리지 않느냐고.

율법이 금하니까!

이방인은 웃겠지만 이스라엘의 자손은 결코 웃지 않을 것이다.

그녀가 더 낙심되는 생각에 사로잡혀서 홀로 앉아 있을 때, 갑자기 한 여인이 비틀비틀 안간힘을 쓰면서 언덕을 올라왔다.

미망인은 급히 일어나서 머리를 가리며 외쳤다. 평소와 달리 매몰찬 목소리였다.

"더러워요, 더럽습니다!"

경고에도 아랑곳없이 암라가 그녀 앞으로 왔다. 단순한 사람이 오래 간직한 사랑이 터져 나왔다. 암라는 눈물과 열정적인 감탄을 쏟으면서 마님의 옷자락에 입 맞추었다. 한동안 미망인은 종의 손길을 피하려고 실랑이를 벌이다가, 몸을 뺄 수 없다는 것을 깨닫자 암라의 격한 감정이 가라앉을 때까지 기다렸다.

"무슨 짓이야, 암라? 우리에 대한 사랑을 이런 불순종으로 증명하는 거야? 못된 것 같으니! 넌 끝났어. 넌 그에게, 네 주인에게 다시는 돌아가지 못할 거야, 절대로."

암라는 흐느끼면서 흙바닥에 엎드렸다.

"넌 율법도 어겼어. 넌 예루살렘에 돌아가지 못해. 우린 어떻게 되겠니? 누가 우리에게 물과 음식을 주지? 정말 못되고 못된 암라! 우리 모두 똑같이 끝났구나!"

"자비를, 자비를 베푸소서!"

암라가 바닥에서 대답했다.

"너 자신에게 자비로웠어야 했어. 그랬다면 우리 모두에게 가장 자비로운 일이 되었으련만. 이제 우린 어디로 갈 수 있지? 아무도 도와줄 이가 없는 것을. 참으로 불충한 종이구나! 하느님의 분노만으로도 우린 버거워 죽을 지경인데."

시끄러운 소리에 잠을 깬 티르자가 무덤 입구에 나타났다. 그녀의 끔찍한 모습은 차마 묘사하기 힘들다. 반쯤 옷을 걸친 유령의 모습으로 딱지가 더덕더덕 나 있고, 납빛 상처 자국에 거의 장님이었다. 팔다리는 부어서 괴상망측하게 퉁퉁했다. 예전의 귀티 나고 순수한 티르자는 흔적도 없었다.

"암라예요, 어머니?"

유모는 기어서 티르자에게 가려고 했다.

마님이 윽박지르듯 외쳤다.

"가만있어, 암라! 티르자를 건드리지 말라고 명한다. 누가 여기서 널 보기 전에 일어나서 가거라. 참, 내가 잊었구나, 너무 늦어버린 것을! 이제 넌 여기 남아서 우리와 한 운명이 되어야 하는구나. 당장 일어나거라!"

암라는 일어나 무릎을 꿇고서, 양손을 맞잡고 쉰 소리로 외쳤다.

"아, 마님! 저는 불충하지 않아요. 못된 종이 아니에요. 마님께 좋은 소식을 갖고 온걸요."

"유다 소식이냐?"

미망인은 머리에 쓴 천을 반쯤 내렸다. 암라가 말했다.

"두 분을 치료할 능력을 가진 놀라운 사람이 있답니다. 그가 한 마디 말하면 병자들이 낫고, 심지어 시신도 생명을 찾는다네요. 두 분을 그 사람에게 모시고 가려고 왔습니다."

"가여운 암라!"

티르자가 측은해 했다.

암라는 의심하는 말투를 알아차리고 외쳤다.

"아닙니다, 아니에요. 이스라엘의 하느님이 살아 계시듯, 저는 진실을 말하는 겁니다. 저랑 가세요, 제발요. 시간을 흘려보내지 마세요. 오늘 아침 그분이 시내로 들어가는 길에 지나가실 거예요. 보세요! 날이 밝았어요. 여기 음식을 드시고, 식사하시고 같이 가세요."

어머니는 열심히 귀를 기울였다. 이즈음 그의 명성이 곳곳에 퍼졌으니 그녀도 놀라운 사람에 대해 들었을 법했다.

"그는 어떤 사람이지?"

미망인이 물었다.

"나사렛 사람이지요."

"그에 대해 누구한테 들었느냐?"

"유다 도련님."

"유다가 네게 말했다고? 그 아이가 집에 있느냐?"

"어젯밤에 오셨어요."

미망인은 뛰는 가슴을 진정하려고 한참을 침묵했다. 마침내 다시 입을 열었다.

"유다가 우리에게 이 말을 전하라고 너를 보냈느냐?"

"아닙니다. 도련님은 두 분이 돌아가신 줄 아십니다."

어머니가 생각에 잠겨서 티르자에게 말했다.

"예전에 나환자를 고친 선지자가 있었지만, 그는 하느님께 받은 능력이었지……."

그녀는 암라에게 고개를 돌리고 물었다.

"이 사람이 그렇게 귀신 들린 것을 내 아들이 어떻게 알지?"

"도련님이 그 사람과 함께 다니다가, 나환자들이 외치는 소리를 들었고 그들이 건강해져서 돌아가는 것을 직접 보셨대요. 처음에는 한 사람이었고 나중에 열 명이 왔다고요. 그들 모두 말짱해졌고요."

마님은 다시 침묵했다. 앙상한 손이 떨렸다. 그녀는 이야기를 믿으려고 무척 애썼으리라. 늘 완전한 믿음이 요구된다, 구세주의 기적들을 목격한 사람이나 미망인이나 마찬가지였다. 아들이 목격한 바를 종을 통해 증언했기에 그 일에 대한 의심은 없었다. 이적을 벌인 인간의 능력을 이해하려고 애썼다. 그런 사실에 의구심을 가질 만했다. 한편 그 능력을 이해하려면 먼저 신을 이해할 필요가 있었다. 이해하게 될 때까지 기다리는 사람은 기다리다가 죽을 것이다. 하지만 그녀는 오래 머뭇대지 않았다. 미망인이 딸에게 말했다.

"틀림없이 구세주실 거야!"

의심을 합리화하는 사람 같은 냉담한 말투가 아니라, 신의 언약에 익숙한 이스라엘 여인다운 말투였다. 지성적이고, 약속의 실현에 대한 미세한 징후에도 기뻐할 준비가 된 여인의 말투였다.

"예루살렘과 온 유대 땅에 구세주가 태어났다는 이야기가 돌았던 시절이 있었지. 난 그 이야기를 기억해. 지금쯤 그는 어른이 되었을 거야. 틀림없이 그분이야, 구세주야. 그래."

미망인은 암라에게 고개를 돌리고 말했다.

"우리가 너와 같이 가겠다. 무덤에 가서 물병을 가져오고 우리가 먹을 음식을 차리거라. 먹고 떠나도록 하자."

곧 흥분 속에서 아침 식사를 마치고, 세 여인은 특별한 여정에 올랐다. 티르자는 두 사람의 확신에서 기운을 얻었지만, 그들은 한 가지 걱정이 있었다. 암라는 그분이 베다니에서 오는 길이라고 말했다. 거기서 예루살렘까지 가는 길은 도로든 오솔길이든 세 군데였다. 감람산의 첫 번째 봉우리를 넘거나, 감람산 기슭을 지나거나, 아니면 두 번째 봉우리와 멸망산 사이의 길. 세 길이 아주 멀리 떨어지지 않았지만, 운이 나빠 다른 길을 택하면 나사렛 사람을 놓칠 수 있을 만큼은 멀었다.

미망인은 몇 가지 질문 끝에 암라가 그들이 만나러 가는 사람이 어느 길을 택할지는 물론이고 케드론 계곡 너머 지역을 모른다는 것을 파악했다. 또 암라와 티르자 모두 (암라는 종으로 산 습관 때문에, 티르자는 타고난 의존성 때문에) 그녀가 앞장서리라 기대한다는 것도 알게 되었다. 그래서 그 책임을 떠맡았다.

"먼저 벳파게로 갈 거야. 하느님이 은혜를 베푸신다면 거기서 어떻게 해야 될지 알게 되겠지."

그들은 언덕을 내려가 도벳과 왕의 정원으로 가서, 수백 년간 길손들이 다닌 깊은 산길에서 잠시 멈췄다.

"길이 염려되는구나. 바위와 나무들 사이의 산길이 낫겠어. 오늘은 축일이니 저편 언덕에도 사람들이 많을 거야. 멸망산을 가로지르면 사람들을 피할 수 있겠지."

걷느라 몹시 힘이 들었던 티르자는 심장이 덜컥 내려앉았다.

"산이 가팔라요, 어머니. 저는 산을 넘을 수가 없어요."

"우리가 건강과 생명을 찾으러 가는 중이라는 걸 기억하렴. 아가, 우리 주위가 얼마나 빛나는지 봐라! 그리고 저기 아낙들이 샘에 가느라 이쪽으로 오는구나. 여기 있으면 저들이 돌을 던질 거야. 가자,

이번 한 번만 힘을 내거라."

자신도 힘든 어머니는 그렇게 딸을 다독였고 암라가 거들었다. 지금껏 암라는 병든 모녀의 몸에 손대지 않았다. 이제 충직한 종은 마님의 분부와 나중 결과는 안중에 없이 티르자에게 갔다. 그녀는 자신의 어깨에 티르자의 팔을 올리고 속삭였다.

"제게 기대요. 늙은 몸이지만 튼튼하답니다. 게다가 조금만 가면 돼요. 자, 이제 가면 되겠네요."

그들이 지나갈 산의 표면에는 패인 곳들과 옛 건물들의 잔해가 있었다. 하지만 결국 세 사람은 꼭대기에 올라서 쉬면서 북서쪽을 바라보았다. 성전과 당당한 테라스들, 시온 언덕, 하늘에 솟은 건재한 탑들…… 어머니는 삶에 대한 사랑으로 기운이 났다.

"보거라, 티르자. 미문의 금판들을 봐. 그것들이 햇살을 반사해서 눈부시게 빛나는구나! 우리가 저기 올라갔던 일이 기억나니? 다시 그러면 즐겁지 않을까? 또 생각해 보렴. 집이 지척이야. 지성소 지붕 위로 우리 집이 눈에 보이는 것만 같구나. 유다가 거기서 우리를 맞아줄 거야!"

그들은 도금양과 감람나무가 파랗게 자란 중간 봉우리에서 옆길로 눈을 돌렸다. 가는 연기 줄기들이 뿌연 아침 속으로 가볍게 쭉 솟아올랐다. 부산한 순례자들이 움직인다는 경고였다. 매정한 시간이 급박하게 흐르니 서둘러야 된다는 경고이기도 했다.

충직한 종은 아가씨가 비탈길을 수월하게 내려가도록 몸을 사리지 않고 부축했다. 하지만 티르자는 걸음을 옮길 때마다 신음했고 이따금 극도로 고통스런 비명을 질렀다. 길(감람산의 두 번째 봉우리와 멸망산 사이의 도로)에 내려서자 티르자는 지쳐서 쓰러졌다.

"암라와 계속 가세요, 어머니. 저를 여기 두고요."

딸이 힘없이 말했다.

"아니, 안 된다, 티르자. 나만 낫고 넌 고쳐지지 않으면 무슨 소용이 있겠니? 당연히 유다가 네 안부를 물을 텐데, 내가 무슨 할 말이 있겠니?"

"오빠한테 제가 사랑했다고 전해 주세요."

어머니는 기운을 잃은 딸을 굽어보다가 몸을 일으키고 망연자실해서 주위를 바라보았다. 영혼이 소멸하고 희망이 사그라드는 기분이었다. 병이 낫는다는 최고의 복음은 티르자와 떼어서 생각할 수 없었다. 딸은 젊으니 앞으로 건강한 생활의 행복을 누리면 육신과 영혼이 망가졌던 괴로운 세월을 잊을 수 있을 터였다. 용감한 여인이 모험의 앞길을 신의 결정에 의탁하려는 순간, 동쪽에서 길을 황급히 올라오는 사람을 보았다.

"용기를 내거라, 티르자! 기운을 내. 저기 나사렛 사람에 대해 물어볼 만한 사람이 오는구나."

어머니가 말했다. 암라가 아가씨를 일으켜서 앉히고 부축했다. 그 사이 사내가 다가왔다.

"어머니, 저희가 어떤 형편인지 잊으셨군요. 낯선 사람은 저희를 돌아서 갈 거예요. 잘하면 돌은 안 던지고 저주나 퍼붓겠죠."

"두고 보자꾸나."

달리 대답할 수가 없었다. 나병을 앓아 추방당한 이들이 동포들에게 어떤 취급을 당하는지, 슬프게도 익히 알기 때문이었다.

그들이 있는 도로는 사람들이 통행하는 오솔길이랄까, 산길에 불과했다. 석회암 바위들 사이로 구불구불하게 난 길이었다. 사내가 쭉 걷는다면 그들과 정면으로 마주칠 터였다. 그는 결국 그녀가 해야 되는 경고가 들릴 만큼 가까이 다가왔다. 미망인은 법에 따라 두건을 벗으면서 날카롭게 외쳤다.

"더럽습니다, 더러워요!"

놀랍게도 사내가 계속 다가왔다.

"무슨 일입니까?"

그는 4미터쯤 떨어진 곳에서 걸음을 멈추고 물었다. 사내와 세 여자가 마주 보게 되었다.

"저희가 보이시지요. 조심하세요."

어머니가 품위 있게 말했다.

"여인이여, 저는 한 마디 말로 나병을 고치신 분의 심부름꾼입니다. 저는 두렵지 않습니다."

"나사렛 사람이요?"

"구세주시지요."

"그분이 오늘 시내에 오신다는 게 사실인가요?"

"지금 뱃바게에 계십니다."

"어느 길로 오실까요?"

"이 길입니다."

그녀는 손뼉을 치고 감사하면서 고개를 들었다. 사내는 그 모습이 측은했다.

"그분을 누구로 받아들이십니까?"

"하나님의 아들이지요."

미망인이 대답했다.

"그럼 여기 계십시오. 아니면 그분을 따라 사람들이 많이 올 테니까 저쪽 바위 옆에 계세요. 나무 밑 하얀 바위 옆에. 그분이 지나가시면 반드시 그분을 부르십시오. 두려워 말고 부르세요. 당신이 아는 대로 똑같이 믿는다면, 하늘의 천둥소리 중에도 그분이 들으실 겁니다. 저는 시내에 모인 이스라엘 사람들에게 그분이 가까이 계시니 맞을 준비를 하라고 말하러 갑니다. 당신과 일행의 평안을 빕니다."

낯선 사내가 멀어져 갔다.

"들었니, 티르자? 들었어? 나사렛 사람이 이 길로, 바로 여기로 오셔서 우리 소리를 들으실 거야. 한 번만 더 힘을 내자, 아가. 그래, 딱 한 번만! 우리 바위로 가자꾸나. 한 걸음만 움직이면 된다."

어머니의 격려에 티르자는 암라의 손을 잡고 일어났다. 하지만 그들이 움직이려 할 때 암라가 말했다.

"잠시만요. 그 사람이 다시 와요."

그들은 사내를 기다렸다. 그가 세 사람에게 다가왔다.

"은총을 기원합니다, 부인. 나사렛 분이 당도하기 전에 해가 뜨거워질 테고, 시내가 가까우니 물이 필요하면 거기서 구하면 된다는 생각이 났습니다. 이 물이 저보다 여러분에게 더 도움이 될 듯해서요. 받고 기운내십시오. 그분이 지나가실 때 부르시고요."

그가 미망인에게 물이 가득 담긴 조롱박을 건넸다. 길손들이 산을 넘을 때 지니고 다니는 물병이었다. 사내는 멀찌감치 바닥에 물병을 내려놓은 게 아니라 직접 그녀의 손에 쥐어 주었다. 미망인이 놀라서 물었다.

"유대인이신가요?"

"네, 그리고 그보다 더 좋은 구주의 사도입니다. 제가 해드리는 일을 그분은 매일 말씀과 솔선수범으로 가르쳐 주셨습니다. 세상은 오래전부터 의미도 모른 채 자비라는 말을 입에 올렸지요. 다시 한 번 부인과 일행의 평안과 활기를 기원합니다."

사내는 떠났고, 세 여인은 그가 손짓했던 바위로 천천히 걸어갔다. 바위는 사람 키 높이였고, 오른쪽 도로에서 30미터도 떨어지지 않았다. 미망인은 바위 앞에 서자 흡족했다. 만나야 될 사람들이 그들을 보고 들을 수 있는 위치였다. 세 사람은 나무 그늘 밑으로 들어가서 조롱박에 든 물을 마시고 쉬었다. 얼마 안 지나 티르자가 잠들었고, 나머지 두 여인은 그녀를 방해하지 않으려고 조용히 있었다.

4

제3시경 미망인 일행이 있는 곳 앞길에 벳바게와 베다니 쪽으로 가는 사람들이 점점 많아졌다.

제4시 무렵에는 감람산 꼭대기 너머 군중이 나타나서, 길에 수천 명이 북적댔다. 마님과 암라는 모든 사람이 싱싱한 종려나무 가지를 든 것을 알아차리고 깜짝 놀랐다. 그들은 넋을 놓고 지켜보다가, 동쪽에서 다른 무리가 다가오는 소리가 나자 눈을 돌렸다. 곧 어머니가 티르자를 깨웠다.

"이게 다 무슨 일이에요?"

"그분이 오시고 있어. 앞에 보이는 무리는 그분을 만나려고 시내에서 빠져나온 사람들이야. 동쪽에서 나는 소리는 그분과 함께 사람들이 이쪽으로 오는 소리고. 양쪽 행렬이 우리 앞에서 마주친다 해도 이상할 게 없지."

"그렇게 되면 우리 목소리가 안 들릴까 봐 걱정이네요."

어머니도 같은 생각이었다.

"암라, 유다가 열 명이 병을 고쳤을 때 나사렛 사람에게 뭐라고 외쳤다고 말했지?"

"'주여, 저희에게 자비를 베푸소서' 아니면 '주인이여, 자비를 베푸소서'라고 말하셨어요."

"그 말뿐이었어?"

"그 말만 들었습니다."

"그런데 그 말로 충분했구나."

어머니가 혼잣말로 중얼댔다. 암라가 말했다.

"네, 도련님은 그들이 고쳐져서 가는 것을 봤다고 하셨어요."

그 사이 동쪽에서 사람들이 천천히 길을 올라왔다. 마침내 선두에 선 이들이 보이자, 세 여인의 시선은 나귀를 탄 사내에게 쏠렸다. 선택된 듯한 이들이 사내를 에워싸고 기쁨에 들떠서 노래하고 춤을 추었다. 나귀에 탄 사내는 두건 없이 하얀 옷을 입고 있었다. 그가 더 가까워지자, 초조한 세 여인은 거무스름한 얼굴과 긴 밤색 머리를 보았다. 가운데 가르마가 살짝 해에 그을린 상태였다. 그는 왼쪽도 오른쪽도 쳐다보지 않았다. 따르는 무리들이 시끌벅적한 환호에 무심한 듯했다. 군중의 호감에 개의치 않았고, 표정이 보여주듯 깊은 수심에 잠겨 있었다. 햇빛이 그의 뒤통수에 쏟아져 머리카락이 반짝이자 금빛 후광 같은 느낌을 자아냈다. 그의 뒤로 노래하고 고함치는 들쭉날쭉한 행렬이 눈 닿는 데까지 이어졌다. 누가 말해 주지 않아도 그 사람, 놀라운 나사렛 사람임을 알 수 있었다.

"그분이 오시는구나, 티르자. 여기 오신다. 가자, 아가."

어머니는 흰 바위 앞으로 나아가 무릎을 꿇었다.

곧 딸과 종이 그녀 옆으로 왔다. 그때 서쪽에서 온 행렬이 눈에 들어왔고, 시내에서 나온 수천 명이 멈추더니 초록색 가지를 흔들면서 함성을, 아니 (한목소리였으니) 합창을 했다.

"주님의 이름으로 오신 이스라엘의 왕이여, 복되도다!"

나귀 탄 사람의 일행 수천 명이 가까이 또 멀리서 화답하는 소리가 어찌나 큰지 태풍이 몰아치는 것 같았다. 소동 속에서 가여운 나환자들의 외침은 멍한 참새들의 짹짹 소리에 불과했다.

양쪽 무리가 만나는 순간과 함께 나환자 모녀가 노리던 기회가 왔다. 이때를 놓치면 영원히 기회는 없다.

"더 가까이 가자, 아가. 더 가까이. 그분이 우리 소리를 못 들으시겠다."

어머니가 일어나서 비척비척 걸어갔다. 귀신같은 손을 들고 소름 끼치게 소리를 빽 질렀다. 사람들이 그녀를 보았고, 무시무시한 얼굴을 보고 경악해서 걸음을 멈추었다. 눈에 보이는 극도의 고통은 화려한 고관대작만큼이나 강한 영향을 미친다. 조금 떨어진 뒤쪽에서 티르자가 힘없고 두려워서 쓰러져서 더 따라가지 못했다.

"문둥이들이다! 문둥이들!"

"돌을 쳐!"

"신의 저주를 받은 것들! 죽여 버려!"

이런 외침들은 멀리 있어서 무슨 일인지 모르는 군중의 찬미소리에 묻혔다. 하지만 가까이 있던 몇 사람은 불쌍한 여자들이 매달리는 이의 성품을 익히 알았다. 오랫동안 그를 사건 몇 사람은 그처럼 동정심을 갖게 되었다. 그런 이들은 그를 응시하면서 침묵을 지켰고, 그 사이 그는 나귀를 타고 앞으로 나가서 여인 앞에 멈추었다. 그녀 역시 그를 바라보았다. 차분하고 자애로운 얼굴이 참으로 아름다웠고, 커다란 눈에 자비로운 마음이 넘쳤다.

"주여, 주시여! 저희의 곤란을 보소서. 당신은 저희를 깨끗하게 만드실 수 있나이다. 저희에게 자비를 베푸소서, 자비를!"

"내가 이 일을 할 수 있다고 믿느냐?"

"당신은 선지자들이 말한 구세주이십니다!"

그의 눈빛이 더 환해지고 자신 있는 태도가 되었다.

"여인이여, 그대의 믿음이 크도다. 그대가 뜻하는 대로 되어라."

그는 군중을 의식하지 않고 잠시 지체하다가 떠났다.

원래 신이지만 좋은 면들을 지닌 인간인 그는, 인류가 만들어 낸 가장 치졸하고 잔인한 죽음을 예견하고 극악한 사건의 그림자 속에서 호흡했다. 그러면서도 여전히 처음처럼 사랑과 믿음에 목말랐다. 그런 그에게 감사를 아는 여인의 작별 인사가 얼마나 소중하고 형언할 수 없는 위로가 되었을까.

"가장 높으신 하느님께 영광을! 아드님을 저희에게 주신 하느님께 복을, 세 배의 복이 있기를!"

곧 예루살렘과 벳바게 양쪽에서 온 군중이 찬미하고 종려나무 가지를 흔들어 기쁨을 표현하면서 주변에 몰려들었다. 그러자 그는 나환자들 앞을 영원히 지나갔다. 어머니는 머리를 가리고, 얼른 티르자에게 가서 품에 안고 외쳤다.

"아가, 위를 봐라! 내가 구세주의 약속을 받았단다. 우리는 구원받았어, 구원받았다!"

두 사람은 무릎을 꿇은 채로 있었고, 행렬은 천천히 산 너머로 사라졌다. 멀리서 노래 소리가 거의 잦아들었을 때 기적이 일어나기 시작했다.

처음에는 나환자들의 심장에 피가 생기더니 점점 빠르고 힘차게 흘렀다. 황폐한 몸에 아픔 없이 치유되는 좋은 기분이 밀려들었다. 모녀 각자는 재앙이 빠져나가고 원기가 되살아나는 느낌을 맛보았다. 본래의 자신으로 되돌아가고 있었다. 정화의 종지부를 찍으려는 것처럼 육신에서 영혼까지 태동이 퍼지면서 뜨거운 황홀경에 빠지게 했다. 이 선한 일을 일으킨 힘은 빠르고 행복한 효과를 주는 바람의 힘과 흡사했다. 하지만 능력은 훨씬 뛰어나서 치유와 정화는 완벽했다. 그 과정이 기분 좋게 의식될 뿐 아니라, 그 기억이 생기고 자라는 과정이 워낙 독특하고 성스러워 영원토록 떠올리기만 해도 감사가 넘칠 터였다.

암라 혼자만 이런 변화(치유라고 말하는 게 적당하겠지)를 목격한 게 아니었다. 벤허가 떠도는 나사렛 사람을 쫓아다니고 있었다는 것을 기억할 것이다. 나병 환자가 순례자 행렬 앞에 나타났을 때 그 자리에 벤허가 있었다 해도 놀랍지 않을 것이다. 그는 그녀의 애원을 들었고 일그러진 얼굴을 보았으며 대답도 들었다. 자주 있는 일이었지만 이런 부류의 사건은 여전히 독특해서 관심이 갔다. 선생이 은사를 베풀었다 하면 그 능력에 대해 열띤 논쟁이 벌어졌고, 그것만으로도 벤허의 호기심은 수그러들지 않았다. 게다가 이 신비로운 이의 소명에 대한 애타는 궁금증을 해소하려는 희망이 변함없이 강했다. 아니 더 강해졌다.

이 사건이 마무리되자, 벤허는 무리에서 빠져서 돌에 홀로 앉아 행렬이 지나가기를 기다렸다. 돌에 앉아서 여럿에게 고개를 끄덕여 알은 체를 했다. 휘하의 갈릴리 사람들로 긴 겉옷에 단검을 지니고 있었다. 잠시 후 거무스름한 아랍인 한 명이 말 두 마리를 끌고 올라왔다. 벤허가 신호하자 그 역시 행렬에서 빠졌다.

무리가 지나가고 꾸물대던 사람들마저 사라지자 벤허가 아랍인에게 말했다.

"여기 있으십시오. 나는 먼저 시내에 들어가겠습니다. 알데바란을 타고 가겠어요."

그는 알데바란의 넓은 이마를 쓰다듬고, 힘과 아름다움이 정점에 달한 말을 타고 길을 건너 두 여인 쪽으로 갔다.

그때 벤허에게 두 사람은 오직 초자연적인 실험의 대상으로서만 흥미를 느끼는 타인들이었다. 그가 오래 몰두한 신비를 푸는 데 도움이 될 타인. 벤허는 나아가다가 흰 바위 옆에 있는 여인을 힐끗 보았다. 자그마한 여인은 양손으로 얼굴을 가리고 서 있었다.

"저 사람은 분명히 암라인데!"

벤허는 의아해서 이렇게 중얼대며 걸음을 재촉했다. 그는 어머니와 누이를 알아보지 못한 채 지나쳐서 암라 앞에 섰다.

"암라. 암라. 여긴 어쩐 일이야?"

그녀는 쫓아 나와서 벤허 앞에 무릎을 꿇었다. 기쁨과 두려움으로 눈물이 앞을 가리고 말이 나오지 않았다.

"도련님, 도련님! 도련님과 저의 신은 얼마나 좋으신지요!"

흔히 시련을 겪은 이들을 동정하는 데서 얻는 지식은 어렴풋이 이해될 뿐이다. 그런데 이상하게도 그들과 완전히 하나가 될 수 있으면 그들의 슬픔과 기쁨을 함께할 수 있다. 암라는 떨어져서 얼굴을 가리고 있었지만 말 한 마디 듣지 않고도 두 병자의 변화를 알았다. 그것을 알고, 모든 감정을 온전히 나누었다. 그녀의 안색과 말과 태도가 상황을 여실히 드러냈다. 그래서 벤허는 육감으로 방금 지나친 여인들과 유모가 관계있는 것 같아 급히 몸을 돌렸다. 그 순간 두 사람이 벌떡 일어났다. 그의 심장이 멈추었고, 그는 그 자리에서 얼어붙었다. 멍해서, 아연실색해서 소리를 지르지 못했다.

나사렛 사람 앞에 있던 여인이 손을 모으고 눈물을 흘리면서 하늘을 올려다보았다. 변화만으로도 충분히 놀랄 일이었지만, 그를 뒤흔든 이유는 따로 있었다. 착각이려나? 이렇게 어머니와 닮은 사람은 본 적이 없었다. 로마인들이 그녀를 빼앗아간 날의 어머니 모습 그대로였다. 딱 하나 다른 점은, 이 여인은 흰 머리가 살짝살짝 보였다. 하지만 지난 세월의 자연적인 변화를 고려해서 기적이 일어났다는 것을 알면 문제가 아니었다. 게다가 그녀 옆에 있는 사람은 바로 티르자 아닌가? 희고 아리따운 완벽한 모습이 더 어른스러워졌지만, 그라투스에게 사고가 일어난 날 아침에 함께 난간을 넘어다보던 때와 똑같았다. 벤허는 두 사람을 죽었다고 간주했고, 시간이 흐르면서 익숙해졌다. 가족들에 대한 애도는 멈추지 않았지만, 분명히 죽었다고 믿어서 계획과 꿈에서 제외했었다.

그는 눈을 믿을 수가 없어서, 유모의 머리에 한 손을 올리고 떨리는 소리로 물었다.

"암라, 암라, 어머니셔! 티르자야! 내 눈이 제대로인지 말해 봐."

"말을 걸어 보세요, 도련님. 두 분에게 말을 해 보세요!"

벤허는 지체하지 않고 양팔을 내밀면서 달려갔다.

"어머니! 어머니! 티르자! 저에요!"

두 사람은 그가 외치는 소리를 듣고, 울면서 다가가기 시작했다. 갑자기 어머니가 걸음을 멈추고 뒤로 물러나서 경고했다.

"그대로 있어라, 내 아들 유다야. 더럽다, 더러워!"

병에 걸린 이후 생긴 습관보다는 두려워서 외친 경고였다. 사려 깊은 모성애에서 나온 두려움이었다. 두 사람이 치료되었지만, 몸에 걸친 옷 때문에 병이 옮을 수도 있었다. 하지만 벤허는 그런 생각은 하지 않았다. 어머니와 누이가 바로 앞에 있는데 이제 누가, 무엇이 그가 가족에게 가는 것을 막을까? 오래 이별했던 세 사람은 눈물을 줄줄 흘리면서 서로 얼싸안았다.

처음의 흥분이 가라앉자 어머니가 말했다.

"얘들아, 이런 행복감 속에서 배은망덕하지 말자구나. 우리가 큰 은혜를 입은 분에게 감사드리면서 새로운 인생을 시작하자."

세 사람은 무릎을 꿇었고, 암라도 함께했다. 어머니의 기도는 찬송가와 같았다.

티르자가 한 마디 한 마디 반복하자 벤허도 따라했다. 하지만 누이처럼 또렷한 마음과 의심 없는 믿음은 아니었다. 그래서 물었다.

"고향인 나사렛에서 다들 그를 목수의 아들로 불러요. 그는 누구인가요?"

어머니는 예전처럼 자애로운 눈빛으로 아들을 바라보았다. 그녀는 나사렛 사람에게 했던 대답 그대로 말했다.

"그분은 구세주시지."

"그러면 그의 능력은 어디서 나올까요?"

"그분이 능력을 어떻게 쓰는지 보면 알 수 있겠지. 그분이 능력을 나쁘게 쓴다고 말할 수 있겠니?"

"아니요."

"그럼 그분이 하느님께 능력을 받았다고 대답해야겠구나."

오랫동안 몰두해서 자신의 일부가 된 기대를 일시에 버리기는 쉽지 않다. 벤허는 그런 사람에게 세상의 허영 따위가 무슨 소용이겠냐고 자문했지만, 야망이 완강해서 내려놓아지지 않았다. 그는 여느 사람들처럼 구세주를 자신의 기준으로 가늠했다. 우리가 자신을 구세주의 기준으로 가늠하면 훨씬 좋을 텐데!

현실적인 부분을 맨 먼저 챙긴 사람은 당연히 어머니였다.

"이제 어떻게 하면 좋겠느냐, 아들아? 우린 어디로 가야 될까?"

그러자 벤허는 의무를 떠올리고, 회복한 가족들의 몸에 상처 자국이 없는지 꼼꼼히 살폈다. 어머니와 누이는 완벽하게 건강한 모습이었다. 나아만*이 강에서 나왔을 때처럼 그들의 살도 어린 아이 살처럼 새로 돋았다. 벤허는 망토를 벗어서 티르자에게 둘러주며 미소 지었다.

"이걸 받아. 예전에는 낯선 사람들이 널 보고 눈을 피했겠지만, 이제 불쾌한 눈길을 받으면 안 되지."

망토를 벗을 때 옆구리에 찬 칼이 보였다. 어머니가 불안해 하면서 물었다.

"지금 전쟁 중인 게냐?"

"아닌데요."

"그런데 왜 무기를 갖고 있니?"

"나사렛 사람을 지키는 데 필요할지도 몰라서요."

벤허는 사실을 다 털어놓지 않았다.

"그분에게 적들이 있니? 그게 누구냐?"

"어머니, 안타깝게도 로마인들만이 아니에요!"

"그분은 이스라엘 사람이, 평화적인 사람이 아니니?"

"그렇게 평화적인 사람은 다시 없지요. 하지만 랍비들과 선생들은 그가 큰 죄를 짓는다고 생각하죠."

"무슨 죄?"

"그의 눈에는 할례하지 않은 이방인도 가장 엄격하게 율법을 지키는 유대인과 똑같거든요. 그는 새로운 체제를 설파해요."

어머니는 침묵했고, 그들은 바위 옆의 나무 그늘로 들어갔다. 벤허

* 선지자 엘리사의 지시에 따라 요단강에 일곱 번 몸을 씻고 나병을 고친 장군

는 어머니와 티르자를 집에 데려가서 사연을 듣고 싶었지만 조바심을 가라앉히고, 이런 경우에 법을 지켜야 된다고 알려주었다. 결국 그는 아랍인을 불러서 말들을 베세다 문으로 데려가 기다리라고 시키고, 가족은 멸망산으로 출발했다. 돌아가는 길은 올 때와 전혀 달랐다. 그들은 빠르고 수월하게 걸었고, 한참 후 압살롬의 무덤 근처에 새로 생긴 무덤에 도착했다. 거기서 기드론 계곡이 내려다보였다. 무덤에 사람이 없자 어머니와 티르자는 그곳을 차지했다. 반면 벤허는 새로운 상황에 필요한 채비를 하려고 서둘러 떠났다.

5

벤허는 왕들의 무덤에서 동쪽인 기드론 계곡 위쪽에 천막 두 개를 치고, 필요한 것들을 갖추었다. 그리고 시간을 지체하지 않고 어머니와 누이를 이곳으로 안내했다. 검진하는 제사장이 그들의 완치를 확인할 때까지 이곳에 남아 있어야 했다.

일을 하는 중에 벤허는 몹시 몸을 더럽혔기에, 목전에 와 있는 축일 행사에 참여할 수가 없었다. 성전에서 가장 덜 신성한 뜰에도 들어가지 못했다. 따라서 필요에 의해, 사실 선택에 의해 사랑하는 가족과 천막에서 지냈다. 어머니와 누이에게 들을 이야기가 많았고, 그가 할 이야기도 아주 많았다.

그런 사연들, 그러니까, 여러 해에 걸친 슬픈 경험들과 육신의 고통, 그보다 더 심한 마음의 고통들은 구구절절했다. 벤허는 두 사람의 이야기에 귀기울이면서, 감정을 감추고 참을성을 발휘했다. 솔직히 로마와 로마인을 향한 증오심이 어느 때보다도 끓어올랐다. 복수심은 더 강렬한 갈증이 되었다. 무자비한 쓰린 마음 때문에 광적인 충동에 여러 번 사로잡혔다. 일을 벌이고 싶은 유혹이 강렬하게 밀려들었다. 갈릴리에서 폭동을 일으켜야 될지 진지하게 고민했다. 평소 공포스러운 바다지만 그런 바다가 공상 속에서 지도처럼 펼쳐져서, 로마의 약탈물과 로마인 여행자 행렬이 북적대며 얽히고설켰다. 하지만 차분한 시간이면 판단력이 확고해서, 현재의 열정이 아무리 강해도 밀고 들어오지 못했다. 새로운 방책을 궁리할 때마다 원래의 결론으로 되돌아갔다. 이스라엘 전체가 군건하게 뭉쳐서 전쟁을 하지 않으면 확실한 성공을 거둘 수가 없었다. 이런 고심, 모든 질문, 모든 희망은 시작한 지점에서 끝났다. 나사렛 사람과 그의 소명 속에서.

때로 흥분해서 계책을 세울 때면, 그가 연설하는 공상을 하며 즐거움을 맛보았다.

"아, 이스라엘이여! 내가 하느님이 약속한, 유대인의 왕으로 태어난 바로 그 사람이다. 이제 일어나서 세상을 손에 넣어라!"

나사렛 사람이 간단히 몇 마디 한다면 얼마나 세상이 들썩일까! 얼마나 많은 나팔수가 나팔을 불어 군대를 불러 모을까!

하지만 그가 이런 말을 할까?

일을 시작하고 세속적인 방식으로 응답하고 싶은 마음에 벤허는 그 사람의 양면성을 놓치고 말았다. 다른 가능성을, 그의 신성이 인간성을 초월한다는 것을 간과했다. 티르자와 어머니가 직접 목격한 기적에서 그는 능력을 보았고 따로 떼어서 곱씹었다. 그 능력이면 이탈리아를 허물고 유대의 왕권을 세우고 지탱할 수 있었다. 사회를 다시 만들고 인류를 순수한 행복한 가족으로 변화시키고도 남을 능력이었다. 그 일이 완수되면, 장애 없는 평화를 이룬 것은 과연 신의 아들다운 소명이라고 말하지 않을 자가 있을까? 그때가 되면 어느 누가 구세주의 구원을 부인할까? 정치적인 결과를 다 배제하면 한 인간으로서 그보다 더 큰 영광을 누릴 수 있을까?

한편 기드론 계곡과 베데스다(베제타) 연못 방향, 특히 다메섹 문으로 난 도로변에 각종 임시 막사들이 생겨났다. 유월절을 지내러 온 순례자들이 유숙할 숙소였다. 벤허는 이방자들을 찾아가서 대화를 나누었고, 매번 돌아올 때마다 천막의 수가 엄청나게 늘어난 데 놀랐다. 또 전 세계(지중해 양쪽 연안의 도시들, 머나먼 인도의 수변 마을들, 북유럽 끝)에서 사람들이 모여든 것도 놀라웠다. 그들은 옛 조상들의 히브리어를 섞어 생소한 언어로 그에게 인사했지만 목적(큰 명절을 축하하는 것)은 다 같았다.

여기서 벤허는 미신적인 공상에 가까운 생각을 하게 되었다. 혹시 그가 나사렛 사람을 철저히 잘못 아는 게 아닐까? 그 사람은 참고 기다리면서 속으로는 묵묵히 준비하고 영광스러운 소명에 합당함을 증명하고 있지 않을까? 갈릴리 호숫가에서 억지로 왕관을 씌우려 했을 때보다 지금이 훨씬 좋은 시기였다. 그때였다면 몇 천 명이 동조했겠지만, 지금 그가 선포한다면 수백만 명이 호응할 터였다. 얼마나 많을지 누가 알까? 벤허는 찬란한 가능성들 사이를 누비면서 이런 결론으로 내달렸다. 우수에 찬 사내의 상냥한 표정과 놀라운 자제심 속에 실은 정치가의 책략과 군인의 비범함이 도사리고 있을 거야.

그 사이 몇 차례 건강한 사내들이 천막으로 벤허를 찾아왔다. 두건을 쓰지 않고 검은 수염을 기른 하층민들이었다. 늘 벤허가 그들과 따로 대화했고, 어머니가 누구냐고 묻자 이렇게 대답했다.

"갈릴리에서 온 좋은 친구들이에요."

그들을 통해 나사렛 사람의 행적과 적인 랍비들과 로마인의 계략을 파악했다. 벤허는 선한 분의 목숨이 위태로운 것을 알았다. 하지만 이런 시기에 목숨을 빼앗을 시도를 할 만큼 배짱 좋은 자는 없다고 믿었다. 대단한 명성과 큰 인기를 보라. 예루살렘과 주변에 몰려든 어마어마한 인파가 안전을 보장해 주었다. 그런데 솔직히 말하면 벤허가 전적으로 믿는 것은 구세주의 기적을 행하는 능력이었다. 순전히 인간의 관점에서 볼 때, 생사를 쥐락펴락하는 능력을 남들을 위해 쓰는 사람이 자신의 목숨을 지키지 않으리란 것은 언어도단이니까.

이 모든 일이 (현대의 달력으로) 3월 21일에서 25일 사이에 일어났음을 기억하자. 25일 저녁 벤허는 답답함을 누르지 못해, 밤 안으로 돌아온다는 약속을 남기고 예루살렘으로 들어갔다.

말은 힘이 넘쳤고 알아서 속도를 정해 달렸다. 가는 길에 과수원 울타리에 달린 포도송이들이 벤허에게 눈을 찡긋했다. 남녀노소 할 것 없이 그를 본 사람은 없었다. 인적 없는 울퉁불퉁한 길을 차는 말발굽 소리가 쇠로 만든 컵으로 때리는 소리처럼 울었지만, 지나는 집들에는 사람이 없었고, 천막 문가에 피운 모닥불은 꺼져 있었다.

도로는 적막했다. 유월절 첫날 밤이었다. '저녁과 저녁 사이'에 수백만 인파가 예루살렘에 몰렸고, 성전 앞뜰에서는 제물로 양들을 잡았다. 늘어선 제사장들은 떨어지는 피를 받아서 얼른 제단으로 가져갔다. 모든 절차는 얼른 나오는 별들과 경쟁하듯 서둘러 급히 진행되었다. 이후 양을 구워서 먹고 계속 노래할 뿐 더 이상의 준비는 없었다.

벤허는 말을 타고 거대한 북문을 통과했다. 아! 함락 전의 예루살렘이 주를 위해 영광스럽게 빛났다.

6

벤허는 칸 대문에서 말을 내렸다. 30여 년 전 세 현자가 베들레헴을 향해 떠났던 그 칸이었다. 거기서 아랍인 동지들에게 말을 맡기고, 얼른 본가로 갔다. 쪽문을 지나 손님방으로 들어갔다. 말루크를 찾았지만 출타 중이어서, 상인과 이집트 현자를 찾아갔다. 두 사람도 축일 행사를 구경하러 나갔다고 했다. 벤허는 발타사르가 기운이 없고 무척 의기소침하다는 소식을 들었다.

예나 지금이나 제 마음을 모르는 젊은이들은 교묘하게 에둘러서 행동한다. 벤허가 발타사르의 의사를 물은 것도 꿍꿍이가 있었다. 잔뜩 예의를 차려 노인을 만나도 될지 여쭤 보라고 사람을 보냈지만, 실은 이라스에게 그의 도착을 알릴 속셈이었다. 하인이 대답할 때,

문간의 커튼이 열리고 이집트 여인이 들어왔다. 흰 구름 같은 옷자락이 둥둥 떠다니는 것 같았다. 그녀가 무척 아끼는 비치는 옷이었다. 이라스는 방 가운데로 걸어왔다. 일곱 가지가 벌어진 황동 등잔걸이에서 불빛이 가장 강하게 떨어지는 자리였다. 그녀는 불빛을 두려워하지 않았다.

하인이 두 사람만 남기고 물러갔다.

벤허는 흥분되는 사건들을 겪은 지난 며칠간, 이집트 미인 생각은 별로 하지 않았다. 그녀가 마음에 들어왔다면 아주 잠깐 즐거운 기분 정도였다. 그 기쁨은 미루어둘 수 있고 그를 기다려줄 터였다.

그런데 이제 이라스를 본 순간, 그녀의 영향력이 강하게 되살아났다. 벤허는 급하게 그녀에게 다가가다가 걸음을 멈추고 바라보았다. 그런 변화는 본 적이 없었다!

이제껏 이라스는 그의 환심을 사려고 안달하는 연인이었다. 따뜻한 태도, 부추기는 눈짓, 고백하는 몸짓. 같이 있을 때면 그녀는 벤허에게 찬탄하는 인상을 주었다. 떨어져 있을 때는 얼른 돌아오기를 기대한다는 인상을 갖고 지냈다. 그녀가 빛나는 동그란 눈을 덮은 눈꺼풀에 화장하는 것은 그를 위해서였다. 알렉산드리아의 거리마다 넘쳐나는 이야기꾼들의 연애담을 시처럼 각색해서 들려주는 것도 그를 위해서였다. 그를 위해 끝없이 공감하며 탄식하고 미소 지었다. 그를 위해 손, 머리카락, 뺨, 입술을 살짝살짝 움직이고, 나일 강의 노래를 했다. 보석 치장, 너울과 스카프의 고운 레이스, 섬세한 인도 비단도 벤허 때문이었다. 이라스가 그를 기쁘게 하려고 궁리하는 것을 보면, 영웅은 미인을 얻는다는 옛말은 맞는 말이었다. 그가 이라스에게 영웅이라는 데는 의심의 여지가 없었다. 그녀는 미모만큼이나 타고난 무수한 교묘한 재주로 (열정적인 클레오파트라의 딸들이 가진 재능이리라!) 그것을 입증했다.

종려나무 농원에서 뱃놀이를 한 밤부터 아리스는 벤허에게 그런 사람이었다. 그런데 지금은!

이라스는 낯선 이에게도 이렇게 매몰찰 수 없을 만큼 매몰찼다. 조각상처럼 냉랭했다. 작은 머리를 살짝 기울이고, 숨을 멈추고 육감적인 입술을 일자로 다물고 있다가 차갑게 입을 떼었다.

"때맞춰 왔네요, 허 도련님. 호의에 감사드리고 싶어요. 내일이 지나면 그럴 기회가 없을 테니까."

목소리가 날카로웠다. 벤허는 그녀를 응시하면서 가볍게 절했다. 이라스가 말을 이었다.

"노름꾼들이 지키는 관습이 있다고 들었어요. 승부가 다 끝나면 서판을 참조해서 돈 계산을 끝낸 다음, 신들에게 감사하고 행복한 승자에게 관을 씌워 준다지요. 우리는 승부를 벌이고 있어요. 여러 날 계속되고 있죠. 자, 이제 끝에 접어들었으니, 화관이 누구 차지가 될지 봐야 되지 않겠어요?"

벤허는 여전히 조심하면서 가볍게 응수했다.

"고집대로 밀고 나가는 여인을 막을 수 없지요."

"말해 봐요."

이라스는 비딱하게 고개를 기울이면서 내놓고 조롱했다.

"말해요, 예루살렘 왕자님. 그는 어디 있나요? 나사렛 목수의 아들, 최근에 그렇게 많은 기대를 받은 신의 아들은 어디 있나요?"

벤허는 성급하게 손을 저으면서 대답했다.

"난 그를 지키는 사람이 아닙니다."

이집트 미인은 고개를 더 깊이 숙였다.

"그가 로마를 깨부수었나요?"

벤허는 화가 나서 비난하듯 다시 손을 올렸지만, 이라스는 개의치 않았다.

"그가 수도를 세웠나요? 내가 가서 그의 왕좌와 황동 사자상들을 보면 안 되겠어요? 왕궁은요? 그는 죽은 사람을 일으켜 세웠죠. 그런 사람에게 황금으로 집 한 채 세우는 게 대수겠어요? 발 한 번 쾅 구르며 한 마디 말만 하면, 카르나크Karnak처럼 기둥이 있는 집이 떡하니 생기고, 더 필요한 게 없을 텐데요."

장난하는 분위기가 아닌 게 확실했다. 질문이 불쾌하고 태도는 매몰찼다. 벤허는 그런 눈치를 채자 한층 조심하면서 익살스럽게 말했다.

"오, 이집트여, 그분과 사자와 왕궁을 하루, 아니 한 주 더 기다려 봅시다."

그녀는 벤허의 능을 모른 체하고 하던 말을 계속 했다.

"당신 옷차림은 또 그게 뭐예요? 인도의 총독들이나 다른 어디의 부왕들은 그렇게 입지 않아요. 테헤란 지방장관을 본 적이 있는데, 비단 터번에 황금빛 망토 차림이었고, 칼자루와 칼집에 눈부신 보석들이 박혀 있었어요. 오시리스가 태양에서 그에게 영광을 빌려주었다는 생각이 들더군요. 당신은 당신의 왕국에, 내가 당신과 함께 하려던 왕국에 들어가지 못한 것 같네요."

"현명한 손님의 따님은 스스로 상상하는 것보다 더 친절하군요. 이시스가 심장에 입 맞추어도 더 나아지지 않을 수 있음을 내게 가르쳐주는 걸 보면.."

벤허는 냉정하게 예의를 차려 말했다. 이라스는 동전들이 달린 목걸이에 매달린 보석을 만지작대면서 말했다.

"유대인치고 허 도련님은 똑똑하네요. 난 당신이 꿈꾸는 황제가 예루살렘으로 입성하는 것을 봤어요. 저번 날 당신은 그가 성전 계단에서 유대인의 왕임을 선포할 거라고 우리에게 말했죠. 난 그를 옹위한 행렬이 산에서 내려오는 광경을 봤어요. 그들의 노래를 들었죠. 종려나무 가지를 들고 움직이는 광경이 아름다웠어요. 난 왕이 될 만한 인물을 찾느라 행렬을 샅샅이 뒤졌어요. 보라색 옷차림의 말 탄 사람, 번쩍이는 황동 갑옷을 입은 기수가 모는 전차, 둥근 방패와 창을 든 당당한 전사. 그의 호위대를 찾아보았죠. 예루살렘의 호족과 갈릴리 군단을 볼 수 있었다면 반가웠을 텐데."

그녀는 벤허에게 도발적인 경멸하는 시선을 던졌다. 그러더니 머리에 떠오르는 광경이 너무 우스꽝스러워서 경멸할 가치도 없다는 듯 웃어댔다.

"승리하고 귀환하는 세소스트리스*나 투구를 쓰고 검을 든 로마황제 대신, 하하하! 여자같은 얼굴과 머리의 사내가 새끼 나귀를 타고 있었어요. 눈물이 그렁그렁해서는. 왕! 하나님의 아들! 세상의 구세주! 하하하!"

* 유럽 원정에 나섰던 고대 이집트 왕

719

벤허는 자기도 모르게 얼굴을 찌푸렸다.

그가 진정할 새도 없이 이라스가 말했다.

"난 사리를 떠나지 않았답니다, 예루살렘의 왕자님. 웃지도 않았어요. 나에게 이렇게 말했죠.

'기다려. 성전에 들어가면 그가 세상을 차지할 영웅에게 어울리는 모습을 보여줄 거야.'

난 그가 수산문과 여인들의 뜰로 들어가는 것을 봤어요. 미문 앞에서 멈춰 서더군요. 현관과 뜰에, 주랑에, 성전 삼면의 계단에 수많은 사람들이 숨도 쉬지 않고 그의 선포를 기다렸어요. 다들 기둥처럼 꼼짝도 않고. 하하하! 난 로마라는 강력한 기계의 축이 갈라지는 소리가 들릴 줄 알았죠. 하하하! 왕자님, 당신의 왕은 옷을 여미더니 가장 먼 문으로 걸어 나가 버렸어요. 입도 벙끗하지 않고요. 그리고 로마라는 기계는 여전히 돌아가고 있지요!"

희망이 추락하기 시작했다. 그는 사라진 희망을 눈으로 쫓으며 작별했다. 예의를 갖추느라 벤허는 눈을 낮추었다.

나사렛 사람의 본질이 이렇게 명료해 보인 적이 없었다. 발타사르와 논쟁할 때도, 눈앞에서 기적들이 일어날 때도 이 정도는 아니었다. 결국 신성을 이해하는 최고의 방법은 인간성을 살피는 것이다. 인간을 넘어서는 일들에서 신을 발견할 수 있다. 이라스가 설명한 광경 중 나사렛 사람이 미문에서 몸을 돌렸다는 대목이 그렇다. 세속적인 것들에 휘둘리는 보통 사람은 꿈도 못 꿀 처신이다. 이 일화는 구세주가 자주 주장한 것들을 보여주었다. 그의 소명은 정치적이지 않다는 것을.

하지만 벤허는 그 생각에 사로잡혔고, 그와 동시에 복수하리라는 희망이 안중에서 사라졌다. 얼굴과 머리가 여인 같은, 눈물이 그렁그렁한 사내가 가까이 다가왔다. 벤허 자신의 영혼보다도 가까이.

벤허가 품위 있게 말했다.

"발타사르의 따님, 이것이 당신이 말한 게임이라면 화관을 받으십시오. 화관을 드리지요. 다만 이야기를 마무리합시다. 당신에게 목적이 있음을 압니다. 그 목적에 답해 드리지요. 그런 다음 각자의 길로 가서, 서로 만난 것도 잊읍시다. 계속 말해 보시오. 귀담아 듣겠지만 이미 한 이야기라면 더 듣지 않겠소."

이라스는 어떻게 할지 고심하듯 잠시 그를 뚫어져라 보다가 그의 의지를 느꼈다. 그녀는 쌀쌀맞게 말했다.

"허락하겠어요. 가세요."

"평안하기를."

그가 대꾸하고 걸어나갔다.

벤허가 문으로 나가려는 순간, 이라스가 그를 불렀다.

"한 마디만요."

벤허는 멈춰 서서 뒤를 보았다.

"내가 당신에 대해 다 안다는 걸 명심하세요."

"아, 아름다운 이집트 아가씨. 나에 대해 뭘 다 알지요?"

이라스는 그를 똑바로 쳐다보았다.

"허 도련님, 당신은 히브리인보다 로마인에 가까워요."

"내가 그렇게 동포와 다른가요?"

벤허가 무심히 대꾸했다.

"이제 신격화된 통치자들은 모두 로마인이죠."

"그러니까 나에 대해 뭘 더 아는지 말해 주겠습니까?"

"로마인과 비슷하다는 점이 마음에 들어요. 당신을 구해 주고 싶은 유혹을 느낄지 모르죠."

"나를 구해 준다!"

그녀가 분홍빛 손톱으로 빛나는 목걸이 알을 우아하게 만졌다. 목소리가 낮고 부드러웠다. 비단 샌들이 바닥을 두드리는 소리가 벤허에게 조심하라고 경고하는 듯했다. 이라스가 천천히 말을 이었다.

"노예 갤리선을 탈출한 유대인이 있어요. 그가 이데르네 궁에서 사람을 죽였어요."

벤허는 깜짝 놀랐다.

"그 유대인은 예루살렘의 궁전 앞에서도 로마 병사를 베었죠. 그가 갈릴리인들의 3개 부대를 이끌고 오늘밤 로마 총독을 체포하려해요. 그 유대인은 로마와 전쟁을 벌이려고 동맹을 맺었어요. 일데림 족장이 공모자들 중 한 명이고요."

이라스는 그에게 더 가까이 다가가면서 속삭이듯 말했다.

"당신은 로마에서 살았어요. 이런 일들이 우리가 아는 사람들의 귀에 들어간다면요. 어머! 안색이 변하시네."

벤허는 새끼 고양이와 놀 줄 알았는데 갑자기 호랑이를 만난 것같은 표정으로 물러났다.

이라스가 말을 이었다.

"당신은 로마 정치판에 익숙하고 세야누스 님을 알죠. 유대인이 동방에서, 아니 전 로마 제국을 통틀어서 가장 부자란 말이 증거와 함께, 혹은 증거 없이도 세야누스에게 전해진다면! 테베레 강의 물고기들은 강바닥을 파먹을 때보다 살찌겠죠, 안 그런가요? 아! 허 도련님! 대경기장에 세워지는 게 무슨 영광이겠어요! 로마인들을 즐겁게 하는 것은 예술이에요. 그들을 계속 즐겁게 할 자금을 구하는 것은 훨씬 더 고도의 예술이고요. 그 방면에서 세야누스 님에 필적하는 예술가가 있을까요?"

벤허는 그녀의 노골적으로 야비한 태도에도 별로 동요하지 않았다. 다른 신체기관이 멍하니 돌아가지 않을 때 기억력이 제구실을 하는 경우가 종종 있다. 벤허는 요단강으로 가는 길에 샘가의 장면을 떠올렸다. 당시 에스더에게 배신당했다고 생각한 일이 기억났고, 지금도 그렇게 생각하면서 최대한 차분하게 응수했다.

"이집트여, 당신이 칼자루를 쥐었다고 인정해 주니 흐뭇하겠소. 또 내가 당신의 호의를 기대할 수 없다고 인정한다는 말을 들으니 좋을 테고요. 난 당신을 죽일 수도 있지만 당신은 여인이오. 사막이 활짝 열어 날 받아줄 테고, 로마는 사람들을 잘 추적하지만 날 잡으려면 오랫동안 먼곳까지 쫓아와야 될 겁니다. 사막 한가운데는 거친 모래뿐 아니라 거친 창들도 있으니까요. 또 정복되지 않은 파르티아도 로마인들이 나타나면 싫어하겠지요.

나는 곤란에 처했지만(여태껏 잘 속았지요) 내게도 알 권리가 있지요. 나에 대해 누구에게 들었습니까? 고생만 하면서 산 사람은 도망치거나 잡혀서, 심지어 죽어가면서도 배반자를 저주하는 데서 위안을 받을 겁니다. 나에 대해 아는 것을 누구에게 들었습니까?"

이집트 아가씨가 동정하는 표정을 지은 것은 연기였을까, 진심이었을까.

"허 도련님, 우리나라에는 폭풍우가 지난 후에 해변 여기저기에서 색색의 조개를 줍는 사람들이 있답니다. 조개를 잘라서 대리석판에 조각조각 붙여 세공을 하지요. 그런 식으로 비밀을 모으고 다닌다는 걸 눈치채지 못하겠어요? 이 사람한테서 작은 비밀들을 한 웅큼 얻고, 저 사람한테서 한 웅큼 얻어서 한참 후에 그것들을 맞췄지요. 그러다 보니 한 남자의 재산과 생명을 거머쥔 행복한 여자가 될 수 있었지요. 그 사람을……."

이라스는 말을 멈추었다. 그러더니 문득 밀려드는 감정을 감추려는 듯이 발로 바닥을 치면서 시선을 돌렸다. 그녀는 괴로운 분위기까지 풍기면서 단호하게 말을 마무리했다.

"…… 그 사람을 어떻게 해야 될지 모르겠네요."

벤허는 그녀의 연기에 놀라지 않고 대꾸했다.

"아니요, 그 정도로는 부족합니다. 충분하지 않아요. 내일 당신은 날 어떻게 할지 결정할 겁니다. 난 죽을 테지요."

이라스는 냉큼 강조하면서 대답했다.

"맞아요, 사막의 작은 숲에서 일데림 족장과 아버지가 같이 지낼 때, 족장에게 들은 얘기도 있어요. 밤이 고요했고, 아주 고요했거든요. 또 천막의 벽은 밖에서 엿듣기에 (공중에 날아다니는 새들과 딱정벌레들에게) 좋았죠."

그녀는 자부심에 빙그레 웃었지만 말을 이어갔다.

"내가 들은 다른 얘기들은, 그림을 그릴 조개 조각들은……."

"누구에게 들었습니까?"

"허 도련님한테 직접."

"또 다른 사람도 있습니까?"

"아뇨."

벤허는 안도의 한숨을 쉬고 가볍게 말했다.

"고맙습니다. 세야누스 님을 기다리게 하면 곤란하겠지요. 사막은 그렇게 까다롭지 않습니다만. 다시 한번 평안하기를!"

그는 팔에 걸친 두건을 빼서 머리에 두르고 가려고 몸을 돌렸다. 하지만 그녀가 벤허를 불렀다. 이라스는 다급한 마음에 그에게 손을 뻗기까지 했다.

"잠깐만요."

그는 돌아보았지만, 번쩍이는 보석이 눈에 띄는 데도 그녀의 손을 잡지 않았다. 벤허는 그녀의 태도에서 그가 무척 놀랄 광경이 벌어지리란 것을 알아챘다.

"잠깐만요. 말씀드리는데 왜 아리우스 님이 당신을 후계자로 삼았는지 알겠어요, 허 도련님. 그리고 이시스에게! 이집트의 모든 신들에게 맹세컨대 그다지도 용감하고 관대한 당신이 무자비한 관리의 손아귀에 들어갈 생각을 하면 몸이 떨려요. 당신은 청춘의 한때를 로마에서 보냈지요. 사막에서의 삶이 어떻게 다를지 따져보도록 해요. 아, 가엾네요, 가여워요! 내 말대로 하면 당신을 구해줄게요. 그것 역시 우리 이시스에게 걸고 맹세하죠!"

미인은 정신없이, 열정적으로 부탁과 간구의 말을 쏟아냈다.

"당신에게 거의, 거의 넘어가겠군요."

벤허가 머뭇거리면서, 낮고 불분명한 소리로 말했다. 수더분한 성격과 의심하는 마음이 충돌했다. 이런 확고한 의심 덕분에 살면서 여러 번 목숨과 재산을 구했다.

"여자에게 완벽한 인생은 사랑 속에서 사는 것이고, 남자에게 가장 큰 행복은 자신을 제어하는 거지요. 바로 그게 제가 부탁드리는 거예요, 도련님."

이라스의 말은 빠르고 활기가 넘쳤다. 사실 벤허는 그녀의 이런 면에 가장 매료되었다. 이라스가 말을 이었다.

"당신에게 친구가 있었어요. 소년 시절이었지요. 다툼이 있었고 서로 적이 되었어요. 그가 당신에게 잘못을 저질렀죠. 여러 해가 지난 후 당신은 안디옥의 경기자에서 그와 조우했어요."

"메살라!"

"그래요, 메살라. 당신은 그의 채권자지요. 과거를 용서하고 다시 그의 우정을 받아들여요. 그가 내기에서 잃은 큰돈을 되찾게 해주고 그를 구해줘요. 당신에게 6달란트는 별것 아니잖아요. 잎이 무성한 나무에서 새싹 하나 없어지는 것이지만, 그 사람은 달라요. 아, 그는 망가진 몸으로 돌아다녀야 해요. 당신이 그를 어디서 만나든 그는 바닥에서 당신을 올려다봐야 된다고요. 벤허님, 고귀한 왕자님! 그 사람 같은 신분의 로마인에게 구걸은 죽음과 똑같이 끔찍하죠. 그가 구걸하지 않게 해주세요!"

그가 생각을 못 차리게 할 속셈으로 속사포 같이 말했다면, 확신은 생각에서 나오는 게 아니라 자기도 모르게 생겨나는 것임을 이라스가 몰랐거나 잊어버린 탓이었다. 마침내 대답을 들으려고 이라스가 말을 쉬자, 벤허는 그녀의 어깨 너머로 쳐다보는 메살라를 볼 수 있을 것 같았다. 메살라의 표정은 거지나 친구의 표정이 아니었다. 귀족적인 조소와 완벽하고 거슬리는 오만한 구석은 여전했다.

"청원은 결론이 내려졌고, 메살라 같은 사람은 아무것도 얻지 못합니다. 난 가서 그 일을 일지에 기록해야겠군요. 로마인이 로마인에게 불리한 판결이라! 그런데 그가, 메살라가 내게 이런 청탁을 하라고 당신을 보냈습니까, 이집트 아가씨?"

"그는 고결한 인품을 가졌고, 그런 성품으로 당신을 판단했어요."

벤허는 팔을 붙잡은 손을 잡았다.

"그를 그리 좋게 본다니 말해 보시지요, 이집트 미인이여. 입장이 바뀌어 메살라가 나였다면 그가 내게 요구하는 대로 해줄까요? 이시스에 걸고 대답해요! 사실대로 말하라고요!"

그의 손길과 눈빛이 대답을 채근했다.

이라스가 입을 열었다.

"저기! 그분은……."

"로마인이라고 말하려고 했지요. 나는 유대인이니까 그가 내게 요구하는 것을 나는 그에게 요구할 수 없다는 거지요. 돈을 그에게 줘라, 왜냐면 나는 유대인이고 그는 로마인이니까. 할 말이 더 있으면 어서 말해요, 발타사르의 따님. 얼른. 이스라엘의 주 하느님에게 맹세컨대, 이 피의 뜨거움이 최고조에 이르면, 당신이 여인이고 미인이어도 더 이상 봐주지 못할 테니까! 어떤 자의 첩자로만, 그 자가 로마인이어서 더욱 가증스럽게 여기게 될 겁니다. 말해요, 얼른."

이라스는 그의 손을 밀어내고 불빛이 쏟아지는 자리로 물러났다. 그녀의 눈과 목소리에 깔린 잔인성이 고스란히 드러났다.

"지지리도 고생한 당신! 메살라 님을 봤는데 내가 당신을 사랑할 수 있을 거라고 착각하다니! 당신 같은 자는 그를 섬기도록 태어났어요. 그는 6달란트만 감해 주면 만족한다지만, 아뇨, 나는 6달란트에 20달란트를 더하라고 말하겠어요. 20달란트, 알겠어요? 내 동의가 있기는 했지만 당신이 그이의 것인 내 새끼손가락을 빼앗아 입을 맞췄으니 보상을 받아야겠어요. 또 내가 연민어린 애정을 안고 당신을 따라왔고, 오랫동안 당신을 참아준 것도 계산에 넣어야겠어요. 난 그분을 받들고 있었으니까요. 여기 상인이 당신의 재산 관리자지요. 내일 정오까지 나의 메살라 님이 26달란트를 (액수에 유의해요!) 받게 조치하지 않으면 당신은 세야누스 님을 감당해야 될 거예요. 현명하게 처신하세요. 안녕히."

그녀가 문으로 가려 할 때 벤허가 앞을 막아섰다.

"이집트인 근성이 당신 안에 살아 있군. 내일이든 모레든, 여기서든 로마에서든 메살라를 만나면 이 말을 똑똑히 전해요. 나는 그가 강탈한 부친의 재산을, 그 6달란트까지도 돌려받았다고. 난 그가 보냈던 갤리선에서 목숨을 부지했고, 그가 거지가 되고 망신당하는 것을 기뻐한다고 전해요. 내 손으로 그를 불구로 만든 것은, 이스라엘의 주 하느님의 저주라고 생각하라고. 힘없는 이들에게 그가 범한 죄들에는 죽음보다 불구가 더 합당하다고 전해요. 그가 나병으로 죽으라고 안토니아 성의 감옥으로 보냈던 내 모친과 누이는, 당신이 그다지도 경멸한 나사렛 사람의 능력 덕에 건강하게 살아 있다고 전해요. 내가 가족을 되찾아서 말할 수 없이 행복하다고 전해요. 난 그들의 행복에 기댈 거고, 그 안에서 당신이 내게 주는 고약한 감정들을 만회하고도 남을 거라고. 그에게 전해요. 그자뿐 아니라 교활하기 짝이 없는 당신이 들으면 좋아할 말이니. 세야누스가 내 재산을 빼앗으러 온다면 아무것도 못 찾을 거라고. 미세눔 인근의 저택을 포함해서 양부에게 상속받은 재산은 모두 팔았고, 매각 대금은 환어음으로 세계의 시장들에서 돌아다녀 손에 넣지 못한다고. 이 집, 살림살이, 물품, 시모니데스가 운용해서 큰 이익을 내는 선단과 대상들은 황제의 보호를 받고 있다고. 지혜로운 자는 호의에 대한 대가를 이미 받았다고. 또 세야누스는 피를 뿌리고 못된 짓을 해서 얻는 이익보다는 선물이라는 합당한 방법을 선호할 거라고. 이렇지 않다 해도, 내가 재산을 갖고 있다 해도, 그는 한 푼도 빼앗지 못할 거라고 메살라에게 전해요. 그가 우리 유대인의 환어음을 찾아내서 종잇장으로 만들어버린다 해도 나한테 다른 수단이 남아 있으니까. 바로 황제에게 선물을 하는 거지요. 그것은 내가 로마의 정치판에서 배운 방식이지요, 이집트여.

그에게 전해요, 난 말로 저주하지 않는다고. 모든 저주를 통째로 증명해줄 사람을 보내서 내 영원한 증오심을 똑똑히 보여줄 거라고. 당신이 내 말을 그대로 전하면 로마인답게 영특한 그는 다 알아들을 겁니다, 발타사르의 따님. 이제 가십시오. 그러면 나도 갈 겁니다."

벤허는 이라스를 문간으로 안내했고, 예의를 차려 커튼을 들어올려서 그녀가 나가게 해주었다.

"평안하시기를."

벤허가 말했고 그녀는 사라졌다.

7

벤허는 들어갈 때보다 힘없이 손님방에서 나왔다. 고개를 푹 숙이고 더 느릿느릿 걸었다. 사람이 등뼈가 부러지고도 잔꾀를 부릴 수 있음을 알게 되었다. 그는 새로 알게 된 것을 곱씹었다.

변고를 겪고 난 후에 뒤돌아보면서 그렇게 될 조짐들을 알아차리기는 쉽다. 이라스가 메살라 편이라는 의심조차 못했을 뿐 아니라, 몇 년간 자신과 친구들이 점점 그녀의 장단에 놀아났다는 생각이 그의 자존심에 상처를 주었다. 벤허는 혼잣말로 중얼거렸다.

"기억나. 그녀는 카스탈리아 샘에서 건들대는 로마 놈을 욕하는 말을 한 마디도 안 했어! 종려나무 농원의 호수에서 뱃놀이를 하면서 그녀가 놈을 칭찬했던 기억이 나는군! 아, 그래!"

그는 말을 멈추고 손뼉을 세게 쳤다.

"아! 이데르네 궁에서 만나자던 약속도 이상했는데 이제 알겠네!"

다행히 자존심을 다쳤다고 죽거나 오래 앓는 사람은 별로 없다. 더군다나 벤허에게는 잘된 일이기도 했다. 그는 곧 큰소리로 외쳤다.

"그 여자에게 더 오래 휘둘리지 않았으니 주 하느님께 찬미! 내가 그녀를 사랑하지 않았다는 걸 알겠어."

그러자 마음에서 큰 짐을 덜어낸 듯 한결 걸음이 가벼워졌다. 그는 테라스에 도착해서 계단을 올라갔다.

"이라스의 기나긴 가면 놀음에 발타사르도 공모했을까? 아니, 아니야. 그렇게 연로한 분에게 위선은 어울리지 않아. 발타사르는 좋은 분인걸."

확고한 판단을 내리면서 옥상에 올라섰다. 머리 위에 보름달이 떠 있었지만, 이 순간 하늘이 환한 것은 시내의 거리들과 광장들에서 타오르는 모닥불 불꽃 때문이었다. 이스라엘의 옛 찬송가의 구슬픈 가락을 읊조리고 부르는 소리가 넘쳐서, 귀담아 듣지 않을 수가 없었다. 괴로움을 노래하는 수많은 목소리들이 이렇게 말하는 것 같았다.

'그리하여 유대의 아들이여, 주님을 향한 찬미와 주께서 주신 땅에 대한 신실함을 증거합니다. 기드온*이, 다윗이, 마카베우스**가 오면 저희는 준비되었나이다.'

다음으로 나사렛 사람이 떠올랐다.

어떤 기분일 때는 마음이 엉뚱한 공상을 해서 스스로 조롱하는 경향이 있다.

눈물이 그렁그렁한 여자 같은 구세주의 얼굴을 마음에 간직한 채, 벤허는 옥상을 가로질러 난간으로 갔다. 집의 북쪽이었고, 내려다 보이는 거리에 전쟁의 기미는 없었다. 잠잠한 저녁 하늘은 모든 것을 평화롭게 보이게 했고, 그래서 이전의 질문을 다시 떠올리게 되었다. 그는 어떤 사람일까?

벤허는 난간 너머를 힐끗 보다가 몸을 돌려, 자연스럽게 정자로 걸어갔다. 느릿느릿 걸음을 옮기면서 그가 중얼댔다.

"가장 악랄한 짓거리를 하라고 해. 난 그 로마 놈을 용서하지 않을

---

* 이스라엘의 판관이자 민족을 해방한 영웅
** 기원전 160경 유대 독립 운동의 지도자

거야. 놈에게 재산을 나누지도 않겠고, 내 선조들의 도시에서 달아나 지도 않겠어. 먼저 갈릴리로 갔다가 여기서 싸움을 벌일 거야. 용감하게 나서면 종족들은 우리 편에 서겠지. 내가 실패하면, 모세를 세우신 하느님은 우리에게 지도자를 찾아주실 거야. 그 나사렛 사람이 아니더라도 자유를 위해 죽을 준비가 된 다른 사람이 나오겠지."

정자의 안쪽은 어두컴컴했다. 북쪽과 서쪽의 기둥들이 바닥에 희미한 그림자를 드리웠다. 정자 안을 들여다보니, 평소 시모니데스가 앉아 있는 안락의자가 보였다. 의자는 장터가 가장 잘 보이는 곳에 놓여 있었다.

"시모니데스 님이 돌아오셨어. 주무시지 않으면 이야기를 나눠야 겠네."

그가 정자 안으로 들어가서, 조용조용히 의자로 다가갔다. 높은 등판 너머에서 에스더가 앉아서 자고 있었다. 자그마한 몸집이 아버지의 무릎 담요를 덮고 웅크리고 있었다. 얼굴에 머리카락이 흐트러졌다. 숨소리가 낮고 불규칙했다. 한 번은 긴 한숨이 흐느낌으로 끝나기도 했다. 한숨 소리 때문일까, 아니면 혼자인 그녀를 봤기 때문일까…… 어쩐지 피로해서가 아니라 슬픔에서 벗어나려고 잔다는 생각이 들었다. 원래 아이들은 그렇게 편안을 얻는 법이니까. 그는 에스더를 아이로 보는 데 익숙했다.

그는 의자 등판에 양팔을 올리고 생각했다.

'깨우지 말아야지. 할 말이 없어. 내 사랑하는 마음 말고는, 그것 말고는. 에스더는 유대의 딸이고 어여쁘고 이집트 여자와는 딴판이 야…… 그쪽이 허영 덩어리면 이쪽은 진실하지. 그쪽은 야심가고 에

732

스더는 충성스러워. 그쪽은 이기적이고 에스더는 희생적이고…….

아니, 문제는 내가 에스더를 사랑하느냐가 아니라 그녀가 나를 사랑하느냐야. 에스더는 처음부터 친구였어. 안디옥의 테라스에서 로마를 적으로 만들지 말라고 간청하던 밤. 미세눔 인근의 저택과 그곳 생활을 말해 달라고 얼마나 졸랐던가! 에스더는 그때 내가 키스했다는 것도 잊었겠지! 난 아닌데. 난 에스더를 사랑해…….

시내에 나간 사람들은 내가 가족을 되찾은 줄 몰라. 이집트 여자한테 말하는 것은 마뜩치 않았지만, 에스더는 가족을 되찾은 것을 함께 기뻐해 줄 거야. 몸과 마음을 다해 사랑과 친절로 두 사람을 환영할 거야. 어머니에게는 딸이 되어 주고, 티르자와 자매처럼 지낼 거야. 아, 당장 깨워서 말하고 싶지만, 이집트 마녀에 대해서는 안 돼! 내 멍청함을 말할 수는 없다구. 지금은 그만 가고, 다른 더 좋은 때를 기다리자구. 기다릴 거야. 어여쁜 에스더, 충성스러운 아가씨, 유대의 딸!"

그는 소리없이 물러나왔다.

8

거리마다 오가는 사람들, 모여서 장작불에 고기를 구워 잔치하고 노래하는 행복한 이들로 북적댔다. 고기가 익는 냄새와 삼나무 타는 연기가 뒤섞여 진동했다. 이런 때는 이스라엘 사람은 모두 한 형제였다. 벤허는 걸음을 옮길 때마다 인사를 받았고, 불가에 모인 사람들에게 음식을 권유받았다.

"이리 와서 같이 드십시다. 주님의 사랑 안에서 모두 형제 아닙니까?"

하지만 그는 감사 인사만 하고 걸음을 재촉했다. 얼른 칸으로 가서 말을 찾아 기드론 계곡의 천막으로 돌아갈 셈이었다.

그곳에 가려면 큰길을 건너야 했다. 이 길은 곧 기독교도들에게 영원히 슬픔으로 남을 터였다. 거기서도 축제 분위기가 절정이었다. 거리는 삼각 깃발처럼 흔들리고 움직이는 횃불들의 물결이었다.

그러다가 벤허는 횃불들이 온 곳에서 노래가 멎는 것을 알아차렸다. 가장 이상한 건, 연기와 너울대는 불꽃 속에서 더 날카롭게 번뜩이는 창끝들이 보이는 것이었다. 로마 병사들이 있다는 뜻이다. 유대인을 조롱하는 로마군이 유대 종교 행사에? 전대미문의 일이었기에 그는 상황을 파악하려고 머물렀다.

달도 환하고 횃불, 장작불, 주택의 창과 문으로 새나오는 불빛으로도 앞길을 밝히기에 부족한지 행렬 속에서 드문드문 등불을 들었다. 그러다가 벤허는 그 등불에 특별한 목적이 있는 것을 알아채고 가까이에서 보려고 거리로 들어갔다. 사람들의 면면이 보일 정도로 행렬에 바싹 붙었다. 횃불과 등불을 든 종들이 방망이나 각목으로 무장하고 있었다. 당장은 길바닥에 깔린 돌멩이들을 치워 고관들(장로들과 제사장들)이 편히 지나가도록 하고 있었다. 수염이 길고 눈썹이 두꺼운 매부리코의 랍비들. 가야바*와 안나스 휘하의 고위 성직자들. 이들이 어디로 가는 걸까? 성전은 확실히 아니었다. 그들의 출발

지로 보이는 시온에서 성전으로 가려면 산울타리가 늘어선 보도를
지나야 했다. 또 평화로운 일에 왜 병사를 동원하겠는가?

행렬이 옆을 지날 때 벤허의 관심이 온통 선두에서 나란히 걷는
세 사람에게 쏠렸다. 그들 앞에서 등잔을 든 종들이 유난히 긴장하
고 있었다. 왼쪽에서 걷는 이는 성전 경비대장, 오른쪽은 제사장이었
다. 가운데 사람은 다른 사람들의 팔에 기대서 고개를 푹 숙이고 걸
어서 잘 안 보였다. 아직 체포의 공포에서 못 벗어났거나 고문이나
사형 같은 무서운 일을 당하러 가는 모습이었다. 고관들이 좌우에서
부축하고 신경 써주는 품이, 이 행렬의 목적과 연관되었음이 분명했
다. 목격자, 길잡이, 아니면 밀고자? 누군지 안다면 무슨 일인지 제대
로 추측할 수 있겠지. 벤허는 제사장의 오른쪽으로 밀치고 들어가서
나란히 걸었다. 가운데 사내가 고개를 든다면.

그 순간 그가 머리를 들었다. 등잔 불빛에 얼굴 전체가 드러났다.
창백하고 멍한데다 겁먹고 풀죽은 얼굴이었다. 수염이 덥수룩하고,
움푹한 눈은 흐리멍덩하고 자포자기한 눈빛이었다. 벤허는 나사렛
사람을 따라다니면서 선생뿐 아니라 제자들까지 얼굴을 알았다.

"가룟 사람인데!"

벤허가 외쳤다. 사내는 천천히 머리를 돌리다가 벤허를 보자 뭐라
말하려는 듯 입술을 달싹거렸다. 하지만 제사장이 끼어들었다.

"누구요? 가시오!"

그가 벤허를 밀치면서 쏘아붙였다.

* 대제사장 안나스의 사위. 예수의 처형에 큰 역할을 함

벤허는 기회를 봐서 다시 행렬 속으로 끼어들었다. 이번에는 얌전히 걸어서 베제다 언덕과 안토니아 성 사이의 북적대는 저지대를 지났다. 행렬은 베데스다 연못에서 양문으로 향했다. 사방에 사람들이 있었고, 어디서나 신성한 의식이 치루어졌다.

유월절 밤이라서 양문이 활짝 열려 있었다. 문지기들은 어딘가에서 잔치 중이었다. 아무 제재없이 행렬의 선두가 양문을 나가 기드론 골짜기로 내려갔다. 뒤로 펼쳐진 감람산의 수풀과 나무가 은색 달빛 때문에 더 검게 보였다. 문에서 도로 두 개가(북동쪽에서 내려온 길과 베다니에서 내려온 길) 만나 한 길이 되었다. 벤허가 더 가는지, 그렇다면 어디로 갈지 추측할 새도 없이, 행렬은 골짜기로 향했다. 한밤중의 행렬이 뭘 하려는지 아직도 오리무중이었다.

골짜기를 내려가 맨 끝 다리를 지났다. 무리가 흩어지면서 방망이와 각목으로 바닥을 때리고 두드리는 소리가 퍼졌다. 조금 더 가다가 왼편으로 돌자 감람나무 농원을 에워싼 돌담이 보였다.

'저긴 별다른 게 없는데.'

옹이진 나무들, 잡초, 이스라엘 방식대로 기름을 짜는 데 쓰는 돌절구밖에 없었다. 더 미심쩍은 생각이 들었다. 사람들이 무슨 일로 이런 시간에 이런 외진 곳에 몰려왔을까.

그때 행렬이 멈췄다. 선두에서 다급한 고함이 터져 나오더니 분위기가 얼어붙었다. 다급히 뒤로 물러서다가 서로 마구 부딪쳤다. 병사들만 질서를 지켰다.

벤허는 힘겹게 무리에서 빠져나와 앞으로 달려갔고, 문 없는 농원 입구에서 주위를 살폈다.

입구에 흰 옷을 입고 두건을 쓰지 않은 한 사내가 손을 모으고 서 있었다. 호리호리하고 구부정한 자세, 긴 머리와 갸름한 얼굴. 체념해서 기다리는 태도.

나사렛 사람이었다!

그의 뒤쪽으로 문간 옆에 제자들이 몰려 서 있었다. 다들 흥분했지만 나사렛 사람은 차분했다. 붉은 횃불에 그의 머리칼이 평소보다 더 붉어 보였을 뿐 평소와 다름없이 온화하고 연민어린 표정이었다.

이 평화롭기 그지없는 사람의 맞은편에, 놀라고 주눅든 군중이 입만 벌린 채 조용히 서 있었다. 나사렛 사람이 화내는 기적이 있으면 달아날 참이었다. 벤허는 나사렛 사람과 군중을 번갈아 보다가, 무리 앞의 가룻 유다에게 시선이 멎었다. 그 순간 군중이 몰려온 목적을 깨달았다. 여기 배반자가 있고, 저기 배반당한 이가 있었다. 그리고 방망이와 각목을 든 자들과 군부대가 그를 잡으러 온 것이었다.

사람이 어떻게 행동할지는 위기에 봉착해 봐야 알 수 있다. 지금이 벤허가 오랫동안 대비했던 위급 상황이다. 오랫동안 헌신해서 그의 안위를 챙기고, 그의 인생을 거창하게 예비해왔다. 그런 그가 위험에 처했는데 벤허는 가만히 서 있었다. 인간의 본성에는 그런 모순이 있거늘!

벤허는 이라스가 묘사했던 '미문 앞에 서 있는 그리스도'의 모습을 떨치지 못했다. 그런데다 무리를 마주한 신비로운 인물의 침착한 태도도 벤허가 나서는 것을 막았다. 이런 위험쯤은 해결하고도 남을 능력을 가진 사람이니까. 평화와 선의, 사랑과 무저항이 가르침의 핵심이었다. 나사렛 사람은 자신의 가르침을 실천할까? 그는 생명을 좌지우지했고, 잃어버린 생명도 되살렸다. 목숨을 뜻대로 할 수 있는 사람이었다. 이제 그는 능력을 어떻게 사용할까? 스스로 방어할까? 그렇다면 어떻게? 말 한 마디, 호흡 한 번, 생각 하나면 충분했다. 그가 초자연적인 놀라운 능력을 보여주리라.

벤허는 확신 속에 기다렸다. 그는 여전히 나사렛 사람을 자신(인간)의 기준으로 가늠하고 있었다.

곧 그리스도가 청아한 목소리로 말했다.

"누구를 찾으시오?"

"나사렛의 예수."

제사장이 대답했다.

"내가 그 사람이오."

화내거나 경계하지 않는 담담한 말투에 무리는 몇 걸음 물러났다. 겁 많은 이들은 지레 겁을 먹고 주저앉기도 했다. 가룟 유다가 그에게 다가가지 않았다면 사람들은 그냥 가 버렸을지도 모른다.

"선생님!"

가룟 유다가 다정하게 부르면서 그에게 입을 맞췄다.

나사렛 사람이 온유하게 대답했다.

"유다야, 너는 입맞춤으로 나를 배신하느냐? 너는 무슨 일로 여기 왔느냐?"

가룟 유다는 대답하지 않았다.

선생이 다시 무리에게 말했다.

"누구를 찾으시오?"

"나사렛의 예수."

"내가 그 사람이라고 했소. 나를 찾았으니 이들은 보내 주시오."

이 부탁의 말에 랍비들이 그에게 다가왔다. 제자들은 랍비들의 의도를 알고 더 가까이 갔다. 제자들 중 한 명이 한 사내의 귀를 베었지만, 선생이 끌려가는 것을 막지 못했다. 그런데도 벤허는 꼼짝 않고 서 있었다. 아니, 병사들이 밧줄을 준비하는 사이, 나사렛 사람은 큰 자비를 베풀고 있었다. 그저 큰 자비가 아니라, 인간으로는 불가능한 가장 큰 용서를 보여 주었다.

"아프겠소."

그는 다친 사람을 매만져서 고쳐 주었다.

적도 친구도 당황했다. 한쪽은 그가 이런 일을 할 수 있다는 사실에, 다른쪽은 그가 이런 상황에서도 그 일을 했다는 데에 놀랐다.

'분명히 그는 저들이 포박하지 못하게 할 거야!'

그게 벤허의 생각이었다.

"칼을 칼집에 넣으라. 아버지께서 내게 주신 잔을 내가 어찌 마시지 않겠느냐?"

나사렛 사람은 화난 제자들에게서 눈을 떼고 자신을 잡은 자들을 바라보았다.

"강도 잡는 몽둥이와 각목을 들고 날 잡으러 왔소? 난 매일 성전에 그대들과 같이 있었고 그대들은 날 잡지 않았소. 하지만 지금은 그대들의 때이며 어둠의 권세요."

무장한 무리는 용기를 내어 그를 에워쌌다. 벤허가 눈으로 제자들을 찾았지만 그들은 사라져버렸다. 단 한 명도 남아 있지 않았다.

버려진 사내를 에워싼 무리는 혀와 수족을 부지런히 놀렸다. 그들의 머리 위로 횃대 사이로 피어오르는 연기 속에서, 움직이는 사람들 틈으로 언뜻언뜻 예수가 보였다. 저토록 안쓰럽고, 의지할 곳 없고, 버림받은 사람이 또 있을까! 하지만 벤허는 생각했다. 그는 자신을 방어할 수 있었다. 숨 한 번으로 적들을 베어버릴 수 있었지만 그렇게 하지 않았다. 아버지가 마시라고 준 잔이 뭘까? 아버지가 누구기에 그렇게 순종할까? 신비 위에 신비가 더해졌다. 알 수 없는 게 한두 가지가 아니었다.

무리는 곧장 시내로 돌아갔고 병사들이 선두에 섰다. 벤허는 초조해졌다. 성이 차지 않았다. 그는 횃불들이 있는 곳에 나사렛 사람이 있다는 것을 알았다. 불쑥 그를 다시 만나겠다고 작정했다. 그에게 한 가지 물어봐야 했다.

긴 겉옷과 두건을 벗어서 농원 벽에 던져두고, 조금씩 앞으로 나갔다. 결국 죄인을 묶은 오랏줄 끝을 잡은 사내 옆까지 접근했다.

나사렛 사람은 손을 뒤로 묶인 채 고개를 숙이고 천천히 걷고 있었다. 머리카락이 얼굴 위로 쏟아져 내렸고, 평소보다 더 구부정했다. 주변 상황은 전혀 안중에 없음이 분명했다. 몇 걸음 앞에서 제사장들과 장로들이 이야기를 나누며 걷다가 종종 뒤돌아보았다.

계곡 다리까지 갔을 때, 벤허는 오랏줄을 잡은 종에게서 밧줄을 빼앗으면서 앞질렀다.

"선생님, 선생님!"

그가 나사렛 사람의 귀에 대고 다급히 외쳤다.

"들리십니까, 선생님? 한 말씀만, 한 말씀만 하소서, 제게……"

종이 다시 오랏줄을 낚아챘다. 벤허가 계속 말했다.

"제게 말해 주소서, 스스로 이들과 가시는 겁니까?"

이제 사람들이 몰려 들어서 화를 내며 윽박질렀다.

"당신 누구요?"

"선생이시여, 저는 친구이고 당신을 흠모하는 사람입니다. 제게 말해 주소서, 제가 구해 드린다면 허락하시겠습니까?"

벤허가 초조한 목소리로 다급히 물었다.

나사렛 사람은 고개도 들지 않고, 알은 체조차 하지 않았다. 하지만 쩔쩔맬 때마다 뭔가 가르쳐주는 음성이 있는 것처럼, 벤허도 이런 소리를 들은 것 같았다.

'그를 혼자 둬라. 그는 친구들에게 버림받았고 세상은 그를 거부했다. 서글픈 영혼 속에서 그는 인간들과 작별했다. 그는 어디로 가는지 모르는 곳으로 가고 있고 개의치 않는다. 그를 내버려 둬라.'

이제 벤허가 떠밀렸다. 사방에서 대여섯 명이 달려들어 고함쳤다.

"이자도 한편이다. 같이 데려가. 때려죽여!"

그는 평소의 몇 배나 되는 힘을 내서 몸을 일으켰다. 양팔을 뻗어 부여잡은 손길을 뿌리치고, 점점 다가드는 사람들 사이를 밀치고 나갔다. 사람들이 붙잡고 옷을 당겨서 거의 벗다시피 하고 길 밖으로 나왔다. 다행히 캄캄한 골짜기가 안전하게 숨겨 주었다.

농원 담장에 던져둔 옷과 두건을 챙겨서 성문으로 돌아갔다. 서둘러 칸으로 가서 빠른 말에 올라, 왕들의 무덤 근처의 천막으로 달려갔다. 말을 달리면서 내일 나사렛 사람을 만나겠노라 다짐했다. 그가 그날 밤 안나스 대제사장의 집으로 끌려가서 재판을 받는 줄 모르고 한 다짐이었다.

그는 침대의자에 누웠지만 심장이 뛰어서 잠을 이룰 수가 없었다. 그가 기다리던 새로운 유대 왕국이 허사로 돌아갔기 때문이다. 꿈으로 쌓았던 성들이 순차적으로 무너지는 소리가 들렸다. 최악의 상황이다. 충격이 잦아들 만하면 또 무너지고 또 무너지고. 하지만 결국 성들이 다 무너지면 (배들이 가라앉듯, 지진에 집들이 무너지듯) 그것을 차분히 견딘 사람은 보통보다 더 끈질긴 의지를 갖는다. 그런데 벤허는 그렇지 않았다. 장래의 전망 틈으로 그는 평온하게 아름다운 삶을 힐끗 보기 시작했다. 웅장한 궁전이 아닌 여느 가정집, 그곳 안주인은 에스더였다. 무거운 밤을 보내며 몇 번이나 미세눔 인근의 저택을 보았다. 자그마한 여인이 정원을 산책하고, 안마당에 딸린 큰 방에서 쉬었다. 머리 위에 나폴리의 하늘이, 발아래는 쨍한 햇살이 쏟아지는 땅과 새파란 만이 펼쳐졌다.

그는 위기에 빠져들고 있었다. 그 위기는 내일과 나사렛 사람과 관계있으리라.

9

이튿날 제2시경 두 사람이 전속력으로 말을 달려 벤허의 천막으로 왔다. 그들은 말에서 내리자마자 만남을 청했다. 벤허는 아직 기상 전이었지만 그들을 들어오게 했다.

"평안하게, 동지들. 앉겠나?"

벤허가 신뢰하는 갈릴리인 장교들이었다. 선임이 무뚝뚝하게 대답했다.

"앉아서 쉬다간 나사렛 사람이 죽습니다. 일어나서 저희와 가십시다. 판결이 내려졌습니다. 십자가가 골고다에 세워집니다."

벤허가 부하들을 빤히 쳐다보았다.

"십자가라니!"

생각나는 말은 그것뿐이었다.

"그들이 지난 밤 그를 데려가서 재판하고, 새벽에 빌라도 앞에 끌고갔습니다. 로마 총독은 그가 죄가 없다고 두 차례 말했습니다. 그를 넘겨주기를 두 차례나 거부했습니다. 그러다가 결국 손을 씻고 '그러면 너희가 감당하라'라고 말했고, 그들이 대답하기를……"

"누가 대답했다는 거야?"

"제사장들과 군중들이 '그의 피를 우리와 우리 자손에게 돌리겠나이다'라고 대답했습니다."

"이럴 수가! 이스라엘 사람에게 동족보다 로마인이 더 너그럽다니! 만약, 아, 그가 정말 주님의 아들이면 무엇으로 그들 자손의 몸에서 그의 피를 씻으려고? 그렇게 되어선 안 돼. 지금은 싸울 때야!"

벤허가 소리쳤다. 그가 아랍인을 불러서 지시했다.

"말들을 준비하시오, 당장! 암라에게 옷을 내오라고 하고 칼을 가져다 주시오! 이스라엘을 위해 죽을 때가 되었소, 친구들. 내가 나갈 때까지 밖에서 기다려 주시오."

그는 딱딱한 빵을 먹고 포도주 한 잔을 마신 후 곧 길로 나섰다.

"먼저 어느 쪽으로 갈까요?"

갈릴리 사람이 물었다.

"부대를 소집해야겠어."

"아, 통탄스럽습니다!"

병사가 손을 들어 올리면서 대꾸했다.

"통탄스럽다니, 어째서?"

"대장님, 저와 이 친구만 신의를 지켰습니다. 나머지는 제사장들을 따릅니다."

그가 수치스러워했다. 벤허가 급히 말고삐를 잡아당겼다.

"대체 왜? 무엇을 위해서?"

"그를 죽이려고요."

"나사렛 사람은 아니겠지?"

"바로 그 사람입니다."

벤허는 천천히 두 사람을 번갈아 보았다. 전날 밤의 질문이 다시 귀에 쟁쟁했다.

'아버지께서 내게 주신 잔을 내가 어찌 마시지 않겠느냐?'

그가 나사렛 사람에게 물었었다.

'제가 구해 드린다면 허락하시겠습니까?'

벤허는 스스로에게 말했다.

'이 죽음은 피하지 못할 거야. 그 사람은 소명을 시작하던 날부터 모든 것을 알고도 죽음을 향해 묵묵히 걷고 있었던 거야. 그보다 높은 의지가 부과한 일이지. 그렇다면 주님이 아니고 누구겠어! 나사렛 사람이 동의한다는데, 그가 스스로 거기 뛰어든다는데 남이 뭘 어쩌겠어?'

벤허는 갈릴리인들의 충성을 토대로 세운 계획이 실패했음을 알았다. 그들의 이탈로 다 끝나버렸다. 하지만 하필 오늘 아침에 이런 일이 벌어지다니! 그는 두려움에 휩싸였다. 그의 계획, 노력, 자금은 주님과 벌인 불경한 줄다리기였던가. 벤허는 고삐를 당겼다.

"갑시다, 형제들. 골고다로 갑시다."

거리에 이들처럼 남쪽으로 가는 흥분한 인파가 대단했다. 예루살렘의 북쪽 지역이 전부 들쑤셔져서 들썩이는 것 같았다.

헤롯의 흰 탑들 근처에서 죄인을 끌고가는 행렬과 마주칠 수 있다는 말에, 세 사람은 아크라의 동남쪽을 빙 돌아서 그쪽으로 달렸다. 히스기야 연못 아래쪽 계곡에서는 도저히 인파를 뚫고 가는 게 불가능해져서, 말에서 내려 어느 집 모퉁이에 서서 기다렸다.

강둑에 서서 홍수로 불은 물이 빠지기를 기다리는 것 같은 기다림이었다. 사람들이 그렇게 보였다.

앞서 그리스도 시대의 유대 민족 구성을 주의 깊게 읽은 독자라면 이제 벤허가 십자가 처형장에 가면서 본 모든 광경이 눈앞에 그려지리라, 그 진기한 광경이!

반 시간, 한 시간이 지나도록 인파는 줄어들 기미 없이 끝없이 흘렀다. 마치 예루살렘 모든 계층과 유대 땅 모든 지역의 사람들, 이스라엘의 모든 부족들, 온 세상 유대인들이 다 모인 듯했다. 리비아 유대인이 지나갔고 이집트 유대인과 라인강 지역에서 온 유대인이 지나갔다. 동방과 서방의 모든 나라, 교역이 이루어지는 모든 섬의 유대인들이 찾아왔다. 도보로, 말이나 낙타를 타고, 가마나 전차를 타고 몰려들었다. 복색이 제각각이고 기후와 풍습이 상이한 곳에 사는

데도 생김새가 놀랍도록 비슷했다. 사용하는 언어로 출신을 구분할 뿐이었다. 다들 불쌍한 나사렛 사람이 죄인이 되어 죄인들 틈에서 죽는 것을 보려고 다급히 (흥분하고 초조해 하면서) 몰려갔다.

구경꾼 행렬에 유대인들만 있는 게 아니었다.

유대인을 증오하고 멸시하는 자들도 수천이 물결처럼 밀려다녔다. 그리스인, 로마인, 아랍인, 시리아인, 아프리카인, 이집트인, 그밖의 다양한 동양인들. 군중을 찬찬히 살피면 온 세계가 모인 것 같았다. 온 세계가 십자가 처형장에 있는 셈이었다.

사람들은 유난히 조용했다. 인파가 움직이며 내는 소리 사이로 발굽이 돌바닥에 닿는 소리, 덜거덕대고 미끄러지는 바퀴 소리, 속닥대는 소리, 이따금 외치는 소리만 들렸다. 하지만 다들 무시무시한 광경이나 갑작스런 사고, 파괴, 전쟁의 참사를 보려고 서두르는 사람의 표정이었다. 벤허는 이들이 유월절을 보내러 예루살렘에 왔을뿐, 나사렛 사람의 재판에는 관여하지 않았음을 알았다. 어쩌면 그에게 우호적일 듯했다.

탑 방향에서 소리가 났다. 여러 사람이 함께 지르는 소리가 멀리서 희미하게 들렸다.

"들어보십시오! 이제 그들이 옵니다."

동지 한 명이 말했다.

거리를 지나던 이들이 일제히 멈춰서 귀를 기울였다. 하지만 외침이 머리 위에서 울리자 서로의 얼굴을 쳐다보다가 다시 걸음을 옮겼다. 오싹한 적막이 감돌았다.

고함 소리가 시시각각 가까워졌고, 그 소리와 떨림이 넘쳐났다. 그때 벤허는 시모니데스가 탄 의자를 보았다. 에스더가 아버지 곁에서 걸었고, 그 뒤에 지붕이 덮인 가마가 따라왔다.

벤허가 그들을 맞이했다.

"평안하시기를, 시모니데스 님, 그리고 에스더도. 골고다로 가시는 길이라면 행렬이 지나갈 때까지 여기서 기다리십시오. 그 후에 저랑 같이 가세요. 이 집 옆쪽에 공간이 좀 있습니다."

상인이 가슴팍 위로 푹 숙이고 있던 머리를 들고 똑바로 앉으면서 대답했다.

"발타사르 님에게 여쭤 보십시오. 그분이 원하는 대로 하지요. 가마에 계십니다."

벤허가 얼른 가마의 휘장을 걷었다. 이집트인이 누워 있는데, 안색이 죽은 사람처럼 창백했다. 발타사르는 벤허의 제안을 수락했다.

노인이 힘없이 물었다.

"우리가 그를 볼 수 있겠소?"

"나사렛 사람이요? 네, 틀림없이 바로 코앞을 지날 겁니다."

"좋으신 하느님! 한 번만 더, 한 번만 더 허하소서! 아, 세상에 끔찍한 날이로다!"

노인이 간절히 외쳤다.

일행은 그 모퉁이에서 기다렸다. 다들 말이 없었다. 생각을 털어놓기가 두려웠으리라. 게다가 모든 게 너무나 불확실해서 의견이라고 할 만한 게 없었다. 발타사르가 힘겹게 가마에서 내려와 하인의 부축을 받으며 서 있었다. 에스더와 벤허는 시모니데스 곁을 지켰다.

인파가 점점 더 많이 몰려들었다. 고함 소리가 가까워지면서, 허공에 날카로운 외침이 퍼졌고 땅에서는 걸걸하고 무자비한 소리가 났다. 마침내 행렬이 다가오는 게 보였다.

"보세요! 지금 오는 게 예루살렘의 꼬락서니입니다."

벤허가 씁쓸하게 말했다.

행렬의 선두에서 소년 무리가 환호하면서 고래고래 악썼다.

"유대인의 왕이시다! 비켰거라, 유대인의 왕이 납신다!"

시모니데스는 한여름의 벌레 떼처럼 빙글빙글 돌면서 춤추는 아이들을 보면서 침울하게 말했다.

"저들이 가장이 되면 솔로몬의 도시가 어떤 꼴일까요, 허 도련님!"

그 뒤를 완전 무장한 군부대가 담담하게 행진했다. 병사들의 황동 갑옷이 번뜩거렸다.

그리고 나사렛 사람이 왔다!

죽은 사람과 진배없었다. 몇 걸음마다 쓰러질 듯 비틀댔다. 긴 옷 위로 더러운 튜닉이 찢어져 어깨에서 흘러내렸다. 맨발이 돌길에 빨간 발자국을 남겼다. 목에 나무패를 걸었다. 가시관이 머리를 짓눌러서 얼굴과 목으로 피가 줄줄 흘렀다. 긴 머리카락이 가시에 엉겨 붙었다. 피부가 유령처럼 희었다. 손이 앞으로 묶여 있었다. 죄인이 형장까지 십자가를 지고 가는 관습대로 십자가를 옮기다가 시내 어디쯤에서 지쳐 쓰러졌었다. 지금은 다른 사람이 대신 지고 있었다. 군중이 달려들지 못하게 병사 넷이 그를 호위했지만, 사람들은 파고들어서 막대기로 때리고 침을 뱉었다. 나사렛 사람은 아무 소리도 내지 않았다. 항의도, 신음도. 고개도 들지 않았다.

그가 벤허와 일행이 비켜 서 있는 집 앞에 다다르자, 다들 가여워서 마음이 아렸다. 에스더는 아버지에게 매달렸고, 의지가 강한 시모니데스도 부르르 떨었다. 발타사르는 주저앉았다. 벤허까지도 울부짖었다.

"오, 주님! 주님!"

그 순간 나사렛 사람이 마음을 꿰뚫어 보기라도 한듯 일행에게 창백한 얼굴을 돌렸다. 그가 한 사람 한 사람을 응시했다. 그들은 그 눈빛을 영원히 기억할 터였다. 나사렛 사람이 자신이 아닌 그들을 생각하는 게 확연히 느껴졌다. 대화가 금지되었기에, 그는 죽어가면서도 눈빛으로 그들을 축복했다.

시모니데스가 울컥해서 물었다.

"도련님의 부대들은 어디 있습니까?"

"나보다 안나스가 잘 알 겁니다."

"아니, 배신했다고요?"

"이 두 사람을 빼고 모두."

"아, 모두 잃었으니 이 선한 이는 죽겠군요!"

상인의 얼굴에 경련이 일었다. 그가 고개를 푹 숙였다. 벤허의 계획에 힘을 보태며 같은 희망을 품고 기운을 냈는데, 다 끝나 버렸다.

사내 둘이 십자가를 지고 나사렛 사람을 따라갔다.

"저들은 누군가?"

벤허가 갈릴리 사람들에게 물었다.

"나사렛 사람과 함께 처형될 강도들입니다."

그 뒤로 황금색 고위 성직복을 떨쳐입은 주교 같은 사람이 왔다. 성전 경비병들이 그를 에워싸고 지나갔고, 산헤드린 제사장들의 긴

줄이 뒤따랐다. 하얀 옷에, 주름지고 화려한 애브네트*를 휘감고 있었다. 벤허가 낮게 중얼댔다.

"안나스의 사위군."

"가이바! 본 적이 있지요."

시모니데스가 말했다. 그는 잠깐 생각에 잠겨 대제사장을 쳐다보다가 덧붙여 말했다.

"이제야 확신이 드는군요. 명료한 깨달음에서 나오는 완벽한 확신이 생깁니다. 저기 목에 나무판을 걸고 가는 사람이 거기 적힌 그대로 유대인의 왕인 줄 이제 알겠군요. 보통사람, 협잡꾼, 흉악범은 저런 대접을 받지 않지요. 보세요! 여기 만방이 있습니다. 예루살렘, 이스라엘. 제사장의 제의가 보이고 술 달린 푸른 옷, 자주색 석류, 금종. 야두아**가 알렉산드로스를 맞으러 나왔던 날 이후 이런 거리는 본적이 없지요. 이 나사렛 사람이 왕이라는 증거입니다. 일어나서 그를 따라가고 싶군요!"

벤허는 놀랐다. 시모니데스도 여느 때와 달리 감정을 내비친 것에 뒤늦게 놀라서 급히 덧붙였다.

"발타사르에게 말하십시오. 어서 가십시다. 예루살렘의 만행이 벌어집니다."

"저기 울고 있는 여인들은 누굴까요?"

에스더가 가리키는 곳을 보니, 네 명의 아낙이 눈물을 흘리고 있었

---

* 고관이 쓰는 긴 스카프나 띠

** 알렉산드로스 대왕의 예루살렘 공격당시 환대해서 유대인의 특권을 인정받은 대제사장

다. 한 여인은 나사렛 사람과 비슷한 남자의 팔에 기대 서 있었다.

"저 사람은 나사렛 사람이 가장 아끼는 제자입니다. 그의 팔에 기댄 여인은 선생의 어머니인 마리아고요. 나머지는 다정한 갈릴리 여인들이네요."

슬퍼하는 여인들이 인파에 묻혀 보이지 않을 때까지 에스더는 촉촉한 눈으로 바라보았다.

이 대화들이 마치 파도소리 요란한 바닷가에서 주고받듯이 이뤄졌다. 지금 지나가는 군중의 소란에 딱 맞는 비유일 것이다.

이 상황은 채 30년도 지나지 않아 당파들이 예루살렘을 분열시킬 모습을 미리 보여주는 것 같았다. 인파가 광적이고 잔인하게 끓어오르고 날뛰며 휘젓고 다니는 모습이 똑같았다. 종, 낙타몰이꾼, 장사꾼, 문지기, 정원사, 과일과 포도주 상인, 개종자, 이교도 외국인, 성전 경비원과 하인, 도둑, 강도…… 거기에 딱히 어느 계층이라고 꼬집어 말할 수 없는데 이런 때면 어디선가 꼭 나타나는 많은 사람들까지. 동굴과 무덤 냄새를 풍기는 자들은 두건을 쓰지 않고 팔다리를 드러낸 채 헐벗고서, 머리와 수염은 산발에, 누런 누더기 한 장 걸친 무시무시한 입을 가진 야수 같아서, 사막 저편에 있는 무리를 향해 포효하는 사자처럼 소리쳤다. 일부는 칼이나 창을 들었고, 대부분 각목과 몽둥이와 투석기*를 가졌다. 투석기를 가진 사람들은 짐보따리나 더러운 옷 앞자락을 주머니로 급조해 돌멩이를 담았다. 여기저기서 고관들(서기, 장로, 랍비, 넓은 술 장식이 된 옷을 입은 바리새

---

* 끈 두 줄이 달린 가죽. 돌리다가 한쪽 끈을 놓으면 돌이 날아간다

파, 멋진 외투를 걸친 사두개파)이 군중을 선동하고 지휘했다. 한 사람
이 목이 아프면 다른 사람이 이어받았다. 천박한 구호가 흐지부지되
는 기미가 보이면 다시 구호를 제창했다. 시끄러운 소동이 계속되었
지만 짧은 구호가 반복되었다.

"유대인의 왕! 유대인의 왕이 납신다!"

"성전을 더럽힌 자! 신을 모독한 자!"

"십자가에 매달아라, 십자가에 매달아라!"

마지막 구호가 가장 인기가 좋았다. 군중의 바람을 가장 직접적으
로 드러내고, 나사렛 사람에 대한 증오를 더 정확히 보여주니까.

발타사르가 출발 채비를 마치자 시모니데스가 말했다.

"가시지요. 가 보시지요."

벤허는 부르는 소리를 못 듣고, 피에 굶주린 무자비한 무리를 보며
나사렛 사람을 떠올렸다. 그가 고통받는 이들에게 자비를 베푸는 광
경을 여러 번 목격했다. 생각이 생각을 낳다가 자신이 신세진 일까
지 기억났다. 지금 그가 십자가에 끌려가듯 자신도 무시무시한 죽음
을 당하러 로마 경비병에게 끌려갈 때였다. 나사렛 근처 우물가에서
받아먹은 시원한 물, 물을 주던 사람의 성스러운 표정. 나중에 종려
주일*의 기적도 그에게 입은 은혜였다. 이런 기억들 때문에 지금 그
도움에 보답하거나 은혜를 갚을 힘이 없다는 좌절감이 마음을 찔러
댔다.

벤허는 자책했다. 할 일을 해내지 못했어. 갈릴리인들을 잘 감시해

---

* 부활절 직전의 일요일

서 제대로 준비시켰어야 했는데, 이 지경을 만들다니! 지금이야말로 일어날 때인 것을! 제대로 일격을 가하면, 군중은 흩어지고 나사렛 사람을 구하리라. 뿐만 아니라 이스라엘을 향한 나팔소리가 되어 오랜 꿈인 해방 전쟁을 촉발시킬 터였다. 그 기회가 사라지고 있었다. 기회를 담은 시간이 달아나고 있었다. 기회를 잃는다면! 아브라함의 하느님! 정녕 할 수 있는 일은 없습니까? 전혀?

그 순간 갈릴리인 무리가 눈에 들어왔다. 벤허는 인파를 뚫고 나가 그들을 붙잡았다.

"날 따라오게. 하고 싶은 말이 있으니."

그들이 집 모퉁이까지 순순히 따라왔다. 벤허가 말했다.

"그대들은 내 칼을 받았고 자유와 오실 왕을 위해 싸우기로 약조했네. 지금 칼을 들고 있으니 지금이 싸울 때야. 가서 사방을 뒤져 우리 형제들을 찾게. 그들에게 나사렛 사람이 십자가에 매달릴 곳에서 나와 만나자고 전하게. 모두 서둘러! 아니, 그렇게 서 있지 말고! 나사렛 사람은 왕이시고, 그가 죽으면 해방도 사라진다니까."

갈릴리 사내들은 공손하게 그를 쳐다보았지만 꼼짝하지 않았다.

"안 들리나?"

한 사람이 대답했다.

"유다 도련님(그게 그들이 아는 이름이었다), 유다의 아드님, 속고 있는 분은 당신이지, 당신이 준 칼을 든 저희나 형제들이 아닙니다. 나사렛 사람은 왕이 아니고, 왕의 기백도 없습니다. 그가 예루살렘에 들어올 때 저희가 함께 있었고, 성전에서 그를 봤습니다. 그는 자신과 저희와 이스라엘을 망쳤습니다. 미문에서 그는 신에게 등을 돌리고 다윗의 왕좌를 거부했습니다. 그가 왕이 아니니 갈릴리는 그와 함께하지 않습니다. 그는 죽을 겁니다.

하지만 유다 도련님, 저희는 당신이 준 칼을 들고 해방을 위해 싸울 준비가 되었습니다. 갈릴리도 마찬가집니다. 해방을 위해서 싸웁시다, 유다 도련님. 해방을 위해! 십자가 형장에서 뵙겠습니다."

벤허에게 절체절명의 순간이 닥쳤다. 그가 제안을 받아들여 그러자고 했다면, 역사가 지금과 달라졌으리라. 하지만 그 역사는 하느님이 아닌 인간들이 주재한 역사이리라.

벤허는 혼란스러웠다. 어떻게 해야 될지 갈피를 잡을 수 없었다. 나중에야 그 혼란이 나사렛 사람에서 기인했음을 알았지만. 나사렛 사람이 다시 일어났을 때 부활에 대한 믿음이 있으려면 우선 죽음이 있어야 했다. 부활 신앙이 없으면 기독교는 속빈 강정이 될 터였다. 그는 결정을 내리지 못하고, 무기력하게 서 있었다. 한 마디도 못 하고 손으로 얼굴을 가린 채 고개를 저었다. 예전 같으면 지시를 내렸을 바라는 일과 밀려드는 힘 사이에서 방황했다.

"갑시다, 우리가 기다리고 있어요."

시모니데스가 네 번째로 말했다.

그 말에 벤허는 의자와 가마를 따라 기계적으로 걸었다. 에스더가 그와 나란히 걸어갔다. 발타사르와 현자들이 만나러 사막으로 간 날처럼, 벤허도 인도를 받아 가고 있었다.

10

벤허는 앞장서서 일행(발타사르, 시모니데스, 에스더, 갈릴리인 장교 두 명)을 십자가 처형장까지 안내했다. 흥분한 군중을 헤치고 어떻게 여기까지 왔는지 기억나지 않았다. 어떤 길로 왔는지, 얼마만에 왔는지도 몰랐다. 그는 완전히 무의식 상태로 걸었다. 뭔가를 보거나 듣지도, 행선지나 마음속 목적도 살핌이 없었다. 그러니 이제 목격할 사건에도 속수무책일 터였다. 신의 의도는 항상 인간의 짐작 이상이지만, 그 수단은 더욱 이상하다. 하지만 결국에는 명확히 믿게 된다.

벤허가 멈추자 일행도 따라 멈췄다. 관객 앞에서 막이 올라가듯, 그는 멍한 상태에서 번뜩 정신이 돌아왔다.

해골처럼 둥근 둔덕 꼭대기에 메마른 흙투성이 공간이 있었다. 식물이라고는 우슬초 덤불뿐이다. 언덕 주변을 로마 병사들이 에워쌌다. 사람들이 어깨 너머로 보려고 기웃거리자 자연스럽게 인간 장벽처럼 되었다. 백인대장은 병사들을 주시했다. 벤허가 자기도 모르게 온 곳이 병사들이 줄지어서 경계하는 자리였다. 그는 북서쪽으로 고개를 돌렸다. 낮은 언덕은 고대 아람어로는 골고다(라틴어로는 칼바리아, 영국식으로는 갈보리), 해골이라는 뜻이다.

언덕 경사면에서, 아래 지역에서, 더 높은 구릉과 언덕에서 흙이 이상하게 번쩍거렸다. 인간장벽 밖으로는 흙바닥도, 바위도, 풀도 없었다. 그저 불그레한 얼굴에 박힌 수많은 눈들만 보였다. 더 멀리 넓은 반경에는 찬찬히 보니 얼굴들이 있었다. 3백만 명이 모인 풍경이었다. 3백만 개의 심장이 요동치며 얕은 언덕에서 벌어질 사건에 집중하고 있었다. 그것도 모두가 두 도둑 말고 나사렛 사람만 보고 있었다. 그자만이 증오, 두려움, 또는 호기심의 대상이었다. 모두를 사랑했고, 이제 그들 때문에 죽을 사람.

엄청난 인파 앞에서는 성난 바다를 볼 때처럼 압도된다. 지금이 딱 그랬다. 하지만 벤허는 힐끗 쳐다볼 뿐이다. 그곳에서 벌어질 일 때문에 다른 것은 안중에 없었기 때문이었다.

인간 장벽보다 높은 언덕 위, 고관들 머리 위쪽으로 대제사장이 보였다. 예복과 거만한 태도 때문에 눈에 띄었다. 언덕의 더 높은 곳, 둥근 꼭대기에 나사렛 사람이 보였다. 구부정하고 고통 받으면서도 조용했다. 경비병들이 재치를 부려서 가시관을 쓴 그의 손에 왕의 홀인양 갈대를 쥐어 주었다. 아우성이 광풍처럼 쏟아졌다. 웃음과 저주. 때로는 두 가지가 섞여 있었다. 이 광풍에 그의 남은 사랑을 불어넣어 사랑이 영원하게 할 사람은 한 명, 딱 한 명밖에 없었다.

그래서 모든 이의 눈이 나사렛 사람에게 쏠렸다. 연민 때문인지 정확히는 모르겠지만 어쨌든 벤허는 감정의 변화를 감지했다. 가장 좋은 삶보다 좋은, 그것도 엄청나게 더 좋아서 유약한 사람조차 육신과 정신의 고통을 견디게 만드는 뭔가가 (아마도 이 삶보다 순수한 다른 삶, 어쩌면 발타사르가 집착하는 영적인 삶이) 벤허의 마음에 더 명료하고 분명해지기 시작했다. 나사렛 사람의 소임은 경계를 넘어 그를 사랑하는 곳을 향해 인도하는 일이라는 확신이 생겼다. 경계를 넘어 *그의* 왕국이 세워지고 그를 기다리는 곳으로 인도하는 것이 그의 소임이었다. 그 순간 뭔가가 허공을 뚫고 다시 들렸거나 들리는 것 같았다. 나사렛 사람의 말이었다.

"나는 부활이요, 생명이다."

그 말이 몇 번이고 반복되면서 형태가 되었고, 여명이 빛을 비추어 새로운 의미를 채웠다. 사람들이 뒤늦게 알아듣고 무슨 뜻인지 묻느라 웅성대자, 벤허가 언덕 위에서 가시관을 쓰고 늘어진 사람을 응시하면서 물었다.

'누가 부활하고 누가 생명입니까?'

'나다.'

나사렛 사람이 그렇게 말한 것 같았다. 그 순간 벤허는 생전 처음 맛보는 평온을 느꼈다. 의심과 의혹이 종지부를 찍고, 믿음과 사랑과 확실한 이해가 시작되는 평온.

벤허는 망치 소리에 현실로 돌아왔다. 언덕 꼭대기에서 새로운 일이 시작되었다. 병사들과 인부 몇 명이 십자가를 준비하고 있었다. 나무를 세울 구멍을 다 파놓고 이제 가로보들을 자리에 내려놓았다.

대제사장이 백인대장에게 말했다.

"서두르라고 하시오. 이자는……."

그가 나사렛 사람을 손짓했다.

"땅이 더럽혀지지 않으려면 해가 떨어지기 전에 죽어야 하오. 그게 율법이오."

마음이 여린 병사가 나사렛 사람에게 가서 마실 것을 권했지만, 그는 사양했다. 그러자 다른 병사가 다가가서 목에 건 나무판을 빼서 십자가 나무에 박았다. 준비가 끝났다.

"십자가가 준비되었습니다."

백인대장이 말하자, 대제사장이 손을 흔들어 보고를 받고 답했다.

"신성모독한 자부터 시행하시오. 신의 아들이면 제 목숨을 구할 수 있겠지. 두고 보면 알겠지."

몇 단계에 걸친 준비 과정을 본 이들과 계속 서두르라고 고함친 이들도 일시적인 소강상태를 받아들였고, 사방이 조용해졌다. 생각만 해도 가장 충격적인 순간에 접어들었다. 죄인들이 십자가에 못 박힐 때가 되었다. 못을 치려고 병사들이 나사렛 사람의 팔을 내려놓자 사방에서 몸을 떨었다. 가장 잔인한 자들도 두려워서 움츠렸다. 나중에 어떤 이들은 이상하게 공기가 차가워져서 덜덜 떨었다고 회상했다.

"정말 조용하네요!"

에스더가 아버지의 목을 끌어안으면서 말했다. 시모니데스는 고문당한 경험을 떠올리면서 고개를 푹 숙이고 부르르 떨었다.

"보기 말아라, 에스더. 보지 마! 이 광경을 보는 자들은, 죄인뿐만 아니라 결백한 자들까지도, 이 시간부터 저주받을 거야."

발타사르가 무릎을 꿇었다. 시모니데스는 점점 동요했다.

"허 도련님, 여호와가 얼른 손을 내밀지 않으시면 이스라엘은 끝입니다. 그리고 우리도 끝입니다."

벤허는 침착하게 대답했다.

"나는 꿈에서 왜 이렇게 되었는지, 왜 이 일이 계속되어야 되는지를 들었어요, 시모니데스. 이것은 나사렛 사람의 의지입니다. 이것은 하느님의 의지입니다. 우리도 이집트 어르신처럼 합시다. 평온한 마음으로 기도합시다."

벤허가 다시 언덕을 올려다보았을 때, 그 말이 무시무시한 적막 사이로 그에게 다가왔다.

"나는 부활이요, 생명이다."

그는 말하고 있는 이에게 공손하게 절했다.

그 사이에도 언덕 꼭대기 일꾼들은 작업이 한창이었다. 경비병이 옷을 벗겨서 나사렛 사람은 수백만 명 앞에 알몸을 드러냈다. 이른 아침에 매질을 당해서 생긴 핏자국이 등에 선연했다. 병사들은 아랑곳하지 않고 그를 무자비하게 십자가에 눕히고 가로대에 양팔을 뻗게 했다. 못이 날카로웠다. 몇 차례의 망치질로 대못이 여린 손바닥에 박혔다. 병사들은 그의 무릎을 굽혀서 발바닥이 나무에 닿게 한 다음, 한 발을 다른 발 위에 포개놓고 못을 단단히 박았다. 둔탁한 망치질 소리가 병사들이 에워싼 곳 밖까지 울렸고, 소리가 들리지 않는 곳의 사람들까지 망치질 광경을 보며 두려움에 떨었다. 못 박히는 이는 신음 소리를 내지 않았다. 비명이나 항변 한 마디 없었다. 원수들이 비웃을 거리도, 사랑하는 이들이 애태울 거리도 없었다.

한 병사가 무뚝뚝하게 물었다.

"놈의 얼굴을 어느 쪽으로 돌릴까요?"

대제사장이 대답했다.

"성전을 향하게 하라. 성전을 털끝 하나 못 건드렸다는 걸 놈이 죽어가면서 똑똑히 보도록."

인부들이 십자가를 영차영차 들어서 옮겼고, 신호에 맞춰 구멍에 넣어 세웠다. 나사렛 사람의 몸도 피 나는 양손에 매달린 채 무겁게 아래로 내려갔다. 여전히 그는 비명을 지르지 않았다. 세상에 다시없는 거룩한 탄식만 내뱉을 뿐이었다.

"아버지, 저들을 용서하소서. 저들은 자기들이 하는 일을 모릅니다."

이제 십자가가 하늘 위로 우뚝 세워졌다. 환호가 터져 나왔다. 나무판의 문구가 보이는 사람들이 서둘러 읽더니 서로 알려주느라 바빴다. 넓은 지역의 이쪽에서 저쪽까지 문구가 울려퍼지면서 웃음과 신음이 터져나왔다.

"유대인의 왕! 맞으라, 유대인의 왕!"

문구의 요지를 더 명확히 파악한 대제사장이 만류하려 했지만 소용없었다. 그렇게 왕으로 불린 이는 언덕에서 죽어가면서, 저 밑의 조상들의 도시를 봤으리라. 그다지도 치욕스럽게 그를 쫓아버린 도시를.

해가 정오를 향해 떠올랐다. 언덕들은 누런 가슴을 해를 향해 사랑스럽게 드러냈다. 더 먼 산들은 해가 당당하게 드리우는 자줏빛에 휩싸였다. 예루살렘의 수많은 성전, 저택, 탑, 첨탑 등 모든 멋지고 뾰족하게 솟은 곳들이 광채를 냈다. 이따금 쳐다보는 사람들이 어깨가 으쓱해지도록.

그런데 갑자기 하늘에 어스름이 끼기 시작하더니 땅을 덮었다. 처음에는 정오의 광휘 위에 저녁이 살그머니 다가든 정도였다. 하지만 삽시간에 어둠이 짙어졌다. 고함과 웃음 소리가 잦아들었다. 사람들은 제 눈을 못 믿겠다는 듯 어리둥절해서 서로 바라보다가 해를 보았다. 그런 다음 먼 산을, 하늘과 그림자에 잠기는 가까운 풍경으로 눈을 돌렸다. 비극이 벌어지는 언덕을 보다가 다시 서로 응시했다. 그들이 창백해져서 입을 다물었다.

"안개나 지나가는 구름이겠지. 곧 환해질 게다."

시모니데스가 놀란 에스더를 달랬다.

벤허는 생각이 달랐다.

"아닙니다. 선지자들과 성자들의 영혼들이 자신과 자연을 불쌍히 여겨서 벌이는 일입니다. 시모니데스 님, 분명히 말씀드리는데 저기 매달린 분은 하나님의 아들이십니다."

그는 놀라움에 잠긴 시모니데스를 두고, 근처에서 무릎을 꿇고 있는 발타사르에게 갔다. 벤허가 노인의 어깨에 손을 얹었다.

"이집트의 현자여, 어르신만 옳았습니다! 나사렛 사람은 진정 신의 아들이십니다."

발타사르가 가까이 몸을 당기면서 힘없이 대답했다.

"난 그분이 처음 구유에 누워 계실 때 뵈었으니, 그대보다 먼저 알아본 게 이상하지 않소. 하지만 살아서 이런 날을 보다니 애통할 뿐! 내 형제들처럼 죽었으면 좋았으련만! 부러운 멜키오르! 부러운 가스파르!"

"마음을 편안히 하십시오. 분명히 그분들이 여기 계실 겁니다."

어스름이 진해져서 어둑어둑해지는데, 언덕 위의 무모한 자들은 단념하지 않았다. 강도들이 한 명씩 십자가에 박혀서 땅에 세워졌다. 그제야 경비병들은 물러났고, 사람들이 밀려드는 파도처럼 자유롭게 십자가 주위로 몰렸다. 한 사람이 구경하면 새로 온 사람이 그를 밀어냈고 다시 뒤에 온 사람에게 밀려났다. 구경꾼들은 나사렛 사람을 향해 웃음과 욕설과 비방을 쏟아냈다.

한 병사가 소리쳤다.

"하하! 유대인의 왕이라면 스스로 구제해 보시지."

제사장이 말했다.

"맞아, 지금 우리에게 내려오면 믿어줄 텐데."

다른 사람들이 잘난 체하며 고개를 저으면서 말했다.

"성전을 무너뜨리고 사흘 만에 다시 짓겠다더니 제 목숨도 못 구하네."

어떤 이들은 외쳤다.

"주님의 아들이라니까, 어디 주님이 구해 주시는지 한번 보자구."

이게 얼마나 모순투성이인지 아무도 말한 적이 없다. 나사렛 사람은 그들에게 해를 끼친 적도 없었고, 대다수는 이 재앙의 순간 외에는 그를 본 적조차 없었다. 그런데도 얼토당토않게 그에게 저주를 퍼붓고 강도들을 동정하다니!

낮인데도 하늘에서 밤을 내리자, 더 용감하고 강한 이들도 술렁댔고 에스더도 영향을 받았다.

"집에 가요."

그녀는 두 번, 세 번, 거듭 간청했다.

"신의 분노예요, 아버지. 무시무시한 일들이 더 일어날지 누가 알겠어요? 저는 두려워요."

시모니데스는 완강했다. 그는 입을 닫다시피 했지만 크게 동요한 기색이 역력했다. 제1시의 마지막 즈음, 언덕에서 극성을 떨던 무리가 좀 줄어들자, 시모니데스의 제안에 따라 일행은 십자가에 가까이 다가갔다. 벤허가 발타사르를 부축했지만, 노인은 몹시 힘들게 언덕을 올랐다. 그 위치에서는 나사렛 사람이 제대로 보이지 않고 검고 길쭉한 형태로만 보였는데, 그래도 그가 내는 소리는 들을 수 있었다. 그의 한숨은 강도들보다 더 참거나 지쳤음을 보여주었다. 강도들의 요란하게 신음하고 애원하는 소리가 언덕을 메웠다.

제2시도 앞서처럼 흘러갔다. 나사렛 사람에게는 모욕과 자극과 느릿느릿 죽어가는 시간이었다. 이때 그는 딱 한 번 말했다. 몇몇 여인이 그의 십자가 아래 무릎을 꿇자, 그는 어머니와 사랑하는 제자를 알아보았다.

나사렛 사람이 소리를 높여서 말했다.

"여인이여, 보소서. 아들입니다!"

그리고 제자에게 말했다.

"보라, 네 어머니시다!"

제3시에도 사람들이 언덕 주변을 떠나지 않았다. 한낮이 밤이 된 것 때문에 뒤숭숭한 것 같았다. 소란은 잦아들었지만 이따금 어둠 속에서 무리가 무리에게 외치는 소리가 들렸다. 사람들은 나사렛 사람의 십자가에 조용히 다가갔고 조용히 쳐다보고 그렇게 물러갔다. 방금 처형된 이의 옷을 제비뽑기로 나눠 가진 경비병들까지 조용해졌다. 그들은 좀 떨어진 곳의 장교 곁으로 가서, 오가는 인파보다 죄인을 더 주시하며 서 있었다. 나사렛 사람이 무겁게 숨을 쉬거나 고통스러워서 고개를 젖히면, 병사들은 곧 경계했다.

하지만 뭐니 뭐니 해도 가장 놀라운 것은 대제사장과 현자 일행의 행동 변화였다. 현자들은 전날 밤 재판에서 대제사장을 도왔고, 처형 현장에서도 곁을 지키면서 열심히 호응했다. 그러나 어둠이 내리기 시작하자 그들은 자신감을 잃기 시작했다. 별자리와 당대의 귀신들에 능통한 이들도 있었다. 조상 대대로 내려온 지식이 많았고, 일부 바빌론 유수가 끝나면서 유입되기도 했다. 이런 지식은 성전 전례의 필요성 때문에 계속 소용이 닿았다. 눈앞에서 태양이 흐려지고 산과 언덕이 멀리 보이기 시작하자 학자들이 다가들었다. 그들은 대제사장 주변에 무리를 지어서 토론을 벌였다.

"달이 만월이니 이건 일식일 리는 없소."

아무도 대답하지 못했다. 이 어둠, 특별한 때 나타난 이 현상을 아무도 설명할 수가 없었다. 그러자 내심 나사렛 사람과 연관지었고, 오랫동안 계속 강해지는 현상에 경계하게 되었다. 그들은 병사들 뒤쪽에 있었고, 나사렛 사람의 말과 움직임이 포착되었다. 그가 한숨을 쉬면 다들 겁먹고 소곤대며 대화했다. 죄인이 구세주일지도 모른다. 그렇다면, 기다려 보면 알겠지!

한편 벤허는 이전 같은 생각을 하지 않았다. 마음에 완벽한 평안이 깃들었다. 어서 끝나기만을 기도했다. 그는 시모니데스의 심정을 알았다. 상인은 신념의 경계에서 주저하고 있었다. 큰 얼굴에 심각한 고심의 기미가 역력했다. 그가 어둠의 원인을 알려고 해를 흘끔대는 것을 벤허는 눈치챘다. 또 딸의 근심도 알아차렸다. 에스더는 두려움을 누르고 아버지의 바람대로 자리를 지켰다.

시모니데스가 딸에게 말하는 소리가 벤허의 귀에 들렸다.

"두려워하지 말고, 여기서 나와 같이 지켜보자꾸나. 너는 내 여생의 두 배는 살 테지만, 이 일에 견줄 만한 인간의 중대사는 보지 못할 게다. 끝까지 남아 있도록 하자."

제3시가 절반쯤 지나갔을 때, 예루살렘 주변 무덤에 사는 무뢰한

몇이 몰려와서 가운데 십자가 앞에 섰다.

"요 인간이 바로 유대인의 왕이구만."

누군가의 비웃는 말에 나머지 일행이 동조하며 소리쳤다.

"안녕하쇼, 유대인의 왕 양반!"

대답이 없자 그들은 더 다가섰다.

"당신이 유대인의 왕이나 신의 아들이면 어디 한번 내려와 보쇼."

사내들이 왁자지껄하게 떠들었다. 강도 한 명이 신음을 멈추고 나사렛 사람에게 소리쳤다.

"맞소, 당신이 구세주면 당신과 우리를 구해."

사람들이 박장대소하고 대답을 기다리는 사이, 다른 죄인이 방금 말한 강도를 꾸짖었다.

"하느님이 두렵지 않나? 우리는 행한 일에 상당한 죄를 받았으니 당연하지만, 이 사람이 행한 일은 옳지 않은 게 없네."

구경꾼들은 어안이 벙벙했다. 주변이 잠잠해지자 죄인은 다시 입을 열어 이번에는 나사렛 사람에게 말했다.

"주여, 당신이 당신의 왕국에 임하실 때에 나를 기억하소서."

시모니데스는 대경실색했다.

"당신이 당신의 왕국에 임하실 때라니!"

이것이 그가 마음속에 갖고 있는 의심이고, 발타사르와 자주 벌인 토론의 핵심이었다. 벤허가 시모니데스에게 말했다.

"들으셨습니까? 왕국은 이 세상의 왕국일 리가 없습니다. 저기 목격자는 왕이 그의 왕국에 들어갈 거라고 말했습니다. 사실 저도 꿈에서 똑같은 말을 들었지요."

"쉿! 쉿, 조용히 하세요! 나사렛 사람이 대답한다면……."

시모니데스가 벤허에게 고압적으로 말한 것은 처음이었다.

그때 나사렛 사람이 확신이 넘치는 분명한 목소리로 대답했다.

"진실로 네게 이르노니, 오늘 네가 나와 함께 낙원에 있으리라!"

시모니데스는 그의 대답이 더 이어질까 해서 기다렸다. 그러다가 손을 포개고 말했다.

"더 이상 의심이 없습니다! 없어요! 어둠이 사라졌네요. 이제 다른 눈으로 봅니다. 발타사르 님과 똑같이, 완전한 믿음의 눈으로!"

신실한 종이 마침내 걸맞는 보상을 받았다. 망가진 육신은 되살리지 못했다. 또 고초를 겪은 기억이나, 그로 인해 힘들게 산 세월이 없어지지는 않았다. 하지만 시모니데스에게 불현듯 새로운 삶이 제시되었다. 그를 위해 예비된 삶이라는 확신이 있었다. 이승 저편에 펼쳐진 새로운 삶이 있었고 그 이름은 낙원이었다. 거기서 그가 꿈꾸었던 왕국과 왕을 찾게 되리라. 완전한 평온이 그에게 내려앉았다.

하지만 십자가 앞쪽에서는 경악이 압도했다. 궤변론자들의 설왕설래가 난무했다. 나사렛 사람이 구세주라고 말한다는 이유로 십자가에 매달았는데, 맙소사! 십자가에서 그는 어느 때보다 확실하게 선언했고 죄인에게 낙원의 기쁨을 약속했다. 그들은 자신들이 벌인 짓에 몸을 떨었다. 오만하기 짝이 없는 대제사장은 두려웠다. 진실이 아니면 이 사람의 자신감이 어디서 나올까? 그리고 바로 하느님이 진실이 아닌가? 이제 작은 빌미만 있어도 그들은 달아날 터였다.

나사렛 사람의 고통이 점점 심해졌고, 한숨은 헉헉대는 숨소리로 바뀌었다. 십자가에 매달린 지 세 시간만에 그는 죽어가고 있었다!

입에서 입으로 얘기가 전해져서 마침내 모두가 상황을 알았다. 사방이 고요해졌다. 바람도 머뭇대며 잦아들고, 공기 중에 수증기가 퍼지고, 어둠에 더위까지 겹쳤다. 사실을 모르는 사람은, 언덕 저편의 성소 휘장 아래서 3백만 명이 두려워하면서 이제 일어날 일을 기다렸다는 생각을 못 해봤으리라. 사람들은 너무도 잠잠했다!

그때 죽어가는 사내의 소리가 들리는 곳에서, 어둠을 뚫고 외침이 터져 나왔다. 원망하는 소리가 아니라, 비통에 젖은 절규였다.

"나의 하나님! 나의 하나님! 어찌하여 저를 버리시나이까?"

모두가 놀랐다. 한 사람은 마음을 억누르지 못할 만큼 뭉클했다.

군병들이 가져온 포도주와 물이 벤허 가까이 놓여 있었다. 해면에 액체를 적셔서 막대기 끝에 매달아 입에 대주면 고통을 덜어줄 수 있었다. 벤허는 나사렛 인근 샘터에서 물을 마신 일을 기억했다. 얼른 해면을 집어 단지에 적셔서 십자가로 향했다.

"내버려 둬! 내버려 두라고!"

근처 구경꾼들이 사납게 소리쳤다.

벤허는 그들을 무시하고 계속 뛰어가서, 나사렛 사람의 입술에 해면을 댔다.

너무 늦었다. 너무 늦어 버렸다!

벤허는 멍들고 피가 검게 말라붙고 먼지투성이인 얼굴을 보았다. 그런데 갑자기 얼굴에 광채가 돌고, 눈을 번쩍 뜨더니 혼자만 볼 수 있는 먼 하늘의 존재를 응시했다. 나사렛 사람은 만족과 안도, 심지어 승리에 찬 목소리로 외쳤다.

"다 이루었다! 다 이루었다!"

과업을 이루면서 죽어가는 영웅은 그렇게 마지막 환호로 성공을 축하했다.

그의 눈빛이 멍해지고 천천히 고개가 들먹이는 가슴팍으로 숙여졌다. 벤허는 몸부림이 끝났다고 생각했지만, 사그러드는 영혼은 기운을 모았다. 그래서 벤허와 주변 사람들은 마지막 말을 들었다. 가까이서 듣는 이에게 속삭이듯 낮은 소리로 읊조리는 소리였다.

"내 영혼을 아버지의 손에 부탁하나이다."

고통에 시달리는 몸이 경련을 일으켰다. 찌르듯 날카로운 비명이 퍼졌고, 소명과 지상의 삶이 동시에 끝났다. 사랑이 가득 담긴 심장이 멈추면서 그는 죽었다!

벤허는 친구들에게 돌아와서 간단히 말했다.

"끝났습니다. 그분은 돌아가셨습니다."

군중은 기막히게 상황을 알아챘다. 누구도 큰 소리로 말하지 않았다. 사방에서 웅얼대는 소리로 퍼져나갔다. 속삭임과도 같았다.

"그가 죽었다! 그가 죽었다!"

그게 다였다. 사람들은 뜻을 이루었다. 나사렛 사람이 죽었으니까. 그런데 그들은 넋을 잃고 서로 쳐다보았다. 그의 피가 그들에게 돌아왔다! 군중이 서로 멍하니 보면서 서 있는 사이 땅이 흔들리기 시작했다. 몸을 가누려고 서로 옆 사람을 붙잡아야 했다. 눈 깜짝할 새에 어둠이 사라지고 해가 나왔다. 언덕에 세워진 십자가들이 땅의 흔들림에 취객처럼 휘청대는 광경이 모든 이의 눈에 들어왔다. 십자가가 세 개인데, 가운데 십자가만 다르게 움직였다. 저절로 위로 떠올랐고, 사람이 못 박힌 채로 앞뒤로 흔들리며 파란 창공 높이, 더 높이 올랐다. 나사렛 사람을 조롱했던 이들, 그를 때렸던 자들, 그를 십자가에 매다는 데 찬성했던 사람들, 시내에서 행렬에 끼어 온 군중들, 그가 죽기를 바라던 모든 이들이 각자 자신만 지목받는 느낌을 받았다. 목숨을 구하려면 최대한 빨리 무시무시한 하늘 아래서 빠져나가야 했다.

그들이 도망치기 시작했다. 온힘을 다해 도망쳤다. 뛰어서, 말이나 낙타를 타고, 전차를 타고 달아났다. 그런데 그들이 저지른 짓들에 분노한 듯, 그들이 죄 없이 쓸쓸히 죽은 이의 소명을 망친 데 격분한 듯 땅이 흔들렸다. 달아난 곳까지 지축이 흔들려서 사람들은 땅에 내동댕이쳐졌다. 더 무서운 것은 발밑에서 큰 바위들이 갈리고 쪼개지는 소름끼치는 소리였다. 그들은 두려워서 가슴을 치고 비명을 질렀다. 그들이 그의 피를 돌려받았다! 내국인이든 외국인이든, 제사장이든 평신도든, 거지든 사두개파든 바리새파든 달아나다가 지진을 느꼈고 너나없이 나뒹굴었다. 하느님을 불렀지만 성난 땅은 분노로 답했고 다 똑같이 벌했다. 대제사장도 죄 많은 형제들과 똑같이 나가떨어져서, 술 달린 예복이 더러워지고 금종이 모래투성이가 되고 흙먼지를 먹었다. 대제사장과 일행도 적어도 한 가지는 평신도들과 같았다. 나사렛 사람의 피가 모두에게 쏟아진 것이다!

햇빛이 십자가에 쏟아진 무렵, 언덕에는 나사렛 사람의 모친과 제자, 신실한 갈릴리 여인들, 백인대장과 부하들, 벤허와 일행만 남아있었다. 이들은 자신들을 보살피느라 군중이 도망치는 꼴을 볼 짬이 없었다.

벤허가 에스더를 아버지 발아래 앉히면서 말했다.

"여기 앉아 있어. 눈을 가리고 위를 보지 마. 하느님과 비열한 죽음을 당한 저분의 영혼을 믿어."

시모니데스가 경건하게 말했다.

"자, 앞으로는 그를 그리스도로 부릅시다."

"그러시지요."

벤허가 답하자마자 지진의 여파가 언덕을 강타했다. 흔들리는 십자가에서 강도들이 무시무시한 비명을 질렀다. 벤허는 땅이 흔들려서 현기증이 났지만, 발타사르를 돌아보았다. 노인은 엎어져서 움직이지 않았다. 벤허가 달려가서 불렀지만 대답이 없었다. 선한 이가 세상을 떠났다! 벤허는 마지막 순간에 나사렛 사람이 소리를 질렀을 때 응답하듯 큰소리가 들렸던 기억이 났다. 누구인지 돌아보지 않았는데, 이제 벤허는 이집트인의 영혼이 주와 동행해 낙원 왕국으로 들어갔다고 믿었다. 큰소리의 응답 때문만이 아니라, 발타사르가 그런 영예를 누릴 자격이 충분하다고 믿기 때문이다. 믿음의 상으로 가르파르는 신앙을, 멜키오르는 사랑을 받았다면, 발타사르 역시 특별한 보답을 받아 마땅했다. 긴 생애를 살면서 세 가지 덕(믿음, 사랑, 선행)을 골고루 실천한 사람한 사람이므로.

발타사르의 하인들은 주인을 버리고 달아나 버렸다. 모든 상황이 끝나자 갈릴리인 장교 두 명이 그를 실은 가마를 들고 예루살렘 시내로 돌아갔다.

기억에 남을 이날 해 저물녘, 슬픔에 젖은 행렬이 허 저택의 남문으로 들어섰다. 같은 시각, 그리스도의 시신이 십자가에서 내려졌다.

발타사르의 유해가 손님방으로 옮겨졌다. 하인들 전부 시신을 보자마자 흐느꼈다. 현자는 모든 산 것을 사랑한 사람이었으니. 하지만 그들은 고인의 얼굴에 어린 미소를 보자 눈물을 거두면서 말했다.

"잘 됐네. 아침에 집을 나서실 때보다 저녁에 더 행복하시네."

벤허는 이라스에게 아버지의 서거 소식을 알리는 일을 종에게 맡기고 싶지 않았다. 직접 가서 그녀를 시신으로 데려올 작정이었다. 이제 혈혈단신인 이라스가 얼마나 슬플지 짐작이 되었다. 지금은 그녀를 용서하고 동정할 때였다. 그는 아침에 왜 이라스가 동행하지 않는지, 그녀가 어디 있는지 묻지 않았던 것을 기억했다. 그녀 생각은 하지도 않았던 것을 기억했다. 미안한 마음에 보상을 할 준비를 했다. 더구나 애끓는 슬픔을 안길 소식을 전해야 될 마당이니.

그는 이라스의 처소에 가서 커튼을 흔들었다. 방 안에 작은 종이 울리는 소리가 들렸지만 기척이 없었다. 그녀의 이름을 부르고 다시 불렀지만 여전히 응답이 없었다. 커튼을 밀치고 방으로 들어갔다. 이라스는 안에 없었다. 급히 옥상에 올라갔지만 거기에도 없었다. 종들에게 물어 봤지만 그날 이라스를 본 사람이 없었다. 벤허는 손님방으로 돌아와서 이라스가 서야 될 상주 자리를 대신 지켰다. 거기 서서 그리스도가 그의 늙은 종에게 큰 자비를 베풀었다고 생각했다. 낙원 천국의 문을 넘는 이들은, 이승의 고통과 버림까지 내려놓고 다 잊고 행복하게 들어가서 안식하리라.

장례의 침울한 분위기가 거의 가라앉자, 율법이 정한 대로 병이 나은 지 아흐레 되는 날 벤허는 어머니와 티르자를 집에 데려왔다. 그날 이후 집안에서 가장 신성한 이름들을 함께 부르고 찬양했다.

"하느님 아버지와 그 아들 그리스도."

* * *

십자가 처형이 있은 지 5년 후, 벤허의 아내 에스더는 미세눔 인근 아름다운 저택의 안방에 앉아 있었다. 정오였고, 뜨거운 이탈리아의 햇살이 장미와 넝쿨 줄기에 쏟아졌다. 집 안의 물건들이 다 로마풍이었다. 에스더의 복장만 유대 여인의 차림새였다. 바닥에 깔린 사자 가죽 위에서 티르자와 두 아이가 놀았다. 조심스럽게 살피는 에스더의 눈길에서, 두 아이가 그녀의 자식임을 알 수 있었다.

세월은 그녀에게 관대했다. 에스더는 어느 때보다도 아름다웠고, 저택의 안주인에 어울렸다. 소중한 꿈들 중 하나가 이루어진 셈이다.

소박하고 아늑한 분위기가 흐르는데, 하인이 문간에 와서 알렸다.

"어떤 여인이 마님을 뵙겠다며 아트리움에 와 있습니다."

"그분을 모셔 와. 여기서 맞이하지."

곧 낯선 여인이 들어왔다. 손님을 보자 에스더가 벌떡 일어났다. 선뜻 말이 나오지 않았다. 그녀의 안색이 변했고, 마침내 물러나면서 입을 열었다.

"낯이 익은데. 당신은……."

"이라스지요, 발타사르의 딸."

에스더가 놀람을 누르고, 하인에게 손님 의자를 내오라고 시켰다.

"아니요, 금방 갈 거예요."

이라스가 냉랭하게 말했다.

두 사람은 서로 바라보았다. 에스더는 아름다운 여인, 행복한 어머니, 만족스러운 아내의 표상이었다. 한편 옛 연적인 이라스에게 세월이 호락호락하지 않았음을 알 수 있었다. 우아하고 늘씬한 몸매는 여전했지만, 험한 인생살이가 온 몸에 고스란히 배어 있었다. 얼굴은 거칠고 큰 눈은 붉었다. 눈꺼풀 아래가 주름지고, 뺨이 창백한데다 끝이 올라간 굳은 입매는 냉소적이었다. 몸을 제대로 돌보지 않아서 나이보다 더 늙어 보였다. 잘못 고른 옷이 너저분해 보이고, 샌들은 진흙 투성이였다.

이라스가 불편한 침묵을 깼다.

"당신 자녀들인가요?"

에스더는 아이들을 보면서 미소지었다.

"네. 아이들과 이야기해 볼래요?"

"날 보면 무서워할 거예요."

이라스가 대답했다. 그러더니 몸을 들이밀다가 에스더가 움츠러드는 것을 알아차리고 다시 말했다.

"겁내지 말아요. 당신 남편에게 대신 말을 전해 줘요. 그의 원수가 죽었다고. 그가 나를 너무 괴롭혀서 내가 베어 버렸다고."

"그의 원수라니요!"

"메살라 말이에요. 이 말도 전해요. 내가 당신 남편을 해치려던 벌을 받고 있다고. 그마저도 불쌍해할 정도로."

에스더의 눈에 눈물이 고였다. 그녀가 입을 열려는 찰나, 이라스가 먼저 말했다.

"아뇨, 동정이나 눈물은 사양해요. 마지막으로 이 말을 전해 줘요. 로마인이 되는 것은 짐승이 되는 것임을 내가 알게 됐다고. 그럼 안녕히."

이라스가 걸어 나갔다. 에스더가 따라갔다.

"잠깐만요. 남편을 만나세요. 그이는 당신에게 나쁜 감정이 없어
요. 당신을 사방으로 찾았지요. 그이가 도와줄 거예요. 나도 당신을
도울 거고요. 우리는 그리스도인이니까요."

이집트 여인은 완강했다.

"아뇨, 이건 내가 선택한 삶이에요. 곧 끝날 거고요."

"하지만…… 우리가 해드릴 게 없나요, 아무것도?"

이라스의 표정이 부드러워지면서 미소 같은 게 입가에 번졌다. 그
녀는 바닥에서 노는 아이들을 바라보았다.

"있긴 한데요."

에스더는 그녀의 눈길을 따라가다가 얼른 알아차렸다.

"그렇게 하세요."

이라스가 걸어가서 사자 가죽 위에 무릎을 꿇고, 두 아이에게 입
맞추었다. 그녀는 천천히 일어나서 그들을 바라보았다. 그러더니 문
으로 가서 인사말도 없이 빠져나갔다. 이라스가 총총히 걸었고, 에스
더가 어떻게 해야 될지 망설이는 사이에 사라졌다.

벤허는 이라스가 다녀간 이야기를 듣고, 오래전의 예상이 맞았음
을 알았다. 십자가 처형이 있던 날, 그녀는 아버지를 버리고 메살라
에게 간 것이었다.

이후로 그녀의 소식을 들을 수 없었다. 하지만 태양 아래서 늘 웃
는 푸른 바다는 어두운 비밀을 안다. 바다가 입이 있다면, 이집트 여
인의 마지막에 대해 말해 주런만.

시모니데스는 장수를 누렸다. 네로 재위 10년째 되던 해, 그는 안디옥의 창고에서 했던 오랜 사업을 접었다. 그는 마지막까지 총기 있고 마음 따뜻한 사람으로 성공적인 삶을 살았다.

그해 어느 날, 시모니데스는 창고 건물 테라스에 안락의자를 내놓고 앉아 있었다. 벤허와 에스더 부부와 세 아이가 함께 있었다. 마지막 배가 계류장에서 물살에 흔들리고 있었고, 나머지 배들은 이미 매각했다. 십자가 처형의 날부터 지금까지 긴 세월 슬픈 일은 딱 하나, 벤허의 모친상밖에 없었다. 그나마 그리스도 신앙이 있기에 무너지는 슬픔을 달랠 수 있었다.

계류장의 배는 전날 도착해서, 로마에서 네로가 그리스도인들을 박해한다는 소식을 전했다. 테라스에 모인 가족이 그 소식에 대해 이야기를 나눌 때, 여전히 집안일을 보는 말루크가 들어왔다. 그는 벤허에게 다가와서 꾸러미를 전했다.

벤허가 편지를 읽은 후 물었다.

"누가 가져왔나요?"

"아랍인입니다."

"어디 있습니까?"

"곧 떠났습니다."

"들어 보십시오."

벤허가 시모니데스에게 말하고 편지를 읽었다.

「관대하신 일데림의 아들이자 일데림 부족의 족장인 일데림이 허의 아드님 유다에게 부친의 친구분이여, 부친이 귀하를 얼마나 사랑했는지 알아주십시오. 동봉한 글을 읽으면 아실 겁니다. 부친의 뜻이 곧 저의 뜻입니다. 하여 그분이 주신 것은 귀하의 소유입니다.

큰 전투에서 파르티아인들이 아버지를 베고 빼앗아간 모든 것(이 문건과 다른 것들, 복수, 아버지 당대에 훌륭한 말 여러 필을 낳은 미라의 새끼들)을 제가 되찾았습니다.

귀하와 가족들이 평안하시기를.

사막에서 나온 이 목소리는 일데림 족장의 목소리입니다.」

벤허는 시든 뽕잎처럼 누런 파피루스 두루마리를 폈다. 조심해서 다뤄야 했다. 그는 거기 적힌 내용을 읽어나갔다.

「일데림 부족의 족장인 관대한 일데림이 본인을 계승할 아들에게

아들아, 네가 계승하는 그날로 내 모든 재산은 네 소유다. 예외적으로 안디옥 인근 종려나무 농원으로 알려진 부동산만은, 대경주에서 우리에게 영광을 안겨준 허의 아드님에게 영원히 드린다.

아버지의 뜻을 저버리지 말아라.

관대한 일데림 족장」

"어떻게 보십니까?"

벤허가 시모니데스에게 물었다.

에스더는 기뻐하면서 편지들을 받아서 직접 읽었다.

시모니데스는 침묵했다. 눈길이 간간이 배로 향했지만 뭔가 생각하고 있었다. 마침내 노인이 입을 열었다.

"근래 주님은 도련님에게 큰 은혜를 베푸셨어요. 감사할 게 많지요. 이제 도련님의 수중에서 점점 느는 막대한 재산을 선물 받은 의미를 판단할 때가 되지 않았을까요?"

"이미 오래전에 결정했습니다. 재산은 주신 이를 섬기는 데 써야 됩니다. 일부가 아니라 전부를요. 다만 그분의 뜻 안에서 가장 유용하게 쓸 방법이 고민입니다. 내게 답을 주십시오."

"도련님은 여기 안디옥 교회에 큰돈을 주었지요. 내가 증인이고. 관대하신 족장님의 선물과 거의 동시에 로마에서 형제들이 박해받는 소식이 왔네요. 새 장이 열리고 있다는 뜻입니다. 로마에서 빛이 꺼지면 안 됩니다."

"어떻게 하면 빛을 살릴 수 있을까요?"

"로마인, 심지어 네로조차 신성시하는 게 두 가지입니다. (사실 그 외에는 신성시하는 게 없지요.) 바로 유골과 무덤입니다. 주님을 찬양할 성전들을 지상에 세우지 못한다면 지하에 세우세요. 그리고 저들이 성전들을 훼손하지 못하도록 신앙 안에서 죽은 이들의 시신을 그곳으로 옮기세요."

벤허가 흥분해서 일어났다.

"좋은 생각입니다! 얼른 시작하고 싶어서 못 기다리겠군요. 시간을 끌면 안 됩니다. 우리 형제들이 고난당하는 소식을 가져온 배에 올라 로마로 가겠습니다. 내일 출항할 겁니다."

벤허가 말루크에게 몸을 돌렸다.

"배를 준비해 줘요, 말루크. 그리고 나와 같이 갈 채비를 해요."

"잘됐군."

시모니데스가 말했다.

"에스더, 당신은 어떻게 생각해?"

벤허가 물었다. 에스더가 곁으로 와서 그의 팔을 잡았다.

"그리스도를 가장 잘 섬기는 길이 될 거예요. 방해하지 않을 테니 같이 가서 돕게 해 주세요."

로마를 여행하다가 산세바스티아노보다 역사가 깊은 산칼릭스토 카타콤*을 찾는 독자는, 벤허의 재산이 어떻게 쓰였는지 보고 그에게 고마움을 느낄 것이다. 그 거대한 무덤에서 기독교가 성장해 황제들의 권력을 능가하게 되었으니.

* 초기그리스도인들의 지하묘지. 카타콤베라고도 한다.

인류의 심장에 파고드는
배신, 복수, 용서, 구원의 이야기

유대 왕자 벤허가 나사렛 예수를 만나기까지

　우뢰와 같은 함성, 흙먼지를 날리며 질주하는 경주마들, 바퀴가 튀어 오르며 뒤집히고 부서지는 전차, 공중으로 솟구쳤다가 경기장으로 굴러떨어지며 말발굽에 짓밟히는 기수, 귀가 얼얼하도록 열광하는 관중, 그 콜로세움의 숨막히는 열기……. 아마도 '벤허'라는 단어에 떠오르는 이미지는 이런 것들이리라. 1959년 윌리엄 와일러 감독이 영화 속에서 재현해 낸 압도적인 전차 경주 장면 때문이다. 지배자 로마의 군인 메살라를 유대인 청년 유다가 이기자 관중들이 가슴이 터져라 소리를 지르고 열광한다. 2016년 리메이크작에서도 단연 돋보이는 명장면인데, 이런 대사가 인상적이다. 유다의 승리에 내기를 걸었던 아랍인 족장이 패배를 인정하라고 말하자 로마 총독이 피식 웃으며 한 말이다.

　"잘 들어 보라. 저들(유대인)은 피를 원한다. 이제 저들도 로마인이다."

진정한 승자가 누구인지 잘 생각해 보라는 거다.

그런데 《벤허》를 영화의 저 대사로만 기억한다면 그야말로 절반
도 모르는 소리다. 벤허(이스라엘)와 메살라(로마)의 대결로만 축
소해 버렸기 때문이다. 작가 루 월리스는 참 드물게 정치인으로서
도 작가로서도 대성공을 거둔 야심가답게 《벤허》를 역사소설에 한
정 짓지 않았다. 무려 '그리스도 이야기'라는 야심만만한 부제를
보라. 그는 벤허라는 청년의 복수극을, 중동 역사의 대하소설로 확
대하는 것에 그치지 않고, 종교적 화해(기독교의 이해)로까지 끌고
갔다.

주인공인 유대 왕족 유다 벤허는 17세에 로마인 친구 메살라의 음
모에 걸려 가족을 잃고 노예로 전락한다. 하지만 해전 중에 총사령
관의 목숨을 구하고 양자로 들어가서 로마 최고의 귀족이자 부자로
다시 신분이 뒤바뀐다. 그대로 살아도 좋으련만, 가족의 생사를 확인
하고 복수를 이루겠다는 일념으로 로마군인이 되어 전장을 누비는
데, 8년만에 우연히 원수 메살라와 마주친다. 당장 칼을 빼들고 싶은
충동을 힘겹게 누르고, 드디어 온 세상이 보는 앞에서 전차 경주의
승리로 화려하게 복수한다! 이 스펙터클한 복수극이 세계 최대 무역
도시 예루살렘과 오아시스 도시 안디옥의 화려함, 에게 해 해전이나
지중해 무역선의 역동성, 원형 경기장의 규모와 거기 모인 다양한
민족들의 묘사 등과 어우러져서 엄청난 흡입력으로 독자들을 사로
잡는다.

그런데 여기에 '유대인의 왕이자 인류의 구원자(그리스도)인 예

수'라는 거대한 사건이 겹쳐진다. 예수가 베들레헴 구유에서 탄생하고 나사렛에서 성장하며 예루살렘 골고다의 십자가에 매달릴 때까지, 벤허의 삶이 교묘하게 계속 교차하는 것이다. 벤허는 메살라 개인에 대한 복수를 완성한 후 더 나아가 로마에 대한 복수를 꿈꾸었기에 '그리스도 예수'의 정체를 고민한다. 더 정확히 말하면 로마 황제를 능가하는 강력한 권력을 기대했기에, 너무나 초라하고 하찮아 보이기까지 하는 그를 인정할 수가 없었다. 하지만 결국 유다는 십자가 처형장에서, 그리스도가 죽어야만 하는 이유와 그의 왕국의 존재를 깨닫고 무릎 꿇는다. 믿음의 이유를 찾는 이 과정에서도 심도 있는 종교와 사상(그리스, 인도, 이집트, 페르시아 등), 당대 예루살렘과 중동 지역의 복잡한 정세까지 웅장하게 엮어내는 작가의 역량에 놀란다.

하지만 무엇보다도, 너무 신성하고 너무 복잡해서 누구도 정확히 거론하기를 꺼리는 종교(중동의 역사) 이야기를 유다라는 캐릭터 안에서 거침없이 녹여 내는 루 월리스의 대담함에 감탄하게 된다. 이 정도는 돼야 교황의 축성을 받지 않겠는가! (《벤허 : 그리스도 이야기》는 소설 작품으로서는 최초로 교황 레오 13세의 축성을 받았다).

1827년 4월 10일 인디애나 주의 소도시 브룩빌에서 출생. 숲을 누비고 사냥과 낚시를 즐기며 혈기왕성한 행동력과 낭만적 기질의 청년으로 자라나다. 아버지는 사관학교를 나와서 변호사로 활약하고 정계에 진출했던 야심가형.

1834년 어머니가 사망한다.

1837년 인디애나 주지사로 선출된 아버지를 따라 인디애나폴리스로 이주.

1842년 멕시코에서 터진 전쟁(멕시코에서 독립한 텍사스 공화국을 지지)에 참전하려다가 아버지에게 붙잡혀 온다.

1843년 아버지가 학비 지원을 중단하자, 지방신문 기자로 취직한다.

1845년 멕시코 전쟁이 확전되자, 직접 1개 중대 의용군을 모집해서 부대장 자격으로 출정. 귀국 후 변호사 사무실을 개업하고 수전 아놀드 엘스턴과 결혼한다.

1857년 주의회 의원으로 선출된다.

1861년 남북전쟁이 발발하자 참전 요청을 받고 인디애나 주 연대장으로 출정한다. 2월 도넬슨 전투에서 승리해서 국민적 영웅으로 떠오르지만 곧장 4월에 샤일로 전투에서 많은 희생자를 내고 격렬하게 비난받는다.

1864년 링컨 대통령이 메릴랜드 지역사령관으로 임명. 수도 워싱턴을 수호하는 공을 세운다.

1871년 희곡 《콤모두스(Commodus)》를 쓴다.

1873년 역사소설 《아름다운 신(The Fair God)》을 발표한다. 멕시코 아즈텍 왕국이 스페인의 정복자 코르테스에게 멸망 당하는 내용으로, 보스턴 오즈굿 출판사가 한 번 읽고 그냥 출간. 2년간 15만 부가 팔리는 대성공을 거둔다.

1876년 열차에서 우연히 당대의 논객 로버트 잉거솔을 만난다. 그에게 예수의 신성에 대한 의심, 기독교인의 어리석음 등을 듣다가 문득 그리스도를 탐구하기로 한다. 《벤허 : 그리스도 이야기》의 씨앗이 심겨진 순간이다.

1878년 뉴멕시코 지사가 된다.

1880년 3월에 《벤허 : 그리스도 이야기》를 탈고하고, 11월 뉴욕 하퍼브라더스 출판사에서 출간한다. 리얼리즘이 유행하기 시작하던 때라서 평단의 평가는 박했다. 하지만 점차 독자들 사이에 입소문을 타며 날개 돋친 듯이 팔려나간다. 마거릿 미첼의 《바람과 함께 사라지다(1936)》의 등장 전까지 50년 동안 미국 소설 부문 최대 베스트셀러로 등극한다. 또한 레오 13세 교황의 축성을 받는다. 소설 작품이 교황의 축성을 받은 것은 최초였다.

1881년 제임스 가필드 대통령이 《벤허》를 읽고 감명받아서 오스만제국(터키) 주재 공사로 임명한다. 콘스탄티노플에서 4년간 근무한다.

1893년 두 번째 역사소설 《인도 왕자(The Prince of India)》를 출간한다. 1453년 사라센 제국이 콘스탄티노플을 함락시킨 사건의 전후 이야기다.

1899년 브로드웨이 연극 《벤허》로 성공을 거둔다.

1905년 2월 15일 크로퍼즈빌에서 자서전을 집필하던 중 위암으로 세상을 떠났다. 아내 수전이 이듬해 그의 자서전을 출간한다.

1959년 헐리우드에서 윌리엄 와일러 감독의 영화 《벤허》로 만들어진다. 기획 10년, 총 출연자 5만 명, 상영시간 3시간 30분에 달하는 미국 영화계에 한 획을 긋는 블록버스터다. 이듬해인 1960년 아카데미 시상식에서 총 11개 부문을 수상한다.